在民间文化摇篮中

中国文联晚霞文库

吴超 著

中国文联出版社

图书在版编目（CIP）数据

在民间文化摇篮中 / 吴超著. -- 北京：中国文联出版社，2016.1
（中国文联晚霞文库）
ISBN 978-7-5190-1070-6

Ⅰ．①在… Ⅱ．①吴… Ⅲ．①文艺－作品综合集－中
国－当代 Ⅳ．①I217.2

中国版本图书馆 CIP 数据核字(2016)第 011966 号

在民间文化摇篮中

著　　者：吴　超

出 版 人：朱　庆

终 审 人：奚耀华　　　　　　　　　复 审 人：柴文良

责任编辑：王柏松　　　　　　　　　责任校对：潘传兵

封面设计：王　堃　　　　　　　　　责任印制：陈　晨

出版发行　中国文联出版社

地　　址：北京市朝阳区农展馆南里 10 号，100125

电　　话：010-85923035（咨询）85923000（编务）85923020（邮购）

传　　真：010-85923000（总编室），010-85923020（发行部）

网　　址：http://www.clapnet.cn

E - mail：clap@clapnet.cn　　　　　wangbs@clapnet.cn

印　　刷：中煤(北京)印务有限公司

装　　订：中煤(北京)印务有限公司

法律顾问：北京市天驰洪范律师事务所徐波律师

本书如有破损、缺页、装订错误，请与本社联系调换

开　　本：710×1000　　　　　　　　1/16

字　　数：547千字　　　　　　　　印 张：38.75

版　　次：2016 年 3 月第 1 版　　　印 次：2016 年 3 月第 1 次印刷

书　　号：ISBN 978-7-5190-1070-6

定　　价：68.00 元

献身民间文化事业

谱写壮丽人生篇章

祝贺吴超先生在民间文化的摇篮中正式出版

甲午季春月

赵铁信敬题

1947 年 10 月入南京国立政治大学照

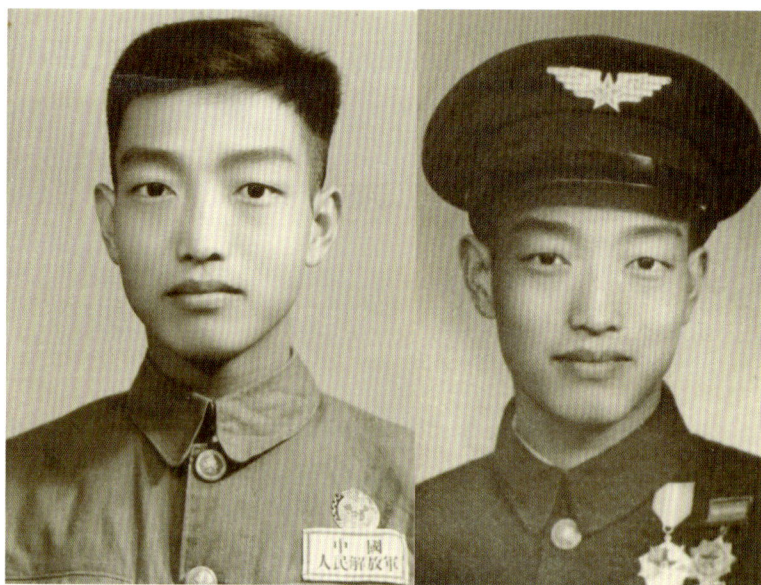

从戎七年，荣立三等功两次，二等功一次

1974 年 6 月大港油田采风（后排左三为作者）

1981 年 10 月与日本《灯花》读者访华团合影（后排右三为作者）

1983 年 6 月 10 日与吉星等人合影

1986 年与赵铁信合影于延安黄河桥上

1967 年与《诗刊》领导葛洛同志合影

1989 年 12 月 17 日在江苏无锡
与老歌手钱阿福等合影

黄河歌会合影

《中国民间歌曲集成·浙江卷》终审发稿会留影

在《中国民间歌曲集成·江苏卷》首发式上发言

审阅稿件

1998 年《中国歌谣集成·江西卷》终审会留影

集成安徽卷审稿

《中国歌谣集成·四川卷》审稿后留影

《中国歌谣集成·云南卷》审稿后留影

参加湖北楚风学术研讨会留影

民协全家福（演乐胡同）

与音协主席吕骥等合影

与民间文艺家协会灯谜学术委员会顾问郭龙春（左一）合影

与指书书法家交流

与澳大利亚华裔中国民间文学理论家谭达先及华中师范大学教授刘守华等座谈

第一届网络灯谜现场谜会评委

"相聚甲骨文之乡"研讨会上发言

参加诗刊创刊 50 周年纪念座谈会留影

参加民俗文化传统国际学术会议留影

两岸寻根文化研讨会留影

参加中国家谱文化座谈会与贾芝留影

在《东方文化》研讨会上发言

参加《东方文化》审稿会

与二野战友合影

参加团拜会

1999 年老干部秋游合影

中国文联老干部新春团拜

参加民协新春联谊会

作为第五届政大校友在台湾参加国立政治大学八十大庆

翻看自己主编的《东方文化》

吴超与段宝林、张穆舒被授予"东方文化终生成就金奖"

19

在中国民族民间文艺集成志书展台前留念

在东方文化馆留影

在国立政治大学母校留影

夫妇一起逛庙会

2014 年全家福

《在民间文化摇篮中》书名由此而来

娄德平祝吴超长寿长乐

2007 年 5 月国立政治大学校友合影（后排左五为作者）

1979 年 9 月中国作家学习访问团与黑龙江省文联同志合影（后排左四为作者）

2006 年作为评委参加在河南安阳举办的庆祝安阳殷墟申遗成功全国旅游灯谜大赛（前排左一为作者）

目 录

· 民歌 歌谣 民俗

· 诗歌 儿歌 散文

第三章　民间文艺生活（1991-2011）

序一

向云驹

吴超先生的文集《在民间文化摇篮中》即将出版，我听闻此事为之甚喜。先是吴先生打电话告我，我当即表达自己由衷的祝贺，并且心中暗暗自许应该为先生这本文集写点文字。近日，吴先生亲属受先生嘱托告我文集将成，出版在即。我于是要来文稿，兑现自己的默许。

在这部吴超自选文集中，先生题签"谨以此书献给中国民间文艺家协会六十华诞"。看来，这本选集四年前即已编成，的确是先生心中的一个宿愿。这也让我回忆起在中国民协工作期间与吴超先生交往的点点滴滴。20世纪末至本世纪头十年，我在中国民协工作了12年有余。我到民协时，吴超先生已经退休，本来并无什么交往。但是，那时中国民协的超大型文化工程"三套集成"尚在陆续终审省卷本，以钟敬文老、贾芝老、马学良老为领军人物的一大批民间文艺界著名专家学者，包括曾在协会工作并退下来的一批专家都在退而不休，义务参加审稿工作。吴先生是中国歌谣集成的审订专家。所以，在频繁的集成审稿会议上，常常得见，便熟悉起来。在此之前，我知道他是我国著名的歌谣学家，他的大著《中国民歌》我早在其出版之际就购得并拜读。因此对他和他们那一批协会内外的民间文艺学专家的学问充满了崇敬。"三套集成"的审稿工作既繁琐又庞杂，十分考验老先生们的耐心和学力，也让我们晚辈看到了他们严谨、认真、细致的学风和人格力量。日子一长，对他们这一代学人的人品也产生了由衷的敬佩。"三套集成"直到21世纪初才终于历经 30 余年全部完成并出版。那一代主导其事的名家大家也大多一个个逐渐离我们而去。他们用生命为中华民族保留保存了无与伦比的民间文学资源，他们的生命及其价值也长久地、永远地与"三套集成"一起留在人间光照万世。已经耄耋之年的吴超先生在他的这部文集里留下了他的这一段学人足迹。

吴超先生在歌谣的搜集、整理、研究上是我国少有的专门家之一。他不仅有这方面的著述并且是歌谣学中占有重要学术地位的专著，而且曾经主导成立中国歌谣学会，主办《中国歌谣报》，为 20 世纪 80 年代以来的中国民间文艺学的复苏和振兴做出过巨大的贡献。他还是各种"歌会"的组织者，对我国民间歌会、歌俗在"文革"后重新恢复产生过重大影响。在中国民协工作的这些专家学者，不仅自己是学人学者专门家，也是组织家、社会活动家，显示出超出一般学人的学术能量。这是协会工作的特殊性使然，也是他们这些老一代协会工作者开创和传承下来的优良的工作作风，是我们后人的宝贵的精神财富。

吴超先生对中国民间文化的众多领域、众多门类也有着广博的学识和兴趣。21 世纪初，中国民协与国家旅游局合作，举办"中国民间艺术游"年度活动，其间准备做一些大型的谜语活动，以民间文艺的形式，宣传推广这个年度性国家旅游主题。吴先生以超乎寻常的热情为我们既做学术指导又做具体工作。那时，他有些腿脚不便，年岁也大了，挂着拐杖四处奔波，使我非常感动，也留下了终身难忘的印象。他对谜语的理论、形制，乃至制谜、用谜、赛谜，无所不晓，使我们的全国性征谜、选谜、赛谜十分顺利，最后也得到了中国文联和国家旅游局的好评和褒扬。

往事如烟。吴先生离开工作岗位已经多年。但在我的印象中，他退休后似乎更忙。他的写作也更加多样。他还热心主办同仁刊物，组织发表了许多研究和弘扬中华优秀文化的文章。翻开这部文集，读者会发现，他涉及的领域实在远远超出了民间文化的范围。他最早是从文学、文艺的写作起步的，诗歌、散文、报告文学、通俗文艺、歌词，样样擅长，以后多年，他又对民间文学、民间文艺、民间文化、非物质文化遗产、民俗、家谱文化、节俗文化、中国绕口令、灯谜楹联等领域的理论、研究、学术、创作，无不涉猎。很多领域他都取得了很大的成绩。他是一个文化战线的多面手。这部文集让我们重新认识了一个多才多艺的吴超先生。他多才多艺，一生浸淫在中国文化之中，他的人生是中国文化丰沃土壤中生长成长成就的人生。他也是活到老学到老写到老用到老的文化长者。

吴超先生这部文集是中国文联晚霞文库中的一种。在多年民间文艺著述以后，他将自己的多样写作有机会作一个综合呈现。这是晚霞文库对老专家老同志的一种贴心的关怀。读者也因此得以了解吴超先生的全貌。所以，我要借此机会向吴超先生这本文集的出版表示祝贺，并向他本人表示晚辈后学的祝福！

2014 年 12 月 2 日

（作者系中国艺术报社社长、中国文艺评论家协会副主席、原中国民协秘书长）

3

序二

刘守华

吴超兄的民间文学论文选集《在民间文化摇篮中》列入中国文联晚霞文库之内即将问世，作为同他有着几十年交往的老友，应邀为之撰写序文，许多话语不禁涌流而出。

吴超兄长我六岁，1956年从部队文工团转业到中国民间文艺研究会《民间文学》杂志当编辑，我于1957年毕业于华中师范大学中文系，留校从事民间文学教学，随后即成为中国民间文学研究会会员和《民间文学》月刊的忠实读者与撰稿人，在《民间文学》和《民间文化论坛》两刊上曾刊发过约30篇文章，未能刊发经编辑阅处退回的文稿大约与此相当。这样，我便同这两个杂志的编辑建立了比较亲密的关系，积累了深厚友情。这些编辑有铁肩、蔚钢（张文）、紫晨、锡诚、陶阳等，他们的来信有20来件或一直保留至今。这些通信均以编辑名义发出，不署个人姓名。后来才得知，许多稿件是经吴超之手处理。80年代初他提任新创刊的《民间文学论坛》副主编之后，我们才有了较多的直接交往。最先是我主动投稿，后来编辑部也来信约稿。多篇未能刊出的稿件，他们不仅对选题的不适及内容的浮浅予以指出，还一再提出，希望我写得扎实、精炼一些，多写短小精悍的小文章，对改进我的文风坦诚相告。乃至相关文章刊出以后，还来信建议我应丰富材料，作深入反复的分析思考，作进一步的专题研究。我在大学中文系本科毕业以后，专业上没有机会再行深造，除向钟敬文等老一辈学者虚心求教之外，以读者及撰稿人身份同《民间文学》这类刊物编辑交往，吸取教益，接受扶持，成为自己半个世纪学术生涯的一个重要环节。我一直把这些编辑作为自己的学长和师长看待。如今在写作这篇序文时，不能不向吴超兄和他所在的这个编辑团队致以崇高敬礼和深深谢意。

另有一事不能不提的是吴超于1985年积极创办中国民间文学刊授大学，并提任教务长承担繁重事务一事。以湖北为例，我当时正担任省民协副主席办此事，至今还保留着一份湖北省报名参加刊授大学学习的全体学员共59人的名单，结业后有19人获得"优秀学员"奖励，其中有一名学员郑伯成，由民协资助，选送到华中师大中文系民间文学专业在我门下进修一年。这些学员中的许多人，后来都成为了湖北省民间文学事业的骨干，有些人还创造出了具有全国影响的业绩，成为编纂民间文学三套集成以及随后实施非物质文化保护工程的地方专家，如黄永林、何红一、鄢维新、周濯街、王友兵、刘大业、黄耕、李征康等。现已是华中师大副校长和博士生导师的黄永林教授，还将那套民间文学刊授教材完整地作为珍贵资料保存至今。当时全国正掀起改革开放热潮，民间文学事业蓬勃发展，可是高校的民间文艺学科刚刚恢复，多家新编的《民间文学概论》教材内容较为单薄，刊授大学设计编写的教材除《概论》外，还有《民俗学》《神话学》《故事学》《歌谣学》等共13种，《故事学》约我编写。这些教材赶编赶印，以最短时间在全国发行，很快在全国掀起了一个普及民间文艺学理论体系的建构和学术队伍的整合，也起了积极推动作用。我就是由编写刊授大学的《故事学》教材，才正式打出"故事学"旗号，以至成为自己30多年来的学术生涯主线贯通至今的。吴超兄奋力投身于刊授大学教务，从筹划教材编写印发，到组织教学活动、选拔优秀学员等等，兢兢业业，功不可没。

编辑本是杂家，吴超作为资深编辑，其民间文学方面的论著，也以杂而多显示其特色。可贵的是，他一直以歌谣研究为重点，不仅写了许多小文章，更有为刊授大学编写的《歌谣学概论》，以及列入刘魁立主编中国民间文化小丛书之中的《中国民歌》，均拥有广大读者。而这些论著，又是和他积极参与筹办"黄河歌会"、"长江歌会"，以及组建中国歌谣学会，担任《中国歌谣集成》《中国民间歌曲集成》和《中国民间曲艺音乐集成》这几部民族民间文化巨著的特约编审，在这个专业领域仍发挥着重要影响。他作为资深编辑和中国民协的专业人员，满怀激情地投身于新中国持续开展的民间文艺事业之中，同老中青几代学人保持着密切联系，既帮助他们刊发研究成果又不断地从中吸取学术滋养，因而他的相关论著便散发出贴近中国泥土的芳香，字里行间洋溢着对神州大地烂漫山花的深情厚爱。我在华中师大学院从事民间文学专业课教学时，便曾以他的《中国民歌》一书来充实教学内容，受到学生好评。吴超还写过关于谜语的评论文章，担任过灯谜学术委员会的主任委员等职务。他对民间文艺的这种广泛兴趣与才识，也是值得我们称道的。

在结束这篇小序之际，我再次记起钟敬文先生于1993年写给我的题词："吾侪肩负千秋业，不愧前人庇后人"。以钟老为代表的几代学人，百年来投身于采风掘宝，保护中国各族民间文艺这一宏大文化工程之中，各尽所能，奋进不息。《在民间文化摇篮中》这部论文选集，就是吴超兄数十年在这个领域勤奋耕耘的足迹。我相信它定会受到读者的青睐和同仁的珍视。

（作者系华中师范大学文学院教授，博士生导师，非物质文化遗产研究中心主任，湖北省民间文艺家协会名誉主席）

第一章　学军

(1949−1956)

突破"空中禁区"的英雄王洪智

　　人民解放军进藏大军的空运部队，在突破"空中禁区"，支援地面部队前进中，涌现了大批铁铮铮的英雄好汉 突破"空中禁区"的英雄，优秀的共产党员王洪智同志，就是其中的一个。

　　"空中禁区"就是号称"世界屋脊"的康藏高原。它海拔一万二千至一万八千英尺，有些高峰有二万四千英尺以上。那绵延不断的大山上，有上千年的积雪；瘴雾雨雪经常的罩在上空，天气忽阴忽晴，分不清哪里是山，哪里是云。十年前，蒋介石想在这里开辟一条开往印度的航线，结果，碰了个大钉子，美国人用最好的飞机来试了试，也弄得赔了飞机又折兵，再也不敢来了。

　　但这个"禁区"，被我们英雄的空运部队征服了，把一批又一批的物资，投给了解放西藏人民的地面部队。

　　康定试航成功后，前哨部队向西突进得更远了，空运线也必须随着伸长，于是新的试航任务又下来了。

　　第一次、第二次、第三次的试航都失败了；第四次的试航任务，就交给了王洪智。1950年5月7日，王洪智和李嘉谊奉命做第四次试航。这一天，天气很好，飞机在空中平稳地前进，仪表也都正常，王洪智心想，完成任务是有把握的了。不料，当到了西康甘宁上空的时候，"轰"的一声，发动机突然放了炮，联络员着了忙，主张扔掉物资马上回航，王洪智沉着地掌握着操纵杆和李嘉谊商量："往前去，任务要紧，万一不行到了××地可以迫降。我们不能叫地面部队饿着肚子打仗！"李嘉谊点点头表示同意。飞机继续向前飞，终于到达了目的地完成了任务，安全地回来了。前方发来电报祝贺他们成功，战士们也写来信慰问他们："我们听到了'嗡嗡'的声音，就知道是毛主席又派飞机送粮食来了。我们高兴得忘了疲劳，忘了困难，一股劲爬过了大山！"

空运的任务越来越多了，可是天气一个劲地和空运部队捣蛋，差不多每天都下雨。前方不断拍来电报："部队急需粮食，请速输送。"但天气不好，没法飞行。同志们都急得不行。

7月4日，天气忽然晴了。王洪智和易扬启又奉命到康北某地去空投。在回航途中，天气忽然变了，一团团的云彩，挡住了去路，飞机只好穿云飞行。王洪智知道这是很危险的，一不小心就会撞在山上被撞得粉碎。他机警地改变了航路，冒险从山沟里向明亮的地方飞去；可是，无论如何都钻不出去，云把所有的山口，都封住了。王洪智把驾驶杆往怀里一带，飞机升高到二万三千英尺，王洪智觉得眼前一阵发黑。正在这时，突然，有人发现氧气快跑光了！在这个紧急关头，同志们发挥了高度阶级友爱，都把氧气瓶交给驾驶员使用，自己宁愿因缺乏氧气而晕倒在机舱里。他们前进不多时，又遇到暴雨夹着冰雹劈头盖脸地袭来，机翼上结了一层冰，螺旋桨上的冰块滑溜下来，打得机腹"啪喇，啪喇"直响。不一会，连机尾的水平舵与方向舵都结冰了，航速表的指针也不动了，操纵已经觉得很困难。王洪智镇静地掌握驾驶杆，打开了酒精喷管，使冰层脱落下去。就这样，恢复了正常飞行，冲出了风云冰雪的包围，又胜利地完成了任务。

王洪智同志就这样，一次又一次，出生入死地克服了种种困难，完成了空投任务。从5月至8月，他起飞了很多次，供给了前哨部队大量的给养，大大地鼓舞了地面部队前进的信心。他被选为空军模范，并光荣地出席了1950年全国战斗英雄会议，看见了毛主席。但是，他并不因此而自满，他随时都记得一个共产党员应该怎样。他常对人说："成绩并不是我一个人的，这是党的领导，以及全体同志的努力创造，忠实执行任务的结果。"

（原载《人民空军文化读物丛书——为幸福战斗》）

高空支援任务的能手刘耀宗

一

在"飞越康藏，奋勇支前"的光荣任务中，锻炼出一位模范飞行员。他就是二〇三一部队的飞行中队长刘耀宗同志（现为副大队长）。由于他是最早参加空投，同时也是飞得次数最多的，所以同志们叫他"高空支援任务的能手"。

自"空中禁区"突破后，繁重的空投任务便开始了。

前15个月里，刘耀宗在完成280多次的飞行任务中，就有一百多次是康藏高原的空投飞行。天气好时，一天总是空投两次或三次；并且往往都是连续几天或一个星期以上不休息。天气不好时，就得随时与恶劣气候搏斗，碰到浓云挡住去路，就必须穿云飞行。穿云飞行是非常危险的，白茫茫的一片，看不见边际，一不小心，就会撞到山峰上，人机俱毁。可是刘耀宗熟悉航线，沉着细心，虽然有过十五次以上的穿云飞行，但从未发生过事故。有时飞机遇上寒气结了冰，他马上用酒精把冰层融解了，保证飞行安全。他曾患过肋膜炎，在气流恶劣的高空坚持七八小时，的确是不好受的；然而，他仍然坚持住了。他时常讲："每当我想到进藏部队缺乏粮食的困难时，我就浑身都带劲。我想我们多飞一次，就会多增加进藏部队的信心和力量。"这就是经常鼓舞刘耀宗同志的力量。

二

有一次，他和另外两架飞机去执行任务，途中气候突然变坏，浓云从四面八方卷来，挡住了去路。这时，回航吧，任务又没有完成；向前飞吧，困难和危险又很大。"要战胜困难，坚决向前飞！"刘耀宗正确地判断了航向，很快地往云层较薄的地方穿下去，并用无线电引导其他两架飞机飞出了云幕，到达了目的地。

还有一次，到巴安去空投，又碰到极坏的气流，飞机操纵困难，颠起来又落下去，好像小船在海浪里一样。越过康定险峻的山口，突然遇到一股最强烈的下降气流，"哗——"飞机转眼就掉下一千多英尺，震动很大，机身倾斜得眼看快要翻过去了。"完了！"他脑袋里闪过这个念头，但另一个思想立即攫住了他："沉着！慌张就完了！"他很吃力地把倾斜的飞机矫正过来，飞机也再不往下落了。他像刚出浴一样，浑身大汗，回头再看一看他的同伴，一个个都受伤了。原来在飞机的激烈震荡中，他们被簸起来碰在机舱顶上。有两个因受伤过重已晕了过去。

三

勇敢和沉着，是飞行中最重要的东西，刘耀宗靠着它战胜了一次又一次的困难和危险。1951年4月7日，由汉口到成都，飞到了川北广安附近，右发动机突然停车，飞机马力减小，开始往下急落，顿时由一万英尺左右的高度降到离地面二三百英尺，这严重的情况虽是他飞行中从未发生过的事，但他仍然很沉着。他清楚地想起了斯大林讲的关于两个渔夫的故事："在狂风暴雨的海面上，有一个渔夫因为慌张和失望便为巨浪吞没，另一个渔夫却因为沉着而战胜惊涛骇浪，安全地渡到了彼岸。"他小心翼翼地操纵着，企图使飞机不再下落。不行！飞机仍然继续下沉，再沉下去便要发生危险了！他想："首长经常教导我们，要像爱护自己眼睛一样爱护飞机，我能让人民的财产遭到损失吗，决不能！我一定要把这架飞机飞回去。"他立即与全机同志商议，作了紧急措施，将机舱里一些物资抛了出去，减轻了机身的重量，这样，飞机便不再下沉了。但只有一个发动机工作不能爬高，预定的航线不能飞。恰巧他对这一带地形很熟悉，便绕着山沟飞，一边极小心地操纵着，一边注视着前边的地形。飞机此时保持着离地二百多英尺的高度，飞过小山，简直就像在山上爬过去，似乎脚伸到下边就会踏着地。当看到重庆机场时，那是多么高兴啊！这时，飞机是在机场的北方，高度很低了，可是机场的风向是南风，必须从南向北着陆；但是这架飞机已经不能转到南面了。跑道的一端又正在修理，可用的跑道很短，在这严重情况下，刘耀宗熟练的、勇敢的用单发动机，顺着风在短短的跑道上，安全地降落了。

四

随着地面部队的不断向前挺进，飞行的航线也得向前延伸。这就给空运部队，提出了继续开辟新航线的任务。他参加了多次计划试航的工作。试航中最大的困难，是对新航线的气候不熟悉。地图上的标高，往往与地形的实际高度不一致，但刘耀宗已经在平日飞行中，注意并记录了地形和气候，为开辟新航线创造了条件。当上级提出试航时，便把他的试航计划提出来供领导参考，并参加了两条新航线的试航，结果都成功了。为了奖励他们试航××的成功，军委空司首长曾给参加试航的同志们，每人记了一大功。

由于刘耀宗同志工作一贯积极负责，作风朴实，他光荣地被选为"模范飞行员"。曾被选为出席参加1951年国庆典礼的空军代表。西南空军首届贺模庆功大会，他与王洪智同志，同时被西南空军党委批准为"空军模范"。他向同志们说："这个光荣是毛主席和党给我的，今后我将继续努力，把工作做得更好，争取在支援和建设新康藏的任务中，为人民立下更大的功劳。"

（原载《人民空军文化读物丛书——为幸福战斗》，冯国义原作，吴超改写）

两次荣立一等功的胡明涛

光耀夺目的功臣榜上又出现了胡明涛同志的名字，这是他第二次出席军区空军贺功大会了。为什么他能接连三年保持光荣称号呢？有下面几个故事被大家敬慕地传颂着。

高原机场通航了

甘孜机场修建成功后，从此世界上出现了一个最高的机场，这在人民空军建设史上是多么令人兴奋的事情啊！试航任务交给了谢派芬、贾仁溥、黄尔毅及胡明涛等同志。

高原机场位于终年积雪的群山怀抱中，地形复杂、空气稀薄，初到那里都会感到鼻干、唇燥、头痛、胃痛，要想在这样一个净空狭小，天寒风大的机场上起飞着陆，严重的困难摆在他们前面。

胡明涛同志在这个光荣艰巨的任务中，参加了机场上空的低飞试验、观察地形，协助谢派芬、贾仁溥等同志作出了详细试飞总结，绘制出机场起落航线图表，订出机场气象开放及关闭标准，给安全飞行创造了有利条件。在上级关心、首长们亲自领导下，甘孜机场终于通航了。军委空军批准胡明涛与其他同志为一等功。当兄弟部队和藏族人民看到祖国的飞机在自己亲手修建的跑道上起飞、着陆时，都高兴得跳起来，很多藏民都伸出大拇指说："解放军的天菩萨（飞机）呀么呀么（很好）的！"

拉萨就在我们眼前

试航太昭成功的故事已在部队流传开了，在人们称赞之余，都会为人民空军这一胜利感到骄傲，并会异口同声地说："我们快飞到拉萨了！"可是这个丰功伟绩，又是经过好多艰苦斗争得来的啊！

飞行中，胡明涛同志与机长李向民等几个试航组的同志——刘育英、狄勤法、阎履敏、李嵘琛、罗锡龄、封清泉，表现了高度的沉着、机智和勇敢。

那天，当雄鹰飞过昌都后，云量增到十分之六七，左边就像竖立的一道石墙，墙上长着银白色狼牙样的山峰，右边一堆无次序的大雪山矗立着，高过飞机之上，仅给飞机留出一条小沟样的航路。天气越来越坏了，事不凑巧，前面又碰到一大团云雾，快靠近的时刻，忽然从云海中冒出一座大山，不偏不倚地摆在航线上，挡住了去路。多么危险呀！在这进退两难的情况下，究竟向哪边飞呢？有一点慌张、犹豫都要坏事的，可是这从来无人飞过的地区，谁敢肯定呢！

他们凭着自己的经验与智慧、凭着仪器的指示、凭着机警与勇敢，很短的时间内改变了原来的航线。领航主任阎履敏同志稳重地向左挥了两下手，李向民与胡明涛相顾会意了一下，飞机又轻便灵活地绕过了危险……试航成功了。英雄们的伟绩与名字，永远写在人民空军的建设史上，永远留在每个人的心里。

空运支援任务中的能手

胡明涛同志工作一贯积极负责、埋头苦干，特别表现在执行空运与支援任务上，碰到困难都能沉着、勇敢的处理得很好。

一次从某地执行任务回来，到达机场上空时，忽然左发动机放了"炮"，分布气压表停了指示，如不停车就会造成严重的事故。在这紧急的情况下，胡明涛同志沉着、勇敢地作了单发动机飞行，将飞机安全地飞回基地。又一次，快到某地时，红油系发生了故障，回航吧！任务未完成，想到某地就在眼前，根据过去的经验，估计在安全范围内不至于有什么问题，照直飞去，投完了物资才回航。到达机场上空，红油漏完了，机翼、起落架放不下来，怎么办呢？胡明涛镇静地发动了全机同志用手摇柄将襟翼和起落架放下。飞机又安然地返回了基地。

仅从去年安全会议（9 月）至今年 5 月以来，胡明涛同志就安全飞行了 295 小时 53 分，没违犯过飞行纪律，也从未发生过飞行事故。保证飞行安全，他是一直走在前面的。

战斗训练的好教员

战斗训练开始后，在同时执行繁重的空投、空运任务中，胡明涛同志带出了两个学员——李筠和及英杰，现在都和他并肩飞行，担负起空投、空运任务。他的教学方法取得了二〇三一部队全体飞行学员的拥护，随便问谁，都能把他在教学上的好处讲出一套来，讲完后还要加上一句心里话："我们都喜欢胡中队长（教员）带飞！"

为什么都喜欢让胡中队长带飞呢？

胡明涛随时都以自己模范行动影响着学员。他时常想到："什么样的师父教出什么样的徒弟"，要使学员"飞一次，进一步"，必须严格要求自己，严格要求学员，一切按着规章条令进行讲解和示范教学，绝不能放松一点，就是已经放了单飞还是一样。

每次飞行中，他能够根据学员本身的情况和他在飞行中常存的缺点，提出具体要求，这样从小到大、由主要到次要，逐步提高。

在作示范动作时，胡中队长总是那样认真、正确，他说："不这样，对学员影响是很坏的。"由于他对学员能严格要求、大胆放手、重点改正，指出缺点根源、负责到底，因此，他带出来的学员是从来没有出过问题的。

（吴超、杨光合作，原载《西南军区空军第二届贺功大会纪念册》，1953 年）

空投员在执行任务中顽强拼搏

三年来，在支援进藏、剿匪的空投任务中，英勇的空投战士与年轻的人民空军并肩作战在"世界屋脊"的高空上，战胜了险恶的气流，实现了党的号召——地面部队进军到哪里，我们就把粮食、温暖带到哪里——涌现出无数生动故事和可爱人物。这次出席军区空军第二届贺功大会、荣获集体二等功的空投第三小组就是空投员的一面旗帜。

小组长徐士林同志，是一个精明强悍的小伙子，优秀的青年团员，14 岁（1946 年）就参加了革命。在党和革命队伍的怀抱里养育长大。1950 年 8 月调到空投部队，才开始过着新的空中战斗生活。在艰苦的解放战争中，他担任过战士、通讯员的工作，养成了他勇敢、顽强的性格，什么事情都要跑在前面。工作认真负责、从不计较个人得失，有着苦干和实干的精神。这种精神也感染了小组里的潘家臣、刘东明、萧永发和尹学金几个同志。

他们到底怎么样进行空投呢？很多人都关心着这件事情。有人说：只要身体好，在短短几分钟内用手一推，就完成了空投任务，有啥困难呢？但是这些人从不知道就是这几分钟，他们事先要怎样的做好准备；就是这几分钟，全机人员要如何的团结协调；就是这几分钟内，他们要和自然作多少顽强的斗争啊！而投下去的每一包粮食、物资又要付出多少的血汗啊！

高空的天气是变幻无常的。起飞时还是万里晴空，一会儿天会变成乌云密布。就拿炎热的夏天来说吧，飞机被晒得滚烫，上飞机时军衣都穿不住，可是一过大雪山，碰上坏天气，穿棉衣还要打喷嚏。爱开玩笑的同志时常说："我们一天就过了春夏秋冬，真像打摆子一样。"但是不管大气如何变化，高空寒风如何刺骨，空投员们的心始终是火热的。

一次空投中，只差几分钟就到目的地了，天气突然变坏。寒冷的气流猛一下撞来，飞机上下颠簸，码好的物资在空中被风吹得像一堵快倒的破墙，摇摇晃晃得眼看有掉下去的危险。刘东明见了，心想：要是掉下去，隔一座大雪山，地面部队怎么找得着呢！便奋不顾身地扑了上去，用身体的重量把物资压稳。其他的同志看见了，赶紧拉着他的大腿，怕他掉下去。可是，高空的雪风吹着他露在外面的半个头上，刺得眼泪直流，身体也冻得麻木了。但是，被冻僵的手始终没有离开物资，直到空投铃响了，他才叫同志们把他拉起来，把物资安全地投向指定地方。回来了，同志们非常关心地问他："为什么要这么做呢？"他回答说："我是一个共产党员，绝不能使国家的财产受到损失，万一我牺牲了也是光荣的。"

又一次，空投某地，眼看就到空投场了，上升下降的气流，冲击得人们在飞机里不得安宁，一会儿，心就像吊在半空中，一会儿，心又像石落大海，胃像滚开的水翻得特别厉害，空投员们都呕吐了。可是一听到战斗的铃声，都不顾一切地把物资搬到舱门边。搬运中，刘东明实在支持不住晕倒在机舱里，萧永发赶紧冲了上去，接替了他的工作。可是自己也头晕目眩得厉害，但是，当想到要建设祖国美好的康藏，想到有了充分物资的供应，兄弟部队胜利就有了保证的时候，眼就亮了，力量也来了，和其他同志一样，一面吐，一面跪在地板上坚持着把带去的物资，全部准确地投了下去。晚上的讲评会上，每个人都说："恶劣气流是没啥可怕的，我们难过一点不算啥，要是地面部队吃不上饭那就更难过了。他们赤着脚就能爬过大雪山，我们吐一点又算什么呢！"

困难是吓不倒我们的空投战士的。小组长徐士林同志经常以马特洛索夫的话："困难，但是很有趣！"来鼓励着自己和全组战士。就这样，在完成一次又一次的任务与克服困难中，小组汇集出不少的点滴经验。

比如码包吧，他们介绍给其他小组说：一定要整齐，体积大而轻的东西，浮力大，码在最底层，码到舱门一半高的地方，投时只要用力得当，顺着门推，就会避免打坏机尾的危险，就会又快又准，不会剩包。

体重的东西可码得高些，因为重只要用力均匀，就会安全投到地面。接受了这个经验的小组都圆满地完成了任务。

半年来他们把粮食、洋镐、锄头、药品、慰问信和电影片等——这些代表祖国人民关怀与心意的东西投给地面部队，真正做到了地面部队需要什么就投什么。由于他们认真执行了空投的三个过程，每次出任务都能仔细研究、明确分工，并与飞行人员团结得很好。因此，空投命中率一次比一次提高，百分之百地完成了××××公斤物资的空投，从未发生过"打尾掉包"的事故，使原来需要四圈投完的物资，提高到三圈投完，大大地减少了发动机、机体和油料的消耗。

当地面部队接到东西发来贺申时，他们感到再没有什么事比这个愉快了。小组始终保持了活泼、愉快的情绪，每天都眼巴巴地盼望着任务。当紧张工作之余，小组又活跃在运动场上，他们说：没有强健的体格，怎样完成任务啊！在文化学习战线上，他们也是优秀的战斗员，5月份的全军大会考，小组内就有两个同志得了一、二等奖。

（吴超、孙剑蓉合作，原载《西南军区空军第二届贺功大会纪念册》）

我放了单飞

我握紧操纵盘，[1]

两眼望着前方，

仪表[2]向着我笑，

无线电[3]在歌唱，

欢迎我放了单飞，

在祖国的领空自由飞翔。

昨天我还飞在川西平坝，

今天我已飞出四川，

看！祖国的山河多么宽广，

叫我几时能飞得完，

但是我还年轻，

飞行的劲头还正待施展。

我一趟又一趟，

把幸福的种子投给康藏人民，

我一趟又一趟，

把功臣模范送到毛主席住的地方。

如果有一天，

当祖国需要的时候，

---

1. 操纵盘：是操纵飞机飞行的东西。
2. 是飞机座舱里不可缺少的零件。
3. 是飞机座舱里不可缺少的零件。

我将飞到战斗的最前方,

遵照毛主席的指示:

歼灭仇敌,

巩固国防。

我握紧操纵盘,

两眼望着前方,

仪表向着我笑,

无线电在歌唱,

祝福我飞得更好,

为人民立下更大的功劳。

昨天还是教员带着我飞,

今天我却带着别人,

啊!我们的队伍正在成长,

伙伴呀多得数不清,

但是我却深信,

保护祖国的都是英雄战士们。

我热爱飞行呀,

就像热爱美丽的晴空和太阳,

我百倍警惕的

巡视在祖国的领空上。

祖国啊!祖国,

你真像一床美丽的地毯,

每天都在增添着不同的花样,

我愿忠实地跟着你,

一道前进,

一起成长。

(原载《西南文艺》(月刊),1954 年 10 月号)

未来的航空建设者
——记成都市各中学航空模型小组与空军同志联欢

　　11月14日，在成都市某机场，11个中学的航空模型小组的260多组员和驻成都空军部队30多位代表，举行了一次联欢。

　　这一天，多雨的川西平坝并没有下雨，但天阴沉沉的一直叫人担心。一大早，空军同志们就乘着卡车，迎着初冬的晨风驶向机场。航空模型小组的组员们，来得更早，他们穿着节日的服装，带来了亲手制成的、心爱的模型飞机，热烈欢迎空军同志的来到，期待着空军战士们检阅他们的力量。

　　联欢会开始了。首先由驻成都空军部队姜宗魁同志作了《航空建设在祖国社会主义建设中的重大作用》的报告，他详述了航空建设在国防建设和生产建设上的重大作用，又强调地说明了在中学开展航空模型运动的重大意义。他说：为了把我国建成为一个社会主义的国家，为了实现国家的社会主义工业化和国防现代化，我们就要进一步发展祖国的航空事业，就需要源源不断的补充航空人员，而开展航空模型运动，就是祖国大量培养航空人员和航空后备力量工作中的重要环节。最后他勉励同学们努力学好功课，积极锻炼身体，不断养成优良的政治品质，准备着：献身于祖国的航空事业。

　　空军模范刘耀宗同志作了英雄模范事迹的报告。刘耀宗同志拿着一架木制的模型飞机，边比边说地讲述了他和战友们一起开辟高原航线，支援进藏部队，克服困难、出生入死、胜利完成任务的故事；接着又生动地介绍了中国人民志愿军空军英雄王海、张积慧、韩德彩打落美帝"喷气机王牌驾驶员戴维斯""双料王牌驾驶员爱德华"等的惊险故事。

英雄的故事吸引住每一个人，哪一个人不为祖国出现了这样的英雄人物感到兴奋呢！哪一个组员会不联想到自己美好的未来呢！

中午 12 点这些祖国未来的航空建设者——飞机设计家、制造家、领空保卫者——成都市各中学航空模型小组的组员们，拿着亲手制成的模型飞机开始试飞了。第七中学的组员们赵世英等，第一个将弹射式模型飞机弹上天空，之后，一架跟着一架，一会儿满天都是。接着牵引式模型飞机也放起来了，当一架汽油动力模型飞机飞起时，人群顿时围拢来了。这一架"嗡！嗡！"发响的模型飞机，在人们头上转来转去，飞的时间最长，还能稳当地着落，一次又一次，引起观众极大的兴趣，有的低声在说："真棒，是谁制造的啊！"

下午一点半，人们又围拢在广场上。三架滑翔机按初、中、高三级顺序排着，最后还停了一架教练机，人们以极兴奋的心情参观了每架滑翔机的制造，参观了教练机的试车。当解说员指着一架蓝色的中级滑翔机，说明是某市"雅可福烈夫"航空模型小组亲手制成的，经检查质量很好时，人们顿时议论起来，大家都为它的诞生感到骄傲。接着，国防俱乐部成都滑翔组的同志们表演初级滑翔机。12 个身体结实、经过滑翔训练的组员，拉着橡筋绳，踏着整齐的步伐；数着一、二、三、……每当数到"三十"时，滑翔机就腾空而起，人们招手、欢呼、跳跃，都以仰慕的眼光注视着这些未来的航空驾驶员，模型小组的组员更望得发呆，不知是谁在说："我一定要学会它！"

四时许，又举行了座谈会。少年航空模型家一个个谈着自己的志愿、感想和决心。空军同志也应邀到每个小组里和他们一起座谈。空军同志用很多生动具体的例子和亲身的经历，介绍了人民空军紧张的战斗生活和高度的组织纪律，以及对每个空地勤人员的基本要求。组员们知道：要成为一个空军战士，必须在日常生活中去培养这些品质。

时间一分一秒的过去，好多话都想谈，好多话说不完。组员们掏出精美的小册子，围着请空军同志题字、签名，空军同志把这些精神充沛、朝气蓬勃的少年航空家的希望，统统写在小册子上。

（原载《中国青年报》，1954 年 12 月 18 日）

封口胶与牙膏

在节约展览会上，封口胶与牙膏碰面了。牙膏看见封口胶的帽子不见了，肚皮鼓得老高，裤子也撕破了，满面愁容，一句话也不讲，就奇怪地问道："你怎么啦？"

封口胶愤恨地说："你不知道，我天生脾气就古怪，爱护我的人，叫我怎样就怎样，我能实心地帮助他把飞机维护好；如果谁要不爱护我，甭说叫我为他服务，就连使用都不听他使用。可是，就偏偏有这样一些人，专门和我闹别扭，用过以后把我往旁边一扔，帽子也不给我戴。好吧，看咱谁拗过谁，我就凝固再凝固，叫他挤也挤不出。他们挤不出就拼命挤，再挤不出就把我的衣服给撕了，所以才搞成我这个模样。"

牙膏听了很同情地说："真奇怪，你是机务人员维护飞机不可缺少的用品，何时何地比我高几十倍，我几十瓶还抵不到你一瓶，为什么他们对我就不同呢？我的个性很软，挤时一用力就跑光了，他们好像摸透了我的脾气总是轻轻地挤，每天用后都给我戴上帽子，放在瓷缸里，直到用完，哪一次都不会忘记。"牙膏看封口胶默然无语，又感慨地接着说："既然工人同志把我们制造出来，都是为人民服务的，为什么这些同志对我们有两种态度呢？"

封口胶听后，叹了一口气："咳！你是他们买去的，不爱护你就损坏了他们自己的利益，而我呢是公用的，爱不爱惜反正不是他们自己的东西。他们没有想到，这都是国家和人民的财产，对每个人都有关系。"牙膏还没等封口胶说完，就抢着问："以后怎么办呢？"封口胶指着展览室说："现在全国正在开展增产节约运动，今天，领导上把我们找来展览，就是为了这个问题。一会儿这些同志来看的时候，我们都不讲话，看他们检讨不检讨。"

（原载《空军生活》第 20 期）

穿上新军装

穿上新军装，
心里喜洋洋，
对着镜子照，
完全变了样：
"八一"帽徽闪闪发光，
解放军的胸章戴胸上，
腰间扎着子弹带，
手里端着冲锋枪。

老爷爷摸着胡子把我夸奖，
还有一群小娃娃，
拉着我喊"解放军叔叔"不肯放。
我的心呀咚咚跳，
为啥今天不同往常？
啊！因为我履行了光荣的义务，
我站立在保卫祖国的神圣岗位上。

我照张相片寄回家乡，
亲人们把它挂在墙上。
只要祖国发出命令，
我随时准备走上战场。

做一个光荣的人民战士，
谁能说我长得不像！

一个假日的早晨，
我迈步走在街上。
年轻人投来羡慕的眼光，
爹妈望着它眉开眼笑，
大哥说要和我挑战比比谁强，
小弟弟逢人就大声叫嚷：
"长大了我也要把解放军当！"

我手里握着冲锋枪，
心里暗暗立志向。
我要为祖国英勇作战，
还要挂上漂亮的英雄奖章。

（原载《西南青年》1995 年第 9 本
后转载《飞越康藏高原》作品汇集，西南军区空军部政治部编印 1955 年）

张应清和《光荣的道路》

张应清同志是西南军区空军某部的战士，由于他在文化学习中获得了惊人的成就，经军区空军党委批准为一等功臣；并光荣地加入了中国共产党。原来他只认得 44 个字，但在文艺战士"高玉宾"、"崔八娃"的鼓舞和影响下，苦苦学习，不到一年就写出了一篇 20 多万字的自传小说——"光荣的道路"。小说出版后，受到了广大同志的热爱，并光荣地获得了西南军区 1953 年文艺检阅大会战士文学创作二等奖。这里所讲述的就是张应清努力学习和艰苦写作的故事。

文化上也要翻身

在文化学习战线上，张应清表现得很坚强，处处都想跑到前头。但是因为自己基础太差，突不破注意字母和拼音的"关"，曾经掉过队。这对张应清来讲，的确是很大的痛苦，可是困难并没有吓倒他，首长所说"解放军里没有一个笨兵"的话，深深地印在他的心里。他又想到教员经常谈到的："识字就如打仗一样，虽然有速成的方法，还是需要艰苦的斗争才能胜利。"因此，他更坚强了。接着，他找出了自己掉队的原因：主要是急躁、摸不着学习窍门。他表示决心说："生字就是俘虏，怎能让它跑掉呢？不懂就多钻一些吧。"就这样，无论是上课下课，饭前饭后，一有学习的机会他就拿着本子，东奔西跑地向别人请教，不是抄写就是读。这种刻苦钻研的学习精神，使他不久就赶上了队。第一期文化学习结束时，他已认识了 500 多字，并能写一般的话了。

有一次，教员出了"岔子"、"快乐"两个词要大家造句，他顿时想起过去挨地主打骂的情形，就写了第一句："有一年，我在地主家做工，不小心出了岔子，被地主狠狠地打了一顿，打得我睡觉都翻不过身来。"当他想到参军后的乐事，就写了第二句："我们部队生活真快乐，大家在一块有说有笑，好像亲兄弟一样。"教员看到他写得不错，当时就表扬了他，并将作业念给大家听。从此，他学习的信心更大了。第二学期测验时他得了满分。全军文化大会考总平均也得了 86.5 分，受到了领导及青年团组织的表扬。

为什么他能这样的用功呢？他自小生长在一个贫苦的农民家庭里，从八岁起就给地主干活，整整十一年共帮了十家地主，尝尽了旧社会的辛酸滋味。那时，他没有读书的权利，从来没有摸过书本。

1951 年 2 月他参加了人民解放军，在部队里经过各种运动与学习，他觉悟不断提高，深深地感到祖国的可爱，革命部队的温暖。当毛主席号召工农兵学文化时，他想：这是我们穷人过去祖祖辈辈叩头求神也梦想不到的事，我们一定要好好学习，在文化上也要翻身。

高玉宝始终站在他身旁

生字突击完了，张应清拿起书报来都开了笑脸。当他第一次亲手用笔在纸上写文章时，真有说不出来的高兴。他开始从书本上认识了高玉宝。"高玉宝"对他是那样的亲切、熟悉。"我一定要向他学习！"他脑子里时常盘算着这件事。

"我写我"展开了，领导上教他模仿"高玉宝"把一生最苦、最乐、最难忘的事写出来。正好他自己也有这个念头。他就从头至尾仔细地将小说"高玉宝"读了好几遍，越读感触越多，想的也越多。他向教员说："在旧社会，我受的苦几天几夜也讲不完，我一定要把它写出来！"于是，写作就开始了。

他的写作过程是很艰苦的。开始写不敢见人，怕人笑。后来经领导解释才打消了顾虑。他想，白毛女的事情上了电影，教育了大家，自己要把苦水倒出来，对大家也会有帮助，于是就大胆地写下去。在写作中碰到许多新词、生字，他就采取了高玉宝"跳障碍"、"补窟窿"的办法，在稿纸上做记号或注上注音符号。但由于数目太多，往往在重看的时候就忘记了。这样，他又得花很多时间和精力来回想那些符号所代表的意思。可是他并不怕麻烦，想到高玉宝在那样艰苦的行军环境里，不知碰到多少困难，还是坚持不懈地写下去，今天物质条件这样好，又有教员和同志们的帮助，自己为什么不写呢？脑筋开窍了，笔也听了使唤，钉在纸上再也拔不开。在写作过程中，有时把打的开水都放凉了也没有喝；有时点着的香烟已变成了灰也没吸第二口。当他写到最痛苦的地方，心里的火气一股一股往上升，便含着泪、咬着牙坚持写下去。所有的写作时间，"高玉宝"始终是站在他身旁的。

《光荣的道路》出版了

稿纸愈堆愈厚，几瓶墨水都用完了，写作速度也愈来愈快。领导十分关心，时常在大会上表扬他，奖给他笔墨、香烟，并号召大家向他学习；电教组的同志也将他的事迹用幻灯搬上了银幕。由于这样，全体同志的写作情绪也受到鼓舞，某些同志也消除了速成写作的怀疑与顾虑，造成了"我写我"的热潮。

小说终于完成了。他的写作时间，如果从动笔的一天开始计算至初稿完成，前后共五个多月；全部重写初稿又有四次之多：第一次他写了二万多字，因部队换防，把原稿丢了；第二次写了一万多字，因缺乏指导，没有把每一件事分开写，显得杂乱无章；第三次领导上指定一个文化教员帮助他，告诉他一些常见写作法的要领，才用小标题的方法写了二十多万字，但还是不行，直到第四次上级机关派专人去具体帮助，才完成初稿，并从中抽出五篇汇集成《光荣的道路》小册子。虽然前后四次总共写了四十万字，可是他仍然坚持不懈地工作着，从来不知道疲倦。

从《光荣的道路》这书的出版，再一次证明了一个事实：我们工农出身的战士，不仅在战斗上勇敢，生产上积极，就是在文化学习上也是能手；不仅可以写作，并且能写出较好的作品来。

（原载《作品汇集》，1954 年中国人民解放军西南军区空军政治部编）

第二章 中国民间文艺研究

（1956-1991）

· 民间文学

传说与历史

民间文学与历史的关系，是民间文学和历史研究工作中，常碰到的问题之一。近几年来，由于在工作中不断接触到近代革命传说故事与历史有关的一些问题，越来越感到有弄清这个问题的必要，因此，我想把这个问题提出来，并仅就近代革命传说故事和历史的关系，谈点自己的粗浅看法，以求教于民间文学界、历史界的专家们。

为了论述方便，姑且将流传在民间的这类传说，叫做历史传说。

一

历史传说，是劳动人民在历史前进过程中创造的一种口头文学，它在很大程度上反映了历史的真实面貌，但是它不等于历史。

为什么说历史传说在很大程度上反映了历史的真实面貌呢？因为历史传说与历史有着密切的联系：历史传说在反映各个历史时期人民的生活状况和精神面貌时，是和阶级斗争、生产斗争的实际行动分不开的，而历史就是记录人类阶级斗争、生产斗争的科学，因此，它们之间的联系是很紧密的。其次，历史传说本身独具的一个最大特点，就是它的产生总是以特定的历史事件、历史人物为依据的，离开了历史事件、历史人物的凭借，就不能称之为历史传说。历史上发生过的重大事件和社会变革等真实情景，往往在历史传说中深深地烙下痕迹，得到不同程度的反映。更重要的一点是，劳动人民是创造历史的动力，劳动人民创作的历史传说，是在民间口耳相传的，它在反映史实上不受反动统治阶级文网的限制，真正代表了人民对历史事件的态度和对历史人物的评价，因而它比较真实。这和反动统治阶级、封建史家的充满阶级偏见的记载，正好是一个鲜明的对比。

拿近代革命运动的历史来说吧！无论是太平天国、捻军起义、义和团运动，封建统治者、帝国主义者都是百般诬蔑、肆意歪曲的。在他们的手里，镇压农民起义、出卖祖国民族利益的大汉奸、大刽子手如曾国藩、李鸿章、左宗棠之流，竟被推崇备至地称为"勋业彪炳"的人物，死后还谥作什么"曾文正公"、"李文忠公"、"左文襄公"；而广大劳动人民拥护、歌颂的农民起义军，却被诬蔑为"盗"、"贼"、"寇"、"匪"。我们很难从官书的记载里，看到每次农民革命运动的真实面貌。只有在劳动人民创作的传说故事里，才给这些农民运动作出了最公允、最崇高的评价，才反映了历史的真相。近几年来发掘的关于太平天国、捻军、义和团的传说故事，就为这几次农民革命运动恢复了名誉，真实地、生动地反映了这几次农民革命运动，从兴起、胜利到衰落、失败的整个历史过程：反映了当时尖锐复杂的阶级矛盾和民族矛盾，以及中国人民反帝反封建的英勇无畏、顽强不屈的革命精神。这些作品，不仅具有很高的文学价值，而且为我国近百年来农民革命运动史提供了宝贵的资料，有助于历史研究者纠正官书上许多歪曲的、错误的记载，并参照过去的文献资料解答一些疑难问题。这是我国广大劳动人民以鲜血写下来的真实历史。

正因为民间文学在很大程度上反映了历史的真实面貌，所以在中国民间文艺研究会成立大会上，郭沫若在《我们研究民间文学的目的》的讲话中，十分强调地指出："民间文艺给历史家提供了最正确的社会史料。过去的读书人只读一部廿四史，只读一些官家或准官家的史料。但我们知道民间文艺才是研究历史的最真实、最可贵的第一把手的材料。因此要站在研究社会发展史、研究历史的立场来加以好好利用。"[1] 这正是对民间文学的历史价值作了最好的评价。

为什么又说历史传说不等于历史呢？因为历史传说毕竟是文学作品，

---

1. 中国民间文艺研究会编：《民间文艺集刊》第一册。

它与历史有明显的区别：

第一，历史传说绝不是历史事实的照抄。正如高尔基所说的，它是"独特地伴随着历史的"[1]。尽管传说里的人物、事件都有一定的历史依据，但不可能是历史上每一个重大事件、每一个重要人物在历史传说里都有反映。历史传说所涉及的大多是某一历史事件，历史人物的某一个侧面，不可能对历史事件和历史人物作出上下前后、概括无遗的描述。历史传说的形成，也未必全产生在事件发生的当时，有的往往是在事件过去之后，甚至过去很长时间才有的。第二，历史传说的创作规律和作家艺术创作的规律有相似之处。劳动人民在创作传说时，对历史题材也是有所剪裁的，而且作了艺术性的安排和传奇性的加工。人们在讲述中，随时随地都在将自己的褒贬、爱憎、愿望、期待加进去，有时将张三的事加在李四身上，将李四的事加在王二身上，甚至把具有广泛意义的历史生活内容，附会在某个历史事件和人物身上。因此，历史传说中已有夸张、虚构、想象的成分，它不可能尽是事实的原貌了。它不仅有"真人真事"的部分，也有"真人假事"、"假人真事"、"假人假事"的部分，距离史实较远的、幻想性强的、浪漫主义色彩浓厚的也不少。第三，历史传说是全凭记忆来口耳相传的，本身就有它的不稳固性。每经一个时代、一个地区、一个民族，就一定会有所变更，有所增减，而且往往把过去时代的事情与当代的现实或某一特定地方的现实结合起来反映。那些原来根据特定历史事实创作的传说，年代一久，它所反映的史实，部分或全部失真是完全可能的。越是年代久远、流传广泛的传说，变异性就越大。它的情节更加丰富了、人物形象更加鲜明了，甚至被"神化"了。即使近代革命传说故事，经过一定时间的流传和人民的不断加工，变化也是很大的。

历史传说在很大程度上反映了历史的真实面貌，但是它不等于历史，那么，我们怎么看待历史传说的历史真实性呢？让我们通过对《民间文学》上发表过的几篇传说故事的分析，来说明这个问题吧！

先看太平天国传说《地主告状》[2]。故事写太平军来到苏州后，"就将

---

1. 高尔基：《苏联的文学》。
2.《民间文学》1959 年 3 月号。

地主的田地分给农民种了"，有三个地主到忠王府去"告状"，诬蔑农民"抢"去了他们的土地，结果被忠王一个个驳得张口结舌，丑态毕露地溜出了王府，从此以后再不敢到忠王府去了。这篇传说接触到农民革命的一个中心问题——土地问题。由于太平天国曾经颁布过"天朝田亩制度"，明确地提出了平分土地给广大人民群众的办法，受到广大人民群众的拥护，因此，有人根据这篇传说和有关歌谣得出结论说："太平天国会在天京附近以及一些比较巩固的地区，实行过分地分粮。"[1]也有人提出疑议说，"分地"这个结论"是难以令人信服的"。理由是：尽管"天朝田亩制度"是一个伟大的革命的历史文献，但是，"从各种文字记载（包括太平天国本身的文献）来看，并不能看到它有曾经付诸实施的痕迹，相反，倒是可以认为它在实际上并不会实施过。"其次，这类传说很可能反映的是人民的一种美好的愿望。如果太平天国当局真正实行了"分地"，则地主怎敢到李秀成那里去"告状"呢？这是很难设想的。[2]

究竟太平天国当时实行过"分地"没有，能不能通过《地主告状》等作品作出"分过地"的结论呢？这个问题，牵涉到历史工作者如何科学地运用民间文学作品的问题，有待历史工作者进一步去研究。笔者比较同意上面的后一种看法。在对一个历史问题作出科学的论断时，历史传说只能起到旁证和参考的作用，无论如何不能用它来代替史实。像太平天国究竟实行过分地没有这样一个重大的问题，仅仅依靠从人民口头记录下来的某些传说来作结论，的确是很难站住脚的。但是，在研究近代革命史时，完全忽视历史传说对于认识历史的作用，不深入民间调查研究，仅仅依靠封建史家、官书的记载以及其他文献资料来下断语，似乎也不够妥当。那么，究竟怎么来看待《地主告状》这类传说的历史真实性呢？我认为，这类传说的历史真实性，主要的并不在于太平天国在当时是否在这里或那里、部分或彻底地实行过"分地"没有，而是在于这篇传说真实地反映了当时广大农民的愿望，他们对平分土地的合理要求，反映了太平军是穷苦农民的救星，当农民与地主有矛盾时，是坚定地站在农民的立场，维护农民的利益的。由于太平军受到广大农民的热

---

1. 《太平天国歌谣传说集》代序，江苏文艺出版社，1960 年出版。
2. 王庆咸：《谈关于太平天国的歌谣传说三种》，《新建设》1962 年 11 月号。

烈拥护和支持，广大农民在歌颂太平军时，也往往将自己的愿望（哪怕是没有实现或在当时条件下不可能实现的）附会在被歌颂的对象身上，叫你听起来，真像有那么回事一样，这正是民间传说所特有的一种艺术魅力。

再看捻军传说《梁王突围》《张蛮先生》[1]。传说梁王张宗禹，在捻军最后全军覆没于山东徒骇河边时，并没有死，突围而出，流落在如今河北黄骅县孔家庄一带，给人瞧病，二十多年，医道如神，人称张蛮先生，临终前才吐出真话："我是梁王张宗禹"。而在清朝官书的记载里，关于梁王张宗禹的下落，大致有两种说法：一种是说他"投水伏诛，毫无疑义"[2]；一种是说他"穿秫凫水，不知所终"[3]。对于这两种说法，据今天某些历史研究者推论，前一种说法是不能成立的[4]，理由是连李鸿章、左宗棠之辈自己也不敢下断语。如左宗棠给李鸿章的信中说："惟逆首张总愚（宗禹）实在下落尚无确探"，答杨石泉信中又说："捻逆虽平，而首逆尚无确实下落，……而朝旨责取实据，俞无以对。少帅虽谓已溺毙，亦不敢遽下断语也。"[5]而李鸿章在给左宗棠的复信中，更供认不讳地说，究竟张宗禹死没死并不知道，只是估计到他"若不死似亦无出路，无生理也"。怕尸首找不着，没法向主子报功[6]。可见奴才们在给主子的奏折和对私人的函件中，完全是两个样子。后一种说法，据推论是比较可信的，因此在今人的历史著作中，多从此说[7]。而《梁王突围》《张蛮先生》这两篇传说，正好是后一种说法的一个佐证，它不仅证实他没有死，还指明了他的下落。传说的这个"补充"，又恰好与河北《沧县志·轶闻》的记载相似。"轶闻"说："张酋败后，逃至邑治东北之孔家庄，变姓名为童子师，后二十余年病死，即葬于其庄，至今抔土尚存焉。其临殁时告人曰，

1.《民间文学》1963 年第 1 期。

2.《李文忠公全集》奏稿、丁宝桢的奏疏，以及《淮军平捻记》《湘军志》《两淮戡乱记》《求阙斋弟子记》《磨盾记实》《清史稿》等。

3.《涡阳县志》和《沧县志》。

4. 江地：《捻军史初探》。

5. 中国史学会主编：《捻军》资料六册，第 149 至 150 页。

6.《捻军》资料六册，第 100 页。

7. 江地：《捻军史初探》；张珊：《捻军概述》。

吾张总愚也。先是庄人恒见其醉饮时辄持杯微呼曰：'杀呀！'因怀疑莫释，至是始恍然。"[1]几相印证，使我们感到这两篇传说有一定的历史参考价值，对于历史研究者进一步作出这个问题的结论有很大帮助。

但是，我想，这类传说的主要价值，并不在于证实英雄的下落是死还是没死。因为，即使传说里说英雄没死的说法不能成立，然而，从另一方面看，它却反映了人民对英雄的怀念之情，这也是真实的。就像历史上著名的农民革命领袖黄巢、李自成一样，他们虽然牺牲了，但人民总是传说他们还活着，为他们编造着各种各样的、优美动听的、神话式的故事。这类传说的主要价值在于，它反映了人民坚强不屈的革命意志和乐观主义精神，尽管农民革命一次一次的失败了，然而在这类传说里，丝毫也没流露出悲观，暗淡的调子，相反地却表现了人民群众不可征服的力量。这也是民间传说的浪漫主义色彩和可贵的地方。

再看义和团传说故事《秀阁》[2]。故事结尾处说，奶妈子带着秀阁奔向天津卫，找"长毛贼"去了。"长毛"即太平军，故事口述者肯定在义和团运动时期太平军还存在，这是违反历史事实的，也可能是传讹；或者在人民的心目中，就认为"义和团"和"长毛"是一回事，因为太平天国北伐军的确打到过天津卫附近，影响极为深远，在人民心目中留下了不可磨灭的印象，给后人播下了反抗统治阶级的火种，因此，当义和团革命运动再起时，人们很自然的会想到太平天国革命运动，甚至把义和团运动就看作是太平天国运动的继续。因此，从另一方面看，故事口述者反映的这个人民的心理和想象，却是真实的。它反映了中国农民革命的连续性和继承性，前一次农民革命运动必然影响以后的农民革命运动，后一次的农民革命运动必然是对以前的农民革命运动的继承。这也是民间传说的人民性所在和它的高度的表现力。

通过对以上几篇传说故事的具体分析，使我们看到：历史传说首先是艺术品，不是历史文献，它是艺术地反映历史的真实面貌的，在看待它的历史真实性时，不要把历史真实与艺术真实对立起来，也不要把历史真实与艺术真实等同起来。它反映历史的真实性、正确性，并不在于

1.《捻军》资料三册，第356页。

2.《民间文学》1958年7、8月号合刊。

年代、人名、地名、事件始末等等是否完全符合史实上，而主要表现在：它真实地反映了历史本质的面貌，揭示出一般的社会生活现象。如通过对上面有关太平天国、捻军、义和团这类传说故事的分析，就可以帮助人们透视历史现实，对这几次农民革命运动的本质面貌有更清楚、更深刻的认识。如果硬说每篇传说中，每件事的前前后后，每个人的所作所为，都是实有的，那是很可笑的。

三

在弄清了历史传说与历史之间的关系以后，对于我们在搜集整理这类作品中，如何对待和处理历史事实的问题，也就比较好解决了。

在搜集时，为了使历史传说，既能起到历史参考价值的作用，又能起到文学价值的作用，我们绝不能把这两方面的价值对立起来，强调一面，忽视一面。如只从历史的角度出发，仅搜集与历史有关的部分，凡与历史不符合的就不去记它；或者只从文学的角度出发，仅搜集故事性强的、有教育意义的、可以整理的，不够完整的但很有历史参考价值的也不去管它，这都是不对的。应该看到，传说的历史价值与文学价值，并不完全是矛盾的。由于口述者在讲述时，并不可能完全按搜集者的要求，分清哪些是你需要的，哪些是他需要的；哪些是历史传说，哪些是未形成历史传说的、类似回忆录性质的历史事实，而往往是混在一起讲的。因此我们在搜集时，只有认真做好"全面搜集"和"忠实记录"，才能使记录下来的东西，既可能起到历史价值的作用，又可能起到文学价值的作用。因为，有了"全面搜集"和"忠实记录"，历史研究者才能从中找到有用的材料；有了"全面搜集"和"忠实记录"，整理工作也才有了基础和保证。民间文学工作者绝不能把做好这第一步的工作简单化，或者认为，这只是在替历史研究者做工作，只对历史研究有用；或者认为，从文学角度出发，不必要"全面搜集"、"忠实记录"，这都是错误的。实践一再证明，只有我们认真做好第一步工作，才能整理出质量较高的作品，也才谈得上给历史研究者提供有用的材料。即使有些材料暂时只能对历史研究有用，也应该认真地记下来，这是我们责无旁贷的，何况这些材料，很可能对我们将来整理作品或发现新线索有很大好处。

在整理时，在与历史的关系上，比较突出的问题是：当传说与史实有出入时，或传说有讹误的地方，我们怎么办？是统统参照史实改正过来呢，还是保留原样不动呢？我看，这个问题也应该本着吸取精华、剔除糟粕的精神来考虑，有的要改，有的不必改，必须具体作品作具体分析。在这里，我们既要防止以对历史的要求来要求传说，如有人像考证史实一样来考证传说，要求每篇传说中的人和事，都要斑斑可考、有据可查，有事没有人的也非得考查出一个人来按上去，否则就说这些传说是不真实的，是编造的，这是不对的：也要防止完全不顾史实，胡乱整理、加工的现象，对那些显然错乱时代、地点、人名、事件性质的也不管。这也是不对的。

在哪些情况下不必改呢？如前面提到的义和团传说故事《秀阁》，虽结尾不符合史实，但它反映了人民的一种心理，并不是糟粕，就不必改正过来。又如镇压捻军起义的刽子手僧格林沁，他屠杀人民"有功"，被封为"亲王"。"亲王"只是一种封号，但是在民间传说里，却把他说成是同治皇帝的叔父，在同治皇帝年幼时，他抱过同治皇帝，所以封为"亲王"，还说他的左胳膊常年用一把银锁锁着，就是因抱皇上有功，给加封的。这样就把蒙族的僧格林沁，变成满族人了，把异族的大臣变成皇上的亲属了。这个传说虽与史实不符，但它反映了人民的一种想象，又有生动的故事情节：认为是"亲王"吗，定是皇亲国戚，是皇上的叔父，来头大，所以那样残暴成性、杀人不眨眼。这正是它的精华所在，因此，我认为不必根据史实改正过来，为了避免读者的误会，加一个注解说明倒是必要的。关于僧格林沁的死，有说是梁王张宗禹杀的，有说是捻童张皮绠杀的；有说死在曹州；有说死在"落王桥"。故事都很生动，因此，我感到也不必强求一致，只保留一种说法。因为，尽管说法不一，但从广义上看，并不违反历史真实：僧格林沁确实是死了，是被起义军杀死的，这个事实是一致的。

在哪些情况下，要参照史实改正过来呢？如有的口述者把元末红巾军起义领袖刘福通的传说当作捻军将领刘天福的传说来讲；把光绪年间，义和团运动时期农民暴动的事当成捻军传说来讲；把地主团练与清

34

军作战的传说当捻军传说来讲；甚至把后来当了叛徒的起义将领当成英雄来歌颂，等等。我们就不必依葫芦画瓢，都把它当成捻军传说来整理。又如捻军后期领袖鲁王任柱牺牲在江苏赣榆县，传说牺牲在"盖县"或"赣县"，显然是字错音差，以讹传讹。后者还加上了迷信的色彩，说"鲁王是草龙转世"，死在"盖县"是因为"冲了地名"，"草龙给人家盖上还能活吗？"这些地方，特别是有糟粕的地方，就有必要参照史实进行慎重的整理，将错字改正过来，或进行必要的删节。

传说与历史的关系，是一个很复杂的问题。由于个人水平的限制，历史知识的疏浅，未能对这个问题作全盘深入的研究。以上几点看法都是很不成熟的意见，错误疏漏之处也在所难免，敬祈得到专家和同志们的批评、指正。

1963 年 7 月 1 日

（原载《民间文学》，1963 年第 4 期）

瑶家女儿上北京

百鸟欢歌唱不停，
红花露脸笑盈盈，
青山绿水齐舞动，
欢送瑶女上北京。

火车飞驰地向前奔跑着，瑶族姑娘潘爱莲待在车厢里，坐也不是，卧也不是，心里"扑通、扑通"地跳着，就像火车滚动的声音一样，始终不能平静。这一次，她被选派为出席全国少数民族群众业余艺术观摩演出会的代表，是她做梦也没想到的。她今年刚满 18 岁，还从来没有出过远门，这次离开瑶寨，坐上开往北京的火车，一连好几夜都没入睡，一合上眼，就梦见天安门，梦见伟大的领袖毛主席。

现在她坐在飞驰的火车里，却嫌时间走得太慢，她不时地数着钟点，计算着到北京的时间，恨不得一下子就飞到北京城。

这一夜，也不知怎的比平时显得格外长。潘爱莲时而看看窗外，时而若有所思。她拿起日记本想写些什么，临行前乡亲们送行的热烈场面又一一涌向她的心头……

那天，当她接到上北京参加全国少数民族群众业余艺术观摩演出会的通知，喜讯很快就传遍了瑶寨。乡亲们把她上北京看作是全瑶寨的大喜事，看作是全体瑶族人民的光荣。很多人来给她送行，这个说："你上北京，就等于我们上北京。"那个说："见到毛主席，多替我们问几声好，祝福他老人家万寿无疆！"

爱莲的母亲看到闺女就要上北京，忙着给女儿赶制了一身新衣服。临别时，她拉着女儿的手热泪盈眶地说："儿呀！吃水不忘挖井人。要不是共产党毛主席领导穷人闹革命，哪有今天的甜日子，哪有瑶家闺女上北京城的！你这次上京城看望毛主席，一定要谢谢他老人家日夜为咱把心操，一定要听党和毛主席的话。"

老书记亲自把爱莲送出寨门，语重心长地对爱莲说："自打解放以来，咱瑶寨上北京的就你一人，全公社全寨子的人都为你高兴。到了北京，一定要把咱瑶家最新最美的歌唱给首都的人民听，唱给恩人毛主席听。回来时，不要忘了把大会的精神，各兄弟民族的宝贵经验带回来。"

一人吃瓜万人甜，千言万语诉不尽。潘爱莲带着千万颗瑶家人民热爱党和毛主席的心离开了家乡，书记的嘱咐，母亲的叮嘱，乡亲们的委托，时时在激动着她的心。

一路上见到的、听到的，真叫她感慨万千。那冒着浓烟的武钢高炉，一天不知要为祖国生产多少钢材，这些钢材对于建设山区是多么需要啊！她默默地向工人兄弟们问好。那宏伟壮丽的长江大桥，有如彩虹横跨天河，上面跑汽车，下面跑火轮，中间跑着大火车，真是壮观极了。到了北方，那一望无际的大平原，更叫她心动，使她感触很多。刚见江南晚稻丰收，又见华北冬麦荡绿浪，伟大祖国有这么多肥沃的土地，粮食产量定能年年上升，农村经济确实大有可为。潘爱莲越想越多，心如潮涌，日记本上写下了密密麻麻的感想。她自小就听人们夸说："桂林山水甲天下"，可是现在她看来，祖国到处都是美丽的大花园，在列车经过的地方，哪儿都闪耀着三面红旗的成就和光辉。

火车经过两天两夜的长途跋涉，一声长鸣，驶进了北京站。车厢里沸腾起来了。潘爱莲从深思中醒来，她不知是从车厢里跳出来的，还是飞出来的，心儿早飞向天安门去了。

正巧，接待代表团的汽车就要经过天安门，大家高兴极了。司机同志也像摸透大伙的心似的，汽车一进入长安街就放慢了速度。"天安门快到了！"不知谁叫了一声，车里顿时骚动起来，大家都拥向窗前，你拉着我，我扯着你，这边看看，那边望望，要是能多生几双眼睛多好啊！

看！那红色的城楼，金光闪闪的国徽，不就是天安门吗！大伙不约而同地叫出声来。啊，天安门！天安门！1949 年 10 月 1 日，毛主席就是站在这里向全世界庄严的宣布：中华人民共和国成立了！我国各族劳动人民也就是从这一天起成为国家的主人。啊，天安门！天安门！各族劳动人民多么想来到您的身旁，瞻仰一下您的身影。潘爱莲看到这过去只能在电影和画报上看到的天安门，朝思暮想的天安门，禁不住流下泪来。

天安门广场新建的人民大会堂、人民英雄纪念碑……也把潘爱莲吸引住了。美丽宏伟的人民大会堂啊，我们瑶族人民和各兄弟民族人民一样，都是把自己最优秀的儿女选为代表送进您的大门，我们敬爱的领袖毛主席经常在这里和各族人民的代表一起商讨国家大事，决定国家的命运。您是我们幸福的保证。巍峨庄严的人民英雄纪念碑啊，瑶家姑娘向您致敬，我们瑶族人民的翻身解放，走上幸福的道路，就是和先烈们的艰苦奋斗、流血牺牲分不开的啊！我们瑶族人民一定继承先烈们的革命传统，永远不忘阶级斗争，把革命进行到底。

潘爱莲来到北京后，遇到的喜事一桩接着一桩，这几天来，五十多个兄弟民族的代表欢聚一堂，互相观摩，互相学习，已经够使她感动的了，大会还招待他们去人民大会堂观看了音乐舞蹈史诗《东方红》，组织他们参观了革命历史博物馆、军事博物馆和民族工作展览，游览了首都的名胜……这一切一切，使她受到了极大的鼓舞和教育。她感到眼光更远大了，心胸更开阔了。但是，使她感到最难忘、最快乐、最幸福的一件事是：1964 年 11 月 29 日，她和全国少数民族群众业余艺术观摩演出会的全体代表一起，参加了首都举行的支援刚果（利）人民反对美、比帝国主义武装侵略的正义斗争的示威大会。

潘爱莲和全体代表都站在天安门观礼台西台上。广场上红旗飘舞，数十万愤怒的人群，发出了"美帝国主义从刚果（利）滚出去"的怒吼声，她感到全身不知增加了多少力量。这声音叫敌人害怕，让朋友高兴。她也一股劲地和示威的人群一样挥舞着拳头，高呼着口号。她想到自己的国家在党和毛主席的领导下，推翻了三大敌人，赶走了帝国主义，但是帝国主义和一切反动派是不甘心的，他们还想卷土重来，还在世界许多角落杀人放火，欺侮我们的阶级兄弟。必须和他们进行针锋相对的斗争。过去，"站在家门口，望着天安门"，今天，她懂得了还要"站在天安门，看到全世界"！她抑制不住内心的激动，唱起"山连着山，海连着海，全世界无产者联合起来……"的歌来！

潘爱莲的心飞向刚果（利），飞向亚非拉美，正当她浮想联翩的时候，突然广场中央响起了春雷般的掌声，顿时一片沸腾，人们纵情高呼："毛主席万岁！"毛主席来了！毛主席也来参加示威大会来了。毛主席呀，毛主席，您是我国各族人民的大救星，您也最关心世界人民的革命。

毛主席来到天安门。潘爱莲多么想看一眼毛主席啊！可是她的个子长得不高，踮起脚都看不见，双脚蹦起来也看不清。她不顾一切地往前挤呀，蹿呀，怎么也挤不到前头，急得她满头大汗。站在旁边的战士业余演出队的解放军同志看她着急的样子，便让开了道，她跑到最高一层台阶上，终于看见了日夜想念的毛主席。

毛主席精神抖擞，满面红光，像巨人一样屹立在天安门观礼台中央。潘爱莲犹如婴儿见到了久别的亲娘，幸福的泪花挂在她喜悦的脸上，仿佛只有用激动的泪水才能表达她的心情似的。要是在别的场合，她定会对解放军同志说一声："解放军同志，谢谢您！"可是，这时她已顾不得这些了，泪水糊住的两眼一刻也不肯离开毛主席，她只管向毛主席招手、高呼。毛主席啊，毛主席！是您把我们瑶家从火坑里救出来，是您把各族人民引上幸福的道路，各族人民向您问候，瑶家姑娘向您问好，祝您万寿无疆。

毛主席同党和国家其他领导人走向观礼台这边来了，毛主席一定听见了我们少数民族代表的心声，毛主席满面春风地向代表们挥手致意，大家跳呀，蹦呀，各种民族语言的欢呼声、口号声响成一片，呼声震动山河，感人肺腑。潘爱莲揉了揉热泪盈眶的两眼，她看见毛主席也在向自己招手、微笑，整个心都要蹦出来了，她感到世界上再也找不到比这更幸福的时刻了。

这天晚上，潘爱莲睡在床上，翻来覆去怎么也睡不着。她想起瑶家穷人祖祖辈辈受压迫，有头不敢抬，有嘴不敢言，有歌不敢唱，被人骂成是"愚蠢的穷瑶子"。解放后，党的光芒照亮了瑶家，瑶族人民和各兄弟民族人民一样，处处受到尊敬，像她这样一个深山里长大的普普通通的瑶家女儿，小小年纪就能上学念书，还能千里迢迢地来到北京，这是过去怎么也不敢想、不敢信的。她想起来到北京后这一连串的喜事，想起毛主席向她招手、微笑，这是在做梦吗？不是啊！告诉你，你多年来的梦想已变成了现实。

潘爱莲一连向家中写了五封信，要全瑶寨的人都来分享她的幸福，可是她总感到没有把心里的话说尽。想到在北京看到的一切，想到首长的报告，她在日记本上写下了自己的誓言：党啊，毛主席，我向您保证，瑶家姑娘永远听党的话，决心在农村干一辈子，要做既会劳动又会从事业余文艺活动的红色接班人。她还写了这样一首诗：

黑夜要靠灯照明，
我靠党来把路引，
一颗红心跟党走，
永做革命接班人。

（原载《人民文学》1965 年 1 月号，本刊略有删改
后转载《广西文艺》1965 年 2 月号）

试谈谜语的特点及其表现手法

　　这里所说的谜语，指的是民间流传的谜语，它属于人民口头创作的范围，应该把民间谜语和文人所作的谜语区分开来。正像谚语一样，许多谜语最初是由一个人创作出来的。有些谜语的第一个作者可能是文人，不一定是劳动者。但是一般说起来，民间谜语吸取了文人的作品，总是要经过一番口头文学化的，从内容到形式多少会有些改变。从民间谜语和文人谜语的总和来看，两者是有显著的分别的。绝大多数的谜语作者还是劳动人民。作为人民口头创作的一种体裁，民间谜语本身是文人谜语的对立物。

　　谜语的最大的特点是对事物作寓意的，也可以说是比喻的描写。谜语是通过喻体来描写本体的。谜语包含两个部分，一是谜面，一是谜底，谜面即喻体，谜底即本体，而在出谜时谜底都是不拿出来的。喻体与本体，谜面和谜底之间必须有共同的或者相通的地方，喻体和本体必须在某些点上极其相似，这样猜谜的人才能根据他的生活经验，运用他的联想，找到两者的关联，这个谜才有被猜破的可能，这个谜才得"切"。否则的话，这个谜语是不能成立的。"谜语是造得很完美的隐喻"（阿里斯多德），此话说得有一定道理。比如：

　　红公鸡，绿尾巴，

　　一头扎在泥底下。

　　这说的是公鸡，指的是萝卜。公鸡是喻体，萝卜是本体。萝卜与公鸡之间是有共同点的，就是身子是红的，尾巴（叶子）是绿的。——这是一个北方的谜语，北方人习惯用"红公鸡绿尾巴"来形容某种颜色的公鸡，南方许多地方无此习惯，就不会产生这样的谜。

在形式上，谜语和其他民间文学（如民谣、谚语……）的最大的不同是在谜语总是采取提问的方式。谜语总是要求解答的，"疑其言以相问，对者以虑思之"（《汉书艺文志》），说明了这个特点。谜语的语言很简练，富于音乐性，一般都押韵……这些都是别的民间文学形式所共有的，很难在这上面找到它们的严格的分别。有一些作品在形式上采取提问的方式，但在内容上具有抒情歌的特点，而且是可以歌唱的，比如昆明和许多别的地方的"猜歌"：

　　什么长，长上天？
　　哪样长长海中间？

这在分类上就比较困难，归入谜语或抒情歌都无不可。另外还有一些"盘歌"、"对歌"，也采用提问的方式，但大都是直接地提问，不是通过寓意的描写然后再提问，比如：

　　什么人骑驴桥上走？
　　什么人推车压了一道沟？

这样的问题知道就是知道，不知道就是不知道，是没有办法想一想就会知道，没有办法猜的。"盘歌"、"对歌"中常常夹杂了一部分寓意的描写，这就含有谜语的成分。

寓意的描写，提问的方式，这是谜语的标志。

有一些谜作得比较平易，本体的特点表达得比较明显，喻体和本体的共同点比较容易发现，比如：

　　一朵芙蓉头上栽，
　　彩衣不用剪刀裁，

> 虽然不是英雄汉，
>
> 叫得千门万户开。　（公鸡）

"叫得千门万户开"，这说得太露了，稍为经过一点猜谜训练的人一猜就着。这样的谜语近似一些简单的咏物诗。

一般的谜语的喻体和本体之间的共同处都不是很明显的。出谜的人总是尽量要把本体隐藏起来，叫人难以发现它与喻体之间的共同处。《文心雕龙·谐隐》篇说："隐者，隐也，遁辞以隐意，谲譬以指事也。"谜语多是用譬喻来暗示事物的，而谜语的譬喻必极诡谲，不会是老老实实的。谜语总是绕着弯子说话的，是要使人产生错觉，摸不着头脑的。"谜也者，回互其辞，使昏迷也"（同前书），"回互其辞"，就是绕着弯子说话，"使昏迷"即使人产生错觉。然而，谜语的最终目的并不是只叫人"摸不着头脑"，而是要引导猜者的联想与判断，使他猜中谜底。因此，构思巧妙的谜语应该是善于在"隐"中把本体的特点"显"出来，所谓"义欲婉而正，辞欲隐而显"（同前书），就是这个道理。

喻体和本体之间必有共同的地方，但是除去这些共同点之外，喻体和本体大都是很不相同的，它们的相异点大于相同点。喻体和本体的距离很大，常常是全不相干的。谜语多借用另外一类的东西作为喻体，来描写本体，两者属于同一类性质的，比较少。谜语常借用自然现象来描写用物，反过来，也借用生产工具来描写自然现象；借用人身现象描写动植物，借用动植物描写生理器官；用伦理关系描写自然物的关系也是常见的。总之，创作谜语的人总是要用事物之间的相离相异处来掩盖事物之间的相似相同处的。这是"谲譬"的基本形态。

例如：

> 麻屋子，红帐子，
> 里面睡个白胖子。（花生）

> 千姐妹，万姐妹，
> 同床睡，各盖被。（石榴）

43

谜面说的是人，谜底却是果品。

  青石板，板石青，
  青石板上钉银钉。 （星）

这说的是用物，指的却是自然现象。

  一点火，一股烟，
  雷声隆隆，电光闪闪。 （吸水烟）

这说的是自然现象，指的却是生活现象。

鲁迅先生在《长明灯》里描写过小孩猜谜的情形。最大的一个孩子出了一个谜：

  白蓬船，红划楫，
  摇到对岸歇一歇，
  点心吃一些，
  戏文唱一出。

连着有两个孩子都猜是"航船"，直到后来才由出谜的孩子说出是"鹅"，猜谜的孩子一时还不能领会，还提出疑问。[1]这个过程是描述得很真实的。猜谜的孩子所以猜不出，所以误入歧途，正是因为这谜语的喻体（船）和本体（鹅）根本不是属于一类的东西。

谜语在借用喻体描写本体的时候，一般都不是描写本体的全貌，往往只描写它的某一点，把这一点特别强调、突出出来，造成一种奇特的、反常的印象，使人迷惑、误会，以为这是一种畸形的，不可能存在的事物，比如：

  奇奇奇，巧巧巧，

1.《彷徨》，人民文学出版社，第60-61页。

坐着倒比站着高。（狗）

古怪真古怪，
脚里伸出脚来。（裤）

古古怪怪，两根带带，
怪怪古古，两个肚肚。（铰铗）

许多谜语都是用"稀奇真稀奇，古怪真古怪"开头，这不是偶然的。

有些谜语是用"否定"的方式或者使喻体本身矛盾的方式来完成对本体的描写的，比如：

远观山有色，
近听水无声，
春去花还在，
人来鸟不惊。（风景画）

石头层层不见山，
短短路程走不完，
雷声轰轰不下雨，
大雪飘飘不觉寒。（推磨）

前一首可能是文人创作，后传到民间的。这是否定的方式。这一类谜语排除本体与喻体之间的相似处，常用"是怎样但不怎么"的语句。

姐俩一般大，
常在腰中挎，
离地二三尺，
总在脚底下。（马镫）

一宅分两院，

两院子孙多；

多的倒比少的少，

少的倒比多的多。（算盘）

这是矛盾的方式。这一类的谜语往往给人造成"既是这样，就不可能那样；既是那样，就不可能这样"的感觉，因而使人初猜时困惑不解。

有些谜语是用"比较"的方法来描写事物的，这包括"类比"和"对比"，有时也参互使用。这一类的谜语大多不是描写一件事物，而是描写一系列的事物。比如：

大姐长得美，

二姐一嘟噜水，

三姐露着牙，

四姐歪着嘴。（苹果、葡萄、石榴、桃）

大哥有针无线，

二哥有线无针，

三哥有火无柴，

四哥有柴无火。（蜜蜂、蜘蛛、萤火虫、喜鹊）

这些本体在一个谜语里是互相依存的，离开了全体，单独抽出一个来，就不成为谜语。比如只说一句："二姐一嘟噜水"，这叫人怎么猜呢？这是永远也猜不破的。这些互相依存的本体必须互相有一定的联系，或者有它们的共性，这样才可能产生比较的作用，在出谜时只要说出它们的各自的个性或特点来就行了，在猜的时候也只要猜出一个，其余就可以迎刃而解。从这类谜语习惯用"大哥、二哥……"、"大姐、二姐……"来组织，可以看出它们之间的接近。

也有的谜语是直接描写事物的形貌、动态、本质和作用的。

不少谜语只见描写，没有情节，但也有些谜语具有简单的情节性，仿佛一个简短的故事。这大都是事谜。有些谜语的情节是从本体所产生的，比如：

八尺长，七尺宽，

当中坐个女儿官，

脚一踏，手一扳，

七零八落都动弹。（织布）

有的是借用一个现成的故事作为喻体，来描写本体，如：

孔明借东风，

周瑜用火攻，

鲁肃哈哈笑，

曹操怒气冲。（蒸馒头）

在"比较"的谜语中有时本无情节，但在连接中造成虚假的情节，把描写变成了叙述，如：

大姐树上叫，

二姐吓一跳，

三姐拿棒打，

四姐点灯照。（蝉、蚱蜢、螳螂、萤火虫）

这很像一时之间发生了什么意外的事故，写得有声有色，很紧张，很有戏剧性，实际上什么事情都没有发生，这些比喻的动作间本无连贯的地方。不少"比较"格的谜语多少带有这种色彩的。

拟人化在谜语里的运用是十分普遍的，因为随处可见，这里就不举例了。

谜语从来就用来作为考验机智的工具。（关于古代谜语在生活斗争中的运用，此处不多说。）中国古代有许多关于猜谜的故事，故事的主角都是一些被公认为聪明的人物，如东方朔，如苏东坡……有些故事多出于附会，如东方朔，就有人指出，许多关于他的故事都是后人堆到他的头上去的，他不过是一个箭垛式的人物。但这说明了一个问题：善于猜谜被认为是聪明的标志。直到现在，谜语的主要作用仍是锻炼机智。运用自己的观察和联想能力，排除事物的其他的特点，着眼到某一方面的特点，努力去发现事物之间的隐秘的共同点，这是一种很有益处的智力的训练。在这个过程中也就获得、加深对于某一事物的特点的认识，丰富了对客观世界的知识，虽然这种知识大都是感性的。谜语是有认识作用的。但是，谜语的一个重要作用是娱乐。穷搜冥索，忽然有会，这是很叫人高兴的事。有一个关于猜谜的谜语说得好：

> 一时欢乐一时愁，
> 想起千般不对头，
> 如若想得千般到，
> 自解忧来自解愁。

此外，谜语是民间文学的一种体裁，它具备文学的质素，谜语是一些特种性质的小诗。谜语的语言、结构、韵律，是完美的。许多谜语都有优美的、生动的形象。多数谜语在描绘上，在所提出的事物的关联上，都很具有爽朗的幽默感，富于谐趣。比如：

> 从南来个黑大汉，
> 腰里插着两把扇。
> 走一走，扇一扇，
> 阿弥陀佛好热天！　　（乌鸦）

这样的谜语在猜破之后是不禁要发笑的。在这一点上谜语和笑话很接近。《文心雕龙》以"谐"和"隐"连接成篇，是很有道理的。这也是谜语为什么具有娱乐作用的缘故。

一般说来，谜语所反映的劳动人民的世界观、道德标准、痛苦、期望，不像民歌、谚语那样强烈、鲜明。但是谜语绝不是远离社会生活的。谜语的取材十分广泛，人民生活的各方面的事物都是谜语的材料。这可以看出人们对于生活的密切关心与兴趣。许多谜语对于旧的社会制度是提出讥弹、讽刺的。比如：

> 少时青，老来黄，
> 几多敲打配成双，
> 送君千里终须别，
> 弃旧怜新撇路旁。（草鞋）

> 在娘家青枝绿叶，
> 到婆家面黄肌瘦，
> 不提起倒也罢了，
> 一提起泪洒江河。（船篙）

这不是旧日妇女的写照吗？又如：

> 兄弟七八个，
> 守着柱子过，
> 老来分了家，
> 衣服都扯破。（蒜）

这实在是对封建家庭的伦理关系的一个绝妙的嘲讽。

像一切民间文学一样，谜语也是要随着历史的发展而发展的。一些旧的谜语要死亡，一些新的谜语不断地创造出来。现在我们已经有了许多关于电灯、电话、无线电、拖拉机之类的谜语。这些谜语初出时虽然比较粗拙一些，在流传开来，经过人民的集体琢磨，它就会变得像传统谜语一样的精彩，以比较固定的形式存留下来。像这样的谜语：

> 一只独眼龙，

> 夜晚跟人行，
>
> 越明它越暗，
>
> 越暗它越明。（王老九作；手电筒）

则在第一次创作出来时就是相当完善的。有些谜语因为事过境迁，则不断地被人修改着。

附记：本文原载《民间文学》1957年2月号，是我20多年前的一篇习作。发表后，一直很少有时间在这方面继续进行深入的研究和探讨，1963年接陕西省群众艺术馆民间文学工作组来信，拟编入《民间文学学习资料》（第四辑），征求我的意见。我重读一遍后，感到粗疏之处不少，本想重新改写，由于付印在即，一时抽不出更多的时间进行，因此，只将个别错字改正过来，并在我感到有必要删改的几处动了一下。

（原载《民间文学》1957年2月号

后转载《中国民间文学论文选·下》（1949—1979），1979年1月）

民间文学与人才学

近年来"人才学"在我国引起了广泛的重视，越来越多的人在研究它、应用它。有人问我，这门新崛起的科学与民间文学有关系吗？我一时没回答上来。最近，带着这个问题在书海中搜寻线索、查找资料，虽然所见有限，却愈钻愈有兴趣，愈钻愈觉得其间奥妙无穷，不仅发现它们之间关系甚为密切，而且大有文章可做。本文试就自己学习的初步心得，谈点粗浅的看法，抛砖引玉，希望得到广大读者和专家们的指正。

民间文学在成才史上的地位和作用

"人才学"作为一门综合性的新兴学科，与哲学、教育学、心理学、社会学、传记文学、遗传学、脑生理学、控制论及未来学等社会科学和自然科学诸学科都有十分密切的关系，难道与民间文学没有关系吗？"民间文学"是劳动人民集体创作的口头文学，是劳动人民生活的"百科全书"，它既古老又永葆青春，在历史长河中川流不息，似串串珍珠汇入智慧的海洋，成为人类物质文明、精神文明取之不尽、用之不竭的宝库，怎能说与人才学没有关系呢？民间文学是人类每一个人出世后，首先接触的启蒙教材，那娓娓动听、妙趣横生的故事歌谣，对陶冶孩子们幼小的心灵，增长知识和求知欲，是很好的诱发剂。作为社会科学之一的民间文学，由于它本身在历史进程中的地位和多方面的价值，对人们的成长、成才、成就，也起着不可忽视的作用。在浩如烟海的民间文学作品中，以"人才"为题材和主题的数量极多；民间故事塑造了各类人才的典型形象；民间文学作品中的幻想对张开科学家们想象力的翅膀，进行发明创造，也起着启迪作用。这些，都对探讨人才成长的规律，提供了宝贵的资料。人才学研究，要借鉴社会科学、自然科学诸学科，也需要借鉴民间文学。

古往今来，许多伟大人物都受过民间文学的哺育和熏陶，从中得到丰富的生活知识，记取做人的经验教训，学习高尚的品德情操，获得多方面的有益启示，开创惊天动地的宏伟事业。中外文学史上，各国伟大的作品之所以丰富了世界文学宝库，伟大的作家之所以被光荣地载入史册，显然有民间文学的光彩在内。在我国，第一个伟大诗人屈原，在楚国民歌的基础上创造了骚体诗，自此在诗歌史上"风""骚"并存，双峰并举；唐代"诗仙"李白，从小以"铁杵磨成针"的精神刻苦学习，从乐府民歌中吸取养料，写出了不少广受欢迎的华美诗章。元、明、清著名的戏剧、小说家及其作品，如关汉卿的《窦娥冤》、王实甫的《西厢记》、罗贯中的《三国演义》、施耐庵的《水浒传》、吴承恩的《西游记》、蒲松龄的《聊斋志异》、曹雪芹的《红楼梦》，等等，无不吸收了大量的民间文学养料。在外国，希腊古代三大悲剧家（埃斯库罗斯、索福克勒斯、欧里庇得斯）的悲剧作品，喜剧之父阿里斯托芬的喜剧作品等，都与希腊神话有不可分割的关系。英国伟大戏剧家莎士比亚的《哈姆莱特》、德国伟大诗人歌德的《浮士德》、印度古代诗人迦梨陀娑的名剧《沙恭达罗》、俄国语言大师普希金的故事诗等等，都是吸取了丰富的民间文学乳汁创作成功的。在繁星满斗的作家群中，我们要特别提到高尔基和鲁迅的名字。

高尔基之所以成为社会主义革命文学的奠基者和旗手、举世闻名的伟大作家，是与民间文学的哺育分不开的。他从小就生活在民间文学的襁褓中，他在回忆童年时期民间文学对他的影响时说："我个人应该承认，当我从我的外祖母和乡下讲故事者的口中听到民间故事的时候，这些民间故事对于我的智力的发展，是起了十分肯定的影响。"[1]"我的头脑里装满了外祖母的故事诗，正如蜂房里装满了蜜。好像我连思想也是用

---

1. 尼·皮克萨诺夫著：《高尔基与民间文学》，中国民间文艺出版，1981年版，第116页。

她的诗歌形式来思想的。"[1] 高尔基的记忆力是非常惊人的,他能够把听来的无数故事原原本本传述给别人,使听者入迷。在民间文学的长期的熏陶下,他自己也可称为一个出色的民歌手和故事家。高尔基在他一生的创作中,不断地从民间文学宝库中提取闪光的东西充实他的艺术珍品。只要把他的著作一卷一卷地翻阅一遍,就会很容易地发现到处闪现出一段段民间文学的引文,使我们看出民间文学在他的艺术风格的形成中所起的作用。

高尔基有句名言:"人民不仅是创造一切物质价值的力量,他也是精神价值唯一的、永不枯竭的源泉,无论就时间、就美还是就创作天才来说,人民总是第一个哲学家和诗人,他们创作了一切伟大的诗歌、大地上一切悲剧和悲剧中最宏伟的悲剧——世界文化的历史。"[2] 高尔基不仅自己在创作中不断吸取民间文学的养料,而且不止一次地在讲话或文章中强调作家向民间文学学习的重要。高尔基在《谈"文学小组纲要草案"》中说:"民间文学是劳动人民从其劳动和社会经验中抽取出来的知识的总汇——这是牧人、猎人、农人、铁匠、养蜂人、陶匠、木匠、渔人及其他在古代全人类文化奠基者的知识。"[3] 高尔基指出"没有民间文学知识的作家,是蹩脚作家。在民间创作里蕴藏着无限的宝藏。一个态度认真的作家应该掌握这些宝藏。""文艺作品在形式上、情节上和教训意义方面对民间口头创作的从属关系,是完全无庸怀疑的,是大可注意的。"[4]

高尔基在给《一千零一夜》第一卷写的序言中说:"口头创作对于书面文学的影响是特别重大和无可争论的。民间故事及其题材,自古以来就被各国和各个时代的文学家所利用。"他举出古罗马作家阿普利尼的小说《金驴》,意大利作家薄伽丘的《十日谈》以及乔叟的《坎特伯雷故事集》里,民间故事的影响十分明显。歌德、巴尔扎克、安徒生、狄更斯等都利用过民间故事。许多俄罗斯作家如茹科夫斯基、普希金、列夫·托尔斯泰、陀思妥耶夫斯基、涅克拉索夫都很重视民间文学。高

---

1. 高尔基著,楼适夷译:《在人间》,人民文学出版社,1956年版。
2. 高尔基著:《个人的毁灭》。
3. 《高尔基档案集》第三册。
4. 尼·皮克萨诺夫著:《高尔基与民间文学》。

尔基对世界各国的民间文学都感到兴趣，他一再指出"各国伟大诗人的优秀作品，都是取材于民间集体创作的宝藏的，自古以来这个宝藏就提供了一切富于诗意的概括，一切有名的形象和典型"。并举出世界许多著名作家"名声登峰造极之日，正是他们受到集体创作的鼓舞，从无比深刻、无限多彩、有力而睿智的民间诗歌这个源泉中吸取灵感的时候。"[1]高尔基对在他之先的许多伟大作家的评论，正恰如其分地说明了民间文学对他本人的成长、成才和成就发生过非常有益的和有意义的影响。

我国新文化运动的旗手和主将鲁迅，也是在民间文学的襁褓中成长起来的。在他的著作中，也有不少回忆童年时期接受民间文学教育的动人篇章。他喜欢听外祖母讲故事，听保姆阿长讲有关"太平天国"的传说。阿长给他弄到一本画着"九面的兽，九头的蛇"的《山海经》，他欣喜若狂，把它看做"最心爱的宝书"。当他听了祖母讲的关于"白蛇娘娘"的故事以后，幼小的心灵就非常同情白娘娘，看不惯许仙，并特别厌恶法海和尚，一直盼望那个镇压白娘娘的"雷峰塔"能尽快倒掉，直到他四十多岁写《论雷峰塔的倒掉》一文时，还念念不忘地写道"有谁不为白娘娘抱不平，不怪法海太多事的？"

在鲁迅的战斗的一生中，曾以高度的重视接触了大量的神话、传说、故事、寓言、歌谣、谚语。他精心辑录的《古小说钩沉》中，抄录了不少神话、传说、故事和笑话；在他写作的《中国小说史略》中，阐述了民间故事演变的情况；在他创作的小说中，成功地吸取了宋代以来民间"话本"的养料；在他大量的讽刺时政的、具有高度战斗性的散文中，也巧妙地运用了民间笑话、寓言、歌谣、谚语，形成独特的风格。

鲁迅早在二三十年代，就号召文艺战士重视从民间文艺宝藏中吸取"刚健、清新"的养料。鲁迅称民间文学作者是"不识字的作家"，盛赞"乡民的本领并不亚于大文豪"[2]。并说"我相信，从唱本说书里是可以产生托尔斯泰、费罗培尔的"[3]。鲁迅十分欣赏民间戏曲，认为其中的扮演

---

1. 高尔基：《个人的毁灭》。
2. 鲁迅：《准风月谈·偶成》。
3. 鲁迅：《南腔北调集·论"第三种人"》。

"比起希腊的伊索，俄国的梭罗古勃的寓言来，这是毫无逊色的"[1]。而鲁迅本人也正是从唱本、说书、民间戏曲的熏陶中成长起来的。当然，鲁迅和高尔基一样，他们成为伟大的文豪，不仅仅是由于他们吸收了民间文学营养，而是因为吸收了各种营养的东西。但植根在劳动人民中，却是他们成为一个伟大作家的基本条件。鲁迅幼年时代就生活在闰土、阿长等劳动人民中间，使他与劳动人民建立了血肉不可分的感情，接受了劳动人民创作中的反抗旧社会的叛逆精神与艺术传统，逐渐形成了他那战斗的顽强的性格和"俯首甘为孺子牛"的人品。

我国当代有些著名作家对文学的爱好，也是从听故事、民歌过渡来的。茅盾不忘他母亲给讲过《西游记》故事。冰心从小就缠着母亲讲故事，母亲讲完了就让舅舅讲，头一部书讲的就是三国故事，她听得晚上舍不得睡，有时隔了几天没讲，便急得像热锅上的蚂蚁一般。李季爱听"信天游"，正是吸取了陕北民歌的丰富营养，才创作出那优美动听的长诗《王贵与李香香》。

例子是举不胜举的，这一切说明了什么呢？作家的成长、成才、成就需要民间文学的乳汁，这可以说也是一个值得探讨的人才规律吧！

民间文学塑造了各类人才的典型形象

一、伯乐成群　精英荟萃

古人说："世有伯乐然后有千里马，千里马常有而伯乐不常有。"人们爱千里马，更爱伯乐，人才难得啊！但历史上善于发现人才的"伯乐"仍不乏其人。"伯乐"的主要特征在于爱才、识才和荐才。在我国，从原始社会末期尧舜禹的"选贤与能"开始，在漫长的历史年代中，伯乐成群，精英荟萃，许多爱才、识才、荐才的传说故事，散见于史册，流传于口头。

在原始社会，担任领导职务的人才，是社会的公仆。传说唐尧是个

---

1. 鲁迅：《且介亭杂文·门外文谈（十）》。

英明能干、肯为公众出力的人，他当了领袖以后更是竭尽全力为公众操劳，大家都很拥护。当他九十高龄时觉得年迈力衰，要求公众重新推选一个领导人。开初有人推荐他的大儿子丹朱，尧王说不行，丹朱不会筹划，安排，不会指挥，没有本事当领导人。又有人推荐共工还有人推荐鲧，尧王都认为不合适。后来发现有个酋长叫虞舜，二十五岁，年轻能干，带领人们开荒、耕田、捕鱼，到一处，兴一处。尧王考察了舜的德行与能力挺合心意，便把帝位让给了舜。[1]

舜在位几年，天下闹起洪水，舜派鲧去治水，几年没有成效，按当时赏功罚罪的条例被处死；舜又让鲧的儿子禹继承父业。禹带领一大批百姓治理洪水，走遍了九州。他考虑到堵塞不能治住洪水，采取挖掘沟渠，疏导入海的办法，终于治服了洪水，使老百姓得以安居乐业。由于他献身的精神和正确的方法，显示出无比的才华，受到老百姓的称赞。舜也确认禹是一个能成大事业的人，尽管舜也有一个儿子叫商均的，但才能和功劳不如禹，便把帝位传给了禹，并没有因为他的父亲鲧被处死刑，而影响对他的信任。大禹治水，一去十三年，"三过家门而不入"传为千古佳话。民间传说中讲到他三过家门的细节十分感人：一过家门是早晨，听到母亲骂他治水是笨蛋和儿子的哭声；二过家门是中午，听到妻子逗儿子温柔的笑声；三过家门是傍晚，儿子不认识他还要他捎口信，叫等治平洪水再回家。

关于招纳贤士的故事不胜数举：文王渭水访太公讲的是，姜太公已是一个八十高龄的老渔翁，周文王见他气度不凡，是个深谋远虑、运筹帷幄的人才，便亲自带着文武官员和车驾去请他，拜为军师，表现了在上者"眼光远大，求贤若渴"的心胸；齐桓公差点被管仲射死，而后来管仲却成了他的宰相，表现了在上者的"胸怀坦荡，宽以待人"；祁黄羊年岁大了，提出要告老还乡，晋侯让他推荐接班人，他毫不犹豫地推荐了自己的仇人解狐，晋侯很吃惊，祁黄羊说："私仇不能代替公事，大王是问谁能接我的班，并没有问谁是我的仇人哪！"表现了举贤者"不计私仇，推荐人才"的崇高品德。

---

1. 《尧王举贤》，《民间文学》，1981年第4期。

56

传说屈原任楚国左徒期间，就提出了"举贤授能"的主张，经常四处访贤纳士[1]。

一次，屈原在故乡发现应举的五百多人中，有九十九人的考试成绩相同，都应列为头名，只有一人差一点，名列第二。屈原觉察到可能有人作弊，便决定举行一次复试。于是发给每人一百粒谷种，秋后交卷：谁收的子实最多，谁就中了。交卷的时候到了，九十九个在初试中荣获第一名的试生，请人背筐提篮，带着黄澄澄的金谷来了，检验成绩时：一万粒、两万粒……数目越来越大。最后，那个在初试中获得第二名的庄稼汉，捧着一个小土钵走进来。屈原问："多少颗？"答："九百九十颗。"屈原喜形于色，详细地询问了他播种的经过，当众宣布这位名叫昭汉的庄稼汉是此次当选的唯一贤才。原来，屈原发给每人一百粒谷种中，只有三颗是能发芽的金粳稻种，其余九十七颗都是蒸死的。昭汉通过精细的选种、栽培、施肥、浇水、治虫，用尽心血，亲自收获九百九十颗。别人虽然交了成千上万的子实，但都不是那三颗金粳稻种种出来的。屈原通过复试巧妙地检验了每一个人的品质，后来，大家就把金粳稻叫"诚实稻"。

三国时，刘备、关公、张飞"三顾茅庐请诸葛"的故事，家喻户晓，脍炙人口，表现了刘备的雄才大略，爱才求才之诚。元末，朱元璋起兵时，胸怀大志，求贤若渴，每到一处都要走乡串镇访贤求才。在南山见到朱升老先生，朱升送他九字真言："高筑墙（巩固后方），广积粮（发展生产），缓称王（取信于民）。"朱元璋按此推翻了元朝，统一了天下，建立了明朝。[2]朱元璋三次寻到唐仲实，请教怎样发展生产、减轻老百姓负担和定国安邦的大计，唐仲实建议他学习魏丞相曹操实行屯田。朱元

---

1. 屈原的传说：《金粳稻》，见《历代文学艺术家的传说》第1册，上海文艺出版社，1981年版。

2. 朱元璋传说：《访贤》《变"撒"为"栽"》《赐鱼羹》《火烧庆功楼》，见《民间文学》1982年第4期。

璋采纳了唐的建议，改变耕作老法，将所有水稻田改"撒播"为"栽秧"，多收五六成，产量大大提高。[1]

这些传说故事告诉我们：人才问题关系到一个国家的盛衰强弱，凡是历史前进、社会发展、国家兴盛时期，必然是人才辈出的时期。历史上比较贤明的统治者，在他们的创业阶段都是注意选拔人才的，他们的功绩不仅载入史册，也在劳动人民的口头创作中得到反映。但是，历代帝王重才、爱才是不彻底的。在他们取得政权，地位一变之后，又经常采用杀戮功臣、残害人才的手段来巩固自己的统治。刘邦得天下而杀韩信、黥布；曹操爱才又杀杨修、华佗，朱元璋称"贤才，国之宝也"，即位后就火烧庆功楼，大杀功臣。[2] 这种从重才，爱才到害才的悲剧，是阶级局限和历史局限造成的必然结果。人们爱才，更爱识才的"伯乐"。历史上凡重才、爱才、求才、推贤、进贤、举贤者，均得到人民的称颂；凡妒贤害能、杀戮功臣者，均遭到人们的唾弃：孙膑、庞涓同学于鬼谷子，孙膑智谋过人，料敌如神；庞涓妒贤害友，阴险毒狠，假造罪名，借刀断了孙膑的双脚，结果身败名裂，死于孙膑的妙算中。岳飞精忠报国，收复河山；秦桧陷害忠良，叛国投敌，最后自己留下个千秋骂名。

在史册和民间传说中，除了"荐才"型的，还有"自荐"型的。《毛遂自荐》[3] 的故事是最有代表的一例，它已成为成语；还有一个"甘罗十二为丞相"的故事也深入民间。

我们老一辈的无产阶级革命家都是很重视培养人才和爱护人才的，革命导师有关人才的精辟论述和言论很多。马克思说："每一社会时代都需要有自己的伟大人物，如果没有这样的人物，它就要创造出这样的人物来。"列宁说："要像我们爱护眼珠那样爱护一切真诚工作的、精通和热爱自己的业务的专家。"毛泽东同志说："在这个使用干部的问题上，我们民族历史中从来就有两个对立路线：一个是'任人唯贤'的路

---

1. 朱元璋传说：《访贤》《变"撒"为"栽"》《赐鱼羹》《火烧庆功楼》，见《民间文学》1982年第4期。

2. 朱元璋传说：《访贤》《变"撒"为"栽"》《赐鱼羹》《火烧庆功楼》，见《民间文学》1982年第4期。

3.《史记·平原君虞卿列传》。

线，一个是'任人唯亲'的路线。前者是正派的路线，后者是不正派的路线。"[1] 这些论述，总结了前人有关人才研究的成果，是历史经验的结晶，并为大量的历史传说故事所证明。新中国成立后，优越的社会主义制度保证了人才的充分发展，这是旧社会剥削阶级制度下的多数人遭受压抑，不能人尽其才所不能比拟的，新民间故事大量涌现。例如《勤务员和"国宝"》[2]，就讲出了总理爱护人才的音容笑貌。《深山访"仙"》[3] 讲的是：

抗日战争时期，陈毅同志为了救护新四军的伤病员，亲自深入茅山采草药，听说山上有位名医叫辛三仙，是辛弃疾的后代，医道高明，因日本鬼子侵华，隐居到此。陈毅为了访名医，三顾乾元观，三留请柬，终于见到了辛三仙，并以爱国大义请动了辛三仙。辛三仙为新四军的爱国诚意所感，热情地献出了自己采集的全部中草药，还和老道士商定，把乾元观作为新四军江南指挥部的总医院。从此，流传下一副佳联，上联写的是陈毅，下联写的是辛三仙，对仗工整，含意深刻，意味无穷：

　　　三顾道观三拜三仙山心动
　　　四咏雄文四仰四军事理明

二、"三百六十行，行行出状元"

"三百六十行，行行出状元。"状元，就是人才。各行各业都有自己的状元。但是，封建统治阶级是不承认劳动人民中间会有状元的。有一则《秧状元》[4] 的故事，生动地歌颂了庄稼人的智慧才能，讽刺了昏官的愚蠢无知。

民间文学中塑造了各行各业状元的形象，成千上万的能工巧匠，是我国劳动人民技巧和智慧的化身。如鲁班，原本是春秋时代的一名石匠，本姓公输，名班（或般），因为是鲁国人，所以人们称他为鲁班。由于他

1．毛泽东：《中国共产党在民族战争中的地位》。
2．《老一辈革命家的传说故事选》，上海文艺出版社，第86页。
3．《民间文学》1982年第5期。
4．《中国民间故事选》（二集），人民文学出版社，第139页。

才智出众，技艺高超，善于发明创造，人们尊称他为鲁班师傅，传颂着他的故事，并把许多工具改革，发明创造的功绩都移植到他身上。在我国手艺人中，木匠、石匠、瓦匠、扎棚、裁缝等行业，都把鲁班当作自己的祖师爷。我国的许多高山大川、名胜古迹，如北京的故宫、天坛，河北的赵州桥、卢沟桥，长江的三门峡，杭州的西湖，桂林的山水，都有着不少关于鲁班的优美动人的传说故事，几乎遍及全国，家喻户晓。可见人们对鲁班怀着多么敬仰之意。

从民间的传说故事中，还使我们知道：铁匠的祖师爷是李老君，陶工的祖师爷是范蠡，油漆彩画匠的祖师爷是吴道子，豆腐祖师是乐毅[1]，木梳始祖是赫廉[2]，编竹篾的祖师是陈七子[3]，北京玉器大师是陆子冈[4]，而纺织祖师是黄道婆[5]，雨伞是鲁班妻子云氏发明的。

他们都是各种行业中出类拔萃的人才，尤其是我国的四大发明：指南针、造纸、印刷术、火药，更显示了我中华民族炎黄子孙的智慧才能，是中国人民对世界文明做出的重大贡献。

民间传说中也塑造了清官、爱国将领的形象：包公、海瑞的铁面无私，不畏强暴，木兰、岳飞、杨家将、戚继光、郑成功、林则徐的赤胆忠心、为国捐躯。西门豹、李冰父子的为民除害、兴修水利等等，至今还为人们所广为传颂；塑造了文学艺术家、科学家、医学家的形象：屈原、李白、王羲之、苏东坡、施耐庵、蒲松龄、曹雪芹、郑板桥、扁鹊、华佗、孙思邈、李时珍等等，他们的成人、成才和成就的事绩一直鼓舞着后人；塑造了巧女、神童的形象，他们身上集中了我国妇女、儿童聪明、勤劳、善良、勇敢的美德；特别是塑造了历代农民起义领袖：陈胜、吴广、黄巢、方腊、李自成等以及太平天国、捻军、义和团英雄们的形象，更是受到人们的称颂和爱戴。由于这些传说故事大家都较熟悉，这里就不一一举例详述了。

1.《豆腐祖师乐毅》，《民间文学》1982年第2期。

2.《赫和皇甫》，《民间文学》1981年第8期。

3.《陈七子编竹篾》，《民间文学》1981年第8期。

4.《琢玉大师陆子冈》，《民间文学》1981年第8期。

5.《黄道婆的故事》，《民间文学》1980年第3期。

民间传说中的这些主人公"状元们"，都比历史上的真人更高大、更完美，他们是各行各业杰出人才的典型形象，是各个时代人才的佼佼者，是我们民族的精英。

三、"阿凡提"何其多也

我国是一个多民族的国家，几乎每个民族都有自己机智人物的代表，如维吾尔族的阿凡提、毛则拉丁、赛来伊。恰堪，藏族的阿古登巴、聂局桑布，蒙古族的巴拉根仓、沙格德尔，哈萨克族的和加纳斯尔、阿勒的尔·库沙，壮族公颇、佬巧、老登、公天，纳西族的阿一旦，瑶族的卜合，彝族的罗牧阿智，沙哥克如、张沙则，白族的六八、艾玉，傣族的召玛贺，艾苏和艾西，哈尼族的门帕，布依族的甲金，苗族的反江山，侗族的甫贯，傈僳族的光加桑，佤族的岩江片、达太，基诺族的阿推，汉族的徐文长、祝枝山等。

他们原本多是历史上实有的人，如阿凡提，据说本名是纳斯尔·埃德·丁，联系起来是纳斯尔丁（纳斯列丁），为了表示对他的尊敬，大家称他霍加·纳斯列丁，或纳斯列丁·阿凡提。"阿凡提"并非人名，来源于突厥语，一说是男人的称号，一说是当地对有知识、有学问的人的尊称。又如阿一旦，相传生活在清代咸丰、同治年间，出身于云南省丽江县黄山村一个纳西族的贫苦农民家庭里，给木土司当农奴。此人爱打抱不平，经常捉弄和整治残暴愚蠢的木土司，为穷人伸张正义。

各族人民热爱这些机智人物，根据自己的斗争生产和理想愿望，为这些机智人物编织了不少诙谐、幽默的故事。故事中的主人公，已经不再是生活中实有的那个具体人物，而已发展成为一个"箭垛式"的人物，是各族人民智慧和力量的化身，也是各民族人才的代表。这些人物大都出身于穷苦家庭，他们既生活在劳动人民中间，又经常周旋于国王、奴隶主、土司、贪官、财主身旁，并代表人民的意志与他们斗争。各族劳动人民赋予他们聪明、机智、勇敢的性格，使他们个个神通广大，足智多谋，万事精通，无所不能，个个是有胆有识、敢拼敢斗的勇士。这些故事是各族人民智慧和勇敢的赞歌，也是人才的赞歌。我们从这些机智人物身上，不仅可以学到劳动人民丰富的社会斗争经验和高超的斗争艺术，也可以探索和总结人才成长的规律。

人才并非天赐　天才出于勤奋

如果对古今中外的杰出人才略加分析，就会发现，真正的人才决非天赐，也不靠"王封"，而是在不断地学习与实践中，勤学苦练，循序渐进，日积月累，由量变引起质的飞跃，最后才成才的。人才史上多少重大发现和创造发明，都是通过多次失败而走向成功的。"欲速则不达"，急于求成，想走捷径，常常是事与愿违。靠"关系学"，靠攀附、拍马手段，是当不了真正的人才的。大量的民间文学作品证明了这个真理。

常言道："书山有路勤为马，勤学则进，辍学则退。"有个少年向陶渊明请教学习秘诀，陶渊明用"稻禾"和"磨刀石"循循善诱说："勤学如春起之苗，不见其增，日有所长；辍学如磨刀之石，不见其损，日有所亏。"使少年恍然大悟，顿开茅塞，明白了天下并没有什么学习妙法，贵在持之以恒，勤学不已。[1]

"学问绝无尽头，治学必须谦虚。"宋代大诗人黄庭坚小时，少年气盛，自以为赋比先秦宋玉，诗齐盛唐李杜。一次，在去苏杭的途中，竟被一位普普通通的船家少年出的一个"上联"难住了。这句"上联"是："驾一叶扁舟，荡两支桨，支三四片蓬，坐五六个客，过七里滩，到八里湖，离开九江已有十里。"黄庭坚羞愧地没对出来。从此，他虚心好问，刻苦攻读，终于成了当时"四学士"之一，与苏东坡齐名。[2]

"一人才学浅，众人见识高。"宋代大文学家欧阳修在滁州当太守时，为琅琊山的一座亭子题名为"醉翁亭"，并写了一篇《醉翁亭记》，文章写好后，贴到城墙上，敬请黎民百姓，过往商贾、文武官吏共同修改。原稿开头是："滁州四面皆山也，东有乌龙山，西有大丰山，南有花山，北有白米山，其西南诸峰，林壑尤美……"一位姓李的樵夫看后，提意见说：滁州四面都有山，开头太噜苏了。欧阳修听到后恍然大悟，以后便把开头并为一句，改为"环滁皆山也"，既简练，又明白。这不一定是

1．陶渊明的传说：《授学》，见《历代文学艺术家的传说》第1册。
2．黄庭坚的传说：《少游江州府》，见《历代文学艺术家的传说》第1册。

真有的事，但表现了大学问家应有谦逊的美德。[1]

传说清初著名文学家蒲松龄写《聊斋志异》时，写着写着写不动了，就到门口站着，他想："一人肚里一条计，三人肚里唱本戏。"便装一缸绿豆汤在门外，走道人乏了随便喝，不过有一条，不论是谁，歇过来以后，都得给他讲一段稀罕事儿听。日日听，年年听，把普天下的事都记在肚里了。这才回到屋里闷下头来写书，笔像涌着泉眼儿似的，一溜两行的字儿就冒出来了。[2]

"先天下之忧而忧，后天下之乐而乐。"是宋代文学家范仲淹的名言。传说他做官清廉，从不冤屈好人。怎么晓得的呢？有一个故事说他不曾做官时就在家里实践过：

有一次，范仲淹喊人做了一百个馒头，自家先吃了一个，再交给丫头说："喏，这儿有一百个馒头，你收起来，我出去一趟，回来再交给我。"过了一会儿，范仲淹回来了。丫头拿出馒头，范仲淹故意点一点，自然少了一个。丫头数来数去，只有九十九个。范仲淹说话了："是不是你偷吃了？你要说实话。你承认吃过，我也不责罚你；你不承认，我倒要用家法打啊！"丫头一想，犯不着讨苦吃，我承认了吧，就说："是我偷吃的。"范仲淹一听："这要冤枉死人啦！明明是我自家吃的，一吓，丫头就承认啦。做官要是也这样，真是害人不浅啊！"所以，后来范仲淹审理案子，仔仔细细，顶小心，一向不肯动大刑，屈打成招。[3]这也说明了审理案子不能逼供讯，实事求是、调查研究多么重要啊！

华佗初行医的时候，本领也不高明，因为他能虚心向别人学习，一点一滴，取长补短，终于成了名医。有个故事说，华佗母生奇症，华佗不能医治，母亲就病死了，华佗很伤心，发愤投师学医，立志救济众人。他初到师傅那里，师傅叫他先做三年杂活再说，他就在病房里专管打水、烧茶、涮尿盆、洗疮布、侍候病人，华佗做得很用心、周到，懂得了不少病症的来源和下药的药方；以后师傅又把他引入内室，读了三年医书，炼了三年丹丸，学会了"望"、"闻"、"问"、"切"，察颜观色和许多药

1. 欧阳修的传说：《太守和樵夫》，见《历代文学艺术家的传说》第1册。
2. 蒲松龄的传说：《写（聊斋）》，见《历代文学艺术家的传说》第1册。
3. 范仲淹的传说：《吃馒头》，见《历代文学艺术家的传说》第1册。

典。出师时，师傅送给他四句话："药草到处有，就靠两只手，人人是师傅，处处把心留。"从此，华佗肩背药包，到处为人治病，没药自己拔，没针自己打。真是药到病除、妙手回春，不多日子华佗的名声就传开了。但他以后仍不忘向高明的老先生请教，又学到了治头风病的单方和治病先治心的道理。[1]

从《鲁班学艺》等许多赞美鲁班虚心求教、刻苦钻研技艺的故事里，也揭示出一个朴素的道理：即使像鲁班这样的能工巧匠，依然需要从群众中不断吸取智慧，在实践中不断进行探索，一刻也不能脱离群众，脱离劳动。[2]

许多书法家的故事告诉我们，书法技艺也是无止境的，即使成名后也不应骄傲。《王羲之逛泰山》[3]讲的是：王羲之见泰山景色秀丽，夸耀说"像我的字一样，全国闻名！"大话被泰山神听见了，泰山神为了教育他，化为两个老太婆，通过擀饼、烙饼、一甩、一摞，整整齐齐、毫无差错的纯熟技巧，把他奚落了一番，再不敢骄傲了。与这个故事类似的是：唐代大画家吴道子开始学画时，也受到两个妇女烙馍的启示，从中悟出一个道理："无论做什么事，都要专心，都要下苦功，功到自然成。"[4]《柳公权练字》[5]讲的是：柳公权小的时候，字写得刚有点起色就得意起来，在一次比赛中，他为了"会写飞凤家，敢在人前夸"几个字，被一个卖豆腐的老头批评了一顿，说他的字像担子里的豆腐脑一样，软塌塌的，没筋没骨，有形无体。后来，他进城拜一个无臂用脚写字的"字画汤"老爷爷为师，老爷爷教给他四句话"写尽八缸水，砚染涝池黑，博取百家长，始得龙凤家"。从此，他勤奋练字，学习各家优点，观察飞禽走兽，把自然界各种优美的形态都熔铸到书法艺术里去，终于成为唐代著名大书法家，但他一直到老对自己的字还很不满意，勤奋苦练，坚持不懈，直到88岁去世为止。

1. 华佗的传说：《琼林学医》《虚心求学》《治病先治心》。见《古代名医的传说》，上海文艺出版社。

2.《鲁班学艺》等，见《民间文学》1959年4月号。

3.《民间文学》1981年第8期。

4.《烙馍的启示》，见《民间文学》1981年第2期。

5.《民间文学》1981年第12期。

许多武林故事告诉我们，英雄豪杰们超群的武艺、精湛的绝技，都不是"天赐"的，而是从实践中刻苦学习到的。"武松打虎"的故事尽人皆知，武松的本领是从哪儿学来的呢？传说是"瘸拐李"教的，武松苦苦学了三年。[1]

实践出真知，天才出于勤奋。世间不会有"生而知之"的人。有一则《孔子改错》[2]的笑话，诙谐有趣，令人捧腹不止，可以作为这一节的结语：

> 传说孔子没有见过大海，有一次，到大海边出了不少洋相。经老渔翁指教，才知道："海水咸、腥、涩、苦，不能喝，一喝就会闹肚子。"孔夫子作的诗，不能很好地反映海边生活，老渔翁帮助修改，并给孔子师生们表演了精彩的打鱼招数。孔夫子观后猛然有悟，发觉自己过去犯了个大错误，于是严肃地对学生们说："为师以前对你们讲过'生而知之'，这话错啦！大家记住：知之为知之，不知为不知，是知也。"

这个笑话显然是后人编织的，但它反映出一个深刻的哲理：即使"圣人"，也不见得什么都知道，样样都高明。各类人才，行行状元，都不是"生而知之"的神人，而是"脚踏实地"的智者，他们的聪明才智是向先辈和人民群众学习来的，是从斗争实践中、调查研究中得来的，他们身上集中了千百万群众的智慧和经验，人们赞颂他们，学习他们，世世代代传颂着他们的故事。

民间文学让"幻想"与"科学"攀上亲

"幻想"与"科学"是两个不同的名词和概念，谁也不能把它们简单地等同起来。但是，世界上的事是千奇百怪的，叶叶相覆盖，枝枝紧相连，绝对孤立的事物是不存在的。有趣的是，"民间文学"这个"红

1.《武松打虎的武艺是哪里来？》，《民间文学》1982年第12期。
2.《民间文学》1981年第2期。

娘"，却让"幻想"与"科学"攀上了"亲"，当然它们是自由恋爱，而不是包办。

人类文明的发展史告诉我们：幻想，在人类智力活动的一切领域中起着巨大的作用。她不仅是民间文学、一切文学艺术不可缺少的因素和重要特征之一，而且是科学活动、发明创造的必要条件。大胆假设在科学中的作用是人所共知的，而任何假设都包括着很多想象、联想和幻想成分。列宁曾在《哲学笔记》中写道："否认幻想也在最精确的科学中起作用，那是荒谬的。"列宁指出，甚至在数学中也需要幻想，如果没有幻想，就不可能有微积分的发现。科学需要幻想，幻想常常是科学的先导，科学家在发明创造中，并不先是用逻辑思维，打开他们智慧之门的，往往靠形象思维，靠幻想和想象力。历史上有才能、有作为的科学家，没有不善于幻想和想象的，他们的许多发明创造和光辉成果，都是首先从他们非凡的幻想和想象中得到启蒙的。

早在远古时代，人类就展开了幻想的翅膀，勇敢地在科学天空里翱翔。民间文学一直伴随着文明史，那些绚丽多姿、富有奇特幻想和丰富想象力的神话、童话、故事，往往启迪科学家们步入神奇的境界，浮想联翩。许多卓越的技术发明，早在它们出现以前就被口头文学的创作家们预言过和想象地描述过。这里不妨举一个"机器人"的例子，我们的祖先就曾以丰富的想象力，描绘了它的奇妙活动和动人景象。《列子·汤问》篇记载了这么一个故事：

> 相传周穆王西游时，途中遇到一位名叫偃师的人，把他所创制的一个能歌善舞的机器人献给穆王。这个机器人走起路来昂首低头，都像真人一样（"趣步俯仰，信人也"）。歪着脸唱歌合乎音律（"钡其颐，则歌合律"），扬起手跳舞合乎拍节（"捧其手，则舞应节"），它的表演"千变万化，惟意所适"。穆王以为是真实的人，带有宠妃一同观看。当表演快结束时，机器人竟用眼睛挑逗穆王左右的侍女。惹得穆王大怒，要把偃师处死。偃师立即把机器人拆卸开来让穆王观看：里面的肝胆心肺脾肾肠胃，外面的筋骨肢节皮毛齿发，都是木头皮革涂上

各种颜料制成的。再装配起来又跟原先看到的一样。穆王还试着摘掉其心，于是机器人的口就不会说话，去掉肺，眼睛就看不见；破坏肾，脚就不会走路。最后穆王感叹道："人之巧乃可与造化者同功乎？"

在荷马时代，希腊人是这样幻想机器人的，它走路很快，有着钢筋铁骨，身上覆盖着与人相像的皮肤，它的外表与人难于区别。这种机器人被人们称为"安德罗丁"（Androiden），其词源于希腊文。我国古代许多能工巧匠还曾创造出能模仿人类某些活动的"机关人"，"人形舞姬"，自动本人等等。例如，沈括《梦溪笔谈》中第七卷记载了一个能够自动捕鼠的机关人。张鷟的《朝野金》中记载了一个会说话的机关人。尽管由于当时生产和技术水平限制，这些机器人的功能是极其有限的，这些故事也不一定是实有的事，但它在一定程度上反映了古代科学技术的水平和成就，特别是周穆王见到的那个机器人活灵活现，反映了当时人们对于人体结构的深入了解，也描绘了制造机器人的大胆设想。

随着科学技术的发展，古代人的幻想逐步变为现实，当代研制机器人的越来越多。有趣的是，现在国际上把机器人称为"罗伯特"（英文是 Robot），其词源于斯洛伐克语"Robot"（农奴的赋役）。而这个"罗伯特"，原本是20世纪20年代捷克幻想作家卡雷尔·查培克写的寓言剧《罗莎姆万能机器人公司》中的主角，他既听话又勤快。随着剧本的上演和轰动，引起人们强烈的兴趣，于是科学家们把创造出的真正的机器人也叫起"罗伯特"来。[1] 从这段关于"机器人"的介绍中，可见人们的艺术创作（包括幻想小说、幻想性的民间故事），对科学家的创造发明起着多么有趣的启示和影响啊！

幻想，出现在民间文学作品中，尽管有的今天看来离奇古怪、荒诞可笑，但在当时都是有现实生活为根据的。它反映了人们对客观世界的不认识、不了解，要求认识、要求了解；反映了人们征服自然、支配自然的意志和力量，也反映了人们对未来、对美的憧憬和追求。高尔基有

1．刘尊全著：《电脑——原理、应用和发展》，科学普及出版社。

一段阐述说得好：

> 在远古时代，人们就已经梦想着能够在空中飞行——关于法伊东、狄达勒斯和他的儿子伊卡拉斯的传说以及关于"飞毯"的故事都告诉了我们这点。他们梦想着加快走路的速度——于是有关于"快靴"的故事；他们学会了骑马。想在河里比水流游行得更快的希望引起了桨和帆的发明，想从远处杀伤敌人和野兽的志愿，成为了发明投石器和弓箭的动因。他们想到能够在一夜之间纺织大量的布匹，能够在一夜之间修造很好的住宅，甚至"宫殿"，就是说可以防御敌人的住宅，他们创造了纺纱车——一种最古老的劳动工具，原始的手织机，并且创造了关于智者华西里沙的故事。[1]

无论是高尔基所举的希腊神话中的法伊东、狄达勒斯和他儿子的故事，还是俄罗斯华西里沙的故事，以及古代劳动人民创造的其他幻想性强的故事，都是在过去人们的劳动实践中产生的，并非胡思乱想，而总的体现着人们渴望战胜自然、摆脱繁重体力劳动、提高生产效率的美好愿望，这种愿望是符合社会发展的要求的。这一切，对科学家他张开幻想的翅膀大胆假设，直到最后的发明创造，都不会是起不到一点促进作用的。民间文学中的丰富想象，是以现实生活为基础的；科学发明中的大胆假设是和求实态度紧密联系在一起的。两者，都需要幻想，又都是以现实为起飞点，这是它们之间取得"姻缘"、搭上的一条无形的"红线"，很值得我们去探索。

古人说："他山之石，可以攻玉。"生活中常常有这样的体验，当你思考一个问题百思不得其解时，另辟蹊径，换一个角度，或者偶然碰见一个什么意外的事情，也许你马上会豁然开朗，似有所得。善于联想和幻想，常常能举一反三，闻一知十，触类旁通，以至产生认识上的飞跃，出现创造的灵感，开出智慧的花朵。科学史上，从联想、幻想、假设，

1.《高尔基文学论文选》，人民文学出版社，1958年版，第320至321页。

进入发明创造的故事比比皆是。例如：瓦特从水蒸气冲开壶盖，想象到制造蒸汽机；牛顿见苹果从树上掉下来，想象到一种看不见的力量，发明了万有引力定律，魏格纳从墙上挂着的世界地图，想象到世界海陆的原始分布和大陆浮游说；伽利略从比萨教堂吊灯的摆动，想象出关于摆振动的等时性定律；拉哀奈克从翘翘板上，想象到发明听诊器；贝尔从吉他声中联想到改装电话机；鲁班从齿茅草划破裤子，联想到创造锯木工具。

今天，历史已进入原子时代、人造卫星时代，而早在公元前四世纪，德谟克利特就宣读过原了学说，远在一百多年前，齐奥尔科夫斯基就高擎着人造卫星在空间旋舞。当年的这些科学幻想都已实现或得到证实。[1] 昔日的许多手工操作，已日渐被现代化技术所代替，人们梦寐以求的"飞毯"、"木鸟"、"木马"、"木人"以及许多减轻劳动的工具等等幻想，正在逐步变为现实。传说鲁班做的"木鸟"能够飞翔三日而不下，如今已有了飞机、宇宙飞船；传说鲁班用的墨斗，墨线一弹就能破开木头，如今运用电锯锯木已很普遍；传说鲁班、诸葛亮夫人制造的木头人可以帮助人干活，造的木驴给拉磨不吃草料，如今已有了收割机、脱粒机、电磨和各种自动化机械；传说鲁班造的赶山鞭可以赶着石头走，现在已有了起重机、拖拉机、大卡车、火车等运载工具。古代人民幻想的本领高强、非凡出众的十兄弟："顺风耳"、"千里眼"、"有气力"、"钢脑袋"、"铁骨"、"长腿"、"大头"、"大脚"、"大嘴"、"大眼"，[2] 如今也一一成为现实，被无线电、望远镜、推土机、雷达、电脑、火箭等现代化技术所代替。

幻想和想象，是民间文学中最活跃的因素，是科学发明的引擎，历代进步的科学家们，无时无刻不在为人民造福，为改进劳动条件、提高劳动效率冥思苦想，我们无须去举出和对证究竟哪一项科学发明是受哪些民间文学作品的启发，而张开幻想翅膀，大胆假设，取得创造成果的；然而，我们坚信富于幻想和丰富想象力的民间文学作品，对科学家们的熏陶、启迪和在发明创造上的潜移默化作用是毫无疑问的，也是无法估

1.《人才》1982 年第 1 期。

2.《水推长城》《中国民间故事选》，人民文学出版社。

计的。通过以上的论述，使我进一步、更多地认识到民间文学的重要价值。许多作品中所表现的征服自然，改造世界的雄伟气魄、大无畏精神，以及故事主人公的聪明才智和丰富想象力，对于我们今天建设高度文明的社会主义祖国，开创更加灿烂的新局面，仍然是很大的鼓舞和鞭策。为什么今天的人们还把技术革新的能手称作"活鲁班"呢？说明鲁班的典型形象跨过了产生它的时代，赋予了新的含义，继续发挥着启迪智慧，鼓动创造发明的作用。

民间文学能不能在"幻想"与"科学"之间充当"红娘"的角色，给它们之间牵上一条"红线"，这个问题过去很少见人论述。由于笔者水平有限，看法粗疏荒谬之处一定不少。为了开阔民间文学研究的领域，促进民间文学与人才学的相互借鉴，我大胆地把这个问题提出来。求教于科学界和民间文学界的专家们。

（原载《民间文艺集刊》，1984 年第 5 期）

大力抢救民间文学

　　总理的这篇重要讲话，虽然十八年了，针对性还那么强，还很有现实意义。值得我们狠下一番功夫学习，结合实践思考，深刻领会，认真贯彻。作为民间文学工作者和爱好者必将从这篇光辉讲话中得到极大的启示和鼓舞。我初读一遍，感受最深的是民主作风和文艺规律两个问题。抓好这两点，民间文学工作就能搞上去。

　　要发扬民主作风。总理一开始就批判了那种"一言堂"的不好风气，只许一人言，不许众人言，动不动就给别人"五子登科"：套框子、抓辫子、挖根子、戴帽子、打棍子。痛心的是总理讲话后十多年来，这种坏风气不仅没有禁止，到林彪、"四人帮"横行期间，竟从"五子登科"发展到"五子乱华"了。拿民间文学界来说，惨遭文字狱之害的事例，就举不胜举，触目惊心。多少优秀的作品被诬为"毒草"，打入冷宫；多少杰出的歌手、民间艺人、民间文学工作者遭到迫害，有的含冤而死，至今还有许多错案、冤案、假案没有得到彻底的平反和昭雪。有的同志说，总理讲话中一再告诫我们要纠错纠偏，尽管错误有来自"左"的和右的方面，但总理主要强调的是纠"左"。我非常同意这个观点，"五子登科"、"五子乱华"，就是"左"的产物，"左"的祸根，把我们文艺界坑害苦了。要解放思想，敢想、敢说、敢做，首先得从长期存在的"左"的干扰、宁"左"勿右、"左"比右好那套理论中解放出来；从林彪、"四人帮"的那套帮腔帮调帮理论中解放出来；从被歪曲、肢解，神圣化的教条、片言只语中解放出来。造成实事求是，讲真话无罪，说假话受罚的新风气。只有这样才谈得上"思想再解放一点，胆子再大一点，办法再

71

多一点，步子再大一点"。

要按文艺规律办事。总理讲得好：各种事物都有它的客观规律，艺术也一样。要认真加以研究，加以摸索，许多经验要认真加以总结。民间文学作为精神生产的一种，是有它独特的规律的。民间文学历史悠久，遗产浩如瀚海、丰富多彩。搜集、整理、研究民间文学的工作，不仅对于继承文化遗产、繁荣文艺创作有着重要意义，而且有利于进行马克思主义社会科学的研究，诸如哲学、政治学、经济学、语言学、民族学、文艺学、历史学等都可以从这个宝库中取得珍贵的第一手材料。作为文学，它与各种文学形式有共同之处，这是共性；作为民间文学，又有与别种文学不同之点，这是个性。必须按照民间文学的规律来办事，不能瞎指挥。多年来这方面值得总结的经验教训是很多的。比如赛歌，从古传到今，由于它唱民心，抒真情，深为人民群众喜闻乐见，几千年来多少个皇帝、大官想禁歌都没禁了。社会主义的今天，人民当家做主，人民喜爱的传统形式，只能因势利导，谁要站在人民的头上禁歌，非碰得头破血流不可；可笑有些人，诬蔑民歌下流，自己又树起一个小靳庄"赛诗会"样板，由于它尽说假话，甘做"首长"的传声筒，虽然鼓噪一时，终因违背民心，违反文艺规律，好梦不长就夭折了。但是，它的流毒和影响还需进一步肃清。

再如过去时代的民间文学作品能不能为今天的大转折服务呢？正确的答复应是肯定的、毫不含糊的。在向四个现代化进军中，物质生产者需要多种多样的、丰富多彩的精神食粮，民间文学无论古的、今的都不能偏废。为什么有人看了包公戏，高喊"共产党员要向包公学习"呢？这是值得我们深思的。民间文学工作者在大转折中，不是无事可做，而是大有可为的。民间文学中，特别是那些优秀的、古老的作品，多是以口头说唱的形式流传的。十多年来由于林彪、"四人帮"的毁灭性破坏，不少著名老歌手、老民间艺人已相继去世，如今会背诵吟唱的已凤毛麟角了，如果还不动手抢救，势必造成更严重的损失。我们这一代不能做民间文学的败家子。因此，我要为抢救民间文学而大声疾呼。

（原载《民间文学》，1979 年第 3 期）

《灯花》友谊续新篇
——记日本《灯花》读者访华团在中国

　　1981年10月，正是金秋收获的季节，中国的报纸、电台、电视，报道了一件动人的新闻：一位家庭遭到不幸的日本妇女，受中国民间故事《灯花》的鼓舞，放弃轻生念头，重新获得生活的勇气。这位名叫北岛岁枝的妇女和她的两个孩子应中国民间文艺研究会的邀请，作为日本《灯花》读者访华团的成员来到了中国。访华团一行十三人，他们是：团长石井基、副团长辻村年雄、秘书田中次惠（女），团员北岛岁枝（女）、北岛高广、北岛明子（女）、浅田浩子（女）、石井健之、笹木幹男、前田洋太、前田亚纪子（女）、正木一（男）、儿玉十纪（女）。

　　贵宾们是10月6日晚到达北京的，第二天清晨就游览了天安门。北岛岁枝见天安门广场又宏伟又壮丽，不禁激动地说："我的家乡伊豆半岛，出门就是山，今天见到天安门广场如此开阔，我才理解到中国人心胸为什么这么宽广。"北岛的孩子高广、明子兄妹，启程前就和妈妈一起学会了《我爱北京天安门》这首歌，今天亲自来到这里，像仙鹤翱翔蓝天，多么高兴啊！他们兴致勃勃地转了广场一圈，嘴里不时哼着"我爱天安门！我爱天安门！"

　　高广、明子幼儿园的老师田中次惠、浅田浩子，特别喜欢孩子，她们见到广场上天真活泼的中国孩子在那里散步，马上迎上去和孩子们握手，并对中国阿姨说：在日本也常带孩子参观名胜古迹，以增长知识。今天我们到历史悠久，文化灿烂的中国来访问，定能学到不少东西。

亲切的会见

10 月 8 日上午，日本《灯花》读者访华团的团员们来到人民大会堂，受到了中国妇女联合会主席、中国人民保卫儿童全国委员会副主席康克清的亲切接见。康克清同志高兴地听了有关北岛情况的介绍，对中国民间故事《灯花》在隔海相望的友好邻邦起到的良好作用，感到由衷的喜悦。康克清同志赞扬北岛是一位坚强的女性，愉快地和北岛母子一家合影留念。

康克清同志对石井基团长、辻村年雄副团长说：你们的工作做得非常好，这件有益的工作本身就是一个故事，这个故事将载入中日友好交往的史册，一代一代传下去。我们见面交谈的时间虽然有限，但友谊是长存的。

为了表达对中国人民的友好情谊，北爵岁枝和辻村年雄启程前，专程到伊东市的热川热带植物园，为当年周恩来总理赠送给日本的白皮松拍摄了照片。北岛把这张照片请康克清同志转赠给邓颖超副委员长，并且说：中国的自强，在日本长得枝繁叶茂，它象征着两国人民的友谊万古长青。

北岛的孩子高广、明子兄妹，在康克清同志面前唱了《祝你健康》等歌曲，热爱儿童的康克清同志像慈爱的祖母一样亲吻孩子，并对他们说：欢迎你们长高了再来，将来友谊再加友谊就靠你们了！

热烈的欢迎

在中国民间文艺研究会欢迎日本《灯花》读者访华团的宴会上，在为中日友谊召开的民间文学座谈会上，贾芝同志代表中国民研会，对朋友们的来访表示热烈的欢迎和衷心的祝贺。贾芝同志说：《灯花》这个民间故事能够在中日文化交流、中日两国人民之间的友好方面起到这样一个动人的作用，我们感到非常高兴。民间故事是劳动人民的作品，包含着非常丰富的生活和斗争经验，对提高人们的精神境界，提倡心灵美，具有独到的作用，但是，像这样感人的事迹，过去我们是很少想到的。

　　贾芝同志说，我们早就盼望北岛母子来访，今天，北岛穿着漂亮的日本和服来到中国，使我们像见到民间故事中聪明、智慧、能干的仙女一样，感到特别的高兴。北岛可以说是中国民间故事最好的读者，访华团以"灯花"为名，说明朋友们都是《灯花》很好的读者，都是中日两国人民之间、群众性的友好活动的使者。今天和朋友们聚会，对我们民间文学工作者也是一个莫大的鼓舞。贾芝同志赞扬石井基团长；辻村年雄副团长在中日友好事业上做出了令人感动的贡献，并祝朋友们旅途愉快，访问成功。

　　在宴会和座谈会上会见日本朋友的还有中国文联秘书长陆石、国际部负责人罗焚。中国民间文艺研究会副主席钟敬文、马学良，秘书长王平凡、副秘书长程远，《民间文学》编辑部主任高鲁，以及前驻日大使馆工作人员吴永顺等也在座。

《灯花》在日本的轰动

　　副团长辻村年雄是访华团最热心的组织者，他多次地、热情地向中国报刊记者和民间文学界的朋友们介绍了《灯花》故事在日本人民中间产生的巨大影响。

　　辻村年雄说，北岛的事我是 1979 年听说的，通过访掘证实北岛母子的确生活得好，被誉为"光明的家庭"。北岛每天工作回来，总跟孩子们一起读书，一起活动，为了不受电视的影响，开电视的时间仅占一般家庭的三分之一。她家生活并不富裕，但料理有方，藏书也很多。她的日记本上记满了好文章，好歌词和读书心得。她记下的《灯花》故事，因被泪水浸过，好几页字迹已不怎么看得清楚了。北岛不止一次地给孩子们讲过这篇故事，而且一直是怀着"只要勤奋努力，定能叩开幸福之门"的信念生活下来的。后来我将调查的情况告诉了中国大使馆的吴永顺先生，大使馆的朋友们很关心这件事，都想看一看日本出版的这本故事集。

　　为了找这本故事集，又出现了好多热心人。北岛读这篇故事是 1974 年，是从秦野市流动图书馆借的一本书中看到的，1979 年访问她时，只记得故事的主人公叫都林，在哪本书上看到的已记不清楚了。我请秦野市图书馆帮助查一查，他们很认真，全馆 7 名工作人员齐出动，从 1980年 1 月 28 日到 2 月 8 日，放弃了星期日休息，冒着风寒，将 8 万册书通通搬出来查找了一遍，终于在一堆准备处理的已经破得不成样子的书中找到了，书名叫《世界民间故事集》，君岛久子翻译的，中国民间故事《灯花》是书中的一篇。中国大使馆听说后，请北岛母子到使馆做客表示慰问，并特地从书店买了几册登有《灯花》故事的新书，分赠给北岛、秦野市图书馆和我。

此事被《朝日新闻》《读卖新闻》《每日新闻》《神奈川新闻》等报刊的记者知道了，觉得很奇怪，一再追问我找这本书的目的。征得北岛同意我将情况说明后，秦野市市政府一位 40 多岁的女工作人员马上哭起来。秦野市图书馆馆长则高兴地说："我干图书馆这行是干对了，没想到碰上这么一件大好的事情！"秦野市教育长 70 多岁了，也激动地说："我一生当中，还没有经历过这样感人肺腑的事情！"

多方的帮助和支持

北岛每天辛勤工作，操劳家务之余，就抓紧时间自学汉语，盼望着有一天能够到产生《灯花》这样美好故事的国度去看一看。不久，她正式接到中国民研会的邀请，心情激动得不知如何是好，多年的夙愿实现了！可是一想到自己由于长期劳累腰痛病常犯，又犹豫起来，心想：要是在访问中病倒了，就会给朋友们带来很多麻烦，不如让长期照顾自己两个孩子的幼儿园老师田中次惠和浅田浩子代我前往更好一些。她的想法被辻村年雄觉察后，立刻打消了她的顾虑，并积极帮助她治病，同时，约田中、浅田等热心人，发起组成了一个《灯花》读者访华团，请前下田市市长石井基任团长，一周访华。

当记者问起北岛的腰痛病是怎么治好的时，辻村年雄说，我们访华团的一个成员叫石井健之，今年 29 岁，小时候爱做冒险的事，13 年前，外出遇着暴风雨，几乎丧命，被我救活了。今年，当访华时间临近，大家正为北岛的腰病犯急时，接到石井健之的贺年片，一想他现在是大夫，精通按摩，也许能治好北岛的病吧！我赶紧给他写信，他毫不犹豫地每周坚持去给北岛按摩，在石井先生和朋友们的精心治疗下，北岛的腰痛病基本上好了。为了保证北岛一行健康的访华，石井健之愉快地应邀和他们同行，成了访华团的保健大夫。

启程前，人们纷纷为北岛一家祝福。北岛所在的伊东市市长特地把北岛母子请去对他们说："与中国友好是件大好事，希望你们成为日中友好活动的桥梁！"高广、明子兄妹所在的学校也热情支持孩子们随母访华，校长嘱咐说："在校学习固然很重要，去中国访问是更好的学习机会！"

以生产日本和服布料著称的新潟县十日町市的居民，特地赠送了十二件和服，大正制药公司、滨松市中村建设公司的职工家属以及许多学校，也怀着为日中友好尽一份心意的愿望，托北岛母子转送给中国小朋友数百幅儿童画和自制的纪念品，有的不肯讲出自己的名字。

这一切，都使我们感到了日本普通群众希望中日友好的真挚感情。

一包粉丝见深情

北岛感人的事迹在报刊上报道后，在中国读者中也激起了很大的反响，来自各地的二百多封慰问、鼓励信，纷纷地寄到北岛家里。一位中国母亲在信中说："我的境遇与你相仿，看到你摆脱痛苦、坚强地生活下去的事迹，使我深受感动，我也下决心重新生活下去。"还有一对年轻夫妇在信中说："我们俩因感情不和，曾经去法院要求离婚，看了《人民日报》关于你的报道后，深受感动，我们俩长谈了三天，解开了心里的疙瘩，为了下一代的幸福，我们决定不离婚了，请你作为我们的日本姐姐来中国做客……"

今天，北岛母子启程来到北京，消息一经传出立刻牵动了千百万中国母亲的心。就在这激动的日子里，中国民间文艺研究会收到一包从旅大寄来的包裹，要求立刻转给北岛。原来，这是一位名叫郑桂香的中国母亲写给北岛姐姐的。信中说：

北岛姐姐：您好！高广、明子好！衷心祝愿《灯花》读者访华团访问成功，为促进中日友好谱新篇。请收下我一个普通中国人的一点心意：一包花生米，一包粉丝。……花生粉丝在中国民间是子孙幸福、交往长久的象征，愿中日友好万古长青！

"千羽鹤"和"灯花"台灯

高广、明子兄妹向中国小朋友们传授了用彩纸折叠仙鹤的方法；高广、明子的老师田中次惠又将折叠仙鹤的方法教会了中国的大朋友们。原来，在日本仙鹤和中国的凤凰一样被看做吉祥之物，人们常用它来表达一种祝愿和希望。提起叠仙鹤，前不久中日间还传诵着一个动人的故事。

一天中午，日航班机徐徐降落在首都机场，几位乘务员将一大串"千羽鹤"（用彩纸折叠成的一千只鹤）转交给前去迎接的吴永顺父女，他们怀着激动的心情，接过了这一珍贵的礼物。吴永顺原在驻日大使馆工作，在北岛遭到不幸时，曾给北岛母子以热情帮助。吴永顺因爱人患重病回国照料，北岛母子很挂念。这串"千羽鹤"正是小兄妹托日航班机捎给吴永顺爱人的。兄妹俩在信中说："听说阿姨得病，心里很难过"，"据说叠了千羽鹤，病人就会好起来，所以赶叠了千只，愿您快快治疗恢复健康……"这一千只凝结着真挚情谊的仙鹤，是他们亲自从数百里外的静冈县送到东京成田机场日航乘务员手中的。当日航乘务员知道自己是在为增进中日人民之间的友谊办了一件好事后，感到特别的高兴。

这次，兄妹俩和母亲一起来到中国，见到吴永顺夫妇身体很健康，感到十分高兴。为了表达对日本朋友的感激之情，吴永顺夫妇这次也赠给北岛一盏中国台灯。愿这盏凝聚着中日两国人民友好的情谊的台灯，永远闪射出"灯花"的光亮！

友谊的种子

日本朋友在京期间，还游览了故宫、颐和园、景山、天坛、雍和宫、动物园；参观了北京大学、果子市幼儿园、西城区少年宫、中日人民友好公社等。

在故宫，高鲁同志问北岛：《灯花》故事是怎样在你们家乡流传开的？北岛说：伊豆，也是个名胜地，男人少，女人多，比较辛苦，抚养孩子是妇女很重要的劳动。孩子们爱听故事，妇女们也爱听故事，像《灯花》这样优美动听的故事，一讲就传开了！

游览天坛的那一天，田中次惠穿着一件漂亮的连衣裙，上面绣的图案引起人们的兴趣。"那一个个小动物是什么？""这是一个日本民间故事，这是狐狸，这是新娘，吹吹打打可热闹哩！""啊！狐狸娶新娘！"贾芝同志说：这跟中国的民间故事《老鼠嫁女》可能是一个类型，很有意思！田中次惠说，穿这种礼服做客，带有祝贺事事如意、一路顺风之意。

在长城，66岁的石井基团长听说田中前首相曾登上第二烽火台，尼克松总统曾登上第三烽火台，他也一鼓作气地登上了第三烽火台。前田洋太为了留下美好的记忆，一路看，一路画，不时地把北京的秀丽景色、名胜古迹描绘在自己的小笔记本上。

在果子市幼儿园，热爱劳动的孩子们为贵宾们表演了拔萝卜的舞蹈和歌唱了日本歌曲《拉网小调》。幼儿园的阿姨对北岛说，《灯花》故事我们共同喜爱，并为我们结下不解之缘，衷心祝愿您生活幸福，事事如意。

在西城区少年宫，石井基团长见中国少年书法爱好者正在写"海内存知己，天涯若比邻"的诗句，也欣然饱蘸浓墨书写了"敬爱"两个大字。14岁的女学生魏斌代表少年宫书写了"一衣带水情谊深长"的条幅赠给北岛，深受感动的北岛也挥笔写下"灯花友谊世代相传"八个字赠给少年宫。日本朋友和中国少年手拉手地欢跳起日本盂兰盆舞。

在中日友好人民公社，明子和她的小伙伴们愉快地参加到小学生赛跑的行列。

明子在谈到她到北京后的感想时说，"来到给我们带来希望的《灯花》的国家，每天都碰到很多新奇的事情。这里的人们心地都很善良，我觉得只有在这样善良人的国家，才有这样的故事，我们要像故事中的百合花那样，做心灵美丽、善良而坚强的人，为日中永远友好做点事。"

《灯花》之乡迎贵宾

10月15日,《灯花》读者访华团来到桂林市,广西民研会秘书长黄勇刹等到车站迎接,并陪同贵宾观赏了桂林风光。

贵客们登上了蚕彩山,饱赏了桂林全景,参观了童话般世界的芦笛岩。在游漓江时,北岛激动地说,桂林风光太美了,过去只在中国民间故事里了解一点,今日一见真是名不虚传。她情不自禁地在日记本上用汉字写下了"桂林山水天下甲"的字句。

在《灯花》之乡见到故事的搜集整理者肖甘牛,北岛的泪水都流出来了。她说:见到您我们全家都高兴,一个人的一生坎坷不平,当我碰到不幸时,《灯花》鼓起我重生的希望和勇气。今天到《灯花》之乡来访,中国朋友的深情厚谊我是永世不忘的,祝您身体健康,搜集整理更多的民间故事。肖甘牛说:你带孩子不远万里来到《灯花》之乡,我们十分高兴,你受民间故事鼓舞,勤奋劳动创造幸福的精神令人钦佩,《灯花》照亮了你的心,也照亮了我77岁老人的心。

10月17日,日本《灯花》读者访华团来到《灯花》之乡的柳州。文联副主席牛秀代表柳州文艺界和《灯花》故乡的人民,热烈欢迎贵宾们来访,并对日本朋友赠给的珍贵的和服表示衷心的感谢。这套珍贵的和服,是日本制造和服著名的十日町市的人民精心制作的。柳州市决定将这一珍贵的礼物很好地珍藏在群众艺术馆,并向全市人民公开展出。

苗族是以挑花、刺绣著名于世的。牛秀同志代表柳州文艺界和《灯花》故乡的人民,将一套斑斓夺目的苗族服装回赠给日本《灯花》读者访华团,并将壮锦背袋分赠给访华团每个成员。据说这套苗服是《灯花》之乡的苗族老歌手贾妹天的闺女,花了四个多月的时间一针一线绣成的。牛秀同志说,它是我国苗族人民心血的结晶,愿它远涉重洋,给日本人民带去中国人民的一片心意。愿中日两国人民之间的友谊万古长青。

好客的《灯花》之乡的主人们热情地设宴招待了樱花之国的友好使者,请贵宾们游览了鱼峰山,参观了壮族歌仙刘三姐塑像。柳州地区歌舞团还特地将《灯花》故事改编成舞剧，请贵宾们观赏。演出结束后，北岛和团长石井基，副团长辻村年雄上台祝贺演出成功，并与演员们合影留念，北岛紧紧握着饰演百合姑娘的苗族女演员杨世萍的手说：你们演得太好了！太美了！

（原载《民间文学》，1981 年 12 月）

灯花报喜

没想到，一篇名叫《灯花》的中国民间故事，居然挽救了日本妇女北岛岁枝母子三人的生命；而且引出一个续写不完的——两国人民间深情厚谊的新故事。

这个故事，发生在日本风景优美的伊豆半岛上。1969年，刚满23岁的北岛岁枝就要出嫁了。这门亲事是这样的草率，她只见过男人几面，根本谈不上什么爱情。男方家中给北岛岁枝的父母送来了许多贵重的礼物，老夫妻见钱眼开，以为攀上了富贵门第，就替她订下了终身大事。

北岛岁枝生性善良温顺，因家贫从小养成勤劳节俭的习惯。结婚对于她来说，只是遵父母之命，去完成一件人生的使命。新婚后，日子还算可以，但丈夫是个生活放荡喜新厌旧的人，北岛岁枝对丈夫殷勤服侍，丈夫却对她日益粗暴。特别是在北岛生下儿子高广和女儿明子后，丈夫对她更是厌弃，整天都在外边鬼混闲逛，还时常带着不三不四的女人到家里胡闹。北岛曾经一再规劝丈夫，希望他改邪归正，但她得到的不是臭骂就是毒打。她只有埋怨自己的"命"不好，忍气吞声地负起抚养子女、料理家务的重担。晚上北岛岁枝哄着一对儿女睡着后，除了在灯下做些针线，就是阅读几本小说、故事，作为精神寄托，解除自己的痛苦。

后来，丈夫在外面结识了新欢，连每月生活费都不再拿回家中了，还把北岛母子看成了眼中钉，百般虐待，硬逼着北岛同意同他离婚。在物价飞涨、消费水平很高的日本，作为家庭主妇的北岛一旦被卡断经济来源，母子的生活立即陷入绝境，不得不靠变卖家中的衣物来维持生活。本来就不富裕的家当越卖越少，北岛岁枝真是掉进苦难的深渊，她想到离婚后的日子无法过，就产生了自杀念头。当然，要死就母子三人一起去死，她很疼爱自己的两个孩子，更不愿意让孩子们成为孤儿留在人世。可是每当她听到孩子们欢快的笑声，看到活泼可爱的样子，她的心又不由得软了下来。孩子们是无辜的，他们还没有尝到人生的幸福就要跟随她离开人世，这实在太残酷了！但在她没有东西养活孩子们时，她又不得不仍旧想到死！

正当北岛岁枝心如刀绞、彷徨在生死线上的时候，一个中国民间故事，给了她生活下去的勇气。

那是1975年的一大，北岛从伊东市秦野县图书馆的流动服务车上，借来了一本《世界民间故事》。晚上，当孩子们睡熟后，她照例翻开书仔细地阅读起来。在她看到其中一篇名叫《灯花》的中国民间故事时，书中动人的情节，深深地把她吸引住了。她越看越激动，不禁眼里含满了泪水，把它抄在日记本上。

《灯花》，这个流传在中国苗族地区的民间故事，说的是很久很久以前——有一个名叫都林的小伙子，他每天在陡山坡上开梯田种稻谷。太阳热乎乎地射在他的身上，黄豆大的汗珠从身上一颗颗地滚下来，再从地上滚到一个石窝窝里。不久，石窝窝里长出一株雪白的百合花。他把花移栽在家中，百合花唱出优美的歌声，伴随他在灯下编筐做活。在一个中秋节的晚上，都林面前的百合花突然消失，闪亮的灯芯上结了个灯花，瞬间，灯花变成一朵大红花，花里走出一位美丽的姑娘，于是两人结成伴侣。从此男耕女织，日子过得又甜又美。没想到生活富了都林变了，他衔着烟袋，提着鸟笼，游手好闲，又馋又懒；妻子的劝告一句也不肯听。有一天，灯芯里又开了一朵灯花，里面飞出一只孔雀，驮着姑娘飞进月亮里去了。都林好吃懒做，什么都卖光了，最后卷床上的一张席子去卖时，忽然发现妻子过去的两幅绣花。一幅绣的是他俩同在田里劳动，一幅绣的是灯下男编筐女刺绣。都林看着想着，不禁泪如泉涌，后悔当初没听妻子的话。他折断烟杆，扔掉鸟笼，扛起锄头又上山种地去了。又一个中秋节之夜，灯花又开了，妻子回来了；从此俩人相亲相爱，共同劳动，日子过得比花还要香，比蜜还要甜。

优美生动的故事，成了北岛岁枝精神的依托，她开始相信，只要勤奋努力，定能战胜困难得到幸福。"灯花"，使她打消了自杀的念头，毅然和遗弃她的丈夫离了婚，独自挑起抚养孩子的重担，决心要坚强地生活下去。她把两个孩子送进保育院，除了在一家制茶公司当职员外，还到一家商店当售货员，为的是多挣一点工资养活孩子们，她每天早出晚归，工作十分辛苦。生活虽然艰难，幸好孩子们很懂事，从小就能照料自己，并替母亲分担一些家务，母子相依为命，终能平安地活下来了。

北岛岁枝的不幸引起了许多人的同情；中国民间故事《灯花》挽救了北岛一家的故事也越传越广。这件事，感动了下田市政府当职员的辻村年雄先生，他幼年丧父，饱经风霜，如今年已半百，乐于助人。他亲自访问了北岛岁枝，经常帮助北岛母子，并千方百计地找到了载有《灯花》的《世界民间故事》这本书。辻村年雄把这一故事告诉了中国驻日大使馆和《朝日新闻》《读卖新闻》《每日新闻》的记者们，中日报刊都登载了了这件新闻，在中日两国读者中间引起了巨大反响。在日本，借阅这本书的人愈来愈多，许多读者从《灯花》故事里得到鼓舞，赞扬它是"越过国境盛开的灯花"，并纷纷写信或打电话给《灯花》的译者君岛久子教授，感谢她做了一件有益的工作。君岛教授说："我翻译过数百篇民间故事，能够救人生命，这还是没有想到的事。加上它能为中日友谊添砖加瓦，没有比这更高兴的了！"

中国驻日大使馆特地把北岛岁枝母子请到使馆做客，鼓励她好好地抚育孩子，好好地生活下去。北岛还收到来自中国各地的慰问、鼓励信二百多封。一位中国母亲在信中说："我的境遇与你相仿，看到你摆脱痛苦、坚强地生活下去的事迹，使我深受感动，我也下决心重新生活下去。"还有一对青年夫妇在信中说："我俩因感情不和，曾经去法院要求离婚；看了报上关于你的报道后，我俩长谈了三天，解开了心里的疙瘩，为了孩子的幸福，我们决定不离婚了……我们多么想请你作为我们的日本姐姐，来中国做客。"

北岛岁枝怀着对中国人民的感激深情和诚挚友谊，多么盼望着有一天能到中国去看看啊！不久，她正式接到了中国民间文艺研究会的邀请，激动得她几夜也没有合上眼，多年的夙愿实现了！

北京的秋天是美丽的，1981 年 10 月 6 日，天高气爽，北岛岁枝母子作为日本《灯花》读者访华团的成员来到了北京，受到了中国人民的热烈欢迎。中国全国妇联主席、中国人民保卫儿童委员会副主席康克清亲切地接见了北岛一家和访华团全体成员。康克清对《灯花》在友好邻邦起到的良好作用十分高兴；并赞扬北岛岁枝是位坚强的女性，愉快地和她全家合影留念。高广、明子兄妹在康克清老人面前唱了《祝您健康》等日本歌曲；热爱儿童的康克清同志亲吻了孩子们，并且语重心长地说："中日两国人民的友好，要靠你们一代一代地传下去！"

北岛母子在北京游览、参观了许多地方，处处受到中国朋友的盛情接待。最后，来到民间故事《灯花》的故乡广西参观访问，这更是北岛母子感到格外高兴和终生难忘的事。北岛代表日本《灯花》读者访华团，将一套精美的日本和服赠送给《灯花》故乡的人民；《灯花》故乡的主人将一套斑斓夺目的苗服回赠给樱花之国的友好使者。人们都被这动人的场面所吸引，祝愿两国人民针针线线织成的友谊，要像"和服"那样永远和睦下去，像"苗服"那样世世代代友好相处。

在《灯花》故乡，北岛母子见到《灯花》故事的搜集者肖甘牛。北岛说：见到您我们全家都高兴。当我碰到极大的不幸时，《灯花》鼓起我重生的勇气，今天来到《灯花》故乡访问，更感觉到温暖，中国朋友的深情厚谊，我们一家永远也不会忘记的。肖甘牛说：你带着孩子不远万里来到中国，来到《灯花》故乡，我们万分感动。你受民间故事鼓舞，勤奋劳动，创造幸福的精神，令人钦佩。《灯花》照亮了你的心，也照亮了我77岁老人的心。劲头更足了，我还要搜集更多更好的民间故事。

当人们问起《灯花》这篇故事的搜集经过时，肖老若有所思地回忆起当年的情况：那还是1956年的事，为了下乡体验生活，我带着妻子儿女进大苗山落户。雨梅村有一个苗族老歌手叫梁老岩，能唱八大苗歌，每天晚上我请他唱我记，唱一段歇一会儿。当时还没有电灯，点的是茶油灯。有一夜，唱着唱着，灯芯草忽然结了一个大灯花，他高兴地叫起来，"灯花报喜！灯花报喜！准有喜事上门！"接着，他不唱了，就给我讲了《灯花》这个故事……

肖老幽默地说，当时我们只顾记故事，并没有去猜测和理会有什么大喜事降临。今天啊今天，我才恍然大悟，北岛母子重获新生，又来《灯花》故乡访问，这不就是大喜特喜的事吗?! 正是：

中日友情深似海，
灯花报喜贵客来。

（原载《中国通俗文艺》，1982 年第 1 期）

民间文艺春花怒放

回到故乡参加了《江淮文艺》举办的全省通俗文艺创作座谈会以后，又参加安徽省民间文艺家首次代表会议，心中说不出的高兴。三中全会后，就听说安徽农村经济形势特好，百闻不如一见，这次路过淮河两岸，只见麦浪滚滚，一片丰收景象，好不乐坏人也！想起二十年前去捻军故乡采风，抚今思昔，感慨不已。那年正是大跃进后的三年困难时期，吃的是"红芋饭，红芋馍，没有红芋不能活"。今天是十年动乱后的拨乱反正整顿时期，吃的是"大米饭，白面馍，日子越过越快活"。短短几年，家家户户都有了余粮，"三百斤麦，二百斤稻，红芋干子当饲料"。父老们喜气洋洋地对我说，过去"十年倒有九年荒"的淮北平原，已快变成大粮仓了！

人才难得啊！使我心情特别激动的是，经过一场浩劫，许多过去搜集整理捻军故事的朋友们仍然精神振奋，为民间文学事业贡献力量的心还是滚烫的。多年不见，有多少话想说啊！从何说起呢？再也不是"老乡见老乡，两眼泪汪汪"，而是"老乡见老乡，满面喜洋洋"了。一位民歌手写的民歌充分表达了全省民间文艺家的心情：

> 活到九十九，还要当歌手，
> 只要有口气，笔杆决不丢。

安徽地处吴头楚尾的中州地带，历史悠久，山川秀丽，资源丰富，人物荟萃，有着源远流长的文化传统，民间文学蕴藏极为丰富。芳草遍地,明星满天。建国三十多年来,在党的领导和关怀下,在搜集、整理、出版民间文学方面取得了可喜的成绩。安徽的花鼓、山歌多次唱到北京城,涌现出了不少全国著名的歌手和民间故事搜集家,积累了丰富的经验,一支朝气蓬勃的民间文学队伍正在形成。安徽的捻军故事和历代农民起义的故事早已引起全国人民的注目,包公的故事、华佗的故事和中草药的故事,黄山、九华山等风物名胜故事,纸墨笔砚文房四宝故事等等,受到广大读者的欢迎。民间剪纸、铁画等世界扬名。这些都为繁荣中华民族的民间文艺花圃增添了夺目的光彩。

有人说,我们的邻省江苏、湖北新发掘出《五姑娘》等著名长诗,难道地处吴头楚尾的安徽就没有长篇叙事诗吗?汉族最早的长篇叙事诗《孔雀东南飞》就产生在皖南。青阳县就已发现了《月下绣》等长篇叙事诗。我深信,安徽的民间文艺家们在省委的领导下,贯彻执行统一规划,全面搜集,重点整理,大力推广,加强研究的方针,民间文艺工作必将如春花怒放,出现一个崭新的阶段,取得更加辉煌的成绩。

(原载《安徽日报》,1982 年 6 月 6 日)

民间文学与精神文明

"民间文学能够为建设社会主义精神文明做出贡献吗？"回答是肯定的，但是，也有人怀疑，有人漠视，有人忧心忡忡，踌躇不前。因此，这不仅是一个实践问题，也是一个值得探讨的理论问题。只有提高认识，才能增强我们工作的光荣感和责任感。

一

为了使民间文学在建设社会主义精神文明中充分发挥作用，首先，必须弄清民间文学与精神文明的关系。

精神文明的范围很广，它既包括教育、科学、文化、艺术、卫生、体育事业的发展规模和发展水平；也包括社会政治思想和伦理的发展方向和发展水平。劳动人民口头创作的民间文学，是劳动人民集体智慧的结晶，内容包罗万象，举凡天文、地理、历史、文化、哲学、道德、风俗人情、生产劳动等等，应有尽有。它不仅在艺术上有很高成就，是民族文化宝库中的珍宝，也堪称为劳动人民生活中的一部"百科全书"。民间文学中所包括的，与上述所列的精神文明的各个方面，都是息息相关，血肉相连的。因此，民间文学本身就是精神文明的重要内容和组成部分；而且民间文学工作本身的好坏和发展水平，也是一个时代、一个国家是否文明和文明程度的一种标志。民间文学在精神文明中的作用，是劳动人民在历史进程中的地位和民间文学本身的价值对人类历史多方面的影响所决定的，不是任何人可以贬低和否定得了的。

89

目前，建设社会主义精神文明的一个重要任务，就是要使我们的社会成员愈来愈广泛地树立社会主义和共产主义思想，道德风尚和劳动态度，树立高尚的思想情操，生活方式和审美观念，树立自觉的守法精神和高度的组织性、纪律性，发扬崇高的爱国主义和国际主义精神。而民间文学作品中绝大部分是旧时代产生的，它能够担负起这样崇高的使命吗？有人这样担心。必须指出，前些年由于极左思潮的流毒和影响，在谈到民间文学的意义和作用时，有过一些简单化和庸俗化的理解，如要求过去产生的民间文学作品，直接为今天某些一时的具体任务服务，要求古代民间文学作品中的人物具有现代人的思想感情，因此认为旧时代的民间文学作品都过时了，不适用了，只有反映社会主义时期生活和思想的新作品才能为社会主义服务。这种看法是片面的、狭隘的、形而上学的，对我们的事业是十分有害的。不可否认，新时代的民间文学作品由于崭新的内容和强烈的时代气息，更能直接为社会主义服务，为建设精神文明增添光彩，这是需要我们大力扶植的。但是，绝不能因此而否定大量的反映人民斗争历史经验的传统民间文学作品。这些传统作品，有不少今天仍流传在人民口头上，在人们的精神生活中占有一定的地位。就以思想情操，道德风尚来说，也不能忽视它的教育、认识、审美和娱乐作用。

马克思主义告诉我们，看问题不能割断历史。共产主义思想情操，道德风尚不是从天上掉下来的，它继承和发扬了中华民族的优良传统，并批判地吸取了一切国家优秀的东西。我国是一个有数千年历史的文明古国，著名的礼仪之邦，自古以来就是一个具有高度文化教养和道德风尚的国家，民间文学在继承发扬我国人民传统美德方面为我们提供了丰富的养料。优秀的民间文学作品通过口耳相传，寓教于乐，潜移默化，都将化为无形的力量深深地影响人们的情感，同样可以起到培养人们美好的道德情操，提高人们的思想境界，发展社会主义精神文明的重要作用。对于当前开展的"五讲四美"教育，也有不少可以借鉴的东西。

优秀的民间文学作品继承和发扬了我们中华民族哪些传统的美德呢？它突出地表现在对真、善、美的歌颂，对假、恶、丑的鞭挞上。我们常见的是赞颂勤劳诚实、勇敢机智、大公无私、舍己为人，助人为乐，见义勇为、爱情专一、坚贞不屈、尊重老人，同情弱者、不畏强暴，热爱祖国，反对侵略；批判和讽刺好吃懒做、损人利己，贪得无厌、虚情假意，狂妄自大、言行不一，奸诈邪恶、忘恩负义，卖国求荣、贪生怕死等等，不胜枚举。这些美德是劳动人民在长期的斗争和生活中形成的；只有在被压迫的人民中，只有在依靠双手创造物质财富的劳动人民中，才产生这些美德，赞扬这些美德。这些美德从古老的神话起就充分地、鲜明地体现在民间文学作品中。这些人类精神上的珍宝，"过去优秀的人民创作是人民教养上永远需要的一股活泉源。它不枯竭，也不变质"、"它决不会因为时间随社会的变迁而消失光彩"[1]。在长期流传过程中，思想和艺术都日益完美，具有一种"永久的魅力"，"每个时代都不改变它们的本质，都可以把它们当成自己的东西"[2]。它们经得起历史与生活的考验，直到今天还具有巨大的艺术魅力，给人们以美的享受，对于建设社会主义精神文明，仍然有它积极的意义。

二

民间文学的价值和功用是多方面的，在建设社会主义精神文明中可以发挥的作用也是多方面的。这里不一一论述。仅就思想建设来说，民间文学也是大有用武之地的。目前非常需要能够提高人们精神境界的优秀作品，以激励人们为实现四化而斗争，民间文学工作者可以充分发挥本身的特长，大力推广优秀的民间文学作品，把最好的精神食粮奉献给广大读者。

近几年来随着党的文艺方针，政策的贯彻执行，民间文学事业和整个文艺战线一样，呈现出欣欣向荣的喜人景象，各地发掘，搜集、整理、发表、出版了一大批体现民族传统美德的民间文学作品。有些作品在读者心灵上产生的巨大精神力量是我们没有预料到的。

常常听到这样的称赞，"哦！读了这些故事，使人的心也洁净纯朴多

1.《民间文学》（发刊词）1955年创刊号。

2.恩格斯：《德国的民间故事书》，《马克思恩格斯论艺术》第四卷，人民文学出版社，1966年版，第406页。

了！"这是对民间文学最恰当的评价。人们生来最先接受的一段教育就是听奶奶和妈妈唱儿歌，讲故事，古今中外几乎所有卓有成就的伟大人物都没有忘记幼年时受过民间文学的哺育，熏陶。民间文学对于我们民族性格的形成，对人类的进步和精神文明，都起着良好的影响和十分重要的作用。你能想到一篇好的民间文学作品能使人们受到应当怎样对待人生、幸福、生活、劳动的启示吗？你能料到一篇古老的苗族故事《灯花》，竟能使一位异邦妇女在对生活绝望的时刻，重新燃起了生命之火吗？民间文学宝藏中，能够丰富我们生活斗争经验、增强知识力量、培养道德情操、提高美学趣味的作品实在是举不胜举的。

优秀的民间文学作品都有鲜明、深刻，富于教育意义的主题：如神话传说中的英雄、巨人，力气超凡，本领过人，射日、补天、填海、移山、造人、取火，为人类造福，功业显赫，永远鼓舞着人们。许多歌颂忧国忧民、爱国英雄的故事，屈原、木兰、班超、岳飞、文天祥、戚继光、郑成功以及陈胜、吴广、太平天国、捻军、义和团等历代农民起义和近代反帝革命斗争故事，培养了世世代代的人民的民族自尊心与自豪感，成为发扬新爱国主义的坚实基础。许多描写优秀人物崇高的品质美，灵魂美的故事，引起广大读者强烈的共鸣：大禹治水，三过家门而不入，几千年来传为美谈；鲁班一生做过那么多难活巧活，但他总是默默无闻地劳动，悄悄地走开，从不炫耀自己、争名夺利，使我们看到了劳动人民崇高的品质；李白《铁杵磨成针》、王羲之刻苦练字等许多文人故事，告诉我们"勤奋出天才"的真理；包公、海瑞断案，刚正不阿，铁面无私，秉公执法，在人民中一直享有很高的声誉，人民塑造的清官形象，对今天的干部仍然像一面镜子。许多机智人物故事歌颂了"阿凡提式"的人物有胆有识、见义勇为、蔑视权贵、扶助穷人，嘲笑了万恶的旧社会和一切假仁假义的人，幽默风趣，辛辣尖锐，深受各族人民欢迎和喜爱。近几年又发现了不少《阿凡提故事新编》，用阿凡提笑话的形式揭露讽刺"四人帮"，批判各种不正之风，一针见血，大快人心。人们笑谈"阿凡提没有死，阿凡提还活着！"这是精神文明建设中，继承民间文学传统，"寓教于乐"的一种有意义的尝试。

我国劳动人民一向以勤劳勇敢著称于世，以劳动为光荣，以剥削为可耻。许多民间文学作品都歌颂了劳动是人类生存之根本，是获得幸福的重要源泉；表现了对劳动生活的热爱，赞美了劳动英雄，洋溢着劳动人民的自豪感，激励我们更加热爱今天的社会主义劳动。"口头文学是与悲观主义完全绝缘的"[1]。旧社会，妇女受压迫最深，而巧女型故事中巧媳妇的形象，聪明贤惠，勤劳勇敢、足智多谋，不畏强暴，概括了中国劳动妇女的许多美德。一个聪明美丽的巧媳妇就可以对付一个县太爷，甚至国王。最近《民间文学》发表的优美的民间叙事诗《郭丁香》[2]《五姑娘》[3]，歌颂了勤劳、善良、正直等做人的美德，鞭挞了懒惰、奸诈、负义等丑行，都是很值得一读的，还有的民间文学作品告诉人们要尊敬父母和长者，对于虐待媳妇的婆婆或虐待婆婆的媳妇，以及不顾子女幸福的家长，总是给以严厉的批评和诅咒；对于那些"娶了媳妇忘了娘"的年轻人，总是给以辛辣的讽刺和鞭挞。至于歌颂坚贞爱情，反抗封建礼教和包办婚姻制度的作品更是俯拾皆是，今天仍能给我们有益的启示。

此外，许多风物传说通过对祖国锦绣河山，名胜古迹来源的介绍，融进了劳动人民的理想愿望、品德情操，成为我们领略各地风光的良师益友，不仅增长了有关历史、地理、风土、人情、民族风貌等方面的知识，也能唤起我们对祖国、对民族、对乡土、对光荣历史的热爱，从中受到深刻的思想教育和艺术陶冶。许多寓言故事寓意深刻，发人深省，如《自相矛盾》《拔苗助长》《守株待兔》《刻舟求剑》《疑人偷斧》《掩耳盗铃》，等等，无不以生动的形象教育人们要克服主观主义、形而上学的思想方法，直到今天还发挥着它可贵的艺术力量。大量的动物故事把人们带入充满绮丽幻想的童话世界，通过人格化了的动物之间的纠葛，展开了美与丑，善与恶，勤劳与懒惰、勇敢与怯懦、聪明与愚蠢、乐于助人与自私自利，正义与蛮横，诚实与狡诈，纯朴与贪鄙等伦理道德的对立和斗争，寄托着劳动人民的善良愿望、美学理想，使我们看到了舍己为人的青蛙、勤劳的狗、懒惰的猫和猪、聪明的猴子、骄傲的兔子，狡猾的狐狸，狂妄自大的狮子，凶暴的老虎、善良的鹿，蠢笨的熊，伶俐

---

1. 高尔基：《在第一次全苏作家代表大会上的报告》。
2. 《民间文学》1981年第10期。
3. 《民间文学》1982年第5，6期。

可爱的小松鼠、多嘴多舌的喜鹊、贪心不足的乌鸦、热心助人的公鸡等等，故事的结局总是思想不正、行为不端的受到惩罚；思想端正、行为高尚的受到赞扬和尊敬。这些作品岂止是对于儿童有教育，对于成人也是培养道德情操、是非观念的好教材，还有不少带哲理性的谚语，更是可以作为我们进行思想修养和陶冶情操的借鉴；有些关于生产劳动、天文气象的谚语和中草药故事，还可以直接为物质文明的建设提供宝贵的参考资料。

以上所举种种，都是经过长期生活考验，支配人们行为的伦理道德观念；吸取这些有益的思想养料，正是我们建设社会主义精神文明，培养共产主义道德的一个重要方面。

三

通过上面的论述，我们认识到民间文学与精神文明的关系，认识到民间文学在建设社会主义精神文明中大有可为。然而，要真正发挥民间文学的巨大作用，还取决于我们民间文学工作者自身也要成为"精神文明"的人。

首先要提高马列主义思想水平，能够正确对待民间文学遗产，严格区分其中的精华与糟粕，这是我们工作中经常碰到的问题，必须解决好。事物总是一分为二的。我们在强调民间文学积极的作用时，也应看到它的某些消极因素。马克思主义告诉我们："统治阶级的思想在每一个时代都是占统治的思想"。[1]生活在旧时代的劳动人民，不可能不受到时代、阶级的局限和统治阶级思想的影响。例如在一些民间文学作品中带有的封建伦理道德、封建迷信，宿命论、宗教色彩，因果报应和小生产者本身的一些落后观念，常常搅在一起呈现出复杂的情况。我们不能把糟粕当作精华，也不能简单地、粗暴地将历史局限和阶级局限都当成糟粕。必须根据马克思主义的观点进行历史的、具体的分析，既要注意清除统治阶级伪造篡改的东西，也要把民间文学中的精华和统治阶级思想的某

---

1. 马克思、恩格斯：《费尔巴哈和德国古典哲学的终结》。

94

些反映及其他落后观念区别开来，去粗取精，去伪存真。这样才能把最好的，有价值的作品提供给广大读者。

建设社会主义精神文明是一个长期的，艰巨的，伟大的任务，民间文学工作者肩负着历史赋予的光荣职责。只有具有高尚情操的人，才能为这项美好的事业贡献最大的力量。民间文学工作者一定要加强思想意识的修养；发扬革命的优良传统，克服和抵制各种不良的作风与习气，努力使自身变成为"精神文明"的人。

我们相信，随着民间文学队伍思想建设的加强和业务水平的提高，我们的民间文学必将在社会主义精神文明建设中，发挥更大的作用，做出更大的贡献。

（原载《民间文学》，1982 年第 10 期）

绚丽多彩的民族民间文学花圃

采风掘宝　硕果累累

在全国第四次文代会和全国民间文学工作者第二次代表大会上，进一步肯定了民间文学"全面搜集，重点整理，大力推广，加强研究"的十六字方针；并针对民间文学在十年浩劫中遭到严重破坏的情况，重新提出了"抢救第一"的口号。实践证明，这是完全正确的。

值得庆幸的是各地在调查和抢救中发现，尽管一场浩劫焚毁了大量资料，损失无法弥补，但是，林彪、"四人帮"扼杀民族民间文学的企图并没有得逞。正像刘三姐所唱的："只要嘴巴抢不去，留着还要唱山歌。"即使在那黑云压城城欲摧的岁月里，人民群众也没有在刽子手的屠刀面前屈服，同时冒着生命危险，将宝贵的民间文学资料珍藏下来，今天又纷纷向党和政府献宝。

首先是民间叙事诗的发掘硕果累累，值得庆贺。仅刘三姐故乡广西柳州地区就发现有壮族长篇叙事诗 150 多部。新发表的《马骨胡之歌》（《叠彩》第 2 期）、《八姑》（《民间文学》第 6 期）等，很富有民族特色。这一事实不仅驳斥了过去那种认为"壮族没有特点"的说法，也推动了壮族地区的采风掘宝工作。

特别可喜的是，盛产叙事长诗的云南傣族地区，又发现了许多新作品。如反映傣族英雄人物的《阿銮的故事》（亦称"阿暖"），据说有 550 部（包括已整理出版的《召树屯》《松帕敏与夏西娜》《苏文纳和他的儿子》《郎鲸布》《相勐》等)。现已掌握目录的有 360 多部，正加紧搜罗、记录、翻译中。傣族人民自豪地说："我们的阿銮故事，百十部牛车也拉不完。"傣族不愧是诗歌的民族，不仅有长诗，还发现有专门研究诗歌艺术的《诗论》。听说是一对歌手夫妻（男的原是和尚，女的原是尼姑），冒着生命危险从焚书的劫祸中抢救出来的。这本《诗论》正组织人翻译、整理中，她的问世，定将轰动诗坛，对于丰富祖国的文化宝库和民族间的文化交流，都会起到很好的作用。

此外，在湖北、江苏等汉族地区也发现有流传的民间叙事长诗。如湖北初步调查就有一百多部。包括整理出版的《崇阳双合莲》《钟九闹漕》和新发现的《九头案》等，从而，也推翻了过去所谓"汉族没有民间长诗"的说法。值得再提一笔的是，连文化发达的上海，新近在采风中也高兴地发现：上海仍是民间文学的"海"，是大有可为的。

世界长诗　出书在望

1980 年，我们对三部世界长诗：藏族史诗《格萨尔》、柯尔克孜族史诗《玛纳斯》、蒙古族史诗《江格尔》的抢救工作又下了大力，狠抓重点，成绩突出。

《格萨尔》是广泛流传在藏、蒙两族人民中的一部家喻户晓的英雄史诗。塑造了以格萨尔为首的一大批英雄形象，歌颂他们降妖伏魔、抑强扶弱，反对侵略，保卫家乡、为国为民，英勇战斗的光辉业绩。内容丰富，篇幅宏伟，号称百万诗行千万字，同柯尔克孜族的史诗《玛纳斯》，蒙古族的史诗《江格尔》，并称为我国文艺宝库的三大稀世奇珍。近二百年来，俄、法、英、美、日、印等国都曾有人来我国调查、采录、翻译、研究、出版过《格萨尔》部分章节，许多外国学者把它誉为亚州的《伊里亚特》，列入世界文学宝库。文化大革命前，在党的关怀下，青海省搜集、整理、翻译，积累了几屋子资料，从中整理出六十多部资料本，正式用汉文出版的仅《霍岭大战》（上部）。十年浩劫中，这部史诗被打成"大毒草"。凡是参与搜集、翻译、整理、编辑、插图的同志都受到迫害。许多资料遭到火焚或化为纸浆。幸亏有位徐国琼同志冒着生命危险，千

97

方百计地秘密收藏下一套资料。1978年底为这部作品彻底平反、恢复名誉后，这部史诗的抢救工作才迅速上马。1980年4月，中国民间文艺研究会与中国社会科学院少数民族文学研究所，在四川峨嵋山专门召开了有青海、甘肃、四川、西藏、云南、内蒙等六省区参加的《格萨尔》工作座谈会。交流了各地抢救、搜集、整理、翻译的经验，制定了规划，进一步推动了这一工作的进行，短短时间就取得了很大的成绩，搜集面更广更深了；如在民间文学底子很厚的西藏，就发现一名78岁的老艺人——扎西，一人就能演唱《格萨尔》30多部；在四川藏族地区不仅有《格萨尔》唱本，还有《格萨尔》藏戏，云南德钦发现的长诗《加岭》约六千行，是《格萨尔》的组成部分，长诗特别突出了藏、汉民族团结，富有云南地方特色；新疆蒙古族牧民中也有诗体《格萨尔》流传。各地除口头记录外，新搜集到的手抄本、木刻本也越来越多，这对进一步做好《格萨尔》的工作打下了很好的基础。

《玛纳斯》是以柯尔克孜族人民传说中的英雄——玛纳斯命名的。通过对玛纳斯祖孙八代如何率领本族人民反抗异族侵略的描叙，反映了古代柯族人民为争取自由解放，除暴安良，所进行的不屈不挠的斗争。"文化大革命"前，中国民间文艺研究会和新疆文联专门成立了《玛纳斯》工作组，先后搜集到几十万字的资料。十年浩劫中这些宝贵的资料也几乎丧失殆尽。粉碎"四人帮"后，在党的关怀下，《玛纳斯》工作组迅速恢复，重新开始了记录和翻译工作。1978年底，还特地将擅唱这一史诗的著名歌手朱素普·玛玛依请到北京录音。为了加快工作的步伐，现在《玛纳斯》工作组已决定在北京、新疆各设一个小组。统一领导，共同开展工作，力争史诗早日出版。

《江格尔》最初产生于我国新疆境内的蒙古族人民中，17世纪上半叶，一部分人游牧迁徙到伏尔加河定居，史诗也流传到该地。苏联学者陆续搜集到部分唱本。在我国境内流传的《江格尔》，还没有很好地发掘过。粉碎"四人帮"，后，随着民间文学事业的蓬勃发展，搜集《江格尔》的工作也上马了，很快在新疆专门成立了蒙古族史诗《江格尔》工作小组，1978年开始工作至今，已搜集到三四十部，无论篇幅和内容都超过了目前世界上所有的版本。其中，交新疆人民出版社用托忒文（新疆地区蒙古族文字）出版的有 15 部，约一万九千行。

这些举世闻名的史诗，有着极高的文学价值和科学价值，是研究该民族社会、历史、语言、风俗等各方面的一部百科全书。尽快地搜集、整理、翻译、研究、出版这些史诗，对于提高民族自信心，丰富各族人民文化生活，增强民族团结，发展和繁荣少数民族社会主义文化，都具有十分重要的意义。

脍炙人口的《曹雪芹的故事》

北京香山是全国闻名的风景区，传说《红楼梦》的作者曹雪芹晚年就住在这一带，至今当地群众中还流传着不少曹雪芹的轶闻趣事。如果你想听听这方面的故事，请读《民间文学》1980 年第 1 期、第 7 期和第 9 期，上面选登有十多篇《曹雪芹的故事》，有作家端木蕻良的评介，还有张嘉鼎的文章谈了自己搜集整理这些故事的心得体会。这些故事通俗、生动，脍炙人口，不仅引起了广大读者极大的兴趣，而且也是《红》学研究者的一个福音，对于探讨曹雪芹的生平、为人以及人民与作家的关系、对作家的怀念，有一定的参考价值。

从这些故事中，你可以知道曹雪芹是怎样写《红楼梦》的，他那首著名的《好了歌》的来由；你可以看到曹雪芹的一生是多么命苦："早年丧父，中年丧妻，晚年丧子。"儿子死在"中秋节"，自己死在"除夕"，真是"占绝了"。从这些故事中，你还可以了解到曹雪芹的为人处事：他知识渊博，聪明机智，擅书画，会做盆景，会放风筝，会逮鹰驯鹰，可谓多才多艺。他以艺传人，以艺养人，以艺救人，鄙弃权势，不畏强暴，扶助弱小助人为乐，处处关心百姓疾苦，尽为百姓办好事。因此，人们尊敬他，信任他，愿意得到他的帮助；人民需要他、理解他，感谢他为穷人说话、申冤、诉苦。而这一切，也正是香山父老为什么那么怀念他、歌颂他的原因。

传说故事，不一定是史实；但它反映了人民的真情实感和愿望。人民热爱伟大的作家，常常把许多好事都加在作家的身上，这是可以理解的。正如搜集者张嘉鼎说的："传说中的曹雪芹不一定就是真正的曹雪芹本人"，有不少"是人民热爱曹雪芹，把曹雪芹理想化的结果"。

这些故事可贵的地方在于它活在人民心里，传在人们嘴上。作家端木蕻良说得好："从老一辈人口中记录、整理了这么多有关曹雪芹的故事，是很有意义的，不但使我们能够领会到人民群众对一位伟大的作家，是如何从各个方面来倾注对他的爱戴，而且深刻地体现出，曹雪芹的心是和人民群众息息相关的。曹雪芹这位伟大的现实主义作家为什么会是不朽的。"

一篇中国故事挽救了日本母子三人

一篇中国民间故事——《灯花》，挽救了日本妇女北岛岁枝母子三人的生命，这个动人的事迹已在中日两国读者中间传开。

没想到民间故事有这么大的社会效果。

事情是这样的：日本伊东市宇佐美制茶工厂办事员北岛岁枝，已是两个孩子的母亲。由于丈夫生活放荡，迫使她产生了和孩子一同自尽的念头，正当她意志消沉走向绝路的时候，她从《世界民间故事》一书里读到中国苗族民间故事《灯花》。这篇故事告诉人们：勤奋劳动带来幸福，好逸恶劳招致不幸。北岛从故事中找到了勇气和力量，断然抛弃自杀念头，和丈夫离婚，独自坚定地带着孩子走上新的生活。后来，中国地震考察团在访问伊东市时，偶然间听到这件事，中国大使馆也知道了，甚为关切。7月30日《人民日报》发表了《〈灯花〉照亮了北岛的心》一文，报道了这件事。在读者中产生了巨大的反响，上海、大连、北京等地读者纷纷给北岛一家写信表示慰问，其中也有和北岛一样命运的中国母亲，信中写道："从报上读了你的消息，我也下决心重新生活下去了"，"现在我多么想把你叫做我的亲姐妹啊"等等。接着，日本《朝日新闻》《东京新闻》《神奈川新闻》《静冈新闻》《妇女生活》等报刊转载了中国《人民日报》的文章，并发表了有关报道和北岛母子的照片，日本读者也深受感动和教育，纷纷写信、打电话给《灯花》的译者君岛久之教授，深切地感谢她做了一件有益的工作。10月28日《人民日报》又发表了驻日记者寄回的一篇通讯《〈灯花〉结出友情果》，详细地报道了中日两国人民通过《灯花》结下的深情厚谊。

当君岛教授得知她翻译的《灯花》，在日中两国读者间又产生了一个新故事时，心情无比激动，逢人就说："我虽然翻译过数百篇故事，救人命，这还是第一次。"她立刻给中国民间文艺研究会负责人贾芝写信，报告了这一喜讯，信中盛赞："中国民间故事是这么的精彩丰富并扣人心弦，使日本的读者获益不浅。"

君岛久之是日本大阪国立民族学博物馆的教授，从事中国民间文学达三十年之久，为中日文化交流作出了显著的贡献。11月中旬，君岛教授带着日本人民的深情厚谊来中国访问，会见了中国民间文学界的朋友们。她在座谈会上将刚刚翻译出版的《白族民间故事传说集》（李星华搜集整理）样书赠送给贾芝等，并感谢贾芝和毛星为此书作序和写的解说。她一再谦虚地说："我的研究成果，是在中国各位先生研究成果的基础上取得的。"

亲爱的读者，如果你想再读读《灯花》故事，并想知道故事救人的全部情况，请看《民间文学》第12期上发表的编者的话，摘登的君岛教授给贾芝的信，以及转发的《朝日新闻》报道和民间故事《灯花》全文。

最后还要告诉读者的，在此期间，《灯花》的作者——老作家肖甘牛，也收到了北岛岁枝寄来的感谢信和母子三人的近影。当肖老听说北岛母子即将访华时，高兴极了，日夜盼望着日本人民的友好使者早日光临，并到他的家乡广西来做客。为了增进中日人民之间的友谊，让越过国境的《灯花》开得更加灿烂、光亮照人，肖老精神抖擞正在日夜苦战，要将这一美丽动听的故事，早日改编成电影剧本，搬上银幕。

从北京讲卫生的习俗谈起

我们的首都北京，自古就是一个讲文明讲卫生的城市。

《北京讲卫生的习俗》，是《民间文学》第9期"民俗"栏中的一篇短文，介绍的是北京过去一年中较大的三次卫生活动，一次比一次规模大，而且各具特点：第一次是农历二月初二"龙抬头日"，以杀菌灭虫预防疾病为主，屋内屋外洒石灰、熏虫，大人小孩理发，取"龙抬头"吉利之意；第二次是农历六月初六，正当暑热时期，以风晒防腐为主，衣饰用物，大洗大晒，以防大雨到来霉烂腐坏；第三次是农历腊月底，旧岁将尽，新元复始，以环境大扫除为主，铲除一年污垢，处处焕然一新，取除旧迎新之意。今天，这些风习不仅沿袭下来，而且卫生活动更加经常化了。这篇介绍，简短生动，既长知识，又见情趣，引起广大读者极大的兴趣和注意。

像这样的"民俗"、"民艺"栏内，今年发表的还有：《北京民间剪贴画》《门神话旧》《春牛图》《端午小考》《龙舟竞渡》《苏绣版刻》《延安地区剪纸》《乾县皮影》《吉林河灯话旧》《挖参习俗》《黑龙江四时旧话》，以及《访母权制王国》《瑶族的达努节》《歌堂》《侗寨的斗牛节》《抢亲之夜》、藏族"情卦"、"朝鲜族风俗点滴"、纳西族、傣族、布依族的婚礼习俗等等。这些民俗、民艺的文章，内容丰富，题材广泛，生动活泼，极富民间情趣，给人许多启示和美的享受。

民间文学与民俗、民艺关系密切，不可分割。过去，搜集、出版和研究中，往往只注重民间文学作为文学作品的教育作用，并且以一般的文学观点来对待民间文学，忽视了与民间文学有关的民俗、民艺的调查研究，因而不能全面认识它的价值和功用。只有既注意它的文学属性，又注意它的社会、历史、民族、民俗、民艺等多方面的功能性，才能全面认识和理解民间文学作品。

《民间文学》新辟"民俗""民艺"一栏，不断发表这方面的文章，说明我们的工作已开始注意与民间文学有关的历史、艺术、风俗等边缘科学的研究。这是我们的民间文学事业兴旺发达、向前发展的又一标志。

琳琅满目的民间文学读物

这一年，民间文学期刊雨后春笋般地涌现，民间文学书籍纷纷上市，给人一种不可抑制的喜悦之情。

中国民间文艺研究会主编的《民间文学》复刊后，至 1980 年底已出到总第 131 期。上海文艺出版社编辑出版的《故事会》，是一本专门发表各种类型故事作品的口头文学刊物，发行量至 1980 年底已猛增到 40 万册。民研会吉林分会主编的《吉林民间文学丛刊》复刊较早，其他省、市跟着破土而出的期刊有《河北民间文学》《河南民间文学》《江苏民间文学》（包括副刊《乡土》小报）、《四川民间文学丛刊》、上海《采风》小报、贵州《南风》以及云南的大型民间文学丛刊《山茶》等。上海的《民间文学集刊》、湖南的《楚风》也即将问世。另外，各地综合性的文艺刊物，也有很重视发表民间文学作品的，如福建的《榕树》、吉林的《长白山》、广西的《叠彩》，都出过民间文学专号或特辑。吉林的《社会科学战线》，云南大学的《思想战线》，以及一些高校的校刊、校报，都刊载有不少受到人们重视的民间文学论著，还有的地、县一级也编有不定期的民间文学刊物或小报。

在民间文学书籍出版方面，名目林立，琳琅满目，各地争先恐后，上海、云南、广西成绩比较突出，十年浩劫中遭到焚毁的重要作品，大都陆续重版，而且又出了不少新书，一改过去书店里民间文学书籍萧条的景象。重版的书有：《中国民间故事选》（一、二），《捻军故事集》《中国动物故事集》《中国神话研究初探》《阿诗玛》《梅葛》《创世纪》《缅桂花》《逃婚调·重逢调·生产调》《嘎达梅林》《湖南民间故事》《甘肃民间故事》《一九五八年的民歌运动》等。

新出的故事集有：《西湖民间故事》《桂林山水传说》《古代神话选译》《历代农民起义传说故事选》《少数民族机智人物故事选》《达斡尔族民间故事选》《蒙古族民间故事选》《藏族民间故事选》《维吾尔族民间故事选》《瑶族民间故事选》《畲族民间故事选》《鄂伦春族民间故事》《乌孜别克族寓言故事集》《广西动物故事》《民间童话故事选》《河南民间故事》《河北民间故事选》《山西民间故事》《安徽民间故事》《人参的故事》《台湾民间传说》等。

新出的歌谣集有：《中国歌谣选》《红军歌谣》《中国民间长诗选》《苗族古歌》《广西情歌》《侗族民歌选》《吴歌新集》《花儿选集》，以及《智慧的花朵》《谜语选集》等。

为了推动民间文学教学、研究，普及民间文学知识，一批民间文学理论读物相继问世。如：《中国民间文学论文选》（1949—1979）、《中国民间文学概论》（钟敬文主编）、《中国民间文学概要》（段宝林编）、《民间文学概论》（乌丙安编）、《民间文学基本知识讲话》（张紫晨编）。特别可喜的是：由中国社会科学院文学研究所民间文学研究室主编的一部介绍我国 50 多个少数民族和文学概况的约计 120 万字的专著即将问世。

这一切，也都是民间文学工作兴旺发达、蓬勃向前的显著标志。

群众性民间文艺活动空前活跃

自 1979 年国家民委、文化部、中国民研会召开的"歌手大会"（全国少数民族民间歌手民间诗人座谈会）后，在全国范围内产生了巨大的反响，特别是少数民族地区传统的歌节等文艺活动普遍得到恢复。如壮族的"歌墟"，苗族的"游方"，回族、土族、撒拉族的"花儿会"，傣族的"泼水节"，白族的"三月街"、"绕山林"，瑶族的"耍歌堂"，仫佬族的"走坡"，畲族的"分龙"，布依族的"赶表"，西南各民族的"火把节"等等，都焕发出青春，出现了空前的盛况。

由于各地党委和文化部门的重视，这些活动在组织安排和计划性方面都有了很大的提高和加强。既不横加干涉，也不放任自流，而是积极引导。如广西专门召开了全区民歌、歌墟座谈会，并将自治区党委批转的会议纪要发往各县，反响很大，推动了各地的赛歌活动更加健康的发展。柳州鱼峰山下一年一度的"中秋山歌会"，重竖起十年内乱中被毁的刘三姐塑像，开得很有特色，老歌手不减当年，歌艺精湛；新歌手人才辈出，崭露头角。他们出口成章、对答如流的技艺，博得了专程赶往参加歌会的各地来宾和港澳同胞的赞赏。今年甘肃莲花山的"花儿会"，开得更有质量了；海南岛儋县也举行了大型的民歌赛歌会。全国各地举办的中小型民间文艺活动更为频繁、丰富多彩，不计其数。需要提到的是讲故事的活动也空前活跃起来。上海《故事会》编辑部在陕西召开的十省市故事工作座谈会，以及其他省市召开的故事工作者代表会，有力地推动了各地讲故事的活动。

令人特别高兴的是，在今年"部分省、市、自治区农民业余艺术调演"和"全国少数民族文艺会演"上，有不少优秀的民间文艺作品和根据民间神话传说故事改编的歌舞剧节目。前者如舞蹈《百叶龙》《赶军鞋》《流水欢歌》，小歌剧《相亲亭》，秧歌剧《探亲路上》，二人台《兄妹赶集》，坐唱《二嫂卖杏》，讽刺民歌《劝你多干少开会》《我家养着一只猫》，台湾民歌、童谣等。后者除各民族的民歌、民间舞蹈外，如《达纳拉巴》（蒙古族舞剧）、《曼苏尔》（回族歌舞剧）、《甘工鸟》（黎族舞剧）、《月光宝镜》（东乡族小舞剧）、《拉仁布与齐门索》（土族说唱）等，都取材于民间传说、故事、叙事诗、悲歌。这些节目都具有浓郁的民族民间色彩、浓厚的生活气息和泥土芳香，符合广大群众的艺术趣味、欣赏习惯，为各族人民所喜闻乐见。

人民是母亲，民间文艺是一切文学艺术的乳汁。近年来，取材于民间文学的电影、戏剧、歌舞越来越多。实践告诉我们，文艺要引进、借鉴外国优秀的东西，但必须融化、适应中国的土壤、气候，才能成活、扎根、开花、结果。愈是有民族风格、民族个性的东西才能登上世界之林，誉满全球。我们要既敢"求远"，也不"舍近"，在学习古今中外一切优秀文艺传统的基础上，充分发挥我们民族的聪明才智和特长。

新民歌有"美"有"刺"

今年以来，《民间文学》既发表颂歌，同时开辟了"讽刺歌谣"一栏，受到广大读者的欢迎和注目。民歌是人民的心声，是社会生活的一面镜子，从来是有"美"也有"刺"，有歌颂也有暴露的。在"颂歌"栏里，我们看到党的十一届三中全会以来，一系列农村政策深得民心，给广大农村带来的新面貌；在"讽刺歌谣"栏里，鞭挞林彪、"四人帮"的歌谣，一针见血，大快人心。至于那些讽刺人民内部落后思想、落后现象的歌谣，确实像一剂发人深省的苦口良药，切中要害，使我们警觉起来，奋发向上，下决心去改正错误，克服不正之风。这些歌谣的产生和流传，体现了我们国家的政治民主生活。

对1958年的新民歌运动要作出公允的、恰如其分的评价，不能以偏纠偏。劳动人民的智慧才能；首创精神，战天斗地、改变"一穷二白"面貌的英雄气概，是任何时候也不能否定的。的确，"瞎指挥"、"浮夸风"、"共产风"是我们工作中的严重错误，当时在各种文学作品中都有反映，也包括评论家的文章。今天回顾这段历史时，决不能把这些错误统统加在民歌作者身上。要知道：劳动人民是"瞎指挥"、"浮夸风"、"共产风"的受害者，而且受害最深，最恨"说空话"、"吹大牛"了。试问：有几个农民愿意饿着肚子去歌唱"放卫星"、"丰收乐"呢？同样在十年浩劫中，又有几个庄稼汉愿意不种地、成天去学小靳庄写诗、唱戏、评《水浒》、搞"瞒和骗"、"假大空"呢？

《民间文学》1980年第7期上发表的三首1958年的哈尼族讽刺歌谣：《队长呵，你再吹》《书记报的产》《好汉懒汉一样》，很能说明问题，对于我们全面认识1958年的民歌有很大好处。它告诉我们，在1958年的民歌中，也有讽刺"浮夸风"、"共产风"和"瞎指挥"的，只是这些歌谣在当时没能引起重视，作者不敢公开唱，搜集者不敢拿出来发表。十年浩劫中，尽管报刊上满处登的是"小靳庄式"的民歌，但在民间仍然流传着大量的讽刺林彪、"四人帮"的歌谣。除了周总理带头朗读的给林彪画相的讽刺歌谣"语录不离手，万岁不离口，当面说好话，背后下毒手"外，"四五"运动中涌现的大量风谣更是明证。这才是真正的人民的心声，民歌的本色。

歌谣短小见民心。民心，是违背不得的。我国古代尚有"采诗"之说，以"观民风""知政治之得失"。今天在人民当家做主的年代，我们更有理由重视采当代之风。无论是"美"是"刺"，是"褒"是"贬"，都应搜集，这对于改进我们的工作，制定正确的政策，都有一定的参考价值。

在十年动乱中，民歌是受害者，被利用者；近几年，民歌仍交着倒霉的运，遭到不公正的待遇。报刊很少发表民歌，出版社很少出民歌集。现在是大声疾呼，为民歌恢复声誉的时候了。劳动人民爱憎分明，对什么是光明，什么是黑暗，看得十分清楚；对什么该歌颂，什么该暴露，也自有分寸。社会主义光明面就是多，为什么不歌颂呢？不怕人说是"歌德派"。社会主义还有绊脚石，就是要扫掉嘛！老虎屁股也敢摸，不怕人说是"缺德"。让民歌还它本来面目，发挥自古以来就有的"美"、"刺"作用吧！

我们需要更多的热心家

粉碎"四人帮"后，民间文学机构增多，民间文学队伍不断壮大，整个民间文学工作呈现出一派花木繁荣、蓬勃向上的景象。

1980年底，省、市、自治区除台湾省外，普遍恢复或建立了民研会分会或筹备组，有的地、县也成立了民研会分会或民间文学研究小组。如云南德宏傣族景颇族自治州，一个紧靠中缅边境的小县，就成立了中国民间文艺研究会瑞丽县小组，一年来做了不少工作；吉林省的延边地区、通化地区，江苏省的苏州市、镇江市，浙江省的宁波市，福建省的龙岩地区，甘肃省的甘南藏族自治州都建立了民研会组织。这些基层组织在人力、物力薄弱的情况下，充分发挥身在基层、立足于民间的有利条件，进行了卓有成效的工作，这是民间文学恢复发展的一个新特点。与此同时，与民族民间文学有密切关系的中国科学院少数民族文学研究所成立了，中国少数民族文学学会也诞生了，而且开展了不少活动，这是值得庆贺的。

随着民族民间文学组织机构不断增多，民间文学搜集研究队伍日益壮大，许多地区涌现出一批民间文学的热心家、实干家，他们之中很多人在十年动乱中受到迫害，然而今天重新归队看，从事民间文学的决心更大了，信心更足了。如广西少数民族地区，有的县委书记、县长坚决弃官不做而专门从事民间文学的搜集研究工作，在民间文学界传为佳话。

实践一再证明，各地文化部门、各级领导，凡是重视民间文学，懂得它的多方面重大作用的，那个地区的民间文学工作就开展得很顺利，成绩就比较显著。如广西壮族自治区各县就动员了五百多名积极分子参加民间文学的搜集工作，被称为民间文学的"铁杆"、"钢杆"，打不散，砸不垮，骨头硬，意志坚。不少少数民族地区的宣传部长、文化局长、文化馆长亲自带头搞民间文学，取得很好经验。

有领导带头，有专业队伍，也要有浩浩荡荡的业余大军。一年来，各地很重视对骨干的培养，摸索出一套好的经验，一致认为举办各种类型培训班的经验是值得推广的。如上海的"民间文学理论基础训练班"、

"民间文学搜集整理培训班"，江苏的"民间文学采风训练班"，湖北的"民间文学骨干培训班"，云南的"民族文学翻译讲习班"，以及河北每次普查前的集中学习等等，都收到很好的效果。通过短期培训，边培训，边实践，不仅学了技术练了兵，还出了不少成果。

民间文学是群众性很强的事业，我们多么需要更多的热心家、实干家啊！

民间文学驾起了彩虹

《灯花》故事飞越国境，民间文学驾起了彩虹。近年来，我国民间文学与国外的文化交流也日益加强了。

民间文学是一门国际性很强的学问。有不少重要的民间文学作品，如神话、史诗、故事、民歌等，是许多国家所共有的，要完成这些民间作品的深入搜集和科学研究，不是一个国家力所能及的，需要有关国家民间文学界的密切合作，才能更准确、更清楚地认识它、研究它；这种交流合作也必然会加深各有关国人民之间的友谊。

1980年来我国访问的外国学者很多，尤其是日本朋友很注意研究中国民间文学。继《灯花》译者君岛教授来访之后，以日本口承文艺学会会长臼田甚五郎教授为首的日本口承文艺学会访华代表团一行九人。应中国民间文艺研究会的邀请来我国访问。中国文联主席、中国民间文艺研究会主席周扬会见了代表团全体成员。座谈会上，两国学者相互介绍了本国民间文学研究的现状和方向，并就民间故事的分类法以及进一步加强两国学者之间的往来和学术交流交换了意见。双方一致认为，目前世界上流通的芬兰AT分类法，是以欧洲故事为中心搞的，对中国、日本、亚洲的故事不完全适合，应找到我们自己的分类方法。日本专家们多次谈到，研究日本民间文学必须同时研究中国民间文学，否则就研究不下去。中国方面盛赞日本学者对中国神话故事等的研究，做了大量的卓有成效的工作，有很多经验是值得我们学习和借鉴的。

一年来，到我国访问的还有：美国伊里诺斯州大学教授、国际民间文学专家丁乃通夫妇，美国夏威夷芭蕾舞蹈团艺术指导李绮华女士及其妹妹等。值得大书一笔的是，这一年我们与国际性的民间文学组织也取得了联系。我国学者参加了国际民间故事文学研究会成为该会会员；我国代表参加了联合国教科文组织在加德满都召开的亚洲口头传统文化研究专家会议。1980年6月，该组织的副总干事纳依曼等访问我国，并就如何资助中国抢救世界长诗《格萨尔》、翻译西南少数民族民间文学成世界通用文字等事宜进行了商谈。此事如获成功，对增进国际文化交流，丰富世界文化宝库将是一大贡献。

（原载《北京文艺年鉴》，工人出版社出版，1981年）

必须补上民歌这一课

有人说，民歌是诗歌的母亲，此话是有一定道理的。

民歌的营养十分丰富，它不仅哺育了历代的大诗人，也哺育了五四以来新诗的先驱者和后起之秀。五四新诗运动的代表郭沫若，受惠特曼、泰戈尔、海涅、歌德、拜伦、雪莱等外国人的影响很大，但他受中国屈原、李白以及民歌、民族传统诗词的影响更深。刘半农、刘大白、朱自清、闻一多、柯仲平、何其芳、李季、阮章竞、肖三、臧克家、田间、郭小川、贺敬之、严辰、公木、张志民等，学习、研究、推广民歌所取得的可喜成就，大家都很熟悉。有人说："艾青所受的教育恐怕是'洋'化的。"其实，也不尽然。他从没有忘记"大堰河——保姆"对他的哺育之情，就连"艾青"这个名字，还是因为这个"保姆"才留下来的。诗人早在延安的时候，还参加过秧歌队，认真探讨民间秧歌剧的形式，搜集研究农民歌手汪庭有的民歌。可见，我们老一辈及一切有成就的诗人，在自己的探索中都是广取博采、从不排斥对自己有营养的东西的，就连五四时期以写"古怪"诗而闻名的李金发，在 1929 年还编过民歌集《岭东恋歌》，这也是很好的证明。

我们今天的青年诗作者，正处在青春发育期，也不能吃偏食，而需要吸收多种多样的营养，特别是要想成为一个有成就的诗人，就更不能撇开有丰富营养的民歌。可恨十年动乱，造成营养品奇缺，我们的不少青年诗作者先天不足，发育不健全。他们不仅对世界所知不多，对本国各民族的民歌也懂得很少。我们深切地感到，对于青年诗作者，必须补上民歌这一课！

我国是一个多民族的国家，各族的民歌是诗歌中一座座的宝库。这中间，有号称百万行、千万字的世界长诗，也有两句的短歌；有格律严谨、讲究对仗和头尾韵的五七言，还有形式自由的长短句；有的粗犷豪放、雄浑有力；有的则婉转曲直、感情细腻；既有朴素率直、情调明快的；更有幽默含蓄、富于哲理的……随着时代的前进，各族的民歌也在发展变化，它既带着古老的风貌，又富有青春的活力。

如果我们去赶少数民族的歌节，到歌的海洋深处去走走，就会发现：我们在城里见到的诗歌朗诵会，若与民间的对歌、赛歌相比，实在是小巫见大巫。试想，城里的诗歌朗诵会能有成百上千的人同时登台吗？能够一律自己朗诵自己的作品吗？能够一连举行几天几夜吗？我看都难办到。而我们的民歌手对起歌来，那即兴创作、信手拈来、对答如流的本领，即使是最杰出的诗人也会惊服！从这里，我们丝毫也看不出他们常用的这些传统形式有什么僵化、凝固或装不进新内容的地方。相反，倒是深感他们运用自如、千变万化、能够很好地抒发自己的真情实感。更何况，那语言的形象、生动、朴实，是我们所不能与之相比的。城里的朗诵会，一般都是诗人写、演员念，还有专人报幕，固定的程式很多。而民间对歌，则是劳动人民自作自唱，自我欣赏娱乐并从中接受教益的一种灵活形式。歌手既是演员，又是观众，在唱和之中，谁的才能优劣、水平高低，一唱便见分晓。在有些少数民族中，不会作歌、唱歌，唱不出真情实感，唱不出一定水平的人，是找不着爱人的。唱歌是生活中不可缺少的一部分。

我们学习民歌，应该从民歌的人民性上去着眼，在形式上，力求为群众所喜闻乐见。在内容上，力求反映民心民意。在语言上，则应力求形象、生动、朴实、口语化和大众化。切忌只学皮毛，不求实质，生搬硬套，依葫芦画瓢。新中国成立三十多年，学习民歌虽然喊得很响，但真正钻进去、学到手的人并不多。有的只站在民歌这个大花园之外，喊："好花！好花！"但目不视其状，鼻不闻其香，只是空喊，好从何来？有的或走马观花，或隔山看花，不见其真，又怎知其妙？更有的即使从花园旁边走过，也不屑一顾，至于学，那更无从谈起。即使是走进花园，只是出于猎奇或者装潢门面，揪上几片花瓣就以此为满足，那也是学不好的。特别是十年动乱期间，"四人帮"只搞一花独放，视民歌这朵鲜花为毒草，竭尽污蔑谩骂之能事，学习民歌更成了罪状！所以，学习民歌，决不是什么过了头，而是远远不够。为繁荣社会主义文艺创作，我们倒是应该很好地向民歌学习。

我们提出向民歌学习，仅仅是把它作为一种重要的、不可缺少的营养品来吸收，绝无要排斥别种营养品之意。最近，听到有人呼吁：发展新诗，"唯一现实的途径就是向外国诗歌学习"。多年的禁锢，对国外一点不知，强调一下是十分必要的，发言人的心情也是完全可以理解的。但将"向外国诗歌学习"提到"唯一途径"的地步，这似乎就有些不合适，因为这又容易造成吃偏食的后果。给正在成长的青年人开食谱，还是全面一点好，以避免因营养成分不全而影响他们的健康成长。别的营养都有，只是缺了一种维生素，也要得佝偻病的。这里，我要特别提醒的是，外国诗人也是很重视向民歌学习的。

高尔基说："最深刻、最明显、在艺术上达到完美的英雄典型乃是民谣，劳动人民口头创作所创造的。"果戈里说："歌谣对于小俄罗斯包括尽了一切：是诗歌，是历史。……谁要是对它们不加以深入的钻研，谁就一点也不会懂得俄罗斯"。托尔斯泰说："民歌、英雄叙事诗，民间故事，虽然很简单，可只要俄罗斯语言存在一天，就有人读"……

我们再看看外国大诗人是怎样向民歌学习的：

歌德亲自参加过搜集民歌，他广泛吸取民间养料，经过六十年努力，创作出具有民歌风格、充满热情的长篇诗剧《浮士德》；海涅从民歌中吸取养料，又在民歌的基础上提高。他有名的一首歌《洛列莱》，就是由民歌加工整理而成的；雪莱从希腊神话中吸取养料，写出诗剧《解放了的普罗米修斯》；拜伦的著名长诗《唐璜》，取材于西班牙民间故事；莎士比亚更善于集中人民的创作，将民间歌谣、谚语、俗语、故事、传说等各种成果熔于一炉，推陈出新，大胆创造，为我们留下了三十多部创作、两部长诗；法国贝朗瑞自觉地向民歌学习，他的诗继承和发扬了民歌的革命传统，在群众中广泛流传，影响很大。马克思高度赞扬地为法国"不朽的伟大诗人"；裴多菲爱搜集民间歌谣，并用民歌体写诗，宣传民主革命思想。鲁迅称赞裴多菲的民间故事诗《勇敢的约翰》"充满着儿童的天真"，"即使你已经做过九十大寿，只要还有些'赤子之心'也可以高高兴兴地看到卷末"；特别值得提出的是普希金。他从小就受到民歌的熏陶，经常穿着朴素的衣服，打扮成庄稼汉，混入集市人群中去，倾听盲乞丐的歌谣，并亲自搜集过大量民歌，从而创作出《渔夫和金鱼故事》等叙事诗。由于他十分注意向人民群众学习语言，并在群众口语的基础上进行提炼和创作，因此他的诗篇能以非凡的艺术能力描绘俄国的社会生活和自然风物。语言也清新流畅、优美动人，成为俄罗斯文学语言的大师。当社会上有人攻击他的做法时，他立即作出有力的反驳："对于古歌、童话等等的研究是很必要的。我们的批评家轻视这些东西，是没有道理的。"继普希金之后，俄罗斯文学中最伟大的诗人涅克拉索夫，非常爱听伏尔加河上纤夫的劳动号子，以及农奴们所唱的民歌。所以，他痛苦和愤怒的诗歌回荡着民歌基调，形成了俄罗斯的一代诗风；就连马雅可夫斯基，也是继承了民间"游吟诗人"的传统，深入到几十个城市向群众朗诵诗作的。他的"楼梯式"诗歌，就是在不断深入群众、采集和研究民间文艺、民间口语的基础上创造出来的……

　　这类例子实在是多得举不完的。为什么外国诗人也如此重视向民歌学习呢？这又给我们以什么启示呢？

（原载《长城文艺》，1982 年第 2 期）

牛郎织女和七弦金琴

　　牛郎织女，是我国人民家喻户晓的神话传说故事；七弦金琴，是著名的希腊神话中太阳神阿波罗的一把宝琴。它们之间有什么关系呢？世界上的事就是千奇百怪，让我们从浩瀚无际的星空里，寻找它们之间的美妙联系吧！

　　广阔深邃的星空，隐藏着无穷无尽的奥妙，令人神驰向往。每逢夏夜纳凉，我们仰望天空，就会发现在繁星闪烁的热闹天幕之中，有一条白茫茫的明亮的带子，好似奔腾的大河，银光闪闪、浩浩荡荡地由北向南横贯天际，它就是银河，也就是牛郎织女神话故事中的"天河"。银河是由许许多多密集的恒星和美丽的星团、星云组成的。古代人民早在公元前就把见到的星空分成若干个星座，用假想的线条将每个星座内的主要亮星连缀起来，并用丰富的想象力把它们的形状和动物以及神话中的英雄人物联系起来，给它们一个个起了适当的名字，编织出许多神奇美妙动听的故事。

　　"牛郎"、"织女"，原是我国男耕女织的古代人民为银河两岸最亮的两颗星星取的名字，早在春秋时代我国最早的一部诗歌总集《诗经·大东篇》中就提到过"牵牛"、"织女"两个星名。天文学告诉我们：牛郎星属天鹰座，在银河西岸，它有三颗（即河鼓一，河鼓二，河鼓三，通常牛郎星指河鼓二），古人把它们连成一线，看成是牛郎用的扁担和他所挑的两个孩子，又叫"扁担星"。在它东南方的六颗星星，人们看作是牛郎牵的牛，叫"牛宿星"。织女星属天琴座，在银河东岸，它也有三颗（即织女一、织女二、织女三），形成一个三角形，人们把它看做是织女

114

用的梭子。它东南方的四颗星，形成一个四边形，人们看成是织女用的织布机。人们想象织女在一边织布，一边抬头深情地望着银河对岸的牛郎和他们的两个孩子，盼望着一年一度的七夕鹊桥相会。

说来也奇，古希腊人民也看中了这颗明亮的星星，称它为"夏夜的女王"，并把我国定名的这颗织女星和天琴座其他几颗华美闪亮的星星连缀起来，想象为一个古老的七弦琴，说它是希腊神话中太阳神阿波罗传给他儿子俄耳甫斯的一把宝琴。故事说，俄耳甫斯得到的这把七弦金琴制作精巧，魅力神奇，只要琴音一响，无论天上的神仙、地上的平民都会为之陶醉，忘却一切苦恼与忧伤，消除一切呻吟与叹息；森林中凶恶的猛兽听到琴音也变得温和柔顺、俯首贴耳，蜷缩在俄耳甫斯的身旁；甚至山林木石也被感动得点头微笑。俄耳甫斯凭着自身的音乐天才和这把稀世的宝琴，在英雄队伍里立下了汗马功劳，做出了许多悲壮的事业……他死后，尸体漂浮到列斯波斯岛，那里便成为古希腊抒情诗歌的故乡；他埋葬在奥林帕斯的山麓，那里的夜莺比任何地方的鸟都唱得好听。阿波罗十分怀念自己的儿子，请求天神宙斯将他的七弦金琴高高挂在空中，让人们仰望星空看到这金光灿耀的弦琴，永远追念这位举世无双的音乐大师。

同是一个星空，同是一颗星星，我国有我国的叫法，希腊有希腊的叫法；我国有我国的故事，希腊有希腊的故事。尽管星名和故事不同，但它说明了：中国的土壤、希腊的土壤孕育的人民都是有智慧的，他们的创造精神，艺术才华是令人惊服的。值得一提的是：为什么在"阿波罗"号宇宙飞船登上月球，科学文明开始揭开星球之谜的今天，古老的神话传说故事还那么娓娓动听，让人津津乐道呢？我想，这正是民间文学艺术魅力之所在吧！

（原载《民间文学》，1984 年第 7 期）

做当代捕风人

十载春风，融冰解冻，大地复苏，草木葱茏，谁个不夸当今是开国以来最好的世道。国家昌盛，百姓安宁，一个少有的、来之不易的，举国上下都敢讲话、讲真话的生动活泼的政治局面出现了。人民群众再也不用担心"棍子"、"帽子"压顶，完全可以公开地、直言不讳地对国家大事和社会问题表明自己的态度和看法了。而这一切，都在当代民谣中充分地反映出来。听，前几年流传的：

"要吃米，找万里；要吃粮，找紫阳；要解放，找耀邦。"多么信赖，多么真诚，这是民心所向，对党和国家领导人的发自肺腑的赞语。

"责任制，真是好，就怕兔子尾巴长不了。"这是对党的政策既拥护，又担心的心理。没料到中央关于农业的"一号文件"及时下达，农民笑了，放心了，唱了："党中央讲的，都是农民想的；党中央办的，都是农民盼的……"

由于人民群众对党和政府的无比信赖，对社会主义制度的优越性充满信心，颂歌将始终是新时期民谣的主流，这是毫无疑义的。然而，党和人民并不满足于对已有成绩的赞歌，为了振兴中华，为了实现四化，大家更想倾听的是那些切中时弊、批评我们工作落后面、促进改革的心声。也许这也就是今天讽刺歌谣仍然存在，仍然受到欢迎的缘故吧！试想一想，在偌大的一个花园中，光有黄莺、紫燕跳舞唱歌，没有啄木鸟敲敲打打捕捉害虫，生态能平衡吗？

讽刺，对敌人好比长矛、匕首，直刺心脏，恶之欲其死；对人民内部则是批评与自我批评的一种形式，好似警钟，"闻者"能够"足戒"，起到劝诫、教育、帮助的作用。当然对于那些讳疾忌医、麻木不仁者，也得大喝一声，猛击一掌，甚至扎上一刀，动之以割"瘤"的手术，才能振聋发聩，爱之欲其生。

"酒盅一端，政策放宽；筷子一提，照办照办。""公章再大，不如熟人说句话"。"文凭是金牌，年龄是银牌，才干是铜牌，关系是王牌。"对违反党纪国法、官僚主义、以权谋私、任人唯亲、走后门、拉关系等等党风不正、社会风气不正的现象，人们深恶痛绝，无不给以嘲讽抨击而后快。

邓小平同志说："一个革命政党，就怕听不到人民的声音，最可怕的是鸦雀无声。"谣为民声，听谣知政，我们切莫小看它的作用。高占祥同志在中国歌谣学会成立大会的致词中讲得好："歌谣对于传递信息，对于了解民情、改善和加强领导工作非常有好处。因为它能反映出干部、群众的思想面貌和精神状态。……提醒我们要注意和解决工作中的新问题。"

毋庸讳言，在当代民谣中也会出现一些消极因素的东西，这不足为怪，我们的方针同样是"全面搜集"，然后认真甄别和慎重处理。有一些思想情绪偏激、片面、绝对，甚至尽发牢骚、怪话之类的东西，或许也可能作为我们进行思想教育、改进工作、制定政策的参考，有的还可以成为学者研究当今民风民情民意的重要资料。

我们要做好当代的捕风人，既搜集它，又研究它。

（原载《民间文学论坛》，1986 年第 5 期）

论中国的歌节

一、中国歌节概貌

中国是一个诗国，特别是少数民族地区，到处是诗歌的海洋。勤劳、勇敢的少数民族人民，几乎人人能歌善舞，不仅自古以来就有歌唱的习惯，而且有自己歌唱的节日。

这里所讲的歌唱的节日，主要指以歌唱活动命名的节日和以歌舞为其活动中心的节日。前者是狭义的，后者是广义的。由于各民族社会、历史、经济、文化发展的不同和自然环境、生活条件的差异，形成了五花八门、多种多样名目的传统歌节。现就规模和影响较大者简介于后：

（一）以歌唱活动和歌唱场地命名的歌节

1. 壮族的"歌圩"。"歌圩"是外族人给壮族歌节所定之名，壮语叫"欢龙垌"，意为"到田间去唱的歌"；有些地方称"欢窝敢"，意为"出岩洞外唱的歌"。新中国成立前，壮乡这种聚众唱歌的日子特别多。以大的节日来算，在春耕以前就有春节、元宵节、二月十九、三月三、四月八，到秋收以后又有中元节、中秋节、九月九、冬至节等等。至于日常婚丧喜庆和农闲时聚众唱歌，则难以数计。歌圩分"野歌圩""夜歌圩"两种。"野歌圩"又称"歌坡""窝坡"，在山坡、田峒举行，以唱山歌为主，男女青年对唱情歌（包括见面歌、赞歌、初交歌、深交歌、赠礼歌、约会歌、分别歌等），也唱盘歌、故事歌。除对歌外，常伴有抛绣球、碰蛋、舞龙、舞狮、放花炮等活动。"夜歌圩"又称"歌堂""坐妹",在室内举行,以唱盘歌(包括邀歌、答歌、入座歌、赞歌、花果歌、农季歌、谜语歌等)为主,有独唱、对唱、领和的多声部等形式。歌圩的规模少者上百人,多者成千上万,近年来有组织的三月三、中秋歌会达十万之众;从早至晚,乃至通宵达旦,持续数日。每逢节日,男女盛装,并按传统习惯用枫树叶、黄花草、三月花煮染成五颜六色的糯米饭。据说吃了这种饭,便可使人像花草树木一样的兴旺茁壮。歌圩上,人群川流不息,如潮似海,歌声此起彼伏,连绵不断。许多上了年纪的老歌手也热情赶来,并趁此机会把肚中的歌传给下一代。

2. 西北民族的"花儿会"。花儿,又称少年,是流行于甘肃、青海、宁夏、新疆等省(区)回、汉、土、东乡、保安、撒拉、裕固、藏等族人民中的具有独特高原风格的民歌。"花儿会"是一年一度的传统的花儿歌手竞唱会,多在农历六月初六举行,以甘肃莲花山、青海老爷山和瞿昙寺等地的"花儿会"最著名。每逢会期,上山赶会者会碰到许多"关卡",当地群众拉起马莲草编的绳子拦路问歌,必须当场答歌才让通过。山上处处可见一顶顶遮阳伞下,聚着五六个女青年,三四米处准有五六个男青年,每边都有一个"串把式"当参谋,他们不时地卿卿耳语后,歌声随之而起,你来我往,对答如流。唱词大多即兴编成。内容以情歌为最丰富,包括拦路歌、问答歌、相认歌、叙情歌、送礼歌、联欢歌、祝愿歌、离别歌等,其次有歌唱生产劳动、风光景物、历史故事、新人新事的,也有赞颂寺庙、神灵、祈雨、求子等带有宗教、迷信色彩的。就其形式、风格和唱法可分为河州花儿和洮泯花儿两大流派,歌曲调子多以"令"来命名,如白牡丹令、尕马儿令、绕三绕令、大眼睛令、撒拉令、莲花山令等等。会期一般五天,人们沉浸在歌海里,入夜围着熊熊火堆,往往直唱到东方发白,不少青年男女在这儿找到了如意对象。最后一天日落西山时,人们才恋恋不舍地互以"花儿"祝福、告别,相约明年再来。

3. 哈萨克族的"阿肯弹唱会"。阿肯,是哈萨克族人民对民间歌手的尊称。每年盛夏七八月间,牧民们热情邀请各地阿肯,云集北疆巩乃斯草原和阿合塔草原,举行一年一度为期十天左右的阿肯弹唱盛会。他们之中，有饱经沧桑、年过花甲的老艺人，有初露锋芒的后生之犊，还有金嗓银喉、歌如流水的妇女、姑娘们，四方歌星济济一堂，首先由年高艺精的阿肯演奏古老庄重的冬不拉曲《贵巴斯》作为序曲，继之各地名手相继表演，有独唱、对唱、合唱，除传统歌外，多即兴编唱。此外，还有诗朗诵、长篇叙事歌弹唱等节目。盛会的高潮是阿肯对唱竞赛，各方使出浑身解数，互问互答，比智慧、比歌喉，能唱到最后者为胜。夺标者的名字将传遍草原，长久留在人们心中。歌唱表演结束，常举行赛马、叼羊、姑娘追、摔跤、拔河、打靶等传统体育活动。

4. 京族的"唱哈节"。京族三岛：巫头、三心和沥尾，位于我国南海北部湾内、珍珠巷边，鼎足而立。"唱哈节"是京族人民传统的歌会节日。"哈"或"唱哈"是京语，意为唱歌。传说远在七八百年前，有位歌仙来到京族聚居地区，在每天劳动之余，热情教乡民唱歌，痛斥地主老财的罪恶，道出大家心中深藏的美好宿愿。京族人民学唱者越来越多。后来为纪念歌仙，人们兴建起"哈亭"，在亭里唱歌和传歌。后来这一活动便发展成了"唱哈节"。日期因地而异，沥尾、巫头二岛从农历六月初十起，山心岛从八月初十起，一连举行三至七天的活动。唱哈节在哈亭举行，有一套完整的仪式：首先是迎神（一般是迎镇海大王），其次是祭神（癸时杀最大的猪，叫做杀养象），再次是入席（男子达到规定年龄即可入席听唱，妇女不入席，只坐在旁边听唱）。"唱哈"的角色都是邀请来的，通常为三人：一位男歌手称"哈哥"，持琴伴奏；两位女歌手叫"哈妹"，互相轮流演唱。演唱时，主唱的哈妹站在哈亭正堂中，手拿两块小竹片，边唱边敲，另一哈妹坐在一旁，轻叩竹制的梆子押拍，持琴的哈哥便依曲调奏和，歌声悠扬婉转，琴音清亮柔美。歌词内容大都是歌唱本民族的历史传说故事、歌颂友谊和爱情等。歌者如痴如醉，听者入神入迷。最后是送神。在唱哈仪式之前，往往还有斗牛等娱乐活动。每当节日一到，附近汉、壮等族人民也纷纷起来参加。

5. 傈僳族的"汤泉诗会"。俗称"澡塘会"，是傈僳族人民最大的赛诗盛会，每年农历正月初二到正月十四，在泸水县麻晡里都和登梗里都温泉一带举行，来自泸水、兰坪、碧江等县的傈僳族男女多达几千人。人们一到温泉，就杀鸡祭神，祈求山神庇佑，然后沐浴洁身，节会内容主要是赛诗。有流传久远的古代民歌，也歌唱新生活的即兴歌。歌手们切磋琢磨，交流经验，锤炼自己的创作；老歌手们培养新人，传授古老民歌。每天赛歌一二十起不等，大多通宵达旦，有的唱到极兴时，可延续七天七夜不停。各地歌手赶来聚会，唱歌抒情，结交诗友。青年男女也会在波浪起伏的恋歌海洋里钟情相爱。赛歌时，男女双方对立，女的手拉着手，男的肩搭着肩，两足还踏着节拍有规则地移动，并不断地交换位置。赛诗会上究竟唱了多少歌是数也数不清的，但贯穿诗会始终并被推崇为澡塘诗会主题的却是讴歌爱情和劳动的长诗《汤泉恋歌》。这是一部世代传承下来的抒情长诗，叙述一对男女青年历经三年在温泉边三度相会的恋爱故事，深刻地揭露了旧社会买卖婚姻制度的罪恶，反映了傈僳族的社会风貌和生产斗争、生活情况。

6. 仫佬族的"走坡会"。每年年初择日举行。"久不唱歌记不来，久不行路起青苔，久不进入花源洞，不知花谢是花开。久不唱歌慢慢记，久不行路慢慢来，同妹齐入花源洞，桃花正伴李花开。"这首民歌生动地反映了仫佬人对唱歌的喜爱。"花源洞"是广西罗城县仫佬族有名的"走坡"场之一，群山环抱，风景宜人。四面八方的仫佬族男女青年从山涧小道汇集到这里。小伙子们三个一群，五个一伙，选好地方站定，等到姑娘们过来时，便掏出手帕边摇边唱："见妹行路脚悠悠，我把山歌拦路头，千兵万马让他过，只拦阿妹停坡沟。"姑娘们也摇手帕答礼对唱。人越聚越众，歌愈对愈多，当听到"报哥真，双手厚茧妹欢心，连哥到半丢开去，情妹不是那号人"时，小伙子们都乐而忘返。山歌沟通了年轻人的心，激励着年轻一代更好地工作、劳动。

7. 侗族的"赶歌场"。盛行于贵州省黔东南州天柱、锦屏、剑河、三穗、镇远一带侗族地区。每年有赶歌场十余处，规模最大的是天柱渡马的二十坪歌场，共赶三天，每年农历七月二十至二十二，参加歌会的最盛时可达三万人以上。赶歌场主要是赛歌，内容丰富，形式多样。有比聪明才智的对歌；有歌颂民族英雄和讲述历史的叙事歌、古歌；有控诉反动统治阶级压迫剥削，向往自由幸福生活的叙词；有倾吐男女之间相亲相爱的情歌；还有歌颂社会主义新人新事新生活的歌。开始赛歌是以村寨为单位的集体对歌，然后是各自寻找对手对歌。有一个对一群的，有男对女的，也有一对男女对唱的，还有一男对多女或一女对多男的。他们欢迎旁听，欢迎评说，围观者越多他们唱得越起劲。经过反复较量，弱者逐渐淘汰，直到只剩下少数"歌王"（能手），不分上下。往往"歌王"大显身手出奇制胜之时，就是赛歌的高潮，歌场内外，四周群众，连连发出"啧哟"的赞扬喝彩声。赛歌会结束后，大家都依依不舍，各自交朋结友，赠送礼物，订期约会。有的男女青年还物色到了自己惬意的情人。除了精彩的赛歌外，还有惊人的斗牛表演和传统的文艺演出活动。场面壮观，非常热闹。湘、桂、黔边罗蒙山区侗族的三月"大戊日歌会"，又叫"三月街"、"赶坡"、"赶坳"，盛况与此相仿佛。

8. 苗族的"坡会"。有些地区称"闹冲"、"爬坡"、"踩山节"，名目很多，时间因地而异。位于乌江上游织金县龙场区一带的苗胞多在农历五月五举行，当地称"花坡会"，既是年轻人谈情说爱、老人们会亲访友的喜庆节日，也是姑娘、妇女们比花裙、显针线技艺的好机会。位于广西元宝山一带的苗胞多在秋收以后举行，除男女青年对歌、跳舞、吹芦笙外，还有斗马活动，最后给善斗的"马英雄"挂上优胜的红绸绣球，它的主人容光焕发，露出胜利的喜悦，人们纷纷祝贺，尊称他为最会养马的"公老"，如果是个后生，那就会获得姑娘们的青睐。黔东南凯里香炉山的"爬坡节"，每年农历六月十九举行，有男女青年热情地对歌、唱飞歌、游方、跳舞、斗雀等。滇东北一带的苗胞一般在春节前夕或春节期间举行。节日最富地方色彩的活动是爬杆，坡会场中立一根几丈高的刚剥下树皮的杉木杆，木杆顶上挂着一竹筒玉米酒、一节长香肠和一朵朵红花，哪一个后生爬上顶杆，喝到美酒，吃到香肠，还可摘下一朵红花插到心爱的姑娘的头上。

9. 瑶族的"耍歌堂"。粤北连南的"八排瑶"最盛行歌堂，又称"歌堂会"。按照传统习惯每三、五年举行一次。时间大都从农历十月十六开始，历时三天或九天不等。因各排（村）举行的年份不一样，青年人逢会必到便有了更多的接触机会。节前，各家都事先通知远近亲戚好友来观光，一时间街头巷尾塞满了穿新衣、戴新帕的人群。插山鸡毛是特有的装饰物，民歌里唱道："太阳出来照山腰，照得莎妹像花苞；莎妹头插彩鸡翎，风吹头巾轻轻飘。"节日的头一项仪式是祭祖先，多是上岁数的人虔诚地把"祖公"从庙中抬出巡游、拜祭。"色翁"（瑶语巫师）带头开唱。"引歌唱，引歌先唱盘古皇……"男女青年们都聚到村外广场上去了。多情的小伙子们三个一伙、五个一堆地朝着姑娘们唱起来，别看姑娘们不做声也不答歌，她们都在暗中选择着心爱的人。小伙子们唱得口干舌燥时，姑娘们大都已选好人了。晚上，有幸得到姑娘们欢心的小伙子，就可以独自到姑娘家去对歌谈情了。每天的活动都是祭祖先和青年们聚集唱歌并行。参加"耍歌堂"的青年可达八九十对之多，所唱情歌内容十分广泛，有单身苦歌、赞美歌、祝愿歌、历史故事歌等。入夜围着篝火而坐，尽情地唱，往往通宵达旦。不少恋人在歌堂上认识，往后又不断加深了解，最后成为幸福的终身伴侣。节日期间，好客热情的主家，都要做二三十斤糯米糍粑招待亲朋，端出清香水酒供人们饮用，酒置放在公共场所，唱累唱渴的人们可用它提神润喉。

10．白族的"石宝山歌会"。美丽神奇的石宝山位于云南剑川沙溪西北，这里林木葱茏，花草芳香，景色迷人，每逢农历七月底，方圆百里的白族和彝、纳西、傈僳、回等族的人群，从丽江、洱海、剑川、兰坪等地云集到此，举行为期三天的盛大的歌会。人们身着各具特色的民族服装，兴致勃勃地登上石宝山，松竹林里，小溪边，篝火旁，三弦、木叶、笛子、小曲悦耳动听，情意缠绵的对调歌声回荡在山林翠谷间。成双成对的人儿漫步在人间仙境中，即兴对歌，互吐衷肠；须发斑白的老人们，三五成群地漫步在雄伟古老的寺庙、石窟里，观赏那精雕细琢、栩栩如生的南诏石刻艺术。正像一副对联说的："游有佳游，四海宾朋可往寻迹探古；乐不胜乐，八方情侣俱来对调赛歌。"

11．畲族的"歌会"。每逢农历二月二、三月三、四月分龙节、六月初一、七月七、八月十五、九月九等日子，都是畲族人民传统的歌唱节日。盛装时男女青年三五成群，于景色秀美的山顶、古寺、歌坪，对唱拦路歌、请唱歌、散条（四行一节的山歌）、数数歌、节气歌、谜语歌、新山歌等，通过唱山歌，倾诉过去的苦难，讴歌新社会的幸福，传授生产和文化知识，表达爱情和希望，增进青年男女间的相互了解，建立友谊和感情。歌声此起彼伏，热闹异常，有独唱、对唱、齐唱、重唱等。

（二）以歌舞为其活动中心的节日

白族的"绕三灵""三月街""蝴蝶泉会""花朝节""礼至（李子）节""果子节"。

傣族的"泼水节""巡田坝节""开门节""晃露会"。

阿昌族的"浇花水节"。

苗族的"苗年""芦生节""姐妹节""四月八节""吃新节""赶秋节"。

瑶族的"达努节"（盘王节）、"赶鸟节"。

侗族的"花炮节""斗牛节""播种节""土王节"。

藏族的"洛萨节"（新年）、"雪顿节""望果节""塔尔寺灯节""萨噶达瓦节""转山会""藏林吉桑节""达玛节"。

高山族的"半年祭节"。

仡佬族的"吃虫节"。

景颇族的"目脑纵歌"。

布朗族的"山抗节"。

彝族和西南各民族的"火把节""二月八年节""插花节""三月会""跳宫节"。

崩龙族和傣族的"插花节"。

回、维吾尔、哈萨克、乌兹别克、塔吉克、塔塔尔、柯尔克孜、撒拉、东乡、保安等伊斯兰教各族人民的"开斋节""古尔邦节""圣纪节"。

塔塔尔族的"撒班节"（犁头节）、柯尔克孜族的"诺劳孜节"。

蒙古族的"大年""小年""那达慕大会""鲁班节"（云南通海县蒙古族）。

朝鲜族的"春节""清明""中秋""老人节""回甲节""回婚节"。

锡伯族的"娘娘会"。

达斡尔族的"阿湟节"。

布依族的"跳花会""六月六"。

羌族的"年节"。

水族的"端节"。

土家族的"调年会"。

佤族的"拉木鼓会"。

哈尼族的"里玛主节""苦扎扎节""十月年""米索扎节"。

独龙族的"卡雀哇节"。

门巴族的"年节"。

基诺族的"年节""新米节"。

普米族的"大年""转山会"。

纳西族的"海坡会""三月龙泉庙会"。

二、歌节的由来与形成

以上粗略介绍，可以窥见我国传统歌节千姿百态、丰富多彩的风貌。当我们浏览之余，不免也会发问，这些歌节究竟是怎么形成的呢？这一问题很值得探讨。从目前掌握的资料初步分析，歌节的由来大致可以归纳出几种类型：

（一）带宗教祭祀性质的。如：与伊斯兰教有关的有"开斋节"（又叫"肉孜节"）、"古尔邦节"、"圣纪节"（伊斯兰教创始者穆罕默德诞生日）；与佛教有关的有藏族的"转山会"（佛祖释迦牟尼诞生日）、"萨噶达瓦节"（一说是释迦牟尼成道日，另一说是文成公主到达拉萨的吉庆日）、"望果节"、"雪顿节"，傣族的"泼水节"、"开门节"、"关门节"，白族的"三月街"（又叫"观音节"）、"绕三灵会"；与原始宗教祭神、祭祖有关的有高山族的"丰年祭节"（举行祭祖、古老的钻木取火、狩猎等仪式，凡八至十三岁的男女小孩进行"凿齿礼"，凿去上颚两个犬齿的齿冠部分），独龙族"卡雀哇节"（年节）的"剽牛"仪式（据江川县李家山第一类古墓中发现的一件与剽牛有关的青铜饰物鉴定，是公元前555±90年的文物，距今已有两千五百年历史，足见独龙族这一古老的习俗沿习之久），景颇族、基诺族"新米节"的"叫谷魂"仪式，瑶族的"达努节"（又称"祖娘节"、"盘王节"，祭女神、瑶族祖先密洛陀和盘古王，"达努"瑶语是"不要忘记"的意思），白族的"花朝节"（祭花王），纳西族的"海坡会"和普米族的"转山会"（祭狮子山女神干木，人们认

125

为她主宰繁殖和生育，给人间幸福和平安，这可能是母权崇拜的遗风）。

（二）与社交、择偶有关的。除上面介绍的壮族的"歌圩"、西北民族的"花儿会"、哈萨克族的"阿肯弹唱会"、傈僳族的"汤泉诗会"、苗族的"坡会""闹冲""爬坡节"、侗族的"赶歌场""赶坡""赶坳""大成日歌会"、畲族的"歌会"、瑶族的"耍歌堂"、白族的"石宝山歌会"等，都与社交、选择配偶有关外，还可举出一些典型的：

1. 苗族的"姐妹节"。这是贵州清水江一带苗家的传统节日，每年从农历三月十五开始，连过三天。姑娘们带上事先做好的各种颜色的糯米饭，成群结队地来到游方场，五彩缤纷的衣裙，闪闪发光的银饰，任人品评欣赏；婉转的歌喉、优美的舞姿，引得小伙子们发出阵阵的嬉笑与赞美。他们摆开阵势，以歌对仗，暗自选择自己的意中人。这个风俗出自一个美丽的传说。相传很早以前，有一群聪明美丽的苗家姑娘，丰衣足食，生活愉快，美中不足的是偏僻的山区找不到对象，成不了婚。她们昼夜地在一起商谈，想出了一个好办法：每人筹一些吃食来，姐妹们一起聚餐，唱歌跳舞，好吸引远处的小伙子们来这里玩一玩。到了吃"姐妹饭"的那天，果然很热闹，远方的小伙子们来了很多，姑娘们殷勤款待，临别还用自己的帕子包满糯米饭送给他们，小伙子们非常高兴，过了些日子又来，赠给姑娘们绣花针线等，以表达谢意。之后，小伙子们常来玩耍，与姑娘们建立了感情。姑娘们个个都找到了自己心爱的人。从此吃"姐妹饭"的风俗便流传下来，成为清水江畔苗胞的共同节日，特别是青年男女们进行交际的佳节。

苗族自古以能歌善舞著称，人人会唱、善唱，特别是青年男女，善于交际，所以他们的社交节日也特别多。不少社交节日都带有选择配偶的性质。如"踩山节"，本来就是滇东北、黔西北、滇南等地苗族青年寻求配偶的一种活动。屏边的"采花山"就是苗族男女青年自由恋爱的一种别称，每年正月初一至初六，苗家老人都要为他们的男女青年举行一次隆重的采花山仪式，为青年的恋爱婚姻开拓一个自由择偶的广阔天地。湘西保靖县翁排坡的"挑葱会"，也是当地苗家青年男女们唱歌寻偶，自由恋爱，经年沿袭，成为佳节。

2. 侗族的"土王节"。每年谷雨前两天在土王坡举行。它源于一个惊心动魄的故事：很久以前，侗家发生过一场爱情的大悲剧，历史上称之为"三十六煞"。当时，十八对正在热恋中的男女青年，因为"同姓不通婚""养女还舅门"的习惯约束而不能结为终身伴侣。在谷雨前两天，他们相互邀约，几乎在同一个地方、同一个时辰自缢死了。大悲剧震动了整个侗族地区。各地首领紧急聚会，经过讨论协商，把婚姻制度作了一次重大改革：同姓而不同支系的可以通婚，还规定了侗族青年社交来往的节日——土王节。

3. 布依族的"跳花会"。每年农历正月初一到二十一举行。这个一年一度的布依族传统节日，也为一对对的小伙子和姑娘搭上了"鹊桥"，他们在草坪上弹月琴、吹木叶、对唱情歌，播下了爱情的种子。二十一日是"结会"，宣布一年一度的"跳花会"结束，二十二日叫"牵羊"，即私订婚约的小伙子带姑娘去相家，看看男方的家境，以最后决定自己的终身大事。之后就转入繁忙的春耕生产，谁再游山玩水，人们就会向他白眼，骂他是"克拉"（懒汉）。

4. 彝族的"插花节"。这是云南大姚县昙华山区彝族人民的传统佳节。节日在农历二月初八。此时满山都是一簇簇、一片片的马樱花、山茶花、杜鹃花和数不清的野花。成群的男女青年穿着整洁，一路唱着歌儿，登山爬岩，采摘鲜花。一对对钟情的人儿，互相插花为订婚礼，以示他们花一般的纯洁爱情。传说这个美好的节日出自为了纪念为民除害的马樱花仙和一对坚贞的情侣：美丽善良的姑娘米依鲁和猎人朝列若。青年们还把马樱花视为坚贞爱情的象征。

上面提到的云南永宁纳西族的"海坡会"，既带有宗教祭祀性质，也是最古老的有关择偶的节日。因为他们崇拜的狮子山女神，主管人间繁殖与生育，女神的婚姻是"阿注"式的，因此本地纳西族人于每年农历七月二十五来到泸湖湖畔，唱歌跳舞，庆祝女神的诞生日，祈求女神保佑，互结"阿注"。（"阿注"，意为"亲密的伴侣"。男女双方各居母家，过着男不婚女不嫁的自由偶居生活。通常是男子夜间到女子家里访夜，第二天一早匆匆返回母家。这就是对偶婚姻初期的"阿注"式婚姻，也是母系家庭制的反映。）解放后，这种婚姻已逐渐在改革，不少人已建立了一夫一妻制的新家庭。

（三）与歌仙传歌有关的。如壮族"歌圩"有说是歌仙刘三姐对歌传下的，京族的"唱哈节"是歌仙教会的，土族的"花儿会"是花儿仙子五姐妹留下的，瑶族的"赶鸟节"是女歌手盘英姑唱歌赶鸟，保住谷种，把歌传给九十九寨的耕山人的，侗族的"赶歌会"是女歌手肖玉娘的悲剧身世形成的，白族的"蝴蝶泉会"是霞姑与霞郎的忠贞爱情形成的，苗族的香炉山"爬坡节"是苗家的阿补与玉帝小女儿争取婚姻自主的爱情与对歌形成的，等等。

（四）带有纪念性质的。如傣族的"泼水节"是纪念古代十二名少女（一说七名）泼水救火除掉火魔王的，西南民族的"火把节"是纪念为民除害的英雄阿提拉巴、阿南和慈善夫人的，白族的"石宝山歌会"是纪念战胜作恶多端的黑龙而举行的，苗族的"四月八"是纪念苗族农民起义领袖亚努的，以及上面提到的藏族的"萨噶达瓦节"有说是纪念文成公主进藏的，等等。

（五）与农事生产直接有关的。如白族、彝族的"祭鸟节"，是缅怀二十四位小伙子，感谢他们变成二十四只候鸟，轮流飞遍各地，呼唤人们烧荒、翻地、播种、锄草、灌水、追肥、收割，获得年年丰收；苗族的"新米节"，是缅怀古代开田、拓土的先人告秋和务当；白族的"果子节"，是缅怀和感谢百花仙姑下凡教会人们栽树、培果，傣族的"巡田坝节"，通过巡田等仪式活动，保证和预祝春耕按季节完成；哈尼族的"尼玛主节"，感谢布谷鸟向人间传递了春天的信息，预祝今年五谷丰收；侗族的"播种节"，告诉人们每年农历三月三桐树开花的时候是撒谷、育秧的季节，不要错过农时；布朗族的"山杭节"，从过去种谷前祭祀造山神祈求丰收的活动，已变成今天的春耕誓师大会；哈尼族的"十月年"，是庆祝丰收的节日，"苦扎扎节"意思也是预祝五谷丰登、人畜康泰、事事如意的节日，人们畅谈农事生产，总结经验，制定计划，相互祝福；藏族的"望果节"，则是藏民预祝丰收的节日，"望"藏语意为"田地"，"果"为"转圈"。"望果"即"转地头"之意。每到庄稼快成熟时，人们便成群结队绕本村地头转圈，祈祷"天神"保佑，不要降灾，也有说是开镰收获前的一种例行宗教活动。今天已摒弃宗教迷信内容，增添了新的文体活动，藏民用青稞、小麦搭成"丰收塔"，转游于香气四溢的原野，尽情抒发丰收的喜悦。云南通海县蒙古族的"鲁班节"，是纪念鲁班和他的蒙古族弟子游勤的。这个节日很有意义，反映了民族文化的交流与进步。当地的蒙古族人是公元1253年随军出现在云南的，聚居在通海县的蒙古族后裔，由牧民变成渔民，由渔民变成农民，又学会木工，后来成为滇南技术精湛的土木建筑者，如今当建筑工人的也特别多。

（六）与人民的传统美德有关的。如朝鲜族的"老人节"，为六十岁以上的人祝贺，并表彰与儿媳和睦相处的好公婆、尊敬老人的好儿媳。崩龙族、傣族的"采花节"，出自一个不孝顺的儿子，从"老鸹含食报娘恩"中醒悟，教育人们要孝顺父母。每逢清明时节，上山采花，敬献父母，并互赠友人，以示友谊和祝福。崩龙人最喜爱丁香花，晒干后仍留清香，恋人们常以此花互相赠送，象征永不变心。自古以来，我国人民就有尊长爱幼的好传统、好风俗，这类节日活动值得提倡，给老年人的晚年带来幸福和安慰，也对培育青少年树立社会主义新道德、新风尚和发展生产，起促进作用。

三、歌节最早源于原始对偶婚生活

上面仅仅是将繁花似锦的歌节大致排队归类，有不少歌节是各类兼而有之的，很难截然划分。但通过以上简单的梳理，歌节的起源大致可以总括为以下五种：

（一）源于劳动。

（二）源于宗教。

（三）源于择偶。

（四）源于对某人某事的纪念。

（五）源于歌仙传歌。

在此五种中，我觉得前三种值得注意，让我们先排除后二种。钟敬文教授在《刘三姐传说试论》一文中说："社会风俗为集体所创造之物"，"刘三姐乃歌圩风俗之女儿"。歌节，作为一种社会风俗，是社会的需要，民众精神的渴求，以及历史、地理、经济、生活提供的条件诸种因素决定，经过人们集体孕育，逐渐创造而成的，不能把它归功于一两个杰出人物或某一事件上，这是一般社会文化现象发生、发展的规律。由于歌节风俗的流传与扩布，造就了不少刘三姐式的人物，人们为了解释歌节的起源，把一些值得纪念的事附丽在刘三姐或其他杰出人物身上，这正体现了歌节发展的"流"势。就像端午节"划龙船""吃粽子"的风俗一样，早在屈原之前就有了，屈原殉难后，人们怀念这位伟大的诗人，就把这些风俗附丽在屈原身上。然而，这种解释性的传说，终究不能作为科学的依据。

现在，就剩下"源于宗教"和"源于择偶"二说了，谁是主要的呢？下面谈点粗浅的看法。

原始先民，精神离不开宗教，生活也离不开为选择配偶提供机会的歌节。宗教活动往往为歌节活动创造了集会的条件：寺、庙、观、庵多修在风景秀丽之地，既是过去人们精神寄托之处，又是人们游览观光之点，谁不想乘每年迎神庙会之际，朝山敬香，祈福禳灾，乞嗣求子，倾悲诉苦，谈情说爱呢？但歌节并不是宗教提倡的，相反，被斥为"有伤风化"，成了宗教教义的大敌，它们之间似乎是水火不相容的。如壮族早先是住在岩洞里的，"歌圩"按壮语原意是出岩洞到田间去唱歌，因为壮族人民很少建寺庙，一般神像都放在岩洞里，岩洞里办庙会，那是神圣的地方必须保持肃穆，怎能允许你唱情歌呢？只有到野外才能放声自由歌唱。可是歌节又是最吸引人的，特别是年轻人，他们怎能放过赶庙会之机约伴对歌谈情说爱、选择配偶呢？宗教主持者知道禁唱不了，为了庙会招徕人群，只要你情歌没唱到我殿堂口，也顾不得许多了。这又是宗教活动依附于歌节的地方。实际上许多地方的庙会已成为歌节了。早在《诗经》时代，《溱洧》中就反映了郑国三月"上巳节"，一对情人来赶庙会之机谈情说爱的情景。而今粤北瑶族的"耍歌堂"，祭祖仪式和青年们聚集唱歌就是并行的，谁也不干涉谁。宗教活动与歌节是矛盾的，但长期以来一直是一对相生相克、相辅相成的事物。

应该承认，有不少歌节就是源于宗教活动的，除了前面提到的"开斋节""古尔邦节""至圣节"等外，有许多地方的歌节都是在当地有了寺庙和朝山敬香的活动以后才兴起的。有的同志经过考察，认为甘肃莲花山的"花儿会"主要起源于民间的迎神赛会和祭祀活动，是能够成立的。但作为歌节的最早起因，恐怕还得追溯到远古。从纳西族的"海坡会"、普米族的"转山会"中，我们窥见到当地人民崇敬生育女神，还保留有"阿注"式婚姻的遗风，而这种互结"阿注"，正是对偶婚初期的形态；苗族的"姐妹节"也有原始对偶婚的投影。这给我们很大启示。人类自从进入对偶婚制代替群婚制之后，同一氏族内禁止同族男女相互结婚，他们必须和别的氏族异性结合，这就需要有相互接触、选择配偶的时间、地点和机会。唱歌，是很好的媒介，而歌节正是适应人类从群婚制向对偶婚制过渡这一重大变革的社会需要而产生的。一句话：歌节很可能最早源于原始对偶婚生活。

歌节的源起与发展是一个很复杂、很有意义的问题，这里仅仅是一个初步的探索，更深入的论述，有待今后进一步的调查研究。

创作于 1985 年 10 月

（原载《民间文艺季刊》，1986 年第 2 期）

民间文学与民间文化的价值

专门发表民间文学、民间文化研究文章的《民间文学论坛》，最近创刊满五周年了，这是一份日益受到国内读者和海外学者瞩目的刊物。《读书》编者要我们谈谈民间文学、民间文化的有关问题，以便社会各界进一步了解这门学问。

研究民间文学和民间文化具有多方面的意义，在今天主要有三点：第一，研究民间文学、民间文化，可以更好地继承和发扬优秀的民族精神。民间文学、民间文化是人民创造的，它的基调是健康的、向上的，并具有开拓精神和富于理想。民间文学也有糟粕，但精华是主流。优秀的民间文学作品，是人民智慧和艺术天才的结晶，充分表现了人民的勤劳、勇敢和高尚的道德情操，它的形式又为人民所喜闻乐见，所以它是道德教育的有益教材。这也是建设社会主义精神文明不可忽视的一个方面。恩格斯称民间故事是"人民的书"，说它的任务不仅是娱乐农民的芬芳的花园，还在于"廓清他的道德情操，使他觉悟到自己的力量、权利、自由，唤起他的勇气、他对祖国的爱。"第二，研究它们，可以继承和发扬优良的民族文化传统，创造具有中国气派和为人民喜闻乐见的社会主义新文艺。有些人鄙视民族传统，主张"全盘西化"，这是很错误的。马克思称赞希腊艺术和史诗至今仍给我们艺术享受，而且在某些方面还作为一种标准和不可企及的规范。从中国文学史来说，屈原的《离骚》《九歌》，是因汲取了神话与民间文化的营养而传诸后世的。《三国演义》《西游记》《水浒》这些名著，都是在口头文学基础上创作的。从近代说，贺敬之的《白毛女》、赵树理的《李有才板话》、李季的《王贵与李香香》，这些《讲话》之后的划时代的作品，无一不是在民间文艺的土壤里诞生的。文学艺术愈是民族的，它就愈有世界性。第三，民间文学是人民的心声，可以从中了解民情。民间口头文学不仅是现实生活的反映，同时也是对政治和政策的评判。古代有采风制度，目的在于"审乐而知政"。今天新的人民口头文学，仍然是一面镜子。例如三中全会以后产生的新"爬山歌"就表达了人民的意志，它唱道："红格丹丹的阳婆照在身，党中央的政策暖人心。东山上唱歌西山上和，生产责任制真红火。如今的政策兑了现，庄户人有了零花钱"。这说明三中全会以来党中央所制定的方针政策是正确的。人民从心眼里赞成。但是，对于当前社会上的不正之风，人民也毫不留情地给予讽刺。比如："干的不如转的，转的不如看的，看的不如捣蛋的。"人民对这种不良的风气是很不满的。这可以说是"听歌而知政"。

民间文学还有极高的学术价值。第一，有认识历史的价值。比如历史学家已论证了中华民族是"同源共祖"，在洪水神话中，我国许多民族都是从一个葫芦或由一个母亲生出来的。这与历史学家的结论完全吻合。第二，它是研究各民族哲学思想、伦理道德不可少的资料。第三，它还是宗教史、人类学、民族学、语言学等学科研究的对象。

研究民间文学对于研究文化有何意义？有人说，真正的文化在民间，这话有道理。民间文学是文学，又是一种文化现象，它天然地融汇着民族精神、民族性格、民族心理素质和民族审美情趣。中国的民间文学，就是炎黄子孙几千年来智慧和文明的体现，中华民族的勤劳、勇敢与爱憎分明的感情，在民间文学、民间文化里得到真实和自然的表现。同时，研究民间文学又必须把它放到广阔的文化背景下来研究，这样才能发掘它的深层底蕴，全面认识它的固有价值，充分发挥它的文化功能。

《民间文学论坛》是民间文学和民间文化研究的理论园地。创刊五年来在研究民间文学传统，弘扬民间文化价值方面，取得了可喜的成绩，发表了一批优秀论文，其中有的还被国外学术刊物转载。但我们的目标是要把它办成一个具有国际学术水平，能代表我们国家民间文学、民间文化理论研究水准的刊物。我们正在努力！

（与陶阳合作，原载《北京日报》，1987 年 6 月 26 日第 3 版）

民族精神的颂歌
——电视艺术片《黄土魂》的启示

民间艺术，是民族文化的形象载体。它天然地融汇着民族精神、民族性格、民族心理素质和民族审美情趣等丰厚无比的文化内涵。这部以"黄土魂"命名的电视艺术片，共有12集，分陕北民歌、民间舞蹈、民间美术、民俗风情四大部分。全片以黄土文化为背景，从陕北黄土高原的山川地貌、四时风光、历史沿革、风土人情、文化心态等多方面摄取镜头，揭示了黄土文化的实质，我们民族精神中最光辉、最宝贵的内核——黄土魂，即民族魂，"中国的脊梁"。

我有幸先睹为快，看到了刚摄制完的前六集歌舞部分，真是大饱眼福，美不胜收。"千年的松柏万年的路，咱们黄土里笑来黄土里哭"。歌，是从上万首陕北民歌中拔萃出来的。有脍炙人口的《走西口》《三十里铺》《兰花花》《赶牲灵》等情歌，早在全国传唱开；有鼓舞人心的《刘志丹》《天心顺》《移民歌》等革命民歌，把陕北人民对黄土地的眷恋之情，对党对红军的热爱和革命必胜的信念充分表达出来。编导者对影片作了精心的构思和艺术处理，打破了传统的突出演员的做法，采取了不用演员上场，而把整个图像腾出来，用生活本身来说话，用优美动人的歌声烘托气氛。出现了使画面、解说和演唱融为一体、相映成辉的效果，观众犹如亲临其境，更觉真实自然。人们随着电视录像机的转动，伴着歌声，一会儿扶摇直上，俯视中华民族的摇篮黄河；一会儿深入革命圣地延安，瞻仰领袖故居，缅怀革命先烈，唤起对火红的战争风云的回忆，从中受到革命传统教育和爱国主义熏陶。舞，几乎揽括了陕北民间拥有的全部舞蹈形式。除大家熟悉的龙灯、狮子、旱船、高跷、霸王鞭、跑驴外，代表陕北特色的有大秧歌、腰鼓、胸鼓、火塔塔、转九曲、打彩门等，而最牵动人心的要数那早已蜚声海内外的安塞腰鼓了。雄壮的风姿，灵巧的步伐，欢快的节奏，充满着山里人的阳刚气质和纯朴真情。咚咚鼓声，地动山摇，震撼人心，催人奋进，充分显示了黄土地人民坚韧不拔的大无畏精神。

文学艺术离不开民族的沃土。陕北民间歌舞浸透了黄土高原醇厚、浓郁的生活气息，正如导演说的，本片具有"土气"、"大气"、"生活气"三大特点。它真实而深刻地反映了陕北劳动人民的理想、愿望和追求，生动地表现了陕北儿女纯朴、豪放的情感和高尚的道德情操，使我们体味到黄土地人民闪闪发光的文化心态：勤劳勇敢、讲求实际、奋发向上的性格，重民族气节、抗击强暴、英勇不屈的气质，具有华夏民族自古以来所孕育的自尊、自信、自强的精神。

鲁迅先生说，"惟有民魂是值得宝贵的，惟有她发扬起来，中国才有真进步"。黄土魂就是我国的民魂，代表了中华民族自强、自尊、自信的精神，她是激励中华崛起、振兴的强大力量。黄土魂深深地扎根于民众之中，根植于民族的心理深层。她是民族内在的、深厚的生命力、向心力和凝聚力之源泉，像黄河之水天上来，奔腾咆哮、川流不息一样，永远推动着中华民族的前进。

黄土文化，具有很强的吸收、改造与同化外来文化的功能，善于融合外来文化的成就发展自己，使自己的文化适应时代变迁，更加灿烂辉煌。祖国愈强大，国运愈亨通，这种交流、吸收、融合和进步，才更明显。

历史在发展，时代在前进，黄水要变清，黄土要长绿。今天，黄土地的子孙、新一代的黄河儿女们，也在由传统人向现代人转变，谁都懂得，"封闭是行不通的"，"落后是要挨打的"，要崛起要振兴，不能不向先进的科学文化学习。然而，人们更懂得，只有独立自主的国家和自强、自尊、自信的人才能弘扬民族优秀文化，吸收外来进步文化，而那些辱骂黄河母亲，否定祖国一切，丧失国格人格的人，是没有资格谈论这"科学"那"文明"的，他们只会落得个甘当洋奴、卖国求荣、变为民族败类的可耻下场。

《黄土魂》的问世正好是对《河殇》的当头一棒：一个真、善、美，一个假、恶、丑；多么鲜明的对比啊！《黄土魂》的上映，对当前反对资产阶级自由化，批判崇洋媚外、全盘西化的错误思潮；对坚持正确的社会主义文艺方向，弘扬民族优秀文化传统，振奋民族精神，进行爱国主义教育，发扬延安精神，都将发生积极的作用。

（原载《中国文化报》，1990 年 9 月 2 日）

七仙女传友情

——记中菲民间文艺互访中的一件趣事

1988 年，中国、菲律宾两国民间文艺研究者互访期间，令我难忘的一件趣事是两国学者关于《七仙女》传说的交流。

话题得从这年初夏说起。我有幸作为中国民间文艺家代表团的成员访问了菲律宾，亲身感受到这个国家丰富的民间艺术及该国政府在保护民族文化方面所取得的成就。我带去赠给朋友们的书籍中，有二三十本英文版的小册子：《Women in Chinese Folklore》（英文《中国妇女》杂志社出版），此书是我写的《后记》。书中选入有我国著名的四大传说，头一篇就是叶圣陶先生整理的我国家喻户晓的《牛郎织女》故事。由于菲律宾通用英语，一读就懂，朋友们很快被中国优美的传说故事吸引住了。

每到一处参观当地的博物馆时，同行的菲律宾文化中心民族遗产博物馆主任玛丽安女士、视觉艺术馆主任朱迪小姐，都兴致勃勃地给我们介绍菲律宾民俗，风情，跟我谈起类似中国《牛郎织女》的传说故事。从朋友们的口中，我知道了不少有趣的东西。

菲律宾号称"千岛之邦"，有大小岛屿七千多个，终年绿荫如盖，郁郁葱葱，宛如晶莹剔透的翡翠镶嵌在大洋之中，因此又有"东海明珠"之称。这个岛国是世界上受台风影响最大的国家之一，由于所处的特殊地理位置和发展农业、渔业、航海业的需求，这里的居民自古就善观星相，天文历法相当进步。土著民族口头文学非常丰富，关于星星的故事特别多。在史诗、神话中，都传说菲律宾有九重天（一说是七重天），每层都有一个主神，第二层是织女神，主管人间纺织之事。朋友们还给我

137

画出了不少当地土著民族记载日月星辰的符号，（如△⋈◇⊠都代表星星，〇是月亮，≈≈是河流。）这可能是最早的象形文字吧。直到我们回国前一天，菲律宾大学民俗学专家阿塞尼奥·马纽尔教授在给我们介绍民俗学情况时，还讲了一个《星星妻子》的故事。他说，据菲律宾人类学家考察，人类最早是从青藏高原来的，菲律宾人中有中国血缘，早在石器时代就和中国很相像，许多口头文学也是从中国传来的……

这年金秋季节，菲律宾民间艺术考察团访问了中国。该团团长朱迪小姐一见到我时，就喜笑颜开地说："吴先生，我们给你带来了菲律宾七仙女的传说。"她指着一本封面画有七仙女的民间故事集说："瞧！这就是菲律宾无数七仙女故事之一。"我高兴极了。想不到时隔四个月，他们还记得我们去该国考察之事。感谢中国民间文艺家协会研究所王炽文君协助我很快地翻译出这篇《七仙女》故事和另一篇《众星之王》故事。

通过与中国七仙女型故事的粗略比较，我发现基本情节大致相同，主题都是反对封建包办婚姻，争取恋爱自由的。不同的是，中国故事的结局多带悲剧性，恩爱夫妻被王母娘娘拆散了，基调是感伤的；而菲律宾故事是喜剧性结尾，男女主人公通过自身的反抗斗争，赢得美满的结局，基调是乐观的。最大的不同是，这则菲律宾故事已带有西方色彩，融进了一些西方的东西，如：馈赠戒指的风俗，母亲临别时给孩子留下戒指一枚，作为日后认亲之信物，正是这枚戒指使母子相会，夫妻团圆；又如用决斗的方式解决二男一女的婚姻难题。这些都是西方国家和民族中比较盛行的风尚，而在东方国家和民族中则比较少见和不普遍。我想，这可能是西方文化的影响吧！因为西班牙统治菲近四百年，美国统治菲几十年，是不是殖民者带来西方文化渗透的结果呢？如今殖民者走了，一些文化习俗却留了下来。就像我们见到的一些菲律宾民间音乐舞蹈节目一样，已带有西班牙风情和西方音调色彩，甚至连他们自己也很难分清谁是谁的了。这种既有区别又有融合的现象，是比较研究中很有意义值得深钻的课题。

七仙女型故事世界各国均传诵着，人们以自己的愿望、要求和幻想，不断丰富着它，流传着多种异文，带有不同的感情色彩和地方色彩。中国牛郎织女传说，即七仙女故事，是从天堂两颗星神相恋发展成天上地下神人相恋的，渐和毛衣女、天鹅处女型故事相结合，反映了封建社会天堂与人间所共同的不平。菲律宾的这则《七仙女》故事也属神人相恋型。由于菲律宾所处大洋中的特殊地理位置，成为世界不同文化的交汇处，使我们看到，这则故事不仅有东方文化的骨架，也有西方文化的血肉。

中菲两国人民有着悠久的传统友谊，这次两国学者的互访，是中菲民间文艺界的初次学术交往，增进了两国学者之间的相互了解和友谊。感谢《七仙女》传友情，为我们架起了学术交流的桥梁，更给我们一个可贵的启迪：加强中菲两国民间文学的比较研究，不仅可以寻根溯源，也可促进对东西方不同文化结晶体的研究。

1989 年中秋于北京和平里

（原载《民间文学》，1990 年第 2 期）

七仙女

——菲律宾民间传说之一

　　从前，天堂里住着七位美丽的仙女，她们经常到森林中的一条河里去洗澡，那里的水很凉爽。一天，姐妹们又相约前去洗澡，七妹子不想去，大姐把她说动了。她们将羽衣脱在河边的石头上，等洗完澡后，七妹子发现自己的羽衣不见了。六个姐姐想驾着她上天，可是她身体太重，飞了几下都带不动。姐姐们决定马上回去给她再拿一套羽衣来，叫她在河边等着，千万不要离开。

　　姐姐们走后，藏在一边的一个叫朱拉姆里的王子跑到七妹子跟前说："你现在是我的人了！"七妹子急得哭起来："别带我走，六个姐姐就要来接我回去！"原来，七妹子的羽衣早被王子拿走藏在自己屋里的灶台下。王子劝慰仙女："别哭，你回不了天上了，跟我一起走吧！"七妹子说："我在天上已有情人，不能嫁给你！"王子说："我一定要娶你，你不能再嫁给别人！"于是，王子便把仙女带回家中并和她结了婚。

　　再说六个姐姐带着羽衣来接七妹子，在河边找来找去都不见小妹踪影，一个姐姐说："也许她被凡间的人发现带走了！"大姐道："凡间的人怎么会跑到深山密林中来呢？"众姐们都十分诧异，大家怕再被凡人发现，只好回去了。

　　六位姐姐在飞回天空的路上嘀咕道："七妹子原不想洗澡，是我们拉着她来的，谁料发生了这样的事。"大家眼泪汪汪地回到天宫，将河边丢失小妹的事告诉了父母。父母急道："我们怎么去向七妹子未来的公婆交代呢？"众姐妹伤心地说："七妹子找不着了，我们又有什么办法呢？"父母只好将实情告诉了七妹子未来的公婆。

七妹子名叫朱尔帕，她跟朱拉姆里王子成家后生了一个儿子名叫贾雷。贾雷长到一岁时昼夜啼哭不停，妈妈的奶是够吃的，不知究竟是什么原因。朱拉姆里决定到外面去闯闯运气，便对妻子说："亲爱的，请你好好照护孩子，我给孩子找到好吃的就回来。"妻子点头："好吧，你可不要在外面待得太久，否则我在家就没有伴了。"朱拉姆里又转向孩子说："别哭了，乖儿子，我要到很远很远的地方去，攒够了财宝就赶回来。"

朱拉姆里走后，孩子还是哭个不止，而且小手老是指着厨房。妈妈以为孩子饿了，便从厨房拿来吃的，孩子不吃，仍然指着厨房。妈妈感到奇怪，便抱孩子进了厨房，孩子又指着炉灶。结果妈妈在炉灶里发现了自己失去的那件羽衣，可惜已损坏不堪了。没有想到，孩子 见着羽衣就不哭了，而且非常高兴。仙女马上把羽衣带回屋里修补。

羽衣补好了，她带孩子走出门外下了台阶，然后穿上羽衣试飞，练了好长时间已能飞得很高了。最后，她给孩子留下一个戒指，说道："我是多么真心地爱你和你的爸爸呀，但是我必须飞回天宫去，告诉你爸爸随后 定来找我。"她飞了三米高，又回到孩子身边吻了吻孩子，孩子笑了。接着，她飞了七米高，又第二次回来亲了亲孩子。直到第三次，她才远走高飞没回头。

就在这个时候，朱拉姆里回到家里。他见孩子在院子里玩，忙问道："我的乖儿子呀，你怎么一个人在台阶下，妈妈在哪儿？"孩子朝空中望去，还能看见妈妈远飞的影子。朱拉姆里像是明白了什么，急忙跑进厨房灶间一看，果然羽衣没了。

于是，王子随身揣了七个鸡蛋和七个用椰子叶包起来的米团，就带着孩子找七妹子去了。他们越过了七座山、七个平原、七条河，孩子已长到七岁了。最后来到一个广阔的平原，四下没有人迹，只有许多漂亮的小鸟，父子二人便在这里停了下来。贾雷见这儿太美了，问爸爸这是什么地方，"也许这儿就是妈妈的家吧，如果妈妈另嫁人了，我们怎么办呀！"朱拉姆里答道："不会的，我们一定要有耐心。我相信你妈爱你，她不会跟别人结婚的。"

他们又起身继续寻找，忽然听到有汲水的声音。贾雷说："我想妈妈就在这儿。"朱拉姆里赶紧带着儿子找到了泉水边，碰见一个漂亮的侍女，头上顶了个盛水的金坛子。贾雷向姑娘要水喝。侍女不让他喝坛子里的水，说这水是给朱尔帕公主洗澡用的，公主就要当新娘了。孩子求道："我太渴了，请给我一点水喝吧！"侍女同情他，让他快从坛子里取水喝。孩子趁机悄悄地将妈妈给他的那个戒指放进坛子里去，然后说了声："谢谢！"

侍女请父子俩去参加公主的婚礼，他们跟着侍女来到新娘住的地方。侍女把水提进去供新娘洗澡用。当祭司主持洗礼时，戒指随着坛子里的水倒了出来，落在新娘的腰间，新娘一看，认出这就是她给儿子贾雷的那个戒指，顿时哭了起来。祭司问公主是怎么回事，公主说："不要给我洗澡了，我不想结婚了。"

正在这个当儿，外面传来人声。说是来了两个陌生人，看来不像天上的人。打水的那个侍女立刻对公主说："亲爱的公主，是我带他们来参加婚礼的，他们是尘世间的人。"公主吩咐好好款待这两个陌生人。父子俩吃完饭便去找那个在泉水边认识的侍女，朱拉姆里对她说："请告诉新郎的父母，不要举行婚礼了。"

侍女随即向七仙女的母亲禀报，说："公主对我讲不愿意举行婚礼，这事要马上通知新郎的父母。"

母亲问："为什么？难道她变了心？"便亲自去找公主，公主说，"我心里好担忧呵，我已在尘世结过婚，生下一个儿子，回来时孩子很小，现在该有七岁了。我留给他一个戒指，刚才举行洗澡礼时，那只戒指从坛子里落下，又回到我身边。"

母亲说："没关系，那事早已过去了，婚礼还得继续进行。"公主说："妈妈，我不想再跟任何人结婚了。"母亲生气道："那可不行，我的女儿，得听我的。"

当公主看到新郎的父母已经在屋里等着婚礼开始，不禁大哭起来。

举行婚礼的时间到了，贾雷上楼看到新娘和新郎。他认出新娘就是自己的母亲，立即走到母亲身边，叫道，"妈妈！我们跟你团圆来了！"屋里的人大吃一惊。朱尔帕公主说："我的乖孩子，你跟谁一起来的？"贾雷答道："我跟爸爸一起，长途跋涉来的。"

有人出来说话了："快叫这孩子走开，别让他打扰新娘了。"这时，朱拉姆里王子走进来，指着孩子和公主说："我是孩子的父亲，公主是我的妻子。"

一个长老走出来问众人："现在我们怎么办呢？得赶快作出决断，促成这门婚事。"

朱拉姆里说："我出个主意，就让这件事通过决斗来解决吧。我向这个想娶我妻子的人挑战，公主归胜者。"

新郎的父母别无办法只好同意，回答说："就让两人决斗来争公主吧！"于是，在场的首领给二人一人一把波纹短剑，并宣布："开始吧，你们谁胜了公主归谁。"

两个对手决斗了。他们拼刺了好几个小时，最后那个想结婚的男人输了。

公主的父亲把朱尔帕和朱拉姆里拉在一起，重新举行了隆重的婚礼。从此，小两口过着幸福美满的生活。

（译自菲律宾《棉兰老岛艺术和文化》第 8 期

原载《民间文学》，1990 年第 2 期）

众星之王
——菲律宾民间传说之二

　　美好的一天快要过去了。太阳去大山后睡觉的时候，夜空中出现一颗明亮的星星，邦都人给这颗星起了一个名字——卢梅皮，就是众星之王的意思。

　　据说有一次星王下凡，一下子爱上了美丽的邦都姑娘奇玛瓦西格。那天，奇玛瓦西格和妈妈去森林中捕捉一种可食的甲虫——乔琼，同去的还有同村的一群妇女。奇玛瓦西格的妈妈是一个粗心的女人，当她看不到女儿时也没去找。女儿一个人钻进密林中迷失了方向，吓得直打哆嗦，最后坐在一个大石头上哭起来。忽然她想起向天神卢马维格祈祷，于是她含泪仰望天空，一眼看到一颗闪亮的星星出现在眼前，这颗星星刹那间变成了一个英俊的青年。

　　"奇玛瓦西格，"他对姑娘说，"我在天上听到你的乞求，别怕，过来。"说完，他拉着她的手，把她带到一个有许多甲虫的地方，帮她捉了许多甲虫，装满了容器。然后，他把她带回村子的家里。姑娘回到家，十分感谢青年，同时等待自己的妈妈回家。过了一阵儿，妈妈和别的妇女回到村里。妈妈走进屋，看到女儿捉回一大堆甲虫，还看到女儿身边有一个男子，不禁惊讶万分。她认出这个青年不是别人，正是众星之王。开始她有些生气和嫉妒，可是当青年提出要跟女儿结婚时，心又软下来。她想：有一个有权势的女婿也是幸福。

　　星王很快和奇玛瓦西格结了婚，过了好几年幸福的日子，并有许多孩子。日子久了，星王想念天上，便悄悄带着儿女上了天。

　　可怜的奇玛瓦西格不知道丈夫和孩子到哪里去了。有一天夜晚她向天空望去，终于发现丈夫和孩子已是满天星斗。她孤苦地生活在地上，每天干完活，总期待晚上能看到天上的丈夫和孩子。

（炽文、吴超译自《菲律宾民间故事和传说》

原载《民间文学》，1990 年第 2 期）

四十而不惑

——中国民间文艺家协会成立四十年

20 世纪 90 年代第一春，阳光灿烂，文艺百花园，呈现出一派生机盎然的新景象。今天，民间文艺界的园丁们欢聚一堂，隆重纪念中国民间文艺家协会成立 40 周年，回顾过去，展望未来，我们无不感到由衷的喜悦。

四十而不惑，40 年来，中国民间文艺事业同其他各项事业一样，走过一条光辉而坎坷的道路。民间文学的命运与人民共和国的命运紧密地联系在一起，国运亨通，政治、经济，社会稳定，民间文学事业就蓬勃发展，欣欣向荣，国家动乱不安，民间文学事业就必受损失，萧条停顿。

1950 年 3 月 29 日，是中国民间文艺史上值得纪念的日子。共和国诞生刚刚半年时间，为了充分发挥民间文艺在革命和建设中的作用，在党和政府的关怀下，经过一段筹备，中国民间文艺研究会（1987 年改称中国民间文艺家协会）在北京成立了，从此这个团体成为团结和发动会员及热心者搜集研究中国各民族民间文艺的组织者和工作中心。它是中国文学艺术界联合会最早的团体会员之一。文艺界名流、德高望重的郭沫若、周扬、钟敬文，先后被公推为协会的第一任、第二任和第三任主席。他们是新中国民间文艺事业的先驱和奠基人。

建会初期，人手少，底子薄，隶属关系和会址常变，工作环境和条件虽然很差，但是我们的工作一开始就继承和发扬了"五四"和"延安"的优良传统，艰苦创业，白手起家，开台锣鼓敲得有声有色。在搜集、整理，研究、出版等方面，都迈出了可喜的一步，为以后的工作奠定了坚实的基础。我们出版了《陕北民歌选》《阿诗玛》等引人注目的民间文学丛书，编辑了熔民间文学、民间戏剧、民间音乐、民间舞蹈、民间美术于一炉的《民间文艺集刊》受到作家、艺术家和学者们的欢迎。1955年4月，创办了《民间文学》杂志，这是我会的机关刊物，至今已创刊35周年，出版了243期。它从一诞生起，就赢得海内外广大读者的欢迎，几乎我国56个民族的民间文学珍宝和历届全国民间文学评奖的优秀作品都在这里一展风采。刊物培养了大量的人材，有力地推动着全国民间文学工作。

1958年7月，召开了全国民间文学工作者代表大会，制定了"全面搜集，重点整理，大力推广，加强研究"的民间文学工作方针，正确地指导了各地的采风活动，将全国民间文学工作推向了一个高潮。

但是，50年代和60年代某些政治运动中的错误，挫伤了·些同志的积极性，加上自然灾害等所造成的政治上、经济上的损失，也影响到我们的步伐。1966年至1976年的"文化大革命"，给党和国家带来严重的灾难，民间文学事业也遭到严重的破坏。1976年10月粉碎"四人帮"驱除了十年的冰霜，民间文学在温暖的春风中复苏。

1978年党的十一届三中全会至1989年，是民间文学工作空前发展、突飞猛进的十年。在正确路线指引下，我们的工作无论广度和深度都超过了"文革"前的十七年。十年间，我们于1979年和1984年，又召开了两次全国民间文学工作者代表大会，总结了建国以来正反两方面的经验，商定了新时期民间文学工作的任务，民间文学事业踏上了一个新的征程，开创了前所未有的新局面。

新时期十年，最突出的成就是发起编纂中国民间文学三套集成：《中国民间故事集成》《中国歌谣集成》《中国谚语集成》，这一空前壮举的宏伟工程，和其他七大集成一样被列入了国家科研重点项目计划，其规模之大，动员之广，收集之多，在中外文化史上都是没有过的。它是我国民间文学事业的一块巨大的奠基石。据1988年统计，各地普查采录工作已基本结束，全国共搜集民间故事137万余篇，歌谣189万余首，谚语53万余条。已出版的县卷本近两千册。各省卷正在加紧编选中，有的已交付印。在全国"十大集成"首届表彰大会上，民间文学"三套集成"获得好评。

通过普查、抢救，不但搜集到大量资料，而且发现了不少从未见过的珍品。除了我们引为自豪的、闻名中外的少数民族三大史诗《格萨尔》《玛纳斯》《江格尔》外，在其他民族和汉族地区也发现了不少史诗和长篇叙事诗。新近上海出版的《江南十大民间叙事诗》既是吴语地区的骄傲，也是中华民族的骄傲。各民族史诗和长篇民间叙事诗具有很高的文学价值和科学价值，它们的发掘，对于提高民族自信心，增强民族团结，发展和繁荣社会主义文化，具有十分重要的意义。

为了大力推广优秀作品，民间文学园地扩大了，除《民间文学》外，省、市、自治区创办的《采风》《山茶》《山海经》《山西民间文学》《南风》《吉林民间故事》《楚风》《乡土》《乡情》《邦锦梅朵》等民间文学报刊二十余种。民间文学丛书开始了有计划的、成系列的出版，仅中国民间文艺出版社近十年就出版了七百余种，其中在中央和省级获奖的有八十多种。为了检阅搜集、整理、出版的成就，我会于 1983 年和 1989 年先后举办了两次全国民间文学作品评奖，著名史诗《格萨尔》《玛纳斯》《江格尔》、创世史诗《苗族古歌》、傣族长篇叙事诗《相勐》、布依族长篇抒情诗《月亮歌》，以及《西藏民间故事》、纳西族《祭天古歌》《台湾高山族传说与风情》、汉族《天牛郎配夫妻》等上百部作品获奖。

我国采风掘宝的丰硕成果，充分显示了我国各族劳动人民在精神财富方面的创造才能，它的功用是多方面的，既为广大读者提供了有益的精神食粮，又为许多社会科学部门以至自然科学提供了宝贵的研究资料。为了保存和运用这些资料，一些地方通过录音录像等现代化手段，保存民间文艺活的形象和完整风貌；一些地方建立了民俗博物馆，镇江还建立了首家民间文艺资料库。民间文学也哺乳了今日的作家、艺术家，有不少民间文学作品经作家、艺术家之手改编、再创作，搬上了舞台，银幕，对弘扬民族优秀文化，促进社会主义文艺创作的民族化、大众化，起到了不可忽视的作用。

40 年来，我们已建成一支可观的民间文艺工作者队伍，协会的组织逐步壮大，全国已有 29 个省、市、自治区成立了分会，许多地、县单位也成立了分会。全国会员从"文革"前的 300 名扩展到近 3000 名，增加了 10 倍，分会会员逾 2 万名。

饮水不忘掘井人。在庆祝我会成立40周年之际，我们要特别提到为新中国民间文艺事业奠基，并立下不朽功勋的，早在"五四"时代和延安时代就开拓和倡导民间文艺事业的老一辈作家、诗人、学者。除了前面列举的、为大家尊敬的郭沫若、周扬、钟敬文三任主席外；我们还十分怀念已故的曾任我会副主席的老舍，以及为开拓民间文学事业做出杰出贡献的郑振铎、茅盾、顾颉刚、常惠、何其芳、赵树理、萧三、柯仲平、阿英、林山、赵景深等；我们也为今天继续为建设民间文学事业呕心沥血不遗余力的现任我会副主席的贾芝、毛星、马学良、姜彬等以及许多老同志的精神所感动。他们热情地培养后起之秀，传播丰富的知识和宝贵的经验，对我们这支队伍的成长起了巨大作用。

在我们这支队伍中，民间艺人、歌手、故事家是数量可观、影响最大的力量，他们既是各民族民间文艺的创造者，又是优秀文化遗产的保存者和传播者，其中如毛依罕、爬杰、康朗甩、王老九，扎巴、朱素甫·玛玛依、金德顺、陆阿妹、刘德培等不少在全国享有盛名，受到人民群众的热烈欢迎和拥戴。他们在社会主义精神文明建设中发挥的作用是我们想象不到的。在我们这支队伍中，还有一大批在基层宣传教育战线、文化馆（站）工作的同志以及广大业余爱好者，他们跟人民群众有密切的联系，熟悉民俗风情，掌握了大量的第一手资料，是我们依靠的和联系群众的重要力量。在我们这支队伍中，还涌现出一大批成绩显著、颇有影响的搜集家、翻译家、编辑和出版家。

为了培养民间文学师资和专门人才，继北京师大、北大、中央民族学院之后，全国已有50余所高等院校相继开设了民间文学课程，招收民间文学研究生，新中国已涌现出第一批自己培养的获得博士学位的民间文学专家，同时培养出自己的民间文艺学，民俗学教授。

为了表彰民间文学各条战线上做出卓越贡献的老同志，我会和一些分会都分批向从事民间文艺工作30年以上的老一辈专家、学者、组织工作者颁发荣誉证书。他们勤勤恳恳、孜孜不倦、数十年如一日的奉献精神，为年轻一代树立了榜样。

40年来，特别是新时期10年来，随着民间文学的普查向纵深发展，民间文学理论研究工作也不断得到加强，有关研究机构和学术团体日益增多。中国社会科学院少数民族文学研究所成立了，中国少数民族文学学会、中国民俗学会、中国俗文学学会、中国大众文学学会相继成立，神话、歌谣、故事、新故事、楹联、剪纸，扇子等门类的学会也陆续成立。学科建设已成为新时期民间文学工作的重点。10年间，全国性、地区性、专业性的学术研究活动一浪高过一浪，十分活跃。民间文学与民俗学、民间文化的研究，日益受到学术界、知识界的广泛重视，人们深刻地认识到民间文化是中华民族优秀文化之根，民间文艺事业有广阔的天地，大有可为。中国民间文艺学作为人文科学领域里的一门新兴学科，已积累了丰富的材料和经验、在学科的体系、结构、理论、原则和方法等方面进行了很有成效的探索，已经为建立中国学派的独立的理论体系打下了厚实的基础。

民间文学理论研究园地除我会于1982年5月创办的《民间文学论坛》外，兄弟刊物《民间文艺季刊》《民族文学研究》《民俗研究》相继问世。1988年7月我会创办的全国唯一的《民俗》画刊，图文并茂，为我国历来的民俗期刊开先河，它一诞生就赢得了国内外学者的赞赏。现已出17期。《民间文学论坛》创刊8年，已出版43期。它从一开始就提倡将学科研究放到中国文化的大背景中去探讨，重视多学科交叉研究，相互引鉴。发表了不少有较高水平的论文。为了推动学术研究，鼓励写作，我们先后于1986年、1989年举办了两次"银河奖"论文评奖，近50篇学术论文和调查报告获奖。为了培养理论新秀，创办了中国民间文学刊授大学，培训学员千余名，有的已成为当地民间文学工作的骨干。

十年间，理论著作成绩斐然，特点鲜明：已从过去较多的论文选集发展到个人专著林立，从"概论"性的著作，发展到系列性的理论丛书，辞典性的工具书也多起来，更为可喜的是少数民族文学概况的一部部问世，改变了过去中国文学史仅有汉文学的状况，填补了空白，为撰写我国多民族的大文学史准备了条件。

今日世界正在以一种新的眼光对中国文化的各个领域重新加以考察，中国也在寻求与世界的对话。新中国民间文学采风掘宝和学术研究的成果，日益得到国内外学者的好评，增进了国际文化交流。近年来与我国进行学术交流和互访的有苏联、日本、美国、芬兰、泰国、菲律宾、土耳其、巴基斯坦、澳大利亚、西德、匈牙利、蒙古、意大利、新加坡等20多个国家的学术团体和学者，我国学者还分别与芬兰、澳大利亚学者举行过联合考察；有的学者参加了国际学术会议和国际民间文学团体，与此同时，海峡两岸的交往也热起来，有的台湾学者多次来大陆访问考察，增进了海峡两岸炎黄子孙的友谊和学术交流。

中国灿烂悠久的民族文化深深地打动了外国朋友，称赞"中国伟大，了不起"。认为"同中国学者接触，学到了很好的东西"。最近，李瑞环同志关于"弘扬中华传统文化"的讲话发表后，引起很大的反响。曾任澳大利亚政府民间文化顾问的安德森先生说："这个讲话很好，说明中国政府是很重视传统民族文化的。"他特地要了一份登载李瑞环讲话的报纸，说要带回去给他的政府有关部门看看。

自从我会改名"中国民间文艺家协会"后，工作范围相应地拓宽，视野扩展到民间文艺的各个门类，增强了参与意识，注重了与现实生活的联系。1989年我会与大连经济开发区举办了全国首届民间艺术节。我国民间文艺鲜明的民族性和地方性，在对外文化交流中地位日显重要。近年来我国民间美术、民间工艺、民俗陈列品，曾赴荷兰、比利时、意大利、新加坡等国展出，轰动一时。我会和各地举办的民间艺术节以及灯会、庙会、风筝会等等，琳琅满目，千姿百态，引起国内外观众极大的兴趣，对推动移风易俗、社会进步，推动社会主义新文化的繁荣与发展，将起到不可估量的作用。有的将艺术节、灯会与观赏文艺表演、组织民俗旅游、交流科技成果、选购工艺精品、进行贸易洽谈结合得很有成效，富有创造性，促进了外向型经济的发展，潜力很大，前途无量。

历史的经验值得总结。40年来的光辉成就和风雨历程，证明了一个颠扑不破的真理：没有共产党领导的社会主义新中国，就不可能有新的民间文学事业；不坚持四项基本原则，不反对资产阶级自由化，就不可能有民间文学事业的发展繁荣。

40年来我们最宝贵的经验有以下几点：

第一，心中装着老百姓。这是我们一切工作的出发点，也是我们的优良传统。民间文艺工作从民间来又回到民间去，一刻也离不开人民群众。我们永远不会忘记，郭沫若主席在我会成立大会上的讲话："民间文艺的立场是人民，对象是人民，态度是为人民服务。凡是爱人民的即爱护之，反对人民的即反对之。"这些至理名言至今还在激励着我们。民间文艺工作者必须全心全意地为人民服务，为社会主义服务，这是我们事业兴旺发达、成败得失的关键。

第二，发扬默默奉献的忘我精神。这是我们民间文艺的工作对象，工作性质所决定的。我们记忆犹新，周扬主席在全国第四届文代会期间，高度地赞扬我会的工作特点是"默默无闻，埋头工作"。勉励我们不要小看自己，民间文艺是各种文学艺术的乳汁，"默默无闻，埋头工作"不仅体现了我会工作的特色，也正是我会需要提倡和发扬的优良会风。

第三，坚持团结协作的工作作风。这也是民间文艺的工作对象和性质所决定的。88岁高龄的钟敬文主席最近语重心长地告诫协会的同志，要识大体，顾大局，多反省自己，现在比任何时候都更加需要团结协作，我们要提高马列主义水平，按马列主义原则办事，深刻领会《邓小平论文艺》，把工作做得更好。

四十而不惑。成绩和错误使我们变得更加聪明和能干起来。我们的事业前途是美好的，任重而道远，我们要在党的正确路线指引下，振奋精神，团结协作，迎接各种严峻的挑战，克服重重困难，同各条文艺战线一样，一手抓整顿，一手抓繁荣。让我们拿出第一流的服务来，默默无闻，埋头工作，为弘扬民族文化多做贡献！

（原载《文艺界通讯》，1990年第6期）

民间文艺与立交桥

在现代化都市中，人们出外都要经过"立交桥"。你看那各色车辆，来往穿梭。纵横交错，运量大，效率高，互不干扰，各达目的，比起那老式"独木桥"，真是不可同日而语。这使我忽然想起了我们的民间文艺事业，如果作计划、搞调查、写文章干什么都能运用"立交桥"的思维方法，那多好啊！当我回顾一下近几年来民间文艺工作的现状时，心中说不出的高兴，原来这种现代意识的"立交桥思想"，早已渗透在我们的实践和研究中，它使我们的事业充满生机和活力，出现了过去从来没有过的新情况，突出地表现在以下几个方面：

一、从"封闭"到"开放"。前些年，我们的事业虽然取得了很大成就，但也吃了不少"封闭型"的苦头。许多工作都局限在本学科的圈子里。范围愈划愈小，道路愈走愈窄，很少与外界打交道，即使一度兴起的与我们学界有密切关系的"寻根热"、"文化热"、"通俗文学热"等。我们也保持缄默，无动于衷，没有主动参与和进行对话，真有点超脱红尘、与世无争的味道。近几年来，随着改革开放的浪潮，总算冲开了我们多年来闭关自守的大门，视野扩大了，参与意识增强了，也注意了与各界的联系，使我们的事业呈现出从来没有过的新局面。愈来愈多的民间文艺珍品和研究成果走向世界，引起了海内外学者的高度重视。无数事实证明：封闭意味着窒息与死亡，开放才有生机与活力。我们的事业再不能画地为牢、闭塞视听、走独木桥了。

二、由"单一"到"整合"。现代科学的发展是不断分化。不断整合的辩证过程。科学愈是高度分化，愈要高度综合。近年来，我们民间文艺研究也出现了由单一到综合化、整体化的趋势。研究方法也从单一化走向多样化。大家都认识到，民间文艺不仅是文艺，而且是科学，是一门综合性的科学。它与许多社会科学，甚至自然科学有着互相交叉、渗透的密切关系。正如神话离不开原始艺术、宗教信仰，民歌的词与曲密不可分，故事离不开讲述家的讲述活动等等，不能把它们割裂开来。这种不断"分化"与不断"整合"的辩证统一，互相促进，旋环上升，才使我们的认识日益全面、深刻和完善。

三、横向联系、杂交优势。近几年来，我们的学术探讨尝试到了这方面的甜头。神话学术讨论会，聚民间文学、考古学、历史学、民族学、人类学、民俗学、文化学、美学以及自然科学的学者于一堂，在多种学科边缘交叉地带耕耘、播种，结出了丰硕之果，充分显示出"杂交优势"、"土洋结合"和"综合效应"。故事传说学术讨论会，集故事讲述家与研究家于一室，将理论探讨与田野作业结合起来，使研究从"平面"到"立体"，从"静态"到"动态"，从"一元"到"多元"，多角度、全方位获得了新成果。歌谣研究举办的"黄河歌会"与"长江歌会"，汇合了民间文学和音乐研究者两支大军，共同按地域水系考察民歌的源流，规律以及与民族文化的关系，拓展了研究的新天地，为民歌研究闯开了一条新路子。人们愈来愈认识到，开展多学科的研究效能大于单学科的研究效能。对近几年来一些学者运用系统论、控制论、信息论、符号学、传播学、模糊数学、结构主义、功能分析、精神分析、原型批评等自然科学的方法来探讨民间文艺中的问题，也被大家所肯定。认为尽管运用得还不太成熟，但也不乏立论新颖的较好的文章，使我们对一些老课题也获得了新的解求，这种努力是符合学术发展的潮流的，是应该鼓励的。

四、大文化背景。民间文艺是人类文化的口头记录和形象载体，也是人类社会历史、时代风貌的一面镜子。其内涵和外延是非常丰富的。包含着文学的、艺术的、民俗的、民族的、心理的、方言的、宗教的等等诸种因素，它天然地融汇着民族精神、民族性格、民族心理和民族审美理想。如果把民间文艺放在中国和世界的大文化背景下审视和研究，才能剖析它的深层底蕴，更显它的价值。今天要充分发挥民间文艺在文化方面的功能，还必须同时加强应用研究，把我们这个学科和现代生活紧密地联系起来。最近以来，我们学界掀起的"民间文化热"是很有意义的。正像《民间文学论坛》1988年第1期发表的关于《民间文化与现代生活》（五人谈）以及《北京青年理论工作者座谈会记要》中的有学者谈到的，我们不仅要研究现实生活中已"看不见的"，更要注视和研究现实生活中"看得见的"。比如，为什么在今日现代化程度很高的国度和经济开放城市，传统的节日活动和民俗活动仍十分隆重，为什么烧香拜佛、塑神像、修祖坟、祭亡灵的仪式一下又盛行起来；为什么今年龙年空前热闹，等等，都是研究我们民族性格、行为方式特性和嬗变的好课题。

"立交桥"，是现代化的产物，它的构建有一个从简单到复杂、由低级向高级发展的过程；"立交桥思想"，也有一个逐步丰富、完善、成熟，向前发展的过程。上面列举的我们工作中出现的新情况，虽然说明我们已程度不同地运用了"立交桥思想"，但还不够自觉，不够深刻。怎样才是较系统、较全面的"立交桥思想"呢？根据我们学界的实践，我体会我们所说的"立交桥思想"就是在马克思主义方法论指导下的一种现代意识思维方法，也可以说是马克思主义唯物辩证法中的普遍联系、矛盾统一、量变质变、肯定否定等规律特征，在我们工作和研究中的具体运用，除了上面所举的几点外，"立交桥思想"还具备以下一些特性和效能：

1. 开放型。我们的思想不应是独木桥，赵州桥，也不是一般的单行线，而是多层的、多向的、多轨的、辐射型的高水平立交桥。在这座"桥"上，不仅本学科的车辆可以来回驰骋，也能吸引其他学科的车辆畅通无阻。近些年来，民间文艺日益受到人文科学领域乃至自然科学领域的重视。其原因之一就是它的许多宝贵作品和资料为各个学科所用。例如语言学者就利用民间文艺中大量的方言、土语及其有关民俗资料达到自己科研的目的。其他如文化史、文学史、民族学、社会学，甚至天文学、气象学、地理学、医学等自然科学的学者也不同程度地利用了民间文学的资料和结论。民间文艺学具有的特性和优势就在于对很多科学门类都是全方位的开放。现代科学的发展趋势也是各门学科都在努力吸取别的学科对自己有用的东西，实行"拿来主义"。当然，我们在考虑到别的学科对我们学科的要求时，立足点还在于建设和发展我们自己的学科，不用担心会被别的学科牵着鼻子跑，甚至把别人的成果也当成自己的成果。不过应该看到，这种学科间的相互需求，必要性是共同的，也是相互有利，相互促进，相得益彰的。中外文明史证明，文化开放是文化发展的一个动力。中国是一个有着悠久历史和独特文化传统的民族，具有批判地吸取、消化、融合一切外来文化的能力。在今天时代的条件下，对外开放也将使我国社会主义精神文明建设（包括各类学科的发展）获得一个巨大的推动力量。因此，在我们观念形态中存在的封锁的、排外的、僵化的、自我满足的、唯我独尊的意识，统统应该迅速排除。

2. 系统性。我们的思想上的这座"桥"，应是一座上下左右、纵横交错、合理布局、成龙配套、运动自如的系统工程，要把我们民间文化事业的各个部门、各个成员联结成为一个具有一定结构与机能的整体。整个系统不仅是一个相对稳定的内部各子系统间不断相互作用、相互影响、相互制约、相互交流信息、共同承担压力的平衡系统，而且是一个不断运动发展的，与外界交换物质、能量、信息，相互作用、相互影响、相互制约的非平衡系统。在其内外矛盾运动进程中，不断进行着自我调节和协调同步，始终保持着整个系统的运转与活力，使各子系统的优势都得到充分发挥。由于民间文艺不仅是一个更大系统的支系统，而且处于多系统的交叉点上，比如它是从属于一般文艺学的，又是从属于民俗学、民族学的，它属于文联系统，有些工作又属于文化系统或科研系统，等等。这种多系统的从属性，决定了我们民间文艺事业的多层次、多序列等等多测度性。因此，我们在研究工作和写文章时，就不能单测度决定，仅仅服从于线性决定论，而应采取多测度决定，服从于辩证决定论。

三、信息灵。我们的头脑应该成为一座现代化、社会化的"信息中心"。现代科学研究的方式和手段，对于科学发展的水平关系十分密切，特别有赖于信息的灵通与运用。在这方面我们与世界先进水平相比，存在着很大差距。多年的封闭系统，使我们不少工作远离现实，脱离时代，规范陈旧，信息老化；研究方法和研究手段基本上保持着个体劳动、手工操作的状态。今天时代呼唤着我们民间文艺工作者必须迅速改变过去与时代脱节，视听闭塞与各方面老死不相往来的落后局面。真正的科学是人类共有的财富，是没有国界的。我们要应用国际上最新的研究成果和尽快地采用现代化的科研工具，收集、管理和交换各种信息，包括图书资料情报信息，并使之经常化、制度化。通过信息的不断反馈，输入输出，积极为民间文艺的各项工作服务。整个事业就像一个神经中枢纽带，对内搞活，具有"自组织性"，即有自我调节和控制的特征；对外开放，能够很快地接受、储存、运用来自各方面的信息，博采众长，为我所用，不断更新和提高我们的研究水平。过去由于孤陋寡闻、信息不通，在我们工作和研究中普遍存在的重复劳动、走弯路，甚至把别人早就公开发表过的东西也当作自己的新发现等情况，再不能继续下去了。

四、效率高。在现代化建设中，"时间就是金钱，效率就是生命"。我们所说的"立交桥思想"，要求我们把各项工作都建立在高速度、高效率的基础上。让我们本学科或各学科的运载工具都能迅速地在我们头脑中的"桥"上通过，形成一个高速的、星罗棋布的运输网络，甚至通向偏僻山区或远涉重洋。我们的"信息中心"还能"遥控"、"追踪"，不管你乘的何种运载工具，只要在我们的航道、线路上留下印痕，就能收到信息，储存起来备用。信息量愈多，运输量愈大，效率值也愈高。不妨参照商品经济的测算方法来打个比方，我们每个部门（子系统）包括所属成员的工作成绩和研究成果，输入的是"投资"或"原料"；通过加工输出的是"产品"，即"产值"。其效率和价值完全可以以它扩大再生产的能力或对总的民间文艺事业的贡献大小来衡量计值。对于那些已经散架的老牛破车、老受肇事的蹦蹦车以及原地不动、轮子空转的样子车，就让它们靠边吧！

五、超越意识。长江后浪催前浪。任何事业和学术发展总是通过不断创新、超越来实现的。我们要把民间文艺事业的发展和参加此项工作的人的全部实践，看作是一个不断超越的过程，勇于否定一切不利于事业发展的东西，并不断超越自己。当前就是要为改革开放的浪潮推波助澜，安于现状，墨守成规，犹如逆水行舟，不进则退。我们不能老埋怨别人不重视民间文艺，而自己甘居"老九"的地位，要充分认识"自身价值"。一切改变都不会从天上掉下来，而主要靠自己去拼搏、进取和创造。要有压力，才有动力。抱着铁饭碗不做事，老喊口号不行动是不行的。"立交桥思想"，就是甘愿承受压力，不断超越，以未来为参照系的观念，一切基于现实又超越现实，不仅服务于今天更要着眼于明天。有人预测，下个世纪将是亚洲文化先于欧洲文化，世界经济大旋环的中心将从欧洲转移到亚洲太平洋沿岸。这些观点对我们这项事业和选择研究课题、开拓学术视野，是很有启迪作用的。我们要勇于接受国际学术潮流的挑战，力争超越前人和别的学科，冲出亚洲，走向世界。超越意识，还有一个观念不断更新的问题。就是要求我们从习惯于按老经验办事，转变为按未来的趋势来处理当前的事物，通过预测未来，有意识地创造历史。这种"预测"，可谓超越意识的重要特征。

六、竞争机制。在现代化建设中，一项事业、一门学科、一种杂志，都必须有"竞争"能力，才能生存发展，否则就难以生存，甚至被淘汰。我们所说的"立交桥思想"就是要适应现代化的潮流，把"竞争机制"引进到我们事业中来。过去，我们安于"默默无闻"竞争意识淡薄，竞争能力也不强。今后必须改变。当前我认为急需加强以下三件事：第一，认真贯彻"百花齐放，百家争鸣"的方针，促进各种不同学术流派的产生，鼓励和容纳各种不同的学术观点，通过互争、互补以推动学术的发展。以往由于"左"的干扰和种种原因，我们"鸣"的不多，"争"的更少，不同学术流派也没敢承认和促成。马克思说："真理是由争论确立的"（《马克思恩格斯通信集》第一卷第567页）。人对真理的认识是循着由浅入深、由片面到全面的曲线发展的。通过讨论争论、商榷辩驳，各抒己见、平等对话，相互切磋，取长补短，就可以使认识全面起来，这是求得真理的重要方法，也是竞争机制中不可缺少的一环。第二，经常进行评奖活动。积极开展友谊的竞争和比赛，表彰和奖励优秀的民间艺术家、民间作品搜集家和优秀论文作者，这是出人才、出成果的重要措施，也是竞争机制不可缺少的一环。可惜多年来，我们比起兄弟单位（如作协、影协）做得太少了、太差了。今后要迎头赶上，形成制度，再不能让我们的人才"默默无闻"了。第三，采取"承包"和"招标"的方式，开展我们的事业，招兵买马，发现人才，集聚优势兵力，攻克重要项目和重要科研课题。要破除僵化思想和僵化体制的束缚，破除论资排辈，不合潮流，捆得较死的旧框框，创造人才脱颖而出的环境和有力措施。这是学习商品经济先进经验，获得辉煌成果的有力保证，也是竞争机制重要的一环。

以上几点，是彼此联系、相互依存、共同起作用的。

总之，"立交桥思想"不是一个抽象的，固定的概念；也不止一种模式，随着时代的进步和生活的发展，它的特性与效能将会不断丰富，不断更新，永远与时代同步。

我们的民间文艺事业，就像一座美丽、壮观的"立交桥"，她也是一个国家现代文明的标志与象征。

"立交桥思想"，不仅是对我们整个民间文艺事业的要求，也是对我们每个从事这项工作的人的要求。

每当我乘车通过武汉长江大桥和南京长江大桥时，心情都十分激动，我为这两条长虹飞架天堑和在中国的地位感到骄傲；同时又想到那大桥上数不清的铆钉。每颗铆钉同桥的大梁比的确微不足道，但当这些铆钉聚集在一起的时候，在承受压力方面却表现出很大力量。据说，每座大桥上就有铆钉二三百万颗，每颗铆钉都分担了一定的重量，任凭车辆飞驰，不管风吹浪打，偌大的一座铁桥巍然不动。

我们要找到民间文艺事业在祖国四化大业蓝图上的坐标，也要找到我们每个从事民间文艺工作的人在"立交桥"上的坐标。希望人人既当好大桥的设计师，为大桥献计献策；又当好一颗闪闪发光永不生锈的"铆钉"。

在这知识爆炸、信息频传、科学技术突飞猛进的伟大时代，我们要进一步解放思想，解放生产力，我们的头脑要复杂一些，要树立新观念摒弃旧观念，努力充实自己的知识结构，提高文化科学素养，使思维层次更深一些，学术视野更开阔一些，工作方法更多一些，为四化的贡献更大一些。

现代人，总是要有一点现代精神的。

"立交桥思想"就是合乎于现代化潮流的：

一种奋发图强，拼搏进取的开拓精神；

一种看问题、办事情、肯动脑筋，善于分析的科学精神；

一种甘愿承担压力、与人合作、一丝不苟的"铆钉"精神；

一种讲究效益、追求速度、不喊空话、不图虚名的深圳精神。

（在全国民间文学艺术研讨会上发表论文，1988 年 6 月）

· 民歌 歌谣 民俗

阜阳地区捻军传说歌谣的搜集和整理

　　捻军起义，是我国一百多年前爆发的一次规模宏大的农民革命运动，在我国农民革命史上写下了光辉的一页。安徽省阜阳地区，是捻军起义的主要地区，蕴藏着极其丰富的捻军传说故事歌谣。几年来，在中共阜阳地委的领导下，对这一珍贵的民间文学宝藏，进行了大力的发掘工作，做出了显著的成绩，总结出不少经验。去年10月底，我有机会去阜阳地区作了一次访问，这次访问主要跑到了捻军活动的中心蒙、亳一带，访问了一些捻军后代，捻军故事的讲述者、搜集整理者，以及研究捻军史的同志。此外，先后参加了专区11月15日至20日召开的民间文学工作座谈会，涡阳、蒙城、亳县分别召开的捻军故事歌谣搜集整理工作座谈会。

　　通过访问、座谈，感到阜阳地区工作上遇到的许多问题，带有普遍意义，对目前民间文学界正在展开的搜集整理问题讨论很有帮助，值得向广大读者介绍。因此，我想就自己访问中初步掌握到的一些情况，分以下几个方面介绍于后，供大家参考。

一、成绩

　　安徽省阜阳专区有组织、有领导、有计划地发掘捻军传说故事歌谣的工作，是从1958年大跃进以后开始的。专区专门成立了"捻军资料调查研究领导小组"，各县普遍成立了捻军故事歌谣搜集整理小组，有的公社也建立了业余的搜集整理小组。由于各级党委的重视，领导的亲自参加，群众的大力支持，这一工作取得了很大成绩，主要表现在：

（一）已发掘出大批资料，出版了很多作品。据专区座谈会上的统计，几年来，各县都发掘出大批资料，其中以涡阳、蒙城、亳县的成绩最为突出。全区已整理出的故事有四百多篇，歌谣有六百多首。除了有一部分零星在报刊上发表过外，编选成册的有：安徽人民出版社出版的《捻军传说故事》第一、二集，《捻军歌谣》；上海文艺出版社出版的《捻军传说故事集》《捻军歌谣》（李东山等搜集）；上海儿童出版社出版的捻军故事集《圈圈战》等。

这些作品的发表和出版，加深了人民对捻军正义斗争的正确认识，使广大群众受到深刻的爱国主义教育和革命传统教育。特别是捻军故乡的人民更是热烈欢迎，据涡阳、蒙城、亳县的同志介绍，凡是刊有捻军故事歌谣的书刊一到当地新华书店，很快就被抢购一空。有的农民还从几十里外的乡下赶到县城里来买书。当地群众把这类书刊当作最喜爱的读物之一，辗转传阅，到处朗读。他们说："这些故事里的话，都是咱农民的话，故事里的人，一听就知道谁是好人，谁是坏蛋。"在蒙城一次捻军故事作者、读者座谈会上，80岁的老人邵西山说："我打了一辈子的牛腿，干了一辈子的活，经历了几个朝代，从来也没听谁说过捻子一句好话，都是骂捻子头张乐行、龚得、任柱、张宗禹等人是捻匪、土匪、强盗，如今毛主席来了，我们劳动人民翻了身，我们的祖先在九泉之下也翻了身，这真使咱种田人一辈子也忘不了共产党的大恩。"捻军后期领袖鲁王任柱的后代任百端激动地说："过去俺挨了几辈子的骂也不敢吱声，总觉得站得没人高，睡着没人长，比人家矮半截，真不知道哪一辈子才能翻过身来，共产党来了，使俺真正的翻了身，这个大恩大德永远也忘不了。"许多捻军后代都表示：要把出版的这些书刊当作传家宝，让它世世代代地传下去，叫子子孙孙都知道他先人的事，学习他先人；叫子子孙孙都不要忘记党和毛主席为他祖先恢复名誉的大恩，永远跟着党和毛主席走，坚决听党和毛主席的话，积极劳动，搞好集体生产，支援国家社会主义建设。

这些作品的发表和出版，也得到史学界、文学界的好评。作家老舍、历史学家吴晗都写过评介文章。山西师范学院研究捻军史的江地同志，中国科学院安徽分院近代史研究所研究捻军史的同志，都在他们的著作中引用了这些资料。史学界反映，许多捻军故事歌谣，特别是未经整理加工的原始资料很有参考价值，有助捻军史研究者搞清一些疑难问题。如"捻子"名称的解释，捻军和太平军的关系，捻军和白莲教的关系，捻军红旗主侯士伟、幼沃王张禹爵的生平事迹，以及"饿狼事件"的性质等等。

（二）培养出一支搜集整理者的队伍。由于阜阳专区各级党委的重视，捻军故事歌谣的发掘工作一直没有间断过。通过几年来有组织、有计划地开展这一工作，全区已培养出一批搜集整理捻军故事歌谣的骨干，形成一支搜集整理者的队伍。不少同志，在开始工作时，既缺乏民间文学的基本知识，也不懂得民间文学搜集整理的原则，甚至连"民间文学"一词的含义也不清楚，经过几年来的实际锻炼，虚心学习，刻苦钻研，进步很快，大都从外行变成内行。他们不怕吃苦，作风朴实，经常深入群众，与群众保持着密切的联系。在下去搜集时，都能做到与群众打成一片，同吃、同住、同劳动。他们走到哪里都受到群众的欢迎和尊敬，群众尊称他们做的是"为捻军恢复名誉"的工作。他们也越来越认识到自己工作的意义，经常总结工作中的经验教训，不断提高搜集整理工作的本领。通过他们的影响和带动，老手带新手，师傅带徒弟，这支搜集整理者的队伍正在继续扩大，这支不断扩大的队伍，无疑对专区今后在进一步发掘捻军故事歌谣的基础上，开展民间文学的全面搜集工作，将会起到很大的作用。

（三）对专区整个文学艺术的创作起到一定的影响和推动作用。由于捻军故事歌谣的发掘工作，在全国有很大影响，引起了各个方面和各个文艺部门的注意和重视，因此，也影响和推动了专区整个文学艺术的创作。根据捻军传说故事改编或再创作的各种形式的文艺作品逐渐多起来了：如电影文学剧本有《捻军春秋》《涡河烽火》《捻军》等，其中《捻军》经过几次修改已在《电影文学》1960年11月号上发表；地方戏曲有《捻军颂》《李三娘》等，在捻军故乡演出这些剧目时，捻军后代感动得掉泪，他们搭着盒子，捧着锦旗，吹着喇叭，来酬谢剧团和党委为大捻子翻了案，为他们的祖先恢复了名誉。其中《捻军颂》一剧创作出来后，不仅在阜阳地区和省内各地演出，还到北京来演出过，受到文艺界的重视和各地群众的欢迎。此外，根据捻军传说故事改编或再创作的还有小说、曲艺、连环画、历史小丛书等。当然，阜阳专区各种文艺形式的创作，题材是多种多样的，绝不限于捻军方面，这里只是说明捻军故事歌谣的发掘对各种文艺创作的影响。影响还表现在，有的同志既搞民间文学的搜集整理工作，也搞其他文艺形式的创作，他们反映在进行过一段民间文学的搜集整理工作以后，对他们再进行其他文艺形式的创作有很大好处，除了能从民间文学中吸取一些题材外，在怎样使自己创作的作品通俗化、大众化，怎样运用民间语言方面，都有很大帮助和一定的借鉴作用。

二、经验

几年来，阜阳专区捻军故事歌谣的发掘工作，通过不断的实践和辛勤劳动，无论在搜集、记录方面，或者在整理、编选方面，都积累了不少宝贵的经验。这些经验在全国有一定的影响，如专区介绍经验的文章《搜集整理捻军故事和歌谣的几点经验》（见《民间文学》1961年8月号）发表后，有的地方把它当作内部学习资料印发给大家学习。有的地方还特地去信和派人去取经，如浙江省杭州市文联就会写信给蒙城向蒙城取经（见《民间文学》1961年8月号）；河南商丘专区专门派去一个小组取经；此外，河北、吉林、云南、上海、南京等地文化部门、历史研究部门，也都会去信或派人去取经和了解捻军资料、文物等。

阜阳专区积累的许多经验，在报刊发表的文章中已有详细的介绍，为了节省篇幅，这里就不一一列举了。值得介绍的是，这些经验的取得并不是轻易得到的，而是从以下几方面，长期积累起来的：

（一）通过工作总结和座谈会积累经验。为了不断提高捻军故事歌谣搜集整理工作的质量，解决搜集整理工作中存在的问题，阜阳专区和县从一开始就很注意总结工作中的经验，经常举行经验交流座谈会，通过总结和座谈，树立楷模，把宝贵的经验积累起来。如上面提到的专区介绍经验的那篇文章：《搜集整理捻军故事和歌谣的几点经验》，就是在专区 1961 年 3 月召开的一次捻军故事歌谣搜集整理座谈会的基础上归纳写出来的。有些经验的取得，是与会者毫无顾虑的，摆出在实践中采用过的各种各样的方法，经过比较、研究和反复讨论，得到统一的看法，并行之有效后才肯定下来的。

（二）通过学习，吸收外地的经验。阜阳专区和县对于外地的经验，从来就是很注意学习和吸收的。很多同志反映，义和团故事搜集整理的经验对他们是很有影响的。《民间文学》和其他报刊一发表有介绍搜集整理经验和体会的文章，他们就组织大家认真学习，并联系实际展开讨论，遇有疑难问题从不放过，争论不能解决时，便向有关方面请教。如贾芝同志《谈各民族民间文学搜集整理问题》一文（见《文学评论》1961 年第四期）发表后，蒙城县文联民间文学研究小组很快组织大家学习，得到很大启发，但对文中所引的义和团故事《洪大海》一例，展开了争论，认识无法取得统一，便写信请教贾芝同志。后来得到贾芝同志的复信，不但解决了问题，还给他们很大鼓舞（蒙城县文联民间文学研究小组和贾芝同志的通信，详见《民间文学》1962 年第 4 期发表的《民间文学书简》）。又如《民间文学》展开"关于如何评价民间文学作品问题"的讨论时，他们对发表的有关评价《娥并与桑洛》的文章很感兴趣，母连甫同志的《整理捻军故事〈逮不住的贾老汪〉的体会》一文（见《民间文学》1962 年第四期），就是由于这个讨论的启发，联系捻军故事搜集整理的情况写出的。

（三）从教训中吸取经验，有的经验甚至是走过弯路、碰过钉子后才得到的。如有的同志，开始对"忠实记录"的原则认识不足，以为搞民间文学不是考证历史，用不着逐字逐句的记录，只要记下故事梗概、基本情节就行了，谁知到后来整理时，就碰到了困难，由于事先没尽心记录下故事口述者的原话，只好用自己贫乏的语言来连串故事，结果"整理"出来的故事干巴巴的，带有很多知识分子腔调，远不如原口述者的生动，成了二混头、四不像的东西，从此才认识到"忠实记录"的重要性，它是一个基础工作，不仅历史研究需要，民间文学研究、整理也都需要。虽然逐字逐句的记有困难，应该有克服困难的决心，努力提高记录本领，争取达到最高标准。又如有的同志，开始以为悲剧结尾的故事不好，便把它改成"神话式"的结尾，借助天意和神力不让英雄悲惨地死去，相反的使刽子手得到惩罚，后来才认识到，这种做法，从表面上看虽颇具有浪漫主义色彩，而实际上是使作品受到损伤，丧失了它原有的那种撼动人心的现实内容，减弱了它的思想教育意义，从而体会到悲剧结尾的故事，只要整理得好，也不是没有教育意义的。再如，有的县开始在整理工作上，采取了"流水作业"法，就是搜集者与整理者不是一个人，大家将搜集到的资料交给或口头转述给几个专人来进行整理。一个人改了第一稿后，另一个人再改第二稿，甚至整理好后还有最后加工者。后来发现这样做有很多毛病：一是有的原搜集者记录的材料较简单，有的材料还保存在搜集者的记忆里，将简单的书面材料交给别人整理，把握是不大的；二是几个专人不可能对每一篇故事的原来面目都很熟悉，最后加工者也不知道原整理者的意图，这样一篇作品经过多人之手，一改再改，必然增添不少新的东西，最后"整理"出来的作品很难不失去原貌，不是加工过大，就是面目全非。于是他们接受了教训，纠正了这种做法。如上面提到的母连甫同志在《整理捻军故事＜逮不住的贾老汪＞的体会》一文中，所举的关于《逮不住的贾老汪》的搜集整理过程就是一例。

三、问题

在专区和县的座谈会上，许多同志都结合《民间文学》最近展开的搜集整理问题的讨论，联系实际，畅所欲言，对几年来出版的捻军故事歌谣作了检查和分析，既肯定了成绩，也指出了缺点，并就目前搜集整理工作中存在的问题展开了热烈的争论，有的问题大家的看法已取得一致，有的问题看来还没有解决。由于这些问题带有普遍的意义，对我们研究和掌握近代革命故事歌谣的特点，进一步做好这类作品的发掘工作有很大好处，因此，提出来供大家参考。主要的问题有：

（一）进一步扩大搜集"面"的问题。从地区上看，目前搜集的范围主要集中在捻军当年活动的中心，皖北涡阳、蒙城、亳县一带，邻近省份和县份，除河南商丘专区已动起来外，其他地区如山东、江苏、湖北还未动起来。这些地区蕴藏的捻军故事歌谣可能比不上皖北地区，但这些地区也是捻军当年同清军激战过的地方，或者是捻军当年经常经过的战略要地，流传的捻军故事歌谣绝不会少，从河南商丘专区最近发掘的大批资料看，就是一个例证。当然这些地区的发掘工作，不是某一个省、一个专区能搞得了的，有人建议组织邻近省县的协作，共同来搞，这个意见是值得重视的。皖北涡阳、蒙城、亳县的发掘工作虽然做得较早、较好，但就全县范围来说，仍有一些"空白点"至今尚未去过；有的地方虽去过，也只能说是"蜻蜓点水"，发掘得还不深。从题材上看，目前搜集整理发表的，绝大多数是反映军事行动的，反映社会生活、政治、经济、文化、军纪方面的较少；反映捻军初期活动的较多，反映后期，特别是在外地活动的、反帝的较少；反映黄旗、蓝旗、白旗活动的较多，反映红旗、黑旗、花旗活动的较少。从形式上看，目前的发掘工作只限于文学方面，而据了解，带谱的捻军民歌，捻军过去演的戏还是有的，可惜这方面的搜集过去几乎没有做。

（二）原始资料的保存问题。据专区座谈会上的统计，已发表的作品中，能够找着原始记录资料的占85%，其余15%，或者是原始资料丢失了，或者是就没有原始资料。原始资料没能保存好的原因之一是，这些同志大都是刚刚参加捻军故事歌谣的搜集整理工作，由于缺乏记录技术的训练，除了歌谣一般能够逐字逐句的全部记下外，传说故事大多只能记下一个梗概、题纲，或能再记下一些重要语言，有时因现场不好记录，便全部记在脑子里，事后有时间则追记下来，无时间就一直保存在记忆里。又由于这些同志都具备有"本地人记录本地故事歌谣"的优越条件，很多故事经常能够听到，有的同志认为自己不是搞历史研究的，不必要逐字逐句的记录，因而纪录时不尽心，记录的材料就比较简单，远不如他们脑子里记的多。由于原始记录的质量不够高，对它的珍惜也就不够，特别是那些不能整理成作品的资料，保管就更差了。原始资料没能保存好的更重要原因是，有些同志开始对原始资料的其他方面的价值认识不足，有的原始资料一经整理成作品发表后，就将它扔掉了，因此，事后当报刊编辑、历史研究者去信索取原始资料时，已找不着了，这是很可惜的。

（三）"慎重整理"的标准和尺度问题。据专区和县的座谈会上许多同志的分析，已发表的作品中，大多数是按"慎重整理"的原则进行整理的，但是也有一些作品看来加工过大，超出了"整理"的范围。在捻军故事方面，加工过大的现象主要表现在对一些原来缺头短尾、不够完整的作品的加工上，和对一些片片断断的材料进行拼凑、综合上。如《红孩军》（见《民间文学》1960 年 8、9 月号合刊）就是由一些不完整的材料综合整理成的。据整理者介绍，其中主要的材料有四段。这四段材料合在一起也不过二三百字，每个材料都无头无尾，没有一个成形能作为故事主线，构成整理条件的，整理者将它们连串在一起，构成一篇六七千字的故事，势必故事的主题、情节、语言都得由自己来构思、设想和补充了。因此，这篇作品带有很大的创作成分。在捻军故事整理方面，加工过大的现象还表现在不适当地采用歌谣上。如不少故事被整理成不是开头有一首歌谣，就是结尾有一首歌谣，或者开头结尾都有歌谣，给人千篇一律的感觉。拿《安徽捻军传说故事》一、二集为例，就有近四十篇作品是这样开头结尾的。不能否认，其中有的歌谣是与故事有密切关系的；从一首歌谣引出一个故事，或从一个故事归结到一首歌谣，也的确是民间故事中常见的一种表现手法，但绝不会所有的故事原来就是这样一种程式。有的歌谣看来并不与故事直接有关，如《苦姐》开头的一首歌谣："小白菜呀，点点黄啊！三四岁，没爹娘啊！跟着爹娘还好过呀！没有爹娘，咋过活呀……"就像是一首传统民歌，并不一定原故事中就有，也不可能像故事中所讲的是人们专为苦姐编的小唱。有的歌谣看来是整理者根据故事情节的发展编进的，如《杀僧王》开头的那首歌谣："僧王，僧王你太残暴，你害死俺爹我忘不了。僧王，僧王你等着，早晚等你把命要。"读起来既缺民歌风味，也不像出于一百多年前一个小孩口中的话。其次，在民间语言的运用上也有这种现象，有的整理者由于搜集时没有尽心记录下原故事的生动语言，整理时就用自己熟悉的有限的"群众语汇"来补充，因为是本地人，开始本钱还多，整理的故事别人看不出，久而久之老使用有限的语汇，就使别人感到故事语言越来越贫乏了。如有的歇后语，像"鞋窝里长草，荒（慌）了脚啦"、"打破头不怕扇子扇"等，一再重叠使用；有的歇后语堆积得太多，读起来别扭，不像原口述者的口吻。（仔细注意一下，劳动人民平时讲话和讲故事时，并不滥用歇后语的，他们用到歇后语时，都是很自然，恰到好处的。）更多的是故事中夹杂有知识分子腔调，如有的农民读者指出，《双座山》这篇故事里形容山景美丽的那些话语："古木参天，千鸟会聚，奇花异草，竞芳争艳"，就不是群众语言，农民讲时是这样说的："树木琳琅，百鸟遮天，鲜花绿草，照眼晶光"。

在捻军歌谣方面，加工过大的现象大多表现在：整理者对原作只有两三句的给加成四句，对原作缺少一段的给补上一段的一些作品上。也就是有的"加"的不当，有的"改"得不当。如发表的许多捻军歌谣中，都用了现代词汇"捻军"字眼，显然是整理者、编选者改动过的。如《捻军十二月》一首中，就有五处出现"捻军"字眼，还出现了一些现代口语"齐响应"、"志气高"等。又如《唱捻军》一首中，四月、九月两段第一次整理发表时，是这样唱的："四月里来麦子黄，老乐定计斩饿狼，饿狼本是忠良将，将星落在西北方。""九月里来九重阳，各旗兄弟盼家乡，纷纷散伙归故里，哪知苗沛变成黑心狼。"（见《民间文学》1959 年 9 月号），它基本上是忠实于原貌的；可是第二次发表时，整理编选者可能认为这两段的内容有些消极，有损捻军和捻军首领张乐行的形象，便改成："四月里来麦子黄，老乐领兵攻正阳，龚得订下绝妙计，杀得续宾人马亡。""九月里来九重阳，各旗都在打胜仗，家乡派人来送信，苗沛变成黑心狼。"（见安徽人民出版社出版的《捻军歌谣》）避开了"杀饿狼"、"散伙归故里"等消极的句子，平添了一个群众并不很熟悉的清军将领续宾，从增强作品的思想性和教育意义看，难说它不可以，可是却大大损伤了它的历史参考价值，因为这两段正好反映了人民对捻军史上"饿狼事件"的一种看法，反映了捻军"乡土观念重"这个弱点，保持它的原貌也同样能起到认识作用和教育作用的。同时，如果一定要改，也应加一个注解和说明。此外，有的歌谣看来是根据一个历史事件和故事片断编写的，如"盼捻军，迎捻军，捻军来到解仇恨。捻军来到刚住下，为民除害杀冤家。百姓个个心喜欢，谷小贴子脑开花。""你有冤，我有仇，见了老乐诉来由，老乐一听怒气发，带领捻军去拿他；杀贪官，打老财，捉住老财土里埋"等，有似歌颂八路军，解放军的歌谣。

又如"黎民百姓听俺言：一牛一驴你种田，瓦屋楼台少咱钱，无产穷民跟咱玩"，最后一句原来是"光蛋子子跟咱玩"，整理者认为"光蛋子子"粗俗、难听，改成"无产穷民"，看来也是不妥当的。"无产"、"无产阶级"这类字眼，恐怕是在我国出现工人阶级以后才有的。另外，也出现了个别完全新编的《歌谣》，最典型的例子是合肥师范学院历史系捻军史调查组所介绍的那十二首"新发现的捻军歌谣"（是《安徽日报》1962年3月23日《新发现的捻军歌谣十二首》一文），这十二首"歌谣"的真实情况，吴腾凰同志在《〈新发现的捻军歌谣十二首〉真相》一文（见1963年1月15日《安徽日报》）中，已进行了揭露和批判，根据笔者亲自到蒙、亳地区访问了解的情况，也完全证实吴腾凰同志的批评是正确的。需要补充的一点是，这新编的十几首歌谣，后来也的确被白岩同志整理到捻军故事中去。这篇故事曾题名《女文墨》寄到《民间文学》，《民间文学》没有发表。

专区座谈会上分析了这些作品加工过大的原因，其中一个重要的原因，就是"慎重整理"的标准和尺度没掌握好而造成的。不少同志反映，整理捻军这类近代革命传说故事和整理一般传统故事，是不是在要求上应该有所不同。因为捻军故事产生和流传的时间不长，其中虽然也有较完整的，但完整的不多，绝大多数只能说是一个故事胚胎，或者是一些缺乏故事性的、片片断断的事迹，比较接近于回忆录。对于这些片片断断的事迹和故事胚胎，如何把它们整理成故事，又不违反"慎重整理"的原则，的确是很难掌握的。会上一部分人认为，"整理"一定要在占有大量资料的基础上进行，他们同意母连甫同志的看法，"关键问题，不在于整理者的个人加工修改，而是在于搜集者深入实地进行广泛的搜集访问，获得丰富的资料。"（见《民间文学》1962年第4期《整理捻军故事〈逮不住的贾老汪〉的体会》一文）另一部分人认为，强调多搜集资料是对的，但是，搜集的资料再多，并不等于就有了故事，要把资料变成故事，总得要人进行整理，还得讲究一定的整理方法。正如"巧媳妇难做无米之炊"，反过来，有了"米"，没有"巧媳妇"也是不行的。既然要"整理"，就不能只强调"搜集"的一面，而忽视"整理"的一面，应该承认整理者的个人作用。那么，将不完整的、片片断断的事迹整理成故事，到底采取什么样的整理方法，才合乎"慎重"的原则呢？大家都同意采取"综合整理"的方法，可是对"综合整理"的标准和尺度如何掌握，看法和做法也是有分歧的。有的认为，只要用同色同样的布，怎么样拼凑都是可以的，甚至先拼成一块料子，重新裁剪做一件衣服也可以。也有的认为，应该以一个较完整的故事胚胎作主线，然后找同色同样的布来充实，如果原来连一件衣服的轮廓和架子都没有，重新裁样子来做，即使是同色同样的布，然而衣服的样式是整理者设计的，不是原有的样子，这样做出来的衣服，即使式样再好，只能说是吸取民间素材进行的再创作，而不能看作是民间文学了。还有的认为，捻军故事多不完整，有的又很难找到同色同样的布来进行拼凑，在实在无法找到同色同样的布的情况下，为了把这篇故事整理出来，只要是取之于民的布，虽然不是同色同样的，如果拼凑得当，群众喜爱也是可以的。就如安装机器零件一样，虽不是一个车间里做出来的，但安装得恰如其分，为何不用它呢？关于"综合整理"如何保存原故事的风格问题也展开了争论，有的认为是无法保存原故事的风格的，因为"综合"就意味着把两个以上的故事拼凑在一起，各个故事各有其风格，到底保留哪一个的风格呢？有的反对以上的看法，认为同一地区同一母题的故事虽各有其独自的风格，但也有它共同的风格，"综合整理"一般来说保存它的共同风格还是可以的。至于整理者本人，的确也各有其自己的风格，同一个故事，张三李四整理的就不会一样，但是，不能因整理者个人风格的不同，而忽视同一母题故事的共同风格。"综合整理"就应该寻求被综合的资料的共同风格。

（四）整理、改编、再创作的界限问题。这个问题似乎已解决了，但是从已出版的作品和专区座谈会上的发言看，问题还是存在的，从搜集整理者这方面看，有的同志划不清的原因主要是：第一，他们有的可能刚刚搞民间文学工作，缺乏民间文学方面的知识，不懂得"忠实记录，慎重整理"的原则。比如有的提出，民间文学是群众创作，在流传过程中得到不断加工，我们搜集整理者也是群众一员，为何不能将自己的思想感情加进去呢？不同的是群众用口，我们用笔罢了。有的把"慎重整理"、"适当加工"当成两道工序，整理过后还要加一次工。有的提出

"任何文学作品都有虚构、夸张，整理民间文学为何不能虚构和合理想象呢？""可不可以加一个幻想性强的、浪漫主义浓的神话结尾呢？"提出这些问题的本身就表现出这些同志对民间文学缺乏认识，把民间文学与作家文学混淆起来了。第二，因为他们有的并不专搞民间文学工作，经常还进行其他文学形式的创作，如小说、戏剧等。因此，往往自觉或不自觉的把一般文学的创作方法，运用到民间文学的整理工作上去。比如，文学创作讲究塑造典型、刻画人物，他们整理的民间文学作品往往就在这方面加工过多。文学创作中常用的一些表现手法：倒插笔、倒装句、环境渲染、静止的心理描写、长篇的对话等等，在他们整理的民间故事中也或多或少地流露出来。相反的对民间文学的创作方法、固有特征，他们是生疏的。比如民间文学中常用的重复、重叠的讲述方法，他们往往不是在记录时忽略了，就是在整理时嫌它拖沓、繁琐，反而给删掉了。

从报刊编辑和出版部门这方面看，有些同志划不清三个界限的原因，主要是拿对一般稿件的处理方法来处理民间文学方面的稿件。比如，特别强调作品的教育意义，只要作品具备这一点，至于它是整理的，还是根据民间文学改编、再创作的，他们是不大追究的，因此，一些改编、再创作的作品被当作民间文学在报刊上发表的事不断发生。应当指出，注意作品的教育意义是对的，也是必要的；但是，也要仔细地甄别这个作品是整理的，还是改编、再创作的。混淆在一起，或者将非民间文学作品当作民间文学作品发表，对继承我国优秀的民间文学遗产和繁荣社会主义新文艺都不会有好处的。有些报刊编辑和出版部门，对搜集整理的民间文学作品提意见时，也往往忽略了民间文学"忠实记录，慎重整理"的原则，提出这样那样的要求，因而无意中助长了某些民间文学搜集整理者大删大改、弄虚作假的作风。至于报刊编辑亲自动手砍削民间文学作品，将民间文学作品改得面目全非，或改出错误的例子，从专区座谈会上的反映看，还时而有之。这种现象是值得引起我们注意和尽快纠止的。

（五）传说和历史的关系问题。据史学界一些同志的反映，他们一方面肯定了已出版的捻军传说故事、歌谣集子的成绩，无论是供作读物，供作历史研究参考都有很大好处。另一方面也指出了这些出版物中的缺点是：一、假造；二、错误；三、夸张太大。说史学界同志下去时，听到的故事都是八九十来句话，而整理故事的人一发展都成几千字的了，故事一半真，一半假，一些人物、年代、历史事件的性质都搞错了，甚至把一些不是捻军的东西当成捻军的东西整理。如把光绪年间、宣统年间农民暴动的事当成捻军故事来搜集整理；把地主团练苗沛霖和清军作战的故事当成捻军故事；把地主团练编的歌当成捻军歌谣；把捻军的叛徒当成英雄等。由于历史知识的缺乏，有时在人名、地名、时间、称谓的注解上也搞错了。如把清廷赐给有武功者的封号"巴图鲁"（满洲语），意即勇士，解释成"清将称兵，谓小子们"；把民间对缉查私盐的巡勇（或称巡丁）的简称"盐巡"，解释为清朝管理盐务的官吏的名称等。有的故事又好像是根据史学界下去调查的史料编写的。

对于来自史学界同志的这些批评，不少搜集整理者的反映是，有的意见是正确的，但很难完全接受。理由是：一来认为民间故事是文学作品，本身就有虚构，有夸张，不是历史文献，故事中反映的东西并非有可考的才能存在；二来认为自己是本地人，同故事讲述者同喝一个涡河里的水，熟悉本地风俗、语言，经常和故事讲述者打交道，互不拘束，听的比搞史学调查的多，又是按"忠实记录"的要求记录故事，能记下的也比搞史学调查的多，并不都是八九十来句话，碰到会讲的几天几夜也讲不完。但是，大家都感到在搜集整理工作中，如何正确处理传说和历史的关系，的确是一个问题。在具体工作中，情况就更复杂一些。比如：第一，与历史有出入和矛盾的传说故事可不可以整理？如有的把红巾军领袖刘福通的故事，当成捻军将领刘福天的故事讲；把刘福通八月十五杀鞑子的故事讲成张乐行杀清兵；把光绪年间农民暴动的事当捻军故事讲；有的说张乐行不该杀饿狼刘永敬，有的说杀得对；有的说僧格林沁，死在山东曹州，有的说死在"落王桥"；有的说僧格林沁是捻童张皮绠杀死的，有的说是小阎王张宗禹杀死的；等等，是不是这些都可以整理成故事呢？第二，传说故事中显然有讹误的地方要不要参照历史改正过来？如鲁王任柱死在江苏赣榆县，传说成死在"盖县"或"赣县"；龚得死在湖北松子关，传说成死在"生死关"；僧格林沁亲王是蒙族人，"亲王"只是一种封号，传说成他是咸丰皇帝的叔父，成了满族人了，等等，是不是都要参照史实改正过来。第三，不完整的传说故事可不可以参照历史进行加工？传说故事中只有事，没有人名、地名的，要不要加一个旗主名和地点名。

对于以上问题的看法和处理，意见不一：有的认为，不合乎历史的不应整理成作品，传说讹误的地方要统统根据史实改正过来；有的认为，与历史有出入的也可以整理成作品，传说讹误的地方也不必改正过来，因为这正是民间文学与历史不同的特点，在传说过程中就会有夸张、虚构、想象的成分，它不仅有"真人真事"的故事，也有"真人假事"、"假人真事"、"假人假事"的故事；也有的认为，与历史有出入、传说有讹误的地方，要不要改正过来，不好笼统地说"一律要改正过来"，或"一律不要改正过来"，最好根据历史唯物主义的原则和民间文学的特点，具体作品作具体分析，研究它的处理方法。

（六）注意口述者和作品的新变化。据一些搜集整理者的反映，现在下去搜集捻军传说故事，和解放前、前几年下去听人们讲故事，情况完全不同，故事口述者和一些作品新变化的情况是很值得注意的。解放前，由于历代反动派对捻军起义的诬蔑和对捻军后代的压迫，群众一般都不敢公开地讲大捻子的事，或者只是悄悄地讲，有的捻军后代甚至被迫改名换姓，隐藏在外，因此，捻军故事歌谣的广泛流传和在流传过程中得到不断加工使其更加完美，是受到一定限制的。解放后，由于党和人民为捻军恢复了名誉，特别是进行搜集工作的同志下去不断宣传、说服，群众一般都能解除顾虑，敢讲大捻子的事了，因而，捻军故事歌谣也就比较广泛和迅速地流传开来，有的原来只有几句话的，还没形成故事的，或者不够完美的，在解放后的迅速流传中，经过人们的不断加工，逐渐臻于完美。这种变化是一种好的现象，但也带来一些问题。如有的故事讲述者，由于政治水平、文化水平的不断提高，他们受来访者不断宣传和看了现代著作的影响，学到一些新词汇、新观点，现在讲故事就和前几年、解放前不同。过去称"捻子"、"大捻子的事"、"造反"，现在改用上"捻军"、"捻军起义"、"农民革命"等新词汇、新字眼了；过去对捻军正面、落后面的都讲，现在多讲正面的，落后面的不讲或少讲了；有的甚至把传说与文字记载混杂在一起讲给别人听；也有的按着已出版的、经过整理者加过工的故事讲给别人听，他们认为有些故事整理者加工得很好，应该按那样讲，不再照以前的讲法了。以上这些现象，对于我们研究这类传说故事的特点、探讨它们的变化规律有很大好处。通过对它们的具体分析，对提高我们搜集整理工作的质量，也是有一定帮助的。

这次访问，由于时间的限制，没能更深入地多跑一些地方，多访问一些人，以上三个方面的介绍只是根据这次访问中，随时记下的一些心得写成的，并不能概括阜阳地区捻军故事歌谣搜集整理工作的各个方面。特别是由于笔者水平的限制，许多看法和引例有错误也在所难免，敬祈阜阳专区的同志和广大读者的批评指正。

1963 年 4 月

（原载中国民间文艺研究会编：《民间文学参考资料》第五辑）

郭沫若与民歌

提起郭沫若，人们多想到他在新诗方面的伟大贡献，很少论及他与民歌的深厚关系。其实，郭沫若不仅是中国新诗的奠基者，也是中国民歌的积极倡导者，而且这两者是有联系的，不可截然分开。

从"五四"起，郭沫若就和民歌结下了不解之缘。1920 年 2 月，正是郭沫若写《凤凰涅槃》等著名诗篇的同一时期，便在《论诗三札》一文中，热切地"希望我们中国再生出个纂集《国风》的人物——或由多数人组成一个机构——把我国各省、各道、各县、各村的民风、俗谚采集拢来，择其精粹的编集成一部《新国风》。"他的这个宏愿，终于在中国共产党领导下的新中国实现了。

1950 年 3 月，中国民间文艺研究会于北京成立，郭沫若被推选为主席，他在成立大会上所作的重要讲话中，首先倡议的是进行大规模的新采风。他风趣地说："我很喜欢'国风'这个'风'字，这'风'用得真是不能再恰当了。民歌就是一阵风，不知道它的作者是谁，忽然就像一阵风地刮了起来，又忽然像一阵风地静止了，消失了。我们现在就要组织一批捕风的人，把正在刮着的风捕来保存，加以研究和传播。在中国五千年的历史上，捕风的工作是做得很不够的，像《诗经》这样的搜集就不多。因此有许多风自生自灭，没有留下一点踪迹。今天我们不能重蹈覆辙，不能再让它自生自灭了。"

1958 年新民歌运动风起云涌，郭沫若亲自走到了领导新采风的最前列，深入民间，走访了很多地方，其中张家口地区他就待了两周，每到一处都盛赞新民歌，并写了不少民歌体的诗。郭沫若预见到继采风之后会有选风的阶段，认为"每年或每五年选录出最好的三百首，这将是中国文艺矿藏中的无比珍宝"。像孔子删诗，"各地都会出许许多多大大小小的孔夫子"。郭沫若还和周扬合作，亲自尝试，择民歌中的精粹，真正汇集成一部具有历史意义的《新国风》——《红旗歌谣》。尽管这本歌谣集由于历史原因有某些不足之处，但人民的创造精神是好的，其中有不少艺术上不可企及的珍品。

作为诗人，郭沫若热爱民歌、研究民歌，总是与发展新诗的目的联系在一起的。他在许多论著中，盛赞伟大的爱国诗人屈原在中国文学史上"成就了一大革命"，就是指屈原在民间歌谣的基础上创造了一种新的诗体（离骚体），并且一再阐述历史上一切新的诗体的产生，开始都出现在民间，中国现代的作家要重视本民族的传统。郭沫若坚信不移：像楚辞是在国风的基础上创化出来的那样，新时代将会有从新国风的基础上创化出来的新楚辞，并为今天的新国风、明天的新楚辞欢呼！

从郭沫若一贯热爱民歌、倡导民歌，主张吸收民歌养料发展新诗的观点看，决不会得出有的同志听说的"对于郭沫若，李季就是'古怪'的"这一结论。这不仅是，早在李季搜集民歌写作《王贵与李香香》之前，20年代初郭沫若就已倡导过采风，1922年还为何中孚编的《民谣集》写过序。郭沫若自己说过：1930年左右，在日本时，曾在陶晶孙编的《大众文艺》上著文，因提倡文艺要重视民歌民谣，音乐要重视打锣打鼓，是挨了骂的。可见郭沫若对于学习民歌和吸收民歌养料进行创作的事很热心。就拿郭沫若亲自为李季的《王贵与李香香》（香港版）作的序来看，也毫无"古怪"之意，更是一个有力的证明。我们对于五四新诗的先驱者在新诗探索上所走过的路，一定要全面正确的分析研究，切忌择己所爱，以偏赅全。

作为诗人，郭沫若热爱民歌是很注重从民间艺术中学习人民的思想感情、风格和气息的。他说："民间艺术的立场是人民，对象是人民，态度是为人民服务。……我们的作家应当从民间文艺中学习改正自己创作的立场和态度"。"民间文艺是一面镜子，照出政治的面貌来。……我们不好单把民间文艺当做一种文艺来欣赏，一种文学形式来学习，还必须借民间的镜子来照照自己"。这也是他一贯倡导采风的原因。郭沫若十分尊重、积极扶植工农歌手，新中国成长起来的第一批民歌作者，王老九、黄声笑、康朗甩、殷光兰、李永鸿等都与郭沫若一起开过会、赛过诗、论过诗或通过信，亲自受到郭沫若的栽培。每逢与歌手一起聚会时，郭沫若经常高声朗诵歌手们的新作。有几首新民歌，如《向太阳挑战》《一车粪肥一车歌》《月下挖河泥》《山南山北一家人》等，郭沫若在一些场合和文章中赞不绝口。

郭沫若说：民歌的好处是天真、率直。这是很值得诗人学习的地方。从来的文学创作大体上可分为两派：一派是把眼前景色脱口说出，像"池塘生春草"，这是多好的诗！再有一派是修饰的。修饰也有好的，但是修饰得不好的也很多。王国维把它叫做"隔"与"不隔"。真正的名家年轻时大都从平易出发，经过修饰，再归于平易，即不隔——隔，再到不隔。这就是所谓"经过点化后的自然"。真正好的诗都是这样一派。学习民歌，对于创立朴素自然的风格很有好处。这些话，不仅对我们初学写作者很有启发，对于诗坛讨论"朦胧"与"易懂"的问题，也有帮助。

作为大诗人，郭沫若是博采众长，融汇贯通，熔中外古今于一炉的。他很重视吸收外国诗歌的长处，但又深有体会地提醒说："我们的洋气太盛，看不起土东西，这是'五四'以来形成的一种风气，可以说是受了买办阶级思想的影响……有些所谓新诗虽然摆脱了中国旧诗的规律，而却套上了西洋旧诗的枷锁。"他很强调向民歌学习，同时又明确指出："新民歌是有些局限性的。事实上，任何东西都有它的局限性"。"我们肯定新民歌有它的局限性，但真正有本事的人，他能够在局限中运用得很灵活。""今天的新民歌是在发展的，可能人民当中会创造一些新形式出来。""我觉得新民歌的好处就在它的有局限性，作者能在局限中表现得恰到好处，妙就妙在这里。"这些话，多么辩证、有见地、开入茅塞啊！

对诗歌问题讨论，郭沫若一再告诫我们不要"以偏赅全"。早在《诗刊》酝酿期，他就建议"不要偏，对旧的形式要一律看待"。

"在旧诗词和民歌民谣中，确实有不少东西值得新诗人学习"。"'五四'以来的诗歌，虽然受外来的影响，但它总是中国人用中国话写的诗，要守一定的规律，在这个规律里面活动。""我们要公平的有分析的来看问题，从发展来看问题，从内容来看问题，从内容和形式的结合来看问题，这样才能得到比较接近正确的见解。"这些话，至今仍有指导意义。

178

让新民歌唱得更响

——记全国少数民族群众业余艺术观摩演出会歌手座谈会

北京，是一座四季常青的花园，革命文艺的花朵常开不败。1964 年岁末举行的全国少数民族群众业余艺术观摩演出会，又给这座花团锦簇的大花园增添了一簇鲜艳的新花。来自祖国四面八方的各族歌手们把各族人民最新最美最好的歌唱到了北京。为了交流新民歌配合三大革命运动的经验，座谈新民歌创作的心得和体会，充分运用新民歌这一武器，更好地为社会主义服务，并促进专业文艺工作者向民间歌手学习，12 月 6 日和 8 日，大会和中国民间文艺研究会联合召开了一次歌手座谈会。应邀出席这次座谈会的有几十个民族的歌手七八十人。座谈会由中国民间文艺研究会秘书长贾芝主持，参加会议的还有魏传统等首都文艺界的同志数十人。

这些歌手，在旧社会里都是被压在最底层的奴隶、农奴和贫苦的农牧民，这次能够来到毛主席身边欢聚一堂，心里都有无限的感慨：要是没有共产党和毛主席，哪有今天！四川藏族五好社员吴有伦第一个站起来，边说边唱地述说了他在解放前后的两种生活、两样心情。吴有伦生活在多民族杂居地区，会唱藏、彝、汉等民族的民歌。这样一个有才能的歌手，新中国成立前却缄默了多年，他说：那时是"人又穷来苦又多"，"我哪有闲心来唱歌"。新中国成立后翻了身，走上社会主义的康庄大道，生活一天好似一天，心里经常是乐滋滋的，又"怎能叫我不唱歌"！吴有伦的发言说出了经历过新旧两个社会的歌手的共同命运。没等他坐定，就有好几个代表站起来抒发他们内心的感受，每个到会的歌手都想把自己激动的心情倾吐出来。八次被评为先进生产者的甘肃回族工人王麻赞，新中国成立前曾因为唱"花儿"被当地一个恶霸地主打坏了耳朵，同他一起唱花儿的同伴还被吊在梁上打得死去活来，他感慨地说："从前统治阶级不让我们唱花儿，今天我们把花儿唱到北京城，唱给伟大的领袖毛主席听！"西藏门巴族错姆说："在旧社会，我们门巴族人民虽然也很爱唱民歌，但不能唱，今天在党和毛主席的领导下，我们不但能编能唱，而且能和各民族的兄弟姐妹们在一起交流经验，这是过去连做梦也想不到的。"

到会的老一辈歌手，心里都有一部血泪史，都有一本翻身账。他们在发言中忆苦思甜，给到会者上了一堂深刻的阶级教育课。新疆哈萨克族阿肯、五好社员包尔玛斯在旧社会里被反动统治者害得家破人亡，他的父母兄长子女，有的被巴依[1]直接杀害了，有的在四处奔波中死去了，他自小流落在外，12 岁时便给巴依放羊，长大后给地主扛过活，给矿主挖过金，始终没跳出苦水坑，在长期的流浪生活中，唯一能给他安慰的是他心爱的冬不拉。回忆起辛酸的身世，他弹起冬不拉，悲怆地唱了这样一首歌：寒风吹破了我年轻的双颊，雪花染白了我两鬓的黑发，阿肯们能拨弄冬不拉的琴弦，但世世代代没有把悲歌唱完……解放后，党的光辉照亮了草原，包尔玛斯才结束了流浪的生活，回到久别的故乡，从此日子越过越甜蜜。谈起今天的幸福生活，他调整了一下冬不拉的琴弦，兴奋地唱道："是党给了我新的生命，是毛主席给我指出了前进的方向，我要永远做一个革命的阿肯，为社会主义歌唱一生，哪里需要就到哪里去唱。"在旧社会备受凌辱的盲艺人海尔尼莎谈到她悲惨的身世，几次泣不成声。谈到新中国成立后党治好了她的眼睛，使她重见光明，她又禁不住流出了感激的泪水，她说："旧社会留给我的是一片漆黑，党所带给我的是无限光明。"说到这里她抑制不住内心的激情，高呼"毛主席万岁！"此时此地纵有千言万语，又怎比这句话更能充分地抒发她的心情呢！当包尔玛斯和海尔尼莎发言的时候，全场鸦雀无声，几乎听得到一颗颗心在咚咚地跳动。对旧社会恨得最深的人，对新社会才能爱得最深，他们的歌声才能最深情。四川羌族歌手陈维金保在发言中放开嗓

---

1. 巴依，即地主、牧主、老爷、有钱人之意。

亮的歌喉高声唱起他自编的《我把歌儿唱起来》，歌声里充满着强烈的翻身激情，他唱着唱着便禁不住摆动开健壮的胳膊、踢踏起有力的脚步，且歌且舞起来。

这次座谈会是一次谈心会，又是一次经验交流会。各族歌手们在激动地倾诉自己心情的同时，也介绍了许多新民歌创作活动的经验。由于他们来自阶级斗争、生产斗争和科学实验的第一线，既是劳动能手，又是新民歌创作的积极分子，对于如何发挥新民歌战斗的、教育的作用，如何配合三大革命运动，更好地为社会主义服务，都有着深切的体会和丰富的经验，因此，交流创作经验就成为座谈会的中心话题。

听党的话，响应党的号召，自觉地做党的宣传员，这是歌手们首先谈起的经验。正如他们所说的，千条万条，党的领导第一条。吴有伦说："我是一个人民公社社员，别的手艺我不会，我只会劳动，只会编歌，党号召什么我就唱什么。"这几句朴素真挚的话道出了歌手们所走过的共同道路。今年五月，四川成都大批知识青年分配到西昌专区参加农业生产，吴有伦根据区委的指示，很快地编了《远方亲人进山来》这首民歌，组织群众在路旁唱："采束鲜花烧碗茶，欢迎亲人到我家……"使得知识青年们听了十分感动，纷纷表示要在山区安家落户，当新型农民，决不辜负党和群众对他们的期望。四川藏族伍正芬是优秀的党的宣传员，她们的宣传组，利用春节闹花灯的传统习惯，挨门挨户宣传党的政策。她在发言中说："在我们那里，山又高，沟也深，人户居住得又稀，翻一座山就要爬半天，要一家一户地去宣传确实不容易，但是一想到这是党给我们的工作，再大的困难我们也能克服。"她们点起灯笼火把，带上干粮，在半个月中跑了 18 个生产队，走了全公社的 340 多户人家，同 200 多人对唱了山歌，并且带动了邻近公社的人也来对歌、听宣传。这次宣传活动，不仅鼓舞了大家的生产干劲，掀起了一个春耕生产的突击运动，而且通过对歌她们也向群众学到了很多山歌。伍正芬的事迹深深感动了到会的同志，当她讲到与社员对唱山歌的情景时，会场空气十分活跃，这歌声不仅唱开了社员的大门，也唱开了大家的心扉。

编唱民歌要站在生活和斗争之中，又要走在生活和斗争的前面，既要深刻地反映现实斗争，也要充分表达人民的理想，这样创作出来的民歌才能做到既是革命现实主义的，又是革命浪漫主义的。从生活和斗争的需要出发，做什么编什么，这是歌手们进行新民歌创作的一个共同特点。云南僮族歌手龙大妈（龙琼林）说："我们是做到哪一步就编到哪一步。抗美援朝时，我编了打倒美国狼的歌；合作化时有人想单干，我就编走社会主义的歌。这回社会主义教育运动来了，我又配合运动编新歌。"伍正芬她们也是这样，在喂蚕的时候她们编唱《金丝银丝连北京》；在春种紧张的时候编唱《加拉红》（竞赛的意思）；粮食丰收了，在缴公粮、卖余粮的时候编唱《赶马调》；在学习毛主席著作时又编唱《党的话儿记心上》。歌手们不光是编唱生活中已有的事情，他们还善于从生活中发现新生的、萌芽的事物，把它反映到创作中来。因为歌手们总是处在生活的漩涡中，站在斗争的第一线，他们有敏锐的观察力，因此，他们编的歌能够起到革命号角的作用。1958年我国有些地区刚刚办起人民公社，那时吴有伦"还没见过人民公社是啥样"，但是他从党报的介绍和本地区生产斗争的实践中看到这是五亿农民的方向，便编唱了歌颂公社的《多快乐》，大家听了都很兴奋，后来他和当地的社员们就是唱着这首民歌进入人民公社的。广西僮族韦秀民从1953年到现在，已编了700多首新民歌，因为他总是站在斗争的前列，紧密结合现实编唱民歌，也培养了自己的政治敏锐感，在生活中看到什么新的东西，就止不住要歌唱。这次到北京来，参观民族文化宫，对着展览室里陈列的、被奴隶主和农奴主残害的尸骨，他激愤地说："这虽不是我的骨头，但都是我的阶级兄弟的啊！"他即席编唱道："黑夜走路防虎狼，不搞革命要上当！"表示要永远不忘阶级斗争，把革命进行到底。

编唱新民歌要有明确的阶级观点，坚持政治第一，注重教育意义，这是歌手们在发言中反复强调的经验。广西瑶族潘爱莲说："编民歌要有鲜明的爱和憎，歌颂什么，反对什么，要有阶级观点。"韦秀民说："编歌要站稳阶级立场，要有政治内容，才能教育群众。"革命的新民歌是阶级斗争的有力武器，它必须为无产阶级的政治服务，这是每一个歌手共同的体会，也是为他们的实践所证明了的。王麻赞在会上谈了一件事：前几年当蒋介石匪帮叫嚣窜犯大陆的时候，有些潜伏的反革命分子乘机散布谣言，王麻赞气愤极了，便用"花儿"来辟谣，他唱道："毛主席坐在北京城，关心人民的事情，坏人的谣言你不要听，共产党树大（么）根深。"这首"花儿"，粉碎了敌人的阴谋，鼓舞了人民的斗志，使大家坚定地团结在党的周围。黑龙江富裕县塔哈公社达斡尔族小高粮大队有一个姓乔的地主，在社会主义教育运动以前曾向本屯的社员散布说："你们看，《白毛女》《夺印》里的地主都是汉人，咱们达斡尔族就没有地主。"针对这个情况，屯里的俱乐部编唱组就编了个《揭露地主假面具》进行针锋相对的斗争。通过演出，大家都提高了警惕，加强了阶级观念，认识到达斡尔族也有地主，并且能够不断揭发和斗争。这个编唱组经常编唱新"乌钦"[1]表扬好人好事，批评坏人坏事，贫农社员对他们说，"老哥，你们唱的都是我们心上的事，往后多唱唱吧！"

要很好地开展新民歌活动，发挥新民歌的战斗作用，就必须同形形色色的资本主义、封建主义的思想作坚决斗争，用社会主义思想去占领文化阵地，这也是歌手们在不断的创作和斗争初衷中体会到的重要经验。歌手们指出：这个斗争有时表现得十分复杂尖锐，必须提高革命警惕，进行不懈的斗争。小高粮大队有一些坏分子对俱乐部演唱的富有革命内容的节目很不满意，演出前泼冷水，演出时又纠集几个落后群众在一边唱对台戏，扰乱秩序。后来，俱乐部内部的阶级异己分子乘机活动，准备放弃革命的内容，唱才子佳人，放弃小型多样的形式，搞大部头的戏。俱乐部编唱组在党支部的领导下坚决把这股逆流打回去了，最后改选了俱乐部的骨干，把领导权夺了过来。他们体会到："地主富农资产阶级思想到处都有，注意就看得见，不注意就看不见。"而不注意就是没有敌情观念，就有被融化的危险。因此不对资产阶级思想和旧势力进行针锋相对的斗争，就不能推广革命的新文化。争夺阵地的斗争有时表现为改变千百年来所遗留下来的旧习惯势力的斗争，这种斗争更不易察觉，因而也更艰巨。内蒙古蒙古族说书艺人希卜达在这方面有很好的经验。他说，开始说新书，群众听不懂，自己也说不惯；但学习了党的政策，决心坚持说新书。他刻苦钻研，终于摸索到一些办法，如用新的观点去解释和替代旧书里的旧观点、旧讲法，借用传统书曲里的一些有生命力的表现

1.乌钦，达斡尔族的一种民间说唱形式。

手法来表现新的内容等，这样他不仅自己逐渐能说新书，同时也把群众的兴趣逐渐吸引到新书方面来。希卜达几年来一直坚持编唱新书，受到广大农牧民的欢迎和爱戴。

新民歌在我们的现实生活中正在起着团结人民、教育人民，打击敌人、消灭敌人的巨大作用，歌手们举出了大量的、生动的、令人鼓舞的事实。越是看清了这种作用，就越加感到必须让新民歌唱得更响亮、更久远。老一代歌手深知：要让革命的新民歌千秋万代唱下去，必须培养自己的接班人。许多老歌手在这方面付出了辛勤的劳动。包尔玛斯就培养出了十几个年轻的冬不拉演唱者和歌手。龙大妈也以身作则引导村里的年轻人读报学政治，编歌做宣传。她自己不识字，这并不影响她和有文化的青年挑应战，她对年轻人说："你们记笔我记心"，这样来互相激励，共同为党的宣传事业服务。参加座谈会的年轻歌手，大都是在新社会成长起来的，他们是贫下中农的后代。他们在发言中一致表示要听党的话，和劳动人民相结合，向他们学习，与他们同劳动、同歌唱，要做优秀的革命接班人。潘爱莲说："我们是在新社会长大的，没有受过什么苦，我们与群众在一起劳动，体会他们的心，我们的歌才能唱出他们的思想感情。我们编了歌向他们请教，也向老歌手请教，大家帮助改，这样才能编成好山歌。"她即席唱了一首她新编的《永做革命接班人》的歌："我是'解放牌'青年，日子过得赛蜜甜，未经风霜和暴雨，今日刚把本领练。三大革命我领先，要在熔炉里来炼，能文能武红又专，誓把瑶山变花园。黑夜要靠灯照明，我靠党来把路引，一颗红心跟党走，永做革命接班人。"这首歌表达了青年一代歌手的决心。

座谈会上，许多歌手除了谈到如何用新民歌这一群众所喜闻乐见的民族形式表现革命的，社会主义的内容外，还介绍了如何坚持小型多样、业余自顾、勤俭节约的精神开展群众业余文化活动的经验，他们认为新民歌在这方面有它显著的优点，因为它短小精悍、简便易行，应该充分发挥它的特长为三大革命运动作出贡献。

内蒙古乌兰牧骑（红色文化工作队）是在观摩演出期间来京的一个专业艺术团体。乌兰牧骑的同志几年来在农牧区为农牧民演出的同时，很注意向民间学习，他们经常搜集和运用民歌及其他民间文艺来为社会主义服务。乌兰牧骑代表乌国正（蒙古族）在座谈会上介绍了他们在这一方面的经验。

座谈会开得活泼、生动，歌手们在发言中常常情不自禁地歌唱起来。王麻赞发言时唱的"花儿"引起到会同志的极大兴趣，在大家的要求下，甘肃、青海、宁夏的回族、东乡族、土族的歌手分别演唱了本地区本民族的"花儿"。它们有的高亢豪迈，有的悠伤婉转，风格迥然不同。广西僮族、侗族、瑶族、仫佬族、毛难族的二声部民歌也引起大家的注意，座谈会上广西代表团李中荣和几个民族的歌手合作，边说边唱地向大家介绍了这几种二声部民歌的特点。

整个座谈会洋溢着热烈融洽的气氛，发言踊跃，自始至终持续不断。请求发言的字条像一封封加急电报送到主席台，时而看见几个代表同时站起来讲话。歌手们的发言感动了所有参加会议的人。歌手发言结束后，魏传统代表大会和中国民间文艺研究会作了重要讲话。他说，这次会开得很好，我们各民族的优秀歌手，这样欢聚一堂，并非寻常，具有重大的政治意义。他赞扬歌手们的歌声震动人心，使敌人听了害怕，朋友听了高兴。他说，这次观摩演出的节目实在好得很。他称赞歌手们坚定地执行了毛主席的文艺方针，勉励歌手们要继续坚持这个正确的方向，向资本主义、封建主义和修正主义作不懈的斗争。

魏传统的讲话使歌手们得到很大鼓舞，他的讲话时时被掌声打断。歌手们情绪高昂，不能抑止，纷纷要求用歌声来表达自己激动的心情。主席满足了大家的要求。于是会议室顿时变成了歌手们即兴编唱的歌场。只见歌手们一跃而上，放声高歌，歌声伴着掌声此起彼落，每个到会的人都沉浸在优美动人的歌声里。71岁的维吾尔族老人吐尔贡岛斯曼和年仅8岁的蒙古族儿童金海青也在会上唱了自己心中的歌。歌手们用他们发自深心的歌声由衷地歌颂党，歌颂毛主席，表达出永远跟着党和毛主席把革命进行到底的决心。

预定的时间已经过了，歌手们的兴致方兴未艾。因为晚上还有演出，主席不得不带着惋惜的心情宣布结束这次会议，确如主席所说的："照这么唱下去，就是唱它七天七夜也唱不完！"

最后，歌手们和与会代表用各种民族语言同声高歌《社会主义好》，并振臂高呼:"各族人民大团结万岁!""共产党万岁!""毛主席万岁!"座谈会在高昂激越的歌声和口号声中尽兴而散。会散了,但社会主义的新民歌却永唱不断,归去的路上,歌手们又唱起了新的歌。

(原载《民间文学》,1964 年第 6 期)

老老实实向民歌学习

——学习《毛主席给陈毅同志谈诗的一封信》

向民歌学习，是毛主席的一贯教导，毛主席在给陈毅同志谈诗的信中，总结了我国诗歌创作的历史和现状，再次强调了向民歌学习的重要性，指示："将来趋势，很可能从民歌中吸引养料和形式，发展成为一套吸引广大读者的新体诗歌。"这就告诉我们，向民歌学习是关系到诗歌发展方向的问题。

人民生活，是创作的唯一源泉。民歌，是劳动人民的心声，深深地扎根于生活之中，与阶级斗争、生产斗争紧密联系着，最善于表达劳动人民的思想感情和愿望。新诗要和群众很好地结合，首先就要解决这个"扎根"问题，要从群众中来，到群众中去。这是与作者立足点的转变，世界观的改造分不开的。

民歌的形式千姿百态，多种多样。五言、七言、长短句、格律化或较自由的，什么都有。你瞧：陕北的"信天游"，内蒙的"爬山调"，甘肃、青海、宁夏的"花儿"，山西的"席片子"、"开花"，北方的"秧歌"，南方的四句头、五句头山歌，两广的客家山歌，藏族的"拉夜"，壮族的"欢"、"勒脚歌"，白族的"打歌"、"西山调"、"大本曲"，侗族的"大歌"、"小歌"等等，琳琅满目，不胜枚举。有的民族的英雄史诗、叙事长诗，像《格萨尔王传》（藏族）、《玛纳斯》（柯尔克孜族）、《阿诗玛》（彝族）等，异常珍贵，可以列入世界文库。民歌的形式不是静止的，僵化的，尽管有相对的稳定性，但是，随着时代的前进，随着崭新内容的要求，形式也在循着一定的规律向前发展、变化着。

毛主席说："诗要用形象思维"，"比、兴两法是不能不用的。赋也可以用"，没有形象，就没有文学艺术，也没有民歌，比、兴、赋，自古以来就是民歌创造形象的基本手法。我们要学习民歌善于运用形象思维的方法，反映阶级斗争与生产斗争，反映人民的心声，时代的风貌，生活的本质。

比，就是比喻，"以彼物比此物也"。民歌中，拿来作比的事物同被说明的事物之间，往往极不相同，而又有极相似的地方。唯其有极相似之处，比喻才准确、贴切，唯其极不相同，比喻才生动、新鲜。妙就妙在"似"与"不似"之间。请看湖北民歌《歌唱毛泽东》：

> 毛泽东，
> 毛泽东，
> 插秧的雨，
> 三伏的风，
> 不落的红太阳，
> 行船的顺帆风，
> 要想永世不受穷，
> 永远跟着毛泽东

毛主席是各族人民的大救星，毛主席给人民带来的幸福是歌颂不完的。这首民歌，一连用了生活中几个大家熟悉的、极其形象的比喻，一下就把毛主席的伟大表现出来了。

兴，就是托物起兴。"先言他物以引起所咏之词也。"民歌中起兴的诗句大多用在开头，以引起歌咏的情绪。如陕北信天游：

> 一道道山来一道道水，
> 咱中央红军到陕北。
>
> 山丹丹开花红艳艳，
> 毛主席来了晴了天。

188

第一句起兴与后一句意思有的似乎无关，但仔细回味，又有微妙的联系。有时"比"和"兴"就不易区别。一般说来，"比显而兴隐"。所以有人把"兴"当作暗喻。《刘三姐》唱的一首民歌"一把芝麻撒上天，肚里山歌万万千，南京唱到北京去，回来还唱两三年"。头一句"一把芝麻撒上天"，就既可作"比"，也可作"兴"。

赋，"敷陈其事而直言之也"。在一些少数民族史诗、民间叙事诗里，故事性那么强，叙事、抒情结合得那么自然，是很值得我们学习的。我们常常发现，新诗开头往往不如民歌那么自然动听。不少优秀民歌，从生活中来，触景生情，寄物言志，即兴而出，看见什么想什么，什么心情引起什么话，山川日月，风雷闪电，草木土石，人物鸟兽，生产生活，应有尽有，包罗万象。碰到歌手们对歌，赛起歌来，运用自如，对答如流，一出口就那么贴切、巧妙。令人赞不绝口。

许多优秀的大跃进民歌，是战鼓，是号角，是革命现实主义与革命浪漫主义相结合的产物，达到了革命的思想内容与完美的艺术形式的统一。如"唱得长江水倒流"，"月宫装上电话机"，"喝令三山五岳开道，我来了！""端起巢湖当水瓢"，"撕片飞云揩揩汗，凑上太阳吸袋烟"等等。这种大胆的幻想，绝不是虚张声势，想入非非，而是以现实为基础，和革命实践紧紧地结合在一起的。

向民歌学习，并不是一件容易的事情。往往讲起来是一回事，做起来又是一回事；思想上似乎通了，行动上未必尽然。这里确实有一个对待民歌爱与不爱，肯学不肯学的态度问题和思想感情问题。

毛主席早就批评过那种不爱工农兵的感情，不爱工农兵文艺的人。毛主席谆谆告诫我们一定要把立足点移过来，移到工农兵这方面来，移到无产阶级这方面来。要和劳动人民思想感情打成一片，学习劳动人民表达思想感情的方法。只有这样，才能真正懂得民歌的意义，把握住它的精髓。对待民歌才能真爱、真学，越学越爱，越爱越学，收益无穷。

在学习民歌方面，毛主席为我们树立了光辉的榜样。毛主席十分尊重人民群众的创造，一贯重视和关心民歌。半个世纪以来，不论是在广州农民运动讲习所，在古田会议决议中，在长征路上，在陕北公学做报告时，在延安文艺座谈会上，以及新中国成立后，在社会主义大跃进的年代里，毛主席不仅亲自搜集过民歌，把民歌作为了解民情，了解工农运动的一种重要手段；而且利用民歌、民谣这种通俗易懂、生动活泼的形式，起草布告，广发号召，宣传群众，组织群众，武装群众。如毛主席亲笔题的"军队向前进，生产长一寸，加强纪律性，革命无不胜"。这首歌谣体的题词，深入浅出，短小明快，很快就在群众中传唱开来，在解放战争进入总反攻的阶段，起了巨大的鼓舞作用。

新中国成立后，在毛主席革命路线指引下，民歌的搜集、出版、研究取得了不可磨灭的成绩，特别是大跃进的 1958 年，毛主席亲自倡导和发动的新民歌运动，波澜壮阔，轰轰烈烈，开一代诗风，产生了深远的影响，在我国文学史上记下了光辉的一页。可是，在刘少奇、林彪、"四人帮"修正主义路线的干扰破坏下，民歌的创作、搜集、宣传、学习等工作受到严重的摧残，也影响我们一些诗歌作者没有很好地注意学习民歌，有人因为没有发现民歌的宝库，竟错误地认为民歌单调、枯燥，只是几句头，没有什么学头，会妨碍"提高"。要写"提高"的作品，就要"摆脱"民歌的影响，结果走了弯路，写出了一些脱离生活，脱离群众，缺乏中国作风中国气派的东西。这个教训是值得记取的。

"四人帮"妄想篡党夺权，大搞阴谋文艺，在文艺界实行文化专制主义。特别可恨的是自封为"文艺革命旗手"的江青，对民歌深恶痛绝，百般挑剔，给民歌扣上种种罪名，宣判"民歌下流"，诬蔑"民歌不能表现革命"，甚至穷凶极恶地禁止人们歌唱亿万人民热爱的颂歌《东方红》，真是猖狂已极，反动透顶。但是，民歌，是禁不住的！

> "花儿"本是心上话，
> 不唱是由不得自家，
> 刀刀拿来头割下，
> 不死了还这个唱法。
>
> （甘肃·青海）
>
> 权当你有遮天手，
> 难封世上唱歌口，
> 山崩地裂石头烂，

唱得太阳照当头。

（宁夏）

　　这些民歌，原是反抗封建贵族老爷的，今天看来，正好是对"四人帮"之流的当头一棒。

　　打倒"四人帮"，民歌得解放。在《毛主席给陈毅同志谈诗的一封信》的鼓舞下，随着向四个现代化进军的雄伟步伐，一个民歌创作和向民歌学习的高潮必将很快兴起。我们要牢记毛主席的教导，不辜负他老人家的殷切期望，长期地、无条件地，满腔热情地深入到工农兵中间去，到火热的斗争中去，转变立足点，改造世界观，老老实实地向民歌学习，恭恭敬敬地拜民歌为师，努力从民歌中吸取丰富的政治养料和艺术养料，为创作更多更好的工农兵喜闻乐见的新诗而奋斗，为促进我国民族化、群众化、多样化的新体诗歌的形成做出有益的贡献。

（原载《宁夏文艺》，1978 年第 3 期）

劳动号子谱歌声

——读《我把太行当鼓擂》等民歌

好的民歌，读后放不下，越嚼越有味。最近读了王怀让同志的《我把太行当鼓擂》《春歌唱绿太行山》两组民歌（见《诗刊》1978 年 1 月号和 4 月号），就有此感。

我爱这些民歌的泥土香，汗水味。歌声把我们带到了热火朝天的太行山区，"丁丁当当丁丁当，山上山下锤声响"，使我们看到了轰轰烈烈的学大寨的壮丽图景：

> "全国农业学大寨"，
> 大红标语放光彩，
> 刻在水边水听话，
> 刻在山上山变矮，
> 刻在心头干劲来！

成千上万的新愚公站在我们眼前，改造中国，气吞山河。听："愚公铁镐握手内，我把太行当鼓擂"，"都说最硬数高山……我把山坡当面擀"，"不信你这青石板，不能压出粮棉油"，"我用铁锤巧雕刻，雕出一个新太行"。气势磅礴，风格雄伟。这些充满革命英雄主义的大胆幻想，绝不是虚张声势，想入非非，而是有丰富深厚的现实生活为基础的。读了这些激越动听的民歌，叫人长志气，添精神，鼓干劲。

大寨，是毛主席亲自树立，周总理精心培育的一面红旗。学习大寨存在着一个真学假学，半真半假学的问题。看！这首民歌说得好：

学习大寨不靠嘴，

靠的双手靠的腿，

真学大寨动手干，

假学大寨用嘴吹。

是真是假看汗水！

短短几句概括了"学大寨要大干"的道理。通过对比，步步加深，显得真学更好，假学更孬，都是人们心底的话，生活的经验，实践的结晶，没有半句虚饰词。如果对生活没有敏锐的观察力，是难以写好这样的民歌的。

我爱这些民歌，更爱它丰富多彩的艺术表现手法。民歌，贵在形象思维，比、兴、赋的手法是常用的。你看：《春歌唱绿太行山》《春天沿着脚印来》《慌得布谷忙催春》，三首民歌都在写"春"，都是催春的战鼓，而取材毫不雷同，构思各有巧妙，比喻，夸张，拟人化等手法信手拈来，运用自如。在《春歌唱绿太行山》中，提到"大寨经验"时，并不一般的去细述，仅用"碰响社员心头琴"一句比喻，就把学大寨的内容全部概括进去。这首民歌用喻贴切、生动，把人人熟悉的事物，人人具有的感受，写得异常新鲜，言有尽而意无穷。在《慌得布谷忙催春》中，寥寥数笔就勾画出一幅支农图，战士来回送粪，画面静中有动，白雪、红领章、绿军装，相互辉映。作者到此还感不足，最后收拢一句："慌得布谷忙催春"，别开生面，把诗情画意的气氛造得更浓。桃花盛开春天到，布谷催春来迟了，一个"慌"字，耐人寻味。

又如《咱给大地搞"土改"》，这首民歌把平整好的土地比喻成"镜子"，把"丰收"拟人化，"照见'丰收'走过来——谷子金黄棉花白"，想象离奇，富有情趣。再如《工地召开县委会》中，书记点人数时，见"人人手中锤生辉"，个个都是好样的，情不自禁，高兴极了，"不点人数点铁锤"，构思巧妙，意味深长，语言富有个性和感情色彩。

在这20首民歌中，"比""兴"手法毋庸多举，值得一提的是"赋"也用得很好。如"致姜秀珍同志"的那首民歌《歌唱我们新时代》，就是

193

"敷陈其事而直言之也"。作者直抒胸怀,轻言快语地叙述了自己对歌手的景仰之情,介绍了自己学写民歌的过程和体会。内容虽多,并不枯燥。一开始就像谈家常一样"你家住在贵池县,我家住在黄河边,虽说隔着条条水,虽说隔着座座山。你的歌声我听见!"十分亲切,一下把人吸引住了。写到万恶的"四人帮"摧残文艺百花园,只用了"手指红花红花枯,脚踩绿苗绿苗伤"两句,揭露深刻,形象逼真。纵情歌唱华主席"巨手招得春又归,春归大地满眼辉",特别是当我们读到"华主席录歌登上报,民歌得到春雨浇","水渠里面流着歌,果树枝头结诗篇"时,谁不为民歌的春天来到了而欢欣鼓舞。这类用"赋"的民歌,特点就在于概括力强,善于剪裁,取舍,通过语言叙述来刻画形象。如果剪裁不好,就会显得平板芜杂,如果话语缺乏表现力,就易走入概念化的圈子。

这两组民歌的魅力就在于:诗劳动化了,劳动诗化了。这里再次证明一个真理:劳动,不仅是艺术的起源,更是民歌永不枯竭的源泉。民歌的内容、技巧,都与生活有着血肉的联系。如果不是投身到第一线去劳动,对劳动的甘苦没有深切的感受,是写不出这样真情实感,意境清新,富有浓郁生活气息的民歌来的。

(原载《河南文艺》,1978 年第 10 期)

民族民间歌手座谈会花絮

中国少数民族　歌手真了不起

参加这次"歌手大会"的各族民间歌手、民间诗人代表在来京途中，一路上得到了国际友人的赞扬。

新疆代表是坐飞机来北京的，飞机行进在一万公尺的高空，窗外一片云海，好看极了。哈萨克歌手老阿肯苏尔坦·马吉提，心情万分激动，拿出冬不拉边弹边唱起来，歌声洒在祖国的万里晴空。同机的许多外宾发现了，又给他录音，又为他拍照；当得知他们是少数民族歌手时，纷纷要求他们唱歌。他们唱了一支又一支，一直唱到北京。外宾们热烈鼓掌，十分赞赏中国少数民族歌手的即兴歌唱才能。

云南、贵州的代表一下飞机就被澳中友协的外宾围了起来。外宾们被艳丽的民族服装所吸引，不断地说："太美了！太美了！"当知道他们都是歌手时，情绪更加热烈。歌手们载歌载舞，外宾们都抓紧在归国之前这千载难逢的机会，给中国歌手录音、照像、拍电影，高兴得不得了。有一位外宾感慨地说："中国少数民族歌手真了不起！"

生活里无歌没法活

"鸟儿离不开翅膀，藏胞离不开歌唱"，"酥油茶无盐没法喝，生活里无歌没法活"。出席"歌手大会"的四名藏族歌手热情地告诉我：我们一个是木匠，一个是铁匠，一个是牧民，一个是农民，别看我们来自四个专区，干的活不同，但劳动时都离不开歌。伐木时要唱，锯树时要唱，抬木头要喊号子，打铁时有打铁歌，放牧时有放牧歌，挤奶、打酥油、织地毯、收割、打场，一年四季都有歌。劳动伴着歌的节奏才能协调动作，才有气力，"四人帮"不许我们唱歌，劳动就没有劲，萎靡不振。

许多代表愤慨地说，有的领导思想僵化，总说我们唱歌妨碍生产，难道我们庄稼人不懂得干活的重要吗？什么时候春播，什么时候秋收，什么季节干什么活，我们了如指掌，最有发言权。至于为什么要唱歌，什么时候唱歌，唱什么歌，什么歌好，什么歌坏，我们了解得最透彻，掌握得最有分寸，为什么不多听听人民群众的意见呢？这些话，讲得多么通情达理呵！

这一口咬得好

广西代表告诉我们这样一个故事：有一位年轻的姑娘，她的未婚夫在中越边界自卫反击战中立了大功，凯旋归来，姑娘万分喜悦，乘车赶去迎接，情不自禁地唱起心爱的山歌。心中的歌儿献英雄。刚唱了几句，就遭到同车的一位县领导人的粗暴指责："不许唱风流歌。"姑娘据理驳斥，车上的群众都同情和支持姑娘的正义行动，使得这位县领导人哑口无言，十分难堪。可这位"大人"并不甘心，忽然发现姑娘腰间别有一个绣花的东西，像是抓住什么把柄似的，蛮横地一把抢过去嚷道："好哇，还有情帕！"姑娘说："你管不着！"说着就夺，几次都没成功，正巧车停了，姑娘急了，朝这位"县大人"手上咬了一口，抢回原物，跳下车扬长而去。等这位县大人大发雷霆要问罪时，只听"哐当"一声，车门关了，开走了。令人哭笑不得。

凡是听到这个故事的人都夸奖姑娘："这一口咬得好！"

政策落实了就好

参加这次"歌手大会"的代表，有的至今政策还没有在他们身上完全落实，有的是来开会之前才匆忙落实的。黑龙江省锡伯族65岁的农民诗人高凤阁就是一例。

高凤阁在旧社会当过学徒，卖过苦力，文化大革命前任过社主任、县剧院副院长、生产大队长等职。在文化大革命中，倍受林彪、"四人帮"一伙的迫害，被打成"走资派"、"反动资产阶级文人"、"现行反革命分子"，被开除党籍。老母被逼得要上吊，老伴吓傻了，儿子的对象也吹了，身心受到很大摧残，13年不敢动笔。这次来京开会前，他还在给文工团看大门，当临时工，工资也有三个月没发了。因为在十七年中，他创作的作品在本地区和全国都有一定影响。北京去的同志征求省里、县里的意见，想请他作为代表，参加"歌手大会"。县里得知后，十分惊讶，问是谁选的？怎么会选他？说是北京专门派了两位同志来请的。县里这才急了，连夜开会，一面赶紧给高落实政策，一面作出决定，委任高为县文化馆创作组组长。听说还专门请高吃了一顿饭，专门为高做了一套新衣服，专门派车陪送到哈尔滨，让高赴京开会。这件事在会上被人们当作新闻。但同志们都衷心地肯定了该县的做法，异口同声地说：只要落实了政策就好！

把仇恨记在林彪、"四人帮"的账上

民间诗人和民间文学工作者的关系犹如两兄弟，极为密切。谁知，在林彪、"四人帮"迫害下，竟有原来最要好的朋友一变成为仇人的。在这次"歌手大会"上，我听说这样一件事：

在内蒙代表队里，有两个要好的朋友：一位是民间诗人波·都古尔，一位是民间文学工作者白音那。文化大革命前，白音那在《草原》编辑部工作，经常下去组稿，动员波·都古尔写了不少深受广大牧民欢迎的诗篇，两人成了莫逆之交。"四害"横行时，内蒙是一个重灾区，民间歌手和民间文学工作者都遭到残酷的迫害，几乎无一幸免。波·都古尔被打成"反党文人"、"叛国分子"、"新内入党徒"、"×××反党叛国的吹鼓手"，扣上种种莫须有的罪名，惨遭打击，受过灌辣椒水等种种酷刑，筋骨被打断四根。白音那也挨了整，非常思念老友波·都古尔。1974年，白音那下乡专程去看望波·都古尔。不料一见面，波·都古尔二话没说，上去就是狠狠的几拳："你害得我好苦呵！要不是你让我写，我哪会遭这样的迫害！"白音那被揍得不知所以然，心里很难过，两人几天没有说话。后来互相了解到对方都挨过整，同样吃了不少苦头，才和好起来。把仇恨记在林彪、"四人帮"的账上。今天他俩肩并肩、手携手一起来北京参加"歌手大会"，心情是多么激动呵！相信他们在新长征中，在为"四化"放声歌唱中，定能做出更大的贡献。

我们都投他一票

正当周扬同志报告时，有位广西的同志递上去一个条子，请周扬同志谈谈民歌创作中歌颂与暴露的问题，说：现在颂歌发表得多，暴露的歌写得再好，也不敢发表。条子上举了一首民歌的例子，请周扬同志过目。周扬同志接过条子看了看说：有歌颂就有暴露，鲁迅不是说过有所爱必有所憎吗？毛主席《在延安文艺座谈会上的讲话》中关于歌颂与暴露的问题，讲得很清楚。这是辩证的统一。接着，周扬同志朗读了条子上那首民歌：

> 想起过去眼泪流，
> 亩产万斤假丰收，
> 肩膀当作天梯踩，
> 坟上建起升官楼。

问："这是谁写的？"答："一位壮族老歌手写的，大家都说好，一针见血地披露了林彪、'四人帮'时期虚报产量，搞假丰收，靠打砸抢坐直升飞机升官的罪恶。可是寄到一个编辑部，编辑不敢发表。"

周扬同志说："啊！我看写的不错，编辑不敢发表是胆子小。"我看可以发表，至少我投他一票。周扬同志又示意主席台上的文化部副部长周巍峙同志等，问他们的意见，他们都点了点头表示赞同。周扬同志笑着说："好！我们都投他一票！"

（原载《民族团结》总第103期，1979年第5期）

新诗与民歌

近来，诗坛出现了一个"怪"现象，一向处得亲热的新诗与民歌，忽然冷漠起来，关系变得很"僵"。我想，也许是物极必反的缘故吧！

前些年，把民歌抬得太高了，甚至强调到：发展新诗"唯一"的途径就是"走民歌的道路"。话说得太绝，路限得很窄，行之不畅，当然得不到人们的真心拥护和欢迎。不料这之后，又恰恰走向另一个极端：一提到民歌，就有人皱眉、摇头，似乎民歌挡了新诗的道。你看，有的给民歌戴上了"凝固"、"僵化"、"局限性很大"、"不能反映现代生活"的帽子；有的叫喊"新诗正是打破了这种基础的产物"；更有的不问青红皂白地把民歌和"浮夸风"、"共产风"、"假大空"、"瞒和骗"等画划上个等号，这些偏激的、否认民歌之词，当然更不得人心。现在是实事求是地探讨新诗与民歌的关系的时候了。

中国民歌，源远流长，不仅是最早的一种诗体，也是历代诗歌的源头、母亲，她的价值和作用客观地存在着，用不着谁吹捧，也不信谁诋毁得掉。随着时代的前进，民歌自身也在变化着，她不仅是"源"，也是流，永葆其青春的活力和魅力，并为各种诗歌形式的出现提供了发展的基础和条件。如四言、五言、七言诗，词、曲等等，都首先出现在民歌中，以后才被文人吸收发展成为各种新的诗体。正如鲁迅所说："歌、诗、词、曲，我以为原是民间物，文人取为己有"[1]，"旧文学衰颓时，因为摄取民间文学或外国文学而起一个新的转变，这例子是常见于文学史的。"[2]

---

1. 给姚克信 (1934)。
2. 《且介亭杂文·门外文谈》。

中国新诗，60 年来既受到外国诗歌的影响，也受到民歌的熏陶。早在"五四"最初的年代，新诗的先驱者们就作过一些借鉴民歌的尝试，进行过一些有益的活动，取得了可喜的成果。在鲁迅的倡导下，北大教授发起成立过歌谣研究会，创办了《歌谣》周刊，征集发表了不少民歌民谣，在诗坛起到一定的影响。郭沫若一直是采风的积极倡导者，早在 1920 年 2 月，正是他写《女神》的时候，就热切地"希望我们中国再生出个纂集《国风》的人物"[1]。他的诗歌创作大量吸收了中外民间文学的养料。

20 世纪 20 年代末期，连李金发这样热衷外国诗歌的人，也编过民歌集《岭东恋歌》。30 年代、40 年代、新中国成立后，民歌对新诗的发展都有所贡献，不能一笔抹煞。1958 年新民歌运动的兴起，主流、本质是好的，应作出公允的评价。人民群众的创造精神永远是不能否定的。诗人郭小川说："新民歌的惊人成就，不但征服千千万万的读者，也征服了即使最保守的诗人。"诗人贺敬之说："民歌一直是我所迷恋的，不可缺少的精神食粮。"这绝不是过誉之词。

新诗继续向前发展，总得在原有的基础上前进，继往开来，怎能会倒退到零，重新起步。新诗在发展中必然受到外界各方面的影响，包括吸收中外古今的精华养料，这是客观规律。不能凭个人好恶，有所偏废。新诗总要博采众长，兼收并蓄，融会贯通，才能发展自己。60 年来，特别是三十年来的实践证明，以往的确向外国诗歌学习不够，需要加强，大力引进；但同样不要强调到"唯一"的，甚至"全盘西化"的地步。新诗向民歌和向外国诗歌学习，完全没有矛盾。要"宽容"，既敢"求远"，更不"舍近"。令人深思的是，外国许多大诗人倒是很重视向民歌学习的。

必须指出，前些年提出新诗向民歌学习并没有错（只要不强调到"唯一"），实际也并非学过了头，走了弯路，相反地倒是没有踏踏实实地学好。新诗究竟向民歌学习什么？鲁迅称赞民歌"刚健，清新"，是包括内容和形式两个方面的。今天向民歌学习，立脚点是"发展新诗"，

1.《论诗三札》1920 年 2 月 16 日，《郭沫若文集》第十卷。

不是照搬、模仿。因此我认为，形式、格律、节奏、韵律是一方面；从"民"字着眼，反映"民心"，表达"民意"，植根于中国大地，要为中国老百姓喜闻乐见，又是一方面。内容、形式、风格是分不开的。就"形式"而言，民歌也不像某些人评头论足的那样仅仅是四句头、豆腐块，而是千姿百态、多种多样的：有格律严谨的，有比较自由的；有基本上五七言结构的，也有参差不齐长短句的；有押尾韵或头韵、腰韵的，也有不押韵的；有号称百万行的世界长诗（藏族史诗《格萨尔王传》），也有高度凝炼两句一首的短歌，特别是我国五十多个少数民族的诗歌宝库一座座被打开，更是绚丽多彩，美不胜收。遗憾的是，我们的诗人们、评论家们还很少去叩门。

在诗歌园地里，新诗和民歌的关系是割不断的，人为的鸿沟是无济于事的。民歌作为百花的一种，将与新诗一样长期并存，互相学习，互相促进，互相融化，各自发挥自己的特长；将来也能合流成为一批较定形的诗体，这个形成过程是漫长的，何必急于将诗歌的形式定于一尊呢？

1980 年 10 月 8 日于北京

（原载《海韵》第 3 集，1981 年）

为民歌恢复声誉

这几年，新诗交过倒霉的运，民歌更交着不佳的运。报刊上几乎不见民歌的影子，各级的出版社很少出民歌集，过去一些为民歌叫好的同志也不见吭声了，甚至有人把民歌和"浮夸风"、"假大空"、"瞒和骗"画上等号。这太不公道了。对民歌必须作出实事求是的评价，现在是大声疾呼为民歌伸张正义，恢复名声的时候了。

在我国历史上，劳动人民创作的民歌——"风"，文人创作的诗——"骚"，双峰并举，传为佳话，具有重要意义。而实际上，在劳动人民受剥削、受压迫的旧社会，"风""骚"及其作者并不是真正平等的。直到解放后，劳动人民当家做主，才真正进入"风""骚"并称的黄金时代。没有想到刚交好运，又碰上大难。

一次是1958年"大跃进"时期，民歌由红得发紫一下走向反面，由于"左"的干扰，违背民歌本身的发展规律，搞成运动，大轰大嗡，配合这，配合那，人人写，人人唱，放"卫星"，追数字，弄虚作假，怎么不遭灾？一次是十年浩劫时期，民歌又被利用成为林彪、"四人帮"大搞阴谋文艺的传声筒：评《水浒》，批"宋江"，抓"大儒"，斗"走资派"，反击"右倾翻案风"，等等，"江"字牌，"帮"字号的民歌充塞报刊、出版社，一个鼻孔，一个腔调，怎么不倒读者的胃口，不败坏民歌的声誉呢？

今天回顾这段历史，必须有一个公允的结论，不能功过不分，搅浑不清。怎样看待1958年的新民歌呢？"大跃进"的错误已有公论，然而人民群众热爱党、拥护党、坚决跟党走的信念和感情是可贵的，不能责怪的；人民群众的聪明才智，首创精神，改变"一穷二白"面貌的英雄气概，更是不能否定的。这和"瞎指挥"、"浮夸风"是两码事，不能把我们政策上的错误一股脑地加在民歌作者身上。劳动人民深受"浮夸风"、"共产风"之害，最懂得一亩地打多少粮食，怎么会尽写违心的民歌呢？实际上所谓"浮夸风"、"共产风"的民歌，并非都出自工农之手，更多的是基层干部，报刊编辑，赶浪头，"紧跟"，代雇杜撰出来的。好心干了蠢事，这教训是不少的。怎么看待十年浩劫时期的民歌呢？江青一伙一面咒骂民歌"下流"，到处禁歌；一面又掐出个小靳庄为"样板"，要诗歌围着她的旨意转。试问：当农业学大寨瞎指挥成风明明减产歉收时，有几个民歌作者愿意饿着肚子吹牛皮，说大话，高唱"丰收集"呢？当"四人帮"疯狂地鼓吹"小靳庄经验"时，又有几个农民甘心不种地，尽去写诗、唱戏呢，账还得算在林彪、"四人帮"的身上，决不能把"瞒和骗"、"假大空"的罪名加在上当受骗的劳动人民身上，加在民歌这种文学形式身上。

"饥者歌其食，劳者歌其事。"民歌，自古就有着现实主义传统。有"美"，有"刺"，有歌颂，也有暴露。皇帝老子也敢骂，老虎屁股也敢摸。真、善、美的东西，社会主义的光明面就是多嘛，为什么不歌颂呢？不怕人说是"歌德"，假、恶、丑的东西，社会主义的绊脚石，不正之风，就是要坚决扫掉，敢于批评、揭露，不怕人说是"缺德"。1958年的民歌就有"美"也有"刺"，像彭德怀同志采录的《故乡行》："谷撒地，薯叶枯。青壮炼铁去，收禾童与姑，来年日子怎么过？我为人民鼓与呼！"那样内容的民歌，下面有的是，只是当时"左"的东西风行，人们不敢公开唱，不敢搜集发表。十年浩劫中讽刺林彪、"四人帮"的歌谣如"语录不离手，万岁不离口，当面说好话，背后下毒手"等，也有的是，不胫而走，家喻户晓。这些真正表达民心的民歌，才是民歌的本色，主流，从来是与"吹牛皮"、"假大空"、"瞒和骗"水火不相容的，再不能让冒牌货，伪造品，鱼目混珠，玷污民歌的名声了！

（原载《国风》诗刊，总第 4 期，1982 年）

拜歌师
——访"山歌女王"陆阿妹

一

久闻歌师好名声，
一曲《五姑娘》天下惊；
今日专程来求教，
收我北京小学生。

二

分湖水，日夜流，
吴歌声声不断头，
唱罢《五姑娘》，又唱《赵圣关》，
好歌好曲传千秋。

三

芦墟美景观不尽，
好水好田好歌声，
祝愿歌师身健康，
吴歌唱到北京城。

四

江南吴歌美又多，
我背稻箩来装歌，
稻箩怎能装得下，
下回得用火车拖。

（原载《苏州报》1982 年 6 月 29 日
后转载《乡土》1982 年 8 月）

趣谈绕口令

绕口令，是我国民间文学中一种比较独特的语言艺术形式，它结构巧妙，诙谐有趣，富有音乐性，最适合口头唱诵，深受人民群众特别是孩子们的喜爱。绕口令，作为一种"令"，虽然篇幅短小，言简意明，它也有一般文学作品所具有的认识作用、教育作用、娱乐作用和审美作用。你看：

> 一二三四五六七，七六五四三二一，
> 七个阿姨来摘果，七个花篮手中提，
> 七个果子摆七样：
> 苹果、桃儿、石榴、柿子、李子、栗子、梨。

多么美好的一首儿歌，也是一首动听的绕口令，聪明的孩子一口气就能数下来，既帮助孩子们懂得七个数字，又让他们认识七种水果。

绕口令和一般文学作品不同的是，它有一个特殊的功能：能够帮助人们锻炼口才，矫正发音，提高说话能力。我们常见许多幼儿园的老师用它来作为训练孩子们口齿敏捷的教材，许多演员和播音员用它来作为练好口才基本功的工具。因此，不能小看它的价值。对它的搜集、研究、出版也不应忽略。

"语言是人们交际的工具"，学习语言非下苦功夫不可。绕口令在学习语言方面既然具有矫正发音部位、把话说得清楚的功能，还有一些什么特点呢？对此，前人很少论述。笔者粗浅地认为，绕口令的语言艺术特点和趣味可以用四个字来概括：一"绕"、二"拗"、三"咬"、四

"急"。这四个字是相互联系的，很难分割，有的绕口令字字均占，有的则只占一二。为了剖析其特征，现试分述于后：

"绕'，就是绕着弯子说话。本来几个字、一句话就能说明问题的，它偏要颠来倒去、绕几个弯子才算完。如：

一盆玫瑰两朵花，三位姑娘都要掐，

四喜胡同里五个小娃娃，

拿了六块七角棱砖打着八仙庙里九棵树上的十只大老鸹。

通过一个简单的情节，一口气把从"一"到"十"的十个数字都绕进去了。这比那首童蒙诗"一去二三里，烟村四五家，楼台六七座，八九十枝花"要活泼生动得多。

绕口令又叫"拗口令"。"拗"就是拗口，它是有意将若干双声、叠韵词汇或发音相同、相近、极易混淆的词汇集中在一起，组成简单有趣的韵语，成为一种"语音拗口的歌谣"。读起来虽然别扭，听起来别有风趣。若你说得好、没差错，证明你口齿伶俐，聪明；若你说错了，就会惹人发笑。如：

四是四，十是十，

十四是十四，四十是四十。

能够帮助人们辨别"四"（sì）、"是"（shì）、"十"（shí）三个发音极易混淆的字。为了让人们易于分清这几个字，有的在这首绕口令后添了一个口诀："要想说对四和十，得靠舌头和牙齿。谁说四十是戏习，谁的舌头没用力；谁说四十是事实，谁的舌头没伸直。要想说对常练习，十四、四十、四十四。"有的为了增加这首绕口令的乐趣，后面添了这样几句："谁说十四是四四，就罚谁十四；谁说四十是十十，就罚谁四十。"成了一种比赛胜负的游戏和娱乐。

这种拗口的绕口令，数量特多，都能帮助我们辨别一些相同、相近的字及其不同的声调。反复练习，对于锻炼口才，能够起到很大的功效。如：

童子用筒子打桐子，桐子落，童子乐。经常练习，可以帮助我们辨别"童"、"筒"、"桐"和"乐"、"落"等字之间不同的读音和含意。

在一首绕口令中，"绕口"和"拗口"，常常是合二而一、兼而有之的。正因为绕口、拗口，才使它产生特殊的艺术效果。

"咬"，民间叫做"咬嘴话"，就是紧紧地咬住几个关键的字、词和音不放，一贯到底。如："铁钉钉铁板，铁板钉铁钉，钉钉板，板钉钉。"钉来钉去，咬得多紧。再举一首《子字令》：

> 房子里有箱子，箱子里有匣子，
> 匣子里有盒子，盒子里有镯子；
> 镯子外有盒子，盒子外有匣子，
> 匣子外有箱子，箱子外有房子。

通过房子、箱子、匣子、盒子、镯子几件东西，一层层往里进，又一层层往外出，环环相扣，紧紧套住。又如许多关于"灯碰瓶，瓶碰盆"的绕口令，本来"墙上一根钉，钉上挂根绳，绳下吊个瓶，瓶下放盏灯，灯下有只盆"。几件东西各在其位，互相制约，是一个宁静、和平的环境。一旦一个环节脱了扣："掉下墙上钉，脱掉灯上绳，滑落绳下瓶，打碎瓶下灯，砸破灯下盆"。就整个乱了套，像发生了什么大事一样："瓶打灯，灯打盆，盆骂灯，灯骂瓶，钉怪绳，绳怪瓶，叮叮当当当当叮，乒乒乓乓乒乒乓"。多么诙谐有趣。

"急"，就是要求念得快，念慢了就失去口齿训练的作用和艺术趣味，所以又叫"急口令"。如前面所举的《七个阿姨来摘果》《一盆玫瑰两朵花》就是有代表性的数数式的急口令。这类学算数的急口令，数量也很多，以突出数字为主。有的并不怎么拗口，但要一口气数下来，也非一日之功。有的不但念起来拗口，同时还得有心算能力。结合游戏、比赛，更显得生动活泼，趣味无穷。如《青蛙跳水》："一只青蛙一张嘴，两只眼睛四条腿，扑通一声跳下水；两只青蛙两张嘴，四只眼睛八条腿，扑通、扑通跳下水；三只青蛙……"轮流往下数，看谁说得快、数得准、不卡壳。有一首教孩子数葫芦的绕口令，从"一个葫芦一个把一个蔓"数起，到"好汉一口气数了二十四个葫芦"，十分风趣。还有一首在福建流传很广的绕口令，题目就叫《学算数》，老人家教孩子们连算猫，学算数，从一只猫算起："一只猫头两只耳，一只猫尾四只脚。"接着算两只猫："两只猫头四只耳，两只猫尾八只脚。"这样以倍数类推，可算到几十只猫。有时，突然来一个"一百五十只猫头三百只耳"，有的孩子也能很快地回答出来。

从内容上看，绕口令题材广泛，包罗万象，涉及社会生活的各个方面。它来自民间，富有乡土气息。从结构上看，绕口令有一句式、对偶式、多句式三种。一句式如："楼上吊刀刀倒吊"，"门角里放着一大垛断短扁担"，虽然比起歌谣来，还没有一个完整的构思和主题思想，但却非常拗口，反复吟咏也是妙趣无穷的。对偶式数量极多，两句对仗，平行叠进；有的句式整齐，很像对联。如：

妈妈骑马马慢妈妈骂马，
妞妞轰牛牛扭妞妞拧牛。

有的后句略有变化。多句式则句子不固定，比较自由，但多成双成对，环环紧扣，步步深入，一韵到底，一气呵成。有的含意很深，耐人寻味，富有一定的思想教育意义。除了前面列举的《学算数》一类的绕口令外，有一类内容是比大小、比长短、比粗细、比黑白的，如"比眼圆"、"比腿粗"、"比谁种的瓜大"等。有的还有情节，如《乌鸦说猪黑》：

乌鸦站在黑猪背脊上说黑猪黑，
黑猪说乌鸦比黑猪还要黑，
乌鸦说它身比黑猪黑嘴不黑，
黑猪听罢笑得嘿！嘿！嘿！

多像一首寓言诗！这对那些专拿镜子照别人不照自己、张嘴爱说假话的人是个绝妙讽刺。又如《王婆卖瓜又卖花》：

> 王婆卖瓜又卖花，一边卖来一边夸，
>
> 又夸花，又夸瓜，夸瓜大，大夸花，
>
> 夸来夸去没人来理她。

这比，"王婆卖瓜自卖自夸"的俗语，要惟妙惟肖得多。还有一首《蛐蛐说大话》，嘲笑了一对蛐蛐吹牛皮，越吹越大，结果都被公鸡吃掉了，寓意深刻。

一般来说，传统的绕口令，经过民间长期流传，千锤百炼，艺术性比较强，表现在：选字严格，安排得体，结构巧妙，幽默风趣。但也有一些内容陈旧，有的不够健康，比较庸俗，有的还讽刺生理缺陷和捉弄人，已逐渐被淘汰。新的绕口令，长处是时代感强，结合现实紧，寓意较深刻，能够直接起到向人们传授知识，扩大眼界，对德、智、体进行美的教育作用。如：

> 照葫芦画瓢，照老虎画猫，
>
> 老虎不像老虎，猫不像猫，
>
> 葫芦不像葫芦，瓢不像瓢。
>
> 还是照虎画虎，照猫画猫，
>
> 照葫芦画葫芦，照瓢画瓢。

让人们分清"葫"与"虎"、"瓢"与"猫"之间的不同读音，并教育人们干什么事情都要调查研究、实事求是，不能想当然，瞎指挥。

新绕口令的不足之处是，往往注意了内容，忽略了艺术特点，有的段子太长，单字太多，近音字、同音字没能靠拢、集中，显得过于分散，缺少"拗口"的谐趣，这是需要进一步锤炼、提高，向民间传统的绕口令学习和借鉴的。

（原载《山海经》，1983年第2期）

中国歌谣学会筹备经过

改革的春风吹遍祖国各地，也使我们民间文学领域欣欣向荣，充满生气。

今天，是个大喜的日子，在我们中国民间文艺研究会第四次会员代表大会开幕的一天，中国歌谣学会和中国故事学会同时成立了。我受中国歌谣学会筹备组的委托，向到会的领导和同志们汇报一下我们学会的筹备经过。

成立中国歌谣学会，是我国各族民间诗人、歌手、歌谣研究者和爱好者长期以来的一个愿望和迫切要求。党的十一届三中全会以后，广大农村实行联产责任制，农民生活改善了，对文化生活的要求也越来越高了。人民群众不满意报刊上发表的晦涩难懂的古怪诗，他们要唱心中的歌，要写、要读反映民情的能够懂的诗。随着各地特别是少数民族歌节的恢复，山歌风起云涌般地唱开了，农民诗社雨后春笋般地建立起来，像大家熟悉的广西山歌学会，甘肃花儿学会，陕西王老九诗社、户县画乡诗社，湖北习久兰诗社等都已经活动好几年了，取得了可喜的成绩。他们多么希望有一个全国性的山歌组织和农民诗社，多么希望有一个专门发表歌谣的刊物啊！与此同时，广大歌谣研究者和爱好者也希望有这么一个专门的组织来推动歌谣的搜集和研究。他们常常提起早在60多年前"五四"新文化运动中，在我国最高学府北京大学就成立了一个歌谣研究会，还创办了一个《歌谣》周刊，发表了成千上万首歌谣和许多研究文章，在全国产生了很大影响，都表示一定要继承和发扬五四新文化运动。歌谣研究会的优良传统，接过当年《歌谣》周刊的火把，进一步把歌谣学运动开展起来。

1984 年 5 月，峨眉山全国民间文学理论著作选题座谈会上，中国神话学会成立了，当时就有很多同志提议成立其他各种门类的学会。同年 8 月我会在威海举办的读书会上和 10 月少数民族文学研究所在北京召开的文学史座谈会上，又有不少同志提出这个倡议。在座的广西壮族著名诗人、山歌大王，刘三姐歌剧主要执笔者黄勇刹同志最热心了，他不仅是歌谣学会的倡议者，也是发起者，对学会的筹备做了大量的工作。

鸟无头不飞，学会总得有一个领头。我和黄勇刹同志一起去向贺敬之同志汇报学会筹备情况，敬之同志在白忙中接见了我们，对我们成立歌谣学会非常关心，非常支持。我们请他当歌谣学会的名誉会长，他说，我是中国民间文艺研究会的会员，我很喜欢歌谣，只要民研会组织同意就挂个名吧。我们说学会成立后准备办一个小报，正在取名。敬之同志说《中国歌谣》好，并欣然为我们小报的刊头题了字。有了名誉会长，还得要会长呀！在酝酿中许多同志提到全国著名诗人张志民。张志民同志十分喜爱民歌，在创作中不断吸取民歌的养料，1984 年 1 月他为我们《民间文学论坛》写的那篇《我与民歌》的文章，在民间文学界和诗歌界都产生了一定影响，他最近的新作《"死不着"的后代们》完全是民谣体的，更受到了众口皆碑的赞赏。当我和黄勇刹同志登门拜访时，他正在病中，谁知一谈起民歌，竟忘记了病，也忘记了吃饭，在我们的要求下，他也同意当我们的会长了，真高兴呵！临走，他还非要黄勇刹同志把几首优美山歌抄给他。接着，我们又拜访了臧克家、田间、阮章竞、吕骥等，老一辈的诗人、音乐家都十分支持我们成立歌谣学会，欣然同意做学会的顾问，提出了很好的建议，并给我们的成立大会写了贺信。《人民文学》《诗刊》《词刊》《歌曲》等兄弟刊物听说我们将成立中国歌谣学会、创办《中国歌谣》报都十分高兴，纷纷发来了贺信、贺电。到了石家庄以后，我们就急于想拜访河北省委书记、我们久已慕名的前团中央书记、工人出身的诗人高占祥同志。今天上午，乘我们代表大会开幕前的间隙，我们见到了高占祥书记，请他做我们学会的顾问并出席我们成立大会。高书记高兴极了，可他的日程表早安排满了，的确有事，但在百忙中今天晚上他仍争取来参加了我们的成立大会。这对我们是莫大的鼓舞。刚才高书记的一席话，太精彩了，不仅道出了我们大家的心里话，也指明了我们歌谣学会的宗旨和任务。我们决不辜负领导和同志们对学会的殷切期望，决不辜负全国各族民间诗人、歌手、歌谣研究者、爱好者对学会的殷切期望，一定要把中国歌谣学会办好，并争取《中国歌谣》报早日创刊。

> 智慧来到人间
> 傣族歌手康朗甩
> 今年，是最光彩的一年，
> 今天，是最光彩的一天，
> 是歌手相聚的日子，
> 是智慧又来到人间。
> 天空繁星灿烂，
> 池里荷花鲜艳，
> 我唱一首歌，
> 送给歌谣学会成立作纪念，
> 愿各民族的歌谣长流，
> 像江河一样滔滔向前！

（原载《中国歌谣学会成立大会·纪念册》，1984 年 11 月）

歌谣缘起的动因与中介

一、关于歌谣缘起的种种动因

多年来，在我国学术界，艺术起源于劳动，民间文学起源于劳动，似乎已成定论。近年来，随着学术思想的空前活跃，已有人对此问题提出疑义。[1]真理愈辩愈明，愈辩愈完善，学术问题只有通过探讨与争鸣，才能提高认识，得到发展。

歌谣，是最古的诗，最古的艺术，探讨歌谣的起源，必然联系到艺术的起源。关于艺术缘起的动因，古今中外的学者们仁者见仁，智者见智，众说纷纭，除了艺术起源于劳动之说外，大致还有以下一些说法，如：游戏说、摹仿说、巫术说、宗教说、天性说、梦幻说、语病说、灵感说、性欲说、美欲说、感情表达说、功利说、精力过剩说、能动说等等，名目繁多，其中有的说法是派生出来的和互相交叉的，不能一一介绍。现就其中与民间歌谣关系密切者分述于后：

（一）摹仿说。与天性说、本能说有关联。先看亚里士多德在《诗

---

1. 姜庆国《"艺术起源劳动"说质疑》（《复旦大学学报》1982.3）、肖瑟《民间文学探源》（浙江《民间文学研究文集》）、黄惠焜《祭坛就是文坛》（《云南少数民族文学论集》第一集）、肖兵《艺术起源于人的能动性》（《文艺研究》1982年第6期）、李景江《歌谣的起源和发展》（《民族文学研究》1985.3），章启群《亚里士多德艺术起源说新论》（《文史哲》1985.3）等，拙稿参考了以上诸文，谨记。

学》第四章中的一段话：

一般说来，诗的起源仿佛有两个原因，都是出于人的天性。

人从孩提的时候起就有摹仿的本能（人和禽兽的分别之一，就在于人最善于摹仿，他们最初的知识就是从摹仿得来的），人对于摹仿的作品总是感到快感。……摹仿出于我们的天性，而音调感和节奏感（至于"韵文"则显然是节奏的段落）也是出于我们的天性，起初那些天生最富于这种资质的人，使它一步步发展，后来就由临时口占而作出了诗歌。

西方学者历来将亚氏的学说概括为最古老的"摹仿说"，我国"五四"以来学界也多沿袭此说。这是不全面的。因为亚氏在谈到摹仿的本能时，同时还谈到了"音调感和节奏感"是诗的起源的两个原因之一。此点很重要，下面将专门论述。

德谟克利特认为"从天鹅和黄莺等歌唱的鸟学会了唱歌"。无独有偶，这种童话般的摹仿说，在我国云南傣族地区近年发现的一部 360 多年前的理论著作《论傣族诗歌》[1] 中也有相同的看法。作者祜巴勐当过 32 年的和尚，虽出身佛门，但确是一位学问渊博的诗人和学者，他在诗歌起源等许多问题上都有独到的见解。在谈到"摹仿说"时，他首先给我们讲了两则非常动听的传说：一则是一位聪明的姑娘，从山泉流淌声中学会了歌调；一则是一位少女从诺戛兰托鸟的叫声中学会了歌调。她们都是傣族歌调的发明者。祜巴勐说：

我们的傣歌，正是按照水流声和诺戛兰托鸟的叫声而成歌调的。所以自古以来，傣歌总是清脆高低、缠绵柔软、婉转动听，波浪式的前进。

这就是说，傣族歌调的产生，也和语言和诗歌的产生一样，是来自人类大自然通过物质的媒介而产生的，都是遵循着眼见、感觉而后过渡到头脑活动而抒发出来。

这种看法和分析并非凭空而来，带有朴素的唯物主义成分，有一定的科学道理。

著名的德国艺术史家格罗塞（Ernst Grosse）在《艺术的起源》一书中谈到摹仿也有一段精辟的论述：

---

1. 原是手抄本，本文所引见中国民间文艺出版社（云南版）1981 年。

摹仿的冲动实在是人类一种普遍的特性，只是在所有发展的阶段上并不能保持同样的势力罢了。在最低级文化阶段上，全社会的人员几乎都不能抵抗这种模仿冲动的势力。但是社会上各分子间的差异与文化的进步增加得愈大，这种势力就变为愈小，到文化程度最高的人则极力保持他自己的个性了。因此，在原始部落里占据重要地位的摹拟……就逐渐逐渐地没落了，仅在儿童世界里留得了一席之地，在这个世界里原始人类是永远地在重生的。[1] 在这里，格罗塞不仅强调了摹仿欲是人类的一种普遍的特性，也指出了摹仿欲逐渐衰弱的趋向。今天，人们对于摹仿说的态度较之以前的确大为冷落了，因为它对于原始艺术的解释毕竟是有限的。摹仿对于原始艺术来说，尽管是必不可少的手段，然而创作冲动很难仅仅归之于摹仿的本能和天性。

（二）宗教说。此说和巫术说关系密切。中外主此说者有不少言论。如黑格尔在《美学》第二卷中说："从客体对象方面来看，艺术的起源与宗教的联系最密切……在宗教里呈现于人类意识的是绝对……这种绝对最初展现为自然现象。从自然现象中，人隐约窥见绝对，于是就用自然事物的形式来把绝对变成可参照的。这种企图就是最早的艺术起源。"厨川白村在《苦闷的象征》中说"在原始时代的宗教的祭仪和文艺的关系，诚然是姐妹，是兄弟。所谓'一切的艺术，生于宗教的祭坛'这句话的意思，也就可以明白了。"

早在19世纪英国著名的人类学家爱德华·泰勒（Edwad Tyloy），在他的《原始文化》一书中就提出了文学艺术起源于巫术论，即所谓"交感巫术"。弗雷泽（Fyazev）在他的名著《金枝》中也说："从很早的时候起，人类就忙于追求究竟凭借什么样的法则才能使自然现象的规律去服从自己的利益。"为了达到控制自然的目的，先民们就用巫术（包括咒语、头发、指甲以及许多变幻的法术）为武器，对付自然和敌人。这种巫术在许多古老的民间文学作品中都得到反映。

在我国，上古之时，先民们的宗教观念是表现得非常明显的。《礼记·表记篇》云："殷人尊神，率民以事神，先鬼而后礼。周人尊礼尚

---

1. 格罗塞：《艺术的起源》，商务印书馆出版，1984年10月，第167页。

施，事鬼敬神而远之。"当时巫风极为盛行，政治、学术、宗教集于巫官一身。《尚书》言"恒舞于宫，酣歌于室，时谓巫风"。《国蘑·楚语》云"在男曰觋，在女曰巫"。男觋女巫是担任沟通人神意志的职务，实际上就是以歌舞娱神为职业者。古代诗、乐、舞三位一体，舞必合歌，歌必合辞，这便是诗歌的发端。刘师培在《文学出于巫祝之官说》中说："韵语之文，虽非一体，综其大要，恒由祀礼而生。"鲁迅在《中国小说的历史的变迁》中也曾说过："诗歌起源于劳动和宗教。……原始氏族，对于神明，渐因畏惧而生敬仰，于是歌颂其威灵，赞叹其功烈，也就成了诗歌的起源。"

近年来，有的学者根据我国少数民族的实际情况，对文艺源于宗教说又作了新的发挥。认为"坛祭就是文坛"，"原始宗教不只是原始文学的武库，而且也是它的土壤。正是原始宗教给了原始文学以思想，以灵魂，以活动的舞台，并且给它准备和培养了从事文化活动的精神首领——巫师兼歌手。"原始文学与原始宗教之间"存在着某种渊源的关系"。并举出大量事例证明"原始宗教思想即原始文学思想，原始宗教活动即原始文学活动，尤其证明：原始巫师即原始歌手。""诗歌的起源也不例外"。[1]

上述各种主张，均有独到的见解，尽管没能取得一致的意见，但通过争论与探讨，对推动学术研究无疑是大有好处的。限于篇幅，这里不再一一作详细介绍，仅就笔者的初步看法阐述于后。

二、"劳动起源说"是主要的，但不是唯一的因素

自从恩格斯在1873年提出具有深远意义的论断："劳动创造了人本身"，劳动使手变得自由，使思维器官发达，使表达意识感情的工具——语言得以产生，使高度完善的手"仿佛凭着魔力似的产生的拉斐尔的绘画、托尔瓦德森的雕刻以及帕格尼尼的音乐"之后，文艺源于劳动说便成为许多学者公认的主张。人，首要的问题是生存、活命；人类为了生

---

1. 黄惠焜：《祭坛就是文坛》一文。《云南少数民族文学论集》第一集，中国民间文艺出版社（云南版）1982年，第23至37页。

存、活命，唯一的或者说最重要的手段是生产劳动，特别是在生产力极端低下的原始社会，劳动几乎占去了人们的全部精力和时间，成为人类社会生活的最基本、最主要的内容，它必然反映在最早出现的艺术形式（包括诗歌）中，成为艺术产生的主要源泉。人类最早的意识形态和任何精神生产，都是和劳动生产分不开的。这是总体上的观察和基础认识，是最根本的和丝毫也不能怀疑的。

但是，我们认为，劳动尽管是文艺起源的主要因素，但不是唯一的，理由是：

（一）原始人类的生活绝不可能简单到仅仅只有"劳动"二字。劳动作为原始人类求生存的一种手段，对促进人类发展起了重大作用，但我们只能说劳动是原始人类生活的重要部分，怎能说它是原始人类生活的全部呢？恩格斯在那篇著名论著《劳动在从猿到人转变过程中的作用》中讲到"劳动创造了人本身"那段很重要的话时，全文是这样的：由于劳动"是整个人类生活的第一个基本条件……以致我们在某种意义上不得不说劳动创造了人本身"。过去我们在引用时往往只截取那后半段，忽略了前半段，而整段话对我们全面认识劳动与人类生活的关系很有帮助。我的理解是，恩格斯所说的"某种意义上"，是个限制词，指的就是劳动是人类生活的"第一个基本条件"，既强调了劳动的重要作用，又说明了劳动并非人类生活的全部，人类生活除了第一个基本条件外，必然还有第二个、第三个，甚至更多的条件。如果我们只强调"第一个基本条件"，那就正如涅托希文在《艺术概论》中所说的那样："也许我们只能得到问题必要结果的一半"。

原始人类的生活究竟有多少内容呢？人类的机能不光是劳动。马克思在《1884年经济学——哲学手稿》中说："诚然，饮食、男女等等也是真正的人类机能。"由此可以推想，原始人类生活还是多方面的，主要是由生存、繁殖、娱乐三方面组成的。我们的人类祖先，随着生产力的发展，大脑的发达，精神世界也是多方面的，绝对不同于一个机械的劳动工具。除了劳动生产、吃喝穿住外，还有繁衍后代、婚丧习俗、爱情生活、宗教信仰，以及在饮食、男女满足之后，搞一些歌舞娱乐活动；也还会有部落间的争夺和战争，等等。这一切都来源于原始人类的社会实践。它们不仅是原始人类生活的组成部分，而且也一一反映在原始艺术中。马克思主义学者认为，一切文学艺术是一定社会生活在人类头脑中的反映，"作为观念形态的文艺作品，都是一定的社会生活在人类头脑中的反映的产物"[1]。因此，我们认为，民间歌谣和一切文学艺术一样，不仅仅起源于劳动，而且起源于人类社会生活的全部实践。

（二）从我们今天可以见到的出土文物、历史文献和口头流传的歌谣作品考察，也可以提出有力的佐证：劳动并非是唯一的源泉。

甲骨文中的卜辞，可算是最早和比较可靠的研究资料了。大量卜辞反映了古代人类在社会生活方面的各种愿望，并非仅仅是劳动。《易经》是我国古老的占卜文献，从卦爻中，也可以窥见当时多种多样的社会生活。如："屯如邅如，乘马班如。匪寇，婚媾。"（屯，六二）"贲如皤如，白马翰如。匪寇，婚媾。"（贲，六四）"乘马班如，泣血涟如。"（屯，上六）多么生动的小诗，真实地反映了古代社会抢婚的情景。又如"明夷于飞，垂其翼。君子于行，三日不食。"（明夷·初九）描写的是行旅之苦。

《吕氏春秋·古乐篇》说："昔葛天氏之乐三人操牛尾投足以歌八阕"，反映了古人操牛尾，以手执杖击拍，以足尖踏地合节，尽情歌舞的动人场面。这虽是一种传说，可以看出无文字以前初民的风谣，其语言（辞）、音乐（调）、动作（容）三种要素混合的关系。可惜，没有留下详细唱词。但从"八阕"的名目看：一曰《载民》，二曰《玄鸟》，三曰《遂草木》，四曰《奋五谷》，五曰《敬天常》，六曰《建地功》，七曰《依地德》，八曰《总禽兽》。很合乎初民的思想。初民最感到神秘和惊骇的，就是对于自然界的敬仰和畏惧；当然他们也希冀"遂草木"、"奋五谷"的事情。

有的学者将散见于汉古文献中的古歌谣，一一提出，排列成表，进行考察[2]：

神农时代：《蜡辞》（《礼记》）

黄帝时代：《弹歌》（《吴越春秋》）

《有焱氏颂》（《庄子》）

---

1. 毛泽东：《在延安文艺座谈会上的讲话》。
2. 转引自肖甄：《民间文学探源》。

　　　　　　　　《游海诗》(《拾遗记》)

少吴时代 :《皇娥歌》(《拾遗记》)

　　　　　　　　《白帝子歌》(《拾遗记》)

唐尧时代 :《击壤歌》(《论赞》)

　　　　　　　　《康衢童谣》(《列子》)

虞帝时代 :《卿云歌》(《尚书》)

　　　　　　　　《南风歌》(《家语》)

　　　　　　　　《虞帝歌》(《尚书》)

夏　　　代 :《涂山歌》(《吴越春秋》)

　　　　　　　　《五子歌》(《尚书》)

　　　　　　　　《夏人歌》(《韩诗外传》)

　　　　　　　　《夏谚》(《尚书》)

商　　　代 :《盘铭》(《札记》)

　　　　　　　　《桑林祷词》(《荀子》)

　　　　　　　　《商铭》(《国语》)

　　毋庸讳言,这些古歌谣就其辞句看,很可能出于后人的追忆或伪托,其历史年代的排列也不一定准确,但就其反映的内容看还是比较真实的,可供研究参考。其中,仅有《弹歌》:"断竹,续竹,飞土,逐肉。"一首与劳动有关,描绘了狩猎情景,其余反映的都是各方面的社会生活。

　　从我国最早的一部诗歌总集《诗经》看,共辑录 160 篇歌谣,占《诗经》305 篇的 25%。其中,内容反映生产劳动的为数也很少,反映其他方面生活内容的却相当广泛,包括宗教、婚姻、爱情、徭役剥削等各个方面,而以涉及爱情、婚姻的最多,约占全部国风的 80% 以上。为什么反映劳动的如此之少,反映其他方面的又如此之多呢?尽管这有多种原因,这里不能细述,但也从侧面说明歌谣的缘起不仅仅来源于劳动生活。

　　(三)今天,我们决不能以文艺主要起源于劳动这个基本认识为满足。对于古今中外有关文艺起源的种种学说不能采取完全回避和排斥的态度,只要有可取之处就应该加以研究,善于吸收。比如鲁迅在谈到诗歌的起源时,既提到"劳动",同时又提到"宗教",过去不少论著在引用鲁迅的观点时，只强调了前者而无缘无故地取消了后者，这样做是不够妥当的。"文艺主要起源于劳动"，是最高层次的认识，它比较原则笼统，应该有其具体的、特殊的、更深层次的东西。

列宁曾经说过："要真正地认识事物，就必须把握、研究它的一切方面、一切联系和'中介'。"[1]这虽然指的是观察社会现象，对于我们探讨艺术的起源也很有启发。我们有没有必要深入到更深层次去解剖一下劳动与歌谣以及劳动与整个文学艺术之间的"中介"呢？探讨一下人类的实践本身究竟怎么具体产生艺术活动的呢？要不要从心理学、发生学等多角度或从方法论上借用自然科学的研究方法把我们的研究深入一步呢？我认为，这都是很有必要，大有好处的。我们是马克思主义者，马克思主义的历史告诉我们，"唯物辩证法不是一诞生就完善、就封闭，而是随着自然科学、社会科学和社会实践的发展不断地加深着层次、开拓着内涵、改变着形式。"[2]马克思主义是发展的，学术研究就怕凝固、僵化、保守，只有勇于探索，才能前进。

在众多的学派中，每一种理论一般都具有坚实的论据，在某一方面有它的独到之处，在另一方面又不可避免地有它的片面性或局限性。从现在关于原始艺术起源的研究现象来看，不仅各种学说观点之间有互相融合、互相补充的趋势，而且每一种学说本身包含的思想也是多方面的：有主要因素，也有次要因素；有恩格斯所讲的"第一个基本条件"，也有次要条件。前面提到的亚里士多德关于诗歌起源的"两种因素"说，就给我们很多启示。我们看到，格罗塞的学说中杂有功利说和审美说的因素；毕歇尔说过原始舞蹈无非是一定生产动作的有意摹仿，却又说原始劳动"不论在形式上和内容上都接近游戏"[3]。席勒和斯宾塞的游戏论中明显地有摹仿的内容。卢卡契的观点基本上属巫术说，但他认为："劳动所形成的社会内容是推动审美形成和从巫术中分化出去的主要因素，摹仿

---

1. 列宁：《再论工会，目前局势及托洛茨基和布哈林的错误》，《列宁选集》第四卷，人民出版社，第453页。

2. 李准、丁振海：《马克思主义和文艺理论新方法的探索》，《光明日报》1985年10月31日。

3. 《原始文化史纲》中译本，第181至182页。

和激发造成了审美反映方式的主要基础，巫术活动在审美形成机制中只起了一种'中介'作用。"[1]

当代美国著名的史前考古学家亚历山大·马沙克认为："由考古学家们所提出的任何一种单独的理论都无法解释多样而复杂的艺术和符号的起源和意义。"[2]普列汉诺夫也认为："人类的进步并不是这样简单，也不是这样公式化，以致一切民族的进展都服从于同一规律。"[3]卢卡契说得更果断："人类的审美活动不可能由唯一的一个来源发展而成，它是逐渐的历史发展综合形成的结果。"[4]各门艺术都有自身的特殊性，说明了各门艺术的起源也不可能是一种因素决定的。因此，在探讨作为艺术整体的人类艺术起源时，对各个部门艺术（包括歌谣）的具体起源问题作出具体的研究、回答，是一项必不可少的工作。

三、节奏感、音乐感在歌谣起源中的"中介"作用

普列汉诺夫在《论"经济因素"》一文中说："应该记住，决不是'上层建筑'的一切部分都是直接从经济基础中成长起来的。艺术同经济基础只是间接的发生关系的。因此，在讨论艺术时，必须考虑中间环节。"[5]这话说得多有见地啊！我们探讨歌谣起源的具体过程，就必须找到它的中间环节。

上古之时，诗、乐、舞三位一体。我认为，歌谣的最初形式同音乐、舞蹈一样，其间起着重要"中介"作用的是节奏感、音乐感。古人云："诗言其志也，歌咏其声也，舞动其容也，三者本于心，然后乐器从之。"（《乐记》）"在心为志，发言为诗，情动于中而形于言，言之不足故嗟叹之，嗟叹之不足，故永歌之，永歌之不足，不知手之舞之足之蹈之也。"（《毛诗序》）这"本于心"、"动于中"，指的就是"中介"，即中间环节。

1.《美学》第 4 期，第 215 页。

2. 朱狄：《艺术的起源》，第 170 页。

3.《论艺术》，第 95 页。

4.《美学》第 4 期，第 215 页。

5.《普列汉诺夫哲学著作选集》第二卷，第 322 页。

瑞士心理学家和哲学家皮亚杰在《发生认识论原理·引言》中也强调指出："客体只是通过这些内部结构的中介作用才被认识的。"

　　格罗塞综合了大量的现代澳洲原始部落的活动资料，通过考察原始民族舞蹈、诗歌、音乐，他认为节奏是"原始民族的特殊感情，在他们的跳舞里，他们首先注意动作之严格的合节奏的规律。……这种节奏的享乐无疑深深地盘踞在人体组织中。……正像斯宾塞所正确观察的，每一个比较强烈的感情的兴奋，都由身体的节奏动作表现出来。"[1]"原始民族用以咏叹他们的悲伤和喜悦的歌谣，通常也不过是用节奏的规律和重复等等最简单的审美的形式作这种简单的表现而已。"如菩托库多人在黄昏以后将日间所遇的事情信口咏唱的歌谣：

> 今天我们有过一次好狩猎；
>
> 我们打死了一只野猪；
>
> 我们现在有吃了；
>
> 肉的味儿好，
>
> 浓酒的味也好。

　　"他们把这些短短的歌辞，每句吟成节奏，反复吟咏不止。"[2]

　　"每一个原始的抒情诗人，同时也是一个曲调的作者，每一首原始的诗，不仅是诗的作品；也是音乐的作品。对于诗的作者，诗歌的辞句虽则有它自身的意义，然而对于其他的人们，在很多的地方，都以为辞句不过是曲调的荷负者而已。""在一切科罗薄莉舞的歌曲中，为了要变更和维持节奏，他们甚至将辞句重复转变到毫无意义。""在他们的诗歌中，一切东西——甚至意义——都要迁就节奏"。[3]

　　普列汉诺夫根据马克思主义的基本原理，对艺术起源问题也作过较为细致的考察，他发现，对于一切原始民族来说，"节奏具有真正巨大的意义"。对于节奏的敏感，是原始人类在长期的生产斗争中形成的"心理

1.《艺术的起源》，第166页。

2.《艺术的起源》，第176至177页。

3.《艺术的起源》，第188至189页。

和生理本性的基本特质之一"。"在原始部落里，每种劳动都有自己的歌，歌的拍子总是十分精确地适应于这种劳动所特有的生产动作的节奏。"[1]

德国美学大师玛克思·德索也认为"只有把节奏形式看作是已被固定下来并使它能长久存在，艺术方能开始。"[2]

除节奏外，原始民族对音调也有着特殊的敏感。格罗塞在《艺术的起源》中还这样说过："斯托克斯自夸其随伴土人中有一个名叫妙哥的，说，只要有一个题目触动了他的诗的想象，他就非常容易而且迅速地作出歌来。但是这种吟咏的天才，并不是某个人物的特殊秉赋，却是所有澳洲人共有的才能。至于某种特殊的诗歌能博得特殊的令誉，并不是因为有诗的价值，却是为了有音乐的价直。"[3]

这种节奏感、音乐感与诗歌的关系，直到我国春秋时期集成的诗歌总集《诗经》中，还有鲜明的痕迹。例如《周南·芣苢》：

采采芣苢，薄言采之。

采采芣苢，薄言有之。

采采芣苢，薄言掇之。

采采芣苢，薄言捋之。

采采芣苢，薄言袺之。

采采芣苢，薄言襭之。

这篇歌谣，像是脱口而出，把妇女采集芣苢（车前草）的劳动生活写得韵味十足。全诗回环往复唱了三遍。只是将末句的"采"字换成"有"、"掇"、"捋"、"袺"、"襭"诸字而已。可以说，整首诗没有包含多少思想内容，只是在对劳动动作的反复咏叹中，表现出一种轻松愉快的情绪。这里，除了节奏、韵律和它的回环复沓产生的旋律以外，内容则所剩无几。西方搜集歌谣最早的学者赫尔德也说："歌谣最本质的特点不在词句，而在它的音乐，还有舞蹈的成分。"今天，在我国许多民族的劳

1.《论艺术》，第34至35页。

2. 朱狄：《艺术的起源》，第112页。

3.《艺术的起源》，第210页。

动号子中，这种音乐、舞蹈的节奏感，还表现得十分明显，即使在一般的歌谣中，也深藏着这种血型和因子。

由以上论述，我们至少可以这样说，原始歌谣的产生，是与原始人的节奏和音调的感觉有着直接的关系。节奏感和音调感是歌谣缘起的"中介"。中外学者对于原始人的这种节奏感和音乐感的形成，论述也是很多的。卢卡契说得好，这不仅有生物学的因素，也有着社会活动的属性。这种看法是比较公允的。

原始人的生产活动，逐渐培养了人对于节奏和音调的特殊感觉。在这里，客体的自然的节奏、音调，像日月星辰的周期，昼夜的更替，季节的递变，光、热、声的传播，以至鹰在空中的盘旋，风吹树枝的摇摆，江河湖海的波浪起伏，植物的增长变化等，都是不可忽视的外因；主体的内在的节奏、音调，像心脏的跳动，血液之循环，感情的弛张，呼吸的缓急等等，都是重要的内因。人身体内的节奏、音调，虽然见不着，不太容易意识到，但对人的整个行为是有很大影响的。

毛泽东同志在《矛盾论》中指出："事物发展的根本原因，不是在事物的外部而是在事物的内部……一事物和他事物的互相联系和互相影响则是事物发展的第二位的原因——唯物辩证法认为外因是变化的条件，内因是变化的根据，外因通过内因起作用。"在人体内的这种音调感和节奏感的基础上，人们自然发出一道与一定外在活动合拍的声音，这便是最初形态的诗歌。

1615年，祜巴勐在他写的《论傣族诗歌》一书中，就生动地描绘了歌谣缘起的动因与过程，他说，当人类还处在：

"从吃栗子、果子时期，走向吃麂子和马鹿肉的时期。在这个时期里，我们天天走进森林，觅食充饥。在手脚不停地拣栗子、果子吃的时候，往往会遇到脚手被刺刺伤，从树上摔下来，或者从悬岩上滚死等情况。受到这样的挫折和不幸时，就会发出呻吟、哀鸣的哭声；有时也比较顺利，拣到的果子多，吃得饱，大家就兴高采烈，拍脚拍手，又喊又笑；在打猎的时候，有时会遭到虎咬熊抓、野猪闯、毒蛇咬，受难者就会发出寒心的呻吟哭喊：'疼啊疼''苦啊苦！'大家害怕，也会惊恐呼叫：'害怕啊害怕！''当有顺利的时候，打死了老虎和马鹿，大家就高高兴兴，笑啊笑，跳啊跳的，不住地喊叫：真得的多啊，够我们饱饱吃，啾！啾！啾'有时为了抬老虎或抬树，为了出力大家一齐喊：'嘿哟，嘿哟！优！'于是，全身就有使不完的力气，直到今天我们抬木料盖房子，一路上都喊：'赛罗！优！'这是因为它是力量的声音。这种悲哀和欢乐，发自人们的心田里，这种'发自'是劳动产生思想的过程，思想则又产生语言。从心底出来的语言最美。天长日久，这种悲哀和欢乐的情调，自然地成了人们的口头流传语，逐步演变成了歌。以后在抬虎抬树时，不仅肩抬的众者喊，就是欢迎和随从的才人、小孩、妇女都一齐呼喊，成了全民性的音乐，于是就产生了歌谣。"

这也就是汉刘安《淮南子·道应篇》中所说的"今夫举大木者，前呼'邪许'，后亦应之，此举重劝力之歌也。"也就是鲁迅引早的"杭育杭育派"。开始，这一切不过是外在实践活动的需要，渐渐地人们对外在自然的节奏和音调的感觉增添了审判意识，又与心脉搏的跳动共鸣，于是便出现了脱离直接生产实践活动的原始诗歌活动。当然这在历史上不知道要经过多么漫长的阶段和包容多少复杂的因素才能实现。

总之，歌谣缘起的动因与中介是一个自觉的复杂的问题。由于在今天的文学作品中，歌谣是保留音乐感、节奏感最强的韵文作品了，即使不押韵的诗歌，在字里行间也保留有节奏，否则就不成为诗歌。而这个带有音乐、舞蹈的节奏感，可以说是原始人类在社会实践与诗歌之间架起的第一座桥梁（即：中介），没有"中介"，也难成立。这种音乐舞蹈节奏感，正是我们追溯歌谣缘起奥秘的一把重要的钥匙。本文仅仅是一个粗浅的初步的探索，更深更成熟的认识，还需进一步考察，并结合生理学、心理学、发生学等学科，进行综合的、整体的、多角度、多层次的研究。

歌节的源起与发展是一个很复杂、很有意义的问题，这里仅仅是一个初步的探索，更深入的论述，有待今后进一步的调查研究。

（原载《民间文学论坛》1986 年第 2 期）

歌谣学与民俗学

在民族文学研究中，歌谣与民俗的关系，歌谣学与民俗学的相互印证作用，都是重要的研究课题，既有理论意义，又有实践意义。本文仅就近年来初学所得，谈点粗浅的体会，以就教于专家们。

一、歌谣与民俗是一对孪生姐妹

歌谣与民俗，关系极为密切，尤其在少数民族地区，它们都与人民生活血肉相连，本身就是人民生活的有机组成部分。如果把人民生活比作母亲的话，歌谣与民俗则如一对孪生姐妹，她们同一血缘，形影不离；你中有我，我中有你。

人，从生到死，都离不开歌。正如哈萨克族一句谣谚说的：“你伴随着歌声躺进摇篮，也伴随着歌声离开人间。”人，从生到死，也离不开风俗。从诞生，经过冠礼、婚礼、寿礼，直至逝世后的丧礼，在民间形成了一连串的仪式和习俗惯例。几乎每一种民俗事象，都伴有相应的歌；每一种歌，都反映一定的民俗事象。有的歌，就是民俗事象的躯体和灵魂；抽掉了歌，民俗活动就不存在了。如纳西族的《打稗子歌》，高山族、黎族的《杵歌》，景颇族的《舂米歌》，以及各民族的号子、夯歌等大量伴随劳动生产的歌，“歌的拍子总是十分精确地适用于这种劳动所特有的生产动作的节奏。”（普列汉诺夫语）歌声一起，劳动就开始了；歌声一落，劳动也就停止。“歌”与“俗”搀和在一起，把人民的生活装点得五彩缤纷，有声有色。

歌谣，是一面镜子，全面深刻地反映了一个民族的社会历史、时代习俗和风土人情，表达了人民的思想感情、艺术趣味和美学理想。民俗，是一个窗口，通过这个窗口可以窥见一个民族在不同历史阶段的社会政治结构、生产和生活方式，居住习惯和建筑艺术，以及服饰、饮食、人生仪礼、婚姻丧葬、宗教信仰、喜好禁忌等。一个"镜子"，一个"窗口"，具有共同的性质、共同的对象、共同的作用。一切歌谣创作，都是离不开当地人类共同体的风俗、习惯和衣食住行等生活方式的。一切民间风俗，既存在于实际生活中，又广泛反映在民间歌谣中，借助生动形象的口头韵语予以传承。如傣族古歌谣《叫人歌》《关门歌》，反映了原始先民与豺狼虎豹为邻，靠采食野果为生的情景，叫人们注意防备野兽的侵害。壮族春节舞春牛时唱的传统《春牛歌》，就是祈求神灵保佑，免除灾害，盼望人畜太平、五谷丰登的祷辞，保留了壮族远古的遗风和民族性格，民族心理。瑶族的"石牌话"，苗族的"理词"，侗族的"款词"，则是一种具有特殊功能的歌，反映了这些民族古朴的道德规范和社会生活的基本准则，上面用歌谣形式固定下来的条文，都是祖先根据群众的意愿制定的，具有法律的作用，约束着人们的行为，是排解纠纷、处理事端的依据，特别是在一些没有文字的少数民族中，歌谣几乎记载了他们的全部历史、文化和社会风情，堪称他们的"百科全书"。正如拉法格所说的："这种出处不明，全凭口传的诗歌，乃是人民灵魂的忠实、率真和自发的表现形式；是人民的知己朋友，人民向它倾吐悲欢苦乐的情怀；也是人民的科学、宗教和天文知识的备忘录"[1]。

丰富的民俗事象，提供了大量的民族性、地域性的素材，它是歌谣创作取之不尽、用之不竭的创作源泉；相反，绚丽多姿的歌谣，是民俗的直接反映和生动感人的表达，作为一种传承的资料积累，它是民俗学的一个分支，具有民俗志的功能，是民俗学研究取之不尽、用之不竭的资料宝库。如婚姻恋爱是人生的大事，在民间歌谣中反映恋爱生活和婚姻习俗的情歌数量最多，同时这些情歌又在爱情生活中起到媒介作用。1980年我去广西壮族地区和大苗山、大瑶山进行民歌调查时，就常常听

---

1. 拉法格：《关于婚姻的民间歌谣与礼俗》。

到这样的歌词："无郎无姐不成歌"、"山歌无姐打不成"、"唱个山歌做媒人"、"唱个山歌当老婆"等。如今，在许多少数民族地区，青年男女通过对歌、赛歌、相互结识、表达爱情、进行婚配的习俗风气还很盛行。正如一首苗歌所唱的："苗家有歌万万千，苗歌就是小姻缘，恋爱不把苗歌唱，短棍打蛇难拢边。"这些民俗风情，直接推动了歌谣的发展，而这些歌谣活动，又充实了民俗事象的内容和场面。

当然，作为孪生姐妹，尽管有许多相像之点，她们终究有其不同，除了个性悬殊外，志趣、爱好、追求也自有差别，这里不过是借作比喻而已。歌谣与民俗的区别不在于主题，它们在研究上有共同的题目：即人类共同体（民族、部落以及其联盟、方言区、土语群等）的生活实际；共同的目标就是：这些集群的生活方式是怎样表现的。而在研究方法的实质上也是透过现象探求本质，只是取材的截面不同，歌谣主要从文艺角度着眼去组织材料，民俗却主要从人文科学角度着眼去组织材料。

二、歌谣学与民俗学比翼双飞

第一，歌谣学与民俗学同属一个系统，有共同发展的历史。

歌谣学与民俗学最初可以说是出于同一个词汇。民俗这个科学名称，是从英语 Folklore 一词翻译过来的，意思是"民众的知识"、"民众的学问"。它是由英国学者汤姆斯在 1846 年首先提出来的，后来许多国家的学者都采用了它，成为具有世界性的学科名称。1878 年英国民俗学会成立，接着许多国家相继成立了民俗学会或相应的民俗研究机关。1889 年在巴黎召开了第一次国际民俗学会议，至今国际上对民俗学研究的交流已有百年的历史。值得注意的是，中外民俗学的产生和发展，多是从歌谣的搜集、研究开始的。在欧洲，民俗学这个科学名称正式产生以前，有些国家的学者已经开始搜集记录和评价民间歌谣。例如法国的赫尔德对歌谣的高度评价和赞赏。英国歌谣的校勘整理，开始由查尔德在图书馆里进行，随后由施阿普继续在乡间进行。有不少学者是从歌谣的搜集、研究开始进入民俗学的。

在中国，情况也是如此。我国人民对民情风俗进行采录，古已有之。《礼记·王制篇》中就有"命太师陈诗以观民风"的记载。汉代即有"百里不同风，千里不同俗"的说法。对民风、民俗的意义及作用也是早有认识和评价的。但作为严格科学意义的研究来说，则是近代才开始的。歌谣学与民俗学作为一门科学，均从西方引入。这个名词较早出现在1922年北京大学出版的《歌谣》周刊上，该刊《发刊辞》正式提出了"民俗学"这个名称，并明确指出"歌谣是民俗学上的一种重要的资料，我们把它辑录起来，以备专门之研究"，并认为"民俗学的研究在现今的中国确是很重要的一件事业"。从此，把歌谣的搜集、研究，纳入民俗学的范围，成为民俗学的一个部分。到了1928年广州中山大学创立民俗学会，办起了《民俗》周刊和《民俗》丛刊，这个科学名称和这门科学就渐渐普及于我国一般学术界了。

中国近代民俗学的兴起不仅是从歌谣学开始的，而且许多歌谣学的开拓者同时又是民俗学的创始人。初期的民俗学活动中，歌谣是最活跃的，歌谣在搜集发表的资料和研究文章内占绝大比重。还有的学者将民俗学一词直译为"谣俗学"的，从中也可以窥见歌谣学与民俗学的亲密关系达到何种程度。半个多世纪以来，由于一些知名学者、教授先后倡导和积极组织，歌谣学与民俗学的研究，曾作为"新文化运动"的一支新军兴盛过一段时间，它们始终是不可分地联系在一起的。其间，虽曾一度冷落，但近年来又以新的面貌崛起，愈来愈引起人们的关注，在社会主义精神文明建设中发挥着不可低估的作用。中华人民共和国成立后，特别是党的十一届三中全会以来，我国许多少数民族的民间文学宝库一座座被打开，五光十色地呈现在人们眼前，许多少数民族歌谣的搜集者和研究者，也同时是民俗学的爱好者，他们结合民俗进行科学的调查研究，获得了一个又一个可喜的成果。

第二，我国歌谣学在民俗学中一直占有重要位置。

自从"Folklore"一词国际通用后，各国民俗学者对它的解释并不完全相同，尽管在民俗学范围的宽窄上看法不一致，然而从中外民俗学大师们的分类来看，无论是前英国民俗学会会长伯恩女士《民俗学手册》里的分类，《大英百科全书》的分类，瑞士学者霍夫曼－克莱耶对民俗学的分类，日本"民俗学之父"柳田国男的三大类分法或日本近代民俗学的九项分法，以及美国阿伦·邓迪斯的分类法，联合国教科文组织在1979年召开的"亚洲口头传统文化研究会议"上提出的民俗学分类法，等等，歌谣都是重要的项目之一。在我国，歌谣与歌谣学在民俗学中的位置一直都很突出，这除了上述它们是姐妹关系、同属一个系统和有着共同发展的历史等原因外，还与中国歌谣本身的源远流长、品种繁多、蕴藏深厚、如今还活在人民口头、活跃在许多民俗事象中，以及与多种艺术形式、多种学科研究互相交叉、互相渗透、具有多方面的功能与价值有关。近年来出版的《中国少数民族文学》（毛星主编），《云南彝族礼俗研究文集》（马学良）、《少数民族民间文学概论》（朱宜初、李子贤主编）、《云南少数民族婚俗志》（杨知勇等）、《侗乡风情录》（杨通山等）以及各种少数民族文学史、文学概况等专著中，歌谣与民俗都占有相当大的比重，而且是紧密地联系在一起的。

中国歌谣学在中国民俗学的发展兴旺和研究中，一马当先，硕果累累，一直被尊为老大姐，它和民俗学一同成长，携手并进，展翅齐飞。

三、歌谣学与民俗学互为印证、互为补充

第一，歌谣借助民俗知识才能得到较全面的认识和合理的解释。

现代民俗资料，特别是少数民族民俗资料，可以被运用去解决或推断古代歌谣的某些问题。实践一再证明，只要我们结合民俗对今天仍在少数民族地区流传的歌谣进行一番考察，就能对我国古歌谣中为何叠章复句那么多？为何一个意思，一些语句反复出现等疑问，得到较满意的解释。原来民歌中叠章复句的形成是由于歌者思想感情的表达，以及劳动、音乐、舞蹈和宗教仪式等诸方面的习俗因素所决定的。通过字、词、句、段的重叠和反复，造成一种回旋往复、跌宕起伏的节奏感和抒情气氛，引起人们思想感情的共鸣。我们对照今天少数民族的民情风俗，也能加深理解古代民歌中早就有的有关男女之间可以自由交往，一同游玩、飞歌问答、互赠信物的记载[1]。我们还会发现，古代那种"歌必酬，舞必

1.《诗经》《东门之杨》《溱洧》《静女》《宛丘》诸篇。

恒"，唱歌跳舞不至尽兴决不罢休的遗风，今天在我们许多少数民族地区犹存，尤其是在一些歌唱节日和赛歌会上表现得格外充分。

第二，民俗学利用歌谣资料可以弥补研究中史实与论据的不足。

歌谣提供的民俗情况往往比古籍文献和文人记载客观、真实，可以校正历史文献的某些谬误，也可以填补史册的空白与不足。有些歌谣的民俗价值是很高的，也是十分珍贵的。

比如原始劳动。我们的祖先从用木棍掘地到驯服野生动物，再到用牛耕地，其间不知经过了多么漫长的历史过程。从云南洱源地区流传的一首古老的白族民歌《我们用岩羊犁地》中，我们发现这样的词句：

> 你地我方不相同，
> 我们用岩羊犁地。
> 公羊用来单独犁，
> 母的两个换着犁。
> 新犁铧加旧犁板，
> 犁得齐整整。

使我们看到了白族先民在使用牛耕种之前，还经历了一个用羊耕地的曲折过程。无疑的这首歌谣是很古老的，也是很有价值的[1]。

在《傣族古歌谣》中，我们见到一首《抬木头歌》，仅从歌词看也使人感到欢乐的情绪和强烈的节奏：

> 嗨唷嗨，吵……啰！
> 吵啰嗨，短……对！
> 像猴群攀藤，
> 像蚂蚁抬虫！
> 哟哟哟！啾啾啾！
> 吵……啰！短……对！

---

1. 李赞绪著：《白族文学史》第一章"古老的歌谣"。

热热闹闹下山来！[1]

这些情绪和节奏，是劳动中创造的。鲁迅谈到文学起源时有一个著名的"杭育杭育"的理论，这首歌谣的创作过程，正好是鲁迅"杭育杭育"理论的一个补证。

在原始劳动中，采摘野果和狩猎是最古老的了。《傣族古歌谣》中的《摘果歌》再现了原始先民们集体采摘野果的情景。远古的先民究竟怎样和野兽进行斗争呢？解放前还保留原始氏族社会形态的独龙族流传着这样一首《打猎歌》，给我们透过来一些信息：

> 九条江的野牛，
>
> 朝我这边来，
>
> 我打中了牛，
>
> 祖祖辈辈都光彩。
>
> 茂密的树丛，
>
> 不要遮住我的眼睛，
>
> 让那一群野牛，
>
> 像花一样地站起来。

这类与狩猎活动密切相关的劳动歌，在基诺族、赫哲族也流传着。这些再现原始先民采摘、狩猎生活的歌谣，是宝贵的民俗学资料。

再如婚姻习俗。在少数民族歌谣中，反映这类内容的数量极多。从中我们看到了人类历史各个不同阶段上的婚姻形态及礼俗风情，如血缘家庭、兄妹开亲，"阿注"婚、抢婚、包办婚、买卖婚、逃婚等，为我们认识人类的家庭、婚姻习俗史，了解从母权制向父权制过渡，从群婚、一妻多夫、一夫多妻到一夫一妻，从男人出嫁、不落夫家到女人出嫁、婚姻自主等演变过程，提供了十分宝贵的活材料。由于随处可见，这里不一一列举。

1.《云南少数民族文学资料》第 2 辑。

再说图腾崇拜与宗教信仰。许多少数民族的歌谣为我们研究提供了生动的实例。如哈尼族以龙树为崇拜对象,龙树被视为人类的保护神,每个家族都有自己的龙树,每个村寨也有共同的龙树林。每年三月属龙日这一天祭龙树,届时先将祭品陈列于树前,主持人点香放炮,祈求全村人畜兴旺。祭毕,祭品分给大家在龙树前煮吃。这些习俗,不见文献记载,而都口传在民间歌谣中。哈尼族的《祭祀酒歌》很生动地反映了祭龙树的场面:

> 龙树下,祭龙树,全寨老人把酒喝。小龙树下围拢小娃娃,喝酒玩耍多快活!家家的小伙了,把小雀拿来献给小龙树啦,小雀脚上插竹筒,小雀嘴上插梨花。祭了龙树转回来,米谷门前来坐下,大家都来喝酒呀!转动碗中的小雀头,雀嘴朝谁该谁喝哟,小娃娃端酒敬给他。

许多少数民族先民都产生过对葫芦的崇拜,认为最早的人是从葫芦里出来的。彝族较普遍地崇拜竹子,认为祖先是从竹子中出来的,传统的《过年歌》中就有祭祖敬竹的唱段:"山上的竹子砍一捆,一棵竹划两半,编起篾席成一张,铺在祖公牌下,亲戚六眷都来坐,老祖宗们最喜欢了。"[1]

图腾崇拜的对象除了植物以外,还有众多的动物。普列汉诺夫说:"原始人不仅认为他们同某种动物之间的血缘关系是可能的,而且常常从这些动物引出自己的家谱,并把自己一些不太丰富的成就归于它。"[2]作为图腾崇拜的动物有龙、鱼、虎、牛、鸡、狗、熊、猴、松鼠、老鹰、秧鸡、水鸟、孔雀、天鹅等等。当然,随着生产力的发展,人对大自然控制能力的提高,人们开始意识到自己在自然界里的主宰地位,因而逐渐改变自己的图腾信仰,许多图腾禁忌也逐渐在消除。比如一些禁猎、禁吃的动物也可以猎取作为食物了。佤族有一首《狩猎歌》,反映了这种风俗变化的过程:

1.《楚雄民间文学资料》第2辑。

2.《普列汉诺夫哲学著作选集》第3卷,第386页。

岩舍（即"老虎"）啊，我们本不想使你流一点血，我们
本不想把你打死。你把我们的鸡当作雉鸡你把我们的小牛当作
鹿子，所以我们使你流血，所以我们把你打死。

　　这些歌谣中反映的图腾崇拜的痕迹和风俗的变化，为民俗学研究提
供了多么生动的实例！

　　原始宗教、图腾崇拜与巫术交错在一起。在原始社会里，原始宗教
作为一种强有力的社会意识，必然影响到原始歌谣的创作活动及内容。
事实上，有些歌谣就与原始宗教仪式结合得很紧。如独龙族过年节（卡
雀哇节）剽牛祭天神时所唱的《剽牛歌》，傣族的《跳柳神歌》。进入阶
级社会以后，有的歌谣也与宗教结合在一起，如藏族的《打卦调》，傣族
的《升和尚歌》，布依族、柯尔克孜族的《丧葬歌》，赫哲族的《萨满调》
等等。现举布依族的《葬老人》为例。此歌由巫师演唱。唱时用碗装米，
米上放一个鸡蛋，以此呼喊灵魂。开头叙述因为老人死得凄苦，所以在
世儿孙备办斋酒纪念，希望老人升天后愉快度日，说明祭奠老人的原因
和目的。随后叙述死者寄托的希望，祝愿老人灵魂安息，早登仙界，庇
荫在世儿孙长命百岁。有一段唱词是这样的：

　　　　过年吃酒肉，再请老人转回来，老人出去（升天）后，第
一要保佑田地，第二要保佑钱财，第三要保佑牛马，第四第五
要保佑子孙。千年保富贵，万年保儿孙[1]。

　　不难看出，这类丧事歌除敬重老人、寄托哀思，尚有可取之处外，
内容多半带迷信色彩。但是，对待宗教仪式歌谣，我们一定要按照历史
唯物主义的观点，作历史地、具体地分析，既要看到宗教势力的影响，
极力使歌谣和一切民间口头创作都成为它的附属物，总是规定着民间口
头创作的范围和方向，为宣传宗教教义服务；也应该看到宗教又在客观

---

　　1. 田兵等主编：《布依族文学史》。

236

上起到保存传播口头创作的作用。如傣族的《升和尚歌》，除了宣传宗教迷信之外，也包含了赞美生产劳动的内容。它巧妙地从升和尚时要用袈裟去赎佛，唱到如何挖地、播种棉花、纺纱织布，最后才做成袈裟，叙述了整个劳动过程。又如民间巫师用来驱邪除鬼、收疮治怪的"咒语"，多是歌谣体的，从内容上看迷信色彩很浓，但透过阴阳五行、九宫八卦等词句，可以窥见受道教影响的痕迹，巫师的医术也确有高明可借鉴处。这些对于民俗学、歌谣学、宗教学、医学研究都是有价值的。

　　歌谣与民俗在研究上互为补充、互为印证、相辅相成、相得益彰的例子还可举出很多很多。歌谣学者除了首先掌握好马克思主义的基本原理外，必须掌握民俗学这把钥匙，具备一定的民俗志和民俗学知识，学会运用"田野作业"的方法，采风时同时作好民俗调查，不断采集到鲜活的、丰富的、第一手的科学资料。我们在下乡采风时常常碰到这样的事：有些风俗习惯今天看来荒诞不经，或者甲民族、甲地区认为是天经地义的，而乙民族、乙地区则认为很不近情理。这就必须借助民俗学以及各方面的知识去分析，才能解开一个个谜，领悟其中的奥妙与道理。仅凭主观的、片面的、轻率的作一些逻辑推理，必然会闹出笑话。总之，在歌谣学的探究上，借助民俗学的地方是很多的，歌谣学者必须熟悉大量的民俗文献资料与口碑资料，以备不时之需。只要我们很好地把歌谣学与民俗学结合起来，我们的研究水平一定能大大提高。

（原载《民族文学研究》，1986 年第 5 期）

237

喜读《民间诗律》

最近，读到段宝林、过伟编著的《民间诗律》（北京大学出版社出版），洋洋大观，七百多页，大开眼界，深受启迪，获益匪浅，高兴之余，特作推荐。

过去，都认为只有文人雅士创作的诗，才有严格的诗律。其实，民间的诗歌也有严格的诗律，而且很讲究韵律、节奏、句式、章法和音乐美。

这个集子除介绍汉族和三十多个兄弟民族的各种民歌、谚语、史诗、曲艺以及戏曲唱词的诗律特点外，还收入了印度、缅甸、俄罗斯的民间诗律。无数事例雄辩地说明，民歌形式不是单调的，而是千姿百态、丰富多彩、数不胜数的。

中国古来，诗歌的主要形式几乎是从民歌中首先创造出来的，后来才为文人所采用；中外古今的伟大诗人，几乎是向民歌进行过认真学习的。今天新诗愈来愈多元化，自由散漫的多，规律化的少，这是它至今不能深入群众的重要原因，也是它的致命弱点。民间诗律给我们提供了丰富的借鉴，欢迎诗人从中汲取养料和神韵，相信它对新诗创作的民族化、大众化将会发生良好的影响。

《民间诗律》的出版是歌谣学界的一件大喜事。对于我们进行比较诗律学、理论诗律学以及比较文学、文艺理论的研究，将起到一定的促进作用；对于增进我国各族人民和世界人民之间的文化交流也将起到很好的影响。

段宝林、过伟教授，是我们中国歌谣学会的理事，一贯热心于歌谣学活动，他们在教学之余编出《民间诗律》，做了一件历史上从来没有过的、开拓性的、很有意义的工作，令人钦佩。听说，他们又要续编出第二集，着重介绍国外民歌和著名史诗的诗律。我向他们祝贺，盼新著早日问世。

（原载《中国歌谣报》第 39、40 期合刊首页）

信天游虽小意思多

我问陕北安塞歌手，为什么说信天游不断头？歌手们用歌回答我：

信天游好比没梁子斗，
甚会儿想唱甚会儿有。
唱不完的信天游拉不完的话，
哪达想起哪达唱。

蛤蟆口灶火安了一口锅，
信天游虽小意思多。
芝麻黄芥能出油，
信天游里头甚都有。

我的那曲子顺风刮，
刮到哪达算哪达。
心里有甚就唱甚，
信天游句句都是真。

唱了一声又一声，
青铜铃铃铜定音。
拔花容易生根难，
唱曲容易得调难。

一个酸曲唱出来，
肚里的高兴翻出来。
羊羔羔吃奶双膝膝跪，
唱起酸曲没瞌睡。

信天游，不断头，
断了头穷人就无法解忧愁。
男人忧愁唱杨家（杨家将），
女人忧愁哭娘家。

唱惯了信天游我好开口，
口儿一开就没了收。
人都爱家乡山和水，
我爱延安爱不够。

（原载《中国歌谣报》第 39、40 期合刊）

可亲，可信，可读，可传

——《张家口市歌谣卷》序

一

捧着老战友送来的一部沉甸甸的泥香味扑鼻的书稿校样，喜不自胜，先睹为快。我翻着翻着，觉得这本《张家口市歌谣卷》和它的姐妹篇《张家口地区歌谣卷》一样，岂止是一部歌谣集成，而且堪称为一部当地的歌谣荟萃：可亲，可信，可读，可传。我认为，一部好的民间文学集成，都应该达到这八个字。

为什么说它们"可亲"呢？因为所有作品都是当地的民间特产，十足的塞上风味，令人爱不释手。这些歌谣都是人民心声的自然流露，最直接最深切地表达了人民的思想感情、道德观念、审美趣味和心态特征，最真实最生动地反映了当地的社会历史、时代生活和风土人情，是当地老百姓非常熟悉和喜闻乐见的东西，有不少至今还活在人民的口头和心中。

为什么说它们"可信"呢？因为这些人民大众的口头创作，是在多年普查，广泛搜集，忠实记录，慎重甄别的基础上，按照"科学性、全面性、代表性"的原则和要求，认真筛选汇集成卷的，是当地许多民间文学热心者辛勤劳动的成果和集体智慧的结晶。特别可贵的是，每首歌谣后面都附有带规范化要求的科学的注释，包括流传地带、采录地区和演唱者的姓名、性别、年龄、职业，以及有关的背景材料，著名歌手小传等，这些都是可信的依据和见证，也是过去一般歌谣集所没有和无法比拟的。

为什么说它们"可读"呢？因为编入集中的作品，不论在内容、形式、风格等各方面，都是精选的该地区最完整、最优秀、最富特色，最具代表性的。集子后面附录的曲谱，也是一再圈定、极有代表性的。如《辘轳歌》《半斤莜面》《赶脚调》《为朋友》《五哥放羊》等，都是广为传播，为大众所喜爱的，其中还有一些歌谣几乎濒于失传，是从年过古稀的老人之口抢救出来的，显得特别珍贵。

为什么说它们"可传"呢？因为这是一项带有百年大计的永久性的建设，具有深远的意义。它不仅是一部反映该地区歌谣全貌的总集，具有较高的文学欣赏价值；而且是一部包含有多种科学研究价值的版本。它将成为该地区的地方志、民俗志、艺文志的重要组成部分；它也是一本极好的乡土教材，需要我们珍爱它，继承它和发扬光大。相信它定能传之后世，传之久远，并在国内外产生一定的影响。

二

张家口，位于河北省的西北部，有着悠久的历史和灿烂的文化，从该地区发现的旧石器时代、新石器时代遗址看，早在原始社会就有人类在这里定居生息。由于它地理位置险要，是北京的屏障，因此，自古以来就是我国边防军事重镇和兵家必争之地，素有"京师门户"之称。这一带还是北方民族交融地区，是蒙、汉人民往来的交通要道和贸易中心，是沟通中外的陆路口岸和华北的重要商埠，塞上农牧产品多集中于此，尤以皮毛生产贸易为盛，赢得"皮都"美誉。

近百年来，张家口市已成为一座举世瞩目的革命历史名城，是冀西北政治、经济、文化首府。革命先驱李大钊曾在这里主持召开过西北工农兵代表大会，爱国将领冯玉祥、吉鸿昌曾在这里组织抗日同盟军抵御日寇，解放战争时期这里是全国最早解放的城市之一，成为中共中央北方分局和晋察冀军区司令部所在地，留下了周恩来、贺龙、叶剑英、聂荣臻等老一辈无产阶级革命家的足迹。革命纪念地和名胜古迹很多。

古往今来，历尽沧桑，在这片土地上不知留下了多少值得大书特书、可歌可泣的人物和事迹。这在人民口头创作的歌谣中充分地得到反映。这本歌谣卷将该地歌谣分为劳动歌、时政歌、仪式歌、情歌、生活歌、历史传说歌、儿歌、新民歌以及其他等九大类，大体得当，眉目清楚，便于查阅、欣赏与研究。

劳动歌 开首第一篇老工人张文秀演唱的《制毡歌》，就把我吸引住了：

> 前世里打爹骂娘，
> 后世里学了个"讨吃鬼"毡匠，
> 夏天"耍开水"，
> 冬天里穿不上衣裳。

旧社会制毡工人哀叹命运不济，夏日里酷暑难当，用开水浇毡子趁热用脚踩，自嘲曰"耍开水"，令人哭笑不得；冬日里寒风刺骨，成日与毛毡打交道的工人反而没有衣服穿，世道多么不公平。这里使我想起了一首在全国广泛流传的《不平歌》："泥瓦匠，住草房；纺织娘，没衣裳；卖盐的老婆喝淡汤；种田的，吃米糠；磨面的，吃瓜秧；炒菜的，光闻香，编凉席的睡光床，抬棺材的死路旁。"和这首《制毡歌》一样，愤怒的控诉，鲜明的对比，使矛盾尖锐突出，激动人心。

其他各种夯歌、号子、辘轳歌、犁地歌、木工歌等等，有的是伴随着劳动的节奏歌唱的，具有协调动作、调剂精神、减轻疲劳、鼓舞情绪等特殊功能；有的反映了劳动者对自己所从事的劳动的态度；也有触景生情，有感而发的。矿工血泪流成河，铁矿、煤矿工人的歌谣真是字字血，声声泪："最苦还是下过窑的"，"煤窑是个鬼门关"，"进山容易下山难，要想回家下世见"。这些歌谣深刻地反映了劳动人民生活的悲惨不幸，以及对旧社会制度的无比憎恨，有力地鼓舞着被压迫民众的反抗意志，其中反映蛋粉工人边操作、边数数的两首歌谣：《打盐黄》《数蛋歌》我还是头一回见到，感到特别新鲜。

时政歌 历史的一面镜子。真实地反映了历史的本质、人心的背向，帮助我们了解历史真相。本卷中的时政歌，不仅记载了当地历史上的一些重大事件，也描绘了各个历史阶段中某些人情世态、风俗习惯和形形色色的社会现象。有"美"有"刺"，有歌颂有暴露。如歌颂太平天国、义和团运动和辛亥革命的：

> 洪杨到，百姓笑，
> 白发公公放鞭炮，
> 三岁孩儿扶马鞍，
> 乡里大哥吹起了号。

> 红灯照，义和团，举义旗，练神拳，
> 反洋鬼，灭赃官，要我们的好河山。

> 出了个孙中山，
> 晴了半边天。
> 男剪辫，女放脚，
> 穷人夜校把书念。

有首讽刺军阀混战，苦了老百姓的歌谣，真是惟妙惟肖，淋漓尽致：

> 铜元砸边边，奉军几天天。
> 铜元砸戒指儿，套住阎老西儿。
> 前门进晋军，后门送奉军，
> 要粮又要草，坑害老百姓。
> 见了奉军说张大帅好，
> 见了晋军说阎司令强。
> 好也不好，强也不强，
> 三天两换，百姓遭殃。

抗日时期的歌谣，像一幅幅生动的历史画卷，歌颂了我"八路军，真勇敢，游击队，似神仙"、"地雷炸，土炮响，陷阱埋，口袋装，人民战争力量大，打得鬼子投了降。"歌谣奇特地伴随着历史：

> 卢沟桥，扔炸弹，
> 打得老蒋没法办，
> 丢了枪，扔了弹，
> 带上大队上台湾。
> 日本人，不安然，
> 占了张家口，
> 宣化作地盘，
> 死的死，亡的亡，
> 剩下几个过了关。
> 毛主席，朱司令，
> 编了大队八路军，
> 八路军，真能干，
> 打得国民党要完蛋。

跨过历史的空间、时间，对比了蒋介石、日本兵、八路军，几种军队的本质是不一样的。另一首《四问蒋介石》，通篇采取的是自问自答的方式，揭露了蒋介石不抗日，独裁专政，不给八路军发饷，欺压老百姓的罪行，问得巧，答得妙，妙趣横生，还有痛骂日本侵略军在张家口欺压老百姓，"拔了庄稼，全让种大烟"的罪行的，有勾画国民党反动派"抓壮丁拉官差"、"中央军两杆枪"的丑态的，入木三分，鞭挞痛快。

有首《伪甲长》的歌谣，寥寥几笔就勾画出一个外号猫头鹰的伪乡长，仗势欺人的嘴脸以及"驴长甲长一大串"人物的丑态，《大骆驼换法币》记载了张家口伪币换法币，法币换成金元券，一天比一天不值钱的历史。《打赵川》这首歌谣，则是72岁的民间艺人黄万贵等编写演唱的，它如实地记录了八路军1948年8月25日攻打赵川获得大胜的战斗业绩，很可贵。

仪式歌 人生的教科书。特别是在不识字的群众中，它的教育功能是多方面的：历史知识、文化知识、劳动知识、生活知识、传统美德、爱情婚姻、家庭关系、审美感情等等，无所不有，包罗万象，有些罕见的东西是书本中找不到的，对于我们民族性格的形成，个人的成长，所起的潜移默化的作用，是无法估量的。如本卷中的《喜歌》，几乎将娶新娘的全部仪式和民俗风情都记录下来了，包括下轿歌、迎新人歌、请新郎歌、拜堂歌、进洞房歌、挑盖头歌、闹洞房歌、上拜歌、倒宝瓶歌等等，具有北地塞上的特点。

在一些《迎亲歌》中，唱到拜堂时，首先唱的是"拜堂先拜杨六郎"，这也是地区特点所形成的。因为在这一带，杨家将的故事家喻户晓。唱词点到的杨六郎福如东海、寿比南山，富贵有命，儿女满堂，不过是取个吉利而已。婚礼仪式中的《挑盖头歌》，记录了用秤杆挑新娘盖头的习俗，如今已很少见。此外，在下花园区采集的《殡葬歌》，更是难得见到的。今天由于移风易俗，已濒于失传。本卷中将它抢救记录保存下来，是很有价值的。

情歌　在本卷中也是数量最多，最具特点的。恋爱婚姻是人生的大事，人们对幸福的爱情、美好的婚姻，总是不遗余力地追求它，憧憬它，讴歌它。正如何其芳在《论民歌》一文中说的："爱情婚姻生活，可以说是人生必经而且最易激起炽热情感的生活部分。恋人间试探、追求、初恋、深交、离别、相思等思绪各不相同的热烈情感，需要表达，需要抒发。"在这部歌谣卷中，也得到证明。有不少佳作，堪称艺术珍品。

如有的揭示了爱情的真谛，充分地表现劳动人民纯朴健康的恋爱观和审美情操，表达了男女青年相互爱慕和选择情人的标准，他们不仅赞美外表美，更注重对方的人品：

> 塘里水深能栽藕，
> 田里水浅也种莲，
> 莲藕靠根不在水，
> 相好靠情不在钱。

有的抒发了痴情男女离别相思和苦楚的：

想妹妹想的真心焦，
压饸饹搬了把铡草刀，
哎咳哟——
差点把哥的手铡了。

想哥哥想的心里慌，
蒸莜面稳在水瓮上，
哎咳哟——
烧了半天冰巴凉。

人物逼真，活灵活现，生活气息特浓，很有地区特色，如压饸饹、蒸莜面，都是北地塞上才有的，与南方不同。

有的大胆直率，对意中人的心情描绘十分细腻真切：

山在水在石头在，
人家都在你不在。
前半夜想你扇不灭灯；
后半夜想你翻不转身。
送情郎送到大门东：
不睁眼的老天爷刮起大风，
刮大风倒不如下点雨好，
下小雨叫哥哥多待几分钟。

前一首望眼欲穿的思念，带有埋怨情绪，又恨又爱，"爱"是永恒不变的。后一首虽"送"却是"留"，构思联想多么巧妙。还有一首《约郎歌》：

等哥等到月上枝，
等哥等到月偏西，

不知是妹在山前月上早，
还是哥在山后月升迟。

与冯梦龙《山歌》中记录的一首明代吴歌《月上》何其相似：

约郎约到月上时，
（那了）月上（子）山头弗见渠，
（唉弗知）奴处山低月上（得）早，
（唉弗知）郎处山高月上（得）迟。

几乎同出一辙。这其间有无相互影响，它们的传播关系和演变是很值得研究的。

情歌的艺术手法极为丰富，风貌神采，不拘一格。有直抒胸臆的大胆表白，也有通篇比兴、谐音和双关的；有的泼辣热烈，有的缠绵婉蓄。而情真、质朴、自然，则为大家所共有。这在本卷情歌中，表现得也很突出，这里不详细叙述了。

生活歌　包含着人民对生活的深切感受和深刻评价，题材广泛，数量众多，歌中充满了对人间不平的愤懑，对世道艰难的叹息。最引人注目的是工人、农民和妇女的生活歌。矿工的生活是"四面夹块肉，活人在当中"。农民的生活是"要吃地主饭，先拿命来换"。

口吆牛儿犁田忙，
汗珠滴尽谷满仓，
牛出力来牛吃草，
东家吃米我吃糠。

有首《出外谋生》歌，可以说是穷苦人民为生活所迫走西口的悲惨写照：

出口外，拉骆驼，

大库仓，真难行。

鸡一叫就走，

两眼泪双流，

爹也冤来娘也愁。

走时还年轻，

回来白了头……

这种摧残人心的苦情，并非一家一户的经历，必然引起同处于水深火热之中的劳苦大众的愤慨和同情。

妇女生活歌大多出自被压迫在生活最底层的劳动妇女之口。表达了女性特有的细腻情感，唱出了妇女一生悲惨的遭遇，尤其是童养媳唱的歌最为凄凉悲切，催人泪下。听，89岁杨奶奶唱的《童养媳众人管》：

拿起筷子放下碗，

童养媳妇众人管。

公公不住拿眼盯，

小姑子骂我是扫帚星。

一家人全在炕上坐，

逼我童养媳妇去推磨。

放下碗筷拿起针，

婆婆还骂我懒断筋。

再举一首《童养媳妇苦》：

这是多少童养媳共同的心声。它揭露了封建社会的某些本质方面，照出了当时社会的某些人情世态。

住一回娘家上一回天，

回到婆家如坐监；

住一回娘家唱一台戏，

回到婆家泪如雨……

本卷生活歌中，还有我们熟悉的《小白菜》《光棍哭妻》《小寡妇上坟》《妓女告状》《骂媒人》等等，读来揪人心弦。《十对花》《散花》《十二月观花》，在北方广泛流传，通过对歌、盘歌，互问互答，互猜花名的方式，测验智力，传授知识，娱乐游戏，非常有趣。此外，《抽洋烟》《卖大烟》等，描绘了烟鬼倾家荡产的丑态，极尽讽刺意味；《邋遢歌》《捉跳蚤》，情节生动，诙谐风趣；《十劝人》《劝人歌》，劝世人为善，夫妻、婆媳、兄弟、姑嫂、妯娌、朋友、邻居、买卖人、年轻人、老汉们之间都要和睦相亲，很有现实意义。还有一首《怀孕歌》很少见，几句口诀想不到竟起到了向人们传授怀胎十月、生儿育女知识的作用，特抄录于后：

> 娘怀儿一个月不知不觉，
> 娘怀儿两个月似火烧身，
> 娘怀儿三个月成了血块，
> 娘怀儿四个月扎下发根，
> 娘怀儿五个月五指分开，
> 娘怀儿六个月方得人身，
> 娘怀儿七个月七窍分开，
> 娘怀儿八个月八宝全身，
> 娘怀儿九个月头打颠倒，
> 娘怀儿十个月离了娘身。

历史传说歌　以独特的方式伴随历史，说明历史。有的记录了真实的历史事件，如民国十三年，《水刮张家口》，民国十八年，《度荒年》；民国二十六年，《卢沟桥事变》。有的可作为地方志、民俗志的注脚，如《洋河滩鬼门关》：

> 一到洋河滩，
> 　如进鬼门关，

河水寒彻骨，

浑身打颤颤，

踩到漩沙窝，

想活难上难。

《宣化民谣》（四首）介绍了在暗无天日的旧社会，宣化四门都发生过骇人听闻的悲惨事件，特别是民国十五年，奉军晋军作战，活埋百名伤员的事件惨不忍睹：

东门外，黄土坑，

黄土坑里埋活人，

"老总，我还能吃半个馍呢！"

"马拉巴子，那也得填了坑。"

……

今天埋了，明天刨，

狼狗夜里嚎。

吃了死尸剩下骨，

上坟的认不出亲人骨。

《满族民谣》（七首），是一位六十多岁的满族老人从他奶奶处听来的。歌中记录下百年前的满族风情，味道特浓，很珍贵。

还有一些说故事、表古人的歌，几句话就勾勒出一个故事、几个人物。如《珍珠倒卷帘》《孟姜女哭长城》等，帮助人们认识历史。

有些歌谣在自然科学方面的价值不可低估，如本卷中的《二十四节气歌》《九九歌》，尽管各地不大同，但几句顺口溜就概括出天文、农历季节方面的经验。像前一首总结出的一年二十四节气先后次序的口诀，上口好记，流传极广：

春雨惊春清谷天，

夏满芒夏暑相连，

秋处白秋寒霜降，

冬雪雪冬大小寒。

而且说明了："若按公历来推算，每月两节不改变，上半年逢
六二十一，下半年分八二十三，这些就是交接日，有差不过一两天。"还
是很科学的。

儿歌　内容单纯，形象生动，音韵优美，节奏明快，形体短小，琅
琅上口，好懂易记，合乎儿童生理、心理特征以及爱好习惯与接受能力
等。有直叙体、问答体、趁韵体等，句式章法无定格，拟人化手法运用
普遍。

收入本卷的儿歌，大多数充满天真活泼的气味。有的思想性较强，
寓教于乐。如跳猴皮筋等游戏中唱的：

刘胡兰，十五岁，

参加革命游击队，

游击队，挂盒子，

专打地主老婆子。

（《刘胡兰》）

江姐，江姐，好江姐，

你为人民流鲜血；

叛徒，叛徒，甫志高，

你是人民的大脓包。

（《江姐》）

学习李向阳，坚决不投降，

敌人来抓我，我就跳高墙，

高墙不管用，我就钻地洞，

地洞有狗屎，留给鬼子吃。

（《学习李向阳》）

这些儿歌都不是板着面孔，而是随着游戏动作的节奏，反复咏唱，

253

在不知不觉中受到教育。

也有些儿歌内容没有多大意义，但音节铿锵，琅琅上口，有训练思维敏捷，矫正发音的作用。有的全部或大部是数字组成的"天然歌"，如《数蛤蟆》等。

儿歌最重要的是有儿歌味，富有儿童情趣。收入本卷中的佳作不少，再举两首：

> 小白兔，
> 去赶集儿，
> 买了一个辣椒当甜梨儿。
> 咬一口，
> 怪辣的，
> 再明儿也不买带把的。
>
> （《小白兔》）

> 秤砣小，压千斤，
> 孙猴小，闹天宫。
> 小麻雀，吃害虫，
> 小公鸡，斗长虫。
> 小娃娃，讲卫生，
> 剪指甲，不怕疼。
>
> （《小字歌》）

其他　收入了从内容、形式上难于归类的歌谣。本卷中的八首《讨饭歌》很少见，反映乞丐们为了混饭吃，走在大街上，无论是碰到店铺、肉铺、棺材铺、切面铺，到买卖家，还是碰见老头或者抽烟的，见谁就恭维谁，尽说好话，苦中作乐，显示了信手拈来，即兴编唱的本领。

《民间串话》也是稀有品种，颇具特色，它是人民智慧的结晶，反映了人民群众对事物观察的透彻力，概括深刻；富有哲理，语句精悍，俏皮风趣。现摘录几则，以飨读者。

四宽敞：

254

地当床，天当被，

大河洗脸校场睡。

四窄憋：

墙头上跑马扁担上睡，

酒盅里洗脸盖裹脚。

四大高兴：

骑好马，看好戏，

盖新房，当女婿。

四可怜：

羊羔碰上狼，小孩死了娘，

驴驹压了梁，住店塌了房。

四大不幸：

死了儿子丧了妻，

丢了盘费把路迷。

四大难听：

伐大锯，磨新锨，

马车磨杆驴叫唤。

四　　毒：

云彩里的太阳门洞里的风，

蝎子的尾巴后娘的心。

四　　紧：

刀鞘子，笔帽子，

牲口肚戴手铐子。

四　　白：

三九雪，冰片散，

棉花瓜，招魂幡。

四　　红：

老爷庙的门杀猪的盆，

猴子屁股火烧云。

三

　　我很喜欢本卷中新民歌，几乎在每类中都占有一定比重，说明民歌是富有生命力的，随着时代的变化而向前发展着，特别是民谣贴近现代生活，反映人民的心声，来得快，传得快，深受广大群众的欢迎。有的民谣经过口耳相传，不断加工，千锤百炼，将成为艺术精品传之后世。

　　在新民歌中，带有忧患意识的、针砭时弊的讽刺歌谣最引人注目，嬉笑怒骂皆成文章。如揭露"四人帮"罪行的《是非颠倒十年混》，那一件件、一桩桩铁的事实多么令人痛心：

> 规章制度全砸烂，
> 只有"老娘"说了算。
> 老革命干部是罪人，
> 敢造反的是贵人。
> 红军长征两万五，
> 不如跳个芭蕾舞。
> "臭老九"，艺人脏，
> 交白卷的最吃香。
> 弦弄断，鼓砸烂，
> 刘三姐台上挨批判。
> 不怕贫，就怕富，
> 勒紧裤带穷过渡。
> 大批判，贴满墙，
> 坚持真理坐班房。
> 过"黄河"，过"长江"，
> 囤里空空没有粮。
> 公章官印碗口大，
> 不如造反派一句话。
> 吹牛皮的能升官，
> 不发言的进"学习班"。

说假话的得红旗，
说真话的插白旗。

打倒"四人帮"，把颠倒的世界又颠倒过来。党的十一届三中全会以后，国家面貌大改观。首先是农民笑了，63 岁老大娘张玉珍演唱的《致富谣》反映了农村的变化：

实行责任制，
大快人心事，
扔掉糊糊碗，
拿起黄糕铲。
不愁吃，不愁穿，
社会主义的好日子过不完。

社会主义民主，亿万农民选举，投出了神圣的一票：

泥捏马儿不能骑，
墙上画饼难充饥，
大话不能当饭吃，
村长要选实干的。

20 世纪 80 年代，改革开放，城乡形势，日瞬万变，人们都懂得了信息的重要，歌中唱道：

信息是个大活宝，
创业靠它作向导，
要想经济早腾飞，
捕捉信息这只"乌"。

新民歌中有褒也有贬，为了奋发图强，为了振兴中华，人们不再喜欢那些尽唱好的，粉饰太平的东西，而更喜欢那些务实的，特别是批评不正之风、落后现象的东西。如本卷中讽刺结婚讲排场、要厚礼的《娶个媳妇真叫难》：

> 养儿养女多存钱，
> 娶个媳妇真叫难，
> 黑白的不要要彩电，
> 还有那电冰箱、电风扇。
> 双卡录音自动关，
> 四铺四盖都办全，
> 组装家居还不算，
> 一折腾就是五六千。

讽刺吃喝风、摆阔气的《这个办那个办》《外债拖了一大片》：

> 今天这个办，
> 明天那个办，
> 月月都有三六九，
> 一个月工资全玩完，
> 以后日子怎么办？
>
> 　　　　　　　　　　《这个办那个办》
>
> 小汽车一溜烟，
> 后面跟了一大串，
> 大摆宴席几十桌，
> 算盘一响几千元，
> 又录音，又录像，
> 外债拖了一大片。
>
> 　　　　　　　　　《外债拖了一大片》

有一首《黑心狼》，活像一幅漫画，讽刺了一位不尊敬老人的年轻人，骑车撞着老人不下车逃之夭夭的恶劣行为：

> 两个轱辘一根梁，
> 上面骑个黑心狼，
> 撞了老人不下车，
> 叮铃叮铃摇铃铛。

还有一首新《拍手歌》，也成了一幅绝妙的讽刺漫画。对不正之风的嘲弄，创造出一种喜剧的滑稽效果，在笑声中鞭挞，带有幽默诙谐的趣味：

> 你忙工作我闲着，听我唱个拍手歌：
> 你拍一，我拍一，办公室里下象棋；
> 你拍二，我拍二，上班时间去买菜儿；
> 你拍三，我拍三，学习讨论闲聊天；
> 你拍四，我拍四，"研究研究"算了事；
> 你拍五，我拍五，公家的东西没有主；
> 你拍六，我拍六，福利越多越没够；
> 你拍七，我拍七，有了困难往外踢；
> 你拍八，我拍八，级别待遇要紧抓；
> 你拍九，我拍九，麻烦事儿绕道走；
> 你拍十，我拍十，混水摸鱼过日子；
> 四化宏图你不干，我等着见见大世面；
> 拍手歌儿唱完了，工资一分没有少。

四

本卷歌谣以短小抒情者为多，也有少量重在叙事的，篇幅稍长，带有故事情节，其形式与民间说唱、曲艺关系密切。如《四宝当长工》《连成拜年》《耍钱汉》《画扇面》《五哥放羊》《赶脚调》《钉缸调》等等。有的通过歌唱十二月展开故事，有的通过真事编写的，其中，从茶坊区82岁老农刘官口中采录的《赶脚调》，流传于市郊榆林、东辛庄、宣化北门外四方台子、东门外刘家窑一带，是当地土生土长的东西，音乐风格很有特色，是属于联曲体的民间秧歌调，有较完整的故事情节和固定的曲调，可惜没有记录全。

《钉缸调》据说也是个真实的故事，就发生在该市庞家堡区坝口乡的大段地村附近。流传很广，不少地方即兴发挥，唱词已有各种异文，风格也各异。由于受到人民群众的喜爱，此一打鬼故事情节已搬上舞台。

《龙三长寿翁》看来是根据民间故事改编的五言长篇叙事诗，可能是出自民间曲艺艺人和乡村文人之手，文字严谨多润饰，不像民间口头流传的韵文作品。本卷中对一些著名民间艺人或歌手均附有小传，如《五哥放羊》后面附录的演唱者，民间文艺家、74岁老歌手池有福的小传，很有意义。可惜对《龙三长寿翁》作品产生、流传、演唱者情况，介绍太简单了。

五

一部歌谣卷，可以窥见一个国家的民族魂，剖析一个国家民族精神的形成与发展。人们乐于歌唱它，传诵它，在于唤醒民族意志，震撼民族灵魂，因此，历来有识之士都很重视歌谣。

民间歌谣的营养十分丰富，它哺育了历代作家、诗人，许多作家、诗人都深感民间歌谣哺育之情。当代文豪郭沫若生前曾亲自到张家口地区采过风，和民间歌手一起吟诗赋诗，留下了不少佳话。郭老在许多讲话和文章中一再阐述，历史上一切新的诗体的产生，开始都出在民间，并坚信："像楚辞是在国风的基础上创化出来的那样，新时代将会有从新国风的基础上创化出来的新楚辞。"许多脍炙人口的歌谣，常常给作家诗人的作品补入鲜活的血液，愈来愈多的诗人们认识到，人民大众喜爱的歌谣是会影响诗人们的创作和诗风的。这又从另一个方面肯定了我们编纂歌谣卷的意义。

　　我没有为这部歌谣卷的编选工作出什么力，以上读后感仅是我随手翻阅记下来的一些粗浅体会，谨以此表示我对这项工作的热情支持，不妥之处请读者编者指正。最后，我有一个希望：像历代翰林修县志一样，不几年总要重新编纂一次，我们的集成编者们，都是新时代的"状元"、"翰林"，我们的"民间文学集成"，包括各地的歌谣卷，也需要隔几年增订一次，将新发掘的过去的遗珠和新产生的珍品，不断增补进去，让它愈来愈精美，真正成为传世之宝。

1988 年 6 月于北京和平里寓所

（原载《中国民间文学集成·张家口市歌谣卷》

张家口市民间文学《三套集成》编委会，1988 年 6 月）

歌谣与人生

你伴随着歌声躺进摇篮，
也伴随着歌声离开人间。

——哈萨克族民谚

一

歌谣，是人生的伴侣。人，从生到死，都离不开歌。正像民歌里唱的：

山歌本是古人留，
留给后人解忧愁，
一天要是不唱歌，
三岁小孩急白头。　（安徽）

人们从孩提时起，睡在摇篮里听见母亲、祖母或保姆唱催眠曲、儿歌，就开始受到歌谣的熏陶，许多启蒙知识都是从歌谣中得到的。长大后，接受教育面宽了，但仍不断受到歌谣的启迪。古今中外无数的诗人、作家都受到歌谣的哺育。

许多民族，特别是没有文字的少数民族，几乎天天都要唱歌。男女相恋，以歌为媒，喜庆节日，以歌为贺，生活劳动，以歌传言。民间歌谣是活在他们口头的"历史课本"、"百科全书",也是他们"人生的教科书"。人们从歌谣中接受的教育包罗万象:历史知识、文化知识、劳动知识、生活知识、传统美德、爱情婚姻、家庭伦理、审美感情等,无所不有。有些罕见、珍贵的东西是古籍文献中接触不到的。

歌谣,是我们民族的心声,是炎黄子孙几千年来智慧和文明的体现。歌谣对于我们民族性格的形成,对于中华儿女的成长所起的潜移默化的作用是无法估量的。在旧社会里,劳动人民当牛做马,世世代代唱不尽人世间的不平:

> 泥瓦匠,住草房;
> 纺织娘,没衣裳,
> 卖盐的老婆喝淡汤,
> 种米粮,吃米糠,
> 炒菜的,光闻香;
> 磨白面,吃瓜秧,
> 编凉席的睡光床,
> 抬棺材的死路旁。 (江苏)

> 特别是奴隶们的命运,更为悲惨,
> 遍山的羊群是奴隶主的,
> 软软的牧鞭是奴隶主的,
> 牧羊姑娘是奴隶主的。
> 牧场唱起悲歌
> ——唯有歌声才是自己的。 (彝族)

妇女,在"男尊女卑"的旧社会,被压迫在生活的最底层,她们一生的命运,走的多是这样的"三步曲":

> 当一天闺女,修一天仙;
> 当一天媳妇,坐一天监,

当一天婆婆，做一天官。（李光恒辑《歌谣集》1933 年 9 月）

尤其是童养媳、望郎媳和寡妇们的歌，更是血泪铸成的，最为凄凉悲切，催人泪下。

恋爱婚姻，是人生的大事，谁都要经历这男女之间的爱情生活，感情是复杂的、微妙的：

> 岩蜜窝窝甜，
> 梅子颗颗酸，
> 爱情酿的酒呀，
> 甜酸苦辣样样全；
> 有情的人，
> 总要尝一尝。　（纳西族）

这首歌谣多么生动形象地揭示了爱情的真谛。在民间歌谣中，情歌最多，最美；几乎在整个恋爱婚姻过程中的生活、思想、感情、愿望和要求都有歌。爱，是那么的执著、强烈、坚决：

> 妹是山中一枝梅，
> 哥是喜鹊天上飞，
> 喜鹊落在梅树上，
> 石磙打来也不飞。　　（湖北）

> 入山看见藤缠树，
> 出山看见树缠藤，
> 树死藤生缠到死，
> 藤死树生死也缠。　　（广东）

> 连就连，
> 我俩结交订百年，

264

哪个九十七岁死，

奈何桥上等三年。　　（广西）

　　每个时代，都有选择爱人的标准条件，不少歌谣反映了青年男女对自由婚姻的向往与追求。他们不仅赞颂对方的外表美，更注重对方的人品："月儿弯弯照西墙，娇女低头想情郎，不想浪荡富家子，只想农家勤俭郎。""芝麻结荚豆开花，哥哥爱我我爱他，我爱哥哥庄稼汉，哥哥爱我会当家。"他们反对封建礼教，反对父母之命、媒妁之言的包办婚姻，蔑视王法、家法，敢于对心爱的人无所顾忌地倾吐爱情，特别是受压迫最深的青年女性表现得尤为大胆和顽强：

麻绳铁链把我捆，

问我断情勿断情；

我说路断桥断河水断，

断手断脚勿断情。　　（吴歌）

铁打链子九十九，

哥拴颈子妹拴手，

哪怕官家王法大，

出了衙门手拉手。　（云南）

竹篙打水浪飞飞，

我俩结交不用媒，

不用猪羊不用酒，

唱首山歌牵妹回。　（广西）

　　旧社会，父母把女儿当作摇钱树，出嫁时财礼要得很多，不足为怪。没想到今天，青年女子自己做主，自由恋爱了，却出现了一些所谓的"高价姑娘"。20世纪70年代的"身价"是：

一套家居带沙发，

二老退休看娃娃，

三转一拧加咔嚓，

四季服装要几沓，

五官端正一米八，

六亲不认只顾家，

七十块钱有附加，

八面玲珑往上爬，

酒（九）烟不沾不喝茶，

十分听话带理家。

到了 20 世纪 80 年代，"身价"猛涨，仅仅"三转一拧"这条就提高到"三双一彩一咔嚓"了，即：双门冰箱，双卡收录机、双缸洗衣机、进口彩电、照相机。屋内摆设也从过去的"三十六条腿"发展到"组合家具"加"席梦思"。还有这"五要"的：

一要一米七五的个子，

二要当处长的老子，

三要三室一厅的房子，

四要大学本科的牌子，

五要一月十几张大团结的票子。

更高档的是还要金项链、金耳环、金戒指。这类歌谣数量不少，因时、因地而异，尽管有所夸张，但都是真实的。概括生动，形象有味，对那些贪图享受、追求虚荣、只看外表、不务实际的"高价姑娘"，既是辛辣的讽刺，也是极好的规劝。

二

今天的年轻人，特别是都市里长大的青少年，可能对民间歌谣不甚了解，也不怎么感兴趣。其实，不少歌谣就在你身边，也许你自己也念叨过，说不定还会给它凑上几句哩！就拿"读书"来说吧。

在旧社会，士大夫阶级认为："万般皆下品，唯有读书高。"他们追求的是"书中自有颜如玉，书中自有黄金屋"。可是，一些纨绔子弟，公子哥儿、豪门小姐，并不好好读书。他们唱道：

> 春天不是读书天，
> 夏日炎炎正好眠，
> 等到秋去冬来到，
> 快快活活又一年。

他们嘲弄老师、糟蹋课本、割裂书中词句，信口胡诌，趁韵而歌，藉以嬉戏娱乐。如：

> "人之初"，鼻涕拖，拖得长，吃得多。
> "赵钱孙李"，隔壁打米，"周吴郑王"，偷米换糖。
> "大学之道"，先生掼倒，"在明明德"，先生出脱。
> "君不君"，程咬金；"臣不臣"，大火轮；"父不父"，
> 大豆腐；"子不子"，大茄子。
> "梁惠王"，两只膀，荡来荡，
> 荡到山塘上……

新中国建立后，人民当家做主，党和政府大力兴办教育事业，但在"文化大革命"十年动乱中，林彪、"四人帮"恣意纵容"交白卷的英雄"、"停课闹革命的小将"，叫嚷什么"愈有知识愈反动"，造成严重的知识无用、毕业失业的社会现象。于是就产生了这样的歌谣：

> 小学毕业抓泥鳅，
> 初中毕业去看牛，
> 高中毕业背锄头，

大学毕业坐在弄堂头。

原来流传的"学好数理化，走遍全天下"的歌谣被当成"白专"典型挨批后，变成了"学好数理化，不如有个好爸爸"。

粉碎"四人帮"后，拨乱反正，教育事业又有了新的发展和提高，读书风气也大大好转，新的歌谣又应运而生。如父母期待子女：

考上大学别忘家，

做了官后为乡村说句话。

有的学生讲吃讲穿，任意挥霍父母辛辛苦苦挣来的钱，不好好读书，竟调皮捣蛋地编出这样的顺口溜《读书恼》：

人生本来就 happy，

何必苦苦 study，

不如回家去 marry，

早日生个好 baby.

也有自叹自怜当上师范生，怕人瞧不起的：

师范，师范，

进学校管饭，

出门可怜相，

见了熟人寒酸相。

反对分数挂帅和考试的歌谣也出现了：

分，分，学生的命根，

考，考，老师的法宝。

还有挖苦死读书、读死书、混文凭的：

　　上课记笔记，
　　考试背笔记，
　　考完扔笔记，
　　四年全忘记。

这些歌谣像一阵风，不知从哪儿刮起，也不知刮向何方就销声匿迹了，虽然数量不多，但能量不小，总在影响着年轻人的心灵。

今日的青少年，赶上了改革开放的伟大时代，肩负着建设两个文明的重任，国家与人民对他们寄予厚望。然而，当他们一离开校门，走向社会，就又会碰上这样那样的"人生谣"，关于"文凭"的就有：

　　文凭是金牌，
　　年龄是银牌，
　　才干是铜牌，
　　关系是王牌。

　　年龄是个宝，
　　文凭不可少，
　　德才做参考，
　　后台更重要。

关于"年龄"的还有：

　　十七十八，披头散发，
　　二十七八，电大夜大，
　　三十七八，飞黄腾达，
　　四十七八，松松垮垮，
　　五十七八，准备回家，

六十七八，等待火化。

二十撒欢儿，
三十冒尖儿，
四十当官儿，
五十打蔫儿，
六十靠边儿，
七十冒烟儿。

关于"不正之风"的常常听到见到的就有：

七点开会八点到，
九点开始作报告……

一杯茶，一支烟，
一张《参考》混一天。

三个公章，
不顶一个老乡，
公章碗口大，
不如熟人说句话。

一有权，
二有钱，
三有听诊器，
四有方向盘。
四样有一样，
办事不费难。

上面所举的这些歌谣，多是讽刺人生道路上的落后面的，它所揭露的消极现象都是与"四化"建设格格不入的，虽然这些现象仅仅发生在少数人身上，但它是一种腐蚀剂，你不管它就会传染开来。当你一进入社会，这些"关系学"、升官"秘诀"、裙带风、旧的"官场"、"衙门"市侩之气统统向你袭来之时，怎么办？我们有理想、有道德、有文化、有纪律的青年人，应有思辨和分析的能力，拒腐蚀而不沾。见到这些歌谣，一不要大惊小怪，二不要随声附和，三要认真甄别和慎重对待。有人说，这不过是一些牢骚话、怪话而已，其实，"怪话"并不怪，它反映的是一种思想，一种对事物的看法和态度。只要社会上有"怪现象"存在，必然就有产生"怪话"的土壤，关键是具体分析这些"怪话"之"怪"的根源，对症下药。上面这些歌谣，也有它的用处，有的可作为我们改进工作的参考，有的对我们进行批评与自我批评和进行思想教育很有帮助，而这一切，都是我们研究当今民风民情的重要材料。

总之，在人生的道路上，歌谣与人们的关系是很密切的，歌谣是民族文化形象的载体，它的内涵和外延是极其丰富的，歌谣的功用与价值是多方面的，不仅我们从事社会科学和精神文明建设的人，可以从中不断吸取乳汁和养料，而且从事自然科学和物质文明建设的人，也能从中找到不少有用的东西。我国采集，研究歌谣已有好几千年的历史，"歌谣学"作为人文科学中的一门新兴的学科，愈来愈引起人们的重视。

1987年重阳于北京

（原载中山大学中文本科自学考试教材《刊授指导》

总第38期，1988年第2期）

让灯谜更好地为安全生产工作服务

  《劳动保护》杂志举办的全国首届安全生产有奖灯谜竞猜已经揭开序幕了，这是值得庆幸的事情。现在，各路虎将正在手捧谜题，聚精会神地猜射，答卷将如雪片似的飞回编辑部。请允许我代表中国民间文艺家协会、中华灯谜学会筹委会向这次大赛表示热烈的祝贺，向主办单位和全国各条战线参加灯谜竞赛的同志们、谜友们表示崇高的敬意。预祝这次大赛圆满成功。

  灯谜，具有悠久的历史，是我国的文化瑰宝之一，系民族之魂，文化之根。它启思益智，寓教于乐，雅俗共赏，老少咸宜，有广泛深厚的群众基础。它不仅是一种游戏，一种娱乐活动，也是一种有益的创造性的精神劳动，是传播知识，提高智商，陶冶情操，进行物质文明与精神文明建设的良好工具。这次大赛经过一段筹备，组委会作了精心的安排。出的100条谜题，取材广泛，构思新巧，内容涉及安全生产、劳动保护的各个方面，熔知识性、趣味性、思想性、专业性于一炉，相信会受到广大职工的欢迎。

  灯谜，是聪明人的事业，聪明人的活动。谜条虽小，小中见大。它堪称百科全书、知识宝库，具有文学、文化、民俗、民族等多方面的价值。制谜、猜谜，调动大施，煞费心机，是多种心理因素活动的结晶。冥思苦想，余味无穷。人们盛赞灯谜活动"长知识于课堂之外，受教育于娱乐之中"。"可与诗词歌赋分庭抗礼，能为衣食住行添彩增辉。"它短小精悍，能及时地配合各项中心任务。因此，愈来愈受到各行各业、各级领导的重视和广大职工群众的喜爱。近些年来，特别是改革开放以来，全国城乡，厂矿企业灯谜活动空前繁荣，各种类型的灯谜会猜此起彼伏，接连不断，特别是节假日期间，更是红火热闹。1987 年 3 月，中央电视台"第一届中华杯电视猜谜竞赛"，参加答卷的人数达 33 万，超过历年其他智力竞赛；中央电视台最受欢迎的《综艺大观》等专栏节目，纷纷加进了猜谜的内容。目前，全国省、市、县级的灯谜组织星罗棋布，数以千计；尤其是工会系统的职工灯谜协会如雨后春笋，遍地开花。灯谜活动已经得到极大的普及，成为男女老少不可缺少的精神食粮。

最近，七届人大批准的《中华人民共和国国民经济和社会发展十年规划和第八个五年计划纲要》，对全国安全生产、劳动保护工作作出部署，我们要发挥和运用灯谜这一艺术形式的特长，在各行各业中为实现《纲要》的要求服务。

这次全国安全生产灯谜有奖竞猜的 100 条谜，难易适中，适于广大职工参赛。谜题主要分四大类：第一类是宣传党的安全生产方针，如"阖家康泰"、"御林军"等，使广大读者能在此项活动中更好地掌握安全生产的方针和政策。第二类是安全管理。谜题的许多答案是安全管理上的用语、名词，如"查隐患"、"防暑"等等。第三类是安全技术。如职业卫生、职业安全、锅炉压力容器安全等知识都有名词入谜。这次试题，涉及安全技术的知识很多，对于提高职工安全技术素质定会起到积极的作用。此外，还有保险方面的内容，以提高全民族的抗灾救灾意识。通过安全生产的灯谜竞猜，可充分调动广大劳动群众学习掌握劳动保护知识的积极性，从趣味活动中长知识。

（原载《劳动保护》1991 年第 10 期）

楚风新论三题

一

楚风学术研讨会在当年楚国的首都，我国著名的历史文化名城——荆州举行，具有深远的意义。从远古起，荆楚一带就是负有盛名的音乐舞蹈之邦，是古代民歌、民谣、南音、楚声的发端地。近年来，随着楚地地下文物的大量出土，楚文化的光辉在中华文化史上之地位愈显重要。特别是我国第一颗人造卫星上天，将出土的两千多年前的珍宝彩绘石磬用以演奏的《东方红》乐曲带入太空，环宇翱翔，更引起中外人士的瞩目。这是楚地人民足以自豪的，也是中华民族引为骄傲的。

楚风，应该具有更广的含意。它不仅主要指楚歌，也包括不可分割的民间艺术——音乐、舞蹈、戏剧，以及民风、民情等。它是民族文化的口头记录和形象载体；它是历史社会生活的一面镜子；它又是民俗事项的一个窗口。它的文化内涵是无比深厚的，堪称当时世界第一流文化，其中许多珍宝，是中华优秀义化的组成部分。

楚歌、楚风，既古老又青春常驻。有的伴随着历史，至今还活在人民的口头。古今许多学者研究成果证明："楚风"之名，虽在《诗经》十五国风中没被挂上号，但在"周南""召南""小雅"中确有"楚风"之实，如《汉广》《江有汜》诸篇，明显为江流流域之民歌，极富楚地特色。近年来，在采录、编纂、出版的《中国民间歌曲集成·湖北卷》和荆州地区的民歌、民谣集成中，也发现某些歌曲中保留有《诗经》《楚辞》和《乐府诗集》中的原词，还有的略有发展与改动。如李继尧同志告诉我的两首民歌：

> 关关雎鸠在两旁，
> 在河之洲陪新娘，
> 窈窕淑女生贵子，
> 君子好逑状元郎。

（《中国歌谣集成湖北卷·京山县歌谣分册》）

> 关关雎鸠去看亲，
> 在河之洲看不成，
> 窈窕女子看成了，
> 君子好逑请媒人。
> 巧言令色鲜矣仁。

（《中国歌谣集成湖北卷·长阳土家族自治县分册》）

这些民歌可以说是地上的"活文物"。既有远古的遗痕，又见今的雕琢，是极富有研究价值的珍贵资料，填补了《诗经》《楚辞》研究的空白，也为诗人贺敬之的《荆州行》一诗"灿烂中华史，万代足自豪，须识楚文化，始能全风骚"提供了佐证，显示了楚歌、楚风、楚文化在"风""骚"双峰并举的历史长河中的地位和作用，内中值得我们深钻、研究、弘扬的课题实在是太多了。

二

谣为心声。民间歌谣天然地融汇着民族文化心态、民族性格、民族心理素质和民族审美情趣等精神因素。我们研究歌谣，离不开对这些精神因素的剖析与探讨，也就是对民族"根"、民族"魂"的研究。只要深入采风，细心地审视一下楚地歌谣，就会发现和体味到楚地人民高尚的道德情操和良好的风俗习惯。如：

1. 对祖国和家乡的强烈的民族感情。屈原是楚人的代表。在屈原崇高的人格中，爱国主义是他的精神核心。楚地无论大人小孩人人敬重屈原、学习屈原。楚歌似海洋，也是一座大熔炉，孕育出无数的栋梁材，历代农民起义，历次革命战争，表现爱国、尚武、不屈不挠精神的歌谣说不尽。如：

> 楚虽三户，亡秦必楚。
> 多么自信，多么豪壮，
> 楚人此种精神一脉相传。
> 小小黄安，真不简单，
> 铜锣一响，四十八万。
> 男将打仗，女将送饭。

"黄安"后改名"红安"，据说这一个县就出了二百多个将军。

> 老子本姓天，家住洪湖边，
> 有人来捉我，除非是神仙。
> 枪口对枪口，刀尖对刀尖，
> 有你就无我，你死我见天。

洪湖赤卫队前呼后拥、视死如归的英雄气概，令敌人闻风丧胆。

2. 忧国忧民，敢于直谏的大无畏精神。屈原也是楚人的表率。为了楚国强盛，全力以赴变法改革，屈原呕心沥血写出上万竹简进谏书，跟奸党小人斗争到底，眼看国家前途被奸党断送，悲愤之极，向苍天一连发出一百七十多个质问，最后为国殉死自溺于汨罗河。这一崇高品格比起那些朝秦暮楚之流显得特别可贵。敢说敢谏是楚人的气质，这也可能是楚地时政歌谣、讽刺歌谣特别多的缘故吧！如讽刺不正之风的，就仅说一个"吃"：

> 酒盅一端，政策放宽；

筷子一提，可以可以。

口里没有味，开个现场会，

要想加个餐，办个培训班。

来客一个，陪客一桌；

来客两个，屋子挤破；

找起来陪，挤起来坐；

站起来抇，赌起来喝。

对吃喝成风的现象，真是一针见血火辣辣的讽刺。

3. 聪明、机智、幽默、风趣。楚国地杰人灵，白古多机智人物。有句谣谚："天上九头鸟，地上湖北佬。"过去对"九头鸟"有贬意，其实这正是楚人聪明机智的象征。楚人尊凤，不飞则已，一飞冲天；不鸣则已，一鸣惊人。楚人崇拜太阳与火，象征光明温暖、火一样的热情和征服自然的意志力量。

我们要从楚歌、楚风中学习铸造民族优秀品格和风骨，锤炼根扎中华大地的胸怀气质，为生我养我的楚地、中华大地贡献出聪明才智，这是我们民族走向振兴的根本精神因素。

三

民歌，是一切文学艺术的乳汁和母亲。楚歌、楚风、楚文化哺育了屈原、李白和历代的大诗人大作家。屈原所走过的艺术道路和作过的大胆探索。至今还是我们的楷模，他体现了楚人的主体精神并不是封闭型、保守型的，而是创造型、开放型、进取向上的。屈原热爱民歌，学习民歌，整理民歌，并在民歌基础上创造了一种新的诗体（离骚体），在摸索中大量采用民间口语入诗，在形式上几乎囊括了以往民歌中四言、五言、七言、八言、长短句等所有的形式。郭沫若多次盛赞屈原在中国文学史上"成就了一大革命"。

今天，繁荣社会主义文艺事业也必须走民族化、大众化的道路，这是我国文艺发展的优秀传统，也是各国文艺发展的规律。愈是有民族个性、民族风格的东西，愈有希望登上世界之林。

在盛产《阳春》《白雪》《下里》《巴人》的沃土上，有我们取之不尽，用之不竭的楚文化养料，有博采众长、交叉融汇、勇于开拓、独树一帜的楚人精神和屈原楷模，有丰富的普及提高的宝贵经验、珍宝累累、琳琅满目、得天独厚，让我们加强楚歌、楚风、楚文化的研究，发挥楚地的优势，为繁荣社会主义文艺事业多做贡献。

（首届楚风学生研究会开幕词）

楚风·吴歌·文化热

中国歌谣学研究，继 1986 年延安"黄河歌会"，1987 年武汉"长江歌会"，出现按江河水系为范围进行交流和探讨的新动向之后，于 20 世纪 80 年代末 90 年代初又上了一个新台阶。即将一切歌谣研究和活动置放在一个博大深厚的文化背景下来考察。愈来愈多的学者认识到，我们的研究活动只有与文化挂上钩，才能愈钻愈深，愈钻愈新，求得较高的水平。近两年来最有代表性的歌谣研讨会，要数对楚风与吴歌的研究了。

一、楚风与楚文化

1990 年 8 月下旬，在我国著名历史文化名城荆州举行了"全国首届楚风学术研讨会"。来自长江南北的四十余名专家学者在会上宣读了论文。内容涉及楚风的渊源、楚风中的巫文化、荆楚歌谣的风格特点、荆楚歌谣与儒释道教、荆楚歌谣的歌谣史价值等多方面。会上，围绕楚风与楚文化为中心展开了广泛深入的讨论。与会者认为，从远古起，荆楚一带就是负有盛名的音乐舞蹈之邦，是古代民歌、民谣、南音、楚声的发端地。在盛产《阳春》《白雪》《下里》《巴人》的沃土上，有我们取之不尽用之不竭的楚文化养料。近些年来，随着楚地大量珍贵文物的出土和考古研究的深入，以及人们对隐形文化深层内涵认识的提高，楚文化的辉煌与价值在中华文化史上的地位愈显重要。特别是我国第一颗人造卫星上天带入太空的乐曲《东方红》，是用楚地出土的两千多年前的石磬演奏的，更引起中外人士的瞩目，这是楚地人民足以自豪的，也为中华民族引为骄傲。

学者们指出，古代诗、乐、舞三位一体，对"楚风"的含意应广泛的理解，它不仅主要指楚歌，也应包括与楚歌有密切关联和不可分割的楚地的民间音乐、舞蹈、戏剧、美术以及民风民情等。楚歌与楚风是楚地民族民间文化的形象载体，是观察楚地民俗事相的一个窗口，它的文化内涵是无比深厚的。楚歌、楚风，既古老又青春常驻，有的伴随着历史一直沿习至今。许多研究成果证明："楚风"之名虽在《诗经》十五国风中没被挂上号，但在"周南"、"召南"以及"小雅"中确有"楚风"之实，如《汉广》《江有汜》诸篇明显为江汉流域之民歌，极富楚地特色。近年来在采录编纂大型《中国民间歌曲集成》《中国歌谣集成》的湖北卷本中，就发现某些民歌传承有《诗经》《楚辞》和《乐府诗集》的词句痕迹，有的略有发展与改动（如湖北京山歌谣："关关雎鸠在两旁，在河之洲陪新娘，窈窕淑女生贵子，君子好述状元郎"等）。这些民歌可以说是地上的"活文物"，是极富有研究价值的珍贵资料。

与会者认为"谣为心声"。民间歌谣天然地融汇着民族精神、民族性格、民族心理素质和民族审美情趣等。研究歌谣离不开对这些精神因素的剖析与探讨，也就是对民族"根"，民族"魂"的研究。只要我们深入采风、细心审视一下楚地歌谣，就会发现和体味到楚地人民强烈的民族感情、爱国主义精神和高尚的道德情操。觉察到楚人的主体精神并不是封闭保守的，而是创造型、开放型、进取向上的。会上有人强调说，"天上九头鸟，地下湖北佬"这句谣谚过去多当作贬称，其实这正是楚地人民聪明机智的象征。楚人尊凤，不飞则已，一飞冲天；不鸣则已，一鸣惊人。楚人崇拜太阳与水，象征光明温暖，火一样的热情和征服自然的意志力量。这些都是我们民族走向振兴的根本精神因素。我们要从（湖北）民间歌谣中学习铸造民族优秀品格的风骨，锤炼根扎中华大地的胸怀气质，为生我养我的中华大地贡献出聪明才智。

这次研讨会是由中国歌谣学会和湖北民间文艺家协会、荆州地区群众艺术馆联合举办的。

二、第五次吴歌学术讨论会

1991年7月，第五次吴歌学术讨论会在苏州召开。这次讨论会比较前四次有所进展的是：议题从过去较多的本体研究扩大到以研究吴歌与吴文化的关系及吴歌的继承发展问题为中心；与会者除歌谣学者外，还邀请有史学界和音乐界的专家参加。大家一致认为，产生于长江下游、吴语地区的吴歌，有着悠久的历史，是吴文化的重要组成部分。

学者们指出，吴地河流众多，湖泊密布，素有水乡泽国之称，这样的地理条件造成了这一地区舟楫的发达兴盛。舟楫和吴地人民的生产、生活、信仰、崇拜以及文化艺术有着密切的联系，代表着吴地的重要文化特征。吴歌在这里生根开花，是得力于吴地的舟楫的，凡有水有船之处皆有歌，船载歌走，歌随船行，一路舟船一路歌。吴歌委婉清丽、细腻柔和、秀语素雅，都和水文化分不开。有的学者考证，吴、鱼在吴语是同音，吴歌的特点也来自水味足，鱼水情深，连爱情描写也多以鱼水作比兴。见之于古籍的"吴歈""吴吟"以及发展到魏晋南北朝的吴声歌曲不少是来自民间的舟子之歌。明代文人叶盛说："吴人耕作和舟行之劳，多作讴歌以自遣，名'唱山歌'"。嘉泰吴兴志亦记载"今之舟人樵子往往能歌，俗谓之山歌，即吴歌也"。可见古人所谓的吴歌，即吴地山歌。也有学者认为，"山歌"乃乡下人的叫法，"吴歌"是读书人的叫法。

学者们指出"吴歌杂曲，并出江南"，吴歌的形式和内容异常丰富多彩，许多曲调成为家喻户晓的"流行歌曲"，春调《孟姜女》曾唱遍全国各地。歌谣具有强烈的传承性，明代文人冯梦龙采辑吴地"田夫竖子寄兴之所为"而唱的《山歌》，其中一些具体歌目，从近些年江浙一带采风编辑的歌谣卷本和资料本中就能找到。说明这些歌谣仍旧流传在今日的吴语地区，活在人民的口头。如《月子弯弯照九州》这首《京本通俗小说·冯玉梅团圆》中亦载有的山歌，从宋代一直传唱至今，而且搬上银幕；《看星》这首山歌，在苏州市文联搜集编辑的《吴歌新集》中题为《小妹妹推窗望星星》；《月上》这首著名的山歌，现已由鞠秀芳谱制成盒式磁带，运用现代管弦乐伴奏，进一步渲染了一个多情少女在月下焦急等待情郎会面的心理状态。

与会者最感兴趣的是对长篇叙事吴歌的探讨与研究。历史上吴语地区搜集到的多是一些抒情短歌，冯梦龙辑的《山歌》中最长的也不过百多行，北大《歌谣周刊》时期辑的《吴歌甲集》也无长歌，而今发现和发掘的吴语长歌多达两三千行左右，这确是一件令人感到兴奋的事。大家充分肯定了新中国建立后，特别是20世纪80年代以来吴语地区发现和搜集长篇叙事歌的辉煌成果，并指出由上海文艺出版社编辑出版的《江南十大民间叙事诗》就是其中可喜的代表。这不仅在吴歌发展史上是一件大事，在汉民族民间文学发展史上也是值得大书特书的。

学者们认为，每个时代的民歌除具有一个时代的特质外，还具有一个地区某些共同的质态，长江下游吴语地区的吴歌就以鲜明的地方特色区别于别地方的民歌。长篇叙事吴歌的产生与形成并不仅仅是一个文艺现象，它与吴地的地理、历史、社会、经济、民族、语言、生产方式、风俗民情以及文化的发展都有着密切的联系，是吴地长期的文化发展的结果，只有将它放在广阔的文化背景下作综合的研究，才能全面地透视它、认识它。大量长篇叙事吴歌的发现和发掘证明，明清时代特别是清朝中叶和近代，江浙苏杭一带不仅是俗文学的发展中心，而且在民间文学方面曾出现过长篇吴歌的繁荣期。它愈来愈引起国内外学者的注意。对这个问题的探索还刚刚是开始，我们相信，将来有一天，对长篇吴歌的研究将成为一门专门的学问。

这次学术讨论会是江苏、浙江、上海民间文学协作区和吴歌学会召开的，并以此活动庆祝吴歌学会成立五周年。

·诗歌 儿歌 散文

两次进城

老宋哥这一辈子只进过两次县城。

这次，他从县里开会回来，连说带笑地跑进门里："这一回，咱们胥家窑锰矿可出了名啦，你们看！"只见他手里高举着两卷花花纸，光彩夺目，十分耀眼，故意逗着人们猜是什么东西。二猴跟着进来，眼尖手快早就看见了，乘老宋哥不注意，一把抢到手中，大伙一哄围了上去，摊开一看，啊！原来是县里奖给咱矿的两张奖状：一张是奖给全矿的，一张是奖给第四班的。二猴费了牛大的劲才将奖状上的字念完。屋里顿时活跃起来，人们高兴极了，把老宋哥拉到了炕上，有的问群英会上有哪些单位的英雄模范，有的问县城热不热闹，七嘴八舌，问长问短，急得老宋哥不知回答谁的话对。班长"嘘"了一声，大伙才安静下来，老宋哥咕嘟咕嘟喝完了不知谁递过来的一杯热茶，滔滔不绝地道叙开了。

"咱们山沟里的人，进一趟城谈何容易，咱这一辈子压根就没有进过县城，算上这一次我才进过两次县城。第一次还是解放前，那时候，县里哪有咱庄稼佬立足的地方……"说到这里，老宋哥忽然卡住了壳，脸色一下严肃起来，他习惯地用手理了理嘴边的八字胡，心里好像思想起什么。大伙围着突然来的举动都愣住了。你望着我，我望着你，正要发问，老宋哥把手一挥说："过去的事就不必提它了，还是说这回进城吧！"

"咱们坐车到达县里，县委首长都亲自到车站来接我们，街上到处挂的、贴的都是欢迎我们的大红标语，敲锣打鼓红火极了！更想不到县里新盖的大礼堂就是咱们的会场，还有咱的席位，自己坐在椅子上眼都看花了，老一个人思想，自己有多大能耐？算吹的，算打的，算拉胡胡的，

283

算辟叉儿的。那门也没门，多不过就是给国家出了一点矿，就得接到县里开会，跟首长平起平坐？那会儿，咱坐在椅子上，心里七上八下的，比新媳妇上轿还脸红呢。谁知听完首长的报告，听完兄弟单位介绍的经验，一宣布发奖还有咱矿的份呢！上级党瞧得起咱，全县四十万人看中了咱，奖给咱两面奖状多光彩啊！这不是咱矿出了名啦！"

打从锰矿一建立，老宋哥就来到矿上，锰矿的来龙去脉除支书外就数他清楚，上山开锰更是一员干将，什么活都能干，一个人要当好几个，说把铁钎又牢又稳，说抡锤左右开弓，说装炮点炮细心利索，下山挑锰一趟就担一百八九十斤，忽闪忽闪的，比谁担得都多，比谁跑得都快。去冬大炼钢铁时，为了多出锰支援炼钢，公社一下调来180名大军，许多新手过去连锰都没见过，拿起大锤不敢下手，生怕打到别人身上。老宋哥就给大伙壮胆子，"我给你把钎，你大胆抡锤好了，打到身上，碰破点皮没啥。"在他的鼓励帮助下，不少新工人掌握了技术。有一次，他给二锁子把钎，打的是"拦腰眼"，这是最不好打的眼了，大锤在他眼前悠来悠去，二锁子过于紧张，一失手走了锤，打在他的脸上，顿时倒了下去，二锁子和大伙都急坏了，正不知所措，老宋哥一下子爬了起来，挣扎着还要干，仿佛若无其事的样子。就在那一天，全矿放了一颗高产"卫星"日产锰石72吨，公社党委得到喜讯后，立刻送来一面蓝底镶着红字"工业之花"的大锦旗作为奖励。直到现在，那面奖旗还挂在办公室的墙上，而老宋哥脸上还留下了一个疤痕，有人问及他时，他总幽默地说："这是光荣的标志。"由于老宋哥人性好，干起活来毫不含糊，肯帮助人，说起话来谈笑风生，人人爱听，因此，谁都愿意跟他接近，谁见到他都要开上几个玩笑。大伙推他去县里开会，成天都盼他早把大会的精神带回来。听说这次带回来奖状，屋里人都拥满了。老宋哥刚道叙完群英大会的盛况，大伙又七嘴八舌地咕叨开了。

"咱们锰矿就是不赖，成立一年就给公社增加了近20万元的财富，听说用这些钱可买十七八台拖拉机，买解放牌汽车也可买十几辆！"

"是呀！要不是成立大公社，咱们哪来锰矿呀！不说20万，一台拖拉机的钱也挣不来！"

"咱们锰矿刚成立一年，就在县群英会上挂了号，再干几年，说不定会在市里、省里挂上号哩！"

"什么说定、说不定呀！只要咱们好好干，保准可以上省，说不定还可以上北京！"

"那时候，咱们老宋哥戴上大红花，一上火车就到了天安门，在万人大会堂里开会，还能见到咱们伟大的领袖马主席哩！"

说来说去，又说到老宋哥身上，不知谁大声喊了一句："大伙别穷嘀咕了，听听老宋哥道叙道叙第一次进城的事情吧！"

屋里一下肃静下来，几十双眼睛都落在老宋哥身上，老宋哥一言没发，只听见水壶里的水嘟噜嘟噜地开了，老宋哥捻熄了手里的烟头，提起水壶往自己杯里倒了一杯茶，炉火烧得正旺，火光映在他红黑多胡须的脸上，刚才有说有笑的面容收敛起来了，显得特别严峻，大伙望着老宋哥，一分钟两分钟谁也没有吭声。老宋哥噗了一口气，探探头，理理胡子什么也没有说，又把水壶坐在炉火上了。

班长站起身来打开了这场僵局，"我替老宋哥说说吧！这件事还与他嘴上的八字胡有关系呢！"

"咱们老宋哥满脸皱纹、胡须一把，看起来四十开外快五十了，实际上今年他才三十八岁。在旧社会里放牛，下窑，打短工什么苦都受过，吃糠咽菜好容易熬到十八岁，积攒了一些钱成了家娶了媳妇，可是结婚不到一年就被日本鬼子抓去集训，逼着他操东洋操，学东洋话，不知挨过多少揍。抗战胜利后，实指望日子好过了。国民党又骑在人民的头上，大儿子得天花症瞎了眼，二儿子、小儿子还不会说话就病死了，两口子劳累一年只够一秋吃，年年借债，窟窿满身。1974年冬天，秋收刚完，一天夜里中央军来到了村里抢粮抓夫，知事的人早就躲开了，老宋哥为赶一点活没来得及躲，就被伪保长领着中央军来抓走了，连绑带骂一下押到县里，几十个人关在一个黑屋子里不让逃走。第二天，一个排长样的长官看他满脸胡须，问他多大了，老宋哥可机灵，一路早就编算好了，一下多报了一轮，"三十六啦"，实际上当时他才二十四五哩！长官听他回答的那样干脆，又看他那副样子，就没挑中他，但仍然不放他走。这一下老宋哥可急啦，夜里思想，兴许叫咱干啥卖力活吧！第三天后晌，放风的时候，老宋哥看警戒比较松了，此时不逃，等待何时，乘人不备，一翻墙头逃回来了，这就是老宋哥第一次进城的事。从那时候起，老宋哥就留下了胡须，现在习惯了也就不刮他了。这段苦水除了咱村的人知道外，老宋哥从来不敢提它。"

　　班长一说完，二猴一下跳到炕上大声嚷道："咱们老宋哥在旧社会里是被戴上手铐押进城去，可是在今天是戴上大红花，敲锣打鼓送进城去。"他的话引起了哄堂大笑。

（原载河北省怀来县文联编《公社一日》第一辑，1963 年 3 月 1 日）

把革命诗歌的号角吹得更响

——谈诗歌朗诵

革命诗歌，是冲锋的号角，进攻的战鼓。

诗歌需要朗诵，就像剧本需要表演，歌曲需要演唱，乐曲需要弹奏一样。

诗歌需要朗诵，不仅是诗歌本身的要求，更是斗争的需要，革命的需要，工农兵的需要。

无产阶级文化大革命以来，在毛主席革命文艺路线指引下，广大工农兵占领诗歌阵地，写诗、赛诗、诗歌朗诵活动蓬勃开展。每逢革命节日和重大政治斗争，许多工厂、农村、部队、学校都要举行各种形式、各种专题的诗歌朗诵会，诗歌朗诵活动已成为广大工农兵政治生活中的组成部分。中共中央 1966 年 5 月 16 日《通知》发表十周年之际，《诗刊》《人民文学》《北京文艺》联合举办的"歌颂文化大革命，反击右倾翻案风"诗歌朗诵演唱会，由于紧密地配合了批邓和反击右倾翻案风的斗争，热情歌颂文化大革命，受到群众的热烈欢迎。许多群众反映说：这种朗诵会开得及时，是庆祝会，是批判会，也是一次战斗动员会，听后使人受鼓舞，长志气，添干劲。

伟大领袖毛主席十分重视和关怀诗歌创作，为诗歌发展指明了方向。"诗当然应以新诗为主体"。新诗要在批判地继承古典诗歌和民歌的基础上发展，运用革命现实主义和革命浪漫主义相结合的创作方法，力求达到"革命的政治内容和尽可能完美的艺术形式的统一"。鲁迅对新诗的发展也发表过十分宝贵的意见："诗歌虽有眼看的和嘴唱的两种，也究以后一种为好"。"新诗先要有节调，押大致相近的韵，给大家容易记，又顺口，唱得出来。"我们要认真学习领会毛主席的指示和鲁迅的论述，学习革命样板戏的创作经验，按照"顺口、有韵、易记、能唱"的要求，创作出更多更好的充分表现革命内容，民族化、大众化、适合朗诵的诗来。

在许多次朗诵会上我们看到，广大工农兵特别喜欢那些紧密配合现实斗争，内容深刻，气势磅礴，感情充沛，语言朴实，节奏鲜明，琅琅上口的诗篇。如《理想之歌》《张勇之歌》《西沙之战》《锤》《革命大批判颂》《老贫农管教育》《手》等，已成为广大群众爱听和经常朗诵的作品，而那种内容空洞，难懂费解，没有音韵节奏的诗，则是群众所不喜欢的。

好的诗经过朗诵所以能得到听众强烈的反响，在群众中广泛流传，除了诗本身的力量外，与朗诵者的艺术再创造也是分不开的。朗诵者用爱憎分明的无产阶级感情，铿锵有力的声调和恰当的表演动作，使得诗歌的思想内容更突出了，工农兵英雄形象更鲜明了，语言更有力了。因此，好诗经过朗诵，就能使这些诗更加深入人心，使更广大的群众受到深深的感染和生动的教育。

诗歌朗诵是革命文艺的轻骑兵。它短小精悍，生动活泼，能够及时配合现实斗争，易为群众掌握和运用，不受时间、地点、条件的限制，便于上山下乡，深入基层，深入群众。大力开展诗歌朗诵活动，既能充分发挥诗歌的战斗作用，丰富人民的革命文化生活，又有利于促进新诗与群众的结合，提高诗歌创作水平，繁荣社会主义文学艺术。

在批判邓小平、反击右倾翻案风斗争不断深入发展的大好形势下，我们要以阶级斗争为纲，坚持党的基本路线，紧密配合当前的斗争，充分运用诗歌朗诵这一锐利武器，向修正主义猛烈开炮，同走资派进行针锋相对的斗争，保卫和发展文化大革命的胜利成果，热烈歌颂社会主义新生事物，为反修防修、巩固无产阶级专政冲锋陷阵！

让我们把革命诗歌的号角吹得更响亮吧！

（与殷之光合作，原载《北京文艺》诗歌专号，1976 年第 7 期）

公社肩膀宽又大

公社肩膀宽又大，任何困难担得下，
一村有事村村去，山上有事有山下。
今年洪水特别凶，旧的小坝被冲塌，
公社两肩动一动，三天修起个大洪坝。

（原载怀来县文学艺术界联合会编《怀来诗传单》
第 10 期，1960 年 1 月 23 日）
（当时在五堡公社，使用的是笔名：红浪）

罗城山歌好又多

罗城山歌好又多，
歌声响亮传全国。
今年丰收歌更响，
我背稻箩去装歌。

正赶歌乡开歌会，
各路歌手大汇合，
踏着歌声到会场，
台上赛得正热火。

书记带头把歌唱，
歌手一个接一个，
男女老少都登台，
千人唱来万人和。

曲曲唱的公社好，
首首不离丰收乐。
唱得青山起回音，
唱得鲤鱼跳出河。

唱得太阳懒落山，

唱得月亮急上坡，
唱得人人添干劲，
来年再把丰收夺！

我放稻箩来装歌，
装下这个想那个，
稻箩怎能装得下？
明年得用火车拖。

（原载《秋浦歌》贵池诗歌选，1979 年）

敬陈总

一

拿酒来，喝几盅，
敬爱的陈总和咱把杯碰。

难忘那年同举杯，
笑谈林彪呜呼倒栽葱。

今日又饮庆功酒，
又是喜呵又是痛——

喜咱神州除"四害"，
大治花开烂漫红；

痛咱陈总离人间，
酒杯犹在席上空……

又是喜呵又是痛，
胜利倍加念陈总。

手捧美酒难下咽呵，
先给陈总敬一盅！

二

拿酒来，敬陈总，
话语捧出肺腑中。

敬您耿耿丹心为革命，
一生紧跟毛泽东。

敬您"持枪跃马经殊死"，
开国元勋建奇功。

敬您四海奔波传友谊，
反帝、反修，会宾朋。

敬您雪压青松挺且直，
光明磊落世人颂。

敬您的酒杯盛湖海，
一腔深情如潮涌。

敬您的话语荡山岳，
似见泰山入云空！

三

拿酒来，敬陈总，
庆功不忘把诗诵。

陈总诗集欣问世，
写诗也当学陈总——

诗怀如海肝胆照，
自励励人兴味浓。

赣南游击见大勇，
梅岭三章识英雄。

风驰中原撑半壁，
云卷千峰播火种。

横越江淮扫残寇，
饮马长江缚苍龙。

冬夜杂咏赞品德，
要学红叶透底红。

教诲子女传佳篇，
再生父母是民众……

"秉笔勤书记战程"，
爽朗、豪放好诗风。

铭记"革命流血不流泪"，
悲痛化作力千钧。

单等"人间遍种自由花，
天地翻覆五洲红"，

再与陈总杯碰杯，

再听陈总把诗诵……

（原载《诗刊》，1977 年 9 月号）

楠木歌

　　毛主席纪念堂瞻仰大厅里，我看见了楠木的雕花大门和护栏。听说，这些珍贵的楠木，是敬爱的周总理生前派人从海南采集来的，不禁使我想起了两个伟人一生的革命友谊……

一

清香光泽的金丝楠木哟，
是谁赋予你崇高的职责和荣誉？
你比葵花还要幸福，
日夜承受着红太阳光辉的沐浴；
你像士兵一样威武，
时刻守护着大救星静静地安息。
我要唱一支赞美的歌，
歌唱你英雄的秉性，高贵的品质。

你，生在海南岛五指山区，
尖峰岭上傲然屹立。
阅沧海桑田，识人间豪杰，
辨九天云雾，迎韶山晨曦。
任凭风狂雨骤，
何惧雷轰电劈，

炼就一身铁骨，
铸成栋梁之躯。

你，敢和松柏比青翠，
万木丛中不炫己；
根深蒂固擎天柱，
宁直不屈志不移；
肝胆照人显本色，
情操高洁不可欺；
清香四溢拒腐恶，
蛀虫匿迹未足奇。

二

楠木呵，楠木，
看见你那忠于职守的英姿，
就想起毛主席的亲密战友
——我们敬爱的周总理。
斗转星移，半个多世纪，
红心不变，紧跟毛主席。
捍卫领袖的路线，
实践领袖的真理。

农讲所里，同一课堂布火种，
武装斗争，同举长缨战顽敌；
长征路上，披荆斩棘肩并肩，
宝塔山下，同一窑洞定国计；
重庆谈判，同入虎穴斗苍龙，
天安门前，与民同庆把国立；
改造神州，共同描绘好山河，

反帝反修，同谱胜利进行曲……

两个伟人，迈着一个步子，
两双脚印，奔向一个目的。
峥嵘岁月，朝夕相共，
寄予了多少信任与关怀；
胜利之时，运筹未来，
留下了多少欢慰的笑语。
感奋的事迹，千秋传颂，
伟大的友谊，光照青史。

三

唱楠木呵，颂楠木，
楠木的纹理多细密，
好一部宏伟浩瀚的友谊赋，
钻在太阳宫的金毕里。
一条条，似龙凤，
记载着导师、总理的丰功伟绩；
一丝丝，似锦绣，
凝聚着各族儿女的无限敬意。

见楠木，长相忆，
忘不了毛主席和周总理；
唱楠木，思念切，
又见伟人在一起——
并肩屹立在花丛中笑，
频频向我们招手致意：
跟着华主席，就是希望，
继续长征呵，只争朝夕！

清香光泽的金丝楠木哟，
太阳宫里永生的战士，
看见你那巍然肃立的风儿，
就想起人民的好总理，
一生辅佐领袖毛主席
鞠躬尽瘁，至死不离。
坚贞、纯朴、崇高的伟大友谊呵，
誉满天下，映红天地！

（原载《北京文艺》，1978 年第 7 期）

围棋的歌

——献给敬爱的陈老总

一

方方正正的围棋盘哟，
晶莹闪亮的围棋子，
看见你就想起敬爱的陈总，
我们围棋协会的名誉主席……

忘不了呵，在那烽火年代，
每逢战斗间隙，工作之余，
陈总常邀我们一起，
来！杀一盘，见个高低。

陈总爱下围棋，
岂是为了消遣、解疲？
古来名将论战，
多爱探讨棋艺！

曾记否？赣南坚持游击战，

三年隔绝，四面受敌，
昼伏夜行出神兵，
几破铁围奇中奇。

弯弓射月到江南，
穿插敌防巧转移，
东进一着世界惊，
河湖港汊竖战戟。

逐鹿中原撑半壁，
齐鲁淮海驰劲旅，
诱敌深入，聚而歼之，
虎口拔牙，出其不意……

一着棋，似火星，
　着棋，滚霹雳，
一着棋，以一当十，
一着棋，如虎添翼。

好呵！身经百战的将军，
作战与棋艺浑成一体——
棋中看"战"，识大将的韬略和风度，
战中见"棋"，显英雄的本色和伟绩。

二

经纬交辉的围棋盘哟，
编织出多少动听的故事；
粒粒珠玑的围棋子哟，

播下了多少美好的种子……
一生紧跟毛泽东。

敬您"持枪跃马经殊死",
开国元勋建奇功。

敬您四海奔波传友谊,
反帝、反修,会宾朋。

敬您雪压青松挺且直,
光明磊落世人颂。

敬您的酒杯盛湖海,
一腔深情如潮涌。

敬您的话语荡山岳,
似见泰山入云空!

三

拿酒来,敬陈总,
庆功不忘把诗诵。

陈总诗集欣问世,
写诗也当学陈总——

诗怀如海肝胆照,
自励励人兴味浓。

赣南游击见大勇，
梅岭三章识英雄。

风驰中原撑半壁，
云卷千峰播火种。

横越江淮扫残寇，
饮马长江缚苍龙。

冬夜杂咏赞品德，
要学红叶透底红。

教诲子女传佳篇，
再生父母是民众……

"秉笔勤书记战程"，
爽朗、豪放好诗风。

铭记"革命流血不流泪"，
悲痛化作力千钧。

单等"人间遍种自由花，
天地翻覆五洲红"。

再与陈总杯碰杯，
再听陈总把诗诵……

（原载《诗刊》1977 年 9 月号
后转载《山东文艺》1978 年 10 月号）

没有耕耘，哪来收获

——贺《布谷鸟》

布谷鸟又叫了！
布谷鸟又叫了！
大地春回，
万象更新，
你到处传颂着喜报。
谁也封不住你的金喉，
谁也拴不住你的手脚。
迎春放歌，
何惧辛劳？
你飞到哪，
哪儿百花盛开
　　　一片欢笑！

布谷鸟飞来了！
布谷鸟飞来了！
穿云破雾，
战胜风暴，
又投入人民的怀抱。
你召唤我们"抓住季节"，
你催促我们"及时种稻"。
没有耕耘，

哪来收获？
"四化"美景呵，
靠我们双手
　　　来创造！

　　　　　　　　（原载《布谷鸟》，1979 年 9 月）

儿歌和儿歌创作

一

前几年，我常听到幼儿园和小学的老师说，适合孩子们唱的儿歌，真少得可怜。可是，我却发现有些坏儿歌却不胫而走，在孩子们中间流传很广。为什么会出现这种情况呢？这是由于无人过问儿歌创作吗？不对！有人过问，而且抓得很紧，那就是"四人帮"。他们抓文艺，也没有放过儿歌创作。鲁迅说过："中国有许多妖魔鬼怪，专喜欢杀害有出息的人，尤其是孩子。""四人帮"就是这样的妖魔鬼怪。他们将批"宋江"，抓"大儒"，斗"走资派"等等塞进儿歌，妄图利用儿歌教唆儿童去反对我们的老一辈革命家。

说来也真有趣，"四人帮"给儿歌下了个定义：儿歌，是儿童自己的创作。也就是说，儿歌的作者必须是儿童。广大儿歌作者的创作权利一下子被剥夺了。这一来，就更便于将儿歌创作置于他们的控制之下。其实，当时报刊上发表的儿歌，尽管署名某某小孩，或者某某小学儿歌创作组，明眼人一望而知，都是越俎代庖的货色。更有趣的是，当他们需要什么"名诗人"出来写点儿歌以壮声势之时，也就将自己的那个定义抛到九霄云外去了。什么"张打铁，李打铁……"也成了"名诗人"专为儿童创作的新作。

"四人帮"要求儿歌"触及时事"，为其篡党夺权的政治阴谋服务，当然也就顾不得什么艺术性，管不得什么儿童特点，本来他们就是"搞政治，不是搞文艺"的。于是当时的儿歌多则多矣，其实是千歌一调，千曲一腔，公式化、概念化、雷同化。他们破坏了儿歌创作的艺术规律，也可以说是一件"好事",这么一来,他们炮制的那些内容既反动,形式又拙劣的儿歌,儿童自然不要听,不要唱,于是这些儿歌只好留着让它们的作者自己欣赏去了。

儿童不要听不要唱的儿歌充斥报刊,而儿童爱听爱唱的儿歌则是空白,在这样的情况下,一些不三不四、不伦不类,甚至含有毒素的马路儿歌有了市场而且广为传播,也就不足为奇了。

今天我们要繁荣儿歌创作,既要锄草,又要浇花。深入批判"四人帮"在儿歌理论上的种种谬论,肃清其流毒,同时要认真学习毛主席给陈毅同志谈诗的一封信,开拓儿歌创作的广阔道路。

二

毛主席总结了自古以来诗歌创作的规律,一再强调"诗要用形象思维"。由于儿童喜欢具体生动的形象,不爱空洞乏味的说教,这就要求儿歌创作更需注意形象思维。一些优秀的儿歌都具有形象鲜明、想象丰富的特点,如大庆儿歌:

> 我叫小石油,
> 生得黑黝黝,
> 住在千米岩层里,
> 叔叔领我出地球。

黑黝黝的小石油,住在千米深的地底下,多闷气啊,多亏来了大庆叔叔,把这个沉睡了几百万年的黑孩子领出了地球,构思巧,手法新,读来十分感人。

展现在儿歌中的形象越具体,越有趣,越能表达出感情,也就越容易使儿童受到教育。如:

> 爷爷跑,胡子翘,
> 姐姐跑,蝴蝶飘,

哥哥跑，一溜烟，

奶奶跑，把手招。

做什么？

你看，拖拉机开来了！

——王建中：《跑》(《中国儿歌选》资料本)

寥寥数笔，就勾画出四个不同的人物"跑"的特征："胡子翘"、"蝴蝶飘"、"一溜烟"、"把手招"。形象逼真，栩栩传神。读了这样的儿歌，仿佛自己也置身于诗情画意之中，如见其人，如闻其声。

三

毛主席早就教导我们"要照顾青年的特点"，"要为青少年着想"，并明确指出"青年人就是要多玩一点，要多娱乐一点，要跳跳蹦蹦。不然他们就不高兴。"对青年人如此，对少年儿童更不用说了。儿歌，如果不照顾儿童的特点，不考虑不同年龄儿童的心理特征、兴趣爱好、接受能力，儿童也是不欢迎的。

儿童喜欢把万物都看作有生命的东西。列宁说过："如果你给孩子们讲故事，故事里的鸡儿猫儿不是说的人话，那末，孩子们对你所讲的故事就不会发生兴趣。"因此，儿歌中采用"拟人化"的手法，是受到孩子欢迎的。如刘饶民写的《下雨》：

滴答，滴答，滴答，滴答，下小雨啦！

种子说，"下吧，下吧，我要发芽！"

梨树说："下吧，下吧，我要开花！"

麦苗说："下吧，下吧，我要长大！"

小孩子说："下吧，下吧，我要种瓜！"

春雨贵如油，为了告诉孩子雨水对庄稼、植树的好处，种子、梨树、麦苗都被人格化了，读了令人趣味盎然。

儿童喜欢做游戏。鲁迅说："游戏是儿童最正当的行为，玩具是儿童的天使。"结合游戏、玩具创作儿歌、寓教育于娱乐之中，对儿童的身心健康是有益的。柯岩的《坐火车》，通过小板凳当火车，小玩具当乘客，"轰隆隆隆，轰隆隆隆，呜！呜！"穿山过河，形象具体，活泼生动，启发儿童的想象，很受孩子们的欢迎。儿童会玩的游戏很多，不少结合游戏节拍写的拍手歌、对数儿歌、骑竹马歌、拉大锯歌、跳绳歌、踢毽歌、跳橡皮筋歌、猜谜歌、颠倒歌等，都受到儿童的喜爱。这些游戏儿歌，内容可以不断变化丰富，动作也会不断发展，生命力是很强的。

儿童从摇篮里开始就喜欢唱歌，听音乐。儿歌的音乐美，为它的口头传唱添上一双美丽的翅膀。当孩子们感到没啥可唱时，常常会根据一些流行的歌曲自己填上词唱着玩儿。我们的一些儿歌在儿童中传唱不开的一个原因，就在于忽略了音乐性。要使儿歌真正起到教育作用，并战胜坏儿歌，非得在音乐性上下功夫不可，要使儿歌念起来富有节奏，琅琅上口。

四

毛主席一再教导我们要向民歌学习，并深刻指出："将来趋势，很可能从民歌中吸引养料和形式，发展成了一套吸引广大读者的新体诗歌。"我们的儿歌创作，也得老老实实拜民歌为师。请听：

一二三四五六七，
七六五四三二一，
七个阿姨来摘果，
七个花篮手中提，
七个果子摆七样：
苹果、桃子、石榴、
柿子、李子、栗子、梨。

——嘉之搜集

309

这是多么好的一篇对儿童进行数字教育、知识教育的辅助材料。这首传统儿歌富于音乐性，好听、好懂、易记、上口。这是一切优秀民歌都具备的长处。

学习民歌，首先要学习民歌是怎样从群众中来，到群众中去，真实地反映劳动人民的思想感情和愿望，为中国老百姓所喜闻乐见的。儿歌作者要多读一些民歌（包括传统儿歌），作一些分析研究，取其所长，补己之短。有不少民歌，本身就接近儿童的认识能力，为儿童所容易理解。如《红旗歌谣》里的歌谣，除注明儿歌者外，像《叔叔三次到咱家》《月宫装上电话机》《羞月亮》《向太阳挑战》《新嫂嫂》《人人说她脏》等等，都易为儿童所接受。这些民歌运用了革命现实主义和革命浪漫主义相结合的创作方法，想象丰富，形象鲜明，长久地保留在人们记忆中。

其次，要学习民歌的艺术创作规律和表现手法。我国民歌自古以来创造形象的基本手法就是比、兴、赋。优秀的民歌起兴好，比喻好，叙事抒情结合得好，值得我们学习的地方很多。兴句，多在开端，它源于生活，触景生情，日月星辰、风云雷电、山川草木、鸟兽虫鱼等宇宙万物都可用来起兴，以引起后面歌咏的情绪。如"太阳出来……"、"太阳落坡……"、"月光光"、"月儿弯弯"、"天上星亮晶晶"、"高高山上"、"一条大河"、"石榴花开"、"小白菜"、"小白鸡"、"花喜鹊"等等，不仅一直沿用到今天，而且可根据内容的需要，不断有所创新。

比喻，有明喻、暗喻、对比、排比、反比，多种多样。恰切的比喻，可以使表达的思想主题更加形象化，更加感人。杰出的民歌手使用比喻，信手拈来，运用自如，美不胜收。

新中国建立以来，我们不少儿歌作者对民歌怀有较深厚的感情，不断从民歌中汲取营养以丰富自己的创作，写出了许多优秀的为儿童喜闻乐见的儿歌。但是，近些年来由于"四人帮"的干扰破坏，忽视了向民歌学习。"四人帮"的流毒影响，还产生了不少缺乏生活气息，表现手法平庸，呆板板，直戳戳，干巴巴的儿歌。这样的儿歌当然传唱不开。

今天，通过学习《毛主席给陈毅同志谈诗的一封信》，使我们对发展新体诗歌的方向和道路更清楚了，向民歌学习的劲头更大了。我们要在深入揭批"四人帮"的基础上，努力掌握儿童的特点，探讨儿歌的创作规律，为繁荣儿歌创作而努力。

（原载《儿童文学研究》第一辑，1979 年 1 月）

诗歌的节日 （八首）

诗歌节

如果把清明这天定为诗歌节，
我举双手赞成满心喜悦，
年年纪念"四五"，缅怀先烈，
让诗歌之花怒放，永不凋谢。

民心不可侮

从"五四"，到"四五"，
民心从来不可侮，
讲民主，除暴政，
求科学，盼国富。

阴　谋

英雄关进牢房，
打手评功授奖，
贼喊捉贼怪事，
四妖想戴皇冠。

回天力

千古奇冤一朝雪，
百年旱魔定能解，
看我人民回天手，
抗旱抢种多热烈。

是 谁……

谁悼念总理送上第一个花圈？
谁讨伐"四害"发出第一声呐喊？
谁顶住棍棒贴出一张张檄文？
是未来的希望呵大有作为的青年！

试金石

谁拥护真、善、美？
谁包庇假、恶、丑？
天安门事件是块试金石，
把你我他都解割。

虹 桥

先烈遗愿化虹桥，
诗抄[1]吹响进军号，
华主席领咱桥上过，
"四化"凯歌震九霄。

---

1. 指《天安门诗抄》。

说真话

没人买的诗集快拿下来吧，
为什么还让它装潢着书架？
人们要《天安门诗抄》这样的诗，
诗人呵，最起码的人格是说真话！

（原载《安徽群众文艺》，1979年第4期）

喷泉滴滴润心甜

我爱喷泉，气冲霄汉，拨开云雾，蔚为大观。

我爱喷泉，源源不断，汇成江河，一往无前。

我爱喷泉，晶莹亮闪，肝胆相照，一尘不染。

我爱喷泉，从不知倦，甘洒热血，造福人间。

我爱喷泉，诗花烂漫，奋发向上，润我心甜。

（原载贵州省绥阳县文化馆主办《喷泉》诗刊总第 10 期，1070 年第 6 期）

石林爱

阿诗玛在哪里？
阿诗玛就在这片石林里。
瞧！那伫立的巨石，
就是姑娘的英姿。

听！阿黑哥又在呼唤阿妹，
回音不绝，萦回在天际。
坚贞与勇敢战胜了强暴，
优美的故事流传到今世。

来！拍张照，合个影，
阿诗玛和我们在一起；
来！唱首姑娘最爱听的歌，
阿诗玛和我们永不分离。

阿诗玛在石林，
石林更美丽；
阿诗玛爱石林，
石林奇无比。

看！一块块巨石，

拔地顶天，独立不倚，
多像阿黑哥的性格，
抗暴除恶，宁折不曲。

看！一块块巨石，
气势磅礴，稳如磐基，
多像我民族的尊严，
凛然难犯，万古不移。

（原载《滇池》，1979 年第 2 期）

披肩的歌

　　勤劳、朴素的纳西族妇女，身着羊披肩，上缀日月星辰，当地父老称，这象征着"披星戴月"……

纳西族妇女真能干，
勤劳、朴素美名传，
山里生来山里走，
两肩背起千斤担。

身着一件皮披肩，
又挡风雨又御寒，
上缀日月和星辰，
光芒四射多耀眼。

我问"七星"何所指，
阿妈对我笑开颜；
祖辈留下传家宝——
"披星戴月"金不换。

背哟背——
背走多年的苦和难：
背哟背——

背来蜜似的幸福泉。

如今"七星"成装饰，
党的恩情绣里面：
北斗指我天堂路，
揽月天梯我敢攀。

美丽披肩身上穿，
劳动本色永不变，
披肩的歌人人唱，
社会主义好处说不完。

（原载《边疆文艺》，1979 年第 7 期）

采风记 （三首）

喜看绕山林

载歌载舞绕山林，
吹吹打打动我心，
真想跟着绕几绕，
绕到北京城。

巍山打歌响入云

巍山打歌响入云，
万古流传不断音，
因势利导民心乐，
别学莫怀仁。

怀念歌师张明德

茶花朵朵映彩霞，
大理会演真红火，
节目人人夸。

白族民歌声誉大,

北京城里传佳话,

提起歌师张明德,

人人怀念他。

(原载中共大理白族自治州委员会主办《大理简讯》第 31 期,1979 年 3 月)

采风记 （二首）

采风来到蝴蝶泉

采风来到蝴蝶泉，
捧口清泉润心甜，
学唱一首大理调，
引来众歌仙。

白族儿女爱唱歌，
人人恨透江妖婆，
金喉怎能锁得住？
越唱歌越多。

蝴蝶树下搭歌台，
双双蝴蝶结队来，
多少金花和阿鹏，
个个好歌才。

对答如流声连声，
苍山洱海听入神，
乐坏手中录音机，

怎么忙得赢?

唢呐阵阵动心弦

唢呐阵阵动心弦,
插秧播种劲头欢,
堪笑四害下禁令,
只怪不种田!

(原载中共大理白族自治州委员会主办《大理简讯》第 34 期, 1979 年 4 月 7 日)

龙胜三题

赞龙胜

龙胜是棵大榕树，
苗瑶侗壮共一株，
党撒雨露常年青，
根深叶茂枝干粗。

龙胜是个聚宝盆，
爱的山中勤俭人，
政策贴心锁自开，
任我日日数家珍。

龙胜是个诗窝窝，
男女老少爱唱歌，
傲霜斗雪花更艳，
山歌越唱越出色。

金江恋

民歌、歌圩座谈会后，龙胜金江组织了一场情歌对唱。多年不听此歌，今日唱开，好不快哉！

火红杜鹃迎春开，
我学山歌下乡来，
金江一夕永难忘，
歌台对歌好风采。

各路歌手满堂坐，
个个显出好肚才，
见子打子不离谱，
有问有答多合拍。

唱出多少心里话，
唱出多少情和爱，
歌甜胜吃罗汉果，
我和歌师心相挨。

要学杜鹃崖前立，
雨暴风狂花不败，
要学滚滚金江水，
冲开多少大石块。

山歌越唱越聪明，
山歌越唱人越乖，

唱起山歌干四化，
长征步子迈得快。

温泉情

连日奔波，主人邀我与秦国明君同游矮岭温泉，荒山脚下，洗露天浴，平生一乐事也，赋此。

龙胜有温泉，
坐落深山涧，
主人真好客，
邀我同游览。

一到方知晓，
此泉还露天，
潺潺流水声，
烟雾缥缈间。

连口多奔波，
到此遂心愿，
泡个温汤水，
快活似神仙。

洗我风尘苦，
驱我病体寒，
为我舒筋骨，
为我解心烦。

浴罢飘飘然，
始觉心内惭，

愧比温泉水，
待人见肝胆。

不贪君权贵，
不嫌君贫贱，
不图君恩报，
热量都匀沾。

好个天然浴，
教我要奋勉。

（原载《龙胜文艺》，1980 年第 3 期）

写中国老百姓喜闻乐见的诗

——怀念农民诗人王老九

一

在第四届全国文代会上，我才听说农民诗人王老九是在林彪、"四人帮"横行的 1969 年 2 月不幸逝世的。为什么这样一位深爱农民爱戴和尊敬的农民诗人与世长辞，当时报纸上连篇悼念文章的影子都不见呢？原来诗人去世时，讣告报到公社，公社不理；讣告发往县、省、中央，都石沉大海，杳无回音。这是林彪、"四人帮"实行文化专制主义，控制舆论工具，扼杀群众创作，鄙视工农作者的又一重要罪证。

尽管十年浩劫期间，王老九的名字得不到宣传，但是，王老九的作品却一直活在我们心上。至今人们都还记得 1958 年全国第一次民间文学工作者代表大会上，老九感慨万千，兴致勃勃，即席赋诗的音容笑貌：

> 盘古初分到如今，
> 未见农民当诗人；
> 中国兴起共产党，
> 农民作者集成群。

使我难以忘怀的是 1960 年全国文教群英大会期间，老九和郭老一起赋诗的动人场面：这一天风和日暖，工农兵诗人，歌手欢聚在颐和园，文艺界的老前辈郭沫若、周扬、阳翰笙等都来了，跟大家握手，谈心。诗人、歌手们都争向郭老献诗，郭老每接一首便当场朗诵一遍。当郭老接到老九的诗《赠郭老》时，有意把"郭"字念成"王"字，朗诵成：

> 王老人老心不老，
> 写诗更比李白高，
> 我日日夜夜想见他，
> 胡子盼白见不到。
> 今日见了老兄面，
> 喜得我心像蛤蟆跳，
> 希望咱俩手拉手，
> 同往共产主义跑！

并不停地夸赞"好，好，好诗！"跟老九热烈握手笑着说："我念了一个别字，把'郭'老念成'王'老了！"说完哈哈大笑。一个当代杰出的大文豪和一个当代优秀的庄稼汉诗人坐在一起赋诗，这只有在中国共产党领导下的新中国，才能出现这种史无前例的创举。

二

> 一颗珍珠地里埋，
> 满身光彩难出来，
> 一声炸雷天地动，
> 挤出土来把花开。

正像王老九这首诗中写的：没有共产党，就没有新中国；没有共产党，老九这样的庄稼汉也不可能成为农民诗人。

王老九是陕西临潼县相桥公社北王村人。解放前，在那"天昏地暗黑洞洞，乌云遮日路不明"的日子里，老九挨打受气、逃荒要饭，过着牛马不如的生活。为了揭露地主阶级和国民党反动派的罪恶，老九编了不少顺口溜。如：

秦始皇，胡蛮蛮，[1]

上下磨扇转得残，

磨得百姓骨头碎，

血榨尽来汗抽干，

有朝一日天睁眼，

砸烂磨扇摞河滩……

寥寥几笔就勾画出地主恶霸的残暴，农民的苦难。这些作品大长人民的志气，大灭敌人的威风，受到群众的欢迎。人们称赞："王老九，硬骨头，编得一口顺口溜，要是住了口，大伙发忧愁。"新中国成立后，老九"翻身又翻心"，创作热情格外高涨，放声歌唱伟大的党，伟大的领袖，伟大的人民，歌唱社会主义新生活。人们称赞他的诗："又明了，又简短，群众爱唱又爱念，宣传效果真不浅"。不少作品家喻户晓，众口皆碑。有的汇集成册，有的译成外文。

对于这样一位有成就的农民诗人，多么需要根据他的身世和经历，总结一下他的创作实践和经验，加以评介和推广呵！实践出智慧。王老九的创作才能，不是从天上掉下来的，而是长期勤奋得来的。为了彻底肃清这些年来"四人帮"的"帮八股"在诗歌创作上的流毒和影响，我深深感到：我们学习王老九，一个很重要方面，就是要发扬好诗风，写中国老百姓喜闻乐见的诗。

三

学习王老九，发扬好诗风，写中国老百姓喜闻乐见的诗，就要做到始终不脱离人民，不脱离劳动，与群众同命运，共呼吸。正如老九诗中说的："我的根，扎在农村田园。我的心，和人民骨肉相连。"（《我的决心》）由于王老九一直扎根于人民的火热斗争生活之中，对新旧社会有着深刻的体验和鲜明的爱憎，他的创作发自肺腑，情真意切，说出了亿万

---

1. 秦始皇，恶霸李颂丞外号；胡蛮蛮，指胡宗南。

330

农民的心里话，具有浓厚的生活气息，给人们以极大的鼓舞。新中国成立初期，他的诗充满了对旧社会的控诉，对新社会的赞美。如《除了肚里大疙瘩》《听政府的报告》《老人变年轻》《张老汉卖余粮》等等，都是来自生活，有的就是写的自己。以后，他写了无数歌颂合作化运动的诗。由于他自己办过互助组，当过社主任，亲身体会到组织起来的好处，只有社会主义能够救中国，当毛主席指出某地"三户贫农所表示的方向就是全国五亿农民的方向"时，他很懂得三户贫农的心，体贴到这三户坚持办社很不容易，这个社宝贵得很，他以饱满的革命激情，将这一划时代变革的重大题材，凝聚在短短四句诗中。这就是广为传诵的《歌唱三户贫农》：

> 这个社好比灵芝草，
> 出土露面苗苗小；
> 毛主席担水及时浇，
> 一夜长得比山高。

这首民歌，由于构思新颖，巧妙，把毛主席的普通劳动者的形象和对亿万农民的深情关怀生动地、历历在目地表现出来。诗情画意，融为一体。因此深受群众喜爱，成为他的代表作之一。

王老九在创作实践中，对生活研究、分析、观察入微的功夫，是很值得我们学习的。几句话就描绘出一个新农民的风貌："王保今，粗眉大眼心灵动，说句话儿敲洪钟，中等个子脸白净，走路好像一阵风。"写农村妇女的勤快劲"上炕剪子下炕镰"；说妇女面擀得好"擀成纸，切成线，下到锅里莲花转"，更是绘声绘影，说到了家。

人民生活是创作的唯一源泉。老九说得好："因为我热爱我的生活，我就有唱不完的歌，说不尽的话。我常常想：假若谁不爱他的生活，对新社会的事情抱着袖手旁观的态度，那就别想写出好东西来。"[1]

1.《文汇报》1954 年 4 月 11 日《我的回答》。

四

　　学习王老九，发扬好诗风，写中国老百姓喜闻乐见的诗，就要不断吸取民间文学的养料。人民是文学的母亲，诗人要给人民以营养，必须自己先吸收营养。民间文学哺乳了历代的作家。要自觉地从中吸取乳汁。善于继承民族传统，又勇于革新创造。从民间来，再回到民间去，力求使自己的作品民族化、群众化，真正具有中国作风，中国气派。

　　老九年轻时就爱看戏，怀里经常揣着个戏本，一些戏里的唱段都背得很熟。他喜欢民歌，精通快板顺口溜，熟悉民间传说、故事、唱词、谚语、成语、谜语、对联，用起来得心应手。他的诗，以通俗、生动、活泼、流畅著称，博采各种民间文艺的精华、养料，加上自己的创造发展，形成了自己的独特风格。在内容上，在他的笔下，中国的老百姓所喜爱的东西，如龙、凤、灵芝草、宝莲灯、金银财宝、花鸟虫鱼，活灵活现，都赋予了新的生命，寓以新的含意。在形式上，他的诗句长短，分行分段，节奏音韵，完全服从题材内容的需要，多种多样，不拘一格。民间语言只要好的可用的，他信手拈来，即成佳句，有声有色，意味无穷。

　　特别值得提到的一点，他的诗多带有简单生动的故事情节，而且往往一开头就能把读者、听众抓住。你听：

> 渭河流水哗哗哗，
> 北岸有个杏树洼，
> 村东头，槐树下，
> 住着得宝和张大……

（《得宝和张大》）

> 一条大路长又宽，

弯弯曲曲绕河畔，

西边走来一老汉，

手推小车吱噜噜转……

(《老王扯布》)

太阳落在西山上，

张桂花抱娃到娘家，

她妈搂住小外孙，

喜眉笑眼露白牙……

(《桂花写信》)

开门见山，有景有情，有声有色，有人物性格，引人入胜，叫你非看、非听下去不可。这种功夫，是长年累月向民间文学学习，不断吸取养料，勤奋学习得来的。这是一般叙事诗作者很难达到的。

五

学习王老九，发扬好诗风，写中国老百姓喜闻乐见的诗，也要注重"形象思维"。老九在谈到他的创作体会时，虽然没有提到"形象思维"这个词，然而，他的创作，包括构思、剪裁、遣词、造句整个过程，都没有离开形象思维这个艺术创作规律。在他的作品中，无论叙事、抒情、写人、绘景，赋、比、兴的手法俯拾皆是，运用自如。

诗人究竟是怎样运用形象思维的方法进行创作的呢？老九在《谈谈我的创作和生活》《我是怎样写诗的》《笔尖生花诗浪翻》[1]等文章中，有不少生动的事例，是很好的说明。

比如在写《进西安》这首诗时，作者初到大城市，看见样样都新鲜，可是从哪搭说起呀，用了好些事来开头都不行。一想到正是六月天，天气明亮，又很热，一下句子就来了："火红的太阳照山川，蓝蓝的天空白

---

1. 这三篇文章，分别载《延河》1959年2月号、《诗刊》1959年10月号、《民间文学》1962年第3期。

云卷，我老人，喜满面，穿戴整齐进西安。"比、兴开好了头，触景生情，心里的话都进出口："解放门，大敞开，翻身农民走进来。"看到工人大哥制造的各种机器，心花怒放："印刷机呼噜噜响，一印就是几万张。纺织机滴溜溜转，纺的线细头不断……"再以《进北京》这首诗为例，作者写到乘火车那段多么动人心弦：我老九"换新衣，整面容，心里跳得咚咚咚，急急走，快步行，坐上火车进北京。车轮子，噔噔噔，西安——北京，响不停；人在车中心高兴，心像麻雀往上蹦……"想到今天能上北京真荣幸，说自己"橘树开花朵朵红，死了竹子又发青，老马脱毛变成龙，生锈的古铜放光明"。一连四句都是比喻，想象多么丰富。到了北京见到毛主席，写到毛主席和大家合影时，那个镜头更是烘托、渲染得美极了："头上太阳暖烘烘，地下细草绿茵茵，菊花飘出清香味，树木点头发笑声。"读着这些诗：你会感到就像跟着作者到西安，上北京，逛了一趟一样，目不暇接，美不胜收。

老九说："写诗也要往高处想，往远处看"，要想到共产主义。他写《想起了毛主席》时，越想越高越远，最后落到"中国有了毛泽东，老牛要换拖拉机"，说出了亿万农民的要求和愿望。老九在讲到比兴，联想时，说得更好！写诗"要打比喻，不要直戳戳的。比喻一打，话就说得有力量，有时十句话说不清楚的，一个比喻就说清楚了，还有劲些。比喻要新鲜，别人说过的就不说它，重复别人的话就没有味道了。创作，就是要创新的"。

这些宝贵的体会，比起一些枯燥乏味的理论文章来，更易使人明白，给人更多的启示。

1979 年 1 月初稿　12 月修改

（原载安徽《诗歌通讯》，1980 年第 6 期）

播春人（五首）

喜到都安

鱼恋江河鹰恋山，
蜂爱百花蚕吃桑，
我学山歌采风乐，
一路拜师到都安。

刚见铜鼓扁担舞，
又闻呼咿和壮欢，
听罢长诗蜜罗错，
再赶歌圩三月三。

民间文艺多宝藏，
甘蔗出土节节甜，
继往开来迈新步，
人民智慧大过天。

题荷包

都安民族工艺社欣欣向荣，师傅赠我荷包留念，爱不释手，欣然命笔。

都安姐妹手艺巧，
瑶锦壮锦绣得好，
金丝银线描春色，
千山万弄分外娇。

小小荷包情意厚，
隔山隔水思念牢，
祝愿锦上再添花，
凤凰展翅过山坳。

播春人
——赠都安毛巾厂印花工人

日行六十里，
不离印花机，
辊筒来回飞，
花巾流不息。

桃李争吐艳，
山弄竞翠绿，
孔雀乐开屏，
金鸡唱一曲。

好个播春人，
为民谋福利，
捷报频频传，
印上大双喜。

三月花

三月花，白花花，
好似珍珠满山撒，
任你风狂和雨暴，
根深叶茂枝挺拔。

三月花，一把把，
蒸出糯米香万家，
吃饱喝足添精神，
大人小孩乐哈哈。

三月花，报春花，
队里生产早计划，
知了知了你莫叫，
我们的秧苗已插下。

三月花，年年发，
壮家儿女心上的花，
今年光景为啥好？
党的政策到壮家。

彩凤飞出深山林
——赠潘爱莲

瑶女进京欢人心，
彩凤飞出深山林；
四害横行多罪孽，
百花复苏更精神。
劫后重逢香山麓，
喜今又会澄水滨；
唱歌有功非有过，
挥笔再把华章吟。

（原载《都安文艺》，1980 年第 1 期）

喜看油流（外一首）

地上、地下，
管线如网，
东西南北走。

油流、油流，
流过千里沃野，
也流过我心头。

热腾腾，
一身豪气冲向前，
把挡道的冰层全穿透。

哗啦啦，
奔腾呼啸涌出闸，
把四化凯歌奏。

不分寒暑，
不分白昼，
为时代车轮猛加油。

（原载《甘肃文艺》，1980 年 12 月号）

赞"扫帚梅"

"扫帚梅"又名"波斯菊"，大庆许多井队种有此花，采油姑娘特别喜欢它。

扫帚梅，笑微微，
开在大庆各井队，
年年发，岁岁结，
枝挺叶翠尽蓓蕾。

扫帚梅，色不褪，
芬芳高洁去污秽，
顶风霜，抗盐碱，
丛丛相依不可摧。

扫帚梅，谁栽培？
多像油田众姐妹，
创业史上代代红，
一茬更比一茬美。

采风记（五首）

滇池恨

登西山，攀龙门，观滇池，一路群众议论纷纷……

四害横行那阵，
肺都要气炸，
好端端的滇池，
留下个伤疤。

什么"围海造田"，
动员了多少兵马，
种子撒满地，
颗粒不还家。

山河遭蹂躏，
湖泊变泥洼，
大气受污染，
憋死鱼和虾。

天旋地转乱了套，
自然法则被践踏，

五谷生长失了谱，
穷折腾受到大惩罚。

劳民伤财成画饼，
"人间奇迹"笑掉牙，
假的怎能吹得真，
睁眼瞎话必然垮。

滇池恨呵玉有瑕，
留面"镜子"也不差，
人人看见为引戒，
千古教训切记下。

1979 年 2 月于昆明

赞大理会演

春回大地百花开，
艺苑复苏放异彩，
歌手艺人重聚会，
苍山脚下摆歌台。

唱歌不怕江妖婆，
几代民歌唱出来，
对歌打歌声入云，
唢呐阵阵音不衰。

仙翁寿鹤返人间，
狮欢马舞龙尾摆，

342

最喜不过绕三灵，
倾城生动百姓爱。

被埋珍珠见天日，
民间宝藏任我采，
茶花朵朵铺锦绣，
凤凰展翅过洱海，

1979 年 3 月于大理

赶　集

山茶花开满园春，
政策对劲暖人心，
农村集市重开放，
星罗棋布遍山村。

我从大理城边过，
正逢赶集好时辰，
百闻不如亲眼见，
跟着人群把城进。

推车的，挑担的，
装的尽是农产品，
叫买的，叫卖的，
吆喝之声响入云。

猪牛羊肉摆满案，
活鱼活虾蹦出盆，

应时鲜菜滴滴翠，
各色小吃香喷喷。

锅碗盆勺叮当响，
件件农具招手迎，
地摊从东连到西，
土布山货一捆捆。

老爷爷套上新坎肩，
小姑娘戴上绣花巾，
奶奶搀着孙孙乐，
新婚夫妇笑吟吟。

多年不见此场景，
真像开了个聚宝盆；
我到集上转一圈，
也想做个大理人。

1979 年 3 月于大理

茶花王

　　滇西丽江玉峰寺有株山茶树，相传已有三百余载，逢春盛开，人称"万朵茶花树"，游览人群，络绎不绝……

好棵红山茶，
开在雪山下，
一树花万朵，
远近名声大。

树年逾三百，
叶茂枝挺拔，
姿态千般媚，
世间罕见它。

劫后到此游，
迎春花正发，
千遍看不够，
流连忘归家。

平生一乐事，
谁不爱百花？
见此花王醉，
莫笑我癫傻。

1970 年 3 月于丽江

植树热

我来到孔雀的故乡，
眼帘是绿色的海洋，
一排排果树向我招手，
从县委门口伸向四方。

书记愤慨地对我讲，
山里人恨透"四人帮"，
乱砍乱伐又整人，
毁林开荒一片光。

青山变成癫子头，

孔雀栖身无处藏，
刀伤斧痕满处是，
护林老人泪汪汪。

春风又绿孔雀乡，
村村寨寨植树忙，
十年树木又树人，
栋梁材呵快快长！

1979 年 3 月于德宏

（原载《大理文化》，1980 年第 4 期）

歌墟风情（四首）

搭布棚

山坡上，小溪旁，
为何姑娘特别忙？
呵！搭个布棚庆歌节，
欢迎四方唱歌郎。

春风吹，柳丝长，
边搭布棚边歌唱，
壮乡歌圩今恢复，
心中欢歌似水淌。

楠竹粗，楠竹壮，
栽好柱子绑好梁，
"远处哥哥来对歌，
快进里厢歇歇凉。"

土布条，盖顶上，
黑白相间多漂亮，
"有心哥哥来对歌，
尝尝妹做的糯米饭……"

布棚就是大歌台，
赛出多少状元郎，
布棚就是社交场，
姑娘细相如意郎。

谁说此风不可长，
今见文明又高尚，
谈情说爱尽是诗，
绝妙好词皆文章。

五色糯饭

枫树叶，红兰草，
染成糯饭色味好，
三月三，一大早，
家人宾朋吃个饱。

年年三月蒸笼香，
为啥今年更热闹？
党的政策回山村，
队里生产踏实了。

老人乐，娃儿笑，
知了知了你叫迟了，
责任到田巧安排，
块块地里长好苗。

鸡鸭满笼猪满圈，
六畜兴旺副业好，

多劳多得全兑现，
山村春色分外娇。

伞

小花伞，圆溜溜，
开满河边山沟沟，
只闻歌声来回飞，
不见恋人容颜露。

小花伞，靠肩头，
遮雨遮阳又遮羞，
哥你有心妹晓得，
为何老用山曲逗。

小花伞，转悠悠，
妹的心思猜不透，
好像天上那朵云，
似情非情真难求。

小花伞，漫山游，
妹走前面哥跟后，
忽见两伞合一伞，
悄声细语如水流。

抛绣球

小绣球，花布缝，
有圆有方有菱形，

姑娘巧手来制作，
针针线线见深情。

小绣球，抛天空，
呼的一声过布棚，
转转悠悠落下来，
不知落到谁手中。

小绣球，真灵通，
妹的心思它全懂，
不偏不倚往下掉，
正巧阿哥接手中。

小绣球，多玲珑，
飞到西来飞到东，
妹有心来哥有意，
多谢绣球牵情动。

（原载《河池文艺》，1980 年第 2 期）

歌圩风情

碰蛋

赶歌墟，真新鲜，
壮家儿女碰蛋玩，
小鸡蛋，小鸭蛋，
红红绿绿多好看。

蛋头尖，蛋头圆，
愿打愿挨任你便，
眼儿快，手儿灵，
是赢是输难预见。

小姑娘，偷照面，
又想碰蛋又躲闪，
怕人碰，碰上欢，
越碰越赢心才甘。

小后生，迎上前，
有意跟妹逗着玩，
碰一个，输一个，
越输心里越喜欢。

蛋碰蛋，心碰心，
歌来歌去吐真言，
但愿岁岁鸡鸭肥，
双双对对结同年。

吹木叶

风吹木叶堆打堆，
摘片叶子把曲吹，
木叶声声传情意，
飞过坡来又飞回。

三日歌墟多有味，
对歌对得人心醉，
天上星星伴月亮，
地下阿哥把妹陪。

今日难舍又难分，
来年花红再相会，
愿哥常把木叶吹，
谁知我俩心相随。

哥是绿叶妹是花，
有花无叶树枯萎，
山中木叶天天响，
村里媒人白费嘴。

（原载《河池文艺》，1980 年第 4 期）

歌海行（二首）

咏香草

瑶山好苓香

——民谚

南国产苓香，
自古美名扬，
生在瑶山岭，
密林深处藏。
此物命虽薄，
品德可高尚：
落魄阴湿地，
尝尽风和霜，
阳光难拢身，
一生少福享，
临终留棱节，
日夜吐芬芳，
防腐除隐虫，
誉为香中王。
吾今见此宝，
豁然心窗亮：

君爱园中花，
莫忘草中香，
花好一时俏，
草香味久长。
寄语诸诗友，
民间多宝藏，
一生勤采撷，
诗坛大增光。

1980 年 3 月于金秀

赞《灯花》

——观柳州地区民族歌舞剧团演出有感

日出开荒晚编筐，
汗水浇花百合唱，
灯花报喜迎仙女，
美满姻缘世赞扬。

抱起酒坛玩鸟笼，
走散娇妻空了仓；
浪子回头金不换，
花香蜜甜日子长。

精神文明一佳作，
古老故事闪光芒，
谁人想到救人命？
中日友谊谱新章！

1981 年 10 月柳州—北京

题赠北岛岁枝女士

北岛岁枝来到《灯花》的故乡——广西，对桂林风光赞不绝口，情不自禁地在日记本上用汉语写下"桂林山水天下甲"的字句，特以此为首句，赋诗一首赠北岛女士。

桂林山水天下甲，
伊东[1]美景世界夸，
中日友好传佳话，
倾城老少赞灯花。

1981 年 10 月 15 日于游览途中

（原载《百花》，1982 年春季号）

---

1. 伊东，北岛岁枝的故乡，也是一个闻名于世的风景区。

我愿变狂风　我想长双翅

——贺白剧《望夫云》在京演出

帷幕徐徐启动
　　心啊怎能平静，
明明见绕山林
　　绕到紫金城，
却又似早已
　　身临大理仙境；
像儿时听祖母讲故事
　　回答不完我一连串提问……

一

为什么苍山顶上
　　飘动着一朵白云？
为什么洱海深处
　　伫立着石骡一尊？
啊，那白云
　　是南诏国公主阿凤的倩影，
那石骡啊
　　是勇敢的猎人阿龙的化身。
为什么宫廷里的金枝玉叶

357

会爱上山村里的穷苦百姓？
为什么至高无上的国君、法师
　　要拆散一对年轻恋人？
好事多磨啊，
遗恨绵绵，千秋叙不尽，
古老的神话啊，
永葆青春，启迪后辈人。

二

阿凤姐，化白云，
望夫归，不见影，
伤透天下多少女儿心。
你，蔑视权贵，嫉恶如仇，
心地善良，白洁坚贞。
我，愿像你一样
　　伴狂风而立，
　　伴狂风而生。
吹吧，吹吧，拼命地吹，
吹塌一切森宫、魔殿、泥塑金身，
超度海底深渊屈死的冤魂。
吹吧，吹吧，死劲地吹，
吹散天空的乌云，心中的烦闷，
扫尽人间的酸辛，世事的不平！

阿龙哥，变石骡，
呼天地，不见应，
哪个男儿胸中不抱恨？
你，纯朴敦厚，肝胆照人，
行侠好义，铁骨铮铮。

我，愿和你一样，

肋下长双翅，

驾雾又腾云。

飞吧，飞吧，奋力搏击，

挣断层层枷锁，手镣脚铐，

冲破天罗地网，重重牢笼。

飞吧，飞吧，展翅高飞，

不怕豺狼当道，冰雪围困，

绝不卑躬屈膝，忍辱偷生。

飞向那山花烂漫的自由天地，

飞向那理想的乐土和美境。

三

望夫云啊，自由的女神，

大石骡啊，刚强的象征，

狂风吼，掀怒涛，

石骡叫，鬼神惊。

海空长相望，虽死永生存。

我取一支金笛，

尽奏人间佳音。

善良必定战胜邪恶，

黑夜岂能拖住黎明；

王宫禁苑锁不住对自由的渴望，

铜壁铁墙挡不住对理想的追寻；

把吃人的恶制度永远埋葬，

让天下的有情人双双成亲；

世世代代讲述着龙凤姻缘的悲剧，

子子孙孙歌颂着忠贞不渝的爱情。

（原载《大理文化》，1981 年第 5 期）

我爱国风

我爱国风，因为她是中华民族民歌的美称。她来自民间，价值高于"雅"、"颂"。她哺育了伟大的诗人屈原，孕育出不朽的《楚辞》，成就了新的诗"骚体"。她是古老的，而又随着时代变化，永葆美妙的青春。用不着过于捧场，也不信谁能抹煞掉。历代的大诗人无不从民歌中吸收养料，各种新诗体都从民歌中找到胚胎。她不愧是诗歌的源头，诗歌的母亲。

我爱国风，一个"风"字显出她的神采。不知从何吹来，一下传遍各个角落。她有时暖和，有时刺骨，是一面严峻的镜子，照出时代政治的美丑得失，是"好"，她就夸"好"，毫不虚伪做作，千歌万曲赞颂，不怕人说是"歌德"；是"坏"，她敢暴露，天皇老子也要骂，老虎屁股也敢摸，不怕人叫"缺德"。山歌无本句句真，说真话、抒真情、唱心声是她的本质。十年动乱，一场浩劫，她是受害者；极左路线、阴谋文艺要绞死她、利用她，绝不能把"浮夸风"、"假大空"、"瞒和骗"的帽子戴在她的头上，伪造的、代庖的、"小靳庄"式的作品，统统滚蛋吧！那不是劳动人民心上的歌。天安门事件中的歌谣，才是她的本色。她遭到迫害，受尽委屈，一定要为她出气，恢复声誉。

我爱国风，她在"气质"和"风度"上给新诗的诗风以很多有益的启示。最近诗坛出现一些"朦胧"诗、"古怪"诗，用不着大惊小怪，发展新诗就要鼓励各种探索，让更多的群众来评说评说。我不赞成有的评论家哗众取宠，急于将这些尚未定形、成派的，包括一些晦涩、难懂，不让人懂的诗，统统捧为新诗的"崛起"、"大潮"、未来的"方向"、"楷模"；更反对为"读不懂，可是你的儿子或者孙子将会读得懂"的奇谈怪论驳说。我赞成"引进"，但反对踢开已有的基础和民族传统，一切从头来过，我主张既敢"求远"，又不"舍近"，情采众长，融会贯通。

我们的诗国，人口众多，诗不能越来越"贵族化"，忘掉亿万民众。我坚信：否认一切优秀传统的人，也可以成为诗人，也可能写出好诗，不过那最多是二流的，甚至七流、八流的，要成为大诗人，写出不朽的第一流的诗作，必须在中外古今一切优秀传统的基础上创新。

海洋的风，世界的风，都会吹向大陆，不管是天上来，海上来，请进来、送进来，归宿总是自然而然地融化在我国广大幅员中。外国的种子，得习惯中国的土壤，气候，经过"中国化"，才能扎根、发芽、开花、结果。完全"洋化"的，很难成活，不过可以入外国籍，欢送！

我爱国风，愿多采风。

我爱国风，勇作探索。

让我们为今天的新国风、明天的新楚辞奋斗吧！

1980 年 10 月 11 日于北京

（原载《国风》，1981 年第 1 期）

从"风""骚"并称谈起

"风""骚"并称，具有重要的意义，史书上传为佳话。可是，在劳动人民受剥削受压迫的旧社会，风——民歌及其作者的地位是和骚——文人的作品及其作者不平等的，人民创作的民歌像风一样大量地消失了，仅有一小部分流传下来。新中国成立后，人民当家做主，才真正进入"风""骚"并称的黄金时代：诗人深入民间采风，吸取民间养料；歌手提高文化，用笔写作，向诗人学习，蔚然成风。诗人们和各民族的歌手们一起，同登诗坛，放声歌唱，这是历史上从来没有过的。

没有想到，近些年来却出现了一个反常现象，诗人与民歌，忽然顶撞起来。有的同志怪罪过去不该提倡向民歌学习，影响了新诗的发展，有的则埋怨诗坛对民歌一会儿捧得很高，一会儿贬得一钱不值，甚至把民歌当成"浮夸风"、"共产风"的同义语，"假大空"、"瞒和骗"的代名词，这太不公道。粉碎"四人帮"已经好几年了，民歌还交着不佳的运。

真正的民歌，是劳动人民说真话、抒真情、唱心声的创作，它与一切"假大空""瞒和骗"的文艺是水火不相容的。因此，它的历史地位和社会价值是客观存在的，谁也否定不掉，也用不着吹捧。前些年出于政治原因，凭借行政手段，把民歌抬得那样高，把"走民歌的道路"说成是发展新诗的"唯一"的途径，还用搞政治运动的方式来发动民歌创作，出现了不少粗制滥造的"民歌"作品。林彪、"四人帮"又一度利用民歌作为篡党夺权的工具，进一步败坏了民歌的声誉。但是，应该弄清楚，这一切并不是民歌本身的罪过，民歌也是受害者，不能把账都算到民歌这种艺术形式上。

60 年代来的实践证明，新诗要大踏步地向前发展，就要吸收古今中外一切诗歌的精华，不吃偏食，才能健康成长。以往提倡向民歌学习，以及有关民族化大众化的讨论，对诗风的改变大有好处，不能一概否定。民歌今后仍然是新诗不可缺少的营养之一。如何向民歌学习，需要总结经验教训。我认为：首先，不要把学习民歌与学习别的诗歌对立起来；第二，学习民歌的目的是为了发展新诗，而不是依样画葫芦；第三，学习民歌要特别强调从"民"字着眼，反映民心、民意；第四，学习民歌刚健、清新，天真、率直，为老百姓喜闻乐见的好诗风，克服新诗多年来没解决好的与劳动群众脱节，与民族传统脱节的弱点。走民族化群众化的道路，在群众中植根，要为广大人民，特别是八亿农民着想！

民族化群众的路子是很宽广的，不能把它与多样化对立起来。我国 50 多个民族的诗歌，琳琅满目，美不胜收，绝非都是五七言、四句头、方块体的，而是体裁、风格，多种多样，千姿百态。像《阿诗玛》《刘三姐》《格萨尔》等民族珍宝，都是具有世界影响的。我们有什么理由要轻视民族民间的东西呢？民族化群众化与向外国诗歌学习并不矛盾，它本身从来就包含着吸收和融化外来的东西。鲁迅说，"旧文学衰退时，因为摄取民间文学或外国文学而起一个新的转变，这例子是常见于文学史上的。"当代的有远见、有抱负的诗人就是这样实践的。外国的种子要想在中国的大地上生长，总得习惯中国的土壤、气候，才能发芽、开花、结果。诗歌如果不是民族化群众化，必然为历史所淘汰，为人民所抛弃。

有人认为，今天时代变了，民歌这种艺术形式已经不能适应需要了。其实民歌存在于人民的心里，唱在群众的嘴上，它既是古老的，又葆其美妙的青春。只要地球有山、有水，人民还要说话、劳动，就不用担心民歌会消亡。随着时代的前进，民歌也在发展变化。新国风在内容和风格上已与旧民歌有所不同，它既保持了口头文学的韵味格调，又继承了古典诗歌的优良传统，并不断吸取新诗的长处。新民歌与新诗既合又分：合时，民歌与新诗都属于诗这个总体；分时，民歌在形式、风格、创作规律上与新诗有所区别。它们互相学习，互相融化，互相竞赛，将来的界限会越来越不好分。如今就已出现一些互相融化合流的迹象。有些民歌作者，既是歌手，又是诗人；同样，有些诗人写的民歌体诗，流传到民间，如果不署名，完全可以当作民歌。

去年以来，诗坛几次全国性的诗歌理论讨论会，很少就新诗与民歌的关系展开讨论，这是美中不足的。如能听听民歌作者的意见，研究一下民歌创作的规律，对新诗创作不是没有好处的。如有的新诗作品晦涩难懂，像猜谜，半天也猜不着。而在山歌中，也有盘歌、猜调。它既要难住你，又让你能猜着，这种"义欲婉而正，辞欲隐而显"的功夫，就很值得新诗学习。

在这里，我想起托尔斯泰的一段名言："我们使许多人成为伟大的作家，逐字逐句地分析他们的作品，写成堆积如山的评论，评论的评论，评论的评论的评论……然而我们曾给民间的壮士歌、神话、童话、歌谣等增加过些什么呢？"我希望我们今天的诗歌评论者也能做到"风""骚"并重，重视重视对民歌的研究和评论吧。

1980 年 12 月 6 日于北京和平里

（原载《诗刊》，1981 年 5 月号）

郭沫若与屈原

　　往年，每逢农历五月初五端午节吃粽子、划龙船的时候，人们摆起古今来总要谈到屈原；近来，每当谈起屈原时，又常常想到郭沫若。也许是郭沫若的历史剧《屈原》给人们留下的印象太深的缘故吧！常听人说，从《屈原》剧中就可以看到郭沫若的面影，我也有同感。缅怀郭沫若战斗的一生，重读他闪闪发光的诗篇和许许多多关于屈原的论著，我更感到两位大诗人虽然生长的年代相距很远，却有不少相通、相象之处。

　　首先我感到的是，两位大诗人，忧国忧民，振兴祖国，崇高的爱国主义精神是一脉相承的。

　　屈原生在战国末期兼并战争剧烈，楚国由盛变衰的时代，他热爱祖国，热爱人民，有着伟大的政治胸怀，曾任"左徒"、"三闾大夫"等职，统揽过一定的内政外交大权，在任期间革新政治，联齐抗秦，深得民心，但在朝廷昏君佞臣的陷害打击下，被革职长期流放，远大抱负化为泡影，眼看楚国危亡，人民受难，心中极为忧愤，自沉汨罗河而死。屈原留下的诗篇，充满了对祖国对人民的爱，对奸佞小人的恨，这些不朽之作，是古代灿烂文化宝库中的艺术珍品。

　　郭沫若说："看到人民的灾难而流眼泪的人，人民会为他流泪的。"屈原悲剧性的一生，赢得了人民深切同情，多少年来人们传颂着许多有关屈原的传说故事，并用各种方式表达对屈原的崇敬和热爱，屈原在人民心中是永生的。世界上有这样如此广泛地受到人民热爱的作家吗？屈原是我们民族的骄傲，是中国的骄傲。屈原崇高的爱国主义精神，坚持真理，坚持正义，不屈不挠地向恶势力斗争的榜样，形成了我们民族的美德和光荣传统，为世世代代的中国人民所敬仰。历代的爱国诗人无不受到屈原精神的感召，谱写下一曲曲慷慨悲壮的诗歌。

诗人郭沫若，一生非常敬仰屈原，特别在动荡不安的、与反动派作殊死斗争的艰苦岁月，更加推崇屈原的崇高精神。历史剧《屈原》写于20世纪40年代初抗日战争中、国民党反动派统治最黑暗的时候，不是偶然的。当时，诗人生活在国统区的中心重庆，"看见了不少的大大小小的时代悲剧"：无数爱国志士被关进集中营；日本帝国主义对我革命根据地的野蛮扫荡；震惊中外的"皖南事变"等等，蒋介石消极抗日、积极反共的投降卖国行径，受到全国人民的强烈谴责，当然也激起了郭沫若心头的无比愤怒，他只用了十天时间就写成了五幕历史剧《屈原》。剧中塑造的屈原形象，体现了我们民族高尚的人格美，正像第一幕《桔颂》中所赞颂的那样：不骄矜，不怯懦，不懈怠，不迁就；独立不倚，凛冽难犯；光明磊落，大公无私；在任何大难临头的紧要关头，也毫不同乎流俗，苟且偷生。剧中屈原讲的许多话，其实就是郭沫若的自白。听："在这战乱的年代，一个人的气节很要紧。太平时代的人容易做，在和平里生，在和平里死，没有什么波澜，没有什么曲折。但在大波澜的时代，要作一个人实在是不容易的事。……我们生要生得光明，死要死得磊落。"这些肝胆照人的话，不正是郭沫若革命情操、斗争决心的真实写照吗？第五幕《雷电颂》中，屈原泄愤的大段独白朗诵，更表达了当时国统区人民反迫害，反投降，争民主、争自由的强烈呼声，我们仿佛看到了诗人巍巍地站在讲坛上，正气凛然地怒斥卖国贼蒋介石，真是大快人心。

这部历史剧像一部悲壮慷慨的抒情诗，是诗人以炽热的爱国主义激情，饱蘸笔墨，倾尽心血，一挥而就的。诗人五四时期在《女神》诗集中显现出的那种似狂飙、似惊雷、似烈焰、似利剑的叛逆精神，和振兴中华、力挽狂澜的英雄气概，在这里得到了更高度的发扬。

郭沫若从一个革命民主主义者成长为一个卓越的无产阶级文化战士，他的一生是革命者不屈不挠的战斗的一生，他在我国现代史上的地位、影响和功绩，是不可磨灭的。在郭沫若晚年多病的时刻，穷凶极恶的"四人帮"对他进行了疯狂的诬陷和迫害，但他没有屈服于棍棒和压力，坚定地做到了《屈原》一剧中所说的"生得光明，死得磊落"，保持了一个无产阶级战士的难能可贵的革命晚节。他和屈原一样，将永远活在人民的心中。

其次我感到的是，作为人民的诗人，郭沫若与屈原在向民间学习，继承民族传统、发展新诗歌创作上，也有许多共同点。

屈原是"楚辞'的奠基人和主要作者。郭沫若说："屈原的高明在什么地方？就是他在文学史上，成就了一大革命。他在文学史上，对诗歌有最大的成就，是一个文学革命、诗歌革命者。他把民间文学扩大起来，成为与生活配合的新文学，以活鲜鲜的新文学来代替了古板的贵族文学。……他解放了中国的诗歌，利用了民间歌谣，创造并完成了中国的一种诗体。这种功绩在历史上真是千古不朽。《离骚》出来到现在二千多年了，文学方面，莫有不受它的影响的。后代的各种诗体，如五言、七言、长短句等，都可以在《楚辞》中找出胚胎的。这正是屈原伟大的地方。"（《屈原的艺术与思想》）

郭沫若还强调说："屈原诗歌的特质就是人民气息的非常浓厚。"（《伟大的爱国诗人——屈原》）"屈原的辞赋高于宋玉之流，……这不单是个人才气的问题，而主要的原因仍在与人民大众的距离的远近上。屈原凭着他对于人民艰苦的无限同情与对于上层丑恶的极端愤怒，而采用了民间歌谣体以极尽诅咒丑恶的能事。这是他之所以能够震动万人心灵、凌铄百代作者的地方。"（《文艺与民主》）"他的诗意识是人民意识，他的诗形式是民间形式，他是彻内彻外的一个人民诗人。他要享受两千多年的民族崇敬，那并不是没有理由的。"（《从诗人节说到屈原是否是弄臣》）

郭沫若是五四以来新诗运动的奠基人之一，像屈原一样，他非常热爱民歌，非常重视向民歌学习，而且是采风的积极倡导者。早在1920年2月，郭沫若写《凤凰涅槃》的同时，便热烈地"希望我们中国再生出个纂集《国风》的人物——或者由多数人组织成一个机构——把我国各省、各道，各县、各村的民风、俗谚，采集拢来，择其精粹的编集成一部《新国风》。"（《论诗三札》）他的这一宏愿，直到中国共产党领导下的新中国才逐步实现。1950年3月，中国民间文艺研究会成立，郭沫若被推选为主席，他在成立大会上作了重要讲话，首先倡议进行大规模的新采风，呼吁"我们现在就要组织一批捕风的人，把正在刮着的风捕来保存，加以研究和传播。……不能再让它自生自灭了。"1958年新民歌运动风起云涌，郭沫若满腔热忱地和周扬同志合作，择民歌的精粹，真正选编一部具有历史意义的《新国风》——《红旗歌谣》。尽管这部歌谣有其历史局限和不足之处，但人民的创造精神主流、本质是好的，其中有不少在艺术上也是不可多得的珍品。

郭沫若像屈原一样，吸收民歌乳汁是为了创造新诗体。在五四以来新诗的发展上，郭沫若博采众长，熔中外古今于一炉。既大胆引进，吸收外国诗歌的长处，又承继民族文化的优秀传统。就拿五四时期的代表作《女神的再生》《凤凰涅槃》等来说，那"火山爆发式的内发情感"，既有惠特曼、泰戈尔的影响，也有古诗人古民歌的遗风，吸收了大量的民间文学养料，采用了古代神话中的英雄形象，如共工与颛顼争帝，怒触不周山、炼五色石补天、凤凰死而甦生以及盘古、大禹、司春女神为民造福等等，以表达自己诅咒黑暗势力，憧憬美好的未来，渴慕光明，争取自由的革命胸怀和激情。我们从这些诗篇中，也不难看出屈原"驾驭云霓龙凤，驱策日月风雷"的丰富想象和浪漫手法，以及"天问"式的发问等影子。

在新诗发展上，郭沫若一贯鼓励各种尝试和探索。他预言："像楚辞是在国风的基础上创化出来的那样，新时代将会有从新国风的基础上创化出来的新楚辞。"并大声疾呼："我为今天的新国风，明天的新楚辞而欢呼！"

1981 年 4 月 7 日于北京

（原载《布谷鸟》，1981 年第 3 期）

试论孔子无删诗之事而有正乐之功

《诗经》在先秦时代并无"经"的称号，只称"诗"，或举其作品的约数，称"诗三百"，直到汉代以后，由于儒家将它奉为"经典"，才称为"诗经"，以后叫惯了就沿用下来。

《诗经》是不是经孔子删定，才成为三百零五篇？这个问题自古以来一直众说纷纭。基本上是赞同和反对两个方面。

认为孔子删诗的，见于《史记·孔子世家》、《汉书·艺文志》、郑玄《六艺论》（《诗谱序正义》引）、赵岐《孟子题辞》、晋世伪孔安国《尚书序》《隋书·经籍志》、吕氏《读诗记》、周子醇《乐府拾遗》、郑樵《通志乐略》第一、马端临《文献通考·经籍考》、王应麟《困学纪闻》卷三、赵翼《陔余丛考》、赵坦《宝甓斋文集·孔子删诗辨》、王崧《说纬·孔子删诗条》等书。总括其理由有四：一、认为古诗三千，孔子删其重复，经传所引逸诗，就是孔子所删剩的；二、认为诗本有《小序》511篇，孔子即于此511篇内删之为300篇；三、认为孔子删诗而得声者300篇，得诗而不得声者不录；四、认为作诗的人历史可考，诗的意义可寻就录下来，够不上这个条件就删去。

认为孔子未尝删诗的，见于孔颖达《毛诗正义》、朱鉴《文公诗传遗说》、叶适《学习记言》、芬天爵《读诗疑问》、黄淳耀《诗剳》、朱彝尊《曝书亭集·诗论》、崔述《诛泗考信录》卷五、李醇《群经识小》等书。总括其理由有五：一、认为史官收诗已各有编次，至孔子时散失，重新整理，未曾删去；二、认为经传引诗，逸者不及十之一，不容孔子十删其九，并举季札观乐于鲁，所歌风诗，无出今十五国风以外为证据；三、认为《论语》未记删诗，只说"诗三百"（《论语·为政篇》）、"诵诗三百"（《论语·子路篇》），本谓古诗原有三百，非指自所删诗，四、认为诗掌之王朝，颁之列国，孔子无权删诗，就是能删，谁肯听从；五、认为孔子有正乐之功而无删诗之事。

这两方面究竟谁是？依我看来，认为《诗经》是孔子删定的一方，理由固然很多，但均系汉以后的记载，不见先秦诸书，这是很难站住脚的。认为《诗经》不是孔子删定的一方，理由也很充足，而且有出自先秦的遗书，这是比较可靠的。如举出《论语》一书未记删诗，便是一个铁证。《论语》是孔门弟子记录下来的孔子言论集，这是后人研究孔子最主要的根据。在《论语》中，孔子谈诗的地方就有十八处之多，如果确有删诗这件事，孔子不会不讲的，孔子的弟子也不会不记载下来的。《论语》未记删诗，说明孔子确实没有删诗的事。正如崔述所言："学者不信孔子所自言，而信他人之言，甚矣其可怪也！"（《读风偶识》卷三）

其次，举出《左传》"季札观乐"一事，更是一个有力的反证。吴公子季札到鲁国观乐，鲁乐正为他奏的乐歌，已是《风》《雅》《颂》俱全，其时是鲁襄公二十九年（公元前 544 年），孔子才七岁（孔子生于鲁襄公22 年，公元前 551 年），一个不懂事的孩子，焉能删诗？

另外，我们还可以从墨家和儒家相对立的言论中得到补证。墨子说："或以不丧之间，诵诗三百，弦诗三百，歌诗三百，舞诗三百。"（《墨子·公孟篇》）毛苌说："古者教以诗乐，诵之，歌之，弦之，舞之。"（《毛诗·郑风子衿传》）毛说正本于墨子。这就是说，墨子也认为"诗三百"古已有之，可诵，可弦，可歌，可舞。《墨子·非儒下篇》攻击孔子毫不客气，岂肯根据孔子删《诗》而言。这不是也可以证明古诗原有三百，不是开端于孔子吗？

《诗经》不是开端于孔子，又是怎样集成，删定的呢？古籍里没有记载，按其作品产生的年代分析，从最早的《周颂》到《大雅》《小雅》，直到东迁后的《商颂》《鲁颂》，它反映了自西周初年到春秋中叶（公元前 11 世纪至公元前 6 世纪）半个多世纪的历史和社会面貌，可以推定《诗经》的最早本当在公元前 6 世纪中。由于它代表了一个绵延五百多年的长"时代"，它的成书过程必然也经过了一段相当长的时间；它的作品数量在删定前也会远远超过五百、三千之数。因此，绝不可能是孔子或谁一人一时所能辑成，而要由很多人从各个朝代逐渐地汇集，经过删定加工才能成书。

《诗经》中民歌占很大比重（包括十五国风的大部分和《小雅》的小部分），这些民歌是怎样搜集上来的？恐怕不是单枪匹马所能办得到。传说古代有一套采风制度。《礼记·王制》说："夫子五年一巡守，……命太师陈诗以观民风。"《汉书·艺文志》说："古有采诗之官，王者所以观风俗，知得失，自考正也。"《汉书·食货志》说："风孟春之月，群居者将散，行人振木铎，徇于路，以采诗，献于太师，比其音律，以闻于天子。"《春秋·公羊传》何休注说："男年六十，女年五十，无子者，官衣食之，使民间求诗。乡移于邑，邑移于国，国以闻天子。"这些传说，多是汉以后的说法先秦书中没有明确记载，但汉人的想法也可能是有的。因为《诗经》作品区域那么辽阔，以十五国风而言，就涉及黄河、长江、淮河三个流域，包括现今陕西、山西、河南、河北、山东、湖北的全部和部分，在古代交通极为不便的情况下，没有一套完整的采诗方法，没有专人深入民间搜集，是不可能将各地的民歌汇总上来的。古代"诗"、"礼"、"乐"有密切关系，周王朝为了"制礼作乐"，各国民歌聚集到朝廷，更可能由于诸侯的进献，因为《论语》和《左传》中都有列国之间赠乐的记载，诸侯要进献土乐给天子，便派乐师们到民间去采集民歌，以备进献之用，这是很有可能的。民间采来的诗，送到太师手里，再由太师选拣贡献给天子，这又会经过不少史官或乐师的手脚，绝非无权的孔子一人能够办到。

既然古诗原有三百，是完整的，那么，孔子到底与《诗经》有什么关系呢？除了多次评论过《诗经》外，我认为，说孔子无删诗之事，而有正乐之功是有道理的，也是比较正确的。鲁迅先生就曾说过这样的话："孔子究竟删过《诗》没有，我不能确说，但看它先'风'，后'雅'，而末'颂'，排得这么整齐，恐怕至少总也费过乐师的手脚'。"（《集外集·选本》）这一段话说明：鲁迅先生也认为孔子至少在对《诗经》音乐的修订上是下过一番功夫的。现补证如下：

根据《论语》记载，孔子不止一次地提到"诗三百"，虽然"诗三百"并非开端于他，也不是他删定的，但说明孔子见过这个本子。孔子因其时音乐大坏，诗很有些不能叶（协）之于声，失弦歌作用，于是做了重新整理好诗全部音乐的工作。正如孔子自己所说的："吾自卫反鲁，然后乐正，《雅》《颂》各得其所。"（《论语·子罕篇》这句话的意思就是说，孔子从卫国回到鲁国后，确实整理过《诗经》的音乐，也就是搞好了墨子所说的弦诗、歌诗这一类音乐，使《雅》《颂》的音乐各得其当，不消说《风》诗的音乐自然包括在内也整理了。郑樵所谓："仲尼自卫反鲁，问于太师氏，然后取而正焉，列十五国风以明风土之音不同；分大小雅以明朝廷之音；有间陈周，鲁、商颂之音，所以侑祭；定《南陔》《白华》《华黍》《崇丘》《由庚》《由仪》六笙之音，所以叶歌。"（《通志乐略》第一）他这些话，正可作《论语》"然后乐正，雅颂各得其所"句的解释。

需要强调指出的一点是，孔子这句话本在谈音乐，与诗辞并无关系。可是，自汉以来不少注疏家未得其解，把这句话的原意截断，根本不提前半句"正乐"的事，而只把后半句"雅颂各得其所"抽出来，解为《诗经》在孔子时已失次，经过孔子整理，《雅》才归《雅》，《颂》才归《颂》，并以此作出结论：孔子删诗是实。这样断章取义，牵强附会的解释，能说不是错误的吗？当然是站不住脚的。如果把"雅颂各得其所"解释为《雅》《颂》的音乐经过整理各得其当，就与上文"然后乐正"句意义相贯通，不会有截断的毛病，也就可证明孔子确是整理过《诗经》的全部音乐。另外，还可补证的是：司马迁也认为孔子重新整理好《诗经》的全部音乐，他说："诗三百五篇，孔子皆弦歌之，以求合韶、武、雅、颂之音，礼乐自此可得而述。"（《史记·孔子世家》）

既然孔子整理好《诗经》的全部音乐，那么，孔子的音乐修养一定很深？是的，他是古代的思想家、教育家，也是古代的音乐家。他博学多才，更精通音乐，我们从他的许多言论中可以看到：他对音乐兴趣非常浓厚，谈音乐的事也比较多。如《论语》所记："人而不仁如乐何"，"语鲁太师乐曰，乐其可知也，始作翕如也从之纯如也，皦如也，绎如也，以成。""谓韶尽美矣，又尽善也，谓武尽美矣，未尽善也。"（以上《八佾篇》）"在齐闻韶，三月不知肉味，曰，不图为乐之至于斯也。"

（《述而篇》）"兴于诗，立于礼，成于乐。"（《泰伯篇》）"师挚之始，《关雎》之乱，洋洋乎盈耳哉！"（同上）"乐则韶、武，放郑声，远佞人，郑声淫，佞人殆。"（《卫灵公篇》）"乐云乐云，钟鼓云乎哉。"（《阳货篇》）"恶郑声之乱雅乐也"（同上）。他书也有记孔子谈音乐的事，如《小戴礼》所记："射之以乐也何以听"（《郊特牲篇》），"广博易良，乐教也"（《经解篇》），"乐也者节也"（《仲尼燕居篇》）。孔子谈音乐的事有这样多，假使音乐修养不深，怎能分析韶尽善，武未尽善？又怎能了解郑声淫、要乱雅乐？广博易良是乐教？尤其是告诉鲁大师，音乐要做到翕如、纯如、皦如地步，非精通音乐，怎能说得出。这就可证明孔子的音乐修养的确很深，是够得上整理好《诗经》全部音乐的水平的。

孔子对音乐是很有见地的，尽管孔子在对待民间音乐的态度上，今人看法并不一致，但我亦不赞成那种动不动就打倒批臭的做法。我国的音乐遗产是很丰富，很深厚的，今天的音乐大厦是在古代灿烂文化的基础上建立起来的，绝不是空中楼阁。我们对待古代音乐家及其理论，同对待一切文学艺术遗产一样，都应当做到：大力地发掘，认真地总结，批判地继承。孔子自卫国回到鲁国，时年六十七岁（公元前484年），离他去世（公元前479年）仅五年时间。孔子在他的晚年，能对《诗经》的全部音乐，对祖国的音乐遗产进行一番整理，这一贡献功绩是主要的，应当予以肯定。

有人驳问：《诗经》全部音乐果真是孔子重新整理好了，为什么辞存而声亡，一曲无传呢？是不是孔子整理《诗经》音乐一事不见得可靠吧？这个驳问，不难答辩，话是这样：

《宋书·礼乐志》说："汉太乐食举十三曲，一曰《鹿鸣》"，是汉时太乐尚存《鹿鸣》等十三曲。《晋书·乐志》说："曹孟德平刘表，得汉雅乐郎杜夔，夔老矣，久不肄习，所得于三百篇者，惟《鹿鸣》《驺虞》《伐檀》《文王》四篇而已，余声不传。太和（魏明帝年号）末，又失其三，左延年所得，惟《鹿鸣》一笙，每正旦大会群臣，行礼东厢，雅乐常作是也，至晋《鹿鸣》又绝，世不复闻矣。"这可证明诗原有声，汉时太乐尚存《鹿鸣》等十三曲，至晋才尽亡。亡的原因，只有郑樵说得好。他说："古之诗，今之辞曲也，……不幸腐儒之说起，齐、鲁、韩、毛各为序训，而以说相高，汉朝又立之学官，以义理相授，遂使声歌之音湮没无闻。然当汉之初，去三代未远，虽经生学者不识诗，而太乐氏以声歌肄业，往往仲尼三百篇，瞽史之徒例能歌也。奈义理之说既胜，则声歌之学日微。"（《通志·乐略》第一）这也是认为诗原有声，而亡于义理之说盛行以后，怎能因为至今一曲无传，而否定孔子整理好过《诗经》的全都音乐呢？

从以上分析，我的结论是，孔子无删诗之事，而有正乐之功。

1962 年 5 月初稿

1982 年 5 月修定

（原载《人民音乐》，人民音乐出版社，1982 年第 10 期）

淮滨纪行

"走千走万，不如淮河两岸。"这句老话，在我最近的一次故乡行中，才又重新领略到它的含意。

五月，正是鲜花盛开的季节，蒙安徽省有关部门的盛情邀请，我以极愉快的心情回故乡作了一次壮游。途经徐州，瞻仰了淮海战役烈士纪念塔和纪念馆，取道淮北，直插蒙城，首先参加了《江淮文艺》和阜阳地区文联召开的"通俗文艺创作座谈会"；接着，又由捻军故乡涡、蒙、亳，折回蚌埠，抵达合肥，参加"安徽省民间文艺家首次代表会议"。来去匆匆，行程千里，虽没能跑遍淮河流域，也沾满了淮北大平原的风尘，呼吸到淮河两岸的新鲜空气。

千百年来，淮河像一条凶龙，给两岸人民带来了重重灾难。"大雨大灾，小雨小灾，无雨旱灾。""沿淮百姓有四荒：水、旱、蝗、汤。"过去，一提起淮河的名字，脑海里总把它同贫穷、落后、饥荒、苦难等字眼联在一起；解放后，人民当家做主。但是由于种种原因，步子迈得太慢了。春雷一声响，打倒"四人帮"，沿淮人民第二次翻身解放，特别是党的十一届三中全会以后，实行生产责任制，淮北农村形势特好。仅阜阳、宿县两个地区，1981年小麦产量就破天荒地跃到50亿斤，占全省小麦总产量的一半以上，成为解放32年以来的"宝塔尖"。花鼓之乡——凤阳，由连续20多年的缺粮县，一跃而为余粮县。

美国教授到凤阳考察来了，诗人、作家下乡采访来了。人们都是带着好奇和许多问号来，翘起大拇指、赞不绝口而去。到蒙城开会后，我也想拐道去凤阳看看，由于第二个会议时间接得紧，腾不出空来。主人带笑地批评我说："你们这些文艺人，就是爱赶浪头、凑热闹，不去都不去，一去都想去。其实，淮北大平原，哪儿不一样？就拿蒙城来说吧，就够你再瞧瞧的。过去你来过，好好比较比较吧！"

果然不错，这次一路上只见麦浪滚滚，浩瀚无边，一片丰收景象，好不乐坏人也。记得上次来蒙城调查捻军故事，正是"大跃进"后的三年困难时期，住的是县委招待所，可说是当时最好的地方了。可是顿顿吃的是粗粮，见不着细粮，正像民谣里唱的："红芋饭，红芋馍，离了红芋不能活。"二十年过去了。这次，住的仍是县委招待所，而顿顿吃的全是细粮，想吃红芋也不见影了。

党的政策顺民意，谈起丰收合不拢嘴。父老们喜气洋洋地对我说，过去愁的是没有吃的，如今粮油大丰收，愁的是粮仓、粮库不够，油桶油罐不够，都盼着国家多收购一点呢！父老们谈起淮河的今昔变化，更是眉飞色舞，滔滔不绝："过去俺们淮河逃荒要饭的多，如今携家带口回来的多了！""过去俺们淮河姑娘嫁到外地的多，如今外地姑娘嫁到淮河两岸的多了。"淮河呵淮河，昔日的那种"十年倒有九年荒"，"多少人家没房住，多少人家没衣裳"，"多少人家卖儿郎，身背花鼓走四方"的悲惨凄凉景象，早已不复返了；淮河呵淮河，如今展现在人们眼前的，是一幅幅兴旺、安定、欢乐的农村新图画。

饥寒盼衣食，饱暖思娱乐。淮河人民生活真正得到改善，对文化娱乐的要求也日益迫切。这次在蒙城开会，主人款待我们看了好几场戏，场场客满。这天，蒙城大戏院演的是河南梆子，我去得较早，戏还没有开场，见邻座是一位七十多岁的老大娘，便与她闲谈起来，我问她日子过得怎样？还有闲空看戏？她笑嘻嘻地说："现在天天大米白面，比过去地主的生活还好！"一旁的中年妇女（可能是老人的儿媳妇吧？）插话说："责任制好，活没少干，粮没少收，钱没少拿，戏没少看！"

老百姓富起来，县城也富起来，古城新貌，市场繁荣，水陆畅通，熙熙攘攘。这次故地重游，已不识道，几乎错把淮北当江南了。县里有了钱，更加好客了。这次主动以东道主身份，邀请省里到此地开会，又热情欢迎代表来本县参观。

会议期间，使我深为感动的是，经过一场浩劫，许多当年搜集整理

376

捻军故事的老朋友，仍然精神抖擞，为民间文学事业贡献力量的心还是滚烫滚烫的。

老朋友在一起，谈"古"论"今"，围绕着淮河，由"穷"谈到"富"，由"苦"谈到"甜"，由吃饭穿衣谈到文化娱乐，谈到中国老百姓所喜闻乐见的通俗文艺、民间文学。淮河两岸，得天独厚，历史悠久，人杰地灵，自古以来就出英雄豪杰，多慷慨悲壮之士。这里，不仅是捻军起义的重要场所，一向也是兵家争夺之地。历代农民起义：陈胜、吴广从这里揭竿而起，黄巢的兵马、红巾军、太平军都在这儿征战过，留下了不少传说故事。朋友们又从农民起义谈到党领导的革命战争：红军、八路军、新四军都在这儿创建过功勋。特别是淮海战役，淮北人民作出了巨大的贡献，成千成万的英雄儿女投入战争，冒风雪，涉冰河，架人桥，闯火阵，前赴后继，流血牺牲，夺取胜利，留下了多少可歌可泣的故事。淮河两岸自古以来也是出帝王将相、才子能人的地方：庄子、嵇康、曹操父子、华佗、包公、朱元璋等等，至今还流传着他们的故事。在淮北市、淮北煤矿、一路上我还听到苏东坡开矿、霸王别姬、欧阳修《醉翁亭记》等故事……真是芳草遍地，明星满天，淮河两岸民间文学的宝藏太丰富了。

写到这里，话得收回来了！为什么在最穷困的岁月里，仍流传着"走千走万，不如淮河两岸"这句老话呢？我想，这句话并没错，淮河两岸原本就是个富饶的地方。有民谣为证："收了大河湾，富了半拉天。""大河湾里收一收，够你一家吃一秋；大河湾里动动镰，够你一家吃三年。"由于旧社会历代反动统治阶级残酷压榨人民，淮河年久失修，才造成了灾荒不断的局面，成了一个苦地方。"儿不嫌母丑"！哪一个游子会忘记母亲养育之恩呢？哪怕故乡再穷，人们总还是怀念自己的故乡的；只有热爱自己故乡的人，才能真正热爱自己的祖国。

写到这里，我还想发问："走千走万，不如淮河两岸。这句老话究竟有多深的含意、多重的分量呢？春风赋予淮河的美，如今还不能完全掩盖历史遗留下的落后贫穷的陈迹，淮河儿女们正奋力驱赶着这些陈迹，回答这句老话的，最有发言权的是淮河儿女，含意就藏在他们的心里，分量就压在他们的双肩。随着岁月的流逝、人民的不断创造，这句老话将永葆青春的活力，内容更加充实——话中的"意"将越来越深，"情"将越来越浓，"分量"将越来越重！

（原载《淮河》，1982 年 11 月号）

吴歌名声扬四海

太湖美，
太湖美，
山美水美歌更美。
天籁山水育，
人民有智慧，
喜怒哀乐肺腑出，
曲曲都沾稻香味。
闻歌心几醉，
梦中醒多回。

我爱太湖山，
我爱太湖水，
更爱吴歌声声脆。
歌手辈辈出，
歌本摞成堆。
吴歌名声扬四海，
江南春光更明媚。
都夸太湖鱼虾肥，
我背大歌满载归。

（原载《苏州报》，1983 年 7 月 12 日）

儿歌的格律

　　儿歌是孩子们口头传唱的歌谣，也称童谣。儿歌大多是成年人根据儿童的理解能力、心理特点，以简洁明快、生动形象的韵语写成教孩子们咏唱的；也有的是孩子们自己在游戏等场合随口编唱的。

　　儿歌内容广泛，体裁多样，主要有摇篮曲、数数歌、游戏歌、盘歌、连锁调、绕口令、颠倒歌、时序歌等，其中大都有明显的教诲意义，对儿童能够起到增长知识、启发智慧和想象、培养高尚品德、陶冶美的情趣等作用；也有不少是伴随着游戏唱诵趁韵而作的，含意不多，重在音节和谐，起到统一动作的作用；有的有意使用拗口语句，借以训练儿童说话能力，矫正发音，还有一些童谣原是时政歌谣，大人们制作，利用儿童传播，孩子们在传唱中并不一定懂得它的含意。

　　儿歌一般都比较短小，句式多样，富有变化，节奏鲜明，韵律优美，音乐性强，读起来琅琅上口，易念易记易传，富有表现力和地方色彩。在章法结构上虽无一成不变的固定模式，但在长期流传过程中也逐步形成了一些较为特殊的格律形式。现分述于后。

一、从句式看，大致有以下六种

　　1. 三言：每句由三个字构成，或整首以三字句为主。这在儿歌中数量最多，最适合儿童的语言能力，可以说是儿歌的基调。如《大拇哥》：

　　　　大拇哥，二拇弟；

　　　　　钟鼓楼，护国寺；

　　　　　小妞妞，爱听戏。　　　（北京）

又如《杨柳青》：

　　　　　杨柳青，放风筝，

　　　　　杨柳黄，踢毽忙。　　　（上海）

再如《燕子来》：

　　　　　燕子来，好种田；

　　　　　鸿雁来，好过年。　　　（广西）

　　2. 四言：每句由四个字构成，或整首以四字为主。这在传统儿歌中比较多。如《月亮圆圆》：

　　　　　月亮圆圆，像个盘盘；

　　　　　我要上去，拿你玩玩。

　　　　　天河长长，好像长江；

　　　　　我要上去，坐船逛逛。　　　（内蒙古）

　　3. 五言：每句由五个字构成。这也是儿歌中常见的。如《五指歌》：

　　　　　一二三四五，上山打老虎；

　　　　　老虎没打到，碰到小松鼠。

　　　　　松鼠有几个？让我数一数；

　　　　　数去又数来，一二三四五。　　　（四川）

　　4. 六言：每句由六个字构成，有的是由二言、三言变来的，如《泥蛋蛋》：

泥蛋蛋蛋搓搓，里头坐个哥哥。

哥哥出来买菜，里头坐个奶奶。

奶奶出来梳头，里头坐个孙猴。

孙猴出来点灯，烧鼻子烧眼睛。　　　（辽宁）

又如《菊花开》：

板凳，板凳，歪歪，

菊花，菊花，开开，

开几朵？开三朵。

爹一朵，妈一朵，

剩下那朵给白鸽。　　　（河南）

5. 七言：每句由七个字构成。这在儿歌中也不少，如《高高山上一头牛》：

高高山上一头牛，两个犄角一个头；

四个蹄子分八瓣，尾巴长在身后头。　　　（河北）

又如《八哥头上一簇缨》：

八哥头上一簇缨，喜鹊身穿黑背心；

老鸦穿着乌纱套，山鸡尾巴带花翎。　　　（江苏）

6. 杂言：即长短句自由体，每句字数不等，可说是由上述几种句法错综变化而来。最常见的句式有"三三七"、"五五七"等。如《风来咧》：

风来咧，雨来咧，

蛤蟆背着鼓来咧。

什么鼓？花花鼓，

乒乒乓乓二百五。　　　（山东）

又如《月亮光》：

月亮亮，月亮光，

开开后门洗衣裳；

洗得白，洗得光，

干干净净上学堂。　　　（河南）

再如《我家两只鸡》：

我家两只鸡，身上穿花衣；

一只是公鸡，一只是母鸡。

公鸡叫我早早起，母鸡生蛋孵小鸡。　　（北京）

也有的长短句看起来不规则，但其旋律自由中有约束，变化中有稳定，参差错落，异常活泼。如《小板凳》：

小板凳儿，四条腿儿，

我给奶奶嗑瓜子儿；

奶奶嫌我脏，

我给奶奶擀面汤，

面汤不加油，

我给奶奶磕仁头，

嘣！嘣！嘣！　　（北京）

又如《小蝌蚪》：

小蝌蚪，水里游，
细细的尾巴，大大的头。

二、从音乐节奏上看，有下列数种

1. 每行节拍一致，字数相等。此类数量很多。前面所举的规整的三言、四言、五言、六言、七言均是。再举一首少数民族的《萤火虫》；

萤火虫，夜夜红；
上天去，雷打你；
下地来，火烧你，
进洞去，蛇咬你；
翻坡去，猫抓你，
快快来，我救你。　　（贵州·侗族）

2. 每行节拍一致，字数不等。如《燕子的话》。

唧，｜唧，｜唧，
不吃｜你的｜饭，
不吃｜你的｜米，
借你的｜房檐｜躲躲雨。　　（云南·白族）

又如《拉锯》：

拉锯，｜送锯；
你来，｜我去；
拉一把，｜送一把；
娃娃｜快快长，
长大｜骑白马。

384

3. 每行节拍、字数均不等，根据内容需要，灵活运用。如《雁》：

> 雁雁、雁雁，排成队，
> 后头跟个小妹妹。
> 雁哥哥，慢点飞，
> 雁妹妹，快点追，
> 大家团结紧，谁也不掉队。　　　（河南）

又如《打铁》：

> 张打铁，李打铁，
> 打把剪刀送姐姐。
> 姐姐留我歇。
> 我不歇，我要回家学打铁。

又如《年年有个八月八》：

> 年年有个八月八，
> 爹爹妈妈领着大哥大姐二哥二姐三哥三姐去耍跑马山，
> 桃园梨园橘园石榴园苹果园香蕉园都耍过，
> 坐着火车，登登、独独、八八、朋朋到云南。（云南）

又如《一分钱》：

> 我到马路边，捡到一分钱，
> 送到民警叔叔手里边；
> 叔叔把头点，
> 我高兴地说了声：
> "叔叔，再见！"

三、从用韵分类

从用韵上看，儿歌虽不像律诗、绝句那么严格，但也注意平仄，富有一种天然的音韵美，念起来抑扬顿挫，跌宕起伏，大体上可分为：

1. 逐句押韵的。要求每句句末都押大致相近的韵，一韵到底。如《排排坐》：

> 排排坐，吃果果，
> 你一个，我一个，
> 妹妹睡了留一个。　　　（陕西）

又如《蚕宝宝》：

> 蚕宝宝，真稀奇，
> 小时像蚂蚁，大了穿白衣，
> 吐出丝来长又细，结成茧儿真美丽。　　　（北京）

又如《墙上挂面鼓》：

> 墙上挂面鼓，鼓上画老虎，
> 老虎抓破鼓，拿块布来补，
> 不知是布补鼓，
> 还是布补虎。　　　（湖北）

2. 隔句押韵的。一般是逢双句押韵，首句可押可不押。如《粽叶歌》：

> 粽叶尖，粽叶长，

386

包粽子，过端阳。　　（湖北）

又如《洞庭山上一棵藤》：

东洞庭，西洞庭，洞庭山上一棵藤，
根根藤上挂铜铃。风吹藤动铜铃响，
风停藤定铜铃静。　　（江苏）

这首绕口令不仅隔句押韵，而且把极易混淆的"洞"、"庭"、"藤"、"铜"、"铃"、"动"、"停"、"定"、"静"等字都用上了，引起儿童的好奇心和兴趣，帮助儿童发音和正音。

3. 一字韵。通篇用一个字作为韵脚。常见的有"儿"、"子"、"头"等，其中有的最后两个字都押韵。如《小黑驴》：

小黑驴儿，小黑驴儿，
黑黑的脊梁白肚皮儿，
白尾巴梢儿红嘴唇儿，
还有四只白银蹄儿。　　（北京）

又如《鞋子和茄子》：

一个小孩子，拿双鞋子，
看见茄子，放下鞋子，
去拾茄子，忘了鞋子。　　（河南）

再如《头字歌》：

天上日头，地下石头，
嘴里舌头，手上指头，
桌上笔头，床上枕头，

387

背上斧头，爬上山头，
喜上眉头，乐在心头。　　　（安徽）

4. 换韵的。以上三种都是一韵到底的。换韵的有中途换一次韵的，也有换多次韵的。如《羊》：

羊、羊、羊，跳花墙，
花墙破，驴推磨。
猪挑柴，狗弄火。
小猫儿上炕捏饽饽。　　　（北京·鲁迅搜集）

先是以"羊"、"墙"为一韵，后换"破"、"磨"、"火"、"饽"为一韵。又如《谁会飞》：

谁会飞？鸟会飞。
鸟儿怎样飞？扑扑翅膀去又回。
谁会游？鱼会游。
鱼儿怎样游？摇摇尾巴调调头。
谁会跑？马会跑。
马儿怎样跑？四蹄离地身不摇。
你会爬？虫会爬。
虫儿怎样爬？许多脚儿慢慢爬。　（广西·壮族）

这首顶针体的问答歌，共十六句，每四句换一个韵，共换了四个韵，"飞"、"游"、"跑"、"爬"。

5. 句首和句末交互押韵的。似连锁一般，相互咬着，称连锁调，又叫连珠体、顶针体。它的结构特点是，上一句末尾用的词儿同下一句开头的词儿相同，或者是用谐音词作为连接上下句的桥梁。如《喜鹊叫》：

喜鹊叫，客人到；

客人来家，姐姐倒茶；

茶冷，买饼；饼香，买糖；

糖甜，买面；

面上一块鸡，客人吃了笑嘻嘻。　　　（广西）

又如《月亮行在天》：

月亮婆婆，要吃红桃，

红桃烂去，要吃瓜子，

瓜子剥壳，要吃香蕉，

香蕉两头尖，月亮行在天。　　　（台湾）

又如《懒汉懒》：

懒汉懒，织毛毯，

毛毯织不齐，就去学编席。

编席编不得，就去学磨粉。

磨粉磨不细，就去学唱戏。

唱戏不入调，就去学抬轿。

抬轿走得慢，只好吃白饭。

白饭吃不成，只好苦一生。　　　（江西）

还有一种连珠式与问答式结合在一起的儿歌。如《你姓啥》（趁韵歌）：

你姓啥？我姓唐，

啥子唐？芝麻糖。

啥子芝？桂枝。

啥子桂？肉桂。

啥子肉？豆腐肉。

啥子豆? 菜豌豆。

啥子菜? 大头菜。

啥子大? 天大。

啥子天? 火烧天。

啥子火? 杠柴火。

啥子杠? 盐缸。

啥子盐? 锅巴盐。

啥子锅? 铁锅。

啥子铁? 不晓得。　　　（四川）

此外，有些少数民族的民歌（包括儿歌）还押头韵、腰韵，这里不再介绍。

四、从章法上看，有一段体、两段体和多段体数种

1. **一段体**。从头到尾只一节，一气呵成。这类儿歌数量最多。如《自己聪明会唱歌》：

红毛鸡公尾巴拖，三岁伢儿会唱歌；
不是爹娘教的我，自己聪明会唱歌。　　　（江西）

一段体儿歌一般都由偶数句构成，也有由奇数句构成的。如《一盆玫瑰两朵花》：

一盆玫瑰两朵花，三个姑娘都要掐；
四喜胡同里五个小孩儿，拿了六块七棱砖，
打着八仙庙里九棵树上的十只大老鸹。　　　（北京）

2. **两段体**。共两节。两节之间有时采取重复的手法，有时采取对比的手法，前后呼应，结构严谨。如《小公鸡》：

小公鸡，跳花台，
哪天巴得新四军来，
吃碗安稳饭，穿双合脚鞋。

小公鸡，喔喔叫，
哪天巴得新四军到，
说句舒心话，睡个直腿觉。　　　（江苏）

又如《牵牛花》：

牵牛花，往上爬，
爬到瓦顶吹喇叭。

嘀嘀哒，嘀嘀哒，
谁愿跟我上天安。　　　（广西）

3. **多段体**。指三节以上的儿歌，结构比较自由。如《我长大》：

我长大，盖高楼，
一盖盖到天上头。

我长大，造铁牛，
铁牛耕地大丰收。

我长大，造卫星，
坐上卫星到火星。

我长大，当医生，
叫你们都当老寿星。　　　（河南）

又如《数青蛙》：

一只青蛙一张嘴，
两个眼睛四条腿，
扑通一声跳下水。
两只青蛙两张嘴，
四个眼睛八条腿，
扑通、扑通跳下水。
三只青蛙三张嘴，
六个眼睛十二条腿，
扑通、扑通、扑通跳下水。

这首教儿童识数、计数的游戏歌，可以继续不断地唱下去，随着青蛙数目的递增，青蛙的嘴、眼睛、腿的总数和入水的"扑通"声也在不断递增，看谁机智、聪明，非常有趣。

儿歌，是人的一生中最早接触的文学艺术作品。中国各民族的儿歌源远流长，极为丰富，其音韵流利，趣味无穷，含有一种天然的美，这是其他诗歌格律无法比拟的，在语言修辞的章法结构上都有很多独到之处。这些特点，不仅值得我们创作新儿歌时很好地学习和借鉴，而且有些竟可与大诗人的精心之作相媲美。早在1896年，意大利人威大利（Guido Vitale）在他所编的《北京的歌谣》序文里就对中国儿歌作过很高的评价。他称赞道："在中国民歌中，可以寻到真的诗。"这些东西"都有一种诗的规律，和欧洲各国相类似，和意大利诗法几乎完全相符合。根于这些歌谣，和人民的民族的感情，新的一种民族的诗，或可以产生出来。"[1]

1987年春节于和平里

（原载《中外民间诗律》，1991年8月）

---

1. 《歌谣》周刊第20号第8版。

·歌曲创作

我们女钻工

1=C $\frac{2}{4}$　　　　　　　（齐唱）　　　　　　　　吴　超　词
朝气蓬勃、豪迈地　　　　　　　　　　　　　　　　　钟立民　曲

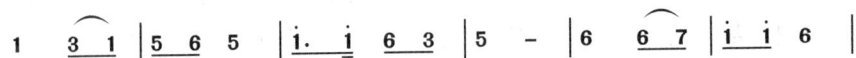

我们　女钻工，青春似火红，顶起　半边天，
我们　女钻工，青春似火红，顶起　关边天，

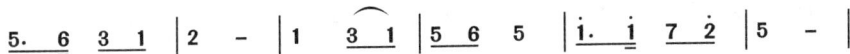

力量大无穷，我们　女钻工，革命打先锋，
力量大无穷，我们　女钻工，革命打先锋，

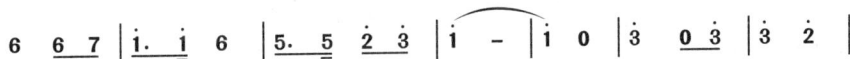

胸怀　凌云志，展翅击长空，　　飒　爽英姿
胸怀　凌云志，展翅击长空，　　飒　爽英姿

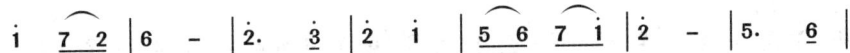

上机　台，地球任我来钻孔，万年
脚步　走，发扬大庆好传统，艰苦

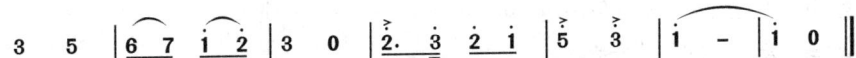

宝藏露笑脸，地质尖兵多光荣。
奋斗创奇迹，大干快上攀高峰。

393

安装姑娘逞英豪

1=F 4/4

豪迈

（独唱、齐唱）

吴　超　词
钟立民　曲

（独）

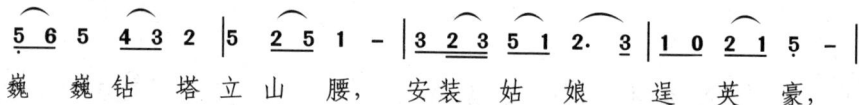

巍 巍 钻 塔 立 山 腰， 安 装 姑 娘 逞 英 豪，

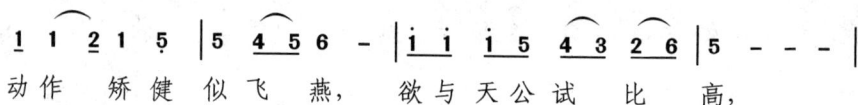

动 作 矫 健 似 飞 燕， 欲 与 天 公 试 比 高，

（齐）

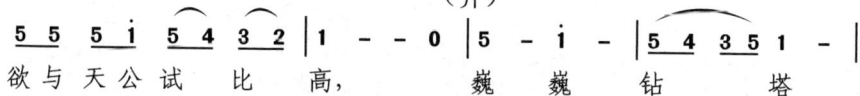

欲 与 天 公 试 比 高， 巍 巍 钻 塔

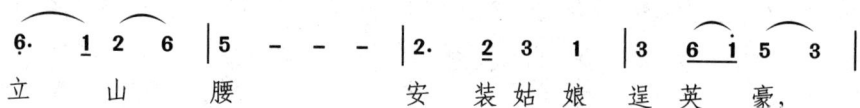

立 山 腰 安 装 姑 娘 逞 英 豪，

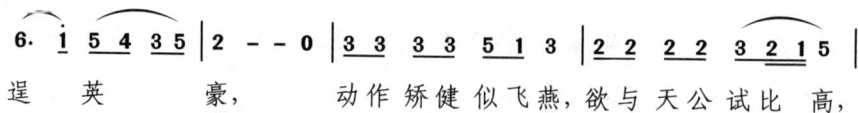

逞 英 豪， 动作矫健似飞燕，欲 与 天 公 试 比 高，

欲 与 天 公 试 比 高。

394

大港油田乘东风

1=♭A　4/4

吴　超　词
龚耀年　曲

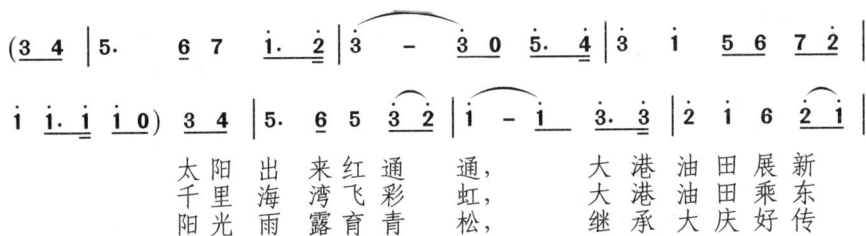

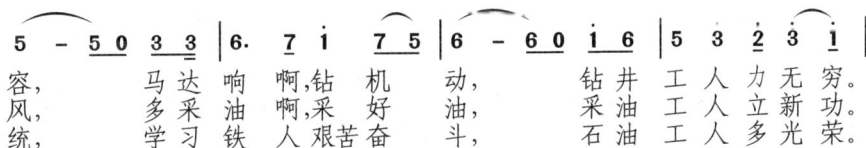

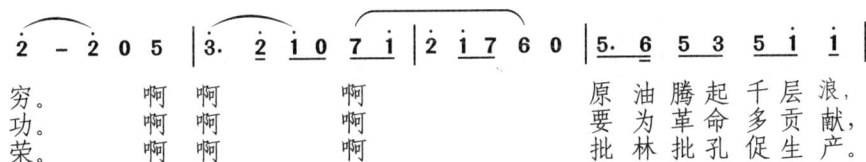

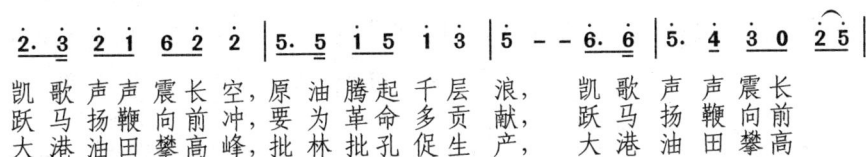

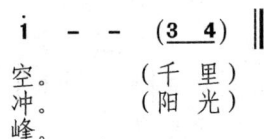

乐观、充满信心地

(3 4 | 5. 6 7 i.2 | 3 - 3 0 5.4 | 3 i 5 6 7 2 |

i i.i 1 0) 3 4 | 5.6 5 3 2 | i - 1 3.3 | 2 i 6 2 1 |

太阳出来红通　通，　大港油田展新
千里海湾飞彩　虹，　大港油田乘东
阳光雨露育青　松，　继承大庆好传

5 - 5 0 3 3 | 6.7 i 7 5 | 6 - 6 0 i 6 | 5 3 2 3 i |

容，　马达响啊，钻机动，　钻井工人力无穷。
风，　多采油啊，采好油，　采油工人立新功。
统，　学习铁人艰苦奋斗，　石油工人多光荣。

2 - 2 0 5 | 3.2 i 0 7 i | 2 i 7 6 0 | 5.6 5 3 5 1 1 |

穷。　啊　啊　　啊　　原油腾起千层浪，
功。　啊　啊　　啊　　要为革命多贡献，
荣。　啊　啊　　啊　　批林批孔促生产。

2.3 2 i 6 2 2 | 5.5 1 5 1 3 | 5 - - 6.6 | 5.4 3 0 2 5 |

凯歌声声震长空，原油腾起千层浪，凯歌声声震长
跃马扬鞭向前冲，要为革命多贡献，跃马扬鞭向前
大港油田攀高峰，批林批孔促生产，大港油田攀高

i - - (3 4) ‖

空。　（千　里）
冲。　（阳　光）
峰。

395

石油工人爱大干

1=F 2/4

雄壮豪迈

吴　超　词
钟立民　曲

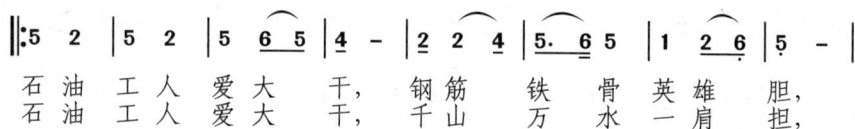

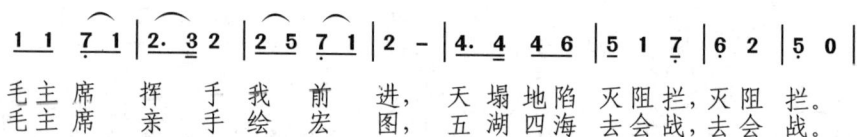

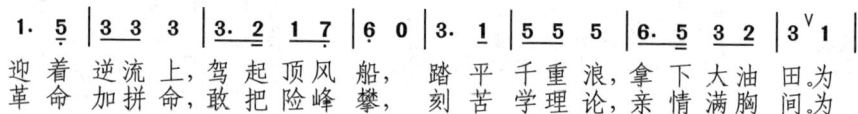

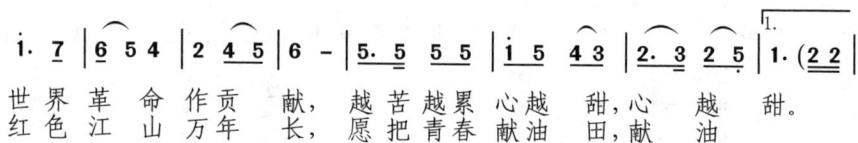

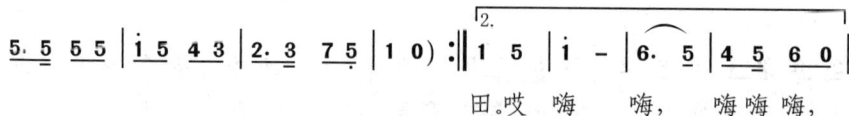

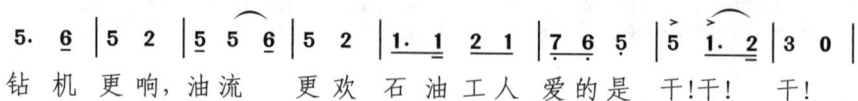

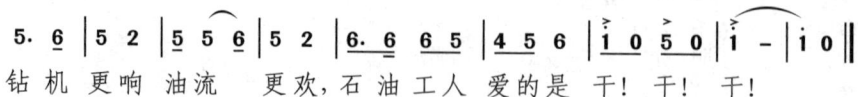

‖: 5 2 | 5 2 | 6̂ 5 | 4 - | 2 2 4 | 5. 6̂ 5 | 1 2̂ 6̣ | 5̣ - |

石 油 工 人 爱 大 干， 钢 筋 铁 骨 英 雄 胆，

石 油 工 人 爱 大 干， 千 山 万 水 一 肩 担，

1̂ 1 7̣ 1̂ | 2. 3̂ 2 | 2̂ 5 7̣ 1 | 2 - | 4. 4 4 6 | 5 1 7̣ | 6̣ 2 | 5̣ 0 |

毛主席 挥 手 我 前 进， 天塌地陷 灭 阻 拦，灭 阻 拦。

毛主席 亲 手 绘 宏 图， 五湖四海 去 会 战，去 会 战。

1. 5̣ | 3 3 3 | 3. 2̂ 1 7̣ | 6̂ 0 | 3. 1 | 5 5 5 | 6. 5 3 2 | 3ⱽ 1 |

迎着 逆流上，驾起顶风船， 踏平 千重浪，拿下 大油 田。为

革命 加拼命，敢把险峰攀， 刻苦 学理论，亲情满胸 间。为

1. 7̣ | 6̂ 5 4 | 2 4 5̂ | 6 - | 5̂. 5 5 5 | 1̂ 5 | 4 3 | 2̂. 3 2 5 | 1. (2 2

世界 革命作贡 献， 越苦越累 心越 甜，心 越 甜。

红色 江山万年 长， 愿把青春 献油 田，献 油

5. 5 5 5 | 1̂ 5 4 3 | 2̂. 3 7̣ 5̣ | 1 0) :‖ 1 5 | 1 - | 6. 5 | 4 5 6 0 |

田。哎 嗨 嗨， 嗨嗨嗨，

5. 6̂ | 5 2 | 5̂ 5 6̂ | 5 2 | 1. 1 2 1 | 7̣ 5̂ 5̣ | 5̂ 1. 2 | 3 0 |

钻机 更响，油流 更欢 石油工人 爱的是 干！干！ 干！

5. 6̂ | 5 2 | 5̂ 5 6̂ | 5 2 | 6̂. 6 6 5 | 4 5 6 | 1̂ 0 5 0 | 1 - | 1 0 ‖

钻机 更响 油流 更欢，石油工人 爱的是 干！ 干！ 干！

我们是大港采油工人

1=G 2/4

热情自豪地

吴　超　词
龚耀年　曲

（3.5 5 3 2 | 3 2 3 5 | 6. 6 2 3 | 5 - | 2 3 5 | 1 0 1 0 ）|

5 5 3 | 2 1 | 6 5 6 1 | 5 0 | 1 2 6 1 | 2 3 5 |
毛　泽　东　思　想　作　指　南，　千米油层听调

2 - | 2 0 | 3 3 5 | 3 2 | 1 2 6 5 6 1 |
遣　　　　我们是　大　港　采油工人，

2. 2 2 3 | 6. 3 | 5 0 | 5. 2 3 2 | 1 0 | 6 - |
要　为世界革　命命　　做　出　贡　献。　顶出

3 1 | 7 6 5 | 6 - | 3. 3 3 5 | 1 7 6 1 | 2 - |
狂　风，战　严　寒，　盐　碱荒滩建　油　田。
大　力，流　大　汗，　铁　人精神代　代　传。

2 0 5 | 5. 6 | 5 0 | 3. 5 3 2 | 1 2 3 0 | 2. 3 3 1 |
咳　哩咳　哩！　多采油呀，采好油，　争分夺秒
咳　哩咳　哩！　多采油呀，采好油，　争分夺秒

6 1 2 0 | 3. 5 3 2 | 1 2 3 0 | 6 6 2 3 | 5 - | 2 3 5 | 1 0 ‖
抢时间　多采油呀采好油，跃马扬　鞭　永向　前！

石油工人高唱胜利歌

1=G 2/4

激情地、满怀喜悦地

吴 超 词
吴 超 曲

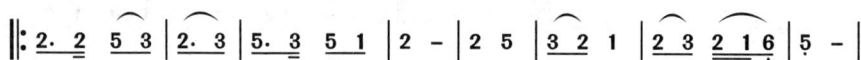

‖: 2.2 53 | 2.3 5.3 51 | 2 - 25 | 3 2 1 | 2 3 2 1 6 | 5 - |

石油工人 高唱胜利歌，山欢水笑齐声和，
石油工人 高唱胜利歌，山欢水笑齐声和，

1 5 6 | 2.2 1 6 | 2 5.3 | 2 1 6 | 5 5 53 | 2.3 | 2 3 2 1 6 | 5 - |

歌唱 石油工业跨骏马，大庆花开千万朵，
歌唱 中国油船走四海，世界人民乐呵呵，

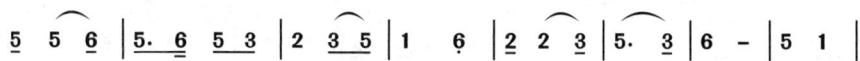

5 5 6 | 5.6 53 | 2 3 5 | 1 6 | 2 2 3 | 5.3 | 6 - | 5 1 |

歌唱 油田处处传捷报（啊），海底油龙听调遣
歌唱 "铁人"队伍建起来（呀），改天换地有气

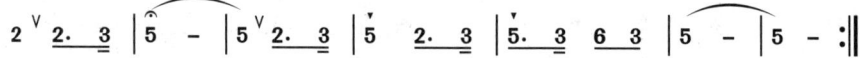

2 2.3 | 5 - | 5 2.3 | 5 2.3 | 5.3 63 | 5 - | 5 - :‖

喝。哎嗨嗨，哎嗨嗨，哎嗨嗨嗨嗨嗨嗨，
魄。哎嗨嗨，哎嗨嗨，哎嗨嗨嗨嗨嗨嗨，

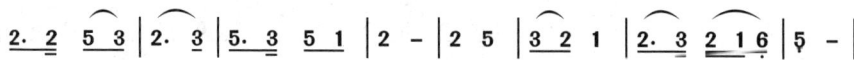

2.2 53 | 2.3 5.3 51 | 2 - 25 | 3 2 1 | 2.3 2 1 6 | 5 - |

石油工人 高唱胜利歌，歌声飞出心窝窝，

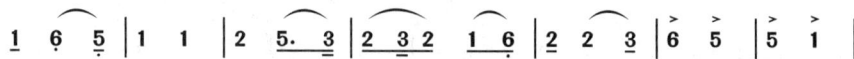

1 6 5 | 1 1 | 5.3 | 2 3 2 1 6 | 2 3 | 6 5 | 5 1 |

革命 生产形势好 （哟），越打 胜仗歌越

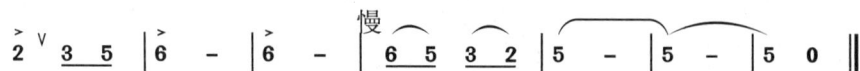

慢

2 3 5 | 6 - | 6 - | 6 5 3 2 | 5 - | 5 - | 5 0 ‖

多，越打胜仗歌越多！

领袖教我学雷锋

1=F 4/4　　　　　（独唱）　　　　　　吴　超　词
深情、亲切地　中速　　　　　　　　　　克　宁　曲

（1· 2 1 76 5· 　3 | 2· 1 2 6 5 　－ ‖: 66 1 53 66 1 53 |

2 1 2 3 2 1 　－）| 1 1 2 3 6 5· 　3 | 6 1 7 6 5 　－ |
　　　　　　　　　　毛 主 席 题 词　捧 手 中，
　　　　　　　　　　华 主 席 题 词　捧 手 中，

5 5 0 1 65 1 2 | 5· 6 3 1 2 　－ | 1· 2 6 5 3 3 3 |
一 股　暖 流 心 头 涌，　七 个 大 字 金 光 闪，
热 血　沸 腾 心 头 涌，　高 举 红 旗 向 前 进，

6· 6 5 1 2· 3 21 6 | 5· 6 5 　－ | 66 1 65 33 21 6 |
领 袖 教 我 学 雷 锋。　雷 锋 精 神 大 发 扬，
跟 着 领 袖 再 长 征。　抓 纲 治 国 战 鼓 响，

6· 1 6 5 1 63 2 | 2 3 21 1 1 | 7· 6 5 3 6 　－ |
祖 国 处 处 气 象 新，英 雄 鲜 花 开 不 败，
我 学 雷 锋 见 行 动，全 心 全 意 为 人 民，

5· 6 5 4 3· 2 1 6 | 5· 6 5 　－ | 66 1 53 66 1 53 |
经 风 斗 雨 花 更 红，　经 风 斗 雨 花 更 红，
永 做 不 锈 螺 丝 钉，　永 做 不 锈 螺 丝 钉，

1.
2 1 2 3 2 1 　－ :‖ 2.（渐慢）2· 1 3 5 6 56 76 | 5· 65 　－ ‖
花　更 红。　　永 做 不 锈 螺 丝 钉。

（原载《少年儿童歌曲》，1978 年第二集）

我学贺龙干革命

1=F 2/4

民歌风　亲切　稍快

（女独

吴　超　词
庄　超　曲

(i. 5 6 i | 5 6 4 3 | 2. 3 | 5 2 3 5 | 2. 3 7 6 | 5. 6 | 5 3 5) |

6 6 5 | 6 i | 6 5 3 2 | 1 6 5 | 1. 6 | 1 2 | 3 6 | 5. 4 3 5

红 军 里 有 个 老 英 雄， 他 的 名 字 叫 贺 龙，
贺 龙 是 个 好 同 志， 一 生 紧 跟 毛 泽 东，
贺 龙 爱 护 老 百 姓， 老 百 姓 怀 念 贺 老 总，

2 - | 6. 5 3 2 | 3. 5 | 3 3 5 2 7 | 6 5 | 5 2 3 5 5 | 6. 5 3 2 |

两 把 菜 刀 闹 革 命， 敌 人 闻 风 胆 战
走 南 闯 北 打 天 下， 开 国 元 勋 传 美
我 学 贺 龙 干 革 命， 跟 着 华 主 席 再 长

1 - | 1 0 | 6. 6 5 6 | i - | 6 6 i 5 3 | 2 1 2 | 5 2 3 5 5 |

惊。 两 把 菜 刀 闹 革 命， 敌 人 闻 风
名。 走 南 闯 北 打 天 下， 开 国 元 勋
征。 我 学 贺 龙 干 革 命， 跟 着 华 主 席

2. 3 7 6 | 5 - | 5 -4-4 || 5 2 3 5 5 | 6 5 6 | i - | i - ||

胆 战 惊。 跟 着 华 主 席 再 长 征。
传 美 名。 再 长 征。
再 长 征。

（原载《山东文艺》，1978 年 11 月）

贺龙是个老英雄

吴　超 词
尚德义 曲

1=G 2/4
东北民歌风　中速稍快

女声小组唱 ）

（齐）红军里有个 老英 雄啊，他的名字叫贺龙，叫贺龙 哎哎咳呀，（独）两把菜刀闹革命，敌人闻风胆战惊啊，两把菜刀闹革命啊，（齐）哎哎哎

$\widehat{6\ 5}$ 3 | 2. 1 | $\widehat{\dot{6}.\ 1}$ 2 | $\widehat{5.}$ $\widehat{3}$ 5 5 | $\overset{\frown}{\underline{3.}}$ $\underset{\cdot}{5}$ $\overset{\frown}{63}$ |

哎 哎 哎 哎 哎 哎 哎 哎，敌 人 闻 风 胆 战

　　　　　　　　($\dot{2}$ $\overline{7\ 6}$ |

$\overset{\frown}{\underset{\cdot}{5}}$ $\overset{\frown}{5.}$ | 5 — | $\underline{5\ 6\ 5\ 3}$ $\underline{2\ 3\ 5}$ | $\underline{5\ 1}$ $\underline{5\ 3}$ | $\underline{2\ 3\ 2\ 1}$ $\underline{6\ 1\ 2}$ |

惊 啊。

$\underline{2\ 5}$ $\underline{3\ 5}$ | $\dot{6}$ $\underset{\cdot}{5}$ | $\overline{6.}$ $\underline{5}$ $\underline{6\ 1}$ | 2 — | $\overset{\frown}{2}$) 2 $\overset{\frown}{7\ 2}$ |

　　　　　　　　　　　　　（独）贺 龙

$\overline{6.}$ $\underset{\cdot}{3}$ $\underset{\cdot}{5}$ | $\overset{\frown}{5}$ $\underset{\cdot}{3}$ 5 | $\overset{\frown}{2\ 7}$ $\underset{\cdot}{6}$ | $\overset{\frown}{6\ 1}$ $\overset{\frown}{6\ 1}$ | 2 5 |

是 个 好 同 志， 一 生 紧 跟

$\overline{6.}$ $\underline{7}$ $\underline{6\ 3}$ 5 | 5 — | $\overline{3.}$ $\underline{5}$ 6 6 | $\underline{3\ 5}$ $\overset{\frown}{2\ 7\ 6}$ | ($\underline{3\ 5\ 3\ 5}$ $\underline{6\ \dot{2}}$ |

毛 泽 东（齐）走 南 闯 北 打 天 下 呀，

$\overline{7\ 2}$ $\underline{5}$ $\underset{\cdot}{6}$) | $\overline{2.}$ $\underline{6}$ 2 2 | $\underline{3\ 5}$ $\underline{1}$ 2 | $\underline{0\ 3}$ 5 | $\overset{\frown}{7}$ $\underset{\cdot}{6}$ 5 |

　　开 国 元 勋 传 美 名，（独）走 南 闯 北

5 3 5 | $\overset{\frown}{\dot{2}}$ $\overset{\frown}{7}$ 6 | 6 — | 6 $\overset{v}{\dot{1}}$ | 3 $\overline{6.}$ $\underset{\cdot}{1}$ |

打 天 下 呀， （齐）哎 哎 哎

$\widehat{6\ 5}$ 3 | 2. 1 | $\overline{6.}$ $\underset{\cdot}{1}$ 2 | 2 5 | 3 5 | $\overline{6.}$ $\overset{\frown}{\dot{2}}$ $\overset{\frown}{7\ 6}$ |

哎 哎 哎 哎 哎 哎 哎 哎 开 国 元

　　　　　　　　　　　　　($\overline{5.}$ $\underline{5}$ 5 5

5 — | 5 — | $\overset{\frown}{5}$ 3 1 | $\overline{6.}$ $\underset{\cdot}{1}$ $\underline{2\ 3}$ | 5 — |

勋 传 美 名。

$\underline{5\ 5}$ $\underline{5\ 5}$)

5 — | $\overline{5.}$ $\underline{5}$ 5 5 | 6 3 5 | ($\underline{3\ 5\ 3\ 5}$ $\underline{6\ \dot{2}}$ | $\overline{7\ 6}$ 5) |

（独）贺 龙 爱 护 老 百 姓，

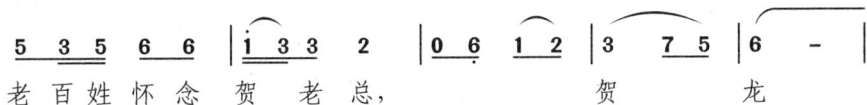

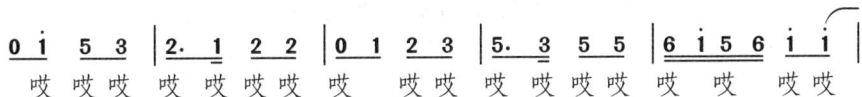

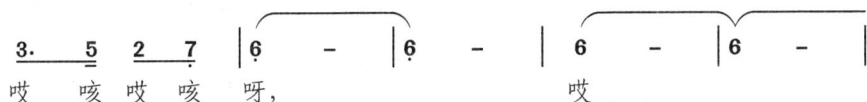

```
5 3 5 6 6 | 1 3 3  2 | 0 6 1 2 | 3  7 5 | 6 — |
老 百 姓 怀 念 贺 老 总，          贺    龙

6 — | 3 5 6 1 1. | 1 — | 3. 5 6 6
(齐) 干 革 命 啊，          哎 哎 哎 哎

0 1 5 3 | 2. 1 2 2 | 0 1 2 3 | 5. 3 5 5 | 6 1 5 6 1 1
哎 哎 哎 哎 哎 哎 哎  哎  哎 哎  哎 哎 哎 哎  哎 哎  哎 哎

1 1 1 3 2 | 1 5 3 5 | 2 3 2 3 5 5 5 5 | 7 6 | 5 5 |
哎 哎 哎 哎 哎 哎 哎 哎 哎  哎 哎  哎 哎 哎 哎

3. 5 2 7 | 6 — | 6 — | 6 — 6 — |
哎 咳 哎 咳 呀，          哎

                         慢              (2 7 6 |
6 6 6 | 6 3 5 | 5 3 5 | 1 6 1 2 3 | 5 5. |
跟 着 华 主 席 再    长      征 啊。

2 3 2 3 5 5 | 6 2 7 6 | 5 0 5 0 )
5 — | 5 — | 5 0 ‖
```

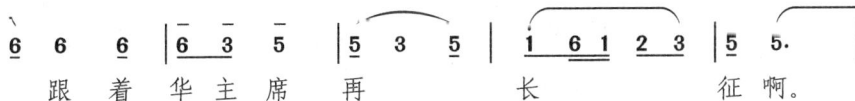

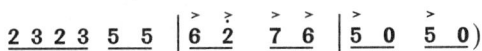

(原载《长春歌声》，1978 年 12 月)

中国工人志气大

1=G 2/4

中速

吴 超 词
石铁民、周国安、沈尊光 曲

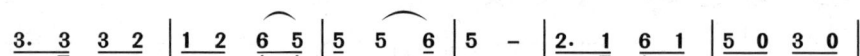

```
3. 3  3 2 | 1 2  6 5 | 5  5  6 | 5  - | 2. 1  6 1 | 5 0  3 0 |
```
中 国 工 人 志 气 大　 志 气　 大，　千 难 万 险 踩　 脚
中 国 工 人 力 量 大　 力 量　 大，　个 个 都 是 实　 干

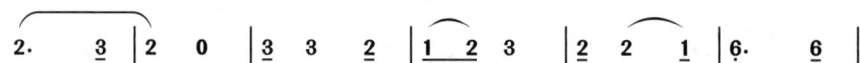

```
2.  3 | 2  0 | 3  3  2 | 1 2 3 | 2  2  1 | 6.  6 |
```
下。　　　　华 主 席 率 领 新 长　 征，　咱
家。　　　　天 天　 都 有 新 创　 造，

```
5.  5  6 1 | 2.  3 1 6 | 5  2 | 5  - | 5 3 | 6.  6  6 6 |
```
三 步 并 作 两　 步 跨。 嘿 嘿，　　　 四 个 现 代
处 处 盛 开 人　 庆 花。 嘿 嘿，　　　 四 个 现 代

```
6.  5 | 3.  1  2 3 | 5  0 | 6.  6  6 5 | 2  3 |
```
化　 定 要 早 实 现，　 比 比 谁 的 贡 献
化　 定 要 早 实 现，　 比 比 谁 的 贡 献

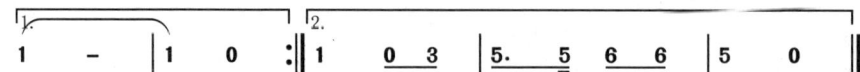

```
1.                       2.
1  - | 1  0 : | 1  0 3 | 5.  5  6 6 | 5  0 ||
```
大。　　　　　大，　看 谁 的 贡 献 大。

（原载《解放军歌曲》，1979 年 1 月）

404

我骑马儿去长征

吴　超　词
张文纲　曲

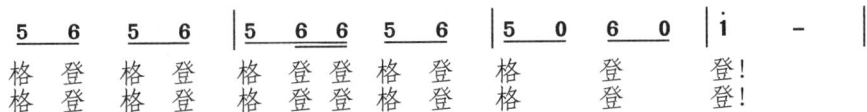

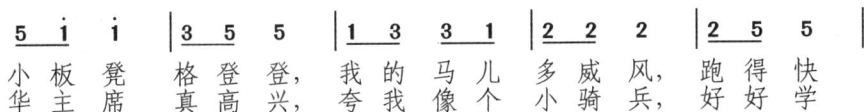

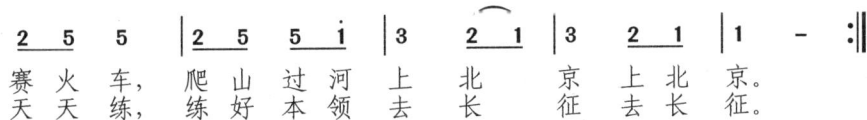

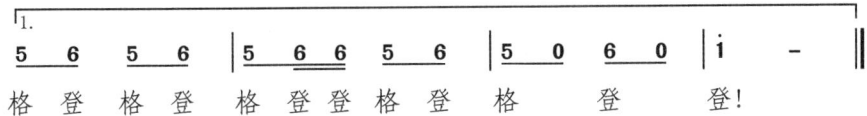

1=C 2/4
中速

(原载《唱唱跳跳》，人民音乐出版社)

第三章　民间文艺生活

（1991-2011）

· 灯谜 楹联

灯谜——东方文化的一颗明珠

　　猜谜，世界各民族都喜爱。中国是东方文明古国，谜的历史源远流长，像黄河、长江一样奔流不息。在谜的长河中，灯谜虽然产生的时间较晚，但由于它是"灯"与"谜"结合的产物，更以奥妙无穷的汉字为基础，因此在世界谜林中，具有独特的风姿和魅力。它是我们中华民族的文化瑰宝，是东方文化的一颗明珠。

　　在今日世界上，哪儿聚居炎黄的子孙，哪儿讲汉话、用汉字，灯谜就会在那里繁衍生息、开花结果。常听人说海外一些唐人街和华侨之乡，每逢喜庆佳节，都有灯谜活动，到处张灯结彩，谜笺繁花似锦，男女老少，争相猜答。近些年来，内地与台湾、香港以及海外谜人的联系日益密切。海峡两岸好几座县市喜结友好谜协。海内外谜友欢聚一堂，共同商谜，共度元宵，共赏明月，同游名胜古迹，同建灯谜艺术馆，合编灯谜画册和谜书，留下了动人的佳话。小小灯谜，凝聚着我们的民族魂，文化根，乡土情，骨肉亲，早已成为联络海峡两岸和世界华人手足情谊的纽带与桥梁，对促进祖国和平统一大业也献上一份赤诚的爱心。

　　新的时代赋予灯谜新的价值和新的使命。灯谜的花色品种增多了，灯谜的含义是否要作出新的界定？灯谜的作用扩大了，就应给灯谜以适当的地位。过去灯谜不能登大雅之堂，有人说它是"雕虫小技"，何足挂齿。灯谜多年来投靠无门，找不到归属。民间文学界很同情它，但把它看作是文人的创作，不属民间文学范围。文学界说它是"文字游戏"，岂能登文学殿堂，还有人主张将灯谜归入体育项目，说它的功用不亚于象棋、围棋。此话不无道理。但在频繁的体育大赛中排不上号。我认为，灯谜就是灯谜，就有自身的价值，可以自立门户。灯谜就贵在它的"小"和"游艺"性能，这正是它的长处，是别的文艺体育样式所不能代替的。

灯谜，说它小真小，小巧玲珑。一个字，一个词，一句话，一件东西，一种事物，都能成谜，可说是最精炼的微型文艺作品了。灯谜，说它大也大。小中见大，无所不包。谜目和谜材涉猎到各个知识领域，古今中外，宇宙万物，百行百业，无不囊括其中，堪称"百科全书"和"智慧宝库"。

灯谜，最本质的特征和最大的功能是娱乐消遣，这是不容怀疑的。灯谜之所以经久不衰，受到各界群众的喜爱和欢迎，就在于它的娱乐玩赏功能。灯谜的教育作用，认识作用，应当重视，但无论进行何种教育，都要以"乐"为基础，寓教于乐，娱乐是第一位的，不能颠倒。比如，运用灯谜对青少年进行德、智、体、美的教育，就要特别注意谜趣，无乐则不达。当然，灯谜的意义和作用绝不限于此。在制谜和猜谜的全过程中，要经受多种心理活动的检验，当事者要全神贯注，调动中枢神经，冥思苦想，倾注脑海中储存的各种信息和资料。做到胸有成竹，箭无虚发。当制成一则好谜和猜中一则好谜时，其身心之愉快是难以形容的。因此，灯谜作为一种事物，它不仅是一种游戏娱乐活动，而且是有意义的文化现象，它跟社会科学和自然科学的多种学科都有边缘关系。

灯谜，作为一门独立的学科，与民俗学的关系最为密切。灯谜因是"灯"与"谜"的结晶，它一诞生就与民俗结下不解之缘。人们特别喜欢灯谜这个"灯"字，当作吉祥、欢乐的象征、灯谜活动总沉浸在吉祥欢乐的氛围中，具有浓郁的民俗色彩。其实，"灯"字标志着一种民俗事项，与东方人的水土习性、衣食住行、民情风俗、道德崇尚、宗教信仰等，水乳交融，密不可分。如民间传统节日，人们的生辰寿诞，婚丧婆嫁，红白喜事，以至学校开学、商店开业等各种庆典，都是进行灯谜活动的好时机。灯谜与人民的生活、民情风俗贴得愈紧，灯谜的生命力愈强。因此，灯谜作为一种有意义的文化现象，应属于民俗文化的范畴，中华灯谜学则是民俗学的一个分支。

中国谜学研究，古已有之。历代不少文人学士试图从各个侧面、各个角度揭示谜的特点，都有其一定道理，也不乏精辟的见解。如刘勰

410

《文心雕龙·谐隐篇》关于谜的论述，至今还给人不少启迪。从甲骨文、曹娥碑、历代文人作品和谜书中，也可去探寻灯谜的真谛。这是前人留下的宝贵财富，但古人对谜的解释，多从字义入手，零零碎碎，不成系统，有的偏重内容，有的强调形式，有的多看到表象，未触及本质，形不成一个完整的概念。概念不清，学问难立。作为严格意义的科学来说，中华灯谜学是"五四"新文化运动在中国兴起民俗学之后才诞生的。从20年代到30年代，北京大学的《歌谣》周刊，广州中山大学的《民俗》周刊，都发表了不少研究谜学的文章，代表人物有白启明、刘万章、钱南扬等，出版了《谜史》《广州谜语》《河南谜语》《福州谜语》《宁波谜语》等。我国民俗学的先驱和开拓者顾颉刚、钟敬文等都曾为这些书作序，肯定它们"在谜语学上的地位"，称赞它们是"破天荒的第一部"。可惜这种研究没有持续下去。之后民俗学被冷落了好长时间，谜学研究更显薄弱。近些年来，祖国腾飞，谜事大兴。谜学研究也加强了，各地出版的谜书如雨后春笋，其中谜学专著为数不少。影响较大的有《中华谜书集成》《中华灯谜研究》《中国灯谜学概论》以及台湾的《中华灯谜学》等。这是一个很好的开端。这些成果为建立科学的中华灯谜学的理论体系奠定了一定的基础。

为了建立科学的中华灯谜学理论体系，最近，已故居美作家李望如创办的东方文化馆，继设立"中国学委员会"之后，又设立了"灯谜学委员会"，这是令人高兴的事情！在祝贺委员会设立之际，我的感想很多，千言万语拼成一句话，衷心祝愿委员会真正成为海内外谜人切磋交流谜艺的场所和乐园。我认为，要使灯谜学委员会像各兄弟谜学会一样，名副其实地"立"起来，不图虚名，多办实事，我们的思想必须跟上时代，增强三个意识。

首先，要增强学科意识。既然设立的是一个学术委员会，就要认认真真地把灯谜当作一门学问来做。树立良好的学术空气，培养好的学风，提高自身素质，既当虎将，又是学者。我们的猜射活动和研究活动，好比灯谜的两个翅膀，二者相辅相成，缺一不可。许多事例说明，凡质量高，收效大的谜会，都是既重视猜射，又注重研究的。相反，也有一些谜会，规模很大，轰轰烈烈，却忽略了研究，因此谜会质量老提不高，这是一个教训，只有把猜射和研究两者结合起来，才能如虎添翼，翱翔太空。

其次，要增强服务意识。灯谜虽小，功用可不小。它简便易行，灵活机动，是一支特种的文艺轻骑兵，善于抓住时机，捷足先登地为社会各界和各项中心工作服务，因此，多年来工会、文化宫、文化馆（站）、厂矿企业、学校、军营、机关团体等将灯谜作为寓教于乐，传播知识，提高智商，陶冶情操，进行物质文明和精神文明建设的良好工具，特别对幼儿园青少年朋友是较好的辅导教材。其潜移默化的作用，是难以估计的。人们盛赞灯谜"长知识于课堂之外，孕教育于娱乐之中"，"可与诗词歌赋分庭抗礼，能为衣食住行添彩增辉"。在商品经济大潮中，灯谜可直接与厂家、商店、商品挂钩，灯谜搭台，经济唱戏的事例不胜枚举。

为谜界服务，是我们立会之本。要把服务的圈子逐渐扩大，让更多的人参与，不断增添新鲜血液，新陈代谢；而不能把圈子箍得愈来愈小，老那么几个人，就会僵化、"物化"。有的海外朋友担心灯谜在我们下一代就可能薪传不继。我想不用担心，关键是我们的服务工作做到家没有？只要重视灯谜的普及工作，特别是加强对幼儿少年的推广，在谜作上要扩大谜材，让它更贴近现实，贴近生活，更吸引幼儿少年的心理，灯谜就会一代一代传下去。

第三，要增强精品意识。在普及的基础上提高，不断提高谜作质量，推出最好的作品为社会服务，为广大群众服务。近些年来，各地出版的谜书琳琅满目，其中绝大多数受到读者的欢迎，讴歌真善美，鞭挞假恶丑，歌唱龙的传人艰苦奋斗、自强不息的精神，爱我中华，振兴中华。但也有一些艺术性不高，谜味不足，粗制滥造之作，特别是重复雷同的现象较严重。现今，在商品经济的大潮下，各行各业都在提高商品质量，谜界也要像商品世界一样，提倡"货真价实"、"童叟无欺"，反对粗制滥造，假冒伪劣产品。所谓"精品"，即既要重视内容，健康有益，积极向上；也要重视艺术性，讲究谜趣、谜味。刘勰论谜，将谜写进"谐隐篇"，可见"隐"和"谐"对谜是多么重要。京剧姓京，谜要像谜。为什么有些"老字号"的东西大家喜爱，总忘不了？就是味道足。古人"十年磨一剑"，制谜做学问也要在"磨"字上下功夫。灯谜是"自娱娱人"的，生活是创作的第一源泉，谜作者要走出书斋，接近群众，做到与群众心心相通，精心对待每一则谜作，努力创作出熔娱乐性、趣味性、知识性于一炉的高档精品，为谜林增辉。

学科意识、服务意识和精品意识，三者有机联系，不可分割。他们互相制约互相推动。学科意识体现委员会的宗旨和奋斗目标，为的是建立中华灯谜学；服务意识表达委员会的决心和热忱，为的是使这个学术团体站得住，成为大家"信得过"的单位；精品意识表明我们重视质量、精益求精的态度，为了我们的事业，人人要奋发上进，提高素质，勇攀高峰。如今各行各业都讲究职业道德，武林崇尚武德，谜人要讲谜德。提倡"好学寡欲"，"曲曲弯弯作谜，堂堂正正做人"，让我们谜苑万紫千红，永不褪色。

灯谜是聪明人的事业，聪明人的活动。思想上的懒汉，知识的贫乏儿、不图上进的人，是跟灯谜无缘分的。让我们在改革开放的春风雨露下，在明珠的光芒照耀下，在制谜、猜谜和谜学研究中，变得更加聪明吧！

1993 年冬写于鸡犬相闻之夜

（原载《东方文化馆》馆刊第 17 期，1994 年 1 月 15 日）

同搭高台　共创文明
——略谈灯谜与经济的关系

中国首届"申懋杯"东方谜王赛降下帷幕，东方谜王骑上枣红马的英姿还时时浮现在眼前。这次大赛，全靠上海东方广播电台信息灵通，本领高超地与经济接轨；申懋房地产公司有胆有识，热情支持。这一开拓性的经验对我们启迪最深的一点是，灯谜如何与市场经济挂钩的问题。

一

灯谜与经济的关系久矣。

灯谜究竟是怎么产生的呢？传说正月十五乃"天官赐福"之辰，是夕为赏灯之期，即"元宵节"，亦称"灯节"。每逢节日，各街市都先期准备"放灯"，店肆出售各式花灯，谓之"灯市"。灯谜是"灯"与"谜"的结合，灯市兴隆是产生灯谜的前提。宋代观灯最盛，文人作谜也浓，灯谜在宋代形成起着孕育作用的重要因素，则应归于社会经济的发展。

北宋，经过晚唐、五代混乱，中原地带未受干戈之苦，四海升平，岁丰民乐，出现了历史上经济高度发展的时期。高宗南渡偏安江南，也有一段相对稳定的岁月，百姓休养生息，工商业迅速发展，特别是大城市日益繁华，市民阶层空前壮大，使市民文艺蓬蓬勃勃兴盛起来，呈现出百花争艳的局面。灯谜成为市井游戏，是当时百戏伎艺之一。从《东京梦华录》可以窥见首都汴梁元宵张灯、商谜的盛况："正月十五日元宵，大内前自岁前冬至后，开封府绞缚山棚，立木正对宣德楼。游人已集御街两廊下。奇术异能，歌舞百戏，鳞鳞相切，乐声嘈杂十余里，……

其余卖药、卖卦，沙书地谜，奇巧百端，日新耳目。至正月七日，人使朝辞出门，灯山上彩，金碧相射，锦绣交辉。"

到了南宋，元宵张灯，更趋靡丽。据《武林旧事》等书记载，首都临安五夜张灯，到处搭建灯山，街市点灯，四十里灯光不绝。灯品至多，凡数千百种，精妙绝伦。士女观者如云，往往通宵达旦。好事者"又有以绢灯剪写诗词，时寓讥笑，及画人物藏头隐语，及旧京诨话，戏弄行人"。将谜置于花灯之上供人猜射，"灯趣"与"谜兴"自然结合，此即后来称谓"灯谜"之雏形。

宋以后，元、明、清，直至民国，灯谜也有鼎盛期，时起时伏，到了现代，已发展到盛大节日和重要活动，均可组织灯谜助兴。虽仍袭用"灯谜"一词，电灯代替了纸烛，五色谜笺置于强烈的日光灯下，更是耀眼夺目；特别是配上电器音响，更加声光动人。

纵观宋以来灯谜的形成与发展，都离不开经济这根杠杆和支柱。社会安定，经济发达，市场兴隆，灯谜就繁荣；社会动荡，经济萧条，市场冷落，灯谜就枯萎。都市愈繁华，市场经济愈发达，谜事愈活跃。这大概已经成为一条规律。

二

灯谜与经济的关系深矣。

近些年来，风行"文化搭台，经济唱戏"。文化与经济两方面互惠互利，收到一定的成效。一时间，文艺家与企业家的交往渐密，各地纷纷建立联谊会。文化事业除了公办的以外，更多的要发展民办，另辟一条文化与企业挂钩的蹊径。

然而，对灯谜来讲，它与经济的关系绝非一方给一方搭台，而是双方"同搭高台，共创文明"。灯谜是文艺轻骑兵，可以直接进入经济领域。如谜会中，除了反映各种题材的谜作外，还可以看到一些厂家和商店在大门悬挂的对联和各柜台前张贴的彩幅，既是醒目的广告，又是一条条悬奖猜射的谜笺，而谜底揭示的便是这些厂家、商店的商标、名牌产品、企业家人名等。这些谜会，别开生面，灯谜从中得到了发展推动，

415

厂家、商店从中提高了知名度，增加了营业额。

从表面看，企业界赞助灯谜事业，不过是开张支票，最后请厂长、经理登台发发奖。其实，从更深层次看，企业家之所以乐意赞助灯谜事业，还有不少内在的原因。其奥妙就在企业家与谜家，在大脑运行、思维方式和心理机制上有很多相沟通的地方。猜谜要动脑筋，冥思苦想，搜索枯肠；行商也很伤脑筋，要善于心计，精打细算。两者都讲究脑瓜灵，信息通，精于揣摸对方的心理。当猜中一则谜和做成一笔生意时，其生理和心理上的快慰是共通的，是笔墨难以形容的。谜会，让我们大家都沾点聪明气，提高动脑子、会算计的本领，达到各自创收的目的。这些内在因素，恐怕正是谜界和商界愿意长期结为伙伴、搭档，"同搭高台，共创文明"的原因吧！

灯谜，是经济孕育的产物，是市场经济的骄子，在灯谜发展史上，灯谜一直受到企业界的青睐。改革开放以来，几乎所有大型谜会都得到商界、工业界的资助。台、港以及泰国华侨商会、商行资助灯谜活动的事例不胜枚举。广东潮州老乡，很会做生意，在东南亚和世界不少地方都有潮州会馆，馆内专门设有灯谜组织。如泰国潮州会馆灯谜组多次组织猜谜大会，并组团到祖国访问，成绩斐然。泰国华侨最大的慈善机构报德善堂，每年春秋二节各庙会和大公司悬谜，历久不衰。每逢侨团神社庆典，常举办小型谜会助兴。

时代不同了，为了弘扬国粹，怎样更好地发挥灯谜的作用，这是谜界、企业界很值得思考的问题。

三

灯谜与经济的关系新矣。

首先是观念在更新。如今已步入工业社会，灯谜也从农业社会进入一个新谜代（江更生语）。中国超长期的农业社会形成根深蒂固的重农抑商，重义轻利的观念，工农兵学商，商人的地位排在最末，什么"无商不奸"，"十个商人九个奸"等等，更是贬义语。随着时代的发展，今天商界的地位已大大提高，现代工业社会要求大大发展商业，"无商不富"，

"无商不活"，"无商不通"，许多商人成了著名企业家。商业大潮席卷神州大地，有人形容如今是"十亿人民十亿商"，这话虽有点夸张，但经商热确是事实。

当然，在现今知识界中仍有瞧不起商人的，"万般皆下品，唯有读书高"。今天，在商界和其他界中，瞧不起文人的也大有人在，"穷酸秀才"、"书呆子"。时代在前进，观念必须跟上社会的发展。实现现代化，需要各行各业的状元和专门人才，要尊重知识分子，也要尊重商人，文艺家企业家是一家，应该携起手来共同前进。

在商业大潮中，谜界的现状是怎样的呢？人约有这样三种状况：一种人既是谜家又是企业家，如泰国的卢一雄等，他们来大陆访问，既是文化使者，又是商界名流，一面交流谜艺，一面关注祖国的建设和灯谜事业，做出很大的奉献。另一种人主要经商，顺便从谜，通过参加谜会广交朋友，达到行商的目的。这种人只要所作所为对祖国的文明建设和灯谜事业的发展有好处，应当欢迎。如果把灯谜作为幌子，借谜会行"商"务，喧宾夺主，实不敢赞同，还有一种更多的人主要是从谜，绝大多数是业余爱好者，为解脱谜界困境，有少数人也下"海"了，如苏州的俞涌等，主张行商、从谜两不误，力图通过行商，广开财源，达到发展灯谜事业的目的。

为了加速文化与市场经济接轨的走向，历史的、现实的经验都要借鉴。在历史上，宋代市场经济发达时期，汴梁、临安等大都市的瓦舍中，就已出现有专门的谜社、专供猜谜的场合以及以说谜为生的职业谜人。据《东京梦华录》《武林旧事》载，宋代著名的商谜艺人就有毛详、霍百丑、胡六郎、魏大林、张振、周月岩、蛮明和尚、东吴秀才、陈宾、张月斋、捷机和尚、魏智海、小胡六、马定斋、王心斋等。他们用猜谜斗智以娱悦观众，"不以风雨寒暑，诸棚看人，日日如是"。相信在市场经济愈来愈发达，进入新谜代的今天，定会步前人的后尘，且做得更好。

在现实世界里，体育界，与企业界合作的经验也很值得学习。像一些商会、企业建立的足球俱乐部一样，也可以在一些大厂家、大公司属下设立灯谜俱乐部，招聘一些谜坛高手组织职业谜队，定期组织谜赛和到全国各地以及海外华人区去主播或打播，既是高手表演献艺，又与听众互猜。这对提高谜艺和推动群众性的灯谜活动，促进友好往来，提高厂家、公司的知名度，都大有好处。

希望谜界能人，特别是操持谜会者要像上海东方电台一样，善于与经济接轨，也希望有胆有识的企业家，像上海申懋房地产公司一样，重视灯谜的价值与功用，慷慨解囊支持和赞助灯谜事业，闯出一条灯谜与企业"同搭高台，共创文明"的新路子。

当今升平盛世，灯谜这朵艺苑之花得益于改革开放的春风雨露，愈来愈绚丽多彩。在此，双手欢呼新谜代的诞生，衷心祝愿谜界能人继往开来！

1994 年 6 月 6 日于北京寓所

（原载《东方文化馆》馆刊第 21 期，1994 年 7 月 15 日）

北京的商谜热

——祝贺北京九龙灯谜俱乐部成立

1995 年，北京掀起了一股商谜热，从年初到年底，一浪高过一浪，谜坛震惊，各界瞩目，世人欣喜。话题得从"商谜"一词说起。这里有两层意思：其一，商谜乃旧时猜谜的一种别称，亦称"商灯"，商者，量也，度也，从外知内也；其二，商作"行商"讲，商谜即谜事与商业的结合。本文要说的"商谜热"也有这两层意思。

先说第一层内容，北京的商谜热指的是北京的谜事活动日益频繁，丰富多彩，又展新容，其中，尤以新成立的"北京谜友联谊会"成绩突出，最有特点。1 年中连中三元：首先是元宵"迎春谜会"登上银屏，在中央电视台"夕阳红"栏目先后 3 天 12 次向全国和海外播放，打响了第一炮。第二是，初夏之交与《北京晚报》、九龙山商场联合举办的"北京九龙灯谜大赛"，通过新闻媒介传播，答卷遍及 20 多个省、区、市。第三是金秋九九登高节协助北京八大处公园在西山龙泉寺风景胜地连续举行了 38 天的"重阳灯谜会"，挂出新谜 600 条，一色北京风味，丰富了公园文化生活，受到游客好评。

再说第二层内容，北京的商谜热指的是在市场经济条件下灯谜与企业的联合，同搭高台，共创文明。这里要特别举出北京谜友联谊会与北京九龙山商场携手并肩，共建中华第一个企谜联姻组织——"北京九龙灯谜俱乐部"的创举。1995 年元旦至春节，谜友们主动协助商场举办了一次"迎春有奖灯谜大会"，这是双方第一次合作，经济效益和社会效益双丰收，商场吸引了顾客，一个月的营业额超过上年同期的一倍。九龙山商场总经理林秋雯慧眼识灯谜，两个文明一齐抓，大力支持北京谜友联谊会的活动，先后出资合办了"九龙全国谜会"；在《北京法制报》专辟"谜海浪花"栏目；在北京经济台"午间奏鸣曲"栏目里新辟"九龙空中谜宫"，连续半年主讲灯谜12次，同时进行热线抢答，既弘扬了国粹，普及了灯谜知识，又树立了良好的企业形象，参与者都锻炼了应变能力，增长了谜艺水平。中秋佳节又在商场举办了大型的"中秋月儿圆谜会"；灯谜登堂入室直接进入商场为企业服务，一条条彩色谜笺既是醒目的广告，揭示的又是月饼厂家的名牌产品，商店和厂家都提高了知名度，一天的营业额就突破40万大关，相当平日四倍，灯谜从中也得到发展。

"北京九龙灯谜俱乐部"就是在北京商谜热的高潮中诞生的，这是文企联姻的一个新生儿，充满活力和喜庆。我们高兴地看到北京谜友联谊会与九龙山商场已闯出了一条灯谜与企业联合"同搭高台，共创文明"的新路子。我们发现企业家与谜家有很多相通之处，两者都讲究脑瓜灵、信息通、善于心计和揣摩对方心理。

我衷心地希望谜界各种组织都像北京谜友联谊会一样，善于抓住机遇与经济接轨，像其他文化门类有影星、歌星、舞星、笑星、球星一样，我们谜界也多出几个智星，给人们带来快乐与智慧。

商谜集锦

1. 精通买卖（商业词语一）

2. 财源茂盛达三江（经济名词一）

3. 欲穷千里目（商业用语一）

4. 现金交易（商业词语一）

商谜谜底：①交易会　②货币流通　③顾客至上　④文明经商

（原载《中国企业报》，1996年1月29日，第4版）

"龙"腾"虎"跃九龙山
——一个融传统文化于现代管理的企业

北京广渠门外有一处地方叫九龙山，这里有一个由小小油盐店发展起来的中型综合性副食品商场，如今名气可大哩！电视里有"影"，广播里有"声"，报纸上有"文"，它就是"九龙山商场"。

该店建于 1954 年，已过不惑之年，一度管理混乱，人心涣散，很不景气。前任经理、现任党支部书记林秋雯 1983 年受命于危难之中，上任后率领全场职工锐意改革，使商场面貌发生变化。

成功的原因来自多方面，其中一个很重要的因素就是融传统文化于现代管理之中。

请"龙"上殿

九龙山，九龙山，多少年来空有其名，不见"龙"影。在市场经济瞬息万变、竞争异常激烈的今天，商场要跟上现代化的步伐，年年登上新台阶，就要不断提高知名度，塑造良好的企业形象。林秋雯想到商场得天独厚，就坐落在"九龙山"这块宝地，为何不从"龙"的形象和精神上使出高招呢？商场投资百万，请北京市古典建筑家马旭初先生为商场重新进行整体形象设计，将门面进行了一次大翻修——仿佛将北海公园的九龙壁搬上了门楼。入夜，黄龙、红字、绿灯交相辉映，光彩夺目。

一座融古典建筑与现代气息于一体，集购物、服务于一身的九龙山商场，以新的面貌和姿态展现在广大消费者面前，人们走进商场犹如步入一个温馨、舒适、"龙宫"式的购物环境。林秋雯认为，龙的文化博大精深，内涵丰富，其核心部分应该是我们的民族精神，有待我们深入地发掘与开拓。作为龙的传人，他们尝试着将龙的精神与现代管理、培养"四有"新人、提高全民族文化素质结合起来，以"科学管理、质量第一、信誉至上、顾客满意"十六字为企业宗旨，在商场管理条例和商品推销战略上也包含着传统文化的底蕴，一切讲究成"龙"配套，为方便顾客推出多功能、全方位、"一条龙"服务措施：在商场门前增设公用电话、报纸书刊、彩扩、洗染、综合修理、百货、服装等项目。

古文化的风韵和幽情，既塑造了商场高大形象，又给人以信心和力量，增强了企业的向心力和凝聚力，使职工与企业同呼吸共命运，敬业爱岗，忠于职守，发挥了"龙"的传人和主人翁的作用。职工们自信地说：今天再不是干多干少一个样的"铁饭碗"了！他们的口号是"场荣我荣，场辱我辱"，"谁要砸九龙山的牌子，就砸碎谁的饭碗！"正因为有这一赏罚分明的风险意识和严格管理的果敢行动，才促使商场经济效益稳步上升。

迎"虎"登堂

这里所说的"虎"，指的是中国传统文化中的瑰宝之一——"灯谜"（古时称"灯虎"、"文虎"）。在当今的商战中，小小灯谜能为现代化的企业服务吗？

1994 年冬，一位爱好灯谜的老顾客，为商场多年来的诚心服务所动，自荐上门愿凭以自己的特长为商场经营效力，提出一个举办迎"'95 新春有奖猜谜"的设想，热情出谜 400 条，谜底皆为商场出售的商品，得到商场的支持，而且收到显著成效，从此，商场与灯谜结下不解之缘，谜事活动接连不断。

1995 年 12 月 26 日，第一个谜企联姻组织——"北京九龙灯谜俱乐部"在九龙山商场成立了。它是灯谜这一民族传统文化与当今市场经济发展相结合的产物，是商场在激烈的市场竞争中走以谜会友、以文兴商之路的尝试。丰富多彩的谜事活动，密切了商场和消费者的关系，提高了企业知名度，扩大了企业无形资产，给企业精神文明建设注入了新的内容，促进了企业效益。1995 年商场销售额达 6200 万元，比 1994 年上升 14%；1996 年春节期间最高日销售额突破百万大关，是平日销售额的 10 倍。

1996 年新春伊始，北京九龙灯谜俱乐部又别出心裁地推出了一项"购物赠谜"活动："凡顾客在该店购买百元以上商品者，均可获得一份'礼物'，由九龙灯谜俱乐部会员当场为您（或您家人）的名字配制谜面，书写在精美的贺年卡上。"有位叫冯春梅的外地顾客捧到的谜面是"千里冰封后，二月见兰芳"贺年卡，觉得既贴切，又有韵味，高兴极了，声声表示下次来京还来此购物。

(原载《中国企业报》，传统文化版)

《中华灯谜年鉴》序

灯谜，是中国的一种传统文化，是可贵的一种民族智慧的表现。

这几年来，我在教学与科研工作中，与灯谜学也结下不解之缘。1991 年，在丰台花乡"全国首届灯谜艺术研讨会"上，我有幸与来自全国各地的包括台湾、香港地区以及泰华谜人会面，大家欢聚一堂，切磋谜艺，十分高兴。其后，我接连为《中华谜书集成》《现代灯谜精品》二书作序；为《全国灯谜信息》百期纪念和《中华谜报》创刊 200 期庆典致贺；还为海内外十人灯谜团体举办的"百谜颂中华"全国灯谜创作大赛题词。想说的话已差不多都说了。今天，《中华灯谜年鉴》的编者吴超、郭龙春二君又来邀我为谜界的头一本《年鉴》写篇短序。说什么好呢？当我翻阅着墨香扑鼻的《年鉴》清样时，看到仅仅一年的谜事、谜文、谜作荟萃，就那么丰富，顿时一个新的想法和灵感涌入脑际：想不到啊，灯谜竟有这么大的凝聚力！我们在探讨灯谜的特点、价值和功用时，可不能忘掉它的凝聚力，这里，我愿意提出来与谜界的朋友们共识之。

灯谜的凝聚力，首先表现在它自身的艺术特点和意趣魅力上。别看一页页谜笺体积很小，而涉及的内容上天入地，包罗万象，不知凝聚着多少内涵。有人夸它是小小的"百科全书"和"万有文库"，并不太过分。为什么灯谜会吸引成千上万的爱好者参与，为什么各行各业、大人小孩都会迷上灯谜呢？我想这大概是灯谜是聪明人的事业，是开启智慧大门的钥匙。人们都乐于从制谜、猜谜的活动中长些智慧、沾点聪明气吧。

灯谜的凝聚力还表现在谜事活动和友好往来上。1991年在"花乡谜会"上，我曾说过："现在灯谜组织星罗棋布，遍地开花，数以千计，灯谜活动在国内外产生相当影响。灯谜已成为联系海峡两岸和海外华人世界炎黄子孙手足情谊的纽带和桥梁。"这就是灯谜所特具的凝聚功能。世界上凡有华人、华裔聚居点和通用汉文汉语的地方，都盛开着灯谜之花，特别是每逢喜庆佳节和盛大纪念、民俗活动，用灯谜助兴更是热闹非凡，往往起到意想不到的效果。许多谜事活动和友好往来都凝聚着华夏儿女热爱祖国、不忘民族根之情；许多谜笺都透亮出一颗颗赤诚的"中国心"。

灯谜活动在精神文明建设中可以起到义艺轻骑兵的作用，谜人们大有可为，允分施展你们的聪明才智吧。

如今，文化艺术界能够出"年鉴"的还不普遍，谜界能登上这个台阶，一年编纂一本，这是一件很了不起的工作，也是一件很不容易办到的事。这件事情本身就是一种凝聚力的表现，只有谜界精诚团结和通力合作才能实现。听说这头一本灯谜年鉴是在我国灯谜的发祥地开封（宋代汴京）出版的，真是一件令人开心的事，我祝贺河南大学出版社做了一件很有意义的工作。万事开头难，贵在坚持。我衷心地希望灯谜年鉴能不断地出下去，年年如意，岁岁开花结果，谜事谜学，永远兴旺发达！

1996年12月15日
写于全国第六届文代会前夕

为建立科学的中华灯谜学而努力
——从《开启谜宫的钥匙》说起

一、天赐一把金钥匙

人民日报出版社的编辑先生们好有慧眼和胆识呵，继编纂《中华谜书集成》（以下简称《集成》）之后，又编纂了一部姐妹篇《开启谜宫的钥匙》（以下简称《钥匙》）。

《集成》是过去时代人民智慧的结晶，汇聚了千百年来谜人的佳作名篇，使后学从中品尝到谜的精髓，领略到灯谜的发展脉络，获得大批难得可贵的研究资料，开卷有益，受用无穷。《钥匙》集中了当代谜界几位名家从谜的心得体会，他们都是谜不惊人誓不休的执著追求者，有的将自己的看家本领也拿出来了，其中机关巧设，佳构纷呈，令人心醉，启迪至深。《集成》和《钥匙》二书一脉相承：既是对中华传统文化的继承，又是发展，弘扬光大，对灯谜的普及提高将起到不可低估的作用。

今天，灯谜已被誉为东方文化的一颗明珠，与书法、国画、京剧并列为"中华四绝"，是我们的文化根、民族魂，经过历代谜家和文人学士的苦心营造，已筑起一座巍峨的灯谜艺术宫殿。炎黄儿女，莘莘学子，谁能探得谜宫之奥妙呢？这正是《钥匙》一书诱人爱看爱读的要旨，正像编者在封面上所昭示的那样，本书功用是："制谜和猜谜的诀窍，理论和实践的结晶，初学者入门的向导，爱好者深造的阶梯。"捧此一卷，犹如天赐一把金光闪闪的钥匙，心中好不快哉！

《钥匙》一书其价值更在于当代谜界名家们果真高人一筹，他们不是泛泛的就灯谜谈灯谜，而是着力在提高谜坛的学术研究水平，把灯谜作为一门学问，一门科学，由一般猜射活动上升到理论建树上来。如有的从甲骨文扑朔迷离的形体中发现谜学的胚胎，看到人类文化的渊源和古人的思维结构；有的谙熟说文解字，剖析字谜技法，堪称字谜指南；有的积多年经验之所得，条分缕析，提要钩玄，总结出谜的百种法门；有的博览群书，纵说古今谜格，头头是道，推陈出新；有的深谈灯谜为何重在谜趣、贵在别解和各种特殊扣法；有的语重心长指出制谜易犯的通病，等等。这些理论均来自实践，有的就发生在我们身边，深入浅出，循序渐进，对读者掌握灯谜深层知识，提高猜制水平，进行系统研究，都大有裨益；为建立科学的中华灯谜学，铺垫下厚实的基石。

二、迎接"新谜代"的到来

《集成》《钥匙》二书面世之时，恰逢时代车轮跨向 21 世纪之际，值此纪元之交，也是灯谜进入"新谜代"的黄金时刻。

任何事物，都有它发生、发展和衰亡的过程，灯谜也不例外；所不同的是，灯谜这一特殊事物，在经过发生、发展、走向衰亡的历程中，今天又老树新花，长出茂密的青枝，这就是"新谜代"的诞生。

这里有必要简扼地回顾一下中华谜史。灯谜的名称出现较晚，但谜的萌芽状态可追溯到远古时候。远古初民时代，人类处于童年时期，宇宙万物都是"谜"，人人解谜、制谜和猜谜，没有文字，口传心授，就像人人唱歌，人人跳舞一样，谜也是全民性的，一体的口头创作。阶级出现后，有了文字，产生了以文字为载体的谜，而文字主要掌握在上层人士手中，劳动人民被剥夺了读书识字学文化的权利，因此，在谜的发展史中逐渐形成两大分流：一支是长期流传在不识字（或识字不多）的劳动人民口头上的民间谜语，它具有口头性、集体性、变异性、匿名性等特征，许多作品经口耳相传、集体加工，已不知第一个作者是谁；另一支则是从民间谜语中派生出来的主要在上层社会和文人中流传的以灯谜为代表的文义谜，它的特征是个人创作、书面传播、个性突出，大多保留作者的名姓。

灯谜诞生于商业发达、市民文化盛行的两宋时代，由于它是"灯"与"谜"的结合，一开始就成为节日民俗文化的重要组成部分，赏灯猜谜经朝野风行，不仅底层社会平民百姓喜爱，上层社会骚人墨客，以至朝廷官员也捧玩在手。应该承认，灯谜得到上层社会、文人雅士的青睐、提倡，对这一体裁形式变得更加成熟，臻于规范完美，在明清两代和民国初年曾盛极一时，而且出现过不少风云一时的谜社和像张起南那样被尊为"谜圣"的出类拔萃人物，功垂谜史，不可抹煞。然而，毋庸讳言，除了社会动荡、政治经济等因素外，也由于上层文人专宠、捧杀，灯谜后来被引进了狭小的死胡同，愈来愈脱离人民大众，脱离沸腾的现实生活，而一头钻进了故纸堆和掉书袋中，用典怪癖，晦涩难懂，成为少数文人咬文嚼字、卖弄才学的文字游戏。

正如鲁迅对旧文人取用民间东西所评说的："歌、诗、词、曲，我以为原是民间物，文人取为己有，越做越难懂，弄得变成僵石，他们就又去取一样，又来慢慢的绞死它。譬如《楚辞》罢，《离骚》虽有方言，倒不难懂，到了扬雄，就特地'古奥'，令人莫名其妙，这就离断气不远矣。词、曲之始，也都文从字顺，并不艰难，到后来，可就实在难读了。"（1934年2月20日给姚克信，《鲁迅书信集》第492页）灯谜的命运何尝不是如此，发展到后来离断气也差不多了，你看仅"不得已而为之"的"谜格"，就增到四百余种 ，左捆右绑，岂不把人都束缚死了。

"新谜代"最大的标志表现在上层文化与底层文化的融合，民间口头创作与作家书面创作的合流趋向，参加灯谜活动的人员成分、数量、素质都起了变化。首先是劳动群众普遍提高了文化，他们已不满足那些口头创作、口头传播的以事物谜为主的民间谜语，而开始用笔创作文义谜，并虚心向文人和谜家学习创作技巧，提高谜艺；同时文人转变立场，改变谜风，面向群众，为人民大众服务。灯谜自此从过去狭小的圈子里解脱出来，成为各阶层群众喜爱的文化娱乐活动之一。一个濒临消亡的事物终于获得了新生。

"新谜代"的标志出表现在谜材、谜目的多样化和富有时代感上。一方面是过去被鄙视、被湮没的民间谜语重见天日，大放光彩，各地搜集编选出版的谜书，琳琅满目，其中不少佳作千锤百炼，像一首首优美动听的咏物诗，具有永久的魅力。民间谜语还有相当强的生命力，仍然是抚育儿童成长的一种不可缺少的启蒙课本和游艺品。另一方面，昔日为少数文人偏爱和垄断的灯谜，走向大众，回归民间，特别是广大劳动人民的喜爱入列，谜材谜目日日翻新，克服了旧灯谜题材狭窄、内容陈腐的缺点，充实了大量健康向上与时代合拍的新谜材、新谜目，淘汰了那些别扭费解的谜格形式，创造了不少新颖别致的花色品种和制谜技艺，开创了自然工巧的新一代谜的风格，使灯谜成为一种覆盖面极广、辐射力特强和知识密集型的文化娱乐活动，出现了历史上空前的鼎盛时期。

三、呼唤"中华灯谜学"

20 世纪 90 年代初，《文虎摘锦》上发表了一位青年博士研究生写的《呼唤"谜学"》的文章，作者出语不凡，一鸣惊人，道出了几代谜人的心里话。

确立一门学科，首先要弄清和界定它的对象。灯谜从宋代诞生，经历了生发、兴盛、式微的千年沧桑，今天又青枝焕发、繁花似锦，达到了一个空前的鼎盛时期。历史见证，作为一门学科——"中华灯谜学"的研究对象，它是完全成立的。目前，万事俱备，只欠东风，需要共识的有以下几个问题：

（一）灯谜学是谜语学的一个分支。灯谜是民间谜语的一个分流，是民间谜语发展到一定阶段的一个品种、一种称谓。灯谜学是研究灯谜的学问，既可作为谜语学（谜学）的一个组成部分，又可作为一门独立的学科。灯谜与民间谜语长期共存、互相吸收、互相融合，今天已成为新民间文艺的一个门类。

中华谜语学应包括我国 56 个民族的谜语在内，这将是一部内容丰富、博大精深的著作，目前资料尚待搜集，编撰条件还不成熟；而中华灯谜学则主要是以汉族的文义谜为研究对象的一门学科，经过多年来谜界同仁的努力，条件是基本具备的。

（二）"灯谜"一词的含义随着时代的发展，约定俗成，已有了新的解释。由于灯谜其名出于"灯"与"谜"的结合，过去多作狭义解，限指"悬谜于灯"的谜，或专指在文化圈中流行的文义谜（亦称灯虎、文虎）。今天由于文字也为广大平民百姓所掌握，灯谜已成为各阶层群众喜爱的一种文化娱乐活动，属于新民间文艺形式之一，灯谜的概念也随之自然而然地扩大，人们已习惯于用"灯谜"一词泛指一切猜谜活动，凡举行此项活动的地方，不论哪行哪业，不仅有通常所谓的文义谜，也有民间口传的事物谜、字谜，以及各种新创的花色品种，而在海报、请柬、入场券上，均是一律用的"灯谜"二字。

（三）灯谜是一种文化现象，属民俗文化的范畴。灯谜从它一诞生起，就与民俗文化结下了不解之缘，在灯谜的发展史上，与鲜活的民俗文化生态结合得紧，就兴旺发达，生机勃勃；反之，与乡土风情、社会习俗脱离割裂，则必然老气横秋，枯萎衰亡，这是一大教训。今天，为何"悬谜于灯"的景象早已时过境迁，而"灯谜"一词却一直袭用，盛传不衰呢？为何各地谜学团体纷纷采用"灯谜"一词作为协会、学会的名称呢？人们特别喜爱"灯谜"这个"灯"字，把它当作"吉祥如意"的象征，当作"福星"和"乐神"，灯谜活动总沉浸在喜气洋洋、欢乐愉快的氛围上，具有浓郁的民俗色彩。今日的灯谜活动，也不仅仅在正月十五灯节举行，其他日子，如民间的四时八节、红白喜事、生辰寿诞、娶媳嫁女等，以及机关、企业、厂矿、学校、各行各业的庆典，都可组织灯谜助兴，虽仍袭用"灯谜"一词，已不限将谜置于花灯之上，而且不分黑夜、白天，都叫"灯谜"。这是人民大众约定俗成的文化心态，我们没有理由不尊重它、承认它。灯谜一词的内涵和外延丰富发展了，是灯谜新生、获得旺盛生命力的一大转机，切不可轻而弃之，又为何拒之不用呢？

（四）灯谜学是一门与众多学科相关的、跨学科的、综合性的边缘科学。它涉及的范围很广，集人类学、民俗学、历史学、考古学、宗教学、文字学、语言学、心理学、思维学、社会学诸多学科，以及信息论、控制论、系统论诸多因素于一体。

灯谜学主要包括谜作和谜论两大部分。历代学者积累了不少研究资料和有关论述。近年来出版的《中华谜书集成》《中国谜语大全》等收罗宏富的作品资料，都是灯谜学的基础，而且本身就是灯谜学的一部分。

对谜的性质、特征、功用和评价古已有之，其中不少与灯谜有关。

梁代刘勰《文心雕龙》专立《谐隐》篇，系统地阐述了谜语的产生、特点及功用等问题，对后代灯谜研究影响很大。清末"谜圣"张起南所著的《橐园春灯话》不仅选有灯谜三千则，而且有关于制谜理论及制作方法的论述，对灯谜的各种技巧作了探索和总结，对灯谜创作水平的提高和灯谜活动的开展起了重要的指导作用。

在"五四"新文化运动影响下，钱南扬著的《谜史》，是中国民俗学兴起后第一个研究谜语的专著，具有开创意义。1933年陈光尧的《谜语研究》和1934年杨汝泉的《谜语之研究》，基本上沿袭了《谜史》的思路。

在当代从众多的谜书中，陆滋源著的《中华灯谜研究》是一部力作。既论述了中国谜语的源流、沿革、发展，还集中地阐述了灯谜的原理，并用大量例子说明灯谜制作的规律和技巧，从创作和理论两个方面为灯谜的科学体系提出了一个很好的轮廓。1994年东方文化馆灯谜学委员会为促进科学的中华灯谜学的建立，开展了灯谜学的讨论，不少专家就灯谜的定义和灯谜学的框架设想发表了很好的意见，众人拾柴火焰高，长江后浪推前浪，相信在不久的将来，各种手笔、各种风格的中华灯谜学著作将会脱颖而出。

四、重在"谜趣"贵在"别解"

灯谜的制作技巧，是谜学的重要一环。刘勰在《文心雕龙》中用"谐""隐"二字立论，颇见心机。谐者，悦笑也，求的是"谜趣"；隐者，藏也，回互其辞，用的是"别解"。可见，重"谜趣"，贵"别解"，乃自古谜人所必须遵循的道理。《钥匙》一书，集当代谜艺研究之精华，所收各文篇篇不离"谜趣"与"别解"，作者论述精辟，旁征博引，以雄辩的事例反复证明，谜趣和别解是灯谜的神髓和灵魂。

清代灯谜大师张起南说得好："莫道雕虫甘小技，其中滋味几人知。"谜虽小品，涉猎甚广，上下几千年，纵横全世界，无所不有，无不可以用之为"底"，配之为"面"。每逢谜赛会猜，制谜者挖空心思，搜索枯肠，层层布防；破谜者绞尽脑汁，苦苦推求，步步进逼。往往正在"山重水复疑无路"之时，一旦探得蹊径，找到"底""面"赖以维系的纽带，一举中鹄，不禁拍案叫绝，顿时领略到"柳暗花明又一村"的快感。这就是谜趣。1982年青岛谜会上传诵的一副谜联："费思量周折几度，得奥妙觉悟一时。"活脱地道出了谜趣的甘苦和由来。

近代学者梁启超认为："世界上有趣味的东西有四种：劳作、游戏、艺术和学问。"（《学问的趣味》）灯谜和这四种东西都有密切关系，可谓四美兼备，趣味丰厚。灯谜的趣味就是它的价值、砝码、本色。灯谜以趣味为主导，由趣味而根生，赖趣味而发展，句句如珠，字字有味，如嚼槟榔，愈嚼愈香；令人忍俊不禁，笑破肚皮。

灯谜的最可贵的特点是"别解"，直中有曲，平中藏机，绕着弯子说话，"不着一字，尽得风流"。谜趣是灯谜追求的终极目标，别解则是灯谜的艺术手段，是灯谜达到谜趣的阶梯和法门。"谜趣"和"别解"相辅相成，密不可分，它们的魅力和品格绝不是"孤芳自赏"，而是把底蕴和坐标定在"人民大众的爱"和"爱人民大众"上。

五、功夫在谜外

"板凳要坐十年冷，文章不写半句空。"《钥匙》一书的作者，为弘扬中华民族的传统灯谜文化，笔耕不辍，何止十年，可以说是呕心沥血了一辈子，文章字字句句都凝聚着老一辈谜家们学而不厌、诲人不倦的赤子之心。

"姜，还是老的辣。"读罢《钥匙》此书，令人不得不惊叹我们的谜坛宿将们博闻多识、"功夫在谜外"的过硬本领。人谓："灯谜可与诗词歌赋分庭抗礼"，又说："灯谜是以析文解字为能事"。猜谜制谜，不仅要对古今中外典故时事、科学文化、风俗人情等有所了解，更要掌握汉字的复杂变化。如果对汉字、汉语、诗词、书法、绘画、楹联等各种文艺门类没有深厚功底，怎能在制谜猜谜时开拓思路、势如破竹、得心应手呢？又怎能在题写谜条时挥洒自如、龙凤飞舞、构图匀称、音韵和谐呢？如果以上各项功底浅薄、囊中羞涩，就会在谜道上处处现丑，力不从心。

谜虽小道，一滴水可见太阳，其涉之广，天上地下、宇宙万物、历史地理、政治经济、科学文化无所不包，堪称人类的"百科全书"、"万有文库"。中华灯谜学是跨学科的综合性的边缘科学，要想在谜海中多获得一点自由，任何一方面的知识和修养，都会给制谜猜谜带来意想不到的益处。

灯谜艺术要提高文化品位，必须用"外功"推动"内功"。他山之石，可以攻玉。灯谜之外的东西懂得越多越好。学无止境，贵在一个"勤"字。俗话说："书山有路勤为径，学海无涯苦作舟"，"梅花香自苦寒来"，"冰冻三尺非一日之寒"，唯有勤学苦练，持之以恒，才能日积月累，水滴石穿，点石成金，真正觅得谜中三昧，攀登较高的艺术境界。

千里之行，始于足下。让我们在求知、求乐、求趣中，认认真真，扎扎实实地把灯谜当作一门学问来做吧！

（原载《中华谜联》，1996 年第 1 期）

《开启谜宫的钥匙》序

继《中华谜书集成》之后，人民日报出版社又推出了一部重头谜书——《开启谜宫的钥匙》。这一丰硕成果，是谜坛值得庆贺的，也是群众文化生活中的一件可喜的事。

中国俗文学的先驱顾颉刚先生，1928 年为钱南扬《谜史》一书作序时说得十分精辟：谜语是民众的"智慧的钥匙"，可以"用来表现自己的智慧，用来量度别人的智慧"。《开启谜宫的钥匙》一书，集中了当代谜界多位名家从谜的心得体会，正像一个"智慧的锦囊"。无论是讲述制谜猜谜的法门，介绍谜格，剖析谜病，还是专题探讨"别解"、字谜、象形谜和特殊扣法的灯谜，全是作者的经验之谈。有的谜家还将自己从未公开过的"看家本领"也拿了出来。手持一卷，犹如天赐一把金光闪闪的钥匙，可以打开灯谜艺术宫殿的大门，进而探得谜宫之奥妙，好不令人欢欣鼓舞！

本书是灯谜进入一个崭新时代的产物，又将会对新时代的灯谜事业起促进作用。

中华谜史，源远流长。"灯谜"的名称虽出现于宋代，但谜的诞生可追溯到远古人类童年时期。最早的谜，也和歌、舞一样，由先民集体创作，口传心授；直到阶级出现后有了文字，才产生了以文字为载体的谜。由于文字主要掌握在上层人士手中，于是在谜的发展长河中形成了两大分流：一支是长期流传在不识字（或识字不多）的劳动人民口头上的民间谜语，许多谜经过口耳相传，多人加工，已不知原作者为何人；另一支是主要在上层社会和文人中流传的、以灯谜为代表的文义谜，它通常由书面传播，多数留有作者的姓名。

应该承认，灯谜得到上层社会、文人雅士的青睐、提倡，对谜的成熟、发展、规范、完善，实在功不可没。然而，毋庸讳言，由于士大夫和文人专宠，灯谜也逐渐出现了烦琐呆板、钻故纸堆等僵化的倾向。有鉴于此，在"五四"新文化运动中，有人曾预言，灯谜（文义谜）将随科举一起"式微"。

正如鲁迅先生对旧文人取用民间东西所评说的："歌、诗、词、曲，我以为原是民间物，文人取为己有，越做越难懂，弄得变成僵石，他们就又去取一样，又来慢慢的绞死它。譬如《楚辞》罢，《离骚》虽有方言，倒不难懂，到了扬雄，就特地'古奥'，令人莫名其妙，这就离断气不远矣。词、曲之始，也都文从字顺，并不艰难，到后来，可就实在难读了。"（1934年2月20日致姚克信，《鲁迅书信集》第492页）谜语的命运何尝不是如此。仅"不得已而为之"的谜格，就曾多达四百余种，若不是有识之士出来松绑，岂不把谜"绞死"？

20世纪中叶，新中国的诞生，为灯谜事业的发展开创了一个新纪元。新时代的灯谜最大的特点和标志是什么呢？首先是上层文化与底层文化的融合，民间口头创作与文人书面创作的合流趋向。新中国成立近半个世纪了，灯谜（文义谜）不仅没有"式微"，反而蓬勃发展，空前兴旺。究其原因，除灯谜这种民俗文化本身的生命力外，主要是劳动人民当家做主之后，普遍提高了文化水平，他们已不满足于那些口头创作、口头传播的民间谜语，开始学习并逐步掌握了文义谜的猜制技巧；与此同时，文化人转变立场，改变谜风，走上与人民大众结合的道路。灯谜从此步出狭小的圈子，成为一种各阶层群众喜爱的知识密集型的文化娱乐活动。今日之灯谜，基于其广泛的群众性，也应视为一种新的民间文艺形式。

新时代的灯谜的特点和标志，还表现在谜材、谜目的多样化和富有时代感上。不仅过去被鄙视的民间谜语倍受重视，大放光彩，就是文义谜也从旧时题材狭窄，内容陈旧的束缚中解脱出来，充实了大量健康向上、与时代合拍的新谜材、新谜目，淘汰了那些别扭费解、用处不大的谜格，创造了不少新颖别致的花色品种和制谜技艺，开创了自然工巧的新风格。总之，灯谜已经历了一次质的飞跃。

正是处在这样一个繁花似锦的新的灯谜时代，一批水平较高的谜家成长起来。他们凭着自己较好的文化素养和丰富的创作实践，有条件用现代的科学的方法去总结经验，把灯谜这种所谓的"雕虫小技"当作一门学问来研究，通过条分缕析，整理提高，阐发得具有学术价值。

实践出真知。实践，认识，再实践，再认识，经验经过总结，从感性认识上升到理性认识，可以用来更好地指导实践。《钥匙》一书，从多方面总结了有关制谜、猜谜的规律性认识，可以使初学者找到入门的"捷径"，非常有利于谜事活动的开展和普及。

《钥匙》也有助于灯谜事业在普及基础上的提高。这些谜坛高手的经验谈，能够使不同"谜龄"的灯谜爱好者或多或少地受到启发，促使他们更好地实现认识上的飞跃。这种认识上的飞跃，不仅能使个人谜艺长进，而且有利于整个谜坛文化品位、理论水平的提高，有利于科学、系统的中华谜学的形成。

对灯谜、谜语的研究，应该也可以成为一门学问。早在"五四"新文化运动中，就有人大声疾呼，要把民间文艺当作一门学科来研究。谜语属于民间文艺的范畴，当然也不例外。试想，今天研究《红楼梦》这样一部清代出版的小说及其作者，可以形成一门"红学"，为什么研究已经流传几千年、作品成千上万、作者成百上千的谜语，就不能形成一门"谜学"？谜学研究，从《文心雕龙·谐隐》篇算起，已有一千多年历史，也取得一些很有价值的研究成果。目前，这一学科的建立尚未完成，主要是因为发展谜文化的意识还不够强，学术性研究工作尚嫌不足。谜界朋友们还需加一把劲。《钥匙》一书弥足珍贵之处，就在于它在这方面也做出了贡献。

（原载人民日报社出版《开启谜宫的钥匙》，1997 年 3 月）

灯谜的魅力

一滴滴水珠能见太阳，一叶叶谜盏包罗万象。灯谜虽小，它的凝聚力可不小。就以今年人民日报海外版和北京谜友联谊会、老舍茶馆等单位联合举办的盛喜谜赛来说吧，无论从谜题内容，还是从活动本身看，都表现出一种特殊的凝聚力，令人赞叹不已。

先说 50 道谜题：诸如喜庆香港回归、欢呼祖国建设、歌颂英模人物、弘扬传统美德等内容应有尽有。深化改革的步伐，跨世纪的心声，都从这里听到了，令人鼓舞。由于灯谜小中见大，内容丰富，题材广泛，无论天文、地理、历史、人物、政治、经济、军事、科学、文化、风俗、民情等无不涉及，有人称赞它为小小的"百科全书"、"万有文库"，我想亦不太过分。

再说这次谜事活动和友好往来。为什么收到这么多来自海内外的答卷呢？除台湾、香港有人参加外，远在美国、加拿大、德国、比利时、泰国的谜友也纷纷寄来答案并写来热情洋溢的信。6 月 14 日，在离香港回归仅半个多月的喜庆日子里，老舍茶馆举行了隆重的"盛喜谜赛发奖会"，香港灯谜研究社的刘雁云社长、张伯人副社长特地赶来参加盛典，老舍茶馆总经理尹盛喜亲自登台表演，他的一曲《北京百姓庆回归》，声若洪钟，道出了所有与会者的心声。

灯谜是中华国粹，是聪明人的事业，是开启智慧大门的钥匙，人们都乐于从制谜、猜谜的活动中长智慧，沾点聪明气。灯谜活动简便易行，灯谜组织也由此而遍地开花，成为联系海峡两岸和海外华人世界炎黄子孙手足情谊的纽带和桥梁。世界上凡有华人、华裔聚居点和通用中文汉语的地方，都盛开着灯谜之花，每逢喜庆佳节和盛大纪念、民俗活动，用灯谜助兴更是热闹非凡。

让我们祝贺这朵灯谜小花愈开愈旺盛。

（原载《人民日报》，1997 年 7 月 11 日第 7 版）

从灯谜为旅游事业服务谈起

千禧龙年，我参加了国家旅游局、中国文联主办的"2000 神州世纪游——全球华人元宵灯谜楹联有奖大赛"组委会工作，并作为中央电视台海外中心《旅行家》栏目顾问参加了去深圳和著名灯谜之乡漳州、澄海的拍片工作。这项活动圆满结束，我的感想万千，主要体会和心得有三：

一、灯谜进一步登上大雅之堂。两个部级单位牵头张罗赛事，两个大报（《人民日报·海外版》《光明日报》）出面宣传公布消息和谜题，中央电视台、浙江卫视台向全球播放《圣世观灯》《龙腾虎跃谜中游》《谜乡调查》等节目，规格之高、声势之大，堪称谜史上一大壮举。

二、灯谜与现代科技密切结合。除保持传统的报纸函猜外，增加了网猜，充分利用国际互联网络现代科学传播信息工具，一切程序都由电脑控制传送，吸引了全国 30 个省、自治区、直辖市以及美、英、德、日、加、澳、荷等十多个国家华人数十万人次参赛，开辟了全球华人网猜的先河，这在谜史上也是空前的。

三、专题谜会大有可为。富有特色的旅游文化专题，受到了主办单位的青睐和广大参赛者的高度赞扬。大家仿佛进了一期旅游培训班，神游了一次祖国的山山水水，好不潇洒快哉！这次活动对联络全球华夏儿女亲情，发展灯谜国粹艺术，广泛宣传旅游事业的伟大成就，推出中国迄今被联合国教科文组织列入世界自然、文化遗产的 23 个著名旅游景点，普及旅游知识，提升中国旅游知名度，扩大中国旅游产品在国际市场的占有率等等，都将起到不可低估的作用。

灯谜短小精悍，简便易行，花钱少，投入快，不仅可以为旅游业服务，也可以为各行各业服务，让大家都沾点聪明气，将愈来愈受到各界的欢迎。

新千年、新世纪、新姿态。灯谜工作者也应开拓进取，不断"充电"，努力提高自身的素质，主动出击，善于找好找准服务对象和切入点，为时代、为社会、为人生多做奉献。

龙腾盛世，虎跃中华，是我们进一步加强研究，探讨谜文化地位、作用，发挥其特长的时候了！

2000 年 2 月 22 日

（原载《东方文化馆》馆刊第 46 期，2000 年 3 月）

酒文化灯谜欣赏

诗文佐酒（打一成语）　字斟句酌

借问酒家何处有（打《水浒》《红楼梦》人物各一）　行者、探春

牧童遥指杏花村（打一儿童玩具名）　小儿手表

八大名酒（打一成语）　曲尽其妙

葡萄美酒夜光杯，欲饮琵琶马上催（打一世界名曲）　战地浪漫曲

酒逢知己千杯少（打一毛泽东词句）　同心干

春风得意马蹄疾（打一成语）　乐在其中

名酒展销会（打一七言宋诗句）　春色满园关不住

舍南舍北皆春水（打一酒名）　双钩大曲

春兰兮秋菊（打一酒名）　双花

春来遍是桃花水（打一文艺新词）　一曲走红

举杯邀明月（打四个英文字母）　Y.O.W.V

美酒一杯声一曲（打一五言唐诗句）　行乐须及春

将进酒，杯莫停（打一商代人名）　比干

一杯一杯复一杯（打一现代著名诗篇）　祝酒歌

十觞亦不醉（打一三字口语）　真能干

一笑哪知是酒红（打一六字口语）　干得真是出色

长安市上酒家眠（打一葡萄品种）　醉太白

劝君更尽一杯酒（打一外国地名）　巴尔干

东园载酒西园醉（打一酒名）　两家春

对影成三人（打一菊花品种）　月下谪仙

同是长干人（打一《聊斋》篇目） 酒友

朱门酒肉臭（打一离合字） 腐

会须一饮三百杯（打一四字口语） 特别能干

众宾皆醉我独醒（打一西药名） 阿拉明

花间一壶酒（打一五字俗语） 与人不相干

把酒问青天（打一乐曲名） 月光曲

李白斗酒诗百篇（打一成语） 春风得意

何以解忧，惟有杜康（打二古人名） 干将　莫愁

家家扶得醉人归（打一成语） 无所不干

唯有牡丹真国色（打一酒名） 花冠

彩袖殷勤捧玉盅（打一公关用语） 女士敬酒

零落成泥辗作尘（打一评酒术语） 余香

寒夜客来茶当酒（打一公关语） 外交礼节

举杯消愁愁更愁（打一成语） 饮恨无穷

终日昏昏醉梦间（打一花卉名） 睡香

独酌无相亲（打一酒名） 一品香酒

举酒欲饮无管弦（打二人事用语） 提干　调休

好酒不搀水（打一字） 酿

曲径通幽（打一酒名）酒鬼

与君一醉一陶然（打一湖南名亭） 独醒亭

西出阳关无故人（打一古代酒器） 劝杯

（原载《东方文化馆》馆刊第 48 期，2000 年 7 月）

新千年的茶文化热
——访北京福丽特中国茶城段云松总经理

新千年的茶文化热，一浪高过一浪，好似钱塘大潮，汹涌澎湃，正朝着 21 世纪奔腾猛进！

应北京福丽特中国茶城段云松总经理之邀，金秋收获季节，我东方文化馆同仁参观了"北京 2000 中国茶文化国际研讨会暨展销会"和"北京福丽特中国茶城第一届茶文化节"两次大型茶文化活动。

与历次茶文化活动不同的是，这次被誉为"国家级"的，由中国世界民族文化交流促进会等单位主办的中国茶展，首次在中国国际展览中心亮相，首次将唐宋宫廷茶道艺术搬到展会现场，同时还向观众奉献上中国大陆和台湾著名产茶地以及我国少数民族地区的风情茶艺表演。首都博物馆推出的大型茶文化文物图片展，为观众上了一堂生动的中国茶文化历史课。全国各地参展的各类茶叶精品、名品、茶具琳琅满目，像一道亮丽的风景线，吸引着中外宾朋流连忘返。研讨会上出现了不少茶文化的"热点"和"亮点"，引起茶界的密切关注，推动了国际茶文化研究。

福丽特中国茶城，是刚刚开业不久的京城最大的茶城，为期一月的"第一届茶文化节"给人们的感受是，这里不仅仅让您品尝和买到好的茶叶茶具茶几，而且让您在这一万平方米的茶城内舒心地享受到一种清福：那一股股浓浓的茶香，一道道精湛的茶艺表演，悦耳的民乐演奏，多姿的民族舞蹈，优雅的票友清唱，以及现场制壶、泼墨作画、奇石观赏、有奖猜谜等等丰富多彩的活动，犹如步入仙境，令人心旷神怡，美不胜收。

段总兴致勃勃地告诉我们，迎接新千年、新世纪，不仅北京兴起茶文化热，全国各地也风起云涌，成都、广州、香港、澳门等地都举行过国际茶文化活动。上海自 1994 年以来，连续成功地举办了一年一度的国际茶文化节，营造着世纪之交的文化氛围。今年 10 月将在杭州举办的盛大"中国国际茶博览交易会"，可说是海内外茶界为共同开发茶文化产业而敲响的迎接 21 世纪的钟声。

段总十分强调地说，新千年的茶文化热最突出地表现在全社会和普通老百姓对茶的功用和价值的认识有了很大的提高。从日常生活开门的七件事"柴米油盐酱醋茶"的茶，一跃登上"琴棋书画诗曲茶"中的那个茶，文化品位和内涵大大地丰富了。客来敬茶成为寻常礼节，探亲、访友、联系业务、外事活动，无不带茶馈赠，传播友谊，充分体现中国人民的一种情怀。茶，是东方文明的象征。茶文化与物质文明和精神文明很多方面有密切的联系。

国家昌盛，茶文化空前繁荣。茶界人士常说："文化搭台，经济唱戏"；而我们文化界长期流行的一句话是"经济搭台，文化唱戏"，是不是各有各的道理，也都带有一定的片面性呢？特别在进入知识经济时代，知识文化在一定条件下可以转化为经济，同样经济的文化含量也愈来愈高。它们之间的关系是互为补充，互相支撑的。比较全面的说法应该是"同搭高台，共唱大戏"。段总与我们的看法是一致的，就像一架车子的两个轮子一样缺一不可，互相配合并驾齐驱才能前进。为什么弘扬中华优秀文化必弘扬茶文化，为什么如今十分强调茶文化要与产业挂钩，段总说这个热点问题我们以后再研讨。

（原载《东方文化馆》馆刊第 49 期，2000 年 9 月）

再谈谜文化与茶文化 (代序)

第三届盛喜谜赛在金蛇狂舞乐曲声中落下了帷幕。这次千年之交、世纪更替的谜赛，是继前两次盛喜谜赛又一次茶谜联姻、同台唱戏、共创文明的举措，也是谜人与茶人携手并肩，同向新世纪迈进的大行动。

20世纪末的20年，是伟大祖国改革开放取得丰硕成果、中华民族腾飞的辉煌时期，北京大碗茶商贸集团公司、北京老舍茶馆就诞生在这伟大的年代。由老舍茶馆领衔，与北京谜友联谊会共同举办的三次盛喜谜赛，也都是在这一辉煌时期举行的。三次盛喜谜赛最大的特点：一、都举办在太平盛世；二、都是在喜事不断的欢呼声中举行的。谜界人常说："国运通，谜事兴。"正是改革开放带来的民富国强的巨大变化，才有老舍茶馆的兴旺发达，才有北京谜友联谊会的朝气蓬勃。以尹盛喜为总经理、尹智君为经理的老舍茶馆不仅在企业建设上是个大赢家，在精神文明建设上也是个大赢家，开馆十多年来弘扬古国茶文化，振兴国粹艺术，慷慨解囊赞助的社会公益活动无计其数，对灯谜事业的热心支持更是有目共睹，功不可没的。

三次盛喜谜赛，在先进文化思想的引导下，唱响主旋律，打好主动仗，洋溢着浓郁的时代气息：欢庆港澳回归、欢庆建国50周年、支援西部大开发、扶贫助贫、迎接新世纪、新千年，得到了海内外谜友和广大灯谜爱好者的赞赏。老舍茶馆已成为新北京的一道亮丽的景点，不断地谱写着新的历史篇章。

在北京2000中国茶文化国际研讨会暨展示会上，我听说中国文化界泰斗、北京大学老校长季羡林先生曾盛赞："茶文化乃中华优秀文化的组成部分，弘扬中华优秀文化必弘扬茶文化。"这一精辟论断和高度评价，不仅受到了国内外茶界人士的崇敬和拥护，给中国茶人以极大的鞭策与鼓舞，而且使各界朋友包括我们谜人也大开眼界，增强了对茶文化的认识和浓厚兴趣。

中国茶文化博大精深，源远流长，与社会、人文、哲学、宗教、地理、历史、考古、文学、艺术、医药、保健、工艺等方面有密切联系。许多谜人认识到，茶文化与谜文化都是雅俗共赏、广为普及的文化。从历史上看，嗜茶和嗜谜者，既有王公贵族，又有平民百姓；既有文人雅士，又有凡夫俗子。像苏东坡派书童向佛印和尚索取茶叶等名人茶事、谜事故事就很多，在民间不胫而走，家喻户晓，脍炙人口。从今天来看，群众性的大大小小的茶会和谜会更是比比皆是，彼伏此起，接连不断。今天茶馆里高朋满座，家事、国事、天下事，谈笑风生。香港举办了万人论茶迎千禧的"世纪茶会"，上海小茶人茶艺队在社会上引起了良好的反映。不少孩子参加了茶艺班、灯谜班后，不但学习成绩提高了，知识丰富了，也更加勤奋了。北京有一位80多岁的谜友来信说："盛喜谜赛犹如在口渴中得到一杯香茶，既解渴，又提神。"茶谜联姻的谜赛，不仅把谜人和茶人的心联系得更紧、更亲，而且也是谜人向茶文化学习，自觉"充电"、"补充营养"的过程。

许多谜人体味到，猜谜和品茶都是一种文化，一种艺术和一种享受。猜谜，从谜中吸取知识，增长聪明才气；品茶，也能从清茶中喝出韵味，喝出谐趣，喝出亲睦和友谊。茶不仅是一种既古老又永葆青春的健康文明饮料，还有深刻的精神内涵。茶是纯洁的化身、文明的象征、团结友爱的桥梁和纽带。灯谜，是古老的艺术绽新花，是各行各业的"快乐之神"。茶文化和谜文化都是维系中华儿女的精神纽带，是实现和平统一的基石，同样起到增强民族凝聚力的重要作用。西方朋友称中国茶是"文化使者"、"和平使者"；两岸骨肉同胞和炎黄子孙称灯谜系中华的民族魂、文化根、乡土情、骨肉亲。改革开放以来，茶人、谜人交流频繁。

茶文化提倡的以和为贵、以情为重、以礼相待、以茶致意，也是谜人以谜会友所崇尚的。没有淡泊名利、无私奉献的精神，是组织不好谜事活动的。茶人以茶之清香净化社会，净化心灵，以平常心对待一切的心态，是很值得谜人学习的。这里我想特别提到的一件事是，北京谜友联谊会向全国谜友征求茶文化谜，得到各地热烈响应，短短时间内就收到千余条茶文化谜。从应征的谜作看，都充分反映了全国谜人对茶文化和国饮茶业的热爱之情，反映了谜人渴求茶文化知识的热劲和创作茶文化谜的初步尝试。"宽心待人春意浓"，这就是谜人对"茶"字的深刻理解。

辛巳春节写于北京寓所

（原载《京都谜花》，2001 年第 4 期）

让谜学张开翅膀

——张鹤绵《壶边集》序

文如其人，谜如其人，名如其人，开原张鹤绵先生是也。

吾与鹤老，相见恨晚，缘分日深。先是同玩在北京九龙山灯谜俱乐部，切磋在北京谜友联谊会，欢聚在苏老寿真的"乐虎居"，后又凑巧一起为山东李永文君《中华诗词灯谜》一书作序。鹤老曾用谜号"虎痴"，名扬南北，后谦让给重号者，改用笔名"瘦度叟"，妙哉！三字形似音近，有人求解，答曰："在下，一个八十多岁喜欢灯谜的瘦老头是也！"

鹤老已有三本谜集问世：皆"谐隐篇"也。试破其书名即可窥见一斑：《百百隐集》：乃遵"双百"方针所作二百条谜也；《翔后集》：乃见诸报刊之佳作汇集也；《浪子集》：从"浪子燕青"借得为于北京、青岛二地合成之谜集也。三本谜集，尽皆精品，谜艺精湛，传为佳话。今先生又汇编随感集，定名《壶边集》，绝非"胡编"乱涂之戏说，乃真学问也。世纪之交，酷暑难熬，捧《壶》试品，悠悠然似清风阵阵，茅塞顿开，披卷痛饮，受益匪浅，好不爽快人也。虽谓"随录"，无所不谈。大自灯谜从何而来，向何而去；小至一条谜作的得失褒贬。谜史、谜艺、谜事、谜风、谜魂、谜德，无不涉猎。论人之所未论，言人之所未及，篇篇出自心底，句句真知灼见，闪耀出夺目光芒。

吾喜先生崇尚承上启下，继往开来，推陈出新，雅俗共赏，融汇南宗北派，走出象牙之塔，面向大众，普及提高，百家争鸣，心平气和，尊老敬老，奖掖后学；吾爱先生文笔流利，三言两语，言简意赅。《中秋月下论谜雄》，令人拍案叫绝，声容笑貌，跃然纸上。问曰："当今谜坛，谁者为雄？"答曰："沈阳韦荣光、兰州马啸天、无锡王能父、南京陆滋源和周百萍、温州柯国臻、合肥吴仁泰、上海二苏兄弟、香港刘雁云等等。"先生谈笑风生，一一推举，就是不谈自己，谦逊美德也。然自古英雄识英雄，自然先生也在谜雄之列。何需道哉！

尝言：猜谜难，制谜难，评谜尤难。吾更敬重先生知难而上，勇攀高峰，不畏艰险，孜孜以求的精神。建立中华谜学，必须为虎添翼，既注重实践，又注重理论，两翼缺一不可。今日谜坛谜人成群，要造就第一流的大家，非得同时张开双翅，才能腾飞。先生谜道，谜人共鉴，谜界之楷模也。

今岁六一儿童节，83 岁高龄的鹤老，在 85 岁的胞姐陪同下，来寒舍访问，要吾为《壶边集》作序。吾受宠若惊，诚惶诚恐。小弟年方七十，怎敢当着老哥、谜长的面班门弄斧；内位寿星老光临敝室，蓬荜增辉，吾又怎能辞脱，进退两难，急中生智，忙接过手稿，作为先睹为快，学谜拜师之门径，同时抓住福星高照的良机，沾点寿星老的福气、聪明气吧，何乐而不为，于是冒着百年罕见的奇热，抱《壶》豪饮，好不快哉！随笔记下几句读后感，权且充序，请鹤老谅之，众谜友正之。

注：张鹤绵先生系我会顾问，不幸于 2000 年 9 月 8 日仙逝，为表哀思及怀念之情特转发此文。

——编者

（原载《京都继花》，2001 年第 3 期
后转载《京都谜花》，2001 年第 4 期）

世纪老人钟敬文谈楹联

　　春节期间，上北京师范大学拜望老领导钟敬文。钟老现任中国民间文艺家协会名誉主席，学界誉为当代民俗学之父。走进新世纪，钟老已九十九岁高龄，尚精神矍铄，记忆犹佳，特别健谈。每次登门拜访，聆听教诲，都有意想不到收获。今日一席话，话题围绕着民间文化，一下就涉及中国老百姓喜闻乐见的对对子上。

　　钟老随手拿出一本刚翻阅过的《书品》杂志，指着书里一篇介绍《联话丛书》的文章说，江西人民出版社办了一件大好事，出版了这套八本二百多万字的丛书，将各种古本、孤本、珍藏本中的联话都搜罗到了，真了不起。钟老说，楹联不仅是中华国粹，而且是中国语言宝库中的一棵长青树，常开不败，时见时鲜。今天，迎接新世纪，全国又出现了楹联热。新年刚到，就有报社记者来敲门约稿。要得很急，长的写不了，就凑兴写了几副应时的春联。

　　他记得，给《人民日报》写的春联是：

　　老书生守住昔贤风范
　　新世纪带来前景光华

　　感到意犹未尽，又给《光明日报》写了一副：

　　世纪更新，万民同奋
　　神州休戚，一饭难忘

好一个"一饭难忘"。说到这儿，钟老若有所思地说："我一生写的楹联并不多，《中华对联大典》仅收有我八副。"其中钟老印象较深的有作家丁玲去世时，为她写的挽联是：

> 好乘激电狂飙去
> 曾踏惊涛恶浪来

钟老说写挽联要融注真情，贵在写出人格美。

冰心在世时，钟老与她过往甚密，对她很尊敬，去中央民族大学时，总要去看望冰心。冰心去世时，钟老写的第一副挽联是：

> 五四风云诞此文坛英杰
> 炎黄苗裔增他国际光华

感到不满足，又写了一副：

> 文启先坛君自远
> 生能同代我犹荣

这些挽联让我们看到了老一辈作家之间"文人相亲文人相敬"的美德。

钟老写的楹联有时代感，话浅意深，寄托深邃，生动感人，望他能将写过的楹联、联话汇集成册。

（原载《东方文化馆》馆刊第 53 期，2001 年 5 月
另载《荆楚楹联》总第 50 期，2001 年 5 月 29 日）

为虎添翼赞
——《当代灯谜精品鉴赏》序

今岁重阳登高节期间,《全国灯谜信息》主编刘二安君风尘仆仆地从宝鸡参加海内外灯谜大联展归来路过北京,我们同上医院看望《中华谜书集成》主编郭龙春。在郭老病榻前,二安君给我们不少谜界喜讯,特别提到《当代灯谜鉴赏》一书即将出版,拟请北大段宝林教授写序,要我帮助约请。我打保票说没问题。不料电话一通方知段教授刚刚出国讲学去了。忙没帮上怎么办?为了救急,二安君要我代劳,笑着说此书缘出还是我上回为《全国灯谜创作大赛佳谜精选》作序时提议的。姐妹篇,我不敢辞,接下军令状,试笔登攀,挥洒数言,聊表寸心,权当小序。

《当代灯谜精品鉴赏》面世,令我十分欣慰。我由衷地为她唱起了赞歌。

一赞灯谜作者。恭贺你们的作品荣幸入选,有首歌谣唱得好:"金奖银奖不如群众夸奖;金杯银杯不如群众口碑。"本书所网罗的作品全来自民间,不少是传诵已久、众口皆碑的名篇,集中地反映了当代灯谜创作的水平。

二赞评谜者。感谢你们伯乐相马,慧眼识英雄。值得骄傲的是,你们之中不少人就是猜射和制谜高手,经常和群众挽弓射雕、滚爬摸打在一起,难怪你们点评的文学那么亲切、体贴、可口,立论准确、鲜明、生动,深入浅出,繁简适中;无论是全方位的鉴赏,或是多角度的一得之见,都给读者很多启迪和美学享受。

三赞谜书编者。我要向你们致敬。改革开放这些年来,由于诸位的不懈努力,勇于开拓,排除万难,才使读者大饱眼福,获益匪浅。居然请到了令别种文艺门类瞠目结舌、官办都难实现的类似《中华谜库》《20世纪灯谜精选》《中国当代灯谜艺术家大辞典》等皇皇巨著以及一批丛书系列。令我至感极深的是听说你们之中不少人并非"工薪族",从没享受过"皇粮",有多方建树,竟干出惊天动地的大事,你们"为他人做嫁衣"的敬业精神必然受到人们的崇敬,值得我们大家学习。衷心地希望你们再接再厉,认真总结,扬长避短多编书,出好书,涌现出更多的当代"太史"和"翰林"。

唱罢"三赞",意犹未尽,为发展灯谜的大好形势,探求与时俱进的高招,请允许我在擂鼓"三响",与大家共议共勉。

一"响",重钟落在一个"民"字上。"民为贵",是我国的传统美德。"人民是文艺工作者的母亲","人民需要艺术","艺术更需要人民"。灯谜只为少数人所有的时代已经过去,今天的灯谜已发展成为新的民间文艺品种之一,如何从文人的小圈子真正走向人民大众?如何在为人民大众而创作的同时,努力做到为人民大众所利用?如何贯彻普及第一、做好在普及的基础上提高?要有新的思路、新的作为、新的局面。

二"响",重钟落在"两个功夫"上。即"谜内功夫"和"谜外功夫"。灯谜艺术要提高文化品位,必须用"外功"推动"内功"。就谜外功夫说,懂得的东西越多越好,如果对文艺百科了解甚少,功底浅薄,是无法在谜道上行走遨游的。至于"谜内功夫",更要过硬。灯谜是以析文解字为能事的,必须掌握汉字形、音、义的复杂变化,因熟制谜、猜射的法门、诀窍,避免易犯的通病,日锻月炼,千锤百炼,才能不断提高本领,精益求精。过去文人提倡"读万卷书"、"行万里路",不是很必要的;今天文人强调深入生活,从生活的源泉中汲取新鲜的养料,也是迫切的。两者之间有矛盾吗?如何解决呢,向大家求教。

三"响",重钟落在三个要素上:谜味、谜趣、别解。刘勰在《文心雕龙》中用"谐""隐"二字立论,颇见心机。谐者,悦笑也,求的是"谜趣";隐者,藏也,回互其辞,用的是"别解",两者一合拍,就够上"谜味"。灯谜的趣味是它的价值砝码本色,灯谜以趣味为主体,由趣味而根生,赖趣味而发展。别解是灯谜达到谜趣的阶梯和手段,谜味、谜趣、别解三位一体,相辅相成,密不可分,见今日谜坛现状,尚呈现弱势一环，灯谜的人气不旺，谜迷递减，比之歌迷、球迷差之远矣。灯谜作品中让人着迷、拍案叫绝的谜不够多。灯谜是一个自娱娱人互动的艺术，"天生我才必有用"，让我们从事灯谜创作、研究、评论、编辑、出版和组织工作方方面面的人才和广大灯谜爱好者都行动起来，为营造一个"谜迷多"、"多迷谜"的氛围而创造奇迹吧！

写于壬午秋枫叶正红

（原载《当代灯谜精品鉴赏》，2002 年）

月夜思念

——向老一辈谜家学习什么

中秋月圆，思念谜友，悲喜交集，夜不成寐。悲的是谜坛陨落一颗明星，我们敬重的谜苑翰林郭龙春谜长（我尊称龙兄）不幸辞世；喜的是香港刘雁云谜长（我尊称雁兄）在发来悼念郭龙春挚友唁电的同时，报告他的一本谜著即将付梓。十年磨一剑，这确实是一件值得庆贺的事情。我想龙兄在天之灵闻之，也会得到慰藉的。

皓月当空，对影成三人。我与两位谜长仿佛又聚在一起。话题自然而然地落到雁兄的新著上。雁兄两次来申索序，小弟诚惶诚恐不知说什么好，龙兄递眼示意，我顿觉有悟。这几年龙兄呕心沥血，编纂《中华谜书集成》和《当代名家谜选》，一再强调，老一辈谜家是我们的"国宝"和"财富"。心有灵犀一点通，莫非龙兄命题作文：要我写篇"向老一辈谜家学习什么？"的小文。我乐于遵命，从之。

我与雁兄初识于1990年丹东第一次中华灯谜学筹委会上。"天下谁人不识君"，相见恨晚，一见如故。一晃十多年过去了，往事历历在目，一幕幕浮现在眼前。是他揭开了港台与大陆谜界之间相互交流的新篇章；是他穿针引线，促成了泰、新、马、菲谜人相继访华，开创了大陆与海外谜界相互交流的先河，远至大洋彼岸的美国也有谜人与大陆谜界建立了联系。雁兄对中华谜坛贡献良多，为当今两岸最受尊敬的谜家之一。中国民间文艺家协会授予他"谜国功臣"的荣誉称号，当之无愧。我们应向他和老一辈谜家学习什么呢？

首先，要学习老一辈谜家对待灯谜事业全心全意、无私奉献的敬业精神。中国民间文艺家协会中华灯谜学术委员会在坎坷中成立，与雁兄牵线搭桥、排忧解难的努力是分不开的；全国性灯谜组织成立后，他参与谜会之频，结交谜友之众，花费心血之多，耗费钱财之巨，是别人无法比拟的。为了谜界的团结，他费尽口舌和笔墨。像这样的谜长、勤务员、人民公仆，在全国灯谜组织中真是太少了。

在灯谜走向大众化和普及提高的问题上，雁兄是有不少实践体会和宝贵经验的。他常挂在嘴上的一句口头禅——"我好谜，无好谜。"其实这是一句自谦之语。他在海内外谜艺交流中，善于汲取众长，补己之短；融百家精华，成一家风格。在他创作的上万条灯谜中，上乘之作，还是不少的，有的还入选精品集中。

雁兄敬老尊贤，他第一个解囊资助龙兄编纂《中华谜书集成》和《当代名家谜选》，还积极到台湾和海外四处化缘。他足迹遍及中华大中小城市，同谜友们打成一片。他每次来京，都要邀请北大、清华爱好灯谜的师生便餐聚会，探讨谜艺，对谜界能够输入博士、研究生等高素质的年轻人，欣慰不已。

第二，要学习老一辈谜家充分发挥灯谜"纽带"作用，铸造中华魂的精神。雁兄一年一度地往返于"京粤"之间，传递两地谜作，人称"谜国雁臣"。如今雁兄功绩早已超过"谜国雁臣"的美誉，他为谜事不分寒暑，终日奔波；走南闯北，无限地域。为的是：沟通谜谊，交流谜艺，铸造中华魂。正如张鹤绵先生（我尊称鹤兄）称赞刘雁云所说的，以"雁臣"视之，"难以概其劳，未足毕其功"。雁兄乃谜国"柱石"、"辅弼"也。

世界华人共有的汉字，是五千年中华文明的标志和象征。由于汉字在华人世界的凝聚力，而促进了同宗同文的中华谜人的相亲。灯谜以汉字为基础，以析文解字为能事，系联系海峡两岸和华人世界的纽带和桥梁。灯谜的娱乐益智功能、"纽带"性质和作用，是其他文艺形式无法比拟和代替的。开展灯谜活动，对增强海内外华夏儿女的亲和力、向心力，实现祖国一统，振兴中华，具有至关重要的意义。雁兄领衔主持的"百谜颂中华灯谜创作大赛"，影响深远，为灯谜铸造中华魂开了一个好局。

第三，学习老一辈谜家，文武双全，有张有弛，锻炼强健体魄，为灯谜事业献身的精神。雁兄自谦"一介武夫"。我很喜欢"武夫"二字的内涵，没有半点贬意。应提倡文武双全，松弛有道。雁兄胸襟坦荡，虚怀卑让，仁者之风，锻炼强健体魄，抢挑重担，献身灯谜事业，谜苑表率，人敬爱之。雁兄每天清早坚持走步小跑，每天入睡前坚持读一小时书，数十年如一日，养成了好习惯。他有惊人的博闻强记的功夫，水浒人名、绰号，美国各大洲洲名，他能倒背如流。

对月当歌，人生几何。我趁着酒兴，说了一通话，不恭之处请老一辈谜家谅之，请谜友诸君正之。

（原载《东方文化》总第 69 期，另载《雁云谜踪》）

真情颂

　　日出日落，花谢花开。我怎么也不愿相信黄辉孝先生已经离开了我们。在我的陋室书案上依旧摊开着《中华雄风》和《海岛虎痴谭虎录》两本巨著，在那闪闪发亮的字里行间，辉孝兄侃侃而谈的音容笑貌，不时地浮现在我眼前，那高超的谜艺，精辟的见解，胜似鲜乳滋补着我干枯的心田，吸吮不止，获益匪浅。今天，我特别高兴，辉孝兄又一部巨著《黄柏长青集》展现在我面前，这部诗、词、联的汇集是辉孝兄的爱子黄柏生（原名黄秋生，改得好）秉承父志精心编就的。三部巨著相映生辉，好不喜煞人也。

　　辉孝兄是当代著名的谜家，谜界的大功臣，他对谜学的"痴迷"，早已为人所称道。他自称："灯谜，是我的灵魂，有了它，我才能活在世上。因为它和我忧乐与共，生死攸关。"但，辉孝兄总归还是个诗人。他诗人的气质，贯通在诗、词、联、谜等全部韵文体作品和所有文章之中。"不为词狂亦诗癫"，填词，写诗，撰联，是他的"三绝"。在频繁的谜事活动中，他创作的涉谜诗、词很多，涌现出不少佳篇流传于世，如回文诗谜《颂春》，藏头诗谜《贺江苏淮阴市谜协成立盛典》等。如果说"谜"是他的"灵魂"的话，"诗"则是他的"基因"，他的"细胞源"。他从14岁写第一首诗清明扫墓《题岛上石潭寺》起，直到垂暮之年，一生与诗同甘共苦，相伴而行，小学生习字本上，日历背面，小纸片片，会议间隙，随时随地，缘事而发，即兴而作，六十春秋，笔耕不辍，精思苦吟，日锻月炼，直至生命的终点，最后于2002年11月20日作《卧病中寄三明许祯祥先生》，吟着诗乘鹤西去。

文如其人，诗如其人。在丰富的生活阅历中，辉孝兄给我们提出并回答了一个人生真谛的问题：人为什么活着，为什么写诗，写什么样的诗？古人云："诗言志"，提倡"兴、观、群、怨"的诗教。亦有人主张"诗言情"，言志与言情本无明显界限，常常形成情志统一的境界。辉孝兄置身于风云变幻、时局动荡、人生坎坷、人际关系纷纭复杂的情事中，面对的是家庭、社会、国家，乃至全世界，写出的诗无不触及"喜、怒、哀、乐、爱、恶、欲"，即所谓人之"七情"，无不介入"美"、"刺"二端。歌颂真善美，鞭挞假恶丑。诗，也要"以人为本"，诗人所创作的诗必然涉及一个根本的问题，即诗与人生的关系。诗总是要贴近生活和反映时代的，人生要过得有意义和有价值，人人要过着美满、幸福、和谐的生活，人生的第一要义，应以为大多数的人民服务和谋福利为目的，树立有理想、有抱负、有追求、有品味的人生目标。

"老牛明知夕阳短，不用扬鞭自奋蹄。"辉孝兄鞠躬尽瘁全心全意为人民服务的高尚品德和敬业精神是我们的楷模和表率。就是他，在中国文化战线上一个基层单位——南澳小岛，做出了震动神州大地，誉满全球的伟大举措——"中国国际灯谜大赛"等系列活动，为增进海峡两岸的文化交流，加强海内外华夏儿女的骨肉情谊做出了卓越的贡献，编织起一缕缕金色纽带。

辉孝兄的诗词创作，题材极为广泛，举凡诗人生活的各个领域都有所反映，反映得最多的当然还是他对文化艺术的钟爱和忠诚，特别是对灯谜的"痴迷"。综观全部诗集，仿佛读到了一部辉孝兄人生旅途的心灵历程史诗，领悟到黄辉孝之所以成为黄辉孝的一个极其重要的侧面。辉孝兄在诗学方面也有很多建树和心得体会，他经常挂在嘴边的一句话——"人是感情动物"，以此教导儿女和年轻一代，无论写诗，作谜，都要有感情。一切文学艺术都要表现感情，诗尤其需要表现感情，感情的充沛、浓烈、炽热是诗的一个重要特点，艺术构思贵在"真情"二字，"真情"只有从实感中产生，来不得半点虚假，矫揉造作、无病呻吟、言不由衷、浮夸空话，都是与做人、写诗格格不入的。辉孝兄的诗、词、联、谜都是来自生活实感的真情，深情，热情和激情。

"风声，雨声，读书声，声声入耳；家事，国事，天下事，事事关心。"辉孝兄曾对晚辈人说："一个有志之士，要热爱国家，对国家有所贡献，而热爱家乡是热爱国家的起点和具体表现。"他以身作则，写了不少赞美家乡好山好水风土人情的诗词。如：《古城行》《渔歌》《叠石岩咏泉》《壮哉"雄镇关"》《西江月·故乡曲》《风能颂》等，其中，赞美南澳岛最有代表性的诗篇是《忆江南·勉儿》："黄金地，碧海涌蓝天。已展鸿图飞万里，应为祖德赋千年，永远爱家乡。"有的诗字面上句句是景，实际上句句含情，可以作为见景生情，触景伤情，情在景中，情景交融之作。

在亲情诗中，莫过于充满人性地对于儿女后辈的"舐犊之情"了，这是人类最可贵，也最高尚的感情，如：《参加五七学校毕业班家长会有感》《寄汕头市二医院示儿俊生》《养鸭》，特别是《送儿上学十唱》，浸透了慈父潜移默化教育儿女的良苦用心。每读此诗，令人心中升腾起一股美好的温馨，沁人心肺的情感波澜，这大概就是艺术的魅力吧！

在友情诗中，较多的诗作是他与青年时的好友，同被清出教师队伍的刘文星先生的唱和诗，如《复刘君文星赠诗》和《答赠》两首诗中，挚友之间互慰互励的肺腑之言感人至深。他最后作的一首友情诗《卧病中寄三明许祯祥先生》："刺针苦剂伴朝昏，病骨支离梦未温。两字虎缘余汗血，一生牛作总驰奔。徒将秃笔当霜笔，更系诗魂与鬼魂。顽疾缠绵难脱却，料知今世不长存。人生聚散合又分，海角天涯每忆君。十载交心成挚友，几番会谜作良昆。嗟余老病多孤独，羡尔才华最超群。文虎论评常见报，于兹美誉广传闻。"短短十六句，凝聚着朋友间的深情厚谊，极其鲜明地显示了作者的心性特征，堪称绝唱和临终诀别诗。

本书作品时间跨度很长，难得的是收入了作者解放前的汇集《墨泪缘》中的习作。遗憾的是在那人所皆知的疯狂岁月，"文字狱"的磨难，运动的恶浪，作者成了"运动健将"，屡遭批判，一些作品被当作"四旧"扫地出门，如今只好成为遗珠了。人生最大的美德是宽容，作者没有因坎坷的生活而低头，无怨无悔，自强不息。你看，他写的感怀诗《浩劫难忘历十年》多么好："六八七八历十年，十年怨情可算长，算长算短一笔账，笔笔记在'四害'上。"粉碎"四人帮"后，作者诗情勃发，写了许多歌唱祖国的诗篇。如饱含深情缅怀国家领导人的《总理英名万古传》《悼念伟大领袖毛主席》；歌唱改革开放伟大成就的《新春赋》《新年谣》《萌芽》等，处处闪耀着爱国主义的光辉，还创造性地写出了有血有肉、人物饱满、情节迂回、具有民族风格的叙事长诗《雇农黄柿传》。

同许多名家、大家一样，黄辉孝先生的诗词创作也有从习作起步，逐渐臻于成熟的过程，也不是一有所作，便为上乘、绝响，然而，《黄柏长青集》代表了黄老总体上的艺术成就，可贵的是他写的全部亲情、爱情、友情、手足情、祖国情、山水情的诗篇，都是有真、善、美的内涵，是真、善、美的心灵在人生道路上的折射，体现了诗对人生的影响，是十分悠远和深广的。

辉孝兄与我志同道合，我尊敬他为诗兄、谜长，由于种种原因，在他生前我终未能上南澳小岛一聚，深为遗憾，今捧大诗集，犹见兄长来，同牵子侄手，共创新世界。柏生、秦奇多次来函为本书求序，我为辉孝兄后继有人感到由衷的欣慰，为诚所动，我权作门外谈，边学、边写、边赶交卷，聊表祝贺之忱。不妥之处，尚祈方家读者诸君教正，特借辉孝兄生前刊出的最后一篇文章《感受真情在人间》点题，借花献佛，化为《真情颂》，是为序。

（原载《东方文化》总第 72 期，2004 年第 4 期）

我爱谜苑杂草

"离离原上草，一岁一枯荣，野火烧不尽，春风吹又生……"我很喜欢白居易这首诗，也很爱《谜苑杂草》这个书名。

本书著者李飞鸿君，我大熟人也。对他的仰慕是从 20 世纪 80 年代，中央电视台春节除夕晚会播放的一则灯谜"人人树立四化志"（"德"字）取得全国轰动效应开始的。后来，到九龙山灯谜俱乐部、北京市劳动人民文化宫、老舍茶馆、北京谜友联谊会，我们的接触更多了。他大我一岁，我尊称他为谜长和鸿兄。

文如其人，书如其人。鸿兄这部新著按年代排序，就像古代诗官下乡采风一样，一岁一收割，集腋成裘，聚沙成塔。它全面生动地反映了作者半个多世纪的阅历，记下了他从谜的甘苦，从黑发变白发走过的心路。

老骥伏枥，志在千里。鸿兄和许多离退休下来的老同志一样，都有一种天赋的"绿叶对根的情谊"，歇马不歇鞍，不用扬鞭自奋蹄，用己之长——热爱的灯谜艺术，多做利国益民之事。他的绝大部分创作都是"以人为本"，附和"三贴近"：贴近实际、贴近生活、贴近群众的原则，而这正是先进文化对一切文艺创作的要求，也是灯谜创作健康发展的方向，透过无数谜条，不难看到他那颗透亮的公心、爱心、平常心和进取心，令人钦佩。

我爱《谜苑杂草》，还有另一层意思。杂者，五彩相合也；草者，生长茂盛。鸿兄爱好广泛，多才多艺，不拘一格，书画、诗词、楹联、灯谜、篆刻、印章、收藏、门门都通，无所不钻，辛勤耕耘，强强互补，打造得这部荟萃琳琅满目，美不胜收。

鸿兄，山东菏泽牡丹之乡人氏，年近八旬，精神矍铄，腿脚硬朗，为人耿直豪爽，平易近人，工作热心，勤勤恳恳，乐于助人，平素嗜红烧肉，品酒。是北京谜友联谊会的好管家、主心骨。他被吸收为东方文化馆馆员后，对我的帮助很大，经常提供印章，谜条，推动谜事活动。诸凡新年、春节、中秋、重阳，茶文化、酒文化，抗击"非典"加入WTO，申奥，庆祝香港澳门回归等等，有求必应，不厌其烦，不愧赢得"觅谜叟"的别号，荣获"京虎"，"子建谜星"的美誉。灯谜要发展，必须培养新人，鸿兄经常深入社会，街道，机关，不辞辛苦，办培训班，讲座，接受媒体采访，弘扬国粹，做好普及，受到群众拥戴。

众人拾柴火焰高。鸿兄来函来电索序，并告我编辑过程中得到诸多谜家朋友的关爱支持，香港张伯人老题写书名，刘雁云老寄来祝词，侯印、李永文谜友给写序文，翟鸿起老师写了谜评，闻之十分欣慰。为履行诺言和表示祝贺，特捧出早藏心底的话，求教于鸿兄和诸谜友。

鸿兄信中自称："所谓《杂草》，主要是良莠不齐，不是精选，也没有精可选，只是 本"豆腐账"。此乃过谦之词，也是他的实话，好在本书为自己留下一个很大的空间。既便于自己检索，总结和提高，又有助于同仁品味、交流和切磋。说到这里，我倒有个念头和动议，凡我出过谜书者，不妨回头再翻翻，温故知新，必有意外收获，不妨也试试给自己的作品圈点圈点评个上中下档次，有的也可反复琢磨推敲，加工修改，精益求精，有毛病的挑个疵儿，或推倒重铸。真正发现了"狗尾巴草"，就把它掐掉。这个空间，大有文章可做。艺海无涯，学无止境。抓紧时光充电，吸取前人的精华，借鉴名家的经验，对增强鉴赏能力，提高谜艺水平，是大有裨益的，试举数例，共赏、共勉。

柯国臻老师作谜的准则和信条是"真、善、美、新"，苏寿真谜长创谜原则归纳为"正、新、精、美"四字，"新任中华灯谜学委会主任郑百川期望谜作达到""神、妙、精、巧"的境界，这些都是谜家多年实践的结晶，还有一些传诵一时的警句，很值得参考、吸取。如"谜道本自然，制者莫强为"、"治印爱刀味、拟谜避斧痕"、"谜面不抛荒，谜底不踏空"，"玉盒子盖玉盒子底"、"针细集密，环环扣紧，无隙可乘，无懈可击"、

"不要浅尝辄止，不必急于求成"、"谜面求文雅，相扣求通俗"、"雅可使妇孺皆知，老媪能解，俗能教文人搔首，雅士低头"、"雅俗共欣赏，良莠要分清"、"庄谐皆备，无趣不成谜"……

门外谈谜，无关痛痒，就此煞住，赶紧调头回到文前提到的那首白居易的诗句结束本文吧！原来"离离原上草"这首句是由《楚辞》名句"香草生兮草萋萋"脱化而来。有缘的是，这首《楚辞》篇名"招隐士"，隐士者，即今之谜人也。昔淮南王刘安博雅好古，招怀天下俊伟，咸慕其德，而归其仁，各竭才智，著作篇章，辞赋，传为佳话。历史在发展，时代在进步，如今21世纪了，我们的时代和人民正在呼唤文艺精品，谜人们，努力吧！为中华民族的伟大复兴多做贡献。

（原载《谜苑杂草》东方文化丛书）

·家谱文化

立德　立功　立言

——为"中华大族谱"文化和谐工程献策

美籍华人黄秉聪先生《关于建造"中华大族谱"的想法》在媒体和我刊《东方文化》披露后，在社会上引起不小的震动，也引起我东方文化馆同仁的极大关注和无比振奋。

这一"想法"和"点子"好极了！堪称一项破天荒的、史无前例的宏伟文化工程。我很乐意地将这一伟大举措，定名为"中华大族谱和谐文化工程"（可简称"和谐"工程或"和合"工程）。因为，她的启动与实施正与我国构建和谐社会的伟大战略和决策是合拍的，也与和圣柳下惠的"和合"文化精神是一致的。她深情地反映了全球华人、炎黄子孙的共同意愿。这一"和谐"（"和合"）工程，既伟大又艰巨，绝非某个人、某个单位、一朝一夕就能完成的，而是一个持续不断、世代薪火相递的千秋大业，必须集思广益、群策群力而为之。感谢黄先生和上海会议主办方及时召开这一"中华大族谱国际协作会议"。我把这次盛会好一比：这是一个"和谐"（"和合"）工程的"群英会"、"誓师会"。愿借此机会，代表华夏文化纽带工程组委会秘书处东方文化馆和《东方文化》编辑部全体同仁对这次盛会深表祝贺并进几句请战之言，供参考。

一、要充分认同"中华大族谱"的深刻意义和无比价值

千古以来，世界上古老的文化延绵不绝，至今仍光芒万丈、屹立不摇的只有中华文化。中华文化是世界上唯一持续发展未曾中断的文化，既有着悠久的历史，又焕发着青春的活力。

21 世纪已大步走进我们的生活，新的世纪给人类生活将带来何种影响？全世界的学者专家们都在从不同角度进行观察和探讨，有人说：19世纪是英国人的世纪，20世纪是美国人的世纪，21世纪是中国人的世纪。就社会进步、政治昌明、科技发展、生活富裕、国力强盛而言，不无一定道理。但最大的"道理"是什么呢？我认为是我们举国上下同心同德采取的"和谐"外交战略和"和谐"文化工程，目标就是朝向"中华一统，世界大同"。

中华各族儿女创造的五千年灿烂文化始终是维系全体中国人们的精神纽带。国家编正史、州县纂方志、宗族修牒谱构成中华文明大厦的三大支柱，凝聚着中华的民族魂、文化根、乡土亲、骨肉情。就其数量之多、历史之久、在民间影响之广而言，首推牒谱。中国牒谱即家谱，由来悠远，溯其端绪，几乎与中国进入文明社会同时，私家修谱自宋代兴起，经元、明的发展，至清朝中期达到鼎盛，入民国后仍绵延不绝……到20世纪80年代，随着改革开放的深入，社会进步，政治昌明，经济发展，人民生活奔向小康，中华民族传统优秀文化得到很大的发扬，寻根热和《中华大族谱》，就是她的一个亮点。她的深刻意义和无比价值表现在什么地方呢？

1.《中华大族谱》有利于促进民族的认同和振兴

"万姓同根，万宗同源"，是近几年来"中华姓氏文化节"和宗亲大会上共同的认识，嘉宾留言簿上最多的词语是"中华同族"、"华人同源"、"华夏一脉"。饮水思源，落叶归根，是中华民族永远的血浓于水的寻根情结，发扬中华民族敬祖尊宗的传统美德，有利于促进海内外同胞互动、联谊、团结、发展；有利于祖国的和平统一大业，具有重要的积极意义。

2.《中华大族谱》有助于激发民族自豪感和自信心

《中华大族谱》的历史渊源和形成过程，与中华文明的历史进程是同步的，也可以说是中华民族历史的一个缩影。翻开一页页家谱，就可见到我国各民族在历史长河中涌现出的那些与天奋斗、与地奋斗，其乐无穷，忧国忧民，自强不息，出类拔萃，可歌可泣的人物，他们"威武不能屈，富贵不能淫，贫贱不能移"的风骨气节，永远是后人学习的楷模。他们始终如一的以一种坦然自信的姿态傲然挺立于世界东方，他们光宗耀祖，带给家族荣誉，激发民族自豪感、自尊心和自信心的动力是不可低估的。

3.《中华大族谱》有益于增进民族的向心力和凝聚力

民族向心力是民族凝聚力的一种表现形式和一个重要组成部分，民族凝聚力的强弱和向心力的大小紧密相联。中华民族发展的历史表明，什么时候民族向心力强大，则民族凝聚力相应强大；什么时候向心力削弱，则凝聚力亦会因之弱小。如何保持民族向心力久盛不衰，从而保证民族凝聚力顽强永存，事关紧要。而纵览历史可以发现，家谱文化起到的熏陶、启迪、导向作用不可低估。

家谱世代传递、增修，为民族向心力的存在设置了一个必要的"圆心"，为维护家谱的尊严，每位家族成员都必须围绕这样的一个"圆心"运转活动，虽经风雨之侵蚀、时代之变迁，始终不偏不倚。家谱文化渲染和营造的就是要使"合家团圆"、"普天同庆"的精神四顾弥漫、蔚为壮观，并以一种"同心同德"、"群策群力"的团队精神和同甘共苦的血肉亲情，应对艰难困苦的挑战。家谱文化给与人们的精神财富，取之不尽，用之不竭。这种精神财富对民族向心力和凝聚力的集结、升华，功绩卓著，源远流长。

4.《中华大族谱》是家庭教育的重要教材和传家宝

家谱文化自古教育人要有经世、入世的理念，"国家兴亡、匹夫有责"；"民为邦本、民贵君轻"，即人民至上。家谱文化一直教育人要有"修身、齐家、治国、平天下"的情操，通过自我修养，成为对家庭负责、对社会负责、对国家负责的栋梁。人生百善孝为先，家谱文化中历代留下的健康向上的家训、族规，敬老爱幼的风气，对后人起到深刻的启迪和导向作用，许多积淀的修身养性、读书做人、育子成才、利国利民的名人警句、格言，脍炙人口，成为治家节用、待人接物的座右铭。对中华儿女的成长、发展，起到了极为重要的推动作用。

5.《中华大族谱》给人文科学的研究提供了弥足珍贵的资料

弘扬中华文明，传承民族精神。族谱、家谱记载的族徽、源流、堂号、堂联、序宗派、礼仪、群望等等，对历史学、文化人类学、图腾学、民族学、宗教学、民俗学、社会学、移民学、谱牒学等等学科研究起到了有力的推动作用。比如，图腾演变，远古各部落都有自己的图腾崇拜印记，到了人文始祖太昊伏羲氏定都中原后，"正姓氏，制嫁娶"，使社会人群从群居无序的状态形成一个个以姓氏为共同体的人群，华夏姓氏自此起源，进而发展成中华民族的一支支血脉。伏羲以其盛德团结统一了华夏各个部落，并取各部落图腾的特色组成了新的图腾——龙，从此"龙"成为中华民族大家庭大团结大统一的象征。近二十多年来，从海内外到大陆寻根问祖的"龙的传人"，达数千万之众。这就是图腾学的研究课题。考辨姓氏的起源、流变、播迁、衰荣、人物文化遗迹，这又是移民学、姓氏学的研究课题。

二、立德、立功、立言，为《中华大族谱》献力

我的一个老学长，在北大、清华等好多地方讲《六十而立论》。讲"三立"：立德、立功、立言，给我很大鼓舞和启发，老有所学、老有所为，我决心以他为表率，生命不息，奋斗不止。

1."立德"。何以"立德"？"德"是做人的根本。一事当前，"公"字挂帅。首先应考虑的是如何奉献，而不是只图索取，只顾个人和本单位的利益。一个人如果被旁人看成是"缺德"或"无德"，就不是一个高尚的人，有益于人民的人，就是一个"伪君子"。所以"立德"者即立做人之根本也。最近胡锦涛总书记提出的"八荣八耻"就是"立德"的最好标准。

2."立功"。何谓"立功"？"拯厄除难，功济于时"是也。但"立功"有大小，影响亦相异。量力而行，尽力而为，就不错了。过去修谱的人都是地方上德高望重的人，今天从事这一工作的人也有不少年过花甲。人生进入第二个青春阶段，更要时时事事处处想到与人为善，想到

永远做好事、行善事。所谓"勿以善小而不为,勿以恶小而为之"是也。毛泽东过去讲过,一个人做一件好事并不难,难的是一辈子做好事,不做坏事。《中华大族谱》是功在当代利在千秋的大事,一定要做好。我们就要成为一个"永远做好事"的人,而且还要用自己的行动教育下一代,影响周围的人。

3. "立言"。如今"立言"者众。出版文集成为时髦,但恕我直言,当前的许多名人集子只有"言"而无"立",只是"人存言举,人亡言息"。真正的"立言"并非易事。首先,要"言得其'要'",所谓"要",即非"言之无物,无病呻吟",信口开河,胡说八道一通也。其次要"理足可传",自己讲的话写的文章,能真正是"一家之言",所提理论能"立"得起来,有相传久远的价值。也就是说,立论者当有"其身既没",但"其言尚存"的功力。当然不可能人人做到这一点,但要努力争取做到这一点。

《中华大族谱》的举措和实施给了我们每一位老年朋友"老年报国"立德、立功、立言的大好良机,愿与所有志同道合的新老朋友共勉之。

(原载《社会观察》增刊,2006 年 11 月)

参考书目

①马鹤凌:《中华一统 世界大同》,世界华人和平建设协会世界总会,2005 年 8 月。
②田海英:《认祖归宗——中国百家姓寻根》,花城出版社,1993 年 7 月第 1 版。
③黄秉聪:《关于"中华大族谱"的想法》,《东方文化》,2006 年第 1 期。
④温玉春、白芳:《百家姓书库·吴》,陕西人民出版社,2002 年 4 月第 1 版。
⑤吴超:《寻根·归宗·话国宝》,《东方文化》,2006 年第 2 期。
⑥卫衍翔、卫中英:《长寿世纪人生两段论》,《东方文化》,2006 年第 3 期。

金华缘 和谐梦

——首届两岸寻根文化研讨会述怀

真没想到啊！2006 年海峡两岸寻根文化研讨会期间，我又来到了金华，缘分天定，情结地设。故事得从二十年前说起。

一、讲学

1986 年，我 56 岁，从事民间文学编辑研究工作整 30 年。古人云：三十而立。而我面惭地不敢说自己已"立"起来。但在民研会这个民间文化大摇篮里，得天独厚，经常能够听到前辈专家学者的教诲，耳濡目染，受益匪浅。又不时下乡采风，作田野作业，边学边干，边干边学，担子越挑越重，责任越负越大。

1986 年，我们开门办刊，开门办校，走出去开展歌谣活动，搞得轰轰烈烈。我们成功地发起和主持了有沿河 9 省市参加的延安"首届黄河歌会"，在全国影响很大（后引起连锁反应：1987 年又成功地发起和主持了有沿江 12 省市参加的武汉"首届长江歌会"；1990 年发起主持了有湘鄂等省参加的荆州"首届楚风学术研讨会"等等）。"黄河歌会"圆满结束后，我突然接到浙江师范大学给我发来的锦缎面"聘书"，上面写道：

"兹敦聘中国民研会理事，中国歌谣学会副会长、《民间文学论坛》副主编吴超同志担任《中国歌谣学》特邀讲座教学任务，此聘。1986 年 9 月 3 日"

当时我兼任中国民间文学刊授大学教务长，主编了一套普及民间文化知识的教材，其中有我撰写的《歌谣学概论》。我将"概论"扩增为新的《中国歌谣学》讲义，便应约赴任，第一次来到江南名城金华。金华属江苏、浙江、上海两省一市吴语协作区，由于自然生态条件、风俗习惯、语言和民族构成的相同，一般地把吴越地区作为一个统一的研究对象，称为吴越文化。

1981年我曾去苏州参加吴歌学术讨论会并拜访苏州、无锡两地的吴歌手。1982年经我手在《民间文学》上发表了长篇叙事吴歌《五姑娘》，吴歌学会成立后，我们中国歌谣学会、《中国歌谣报》与吴语地区的联系更为密切。我的小诗《我爱吴歌》曾在苏州报纸上发表，在吴歌学家金煦、马汉民同志的陪同下我曾到苏州大学讲座，专访了不少吴歌手。浙江金华也是我仰慕已久的古吴越之地，这儿除以盛产火腿驰名之外，历史上也涌现过不少出类拔萃的人物。文化方面，我印象最深的是一些著名的唐宋文人在越地留下的名篇佳句。像白居易的"江南忆，最忆是杭州"，苏东坡的"欲把西湖比西子，浓妆淡抹总相宜"，陆游的"山重水复疑无路，柳暗花明又一村"，特别是女词人李清照，避难婺州（今金华），留下的"寻寻觅觅、冷冷清清、凄凄惨惨戚戚"的千古绝唱，很难说与民歌没有互动的影响。1986年12月开始讲授《中国歌谣学》，看见满堂的青年学子，我仿佛也年轻了不少岁。学校聘请我时说的是"特邀讲座教学"，对我来讲，既"教"又"学"，获益良多，对当地民歌做了进一步的考察和研究。二十年过去，弹指一挥间，往事并不如烟……

2006年12月24日，首届海峡两岸寻根文化研讨会开幕，大会将我的发言安排在下午。而我当年的助教、今日的博士生导师陈华文教授百忙中来到会场，邀我与北大教授段宝林一同乘他的车去新校转转，机会难得，盛情难却，于是我下午第一个上台做了个简短的发言（留下书面发言）唱了几首祝贺盛会的吴歌就跟车走了。陈教授边开车边做向导，带着我们在学校转了一大圈，真是今非昔比，感慨万千。我找到了当年我讲过课的教室，往事历历在目，我情不自禁地走上讲台，在黑板上写下了"中国歌谣学"五个大字，留影纪念。晚上老校长蒋风来和我们聚谈，相见甚欢，一同观看了浙江婺剧团名角演出的折子戏《僧尼会》"下山"、《断桥》片段，婺剧音乐，琴声悠悠，情谊绵绵……

二、寻根

先追溯一首最古老的歌谣吧！《诗经》未收吴、越、楚等南方地区的民歌，仅能从一些零星的史料去窥见一斑。东汉赵晔撰写的《吴越春秋》中记载了一首据传是黄帝时期的民歌，讲的是越国大夫范蠡向越王勾践推荐了一位擅长射术的楚国人陈音，交谈中陈音唱了一首山歌，译为吴越古语曰《弹歌》二言四句："断竹，续竹，飞土，逐肉。"可惜曲谱未能记下。后人议论不一，有人疑为伪托，但据张家港抢救非物质文化遗产报出的喜讯：河阳山麓搜集到一首至今还在传唱的《斫竹歌》："斫竹，削竹，弹石，飞土，逐肉。"与传世的《弹歌》两相比较，颇为相似，仅有些许变化，演唱时每句都加了衬词"嗨呦呵！"节奏鲜明，音乐简洁。令我难忘的是1998年7月1日，我随中国文联主席周巍峙等去河阳考察民歌，亲自聆听到山歌大王张元元等唱出的那首完整的《斫竹歌》。那粗犷雄浑的歌声，合力劳作的场景仿佛浮现在眼前，令人震撼，兴奋不已，深深地打动了在场的专家、教授、学者们的心。

调查研究表明：据《吴越春秋》介绍，在吴越以前，《弹歌》早就流传于楚，楚人陈音将《弹歌》由楚带到越，再由越传到吴，演化成一首用吴语唱的《斫竹歌》，经过漫长岁月流传，至今仍活在人们口头上，这绝非孤立偶然的现象。在张家港被发现和收集的这首《斫竹歌》是春秋时期流传下来的古老山歌，应该有其可信性。《斫竹歌》不仅将《弹歌》里的"断"阐释为"斫"，将"续"阐释为"削"，而且穿插进"弹石"，并世代流传至今，既准确地阐明了意义，又进一步证实了它的古老性。因此，它极具有历史价值。《斫竹歌》的演唱场合如打猎、搬重物、扛东西、挑担等劳作时，这种演唱形式恰好与原始劳动的群体性相吻合。《斫竹歌》是在劳动过程中集体创作并不断丰富完善的，整个歌曲体现了一种完美的艺术效果，它的价值就在于是一首古老的、生动的、具有可唱性的活教材，很有历史价值和艺术发生学方面的价值。它不仅在全国音乐中占有重要地位，就是在国际上也是一首代表华夏古老音乐文化的活化石。

我爱吴歌，又因我是安徽桐城人，对冯梦龙的《山歌》为什么集中收进《桐城时兴歌》，成为我一直追根寻底的研究课题。我在金华讲学时得到一点启迪：金华与安徽接壤，离徽州很近，明清时期，商品经济发展，徽商走出安徽，往往要路过金华。扬州、苏州、杭州、福州、广州、汉口等大中城镇，都有徽州商人的踪迹，当时曾有"无徽不成镇"之说。徽文化也随之走向全国，徽戏班迅速发展起来，后来四大徽班进京，为宫廷演出，给皇帝做寿。在这种经济文化发展的大氛围中，安徽歌谣也有了长足的发展。在明代，安徽民间歌谣中最惹眼者就要数桐城山歌了。这些山歌多为七言五句体，它歌词高洁，声腔俱佳，如：《素帕》"不写情词不写诗，一方素帕寄心知。心知接了颠侧看，横也丝来竖也丝，这般心思有谁知？"比喻、双关、象征的手法使用得十分巧妙。这明亮欢快流畅的风格，给细腻委婉曲折的吴歌流行区吹进了一缕清新的凉风，成为当地时髦的歌谣。怪不得冯梦龙辑《山歌》集380首，把桐城歌专列一集，收进24首。需要补充一笔的是冯梦龙《山歌》原书早时未获见。直到1934年春，上海传经堂主人去徽州访书才发现了明代刻写本冯氏辑集的《山歌》专集原书。次年，传经堂主人请顾颉刚先生校点后才把它排印出来，使这部沉埋约三百年的由冯梦龙搜集整理而成的《山歌》重显于世。

《桐城时兴歌》起源于的我老家安徽桐城，歌词清新，语意含蓄，曲调优美，扬抑仄徐，自然合拍，深受人们喜爱。明清时代尤为兴盛，流入江浙吴语区，又吸收了吴歌长处，成为当地时兴歌。情歌是桐城歌的一个亮点，前举的《素帕》是情歌的代表作。我在金华、武义讲学时，也见到这样的五句头山歌，如："日头山上一枝花，乖姐爱我我爱她。乖姐爱我年又轻（哪）岁又小（哦），我爱乖姐一枝花。""你要学歌（么）跟我来（哟），跟我（格）山上背草鞋（呀），背了（格）三年零六月（哟），教你（吱）山歌一排（吱）又一排（哟），还要到我师傅面前来倒霉（丢脸）哟。"

三、和谐梦

2006 年，是家谱文化蓬勃发展的一年，我接连被邀请参加了两次盛会：一是，上海"首届中华大族谱文化国际交流（协作）会议"；二是，金华"首届海峡两岸寻根文化研讨会"。

在会上结识了许多来自海内外的新老朋友，聆听到不少专家学者的精彩发言，茅塞顿开，获益良多。我向"两会"的成功表示热烈的祝贺，并献策请战捧出我炎黄子孙的赤子之心。

"两会"的宗旨和目的完全是一致的"盛世修谱"，"两会"的举措堪称一项史无前例的宏伟文化工程。我将这伟大的举措比之为"和谐"文化工程，因为她的启动和实施正与我国建构和谐社会的伟大战略决策是完全合拍的。"血浓于水"这一"飞入寻常百姓家"的文化工程深情地反映了全球华人、炎黄子孙的共同心愿。这一工程绝非某个人、某个团体、一朝一夕就能完成的，而是一个持续不断、世代薪火相递的千秋大业，必须集思广益，群策群力而为之。

中国是一个有着悠久历史的文明古国，传承民族文化的精华、弘扬中华传统美德应是我们行动的指南。什么是我们的传统文化呢？民间文化大师钟敬文告诉我们："中华民族的传统文化可分为三条干流，第一条是上层文化，从阶级上说，它主要是封建地主阶级所创造和享用的文化；第二条是中层文化干流，它主要是市民文化；第三条干流是下层文化，即由广大农民及其他劳动人民创造和传承的文化。这三条干流汇成中华大文化的巨流，现今不少人讲：国家编正史，州县纂方志，宗族修牒谱是构成中华文明大厦的三大支柱，虽不一定全面，但至少占其主要面，其中数量之多，历史之久，在民间影响最广的首推牒谱。

族谱家谱文化有利于促进民族的认同和振兴；有助于激发民族自豪感和自信心；有益于增进民族的向心力和凝聚力；是家庭教育的重要教材和传家宝；给人文科学的研究提供了弥足珍贵的资料；具有多方面的功用、深刻的意义和无比的价值。

和谐文化工程，贵在一个"和"字，"和为贵""家和万事兴""国家兴亡，匹夫有责"。族谱、家谱文化中历代留下的利国利民的名人警句、格言，一直成为我们取之不尽用之不竭的座右铭。我们要很好地发掘、总结、利用这笔宝贵的文化遗产，弘扬中华文明，传承民族精神。

中华大族谱文化国际交流会议、海峡两岸寻根文化研讨会，都是第一回召开，但愿还有第二、第三、第四年年召开，心想事成，梦想成真。

最后仿五句头吴歌体赋诗一首：

中华民族大家庭，
海峡两岸格外亲，
同宗同文同血脉，
藤缠树，根连根，
携手并肩搞复兴。

（原载《东方文化》总第 80 期，2006 年第 4 期）

宝岛行 血脉情
——赴台访学感怀之一

今年 5 月，鲜花怒放之际，随上海学长、我馆理事张涛一行赴台参加母校八十周年大庆，丰富、多彩、热烈、温馨，所见所闻，感慨万千，夜不成寐，急就点滴，以抒心怀。

金大侠，恭喜您

5 月 19 日，在校庆八十大典上，一大亮点是同时举行颁授名誉博士学位勋礼。当主席宣布颁授的头名名誉文学博士是查良镛时，一下把我吸引住了，这不就是我们的学长查某吗？他 13 届，后来将名字最后一个"镛"字拆开，叫金庸，我 17 届，原名吴君超，比他低四届，以后我们都在文艺圈内，更知道他金庸的大名如雷贯耳，遗憾的是一直没有机会谋面，没想到这次上宝岛能一睹风采，同叙茶会，好不开心。金庸的十五部长篇小说风行于世，好多爱好者书迷都能背诵出书名：《书剑恩仇录》《碧雪剑》《射雕英雄传》《神雕侠侣》《雪山飞狐》《飞狐外传》《倚天屠龙记》《连城诀》《天龙八部》《侠客行》《笑傲江湖》《鹿鼎记》《鸳鸯刀》《白马啸西风》《越女剑》。其中，多部译成外国文字，改编成电影、电视连续剧，在世界各地演出。

政大现任校长吴思华在致词中激情地说："金庸是 1944 年考入本校的，我们以拥有这位杰出的校友为荣。金庸自 1955 年第一部武侠小说《书剑恩仇录》在《新晚报》连载一年，就奠定了他武侠文学基业和武林盟主的地位。"

　　这里，我想起了我们东方文化馆的资深馆员鞠鹏高、陈嘉祥、李岳南等一生拼搏，笔耕不辍，为中国武侠小说的地位、命运"鼓"与"呼"。

　　武侠小说的兴起，是中华文化的一大特点。武侠小说是中国文学的一个特殊品类。《史记·刺客列传》是武侠小说的始祖，唐人的"红线女"、"聂隐娘"、"虬髯客"、"空空儿"……极尽幻想之能事，是真正意义上的"武侠小说"。其后经过杂剧、评话的嫁接，到了清代才发展为大部头的长篇小说。它一出现就受到世人的喜爱。如：《儿女英雄传》《三侠五义》《七侠武义》《江湖奇侠传》等，百余年来几乎妇孺皆知，深受平民百姓的青睐。为什么武侠小说那么合乎中国人的口味，成为中国的一种经久不衰的文化现象：武侠小说的流行与发展，有其深厚的思想、历史、文化背景，这与中华文明古国五千年悠久历史孕育的传统美德有关。与儒家提倡的"仁爱""和谐"精神有关。侠士们除暴安良、杀富济贫、惩恶扬善、快意恩仇，向来就是中国平民百姓的理想与愿望。代表着民心的向背，体现了文学的宣泄功能和价值，让读者和受众得到心理上的安慰与平衡。有的是别的文艺品种不可替代的。武侠小说，堪称中国的国粹，在中国文学史上拥有它应有的位置，受到公正的评估与公正的待遇，视而不见、置若罔闻，甚至贬低它都是不对的，只能说明自己的浅薄无知，是无济于事的。

　　近半个世纪以来，新派武侠小说家中当推金庸、古龙、梁羽生为代表。他们在写法上有了长足的进步，吸取了旧武侠小说、通俗演义小说、近代小说以及志怪小说和外国名著中的精华，生成了自己的容貌、颜色和个性，较之旧武侠小说更考验作者的功力。举凡性格刻画、环境描写、史、地、典、章的考证，以及武术、气功、兵器、星相、占卜、医术、建筑、冶炼、雕刻、刺绣、烹调、诗、酒、琴、棋、书、画、花、鸟、兽、虫、鱼、民风民俗等知识缺一不可，还有儒、释、道的根基。一位新派武侠小说家，必将是一个杂家、一个博学大师。金庸是以中国文化的深邃融于武功之中，创造出具有哲学意味、人生况味、艺术诗味于一体的武侠小说精品。金庸才思如海，文笔潇洒俊美，善于变化，诗情画意，有的小说目录便是一道很美的词章。

　　金庸的好学问，好人品，大笔如椽，大气磅礴，大家风范，称得上新派武侠小说一代宗师。广大读者受众都亲昵地叫他为"金大侠"。他在讲座时幽默风趣，也自称是"大师兄"，台下的学生是"小师弟"、"小师妹"。他在致答词中说，政治大学是他就读的第一所大学，虽然只读了三年，非常感谢母校老师的教诲。六十多年后再回到母校真是开心。他谦虚地说自己没有什么成就，有点小小的成就，都是老师的教诲和大家的鼓励。他透露《神雕侠侣》中小龙女睡在绳子上不会掉下来的"绝招"灵感就源于自己的体验："当年在政大重庆小温泉校区求学时，下午一小时的午休就躺在一张长板凳上，没有掉下来，功夫很到家啊！"引发全场哄堂大笑。

金庸早年从事新闻工作，是华人世界中成就卓越的资深报人，曾亲手创办《明报》，并为该报撰写社评二十余年，笔锋雄健犀利，影响远大，被誉为"亚洲第一社评家"。先生对法律、历史、佛学都甚有研究，著作等身，嘉惠士林。金庸平易近人，对同行相敬如宾，淡薄钱财，前几年央视8台拍放《笑傲江湖》，他只是象征性地要了人民币1元的版权费。真是文坛古今奇事，传为佳话。

金庸从20世纪80年代至今，先后荣获香港大学、英国剑桥大学荣誉文学博士、北京大学、浙江大学、杭州大学、英国牛津大学、李约瑟研究中心等聘任他为名誉教授，令誉弥彰，群伦共仰。为表彰其对新闻事业及小说创作之斐然成就，母校推荐颁授他名誉博士学位，众望所归，当之无愧。作为校友和后学，我衷心地要向他祝贺，并要欢呼一声："金大侠，恭喜您，祝您再创辉煌！"

雾峰林家，万古长青

校友会、旅游公司安排我们作"日月潭之旅"真是高兴极了，摸到我们大家的心坎。可我心底却惦记着另一件事。

大巴车飞驰地向南行驶，我从地图上很快地找到"雾峰"两个我仰慕已久的大字，这两个大字愈来愈醒目。牵我陷入沉思和无限的遐想。

雾峰啊，雾峰，你与我们东方文化馆特别有缘。雾峰林家被史学界称为"晚清台湾第一家"，因为他在台湾的名望、地位和财产，没有其他家族可望其项背。从雾峰林家始祖林石于1754年只身赴台垦荒算起，至今已有250年的历史。这"第一家族"，在抵御外侮、维护祖国统一方面，曾付出极大的牺牲，涌现出许多彪炳史册的民族英雄。我东方文化馆顾问、前馆长林为民先生正是台湾雾峰林家的第九代传人，《东方文化》馆馆刊从总第58期起，陆续刊出其父林正亨、祖父林祖密、曾祖父林朝栋数代为祖国统一、前赴后继、英勇不屈的爱国事迹。可以说，台湾历史上每一次重大事件，重大转折，都有雾峰林家的代表人物，高举爱国主义大旗冲在最前面。台湾雾峰林家为祖国统一富强流血牺牲，前赴后继的革命精神，受到海峡两岸、国共两党的共同推崇和宣扬。1964年台湾国民党当局授予林祖密将军"忠烈永式"匾额，接着又将他的巨幅照片挂在台北国父纪念馆里。1981年大陆纪念辛亥革命七十周年时，《人民日报》和众家媒体发表长篇文章颂扬林祖密将军的革命精神，介绍他的革命事迹。特别值得一提的是反映林家爱国史实的36集大型电视连续剧《沧海百年》2004年在全国播出后，反响十分热烈，台湾当局企图买断压下不发，碟片已在台湾广泛流行，影响极大。《沧海百年》以雾峰林家为主要线索，生动地展现了清末台湾建省前后一百年大陆移民在台湾的垦荒史、创业史和爱国史，多姿多彩，催人泪下，渲染了两岸同根的血缘情。林为民先生带病工作在组织筹划、筹资促进两岸合作方面竭尽全力，功不可没。

大巴过了台中，沿途美景观赏不尽，导游的讲解介绍，不时引起乘客的笑声，我最关心的是大巴车进不进雾峰。导游小姐遗憾地告诉我，往常去日月潭，大车必穿过雾峰乡。雾峰林家大院也是一个重要景点，不幸的是1999年9月21日台湾大地震，台中、日月潭一带是重灾区，雾峰林家是重中之重，三分之二的庭院建筑倒塌，损失惨重。为抢救重点文物文化遗产保护区，当局和民间正在大力按原样清理修复中，工程进展很有成效，不日就可对外开放，欢迎四方游客来访。这次，大巴没能穿过雾峰乡，也没瞻仰到林府大院，只是靠着雾峰乡擦边而过。我从遐想中清醒过来，虽有些怅然，却留有盼头，期望着来日再访。

雾峰林家没有看到，雾峰山林郁郁葱葱，却远远隐约可见。"林"字这儿作树林讲，也可作姓氏讲。林姓始祖是殷代忠臣比干的后代，历代后人绝不会做对不住国家的事情。雾峰林万古长青。藤缠树，树盘藤，盘根错节，根连根，筋连筋，两岸林氏的血缘情能割断吗？不！我们要痛斥阿扁搞"台独"，叫嚣"去中国化"。以林氏为代表的两岸共创的文明史和爱国情结能掩盖和篡改得了吗？黄皮肤、黑眼睛的基因能一下变成白皮肤蓝眼睛的崽吗？不，不，不能！

政大人，同心干

"亲爱精诚"是政治大学的校训，也是黄埔军校的校训，听说这一文一武两个学校的校训最早都是孙中山先生提出来的。政治大学的校歌，也贯穿着中山先生的思想，"政治是管理众人之事"，"管理众人要身正，要意诚，要有服务的精神，要有丰富的智能……任劳任怨负责任"。许多校友回忆在政大的岁月，记忆最深刻的就是政大的校训和校歌。

校长吴思华在邀请函中说："亲爱精诚"是政大的校训，"追求卓越，迈向顶尖"是政大一直以来努力的目标。政大人所拥有"人文关怀、专业创新、国际视野"的特质，不仅培育出社会各类领域杰出的领导人，更是使政大成为国内人文社会学术重镇的关键。

每年5月20日是政治大学的校庆，各地校友会都要举办各种纪念活动。今年80大典，同时举行2007年第五届政大校友世界嘉年华会，我们大陆校友，第一次组团参加盛举，开始我不甚明白"世界嘉年华会"是怎么回事，后来才知晓其来历和深意。

1998年马来西亚校友会鉴于政大校友遍布全球，应有相聚联谊的机会，经过沟通努力，终于在吉隆坡召开了首届政大校友世界嘉年华会，并通过决定每隔两年在全球各地校友所在地轮流举办。之后，2000年第二届在澳洲墨尔本。2002年第三届在台北，2004年第四届在南加州洛杉矶都相继举办，每次活动都给大家留下美好的回忆。今年第五届配合母校八十大庆又回台湾举办，更有一番新意。来自全球各地校友与大陆校友和在台校友共襄盛举，欢聚一堂，席开百桌千人大宴，好不红火热闹。筹备会总召集人萧万长、校友会董事长邱创焕、校长吴思华和校友会总干事郑安国等在晚会上热情接待与会校友。当主持人介绍大陆校友在隔绝近一个甲子，这次克服重重困难和繁琐入台手续来到会场时，全场响起了热烈持久的掌声，表达了"亲爱精诚"校训精神与海峡两岸隔不断的同学、同胞、同心、同欢乐的深情厚谊和共同向往振兴中华祖国富强统一的美好愿景。

这里，我想起了去年重庆校友会在政大校友总会"共抒同窗情怀"的鼓励下，在母校原小温泉、南温泉校区成功举办"寻根旅游联谊会"的情景。来自台湾的白自友同学宣读了母校校友会郑安国总干事给重庆的贺信，市台办原主任王克俊在大会致词中把"寻根"的含义提高到"寻中华优秀文化和民族传统美德之根"，寓意深远，措词精辟，获得全场与会校友和亲属的热烈掌声。母校校友会对此编印特辑报道，并热忱邀请大陆校友 2007 年赴台参加母校八十周年校庆。这也正是大陆校友首次组团赴台访学的动因之一。

如今，在全球各地的"政大校友会"是一块相当响亮、颇受敬重的招牌，这是各校友会的成员们多年来在所在地展现政大人的风格，亲爱精诚，奉献丰富的智能，热心民众，服务社会，积极推广中外人民友好关系的努力结果。

"天下兴亡，匹夫有责"，在政大就读的一段日子，在许多校友的一生中都写下了一页难以抹去的一页。半个多世纪以来时代起着翻天覆地的变化，政大人在各自的人生历程中，有的事业有成，有的壮志未酬……磋砣岁月，历尽沧桑，而今多届耄耋之年，也说得上是夕阳灿烂，彩霞满天。校庆展中有一副对联概括得好："八十载历经风雨终茁壮，两世纪作育英才创辉煌。"从过去到现在，八十年中政大为国家培育的英才不计其数，如今不论是海内外和大陆，各行各业都有政大的校友，特别是在政治、外交、新闻等领域，海外地区更是集合了其中的校友精华。我们要总结发扬海内外各地区"政大校友会"的成功经验，进一步发挥校友会组织，联络，服务的作用。我们要继承老校长顾毓琇、老学长马鹤龄先生的遗志，为促进两岸和平统一，反对台独，为中华民族的伟大复兴，开万世太平做出最大的贡献。

黄埔军校今年成立 83 周年，是我们政治大学的老大哥，政大的校友们，我们要向黄埔军校同学会学习，呼吁申请批准成立全国性的政治大学同学会民间团体，并与全世界的政大校友，携起手来，亲爱精诚，同心干。

我们期盼着下一届的"政大校友世界嘉年华会"在大陆举办。

重庆欢迎你们！

南京欢迎你们！

北京欢迎你们！

长江黄河欢迎你们！

（原载《东方文化》总第 83 期，2007 年第 3 期）

· 非物质文化遗产

老舍茶馆——东方文化的窗口

"大碗茶广交九州宾客；老二分奉献一片丹心"。

这是坐落于北京前门西大街的"老舍茶馆"大门前的一副对联。提起"老舍茶馆"北京人谁都知道，它是由前门畔那个卖二分钱一碗大碗茶的"青年茶社"发展起来的。提起"大碗茶"，就会想到那位带领一帮知青走上金光大道的尹盛喜。他们的集体企业一千元起家，到今天已成为拥有上亿元资产的商贸集团公司。公司下设 18 个公司和门市部。"老舍茶馆"即其中的一个义化企业。尹盛喜任公司的总经理，也是老舍茶馆的总经理。他的小女儿尹智君大学毕业后继承父业，协助父亲任经理。

老舍茶馆始建于 1988 年 12 月，以人民艺术家老舍先生及其话剧命名。这座茶馆京味十足，厅内陈设清新、古朴、典雅，堪称老北京一"民俗博物馆"和"东方文化的窗口"。宾客们来此一面品茗饮茶，慢享宫廷细点和应季北京小吃，一面欣赏来自戏剧、曲艺界名流的精彩表演，如有雅兴，还可登台客串与名人共演。这座东方式的"沙龙"，还经常举办琴、棋、书、画和"戏迷乐"等诸多文化活动。丙子新春开设的送春联和有奖猜谜，也受到群众的欢迎。

尹盛喜对吹拉弹唱、琴棋书画这些中国艺术行当里的"十八般武艺"，虽算不上精通，却样样在行。他有"北京通"、"故事篓子"、"准艺术家"等不少外号。他热心社会活动，震惊中外的"中国美术家丝绸之路考察团"活动，就是他发起和组织的。北京大学、清华大学、北京师范大学还请他登上高等学府讲坛给大学生讲课。毫不夸张，他身上那丰富多彩的文化艺术细胞，加上他颇具胆识和魄力的经营头脑，使他的事业，他的企业受益无穷。

老舍茶馆开业那阵，社会上正盛行霹雳舞、卡拉 OK，尹盛喜认为这些西方玩意儿不过兴起一时，比不上中国几千年的悠久传统文化。"日箫月笛半年的笙，一年的胡子（琴）没法听。"中国民间的文化精萃有不少绝活档次是很高的。西方旅客到中国来旅游观光，不会为了跳迪斯科、唱卡拉 OK，总希望观赏到东方的"宝贝"。老舍茶馆将中国茶文化、饮食文化、传统文化巧妙地融在一起，珠联璧合，以古翻新，这是他国、他地望尘莫及的。

老舍茶馆开业 6 年来，本着"振兴古国茶文化，扶植民族艺术花"的宗旨，已接待了 50 余万名中外宾客。其中慕名而来的国家元首、高级官员和知名人士就有杨尚昆主席、美国前总统布什、新加坡总统王鼎昌、日本前首相海部俊树、美国前国务卿基辛格博士、联合国前秘书长瓦尔德海姆、台湾东吴大学校长章孝慈、香港知名人士霍英东等。

今天，老舍茶馆已经成为中外宾客来京必游的一处新名胜。

老舍茶馆欢迎各界朋友的光临。

来北京旅游，不到长城非好汉。到了老舍茶馆，活力长生，益寿延年。

（原载《东方文化馆》第 26 期，1996 年 6 月）

484

走访"世界第九奇迹"——三星堆

"沉睡数千年，一醒惊天下。"

新世纪第一个春天，我满怀好奇心和求知欲，走访了慕名已久的号称"世界第九奇迹"的三星堆，眼界大开，感受颇深。

三星堆考古发掘现场和三星堆博物馆位于距成都 30 公里地的广汉月亮湾，总面积 12 平方公里。传说玉皇大帝在天上撒下了三把土，落在这里成为突兀在大平原上的三座黄土堆，犹如一条直线上分布的三颗金星，三星堆因此得名。三星堆隔河相望的月亮湾台地上曾有一棵高大的马桑树，虬枝怒放，玉树临风，被称之为婆罗树，此地月夜清幽神秘，形成闻名遐迩的汉州八景之一的"三星伴月一婆罗"。现在考古发掘确认：形成三星堆的三堆土，实际是这千年古都南城墙上的两个缺口，沧桑巨变，原来黄土堆砌夯筑的墙体坍塌剥蚀而成三堆土。三星堆遗址从发现至今已有 70 年。据介绍，1929 年春天，当地农民燕道诚父子因屋檐溪流淤塞，溉田不便，在车干溪水劳动中，忽于溪底发现石圭、石璧、玉琮、玉圈、石珠等四百余件玉石器。当全家沉浸在福从天降的欢乐中时，万万没有料到，那把锄头无意中叩响的，竟是消沉了几千年的古蜀王国的门庭！1933 年，前华西大学美籍教授葛维汉及其助手林名均首次对三星堆进行发掘，其成果得到当时旅居日本的郭沫若先生的赞叹，由此拉开了对三星堆半个多世纪发掘研究的序幕。

以后 40、50、60 年代，四川考古界持续不断地在这片土地辛勤劳作，探迹索隐。然而，它到底是中原古文化的支系，还是独立的古蜀文明，仍是一团谜，直到 1964 年，冯汉骥教授才作出"可能是古代蜀国中心都邑"的论断。1980年，又联合对该地进行了大规模发掘，掘出大片房屋遗址，并进行了航拍。

真正使三星堆名扬四海的是1986年7、9月更大规模的发掘，一号坑出土了金杖、黄金面罩、青铜人头像和大量的青铜器物、玉石器、像石、海贝、陶器等等；二号坑出土了600多件珍贵文物，其中青铜器就多达439件，有堪称世界古铜像之冠，高约2.62米的青铜立人像，各种青铜人面像和人头像；以及高约4米的青铜神树等等，铸造精美，造型神异。上千件国宝重器的轰然显世，震惊了世界，被称为20世纪最重要的考古发现之一，甚至可以和发现古埃及文明，两河流域文明，以及玛雅文明相媲美。英国《独立报》撰文说"比中国兵马俑（世界第八奇迹）更要非同凡响"。中国考古学会理事长苏秉琦先生亲临考察并将其定性为"古文化、古城、古国遗址"。从此，"三星堆文化"正式出现在各种历史学、考古学等学术著作中。

遗址和大量文献确凿无疑地表明，距今三千年前，城市、文字，青铜器和大型礼仪中心等文明要素，都已在这里存在，而且已发展到相当高的程度。特别是三星堆青铜器是我国迄今为止发掘数量最多、形体最大的青铜雕像群，她以前所未有的新材料引起了中外考古、历史、美术、冶铸工艺界的极大关注。她比大名鼎鼎的古希腊德尔菲御者青铜器、宙斯铜像，以及波塞冬铜像在时间上还要早四五百年。与同一时期的商文明青铜器相比也毫不逊色。其难度远远超出了其他任何材料所做器物的技术难度。

据学界声称，三星堆遗址至今仍然是一个大谜宫，有如一本待解读的百科全书，它蕴涵着古蜀王国的谜底及文明演进的踪迹，具有全方位认识古蜀社会以及探索长江中上游文明的重大学术价值。需破译和解开的就有"七大千古之谜"。

第一谜，三星堆文化来自何方？第二谜，三星堆遗址居民的族属为何方？第三谜，三星堆古蜀国的政权性质及宗教形态如何？第四谜，三星堆青铜器群高超的冶炼技术及青铜文化是如何产生的？第五谜，三星堆古蜀国何以产生、持续多久，又何以突然消亡了？第六谜，出土上千件文物的两个坑属何年代及什么性质？第七谜，晚期蜀文化的重大之谜

"巴蜀图语"，三星堆出土的金杖等器物上的符号是文字，是族徽，是图画，还是某种宗教符号？

此外，更令人困惑不解的是：为何"三星堆人"高鼻深目、颧面突出、阔嘴大耳，耳朵上还有孔，表情似笑非笑、似怒非怒，是"千里眼"、"顺风耳"，还是"天外来客"？不像蜀人，又是从哪里来的，后来又到哪里去了？为何出土的金杖、金面具、青铜像等文物与其他大陆的文明有很多相似之处？有专家推测是三星堆人通过西南商道，很早就直接或间接地与印度河文明、西亚文明、爱琴海文明有了通商往来和文化交流的结果。另一种说法，从出土的青铜人像来看，当时的人都戴着面具，面具上长着一对特别突出的眼睛。古书叫做"纵目"。《汉书》上说，"蜀王之先名蚕丛，其目纵，始称王"。这个叫蚕丛的人，很可能就是古蜀国的老祖宗。其他众多的人头、人面像，分别代表着各部落的首领、巫师，是古蜀社会各阶层的缩影。

馆内专家说，在精心发掘中出人意料地首次发现玉璧、石琮、玉瑗和双耳小平底罐等礼器，特别是双耳小平底罐在中原地区、长江下游等其他考古活动中也没有出现过。这一重大考古发现同时推翻了"玛雅文明"、"外星文化"、"世界朝圣中心"等种种假设。三星堆遗址只是一处距今 5000 年至 3000 年左右的古蜀文化遗址，在商代，三星堆已发展成为高度发达的青铜文明中心，即早期蜀国，这是三星堆文明的鼎盛时期，也是 2000 多年的古蜀国历史进程中最辉煌的时期，代表了长江流域商代文明的最高成就。三星堆文明作为长江上游地区中华古代文明的杰出代表，再次雄辩地证明了中华文明的起源是多元一体的。

在结束采访时，工作人员自信地告诉我，从 1929 年偶然发现"宝地"到中央电视台向全世界现场直播之前，只是三星堆发现的萌芽与序幕阶段，而现在开始的 21 世纪才将是三星堆发掘的黄金时代。随着发掘和研究的深入，三星堆千古之谜，所有的疑团和悬念便会一一破解。

（原载《东方文化馆》第 54 期，2001 年 7 月）

走进世界文化遗产——中国皖南古村落

　　新世纪头一个金秋季节，我回到久别的故乡采风，乘兴游览了前不久刚被联合国教科文组织批准的"世界文化遗产——中国皖南古村落"。据说这是迄今我国已上榜的 27 个世界遗产中唯一以古村落特点申报成功的世界文化遗产。我虽然在这里仅仅待了一天一宿，耳闻目睹，真是名不虚传。甚感收获颇丰，饱受熏陶，那浓郁的地方特色、东方神韵和徽文化氛围，令我迷恋陶醉，浮想联翩，久久难忘。

　　所谓"中国皖南古村落"，据专家界定是指安徽省境内，长江以南地区，清末（1911 年）以前的具有历史、文化科学价值的民居、祠堂、书院、牌坊、楼台亭阁、水口（村口）等民用建筑群体。其中心地带为原徽州的一府六县，即歙县、黟县、休宁、祁门、绩溪、婺源六县，所以也统称为徽州古村落。

　　我来到黄山脚下的黟县，古老的县城由于位居黟山（即黄山）之阳，因山得名。这里的西递村和宏村，正是联合国官员们看中的众多古民居村落中最具典型意义的代表。过去，我只知道黄山美，想不到黄山脚下的民居村落也这么美。青山绿水，白墙黑瓦，参差辉映，风韵别致。先民们因地制宜，依山傍水而聚，村落布局构筑精巧，空间层次富有韵律，一幢幢典型的徽派建筑，街坊巷弄古朴幽雅宁静。村间路旁，古树茂盛，野莺飞舞，谷溪淌流不息。远远望去，湖光山色与层楼叠院融于一体，自然景观与人文景观集于一身，好一个风光秀丽的去处，真是步步成景，处处入画。怪不得这里自古别称"桃花源"，民居村落称为"桃花源里人家"。被现今人誉为"中国画里的乡村"。游客们观黄山景色，赏西递风情，品宏村风韵，走出了一道亮丽的皖南黄金旅游线。

好山好水好人家，也吸引着来自海内外的贵宾好友。美轮美奂的风光走上了邮票的画面，飞进了张艺谋、陈凯歌导演的电影镜头。听说《小花》《菊豆》《画魂》《风月》《藏龙卧虎》等50多部影视影片都曾来这里拍摄，陈冲、刘晓庆、巩俐等一大批著名演员都在这块热土上留下辛勤的汗水。这块神奇风水宝地，成了创作优秀影片的洞天，成了产生国际大奖的福地。一些影视界的有识之士，甚至建议在这里筹建"中国江南明清影视城"，连世界著名建筑大师贝聿铭也频频点头，题词称赞"黟县宏村建筑文物是国家的瑰宝"。联合国官员大河直躬博士更盛赞这儿是"举世无双的小镇"，许多精美景观世界罕见，可以与意大利的威尼斯、荷兰的阿姆斯特丹媲美。

使我感触最深的，不仅是这儿的生态美、环境美、建筑美，人在图画中，我更看重的是这儿平民百姓的优秀素质：绿化意识、环保意识，以及徽文化底蕴对我的熏陶和浸润。皖南古村落在中国传统建筑中独树一帜。从西递、宏村等古村落的整个形成历史过程可以看到，我们的祖先早在几百年前，就有村镇整体规划及保护环境重要性的观念；我国劳动人民历来是重视绿化在村落环境中的作用的。祖祖辈辈承袭着护林、植树的风习，保存至今的许多古树给村落增添了不少绿意。我听到一个动人的故事，连一些小脚老太婆都宁愿到数十里外的草山上割草当柴，也不忍动村里的一枝一丫。可见保护村落绿地环境在人们心目中的分量。

徽州山区群山环抱，环村皆山，村落大多数较封闭，而村边水口恰恰是封闭式村落向外开放地带，通常是村落的出入口处和导向地点，是山民共享的空间，环境宁静、幽雅、开敞，气息活泼、清新、隽永，富有诗情画意。杰出的建筑师善于巧妙地利用地形变化，顺应地势建造村落，利用山势的坡度造成水系的落差，使水始终处于流动、飞溅状态，春夏秋冬叮咚的泉水流经千家，处处通畅。听说几百年都未发生过大火灾，教人们趣称为"中国古代的自来水"。

皖南古民居村落，是以徽商资本为经济基础，宗族观念为社会基础及徽文化底蕴造就的具有典型地方色彩的村落。自古徽州人以商贸为业，到明清年代是徽商发展史上的黄金时期，各村中都有不少徽商世家，商界明星。由于徽商崛起，鼎足了徽乡村落发展的经济杠杆。男儿十五六岁就出外学做生意，下扬州，赴浙杭，到申浦，走的一条亦儒亦商，亦官亦商，官商结合，艰苦创业的途径。在"盐典茶木"四大行业中，从事盐业者为多。盐商多以宗亲为纽带，结成商帮，最盛时达到"无徽不成镇"的盛况，行商道上哪儿有徽商，哪儿就形成市肆，有徽州会馆、徽菜馆和商店，生意兴隆。徽商发迹积累了大量资产，多荣归故里，购置田产，大兴土木，广建华宅园林，兴修水利，修桥铺路、捐助公益事业，显示光宗耀祖、和睦邻里的目的。许多徽商纵横江湖几十年，名噪长江中下游，特别是那些豪商巨贾的发迹史不知包含着多少理财经商秘诀。学习老徽商的优秀从商经验，取其精华，去其糟粕，对于驰骋现今的市场经济，看来也是颇有启迪的。

皖南地区钟灵毓秀，人文郁起，自古是礼仪之邦，素有"东南邹鲁"、"程朱理学之乡"的雅称。传说西递朱氏祠堂墙上的一个"孝"字大匾就出自宋代朱熹大师之手。这里的宗谱上还记载有"父子尚书，兄弟丞相，同胞翰林"的荣耀。到明清和民国初，孔孟之道一脉相承，宗法伦理观念和血缘香火观念无孔不入地影响着民居建筑的格局和人们的日常生活规范。高墙围垣自成一体。进入大院就有一种以家族为单位的印象。每个家族单位各自又自成一统，具有家庭的独立性。在一进一进的合院建筑中，可以看出封建礼制十分严格的"尊卑位序"观念。堂、庭、院、廊是共同的活动空间，厢房内宅是个体活动范围。主人的厢房不是随便什么人都可进的；厢房是佣人轿夫住的；小姐的阁楼男人不能进；厅堂上长辈议事下辈不能随便闯入；书房读书写字之地不能高声喧闹。显示出强烈的有合有分、多元一统的内外秩序。这是当时社会意识的反映，有些做法现在当然在摒弃之列。

听说游客中盛传着一句话："要看明清两朝500年的皇帝生活到北京；要看明清两代500年的民间生活来徽州"。此话一点不假。自古就有"王有金銮殿，民有大厅堂"的说法。堂，"正当向阳之屋"。厅堂是以血缘为纽带的家族和家庭面对天地的空间，是举行家庭婚丧礼庆大典之场所，是迎送贵宾的地方，是家庭礼教之所在。所以厅堂的建筑装饰、平面配置十分庄重和至关重要。如西递、宏村徽商之家，厅堂建构装修就

490

很讲究，具有典型代表意义。光厅堂匾额之名目就很耀眼，够人欣赏品味一阵。如履福堂、承志堂、三立堂、乐贤堂、树人堂、松鹤堂、慎余堂、根心堂、敦厚堂、务本堂等等，不胜枚举，每个厅堂名目的来历，都有一番道理，含意深刻。

游客置身其中，仿佛进入了17世纪的徽商人家。令我目不暇接，流连忘返的是那挂满厅堂楼阁祠院正中和两侧的画轴、雕饰、书法、楹联。徽州的砖、木、石三雕艺术，堪称一绝，与木柱梁结构巧妙地综合运用，形成一种技艺独特、气韵生动、自成一体的建筑雕刻艺术风格，使整个民居村落锦上添花。

中堂画轴和三雕艺术图案题材丰富，多以吉祥福禄寿禧的图像为主。一幅幅江南民俗风情图进入眼帘，细细品味，妙趣无穷。表现人物的尤为细腻。上自帝王将相，下至平民百姓，讲究的是国泰民安、欢乐祥和。我见到的就有百官会宴、郭子仪上寿、百子闹元宵、渔樵耕读、书生抚琴、牧童骑牛、兰亭戏鹅、八仙过海、桃园三结义、岳母刺字、西施浣纱、黛玉葬花、孔融让梨以及西厢记、梁祝故事、唐诗宋词写意图等等。形象逼真，构图饱满。以植物花卉果木为图案的也不少。石榴、丹桂、葡萄组合表示子孙繁茂，牡丹喻富贵；荷花表示"出污泥而不染"，莲子喻示"连生贵子"；葫芦串串比喻子孙绵绵；梅兰竹菊表示四君子；水仙象征神仙，桃花喻男才女貌。黄山松喻经得起风霜；合欢象征爱情；月季表示兴旺发达；松柏暗喻尊老为贵，健康长寿；万年青表示四季常青，青春永驻等等，寓意含蓄，深刻。以动物为题材的飞禽走兽也品种繁多，举不胜举。狮子、骏马极为普遍，表示飞黄腾达；"鹿"与"禄"谐音，"蝙蝠"代"福"，还有龙凤呈祥、麒麟送子、喜鹊登梅、十二生肖等用得很多。

厅堂两旁及侧柱上的楹联，更是内涵丰富，惹人注目。有墨底金字的，也有红底黑字、绿底黄字、紫底蓝字，嵌成凹凸形，富有立体感。书体多端庄，浑厚有力，处处给人以启迪，心灵上引起难以言状、心潮起伏的共鸣，感受到数世纪前的文化脉动。

徽商是村落发展的直接原动力，反映徽商行商、治家的格言和楹联俯拾皆是。有副对联云："道德五千言乘牛出幽谷，腰缠十万贯骑鹤下扬州",是清康熙到清道光年间,徽商走向兴盛向外发展的真实写照,还有两副对联:"几百年人家无非积善,第一等好事只是读书";"读书好营商好效好便好,创业难守成难知难不难",大体上反映了当时的社会思潮和徽商人家的追求和座右铭。徽人多书香门第,历来重视教育事业,村中塾学兴旺:"百业须精,儿孙当教","万石家风惟孝悌,百年世业在诗书"。徽人生活方式讲究勤俭持家,细水长流,叶落归根,儿孙不管走到哪里心中都有故乡这个"根"。"欲高门第须为善,要好儿孙必读书"。"继先祖一脉真传克勤克俭,教子孙两行正路惟读惟耕"。"一粥一饭,当思来之不易;半丝半缕,恒念物力维艰"。关于修身养性的有:"淡泊明志,清白传家","淡饭粗茶有真味,明窗净几是安居","静坐常思己过,闲谈莫论他非","忍片时风平浪静,退一步海阔天空"。

在西递村盛传着国家主席江泽民、国务院总理朱镕基来此游览观光的事,说在一户徽商家的厅堂里,看到这样一副治家楹联:"快乐每从辛苦得,便宜多自吃亏来。"反复吟诵了好几遍,连连称赞"写得好","有道理",传为佳话。真是"世事洞明皆学问,人情练达即文章"。徽商讲究职业信誉,崇尚以诚待人,一言九鼎,毫不含糊,发迹致富之道,即使在今天我国"入世"之后,也值得借鉴。听说琼瑶夫妇来此游览时,也对厅堂里的雕饰、楹联、梁枋和阁楼饶有兴趣,风趣地说:"看来古今相同,人们都想有个好的谋生手段,都希望事业发达,万事如意。"

"青山绿水本无价,黑瓦白墙别有情。"依依不舍地离开黟县,脑海里还不时闪现出"桃花源里人家"的镜头,这里的一砖一瓦不知在诉说着多少往日徽商的辉煌。让我们不但窥视到当年徽商巨贾铺排的遗风,看到皖南卓越的建筑艺术,更看到徽商资本的作用,这一楼一栋凝聚了多少无名劳动工匠的心血汗水,一幢幢厅堂祠院是大徽州劳动人民的一座丰碑,也是徽商民居的一个缩影。时光虽然流逝,但在建筑上仍然可以找到的传统徽文化的精髓,它将激励我们子孙去创造更美好的明天。

再见吧!西递,宏村!

(原载《东方文化馆》第 56 期,2001 年 11 月)

我为民间文化鼓与呼

2002年3月，春风拂面，一项有关保护和抢救民间文化遗产的提案，在全国政协九届五次会上引起委员们的极大关注和社会的强烈反响。之前，中国民间文艺家协会在元宵佳节召开了两天的"中国民间文化遗产抢救工程研讨会"，一份"抢救民间文化遗产呼吁书"在神州大地传开，著名学者季羡林、于光远、启功、贾芝以及冯骥才、刘魁立、乌丙安、刘锡诚、白庚胜、段宝林、刘守华、张振犁、陶立璠、柯杨、郝苏民、宋兆麟等近百名专家、教授挥毫签名，为民间文化鼓与呼！

中国民间文艺家协会主席冯骥才在政协提案和"文化遗产抢救工程研讨会"上，精辟地阐述了中国民间文化的历史价值、文化精神和时代意义，历数他所耳闻目睹的中国民间文化消亡、受损、风雨飘摇的现状，细说了抢救工程的设想。他说，人们长期从雅文化的立场轻视民间文化，传统民间文化遗产面临灭绝。可以毫不夸张地说，现在，每一天都会有一个民间艺人去世，这意味着一项项民间工艺正在急剧消失。其实，民间文化中蕴藏着巨大的资源能量，并且全球都在达成这样一个共识：在经济全球化、一体化的同时，各国将更强调文化的本土化。如，法国专门设立了文化遗产日，日本也有类似的举措。世界在倾斜，我们只有从民间文化中才能找到情感的归宿。他认为，中国民俗文化的高潮"过大年"，就充分显示出民间文化的亲和力和凝聚力。今年春节盛行的"唐装"和"中国结"，也是向民间文化回归的重要象征。去年一年，中国大事喜事太多，进入世界的脚步加快，人们自然要抓住一些属于本民族的文化符号来展示自身，寄托来自文化的自豪感。穿上"唐装"，挂上"中国结"，正表明中国作为文化大国对文化的敏感。从这个意义说，民间文化立了大功。他强调，中国民间文化遗产抢救工程的实施，就是要对民间文化进行地毯式的抢救，一网打尽。计划用10年时间实施，工程内容包括：抢救性普查、搜集整理、编纂出版。即，用5年时间搜集整理出版120卷本《中国民间美术集成》；用10年时间普查民俗文化，编纂出版计2000余卷本《中国民俗志》丛书（以县为单位）；建立"中国民俗资料数据库"和"中国民俗网站"；出版《中国民间文学大系》100卷；《中国民俗图录》200卷；《中国民间文艺荟萃》200卷；《中国民俗分布地图集》100卷；编定中国民间文化遗产名录；命名一批民间文艺之乡；拍摄365集大型电视专题片《中国民俗》；搜集、收藏一大批中国民间美术标志性作品和民俗文化代表性物品。

与会专家对实施这一工程的紧迫性和必要性展开了热烈的讨论。大家认为，这一工程之大，涉及面之广，时间跨度之长，成果之厚重堪与《永乐大典》《四库全书》等工程相媲美。此一工程必须在党和政府的支持领导下，各方面、各部门有力配合方能完成。希望尽快做好各项准备工作，创造条件，积极争取国家早日立项。

民进中央副主席楚庄应邀作重要讲话。他说，我受民进中央的派遣来参加这个会的，民间文化遗产的抢救是一个十分重要、十分紧迫的事业。民进中央近几年一直把中华民族的大文化建设作为我们这个政党的一个责任，一个历史的政治的责任。在前不久全国政协教科文卫委员会上，我们建议也把民族、民间文化现状以及保护发展的问题，作为政协教科文卫今年的一个议题，由政协教科文卫委员会、民委和民进一起来搞这个事情。他说，假如我们的青年或者是下一代，只知道麦当劳、肯德基、可口可乐、泰坦尼克，对我们自己一些很可贵的、我们民族几千年来形成的文化淡忘了、厌弃了，我们认为是一个危机。但是我们有这么一批专家，有这么一批有心人，有志者，对这十分重要的问题正在做工作。我们中国民主促进会愿意跟民协通力合作，来努力做这个事情。

专家们痛心疾首地列举了近年各地古城遭到破坏的典型个案，如天津最老的商业街估衣街拯救未果，倾毁于开发商的推土机下，定海古城覆没，北京四合院逝去，襄樊古城墙一夜夷为平地，许多民族民间文化

494

传统湮灭，不少民间工艺品"人亡艺绝"……有的专家指出，在联合国教科文组织公布的712处世界文化遗产名录中，中国只占28个遗产地，这个数字与古老文明的中国是不相称的。人类的遗产不仅有物质文化遗产（有形遗产），同时，还有更多的活态的非物质文化遗产（无形遗产）。在首批公布的19项世界非物质文化代表作名录中，中国的昆曲为其中之一，中国的剪纸正在呈报等候公布。今后要加强呈报工作的主动性。

传统是一条流动着的河，民间文化就是这条大河依托的古老河床。对民间活态文化的抢救、保护、传承、发展，是我们民族处在大的社会转型期所面临的重要而急迫的问题。传承、保护民间无形文化遗产也是实现文化大国、旅游大国的重要基础。

（原载《东方文化馆》第58期，2001年4月）

论灯谜、甲骨文及保护文化遗产

我国是世界文明古国之一。殷墟文化在我国和世界文明史中占有重要地位。殷墟申报世界文化遗产成功，众望所归，当之无愧，意义重大。一个世纪以来，随着殷墟甲骨文的发现，我国甲骨学的研究取得了很大的进步。科学无国界，如今的甲骨学不仅成为国内的一门显学，而且也成为一门国际性的学问。

据有关媒体报道，自 1899 年殷墟甲骨文发现至今，已出土 15 万片，有关研究论著达三千多种，这些著作也和甲骨文本身一样，成为中华民族乃至全人类的共同财富。我国不少甲骨文片流到国外，已成为日本、加拿大、英国、美国、前苏联、法国、瑞典、瑞士、德国、新加坡、比利时、韩国等国家和我国香港地区博物馆和研究机构的收藏珍品。

灯谜与甲骨文有着天然的联系和特殊的感情，我和许多灯谜界的朋友一样，对殷墟申报世界文化遗产成功感到莫大的欢欣鼓舞，在这隆重盛大的庆祝活动中，我心潮澎湃，思绪万千，仅就灯谜与甲骨文的血脉关系谈点粗浅认识，抛砖引玉，就教于诸位方家。

一、同文—— 一脉相承

灯谜，以文字为基础，以号称"中国第五大发明"的汉文字为载体。

汉字的起源很早。甲骨文堪称汉字的鼻祖。东汉许慎在《说文解字·叙》中说到，远古伏羲氏做八卦以示"宪象"（体现自然法则的图像），神农氏以"结绳"来记事，黄帝史官仓颉创造"书契"。这其中，八卦是由计数符号构成的。结绳也属一种计数法，书契则指刻写在陶胚或甲骨上的文字。从"八卦"、"结绳"到"书契"，反映了原始文字起源和脉络。这是个漫长的历史发展演变过程。在汉字起源的诸说中，以仓颉造字影响最大。最早见于战国时期的《吕氏春秋》："奚仲作车，仓颉作书，后稷作稼，皋陶作刑，昆吾作陶，夏鲧作城，此六人者，所作当矣。"《吕氏春秋·君守》所举六人中，唯独仓颉造字之事不见战国晚期古籍，汉代人认为仓颉是皇帝的史官未必确凿。但文字形成的过程中，特别是在最后阶段个别人起过重要作用的情况是可能的。就像东汉造纸，最终将发明堆积在蔡伦身上一样。尚钺《中国史纲要》明确指出，到了殷商，才开始有了文字——青铜器铭文和甲骨文。范文澜的《中国通史》也是此看法。郭沫若《奴隶的时代》指出西安半坡遗址中彩陶的刻契符号，虽其意义尚未明确，"无疑是具有文字性质的符号"，可以肯定地说是"中国文字的起源，或者中国原始文字的孑遗"。据史学界公认，殷墟甲骨文是迄今我国发现的最早的文字体系。现今通用的汉字，是甲骨文以来历经几千年变迁，一脉相承地发展演变来的。造字的法则，所谓"六书"：象形、指事、形声、会意、转注、假借等法，在甲骨文里大都具备；甲骨文的象形字特别多，根据一字形状特点给之作个符号，如"日"字画个圆圈，中间着一点，"月"字画一个新月状，"羊"字突出它的双角，"豕"字突出短体形象等等，不胜枚举。汉字的特点在甲骨文里也已经形成，每一个字都有形、音、义三面，有一个独特的形体，有它的读音，还有它独特的意义。甲骨文产生的同时，字谜的胚芽就孕育在内。每一个甲骨文字的产生、发掘、破译、认定都是一个制谜、解谜、猜谜的过程。殷墟发现的甲骨文为研究中华文化提供了极其丰富的资料，许多学科都是从甲骨文及其记载探源的，中华谜学、谜史，也应从殷商文化中去探源、掘宝。这方面上世纪末已有谜人作出过可喜的尝试。

二、同宗——同属一个民俗大家庭

甲骨文和灯谜的产生与发展，都与民俗文化有着千丝万缕的联系。

甲骨文从其诞生开始，就与占卜密不可分。商王凡要行事，都要先祭神占卜来做出决定。怎么占卜？是先把一些龟甲和牛骨整治一下，刮薄弄平，再钻个洞然后用火烧炼，甲与骨经火一烧使出现裂纹，这叫卜兆，商王根据这些裂纹、卜兆来判断吉凶，以便决定某事可否去作。商王管占卜的官，就把这些卜兆，所谓占卜的结果刻在甲骨上，它很不易损坏，经过三千余年还能保护下来。史官官虽不大，权力不小，他能带鬼说话。甲骨文有一定的格式规律，多是这样子：某某日卜，某史官问，要问某事，是吉？是不吉？某月。甲骨文的内容大概有三个方面：一是记载祭祖的事；二是为了征伐的事；三是皇帝出巡的事。其他，还有商王的事甚多，几乎涉及社会生话、民俗事项的方方面面。可以考察到有关这个地域和族群的地理、历史、征战、习俗等各方面的知识。从古殷商人的遗骨、面相、精明、勤劳、敢为，也可窥见今河南人的精气神。

灯谜是从民间谜语脱胎而出的。朱光潜先生说："中国的谜语可以说和文字同样久远。"灯谜肇始于黄帝时代的《弹歌》，后迭经先秦隐语、廋词、汉魏射覆谶言、六朝离合，以及隋唐谜语之推演嬗变，至两宋时"谜"与"灯"结合，始确定其名称。在甲骨文时，没见"谜"字。"谜"、"谜语"、"灯谜"诸词以及制谜、猜谜的法门均是逐渐形成的。到刘勰的《文心雕龙·谐隐篇》才给谜下了很好的定义。如今灯谜成为民俗文化重要组成部分。灯谜历时千百年，经久不衰，深受广大群众喜爱。猜制灯谜能加深对汉字的理解，提高使用文字的能力，并在一定程度上锻炼思维。培养和提高记忆、分析、观察、判断、推理、想象等能力。中州大地是甲骨文的故乡，也是灯谜的诞生地，它们之间有着血脉关系和天然的联系。甲骨文是我国迄今发现的最早的文字体系，随着甲骨学的全面发展，从甲骨文探讨谜史、谜源、字根、字素以及甲骨文与六书及字谜的关系，猜谜于占卜的关系、谜事与民俗的关系等等的条件也已日趋成熟。我们相信，在谜界朋友的共同努力下，我们的队伍中也将涌现出一批甲骨学学者，产生出高水平的论著。

三、共荣——为抢救、保护文化遗产

甲骨文是祖先留给我们的一份极其宝贵的文化遗产。由于殷王朝的覆灭，当地已成废墟，许多甲骨文的载体龟甲与牛骨埋在地下鲜为人知。一个世纪以来，自 1899 年起，多亏一些精英人士的购藏、搜求，研究，取得了辉煌的成就。像王懿崇、刘鹗、罗振玉、王国维、郭沫若、董作宾、胡厚实等一批著名学者所经历的道路和对甲骨文研究做出的贡献，给后学者很大启示，值得我们认真继承并加以借鉴。他们的历绩功不可没，在中华文明史上要大书一笔。

最近，我国政府在公布"第一批国家级非物质文化遗产名录通知"中郑重指出"我国是历史悠久的文明古国，拥有丰富多彩的文化遗产。非物质文化遗产是文化遗产重要组成部分，是我国历史的见证，和中华文化的重要载体，蕴含着中华民族特有的精神价值、思维方式、想象力和文化意识，体现着中华民族特有的生命力和创造力。保护和利用好非物质文化遗产，对于继承和发扬民族优秀文化传统、增进民族团结和维护国家的统一、增强民族自信心和凝聚力，促进社会主义精神文明建设具有重要而深远的意义。"中央的精神对我们的工作是极大的鼓舞和促进。河南安阳殷墟是"世界级"的文化遗产，对我国文明建设和人类的贡献无法估量。我们一定要按照《国务院关于加强文化遗产保护的通知》的精神和联合国教科文组织有关保护文化遗产的要求，认真贯彻"保护为主、抢救第一、合理利用、传承发展"的工作方针，切实做好文化遗产的保护、管理和合理利用工作。全面贯彻和落实科学发展观、加大文化遗产保护力度、构建科学有效的文化遗产保护体系，以这次庆祝会为契机，向全社会展示殷墟甲骨文宝库的丰富内涵和成果，打造和合理利用甲骨文品牌。正当我们热烈庆贺殷墟申遗成功的时刻，媒体传来了特大喜讯：北京奥组委发布的 2008 奥运会体育图标"篆书之美"创意灵感就来自一幅西周时期的散氏盘拓片，35 项图标融合了中国古代甲骨文、金文篆文字的象形意趣和现代图形的简化特色。专家认为"篆"有圆转之意，圆润流畅，秀美典雅，符合体育图标易识别、易记忆、易使用的要求。篆字体有体育图标形象与中国印的奥运图徽不谋而合，形象统一，并能展现汉字文化。这条信息多么及时，给我们谜人的启迪太多了。广大灯谜界的朋友，必须提高文化遗产保护意识，积极投入到抢救和保护文化遗产的宏伟工程中来，扩大视野，博采众说，结合自身的工作为抢救和保护文化遗产工程做出最大的贡献。

　　时空隧道将三千年前的殷商文化与 21 世纪的文明拉动、互动在一起，使我们有了一个和谐共进、繁荣发展的平台，就让我们施展才智，发挥猜谜能手辨别破解一切石崖、陶瓷、青铜器、玉器和甲骨文字图形符号的本领吧！

（原载《东方文化》总第 79 期，2006 年第 3 期）

谒涿鹿"中华三祖堂"三题

春节是祭祖拜神的日子。今年春节，我有幸又来到涿鹿[1]拜谒新建的"中华三祖堂"，走访黄帝城、黄帝泉、炎帝营、蚩尤寨、蚩尤泉等遗址，并远眺了桥山黄帝陵和黄帝"合符釜山"的地理地貌，所见所闻，获益良多，增长了认知，领悟到真谛，似有胜读十年书之感，我认定：

一、黄帝应归为信史

首先，根据史籍：司马迁在《史记》开宗第一卷《五帝本纪》中就点名轩辕黄帝一生中在涿鹿之野发生有两件大事：一是经阪泉大战，打败炎帝，建立炎黄联盟；二是经涿鹿之战，擒杀蚩尤。而后合符"釜山"而"诸侯咸尊轩辕为天子"。司马迁在写作时，曾亲自到五帝活动过的地方进行实地调查采访，并与汉代时尚存的古文献记载相互印证，然后，"译其言尤雅者"写成，其写作的态度是严肃认真的，记述基本上是可靠的。

由此，我们认为黄帝在上古是真实存在的。是距今约有 5000 年前主要居处于今河北省北部（包括北京市）地区的黄帝族的领袖，并且经过阪泉之战与涿鹿大战成为当时黄河中下游地区部落联盟的盟主，他推动中国古代社会历史发展进入文明初曙时代，为后世华夏文明与中华民族的形成奠定了基础。因此，黄帝受到了中华民族历代子孙极大尊敬和崇拜，被尊为中华民族的人文始祖。

第二，根据考古：随着时代的推移，考古资料的众多发现和科学实

---

1. 1959 年我曾随中国文联干部下放涿鹿县桑干河边劳动锻炼，并兼职任锰矿副矿长。

证，中华起源的点与面的关系日见清晰。那些被传统疑古派扫荡否定的历史神话传说，有许许多多原本该是信史的。地下考古发现表明，有关早自西周文献已经有了黄帝、炎帝、蚩尤史迹的记载，在涿鹿表现尤为突出，应为信史，并非子虚乌有，不应轻易怀疑，中华民族已有 5000 年的文明发展史，是难以否定，其中涿鹿地区更相应显示了中国古史中的显赫地位。

第三，根据神话传说与口碑：多年来东西方历史学与考古学的发现与研究。中国古代与世界各国一样，都经历了传说时代，西方称之为英雄时代。上古涿鹿的两次战争，带有原始性，并夹杂着许多神话色彩，但滤掉其中荒诞成分，毕竟提供了当时的战争素材，可以看出这类早期战争是民族生成和融合的催化剂，有推动文明进程的积极作用，这部分最古的神话传说资料是中华民族历史文化的一份丰富多彩的宝贵遗产，是研究上古史的主要资料依据，在探讨黄帝时期的人和事当然不能对神话传说全部照搬，必须剔除神话的成分才能看得出较为可信的资料。但如果将其有上古史料的资料不加分析地一律否定，也不是科学的态度。

二、要为蚩尤彻底平反

提起蚩尤，许多人都为之鸣不平。涿鹿县旅游局老局长赵育大就是最积极的一员，他是中国民间文艺家协会资深会员、中国先秦史学会会员，涿鹿中华炎黄蚩三祖文化研究会副会长，谈起涿鹿县的典故、神话传说、风俗民情如数家珍。他说，近年来，来涿鹿祭祖朝圣的西南苗族、九黎后代、台湾同胞、海外华人华裔，日益增多，一位海外学者直截了当地说：我也是三祖的后代，我就是来朝拜祖先的。蚩尤长期被埋没是"中华民族的第一大冤假错案"。此话真是一针见血，过去由于"成者王败者寇"的正统观念作怪，历史上的大部分典籍，只记述蚩尤在涿鹿败死，而不去记述蚩尤的功绩和对文明初创的贡献，有的教材，一直把蚩尤看做"暴虐"、"作乱"的恶魔，"兄弟八十一人，人人兽身人语，铜头铁额，食砂石子，诛杀无道，不仁不慈"。这显然是对蚩尤的丑化和对历史的歪曲，必须还历史以公正，给蚩尤以正名，彻底推翻加在蚩尤头上的不实之词。当作文明始祖来敬崇，使中华文明史更加完美灿烂。

关于蚩尤，我想起了著名神话学家袁珂先生的一段话，他在《防风氏资料汇编》一书序中说：

防风是一个悲剧性的神话英雄，他的失败遭杀，折射出了上古民族斗争中一个民族受压于另一个民族的悲壮的史影。犹之黄帝杀蚩尤，掷其械于大荒之中，化为宋山枫木之林（见《山海经·大荒南经》）。禹诛防风，"越俗祭防风神，奏防风古乐，截竹长三尺，吹之如嗥，三人被发而舞"：俱透露出后人对古代失败英雄的哀思。然而时移事迁，这些都已成为历史的陈迹。如今斗争的双方，经数千年的大浪淘沙，早已恩怨俱泯，融合在民族和睦的大家庭里，甚至连民族的界限也看不见了。而我们今天还要去研究它，还要旧事重提者，是要还历史的本来面目，恢复失败英雄身上应有的灿烂光华。司马迁著《史记》，为项羽立传，还称"本记"，将他写得叱咤呜咽，生龙活虎，彪炳千秋，就深谙了不以成败论英雄之义的。

老局长赵育大曾组织采风队到下面采集到大量的口碑传说，整理成《轩辕皇帝故乡传说》公开出版，并获得全国性奖项"长城奖"。他说，在三大部族的领袖中，过去炎黄宣传较多，其实蚩尤也功不可没，被民间尊为"战神"，英勇善战，比较强悍，黄帝联合各个部落才派应龙擒杀了他，并借助蚩尤的形象和影响把蚩尤部收编起来，后人称被打败收编的蚩尤部落为"黎民"或"九黎"。

他滔滔不绝地说：我县根据炎帝、黄帝、蚩尤在涿鹿的史实和对史志及古遗址遗迹的考究，第一次提出了炎黄蚩三祖文化的观点，得到了中华炎黄文化研究会、中国先秦史学会、台湾中华伦理教育学会以及海内外一批高层专家的认同，并先后召开了两届全国炎黄蚩三祖文化学术研讨会，在海内外引起了强烈反响和高度关注。来涿鹿"中华三祖堂"虔诚朝圣的络绎不绝。

原涿鹿县委副书记、涿鹿中华炎黄蚩三祖文化研究会会长任昌华先生说，我们提出"三祖文化"的含义有三：其一，中华民族的文明始祖有三个，而不只是两个，这就是炎帝、黄帝、蚩尤。三个人正是我国社会由野蛮向文明、由游牧向农耕、由母权制向父权制转变的历史关头的杰出代表（英雄），所以他们才有资格被推崇为文明始祖。其二，中华民族的文明初创是炎、黄、蚩三祖及其所代表的部落或部落联盟共创的。至于当时散居于各地众多小部落或民族，都没有成为那个时代的主体，不能相提并论。其三，炎、黄、蚩三祖的业绩，遍布全国大部分地域，其中最重大、最具决定作用的事件是在涿鹿完成的。

司马迁赞扬的黄帝大统一的思想，从那时起代代相传，影响很大，促进了多元一体的中华民族的形成和发展。大统一多元一体的思想已经深入人心，成为中华民族凝聚力的源泉。

三、合符文化是和谐文化的先声

《史记·本记》中有黄帝"合符釜山而邑于涿鹿之阿"的记载。位于涿鹿西南的釜山，远像一口倒扣的深锅，釜山至今仍留存着古合符坛，坛上有合符石，经历几千年的风吹雨淋，石面上的图文已风化模糊，但仍可辨认。坛上有丹墀地，为黄帝祭天的场地。合符坛顶有镇石，位于东西南北四个正方位。在合符坛的遗址里，仍留有大量文物，但所属朝代不等。这些古遗址和文物，不仅是涿鹿的财富和人文资源，更是全国人民和整个中华民族的共同财富和宝贵资源。

据专家实地考证釜山地望在今涿鹿一带，似不成问题。"合符"在我国一向传之久远并屡见于典籍和有出土实物（如侯马盟书）为证的"合盟"信物制度。彼此相合而结盟，以"合符"为信誓之物。《荀子·君道》："合符节别契卷者，可以为信也。"把盟誓之词刻在圭上以为结盟之约，古代"琏以为信"即此制。

黄帝时代有否"合符"之制，因不见于典籍更无考古实物出土，故未敢妄断。但据《墨子·非攻》所记，禹伐三苗之战中有："亲把天之瑞命，以征有苗……有神人面鸟身，奉珪以待"的话，可知禹时已有以珪表明身份并用以统率部族信物。"珪"亦即"合符"，禹之时去黄帝未远，故黄帝之"合符釜山"大会各部落联盟首领，居"盟主"地位，当非无根虚构之词。《史记》"索隐"也就此解释说："合诸侯符契圭瑞，而朝之于釜山，犹禹会诸侯于涂山然也。"虽然使用的是后世语言文字，却是与

"诸侯咸来宾从""咸尊轩辕天子"相合的。此后，黄帝以"盟主"之尊"邑于涿鹿之阿"，变涿鹿为其对外开拓发展的根据地，结束了黄帝部落"迁徙往为无常处"的游牧或半游牧的历史，进入了"时播百谷草木，淳化鸟兽虫蛾"的定居农耕、驯养家畜的时代。此后黄帝族南下中原，与当地先民插花杂居，进一步融合终至于创造出了古代的华夏文明。

"合符"即融合、统一、联盟之意，黄帝在釜山建立诸多氏族部落的大融合，即为釜山合符。它是中华民族产生、发展、壮大、统一的基础，合符文化即是融合文化、和合文化、和谐文化、团结文化、统一文化、它体现着凝聚的力量，是民族大团结、大统一的象征。

"合符文化"是以黄帝、炎帝、蚩尤为代表的中华先民经过长期探索、碰撞、磨合，深化共同创造的一条中华社会发展进步的思想理念，是中华民族历经磨难而永不衰落，历经艰难而永不败退，历经兴衰而永不泯灭的最基本、最坚实的思想文化支撑点。"合符文化"即今日倡导的"和谐文化"的先声。

今年是北京奥运年，中央批准在京西的风水宝地建立"中华合符坛"。具有重要的意义。中华三祖炎黄蚩五千年前在此展开了历史上的一场惊天地、泣鬼神的大战——涿鹿大战，此次大战后举行的"合符釜山"之盛会，开创了中华民族的文明历史的最新篇章，奠定了中华民族文明发展史在地球史中灿烂辉煌的不朽基业，此乃为天意也。

中华合符坛建立在涿鹿山下轩辕湖边，黄帝城、炎帝营、蚩尤营、蚩尤寨正好围绕并成鼎立之势。中华合符坛在这风水宝地之中设立，使全球的炎黄蚩子孙在寻根问源和祭祖拜宗、灵魂归宿等方面有了一个心灵及思想归宿的殿堂。中华合符坛借自天地的灵力，会带领全球的中华子孙创造出更加辉煌的明天。

中央和北京决定在涿鹿构建的中华合符坛，作为北京奥运圣火的传递点，以此来弘扬中华合符文化，振兴中华民族精神，促进祖国统一，复兴中华大业，是对中华始祖留给中华儿女精神财富和文化理念的最好传承。

（原载《东方文化》总第85期，2008年第1期）

吴歌翰林朱海容

在中国歌谣学会会员中，人才济济，硕果累累，其中，兼歌手、搜集、整理、编辑、研究于一身的全才，特别难得。

我首先想到的是已故的中国歌谣学会发起人，《刘三姐》歌剧作者之一的壮乡诗人黄勇刹，我们非常怀念他。接着往下数，数到江南水乡、太湖之滨，就得推我们中国歌谣学会的理事朱海容了。正当庆贺中国歌谣学会成立10周年之际，欣闻江苏省民间文艺家协会、无锡市民间文艺家协会、无锡县老干部局和无锡县文联四个单位联合，专门为朱海容召开了作品研讨会，我感到特别的欣慰和感谢。由于离休后信息不灵，得通知太晚，未及赴会，深感遗憾。但我的心早飞到无锡歌乡，分享着大家的收获和喜悦，我也要向我尊敬的老朋友朱海容鞠躬祝贺。

俗话说："行行出状元"。状元中最有知识的人都召进翰林院为国编纂重要文献。朱海容啊，你采风掘宝几十年，你就是今天我们歌苑里的"状元"，吴歌之乡的"翰林"，是我国发掘和保存民间文化国宝的大功臣。

朱海容的成功，除了他的天才、天赋外，给我们启迪最深的是什么呢？我认为有以下四点。

一、坚持田野作业，拥有雄厚资料，是搞好
研究的前提，关键和基础

朱海容从童年时代起就受到民间歌谣的熏陶，能够心记口诵不少佳

作；开始做农村基层工作时，就尝到运用歌谣做好宣传工作的甜头；调到文化单位工作后，亲身投入到民间文学大普查的热潮中，搜集民间文学就更自觉了。他挚爱吴歌，对吴歌执著追求之乡情、亲情、恋情超乎一般人之上。几十年来，他的足迹几乎走遍了无锡歌乡的每个角落，对吴歌的传承分布情况了如指掌。工作中认真贯彻民间文学的方针"全面搜集，重点整理，大力推广，加强研究"，坚持"忠实记录，慎重整理"的原则，为了保持民间作品的完整面貌和特色，而且做到了"反复搜集"、"反复整理"，因此，他采风掘宝的成果也在一般人之上，可以说是名列前茅。

他所搜集的短歌不下数千首，有的佳作脍炙人口，令我陶醉，在研究和讲学中经常引用。如"麻绳铁链把我捆，问我断情不断情，我说路断桥断河水断，断手断脚不断情"。在各地情歌大展赛中，能不摘榜首吗？

他搜集整理的长篇叙事吴歌有十多部。无锡地区流传的"四庭柱一正梁"五部长歌，"四庭柱"是《金不换》《陈瓦片》《六郎娶小姨》《田家乐》，"一正梁"是《沈七哥》。他搜集整理已发表的有四部，其中《沈七哥》《金不换》《六郎娶小姨》和长歌《小青青》，均经我手发表在《民间文学》和《中国歌谣报》上，印象犹深，感到特别亲切。上海文艺出版社出版的《江南十大民间叙事诗》中，他搜集整理的占了三部。

吴语地区发现长歌，无锡发现《沈七哥》等是了不起的大事，多次打破汉族无长歌的局面，意义重大，中央和地方的许多报刊为之发了专访和报导。然而，搜集者的甘苦，克服的重重困难，是一言难尽的。仅从积累资料来说，《沈七哥》就有记录资料15份，录音磁带5盒，先后整理过短、中、长三种类型，最后又在对照比较各种手抄本、口唱本的基础上整理出一个本子。有的长歌仅一个歌手能唱了，再不抢救又有失传的危险。如《陈瓦片》前后花了八年时间才把资料搜集得较完整，并经过三次慎重整理，才将这颗珍宝奉献给读者。《六郎娶小姨》，从1954年开始搜集，到1965年十年时间，共搜集到手抄本12本，散节100多页，最长的两千句左右，1964年底整理了一个初稿，就在这花快要结果的时候，被"十年狂风暴雨"全部毁掉了。三中全会后重振旗鼓，特别发现了能唱全套《薛六郎》的著名歌手薛阿福，又挖掘到好多手抄本，到 1982 年拿出的定稿本，已是第十二次的整理稿了。

有人批评我们大城市里的有些学者是"楼上"学者，指长期泡在书斋里，不下乡实地调查，搞"田野作业"，案头第一手资料空空如也，光凭第二手、第三手资料著书立说，怎能研究出好成果呢？而朱海容最可贵的就是几十年来"田野作业"坚持不懈，第一手科学资料日积月累，难以数计。朱海容克勤克俭，生活简朴，如果说他掌握的十分雄厚的第一手民间文学资料都是精神财富的话，那他也是天下最富有的人了。在吴语地区这块肥沃的民间文学处女地上，他是一个出色的拓荒者和采风能手。

二、广交歌手师傅，宏扬民间诗学

民间歌手是民歌的集大成者，是民间文化的保存者和传播者，是我们国家的"国宝"。吴歌是吴语地区一种富有浓郁乡土气息的民歌形式，是江南水乡一颗璀璨的明珠，是群众生活中不可缺少的艺术享受，是源远流长的人民的诗的源泉。和其他民歌形式一样，作为不识字诗人的口头创作，吴歌也有它自古以来形成的独特的民间诗律，吴歌诗学正在被众多的学者所认识和总结着。

长篇叙事吴歌是众多的民歌手集体创作的结晶，其中的名篇都是吴歌民间诗律的范本，而歌唱这些名篇的著名歌手则是掌握和运用这些民间诗律的楷模。朱海容得天独厚，自小遨游在吴歌的海洋，生活在歌手群中，与歌手师傅的交往亲密无间，水乳交融，在风风雨雨的几十年中，同呼吸，共命运，喜怒哀乐在一起，是歌手群信得过的朋友、伙伴、保护人和代言人。他一再向歌手师傅学习，共同总结和弘扬民间诗学。歌手群成为他丰富、鲜活的第一手资料取之不尽、用之不竭的源头。

朱海容在采风中，特别是在搜集长篇叙事吴歌中，绝不是单纯地向歌手索取，而是献上一片爱心，与歌手建立亲密友好的合作关系，共同挖掘民间文化之"宝"。他在生活上与歌手打成一片，关心他们的疾苦，问寒问暖，帮助解决困难；在思想上解除歌手的顾虑，打消多年来造成的心中不必要的"余悸"，重振歌喉。著名山歌师傅唐泉根、朱阿盘，山歌精华祖荣，都是他的好朋友，特别是他与山歌大王钱阿福的深交令人感动。搜集整理出版歌王作品，为歌王举行研讨会，为歌王收徒传歌，为歌王庆寿，编写电视剧《歌王阿福》，将歌王与吴歌搬上银屏，被群众誉称为活的吴歌大观、吴歌集成。

朱海容在"田野作业"中，不但采撷到许多佳作，而且采撷到歌手们对民间诗学的经验之谈。如谈吴歌来源的"江南文化始泰伯，吴歌似海原金匮（古无锡名）"，"山歌海会啥人传，山歌老祖沈七哥"；夸无锡歌多歌强的"舟泊梁溪莫拍曲，船过无锡莫唱歌"，"东场落歌西场起"，"唱过 场又一场"；说吴歌功能作用的"唱得稻苗笑呵呵"，"唱得那谷饱瓜果香"，"解解厌气末对山歌"；说生活中处处离不开歌的如钱阿福的自述歌"年轻心里靠山歌，手做生活嘴里歌，拜师访友学山歌，勿会写字全靠肚里扳脂油"，阿福的歌多得"三日三夜勿嘴酸，四日四夜唱不完，唱仔十日八夜勿作兴倒尿坑（勿重复），肠角里括括还有三大船"。

朱海容诚恳、热情、耐心地帮助歌手回忆、调节、补充长歌的唱段，共同切磋吴歌语言艺术，总结吴歌民间诗律，深得吴歌真谛，进入民间诗学的宝库。透过朱海容整理的长歌，看到了《诗经》《楚辞》《乐府诗集》，明清民歌以来的民间诗律的演变脉络，现实主义、浪漫主义的传统，赋、比、兴的手法，白描、拟人、比兴、夸奖、谐音、双关、隐语等多种多样的修辞技巧，一脉相承，而且有了很大的发展，如由较规整的"齐山歌"发展出长短句的"乱山歌"，进而发展有随意延伸第三句，一口气唱上无数个长短句的"急急歌"，大珠小珠落玉盘，吴侬软语，沁人心肺，相当精彩。朱海容熟悉吴语方言俗语，信手拈来，运用自如，比起一般歌手并不逊色，甚至更丰富些。他整理的长歌很见功夫，尤其在重要细节、重点句式、衬词衬句、方言俗语、双声叠韵、章句复沓的保留处理上，都十分精当，生动传神，富于情趣和韵味，找到了与长篇叙事吴歌老歌手最佳的结合点，魅力无穷。

三、掌握民俗学金钥匙，叩开民间文化、人文科学大门

歌谣，是民俗学的一个分支，是民俗学取之不尽、用之不竭的资料宝库。朱海容是一个歌谣学者也是一个土生土长的民俗学专家，从一开始搜集吴歌起，就十分注意有关的民间习俗，民间信仰等民俗事象的调查与资料积累。他发现在许多吴歌特别是长篇叙事吴歌中，"歌"与"俗"往往掺和在一起，内涵非常丰富，只有牢牢掌握民俗学这把金钥匙，熟悉和借助大量的民俗文献资料和口碑资料，才能迎刃而解采风中遇到的一个个难题，解开一个个谜，领悟其中的奥妙与底蕴。

朱海容对歌谣与民俗的研究是同步进行，步步升级的。从吴歌入手，扩大到吴俗、吴文化，进而叩开了整个人文科学的大门。在研究方法上，也是多方位，多角度的切入，"不论是白猫黑猫，只要能逮住老鼠就是好猫"。特点是大小结合，灵活运用。有时从大处着眼，如关于吴文化的概念，学者们各陈己见，十分热烈：有强调吴地出土文物的；有着重吴语、吴谣、吴歌、吴曲、吴布、吴丝、吴地小吃、风情的；有把"水文化"、"鱼文化"、"稻作文化"作为吴文化主要内容的。朱海容则主张从大文化圈的总概念、总范围来揽括与探讨，他把吴文化分为：占吴文化、先吴文化、后吴文化三个层次，认为吴文化是古老的"吴越文化"、"长江文化"的重要组成部分，是中国文化中最具有水乡特色而又兼收并蓄的一支区域文化。

朱海容也不放过一些"小"的民俗事象的探求与研究，他细致地分析了无锡地区涉及水与水稻的民间信仰，专文论述了无锡民间有关稻草和米的习俗，甚至小到一个草鞋、草帽、草衣、草垫、草屋、草枕、草炉窝、草米囤、草绳、草人、泥草人、草包和草棺等等，都要追报求底；对有关米饭的制作与饮用习俗：米饭、米粥、米团、圆、糕粽、米酒、米俗的信仰与习俗，也是刨根要问个究竟。

民俗学研究范围十分广泛，从物质到精神，从心理到口头再到行为，所有形成习俗惯制世代传承的事象，都在研究之内，经济的、社会的、信

仰的、游艺的无所不包，有机的结合起来。民俗学还与其他许多人文科学结成了近缘关系，如与考古学、人类学、社会学、民族学、宗教学、文学、美学、教育学、心理学、伦理学等等都可以说是姐妹学科。牢牢掌握民俗学这把金钥匙，叩开人文科学的大门，天地是开阔的，无穷尽的。

朱海容这位乡土民俗专家，几十年来在江南水乡这块美丽富饶的土地上默默耕耘，孜孜不倦，采撷的大批乡土资料，有不少书本上从未见过，也从未听人说过，点点滴滴，积沙成塔，经过梳理、归类、阐明，琳琅满目，构成小小的民俗库，堪称无锡"民俗小百科"辞典。确实给人启发，耳目一新。

四、土洋结合，中西交流，敢创新说

朱海容是一位自学成才的歌谣学者、民俗学者。80年代初我们相会在太湖之滨吴歌学术讨论会上，当时他还是一个业余民间文学工作者，而他对民间文学执著之爱、忘我的工作精神和工作成果却远远超过我们一般专职干部。之后，他逐渐成为民间文学的专职干部和重要骨干。我们的交往比较频繁。1987年我们相会在"长江歌会"的学术讨论会上时，他已从一般的民间文学搜集整理者成长为海内外知名的吴歌、吴文化研究专家，走过了一条土洋结合、中西合璧、敢创新说的艰辛的历程。几十年来，他一边搜集，一边探讨和研究一些问题，如饥似渴地学习中外有关民间文学、民俗学、文化人类学方面的理论，刻苦地钻研古籍文物、古书、野史，虚心地向歌谣学、民俗学界的专家们请教，不断更新知识，更新观念，跟上时代，跨入新的研究领域。跟一般理论家不同的是，他是以长期深入民间采风实感为基础而上升到理论来剖析的，材料翔实，立论新鲜，颇富乡土特色。

民间文学是一门国际性的学科，内涵和外延极其丰富，具有多种功能和很高的科学价值。它是文艺的，又是民俗的，同时又是一种文化史现象。朱海容对吴语地区的民歌、民间故事，以及吴文化进行了多角度、多方位的综合研究，努力发掘它的深层底蕴，全面认识它的固有价值。《沈七哥》发表后，引起国内外关注，新华社、《文汇报》《光明日报》

《新华日报》《人民日报》《新民晚报》等十三家报刊为之发了专访和报道，国内不少学者写了评介文章；外国学者也十分关心。为什么外国学者也那么喜欢《沈七哥》呢？如西德学者波恩大学教授袁尔克·贝尔格博士花了两年时间把《沈七哥》译成德文；美国麻州大学历史系教授杜尔林等曾三次到无锡考查《沈七哥》；朱海容不仅多次组织过地区、全国性的有关吴歌、吴文化的学术活动，民歌演唱活动，中外民歌交流活动，还先后接待过日本、美国、英国、法国、荷兰、印度、德国、加拿大等国和有关专家学者个人或代表团，进行吴歌、吴文化学术交流，其中的一个中心话题，当然少不了《沈七哥》。《沈七哥》的价值绝不仅仅在文学方面，而在人文科学各个方面。我个人认为，《沈七哥》的人文科学价值堪居江南十大叙事诗之首。我们探讨长江流域稻作文化的源流，探讨山歌的起源，探讨道家文化与民间文学的关系等等，《沈七哥》都提供了重要的资料，我们对《沈七哥》的认识和研究，还仅仅是一个开始。

　　1987年"长江歌会"的学术研讨会上重点讨论了民歌与稻作文化的关系问题。这次研讨会对朱海容的鼓舞很大，而且也是他理论研究上的一个飞跃时期。朱海容对吴歌概念和源头的研究探索，曾下过相当的功夫。他从吴史、吴地、吴文化、吴歌的发展，包括自然社会环境与经济条件等多方面作了论述。他的《吴歌源流无锡考》一文，1984年曾摘要发表在《中国歌谣报》上，他旁征博引，敢创新说，大胆提出独立的见解：无锡不仅是吴歌的发源地，也是长篇叙事吴歌蕴藏量较多，挖掘最早的地区之一，而且是吴文化的中心地。到"长江歌会"宣读这篇论文时，理论依据滚雪球似的愈来愈充足。他将吴歌置放在吴越文化、长江文化的大文化圈中来剖析。他生动地把吴地、吴文化、吴歌、吴地人四者的关系比喻为土壤、果树、甜果和栽培果树的人。他还另辟蹊径从天时、地利、人和的角度切入研究，而且深入解剖到民间文化、民俗事象的很多很小细节。由于他的理论大都建筑在雄厚的乡土调查、田野作业上，采撷到不少史书志书上没有的罕见的东西，显得十分有力和珍贵。立论新颖，独树一帜，别开生面，使无锡地区作为吴文化中心地的观念，令更多的人的认同。

　　朱海容的真知灼见，也给我很多启发。是不是应该有这样的共识：

512

长江流域和黄河流域一样，都是中华民族的摇篮，重要的文化发祥地。中国最早的一部诗歌总集《诗经》仅搜集到十五国风，只能证明当年周天子派人下去采风，只涉足到黄河流域、京城周围一带，并没有深入到长江以南的所谓荆楚之地，这不等于当时荆楚、吴越之地没有土歌、童谣，其实今天许多学者追溯考察的楚歌、越吟、吴歈、吴声等等，它们的源头决不会迟于《诗经》十五国风，相反它们的出现和存在，正好说明十五国风之外还有富有地方特色的楚风、吴风等等，它们同样具有很高的地位和不可磨灭的价值。（参见顾颉刚《吴歌小史》）

朱海容撰著的有关吴歌、吴文化的系列文章，无论在资料的掌握上，研究的深度上，都较前人有所突破，呈现出纵横交错、宏观微观并取的生动可喜局面。

朱海容虽年过花甲，老骥伏枥，精神抖擞，他的潜力还很大。我们衷心地祝愿这位吴歌之乡的翰林，在学术研究上更成熟，获得更大的成果。

1995 年新春于北京

歌为媒

蜜蜂和野花相爱，
春风就是媒人；
小伙和姑娘相爱，
山歌就是媒人。（藏族）

民歌在爱情生活中所起的媒介作用，是任何其他文学样式都无法相比的。

在民歌的海洋里，真是"无山无水不成河，无姐无郎不成歌"。内容涉及爱情生活的各个方面，包括慕情、求情、恋情、离情、思情、怨情等，感情复杂，细致微妙。

有一首藏族情歌揭示了爱情的秘密：

两颗心连在一起，
就像锁起来一样。
即使你拿来金铸的钥匙，
也找不到开锁的地方。

青年男女以歌传情，以歌为媒，有的真挚直率地表白了他（她）们选择爱人的标准，他们不仅赞美外表美，更注重对方的人品：

月儿弯弯照西墙，
娇女低头想情郎，
不想浪荡富家子，
只想农家勤俭郎。（山东）

有的表现迷恋之情，直率大胆，如痴如醉：

猫娃儿卧在锅台上，
尾巴儿搭到个碗上；
弯弯的胳膊你枕上，
乖嘴嘴搭到个脸上。（宁夏花儿）

五更鸡仔叫连连，
我俩话头说不完，
世上三年逢一闰，
为何不闰五更天？（广西）

有表现望郎心切、思念之深、哀叹离别之苦的：

想你想你真想你，
请个画匠来画你，
把你画在眼珠上，
看在哪里都有你。（西南各省）

有的歌唱出了对自由婚姻的向往，对旧社会封建婚姻制度的不满，敢于拿到光天化日之下来对心爱的人放声歌唱，明来明去，毫不遮掩：

星星出来（者）眨眼睛，
月亮它（就）偷偷地笑哩；
佛爷伸手（者）摸观音，

凡人（哈）再说过啥哩？！（土族花儿）

毛稗打掉秧苗长，
爷娘越打越想郎，
打断骨头筋扯住，
不喊疼来只喊郎。（贵州）

这些情歌，毫不隐瞒自己的思想感情，爱就爱，恨就恨，情浓似火，大胆泼辣，充满生活气息。

在古代民间情歌中，那种男欢女爱之情也得到充分的表露，如：

泥人儿，好似咱们两个，捻一个你，塑一个我，看两下如何？将他来揉和了重新做，重捻一个你，重塑一个我；我身上有你也，你身上有了我。

（《新选挂枝儿》）

情歌的艺术手法极为丰富，魅力无穷。如：

入山看见藤缠树，
出山看见树缠藤；
树死藤生缠到死，
藤死树生死也缠。

全诗没有一个男女爱情字眼，却巧借"藤树相缠"的形象，把情人相恋"缠到死"、"死也缠"的决心表现得十分强烈，十分坚定。

如今，在我国许多少数民族地区，青年男女通过对歌、赛歌，相互结识，表达爱情，进行婚配的风气还很盛行。碰到生活知识渊博、民歌底子厚实的歌手，对答如流，叫你赞叹不绝。特别是当唱到"情投意合"时，歌词中有一点虚情假意，不说真话的地方，就会被对方识破，那是很难找到爱人的。如果歌词太浅、太淡，几个回合就被对方问住了，也会在情场失意。唯有那些聪明绝顶、才华出众、情真意切、肝胆相照的歌手，才能找到称心如意的心上人。

(原载《爱的美文》，经济日报出版社，1996年1月)

孔子——世界最早的民办大学校长

孔子今年 2550 岁了，世界各国人民都十分敬仰他。不仅东方世界尊称他为"孔夫子"、"孔圣人"、"万世师表"，甚至有的国家将儒家思想定为国教的，许多伦理准则都根据儒家思想制定，对该国的发展起了巨大的作用，而西方世界受他的影响也日益增多。就拿美国来说，将孔子诞辰 9 月 28 日定为教师节；美国出版的《人民年鉴手册》将孔子列为世界十大哲人之首；美国纽约大街曼哈顿街头竖起一尊高约两层楼的孔子塑像，来往行人伫立起敬，频频致意。

更令人瞩目的是，1989 年 1 月全世界的诺贝尔奖获得者在巴黎集会，会后发表的宣言中，开篇第一句就提到："如果人类要在 21 世纪生存下去，必须回首 2500 年，去吸取孔子的智慧。"

孔子是古代伟大的教育家，是中国开创私学的第一人，也是世界最早的民办大学校长。当今人类已进入知识大爆炸的阶段，孔子及儒家的那一套教育理念，还能哺育我们吗？回答是毫无疑问的，有许多至今仍光彩夺目，是促进现代化教育的有益智源，对我们科教兴国，办好民办大学也有很多启示。

在教学中，我体会最深的有：从校方来讲，第一，孔子提倡的"有教无类"，体现了教育平等的思想。现今的民办大学和成人高校都做得不错。对高考落榜和还未取得高校学历的人都广开门路，只要他们愿意求学，都给予受教育的机会，宽进严出，热情培养。第二，孔子主张的"因材施教"，强调学生是主体，尊重学生个性。我们做得还不够。往往受某种条件的限制，造成的"所学非用""所用非学"的现象还不能完全避免。第三，孔子宣讲的"学而不厌，诲人不倦"、"循循善诱"、"温故知新"、"教学相长"等等，已成为我们后学受益无穷、千古不变的座右铭。第四，孔子最重视素质教育，相传弟子三千，贤者七十二，共开了六门课：礼、乐、射、御、书、数，十分注重培养学生的创造力和创新能力。他的"每事问"，"不愤不启，不悱不发"，"举一反三"等名言，就放射出朴素的素质教育思想的光辉。一些调查表明，今天涌现的一些精英，并非都出自当年的高考尖子和课堂考试名列前茅者，而往往出自当年名列十名前后者，他们之所以超前，就是重视素质教育的结果。

从学生受教育的角度来讲，也可从孔子的言论中，提取一些思想精髓。最重要的是三"心"：一、信心。孔子说："三军可夺帅也，匹夫不可夺志也"，"往者不可谏，来者犹可追"。高考一次失利，绝不能灰心，更不能丧失信心。自信才能自强，自强才能自立。孔子十分赞赏坚韧不拔的性格。所谓"岁寒，然后知松柏之后凋也"。平时很难看出一个人的高低好坏，只有到了紧要关头，才能见出一个人的真正气节。二、虚心。孔子公开承认自己"非生而知之者"，提倡"学而知之"，主张学无"常师"，可以随时向任何人学习，"三人行必有我师焉"、"敏而好学，不耻下问。"孔子特别强调实事求是、老老实实的学习态度："知之为知之，不知为不知，是知也。"极力反对"亡（无）而为有"，"虚而为盈"的坏学风。三、恒心。孔子认为学习必须有恒心，有坚持不懈、奋斗到底的坚强意志和精神。指出"苗而不秀者有矣夫？秀而不实者有矣夫？"用此来比喻在学习上没有恒心的人，就像有的禾苗不抽穗和抽穗不结籽一样。他告诫学生"欲速则不达"，学习是一个循序渐进的有恒心的过程，不能急于求成，更不能停止不前。各行各业都要好学上进，提高素质，成为行家里手。孔子说："学而优则仕"，前面还有并列的一句"仕而优则学"，同样的我们儒商，企业家、资本家都应成为"知本家"，学而优则商，商而优则学，学无止境，终身受教育。

孔子的教育思想是很深刻的，基本奠定了中国长期延续的"德、智、体"教育思想体系，为今人留下了一笔极为丰厚的教育遗产。对中国，对世界教育的发展都产生了深远的影响，难怪世界学人都在对他加以认真的总结和吸取呢！智慧之树常青。

（原载《东方文化馆》第 44 期，1999 年 11 月）

古怪歌不古怪

中国童谣里，有不少有趣的"古怪歌"，深受广大少年儿童和家长的喜爱。你听：

"稀奇稀奇真稀奇，麻雀踩死老母鸡，蚂蚁身长三尺六，八十岁的老头儿坐在摇车儿里。"

"一个姑娘三寸长，茄子棚里乘风凉，苍蝇大的耗子拉了去，哭坏了丈夫、哭坏了娘。"

"东西街，南北走，出门看见人咬狗，拿起狗来打砖头，又怕砖头咬了手。"

"爹十三，妈十四，哥十五，我十六，瞧见外公娶外婆，我在前面打吆喝。"

这几首古怪歌，仅是随手举出的几个例子。从内容上看，的确有些古怪。有的故意违背常理，正面的东西偏要反着说、倒着唱；有的把一些平常的事物夸大到不可能存在的荒谬程度；有的甚至把长幼次序、人伦关系都颠倒了。诱发儿童思考，逗孩子们发笑。

古怪歌，又称颠倒歌、扯谎歌、滑稽歌，属于民间文学中的一朵小花。作为文学，它与一般文学和诗歌创作有其共同和相通的地方，但是又不能完全用一般文学和诗歌创作的尺度去衡量它、要求它。作为童谣，还有其固有的特征和艺术魅力。其特殊性表现在有的时候童谣并不以一种单纯的文学面孔出现，而是综合了多种社会意识，具有多功能的性质。

童谣是我们民族的文化根、民族魂、骨肉情。必须从民间文化的角度，多侧面地去审视童谣，才能得其真谛，促其繁荣发展。民间文化的内涵极其丰富，它天然地融汇着我们的民族精神、民族性格、民族心理素质和民族审美情趣等等。从这个角度出发，我们再分析分析这类古怪歌，就会感到它并不古怪了。

首先，人们在传唱和收听这些古怪歌时，并没有人去指责和追究它的不合理性，反而津津乐道，皆大欢喜。其次，收到的艺术效果恰恰是"以怪攻怪"、"以颠倒克颠倒"，寓教于乐，人人学好，真是妙不可言。这正是古怪歌的趣味和魅力所在。

古怪歌的产生也与儿童的心理和情趣有很大关系。中国传统社会"望子成龙"、"望女成凤"，有的父母求成心切，希望孩子一口吃成个胖子，将子女视为掌上明珠，百依百顺。直至今天许多人还把独生子女捧为"小皇帝"、"小公主"，娇生惯养，恨不得将天上的星星月亮也摘卜来给小乖乖。天真活泼的孩子，本能就有求知欲望，对一切新鲜事物都感到好奇，喜欢问一个为什么。善于模仿是孩子们的天性，大人怎么做就怎么学，甚至一遍就会；父母一般都希望孩子循规蹈矩，处处听话。而孩子们并不完全欣赏父母的这一套，你要撺着他朝东，他偏要往西；你要他这样，他偏要那样，孩子们不怕摔跤，跌倒了爬起来再走。最好笑的就是孩子们牙牙学语时，最早学会的口头语中就有"不"、"就不"等字眼。这可能就是一种"逆反心理"吧！

大人们为了迎合孩子们的这种"逆反心理"，就编出一些古怪歌教孩子们唱。一边唱，一边想，只准违反常理将正的唱成反的，不能把反的唱成正的，逗孩子们发笑，启发儿童思索，从中辨别正反、是非、真假，最后悟出正确的事理，自觉地按着正道走。孩子们就是在这种"听话"或"不听话"、"顺从"或"逆反"，"跌倒"又"爬起"的对立统一的氛围中成长起来的。原来，古怪歌是为了不古怪而古怪一下的。这种创作动机、创作效果的圆满统一，吟唱者和听众审美趣味的统一，是很值得其他文学样式借鉴的。

童谣，"天籁"之声也，穿透时空，跨越世纪，久唱不衰，似长江之水，源远流长，滔滔不绝。何也？贵在真也；妙哉，有天然韵味也。希望在我们共同的努力下，民间文化之花越开越鲜艳，"天籁"之声，声声入耳，为我们中华民族唱出一个永恒的春天。再以两首古怪歌结束本文：

"太阳起西往东落，听我唱个颠倒歌，天上打雷没有响儿，地下石头滚上坡，江里骆驼会下蛋，山上鲤鱼搭成窠，腊月苦热直流汗，六月暴冷打哆嗦，姐在房中头梳手，门外口袋把驴驮，记得外公娶外婆，我在前面敲大锣。"

"满天月亮一颗星，千万将军一个兵，从来不说颠倒话，聋子听了笑盈盈。"

（原载中国教育报主办《传统文化与儿童教育研讨会论文集》，1999 年）

蛇年说蛇

没想到刚刚跨入新世纪门坎，欢悦的心情还没平静，又碰上我的本命年——蛇年。千载良缘，喜上加喜，叫我怎能不为蛇年说几句祝福的话呢。

在中国传统的十二生肖里，蛇紧排在龙的后面。说起"龙"，早已被媒体炒得火爆。今天，龙已成为中华民族的象征，谁不为自己是龙的传人而感到自豪哩！说起"蛇"，平平淡淡，似乎没啥好谈的。别急！我们还是能找到点让大家开心的话题。

自古就有人称蛇为小龙，把它们都看作龙类，说什么有角为龙，无角为蛇。其实，蛇就是蛇，是地地道道的爬行动物；龙才是虚拟的，是古人想象出来的，造型愈来愈美。若说蛇与龙的关系，则应看到蛇本是龙的主体、雏形。画蛇添足是不可以，塑造龙则不但要添足，还要长出美丽的角，生出漂亮的胡须。

龙是高贵的，蛇也是伟大的。听说过中华民族的第一位女神——女娲氏吗？她和伏羲一样，就是一对人首蛇身的创世神。相传远古的时候，四极废，九州裂，天缺东南，地陷西北，是女娲站出来炼五色石补天补地，抟土造人，才使人类繁衍生息。为了追念这位劳苦功高的女神，老些时，民间还流行过"补天补地节"的习俗，传说陕西地区老百姓于每年正月二十（或后一二日）女娲诞辰这天，家家户户吃圆而薄的饼，举行简单仪式，由家庭主妇撕饼抛上房顶，象征"补天"，然后扔向天井或搁于地上，谓之"补地"。人们也称这天为"女皇节"、"女王节"或"娲婆节"。

蛇也是可爱的，钟情的。我国家喻户晓的四大传说之一的《白蛇传》，脍炙人口，被搬上舞台、银幕。记得经田汉先生集民间传说、戏曲大成，再创作的《白蛇传》京剧上演后轰动一时，享誉国内外。剧中的主人公白素贞、青儿，就是一条白蛇、一条青蛇经千年修炼而得的。白娘子的美丽、善良、多情，对美好生活的憧憬与大胆追求，对恶势力的拼死抗争，不知博得了多少青年男女的同情泪；青儿的行侠仗义、嫉恶如仇，最后推倒雷峰塔，救出白娘子，惩治了法海，报仇雪恨，大快人心。一对美女蛇，不知为多少青年男女所倾倒，给人们留下极美好的遐想。

蛇，全身都是宝，多少年来都在为人类做出奉献。我小时候常看人用蛇酒治愈关节炎；读中学时我也用蛇皮蒙制过胡琴，拉起《良宵》《光明行》很带劲哩！今天，我才知道，经现代生物科学技术验证，无论蛇肉、蛇皮、蛇骨、蛇血、蛇胆、蛇油，以至蛇鞭、蛇毒，都是有用之物，可以提取的有效营养成分和药物成分多着哩，有的价值极高，能够全面改善人体微循环，祛风除湿，舒经活络，抗心力衰竭和血管硬化，特别是对妇女的美容、保颜、祛斑、护肤有独特效果，功莫大焉。

说到此，该刹住了，不过我还要加一个小蛇尾。每一种生肖都能恭维一大堆话，要褒有褒，要贬也有贬。其实，这种与地支配合的12种动物：子鼠、丑牛、寅虎、卯兔、辰龙、巳蛇……只不过是我国古人用来记年的一种符号，它们之间并无高低、贵贱之分。这种记年方法已经沿用了多少年，其中，有它值得总结的经验和科学成分，可以接受吸取；至于那些借生肖宣扬迷信、宿命论的东西，必须摈弃，肃清流毒。

今日的世界，龙腾新世纪，金蛇狂舞……各种属相的人不都是龙的传人吗？不都是在各自的岗位上各尽所能、各尽其妙地为实现中华民族的伟大复兴做出贡献吗！

（原载《中国艺术报》，2001年1月19日）

民心雕龙

——孟门年俗文化节赞

在欢天喜地的爆竹声中辞旧迎新，是中华民族的龙的传人千百年米的习俗。今年春节，京城连续几天爆竹声声，烟花朵朵，人人笑逐颜开，顿觉年味足了！我一家三代也情不自禁地投入到这股热流中。令我诧异的是平时院里大家宠爱的小狗，今年庆贺"本命年"，怎么突然不见了？原来被一波波震耳欲聋的鞭炮声吓得躲起来。可不两天小宠物又"汪汪"地欢跳在人们面前。想是醒悟过来：人类老祖宗发明的爆竹这玩艺，叫人家长福气多开心，真是棒极了！

天官赐福。正当大家沉浸在一片欢乐节日的氛围中，笔者喜上加喜，突然接到中国民俗学会、东西方艺术家协会（纽约）民俗艺术委员会和山西省柳林县政府等单位邀请，赶赴晋中黄土高原黄河之滨一个小镇参加中国首届年俗文化节，心中有说不出的高兴。

小镇故事多

这个小镇，名曰"孟门"，地图上虽不显眼，古文献中却赫赫有名。

《山海经·北三经》标绘出："又东南二百二十里，曰孟门之山。"

《淮南子》《尸子》《吕氏春秋》均载："昔上古，龙门未开，吕梁未发，河出孟门，大溢逆流，无有丘陵、沃野、平原、高阜，尽皆灭之，名曰洪水，禹于是疏河决江……所活者千八百国，此禹之功也，勤劳为民，无苦乎禹者矣。"

《穆天子传》曰："北登龙门九河之磴，孟门即龙门之口也，此为黄河巨厄，夹岸崇深，奔浪悬流，倾崖触石，诚天设之隘。"

《史记·吴起传》曰："殷纣之国，左孟门，右太行。"

晋·杜预："孟门，晋隘道也。"

《读史方舆纪要》："孟门关在陕西省离石县南，隋置，其地险固，元废，置离石巡司于此。"

概括梳理一下，孟门：山名，古九山之一，位龙门北，绵亘于黄河两岸。孟门，古国名，郡县名，隘道名。

古文献记载不少，民间传说更是多多。

一是"南山古寺"的传说。这次活动主办方独具匠心，开幕式就设在老百姓心窝、该镇之南的南山寺。传说唐贞观年间，唐太宗驾幸于此。见峰峦插天，黄河下临，风景优美，形极险峻，便令大将尉迟恭监造此山，盖起楼台庙宇数百处。昔日山寺金碧辉煌，庙宇飞檐，水秀山明，穷精极雅，为永宁州八大官寺之首，鼎盛时期有寺田五千余亩，僧众六百余人。统领山西、陕西两省六县的一百多处寺庙，是黄河中游数一数二的佛教圣地，为佛、道、儒三教荟萃古刹，寺外有塔陵三百多座。远观云雾缭绕，松柏葱茏，俯视黄河波涛汹涌，北望孟门，烟雾迷茫，环境清雅，遐迩闻名。惜于乾隆年间遭大火灾，加之历史变迁，屡遭破坏。新中国建立之后，特别是改革开放以来，遵循国家"保护为主，抢救第一，合理利用"的方针，已修复多处，被列为省级文物保护单位；正申请山西历史文化名镇哩！

一是有关"禹王石"的传说。南山寺山门外山坡上有一巨石，石上有类似脚印的痕迹。相传是大禹治水时经过这里留下的，人称"禹王石"。多年来到此朝山拜佛的善男信女络绎不绝，香火不断。有关大禹治水的传说故事更俯拾皆是，人人津津乐道。我从儿时就听到不少，现今也能讲讲：老辈人说尧在位时，天下洪水肆虐，百姓苦不堪言，众部落推选一个叫鲧的人治理洪水。他采用筑堤堵水的办法没把水治好，反而洪水一决堤，势不可挡，一泻千里，终被舜罢了官，人们又推荐鲧的儿子禹治水，禹总结了父亲治水失败的教训，认为洪水靠堵是行不通的，只有顺水疏导才能控制。于是，禹开始行走于九州，察看水情，开河通水。许多神话传说中说，禹治水时曾捉过水妖，锁过白狼，射过鱼精，这些虽不可信，但从中也能看到禹治水的艰难与危险。禹治水时，经过涂山，遇到一位美丽的女子，禹与她结婚四天后便离家继续去治水，这一走就是十三年，流传最广最感人的故事是禹治水时三过家门而不入。

传说黄河流经孟门时，被东西连成一体的红沙泥岩蛟龙壁阻挡，河水形成湖泊，逆流泛滥，吕梁、晋中及陕西榆林一带丘陵、高阜、平原、沃野均被淹没，禹带领百姓一气劈开孟门，疏出江河，露出吕梁，终于制服了洪水，洪水顺着河道乖乖地流入大海。"茫茫禹迹，画为九州"，一块块乐土又重新长起了草木庄稼，人们又过上了安稳的生活。禹因长期风吹日晒，水泡盐浸，脸变得黑里透红，腿上的汗毛被水泡掉了，一双脚全是又白又厚的茧子，背也被山石压驼了。禹因治水有功，舜年老时把治理天下的大权禅让给他，后人尊称他为"大禹"。传说禹治好水后，为了让人们识别山水间的蛇虫水怪，命人铸了九个大鼎，把这些害人的妖怪刻在上面，警示后人。

禹从孟门劈山通河疏导洪水起家，除留下《禹王石》的传说外，还留下《定湖庙》《源神殿》《鲧石像》《大禹停留处》《蛟龙壁》等等美丽动人的传说故事。

原生态民俗博物馆

走进晋陕峡谷深处、黄土高原腹部的孟门古镇，一股浓浓醇厚的古朴年味扑鼻而来。

进村先问俗。民俗，是一块活化石，是民族文化、民族精神的重要载体。孟门过年也和各地一样，是从腊月二十三祭灶王爷开始的。当地老乡告诉我这儿的《过年谣》是这样描绘的：

腊月二十三，家家户户胡拾翻。

腊月二十四，裁下对子（联）写下字。

腊月二十五，背上顺顺（布口袋）去赶集。

腊月二十六，割下几斤猪羊肉。

腊月二十七，婆姨（妇女）汝则（姑娘）都洗脚。

腊月二十八，吃的献的都蒸下。

腊月二十九，孟门街头倒烧酒。

腊月三十吃早饭，今天的营生做不办（完）。

茅厕（厕所）圪堆（满）水瓮干。

炭窑窑里（放煤的地方）没一点。

吃了黑间（晚上）饭，拦出把门炭。

一更一点半，调下凉菜捣下蒜。

……

正月初五，"破五"送穷土。

正月初七，"人日"补大年。

正月十五闹花灯，耍社火。

正月二十五添仓，坛坛罐罐都添满。

直到二月二龙抬头，过年活动才告结束。老百姓过年家庭主妇最为忙碌，俗语"腊月的女人，六月的汉"。妇女除做饭，操持日常家务外，一家老小吃的、穿的、用的都要顾到，扫窑糊窗，去尘秽，净庭户，祭灶君，换门神，挂钟馗，贴年画春联，吃"团圆饭"，招待应酬等等，事无巨细，均料理得井井有条。

年俗文化节几天活动，安排得非常紧凑，主办方精心策划组织我们：参观考察了古民居"民俗文化村"，"原生态生活和生产活动"，真是大开眼界，得益匪浅，其中有几个亮点特别引起我的注目。

一是天然的"窑洞博物馆"。进入晋陕黄土高原，首先看到的想到的就是这儿的窑洞。孟门后冯家沟村古民居，一座座精美、不同风格的大院，展现出窑洞文化的深厚积淀和丰富多彩。窑洞的风水、朝向、建筑都很讲究。有明柱厦檐、无根厦檐、接口窑、一炷香窑等多种类型。窑洞内的摆设、装饰主要体现在神龛、坑壁和门窗格上大多糊上白纸，空格中贴红色剪纸窗花，有龙凤呈祥、喜鹊登梅、蛇盘兔、抓髻娃娃、年年有余、十二生肖等，炕围子画有山川草木、虫鱼鸟兽、民间传说等，炕墙上挂泥彩人物。古村落民居散发着浓郁的儒家文化遗风，门上见有"忠信笃敬"、"耕读传家"的门匾，砖雕中有"持荷童子和百合童子"图案，象征"和合"文化在建筑中的体现，在门槛、门墩、房檐、屋脊各个张显部位多雕镂有吉祥动物、吉祥花卉。

孟门十大古民居群原生态古村落，为我们保留了大量深厚的人类"活化石"遗产。我特别关心的是在抢救、保护珍贵文化遗产工程中，如何结合好建设新农村，打出晋陕高原、黄河之滨"窑洞文化"这张名片和品牌。

二是"完整的原始桑皮纸制作流程"。造纸术是我国古代四大发明之一，对人类文明进程是一重大贡献。传说东汉蔡伦发明造纸术时（公元105年），曾用过树皮、麻头及破布、渔网，制成价廉物美的良纸代替旧书写材料笨重的竹简和昂贵的缣帛。这是一件很了不起的发明，在世界历史上写下了光辉篇章。大约在公元四百年至三百年时，蔡伦造纸法传入日本，在唐朝中期传遍亚洲，以后又经阿拉伯诸国传入北美和欧洲。

孟门古镇开化较早，桑树皮纸始于何时？有待进一步发掘、考证。据传这里千百年前曾是地跨黄河两岸的古蔺国驻地，有河滩地千余亩，近水地湿，遍栽桑枣。过去镇上家家养蚕，户户缫丝，其丝织品曾行销黄河两岸，直通西域的丝绸之路。当地谚语"栽桑务柳，不觉就有"。桑树浑身都是宝，叶喂蚕，条编筐，皮造纸。桑皮纸的制作比较复杂，有剥桑皮、水浸、盘把、灰泡、笼蒸、晾晒、去皮、清杂、软化、捶捣、刀切、清洗、搅和、制纸、上墙、分装等二十多道工序。

先秦文献中没有出现"纸"字，最早解释纸字含义的是东汉许慎的《说文解字》。"纸"从"丝"旁，最初的纸是以丝絮、麻头为原料的，由麻的韧性联想到桑树皮的作用是可信的。

"桑"同"丧"，桑皮纸的用途，过去主要作为烧纸和榜纸（染色花纸），红白喜事都用上了，很受老百姓欢迎。想起当年桑皮纸的业绩，老百姓高兴地唱道："衣食全凭桑树皮，致富不忘汉蔡伦。"今人说，桑皮纸是绿色植物纤维，对人体健康无害，如能代替餐巾纸、包装纸，将又是一大贡献。沧海桑田，由于黄河河床东移当地大量桑树消失，纸作坊已所剩无几，桑皮原料全部由陕西购进。从现代角度看，桑皮纸虽比较粗糙，作坊落后，工具简陋，经济价值不高，但就其工艺流程而言，能完整地将我国造纸的古老形式延续下来，这一点是十分珍贵的。这一物质和非物质文化遗产，值得抢救、保护和研究。

极富特色的黄河区域文化展演

我打远处就听到了具有悠久历史浓厚乡土气息和独具民族风味的"孟门民间吹打乐"。那高昂洪亮的唢呐为主调，伴有大号烘托气氛，配合大鼓、圪塔锣、钹子、云锣、手握子等演奏的吹打乐，显现出黄河磅礴、沉浑、雄壮、豪放的气势；那悦耳动听的优美旋律，是秦汉余韵的回响；多姿多彩的古乐、曲牌、民歌、小调令人神往陶醉。

我喜悦地看到了一到交夜，家家点燃，火光冲天，映得满院红亮的"火炉则"（也称"火塔塔"）。火炉子采用乌亮平整的大炭块垒成。自下而上逐层收拢，呈圆锥形，中心空虚，烧放干柴。刚点燃时烟气腾腾，约半个时辰，膛火通亮，十分好看。孩子们欢呼雀跃，放"高升"，点烟花；大人们围坐谈心，熬年守岁，通宵达旦。人们期望的是火能召来吉祥幸福，除疾驱鬼。晋陕老人传说"年"是个怪兽，只有围着火塔跳舞才能驱赶"年"。火又可为社火队驱寒，扭跳欢舞，歌声不绝。"火塔则"以除夕和元宵节最为热烈。

"天官会"是当地老百姓年节社火活动的重要场所。孟门正月十五供奉之神为"天地三界十方万灵真宰"，亦称"三官会"。三官庙内供奉着天官（天官赐福）、地官（地官赦罪）、水官（水官除厄）。农历十五是天官诞辰日，乡乡镇镇燃灯设祭，以求消灾祈福。入夜，在柳林学者王还成的向导下，我从宾馆刚走出来，就被人群簇拥，摩肩接踵，人头攒动，好不容易走老街新街转了一圈，所见各处"天官会"神棚，多为临时搭建，非常精致，一般两层，高的达四层。神棚前榜纸对吊，纱灯高悬。神座前旗罗伞扇，香烟缭绕，气势肃穆庄严。神棚四壁还敬有各路神仙、菩萨，如观音八仙、赵公元帅、送子娘娘、钟馗、尉迟敬德等，供上家庭主妇蒸的枣山、花花、节节高等面塑品。各家都前来敬香烧表，妇女还有"偷灯"、"还灯"之习，祈祷生儿育女。

最叫人喝彩的是"转九曲"，即"黄河九曲灯"。一般都在"天官会"前。选择平坦地面，横竖各栽19行四五尺高的秫秸秆或木桩，杆与杆之

530

间相距约 2 米，彩绳连隔。其阵按九宫、八卦、二十八星宿等图案组成，通道迂回曲折，纵横交错形成九曲线路，象征黄河九曲回环。只开一个进口和一个出口，正中一盏巨灯为坐标，分别向四方辐射，全阵共布灯 361 盏，代表农历一年 361 天，全方阵设九个城子，九个门，"转九曲"因此得名。乡人及善男信女由"灯官"导引，蜂拥相随，首尾相照，人们彼此隔绳问好，以求来年消灾免难，四季平安。凡能走动的男女老幼，都争相转入（又称"走百病"），如有迷途或踩断绳索、碰坏灯盏者，被视作不吉利，预示着来年中将遇到灾难。为此，欢乐中的人们生怕掉队，谁都小心翼翼，紧相跟随。我等与会者似有人保驾护航，都顺利地通过转出来，没有迷失在九曲阵中。

灯光闪烁，鼓乐喧天。我飘飘忽忽，似从仙境中走出来，怎么也想不起这"黄河九曲灯"的阵势。幸好回京后从《中国民间舞蹈》（何健安著）一书中求得此图（附后）。虽也出自山西，不知与柳林孟门的能否对上？特录此向柳林文化研究会的专家们求教。

黄河是中华民族的摇篮，沿河流域都流传着大规模的祭祀舞蹈"黄河九曲灯"。它的阵图是金、水、火、土、日、月、罗喉、计都等九曜象征。九门环套环、城套城，每转一道门前必进一曲敬神祭歌，祈求来年万事如意。九曲门外设"风娘娘""雨师"等神牌。我也感到这个民间祭祀舞蹈带有点东方神秘精神。正像专家说的，这个方阵"既有数学原理的灵活运用，又有古代战阵的巧妙应用。人们只要沿灯阵路线顺序渐行，就可以顺利通过，由此可设想到古代战阵中的自行疏导与约制故人的情景。"（何建安语）它是我中华民族古老智慧的具体显现啊。

在年节社火诸多民俗事象中，敬神祭祖是必不可少的。人们认为年来的"风调雨顺"、"五谷丰登"、"家和事兴"都是神灵赐给的。所以过年酬神、娱神活动特别多，天神、地神、水神、财神各路神仙都要敬到。人神关系成为先民生活中最重要的关系。年节祭祀正是在处理人神关系的过程中形成，并随着人神关系的变化而变化。无论是在远古或当代、近代，人们都不是毫无目的地参加年节祭祀，表面上是把子孙繁衍和保佑生活幸福都寄托在神灵恩赐上，实则在对神灵顶礼膜拜的行动中仍然内涵着自我生存、自我发展的愿望。"价值观"是民俗的核心，渗透于民俗事象的各个方面，特别是民俗主体的心理状态和感情趋向之中。人类从未在神灵面前完全丧失自我，从未因对神灵具有依赖感而放弃自己的价值选择。如祭灶王：传说灶王爷是玉帝派至人间监督善恶之神，每年要上天向玉帝回报，民间为求得其"上天言好事，下界降吉祥"，故设祭送行，家家在灶前贴一两张灶君升天时骑的"纸马"，用酒果、糕饼作祭；但怕他上天说坏话，又敬以麦芽糖，意为粘牢灶神嘴巴，不使其乱说。或将酒糟挂于灶门，以醉灶神。这是典型的为我、为家族、重现世的价值取向。

现今，大小商店、企业都敬关公，海内外的渔民水手都敬妈祖，也都是为我、为家族、重现世的表现和价值取向！

大家都是雕龙手

在年俗文化节中，我最感兴趣的是闹社火闹秧歌了。"社"，古代指土地神，把祭祀土地的地方、日子和祭祀，都称作"社"，如"春社"、"秋社"、"社日"、"社稷"、"社戏"。西北黄河一代统称年节的集体游艺活动为"闹社火"。为什么陕北、孟门一带都叫"伞头秧歌"呢？原来，古代"伞"被奉为神权，由执事高举。秧歌队由伞头（领队、导演）领举着。人们将太阳看作万物赖以生存的至高无上的神灵，并以伞的圆形平顶象征太阳，伞的圆圈一圈缀的丝穗，象征四射的光芒。因此伞又称"日照"。陕北、晋中秧歌，都用伞来引导秧歌队，并称"秧歌"为"阳歌"。

据说伞头秧歌以孟门为中心，辐射周边村镇以及山西临县和黄河对岸陕北等地。伞头秧歌的表演人数从数十上百近千不等。表演者分别扮演不同角色，如大头和尚、跑旱船、卖水、刘三推车、钉缸、西游记、桃园结义、二人摔跤等。每组角色配合默契，在伞头的带领下，欲左先右，欲前先后，扭着身子，踏着鼓点节拍，走出大场、小场、过街场，变幻各种队形，有天地牌、龙门阵、剪子股、编蒜辫、珍珠倒卷帘、游四门、十二连城、蛇盘蛋等图案，争奇斗艳，变化无常。一场终了，拉开小场给围坐的观众表演节目。伞头带头即兴编唱，触景生情，幽默风趣。小场是三至五人表演的带有一定情节的歌舞、小戏、弹唱，内容多为戏曲、故事、民歌，有《审录》《对花》《小放牛》《掐蒜台》《走西口》《串枣林》《吃炒面》《五哥放羊》《光棍哭妻》《千里送京娘》等。

在热烈欢笑的气氛中，我们与会代表和乡亲们举行了联欢。我的老朋友、兰州大学教授柯杨被拉上台唱了一曲"花儿"，又即兴赋诗一首：

> 你我皆住黄河滨，
> 相隔千里一家亲。
> 辈辈长饮黄河水，
> 心更贴来情更浓。

他是中国民俗学会副理事长，又是我们中国歌谣学会的创会副会长，他的激情朗诵，博得全场热烈鼓掌。顿时，使我想起二十年前的1986年，我们中国民间文艺家协会中国歌谣学会与中国音乐家协会民族音乐委员会联合在延安召开的有沿黄河七省市参加的"中国首届黄河歌会"；1987年在武汉召开的有沿长江十二省市参加的"中国首届长江歌会"。这两次活动虽在全国影响很大。但比较这次年俗文化节来，我感到年俗文化节发展了，更有特殊意义。一般歌会，包含的仅仅是民俗文化的一部分，而年俗文化节涉及民俗事项、风俗习惯、风土人情的方方面面，范围更广大，内涵更深厚了。黄河、长江两大母亲河的人汇合了，珠江流域、黑龙江、鸭绿江流域的人也来了，香港的学者赶来了，大洋彼岸的专家学者、美国、韩国、德国、厄瓜多尔的学子留学生也赶到了。爱好中国民间文化的朋友遍天下。在与民同乐的广场联欢中，我也被拉上台，情不自禁地唱了首当年在"黄河歌会"时学会的歌：

> 你要拉我的手，
> 我要亲你的口，
> 拉手手——
> 亲口口——
> 咱两个旮旯儿里走。

这首"信天游"充分表达了陕北专业文艺工作者和作家深入生活采风，与民间歌手相互学习、心心相印、亲密无间的心情。听说作家们将"她"称为"会歌"，逢会都要唱一唱。在欢快的锣鼓、唢呐声中，我也不自觉地踏着轻快的步伐，加入乡亲们的秧歌行列一起扭起了伞头秧歌，我仿佛回到了年轻时代，一口气地跳完五里街，跳到县府广场，丝毫不觉得累。

我想起了这次大会组织的"中国传统年俗文化保护与发展专家论坛"，非同凡响，开得太好了。天时：时间选得好，正是春节期间；地利：地点选得好，在黄河之滨、黄土高原腹部民俗文化深厚的千年古镇；人和：开会在老百姓中间，专业与业余结合，专家学者与民间艺术家济济一堂，大家都先当学生，后当先生，先实地考察，后发言撰文。无论大会、小会，群情踊跃，畅所欲言，谁也绝不忘记哺育我们的母亲文化。母亲文化是文化根，民族魂，骨肉情，是命脉，是基因。年节文化是民俗文化中最精彩、最集中的亮点，展现出的最有特色的东西。多面的，立体的。看得见，听得到，摸得着，闻到味，尝进口，越嚼越浓。感谢主办单位给我这么一个别开生面的"充电"、"补课"学习机会。听说有100多家媒体和同行参加和报道了这次活动，可见各级政府和部门对母亲文化、龙的文化的关爱和重视。

中国古代有一部著名的文化理论著作，叫《文心雕龙》，我要把我们这次年俗文化节的活动比作"民心雕龙"，关注的是民间文化，母亲文化，反映的是民心、民意、血脉、命运。大家都在呼吁要利用传统节日为弘扬中华民族优秀传统文化（龙文化）贡献力量，大家都是雕"龙"手。相信在吕梁市、柳林县人民政府、柳林文化研究会的领导下，在东西方艺术家协会（纽约）民俗艺术委员会、南京大学民俗教研基地的大力支持和参与下，一定能把《民心雕龙》这部著作千秋万代地写下去！

2006 年 3 月 31 日于北京中国文联寓所

（原载《东方文化》总第 77 期，2006 年第 1 期）

他是中国民间文学形象大使

——读谭达先《论中国民间文学》《论港澳台民间文学》

在中国民间文学研究领域里，谁都知道谭达先其名。这位曾在两座中国民俗学摇篮里（中山大学，北京师范大学）熏陶，亲聆过钟敬文、娄子匡民俗学泰斗教诲，又去香港深造获得硕士、博士学位的学子，一生坎坷从厄运逆境中走过来，心系中国民间文学，矢志不移，半个世纪中已出版民间文学专著42部，加上未刊出的书稿5部，和他又开始启动，希望再坚持五年，继续完成的三部，总共50部。好了不起啊，在中国民间文学界可谓名列前茅。现代媒体多家报道，盛赞他是一位"退而不休的奇人"，"发掘中国民间文学宝藏的杰出园丁"，"中国民间文学领域的鲁班"（过伟语），"展现中国民间文学姿态万方的万花筒"（刘守华语）。我今也要把他一比，投他一张神圣的票"中国民间文学形象大使"。当之无愧啊！50部书，洋洋洒洒，展现中国民间文学瑰丽风采；50部书，架起东西方文化桥梁，为海峡两岸四地结下牢不可破的学术和情谊纽带。

最近，在京渝旅途奔波中开卷有益，读完了谭达先赠阅的《论中国民间文学》和《论港澳台时间文学》两部著作，喜不自胜。作者在"编后记"中过谦地说，出版此书"目的有二：一是作为前进道路上的一些纪念品，供我他日检查之用。二是供一些同好者学习的参考"。我拜读之余，获益匪浅，甚感此书的价值和优点有五：

一、编排独具个性，一举多得，皆大欢喜。将旧稿清仓盘点，梳理分类，既有纪念碑意义，可备日后查找之需；也是供他小充作"年鉴"、"大事记"、"工具书"索引参用。往往有些"踏破铁鞋无觅处"的东西，到这儿"得来全不费工夫";有些别处见不到的东西,这儿"独占鳌头",排列出一二三。多功能厅,大家分享,好不快哉!

二、短平快,真过瘾。书中的"短评小品"和"知识小品",逗人喜爱。普及民间文学知识功莫大焉;像排球赛网上争球、拦球、扣球,高招迭起,变幻莫测,一锤定音,满堂喝彩,棒极了!也像餐厅小炒,花样翻新,端盘快上,秀食可餐。小品虽小,小中见大,作者不知查阅过多少资料,动过多少脑筋,方可写出,颇见艰辛。

三、展示学术成果,检阅研究队伍。这是本书的又一大贡献。不仅是小品圣手,又是巨篇能匠。不论是论述某种重要中国文化现象(如龙文化、虎文化、兔文化),还是评价知名的、不知名的作者的著作,均把握着一杆"谭氏秤",不赶时髦,不说套话,实事求是。客观、公正、中肯,使我们洞察当前民间文学研究现状、学术水平和老中青理论队伍素质。

四、民间文学的形象大使和宣传员。多年来海内外学者对谭达先不断推出各种专著肃然起敬。他既当学生,又当先生,一生"教"与"学",都在树立民间文学形象,宣传民间文学形象。香港是他教与学的重要基地,也到澳门、台湾等地访问讲学,为民间文学鼓与呼。《论港、澳、台民间文学》,是他近年来新推出的集中宣传港澳台民间文学的专著。他不愧是民间文学的形象大使和宣传员。

五、谭氏风范,学界楷模。谭达先多年治学、著书,养成严谨的风范,堪称学界楷模。几十年如一日,多方搜求资料,韩信点兵多多亦善。每到一处便钻进图书馆,借书抄书无上乐趣,海外学界称他具有"司马迁精神",国内学界夸他具有一种"老黄牛精神"。2004 年 4 月,谭达先应邀来北京讲学,到几座高校和社科院、中国民协作学术讲座,畅述在民间文化园地耕耘的苦乐与情怀。北京民间文化界掀起一股学习谭达先精神的旋风。中国民协副主席白庚胜概括得好:谭达先精神归根结底就是有致力于民间文艺研究学者所铸就的中国民间文艺学精神。这种精神就是在任何条件下都能做到"威武不能屈,富贵不能淫,贫贱不能移",潜心民间文化并做出成果的精神。

(原载《东方文化》总第 75、76 期,2005 年第 3、4 期)

寻根归宗话国宝

——《华抱山》颂（代序）

中国，太湖之滨，无锡吴歌之乡，爆出了一声春雷——一部惊天动地的汉族英雄史诗《华抱山》问世了！这是中国人民文化生活中一件值得大书特书的大喜事。她的诞生，对正在收盘庆功的"中国民间文学三套集成"和正在启动轰轰烈烈开张的"中国民间文化遗产抢救工程"，是一个振奋，一个鼓舞，一个推进。我作为一个在民间文化事业耕耘过半辈子的老人，要向史诗的掘宝人、护宝人、亮宝人恭恭敬敬地鞠一个躬，表达我崇高的敬意，并倾诉我久藏心底寻"根"、归"宗"、颂"宝"的心情。

一、寻"根"

我爱吴歌，出自我与吴歌是本家同姓。中国有一个民俗，无论你走到天涯海角，只要两个同姓人碰到一起，就会不约而同地招呼一声："我俩五百年前是一家！"顿时倍感亲切。而吴姓一家的"根"在哪？并不知道。想起小时候背诵《百家姓》，"赵钱孙李、周吴郑王……"我"吴"姓排在第六，何故？说不清道不明。长大后知《百家姓》乃宋朝出书，宋皇帝姓"赵"，敢不排在头位？其余各姓，大概是按音韵顺口往下排的吧？也不知个究底。直到 20 世纪 50 年代，从部队下来调《民间文学》工作，看歌谣稿件接触"吴歌"多了，才又引起我寻"根"认祖的极大兴趣。

通过查阅大量文献资料，我恍然大悟，想不到我"吴"姓的老祖宗，两三千年前就出在无锡；而且我察觉《百家姓》将"吴"紧排在"周"后，并非巧合，而是有一定道理的。原来远古"吴"姓部落就是从"周"姓部落中分化出来的。据《史记·吴太伯世家》等文献记载：在公元前约11世纪，周部落始祖周太王（古公□父）率众由豳（今陕西彬县东北）迁到岐山的周邑（今陕西岐山北），太王欲将部落王位传于少子季历以及昌（即周文王），长子太伯（泰伯）知之，和次子仲雍出奔江南"荆蛮之地"，文身断发，"三让"季历，与土民融合，共同繁荣。其都城即设在今无锡东南之梅里，自号"句吴"（句为发声词头），今城及□尚存。周武王灭商伐纣，建立周朝，分封天下诸侯，求太伯、仲雍之后得三世孙周章，周章已君吴，因而封之，国号定为"吴"。又《吴地志》载"吴国亦称'鱼国……'"。那时，"荆蛮"人渔猎为生，太伯奔太湖梅里，以"鱼"为"图腾"。古时，"吴、鱼"同意、同音，并以"国号"为姓，为王，为号。如：吴地、吴氏、吴语、吴音、吴韵、吴格、吴舞、吴曲、吴俗、吴文化，还有国内外闻名的吴剑、吴舰等等，"吴歌"（包括吴谚、吴谣）更是如此，和"句吴"的来历是相同和相似的，一为"国号"、一为"歌名"而已。

后传至公元前506年，吴王阖闾战胜楚国，其子夫差攻占越国，至公元前473年反被越王勾践所灭。夫差后代多有以原国名"吴"为姓氏的。这就是吴姓姓源之由来。

这里，必须提到一支的是：发源于太湖流域、长江三角洲的吴氏，繁衍到邻近的齐鲁之间（今山东省）和吴头楚尾之地（今皖南、荆楚一带）。据《元和姓纂》所载，齐鲁一带的吴氏，多为吴太伯十九世寿梦之后。寿梦四子吴季札封延陵（今江苏常州），号延陵季子。他博学多才，精通音乐，是孔子之前吴姓首出的一位杰出的民间文艺学家。《春秋左传》《史记·吴太伯世家》《史记·鲁国公世家》均记载有季札访鲁观乐一事。鲁襄公二十九年（公元前544年）季札使鲁，鲁乐工给他表演了几乎《风》《雅》《颂》俱全的《诗经》乐歌，季札一一加以评论，"尽知其事，鲁人敬焉"。当时孔子才七岁，能删诗吗？我心中存有疙瘩。后孔子学问大进，尊为文圣，周游列国讲学，多次谈到《诗经》，当时称"诗三百"。等孔子从卫国回到鲁国时，已六十七岁（公元前484年），离他去世（公元前 479 年），仅五年时间。但孔子毕竟是音乐大家，在他晚年，对《诗经》的全部音乐进行了一番整理，《雅》《颂》各得其所，功莫大焉，应予肯定。我刚到《民间文学》钻研《诗经》写了一篇习作，没敢拿去发表。"文革"后，我从《诗刊》回到《民间文学》工作，音乐界正在讨论孔子音乐观的事，勾起我向学界求教的心情，使以《试论孔子无删诗之事而有正乐之功》为题大胆投出，居然被《人民音乐》选中，在 1982 年 10 月发表，后又收入《音乐争鸣文选》。今日重提，不过是为寻"根"归"宗"，推山前辈吴门也出了一个民间文化大师延陵吴季札。

古代吴地，北有齐，西有晋，又与楚接壤，更与中原接触广泛，吴人与周人的关系十分密切，与周边的交往也十分频繁，因而为接受外来文化创造了良好的条件。吴文化既具有开放性，又有着善于吸收融合外来文化的优良传统。周时乐官只采集到十五国风，未及"荆楚"之地的吴风、楚风，实乃一大遗憾。位于长江下游、太湖之滨的吴文化特色非常鲜明。既吸取了黄河流域的中原文化，又收取了长江流域的荆楚文化和太湖东南的闽越文化。《吕氏春秋·音初篇》云："禹行水见涂山之女，禹未之遇，而巡省南土。涂山氏之女乃命其妾候禹于涂山之阳。女乃作歌曰：'侯人兮猗'，实始作为南音。"《说苑·善说篇》有一首《越人歌》"今夕何兮，搴洲中流。今日何日兮，得与君子同舟。……山有木兮木有枝，心悦君兮君不知！"这是用楚语译出的，鄂君子皙泛舟河中，打桨的越人用越语 31 个字唱出这首歌来，因鄂君听不懂，请人用楚语译出，成为一首美丽的歌词。吴、越近邻，我想用吴语亦能译出漂亮的吴歌来。有一首《徐人歌》，叙述延陵季子北游时路过徐国，徐君很爱慕他身上佩的一把剑。等到季子北游南返时，徐君已死于楚，于是季子把剑挂在死者墓上而走了。歌云："延陵季子兮不忘故，脱千金兮带丘墓。"充分表达了徐人对季子重情义的感激之情。故事生动，吴、楚情义跃然纸上。《楚辞》云："吴愉蔡讴奏大昌些"，吴愉即古吴歌。唐宋诗人拟吴歌之作颇多，明清吴歌乃歌中一绝。继冯梦龙《山歌》《挂枝儿》，又有顾颉刚等人的《吴歌甲集》《吴歌乙集》《吴歌丙集》，像一条远来的大河川流不息。正如《华抱山》史诗中唱的：

吴城吴歌也有了姓，

一代一代唱到今……

百鸟百雀百歌鸣，

梅里人人是歌人。

二、归"宗"

我爱吴歌，不仅我与吴歌同"姓"，更出自我与吴歌同"宗"。这里所说的"宗"，并非热衷去追家谱，认祖排辈分。我非常赞赏 2004 年 10月在河南周口市举行的首届中华姓氏文化节上，提出的主题"万姓同根，万宗同源"，来自海内外的华人华侨、港澳台同胞和姓氏文化专家学者共七千余人，举行公祭人文始祖伏羲大典，一致认为伏羲以其盛德团结统一了华夏各个部落，并取各部落图腾的特色组成了新的图腾——龙，龙从此成为中华民族大家庭大团结大统一的象征。

尊祖敬宗是中华民族的传统美德，寻根问祖是龙的传人永远的情结，我们这儿所说的归"宗"，指的是什么呢？我回答得很干脆：我热爱的是民间文化事业，归宗从事的是歌谣采集、编辑、研究工作，特别是钟情于吴语地区的歌谣抢救保护工作，对吴歌、吴文化有着特殊的感情，特殊的缘分。

记得在《民间文学》《中国歌谣报》工作的那几年，我成了"吴歌"的追星族，吴歌迷。经我手发表的吴歌短歌和长篇叙事诗不在少篇，我多次到江苏、浙江、上海"两省一市"吴语地区去采风，拜歌手为师，参加吴歌学术研讨会。跑的最多地方是无锡，打电话、写信最多的地方也是无锡。对我编辑、研究工作支持最多、最大的有山歌王钱阿福，山歌女王陆阿妹，山歌精精华祖荣，山歌大王张浩生，山歌师傅唐泉根、祝永昌，吴歌"刘三姐"唐建琴，女歌手许丽华等。我钦佩的识宝人、亮宝人、护宝人有姜彬、钱迅坚、金煦、马汉民、季沉、陈德来、张自强、易人等等。我最佩服和学习的楷模就是我们中国歌谣学会的理事、知心知音的老搭档、忘年交朱海容同志。我不仅爱他收集整理的吴歌作品，还喜欢读他写的有论有据的、可圈可点的探讨吴歌、吴文化的文章。

如大胆论证无锡地区作为吴文化的中心地点，吴歌的发源地，这一观点已为更多的人认同。我发现他1987年参加"长江歌会"之后，在各方面都有长足进步，站得更高了，看得更远了，挖得更深了，把吴歌、吴文化的研究与稻作文化挂上钩，与民俗学联系紧。我更要学习他为人处世，谦和克己，艰苦朴素，勤劳敢干，助人为乐等优良品质和人格魅力。我曾称赞"朱海容是我们歌苑的状元，吴歌之乡的翰林，是我国发掘保存民间文化的大功臣"（见《朱海容作品研究》）。现在，我感到还得加码，朱海容是作家、诗人、国宝级民间文艺大师。

几十年的风雨我们没有断过联系。给我教育和感触最深的有两次。一次是1986年底，我在金华浙江师范大学首讲《中国歌谣学》一课结束，马上赶到无锡东亭参加"无锡山歌、小调、滩簧学术讨论会"。他是会议主持人，又是会上主要发言人，里里外外一把手，忙得不可开交，他总是挤出时间来与我彻夜交谈。我给他念了一首我《讲义》上选的吴歌：

> 麻绳铁链把我捆，
> 问我断情勿断情，
> 我说路断桥断河水断，
> 断手断脚勿断情。

我俩心照不宣，好一个"勿断情"，多时不见真有点想念，我俩在民间文学事业上结下的情缘，怎么能断哩！会上我见到了"两省一市"吴语协作区的许多歌手、艺人、专家学者、新老朋友，酷似在歌海里泡了又泡，沾了不少聪明气。山歌、小调、滩簧、锡剧以及昆曲等等，原本同根生。此会开得有声有色，学到不少东西。可拿冯梦龙《挂枝儿》中一首俗曲《泥人》来一比：

> 泥人儿，
> 好似咱两个，
> 捻一个你，

塑一个我，

看两个里如何。

将他来揉和了重新做；

重捻一个你，

重塑一个我，

我身上有你，

你身上也有了我。

一次是今年元旦，我专程赶到无锡拜访老友，为的是"补课"、"充电"。朱海容非常热情地接待了我，请我到他家做客，吃便餐，给我详细地介绍了中日韩三国关于英雄史诗《华抱山》的国际研讨会盛况，并给我一大堆资料，满载而归，成了我半年来书桌、床头、旅途不可缺少的"文化大餐"。我如饥似渴地拜读了《华抱山》作品，和许多专家写的文章，吮吸着内中的乳汁，真是胜读十年书，得益匪浅。

三、话国宝

无锡，"吴歌"之乡，"吴文化"的源头，民间文学"三套集成"上马快，起点高，收效大，硕果累累，堪称"中国民间文化遗产抢救工程"的先行。特别是对长篇叙事歌《沈七哥》《小青青》和英雄史诗《华抱山》的抢救，赢得了越来越多的国际关注和国际声誉。我完全赞同韩国学者关于"《华抱山》不仅是中国的，也是世界的"褒奖，我也要举双臂高呼：《华抱山》太湖明珠，世界瑰宝！这是太湖儿女给子孙后代留下的精神财富，是太湖儿女奉献给地球村居民的美味佳肴。

关于对《华抱山》的评价，上次国际研讨会上专家们发表了很多高见，使我茅塞顿开，很受启迪。出于对"国宝"的崇敬和热爱，我再谈十点就教于诸君。

（一）**歌种独特**　在中华民族的万姓大家庭中，在地球村居住的花名册上，以姓氏定国名、域名、品牌名的历历可数；而以姓氏定歌名的，中国几乎绝无仅有，世界也罕见。"吴歌"，这个美丽、响亮的名字，既是以姓氏定国名、域名的，又是以姓氏定歌种名的。

（二）**活的形态**　在世界四大发明古国中，中华文化是唯一没有断代、断层的文化。最大的特征表现在语言和文字上。据统计，世界上共有语言 6800 多种，其中绝大部分濒于灭绝。西方语言学家惊叹"一种语言的灭绝，就意味着一种文化的消亡"，"一种语言从地球上消失，就等于失去一座卢浮宫"。世界上灭迹的文字更不在少数。中国的汉字是世界上独一无二的。以"吴语"、"汉字"为载体的"吴歌"、"吴文化"，都是活形态的，代代相传，生生不息。

（三）**杰出的传承人**　民间文化、口头文学，是靠民间传承人口传心授，代代交接延续下来的。像华祖荣、朱海容这样的"国宝"级传承人，强强联手，优势互补，这次抱出了两万行的《华抱山》，下次在天时、地利、人和的气氛下，还能抱出更宏伟、更丰富的篇章、细节。他们的头脑就是一部电子计算机，点击一下，既能收进，又能下载很多新的东西。时代在发展，科学文化的进步，史诗也在发展，跑不了"魂"，变不了"味"。可喜的是，在各级政府的关怀支持下，宝刀不老，新的传承人又一批批成长起来。

（四）**英雄典型**

请看《华抱山》第三集"序诗"两个镜头，全诗概貌，可窥一斑，英雄形象栩栩如生。

我唱山歌人，拿"八宝话匣"打开、"九宝歌箱"开盖，
让贝贝宝宝、宝宝贝贝、万袋千车、千车万袋，
"嗳嗨嗳嗨、嗳嗨嗳嗨！"
唱这山歌全部走出来，走出来，唱出来。
要唱小小龙"回马一枪"杀回来。
勒太湖梅里"十八弯大战"声如雷，
杀得皇帝白脸变仔灰，杀得官、财，狗头不敢抬。
痛痛快快唱完《华抱山》格第三代。

满林霜月映寒梅，

听山歌人发仔呆，

眨眨眼睛皱皱眉，

满肚格浪头滚出来：

大龙、小龙经万难遇千危，

惊天动地、翻江倒海，

抗租反暴、斩贪杀奸末，

大善大德上仔天庭台：

小小龙，强爷娘，耀祖辈，

杀刁奸、劈恶官、斩霸财，

带领三万三千三百三十三人分八队，

吹吹打打、打打吹吹，扬威耀武、耀武扬威，

投奔闯王扭转乾坤换朝代……

叫你连听百日勿困睏，

勿晓得红、绿、青全，春已归。

　　史诗的主题从明末清初算起，三代龙人争生存、争人权，进行武装斗争的进程，不过四百年，史诗的内涵却辐射出"龙的传人"上下五千年与天斗，与地斗，与人斗的悲壮岁月。主人公是吴地人民心目中的创世神"开天辟地的好汉"、"吴泰伯的化身"，集历代农民起义英雄形象于一身，融中华民族劳动人民优良品质于血脉。男的勤劳勇敢，无私无畏，侠骨心肠，足智多谋，敢于造反和创业，女的美丽温柔，多情善良，聪明智慧，敢说敢为，敢向封建势力、封建礼教作斗争。

　　（五）图腾信仰

　　华家三代（大龙、小龙、小小龙）都以"龙的传人"取名。中华民族大家庭，除了共主的龙图腾外，还有各部落保存标榜的似禽非禽，似兽非兽，以至草木虫鱼名号的图腾，如吴地先民都尊鱼、鸭为图腾神，农人渔家多藏有玉制、石制或木制的鱼、鸭饰物，作为"镇宝"、"压邪"、"吉祥"元宝。史诗中就有两个图腾显灵，排危解难的情节。

　　一是小龙出生，族长把他扔下河，群鸭围拢护送上岸；二是嫦娥托梦龙柏牵红线，龙柏针叶尖尖把串串龙液露珠，落到凤妹红唇间怀孕。

凤妹生下小小龙，不幸小龙掉入水中，多亏湖蝶蛇仙显灵相救。（"湖蝶"，鱼神。民间又称"卢蝶"、"香蝶"、"蝶仙"，比山中蟒蛇大，尾有大腿粗。白鱼群一来长数里，舟船让路，否则遭殃。香蝶在水中游、草上过，都带芳香。从不吃人，还能救人。）这类图腾信仰和许多带神话幻想色彩的描述、观念，都可追溯到远古和人类童年时期。

（六）文化遗存

史诗中多处提到梅里"鸭城"、"鸭神"。据《吴地志》载："鸭城，在县东二十里，吴王牧养凫鸭之处而得名。"传说春秋时期吴王夫差酷爱养鸭，特在东亭依河筑垣，保护养鸭，并携西施观景、戏鸭于此，鸭城从此名闻天下。至今，鸭城鸭桥鸭柱、残材尚存。今年初，我去无锡访问，朱海容告诉我：据说，鸭子是日本国民的图腾（老祖先），去年12月，日本三位学者专程来鸭城实地考察，初步考证：作为日本"图腾"的鸭子是梅里"鸭城"的鸭子传日而成，日本有关方面，早想赴中国奔"鸭城"寻根访祖。这类弥足珍贵的文化遗存，我们要保护好。

（七）民俗风情

百里不同风，十里不同俗，丰富多彩的民俗义化是一地的根基、母体、命脉，是民族自尊心、民族凝聚力、民族精神风貌的源头活水，成为一方乡土的文化名片，抢救打造地方文化的品牌。《华抱山》史诗中，处处展现出吴地的山光水色，民俗风情。有稻田耕作、婚丧嫁娶、岁时节日、饮食餐席、服饰建筑、民间信仰等等，应有尽有，堪称一部吴地的民俗志、民俗大典，美不胜收。

有一处唱到龙龙用"秤"谜暗下军令明天行动，准时到京的时间表。趣浓意深。先看谜面：

> 铁将军挂帅，
> 铜将军点兵，
> 初一动身，
> 十六到京。

谜底："明天行动，十五天路程。"解：秤时辰到京，旧时"秤"16

两一斤（"斤"、"京"谐音），从初一到十六，共十五隔，必须走完十五天路程，在十六日前一定要赶到京城，见到闯王李自成。这是用民俗猜谜，下令指挥作战的一例，听来脍炙人口。

（八）一字多义，谐音双关

"吴歌"修辞艺术特色，在《华抱山》史诗中俯拾皆是。这里，我想起了吴歌大家冯梦龙，在编撰《山歌》时，为何将《桐城时兴歌》收编入辑一事。原来，桐城山歌很有名，曲调优美，歌词清新，深受人们喜爱。明清时尤为兴盛，很快流入江浙吴语区，广为传播。如代表作《素帕》：

> 不会情词不写诗，
> 一方素帕寄心知。
> 心知接了颠倒看，
> 横也思来竖也思，
> 这般心思有谁知？

不知倾倒多少痴情男女，充分显示了桐城山歌的艺术魅力，重叠、加衬、谐音双关等手法都合吴歌味道，故被冯梦龙看中（据说，冯梦龙的《山歌》手抄本流失，印书时是在皖南吴语区发现一收藏本印成的）。

（九）一韵到底，句句押韵

这是《华抱山》的看家本领。今录"诗尾"几节唱词，可见全诗高潮，又显民间学精粹。

（一）

《华抱山》长歌唱完成，
唱一代二代三代人，
三代人代代是龙魂，
为"公"为"道"扭乾坤，

《华抱山》长歌唱完成，
唱一本二本三本本，

三本本本本血泪成，

为"公"为"道"传后人。

（二）

《华抱山》长歌难唱完成，

族长骂勒官府禁，……

《华抱山》长歌难唱完成，

代代查勒代代禁，……

《华抱山》长歌难唱完成，

难勒本木长长、句句韵。

歌长胜过长江占长城，

句句押韵世难寻，

（三）

《华抱山》长歌偏唱完成，

代代禁偏代代吟，

勿唱勿吟是大逆人，

大逆人千人骂万人恨。

《华抱山》长歌偏唱完成，

代代禁偏代代吟，

口唱夜吟是孝儿孙，

孝子勿怕雷打顶。

《华抱山》长歌偏唱完成，

代代禁偏代代吟，

禁我抄书我口口成，

禁我口唱我心里印。

《华抱山》长歌偏唱完成，

"一长二韵"是祖训，

勿像长江、长城长勿华姓，

　　　　勿句句韵就勿句句真。

　　这是全诗的总结和精华,一浪高过一浪,表明长歌"唱完成"、"难唱完成"和"偏唱完成"三种状况下歌者的心态。为什么要"唱完成"呢?因为三代人代代是龙魂,是"龙"根,为的要"扭乾坤"、"传后人";为什么说"难唱完成"呢?因为"族长骂勒官府禁","难勒本本长长句句韵","世难寻"。为什么又要"偏唱完成"呢?回答斩钉截铁:"勿唱勿吟是大逆人","日唱夜吟是孝儿孙","禁我抄书我口口成","禁我口唱我心里印"。并解释"一长二韵"是祖宗训,发誓"没有长江、长城那样长我不姓华",要不怕一切困难险恶,一定要把《华抱山》长歌全唱完。"句句韵"、"句句真"指长歌不仅好听,好记,主要是表现"孝心",不忘祖训。说心里话、真话、唱心声。

　　(十) 族规与家训

　　在漫长的封建社会中,族规与家训在维系家族和谐、社会安定方面,起到一定的积极作用,特别是像《华抱山》这样造统治者的反,捅旧社会马蜂窝的民歌民谣,传唱人、手抄者屡遭官府囚禁和杀害,被视为大逆不道,东躲西藏,隐姓埋名,不敢见天日。正是一些严格的族规家训,如"传子不传婿"的制约,才使一颗颗明珠保存下来。这和一些祖传医药秘方、武术招数能一代代单传下来是一个道理。族规与家训,往往带有一些神秘和怪癖的东西。剔除其封建迷信落后成分,优秀的成分是主要的。这里藏着一个"劣势变优势、局限是长处"的辩证关系,值得从社会学等方面好好地总结。

　　好一个"红、绿、青全,春已归",春回大地,百花齐放,百鸟和鸣,《华抱山》必将在阳光普照下广为流传,华夏儿女世世代代传唱下去。

　　过去,有人说中国没有史诗,兄弟民族三大史诗问世了;后来,又有人说汉族没有史诗,《华抱山》诞生了。自上古《诗经·公刘篇》起,汉族就有了产生史诗的"基因"。《木兰辞》《孔雀东南飞》《黑暗传》《钟九闹漕》《郭丁香》《五姑娘》《沈七哥》……历代长歌连成串,都有中国史诗的"基因"成分,开天辟地的创世英雄、古老神话幻想的再现,图

548

腾信仰，文化遗存等等，都是构成史诗的部件。在天时、地利、人和的时空状态下，必然结下基因的良种，孕育出史诗。

中国有史诗，必然有中国的史诗观。民族的、大众的、科学的、中国特色的、中国品牌，是先进文化的一部分。以上浅见，抛砖引玉，仅供参考。是为序。

（原载《东方文化》总第 78 期，2006 年第 2 期）

资本大学创新特点

苟日新日日新又日新

——《大学》章句

技跨文理　　学贯中西　　博古通今
学习大师　　成为大师　　驰骋疆场
主宰资本　　富国强民　　持续发展

——办学宗旨

1. 顺应社会首开先河。国际资本院（系）是第一个贯彻党中央国务院关于转变经济增长方式发展资本市场战略思想的学院，学校坚持引进来走出去的办学方针首创了国际资本院（系）专业，为国家社会企业培养适应资本市场和新的经济增长方式的概念人才。

2. 倡导能力教育为主。学院为不同层次人才的需要设置了三个国际资本院（系）。第一国际资本学院要求通过人类科学技术发展的最新成就的学习和研究，让学生具备知识的综合性，培养学生的怀疑能力；第二国际资本学院：要求学生站在历史的高度去学习古今中外历代大师的思想和智慧，认真贯彻党中央国务院关于转变经济增长方式，发展资本市场的方针政策，培养学生在全球资本市场竞争中的批判能力；第三国际资本学院：要求学生学习当代大师成为大师为宗旨的教育，培养学生参与国际资本市场竞争，为中国企业培养适应资本市场和新的经济增长方式的管理人才，培养学生的创新能力。

3. 课程设置的兼容性。学院在中国全方位实现了学科、课程、教材的分离，彻底改变学生读死书、死读书的现象，目的是让学生在课程的学习中把触须伸向所有的学科、教材，实现问题教学。因此学分制已不合时宜予以取消。

4. 专业设置的产业化。全世界几乎所有的大学在专业设置上以学科为划分依据的，他们是以培养学科人才为目的的学历学位教育。而我们的办学特色第一次实现了专业设置与产业、企业、国情挂钩。我们的目标不是以学历学位教育为根本目的，而是以培养学生在参与全球资本市场竞争中具有怀疑、批判、创新能力的宗旨为根本目标。

5. 传统资本教育互补。传统的学历学位教育和我们培养资本人才的能力教育可以互补，也可以找到它们的联络路径。传统教育主要以取得学历学位为主，而我们的资本教育不以取得学历学位为目标，主要以取得怀疑、批判和创新能力为目标，让学生在参与全球资本市场竞争中成为资本运作的人才、成为资本的主人而不是成为资本的奴隶为目标。如果学生在取得能力证书后有兴趣取得博士硕士等学位将易如反掌。

6. 教育评估实现创新。传统上的教育评估以国家评估为依据，而我们的资本教育评估目前国家还没有标准，就必须按照党中央国务院关于转变经济增长方式发展资本市场的有关方针政策，按照参与全球资本市场竞争的需要，由资本市场来进行评估。如果我们在参与全球资本市场竞争中站起来了，成为了资本的主人这就是最好的评估；如果我们在参与全球资本市场的竞争中失败了，那么一切形式的评估都成为一纸空文。所以由资本市场即社会来对我们教育成果的评估，这既是我们的理念又是我们的创新。

7. 改变人才标准观念。纵观古今中外成功人士的成长之路，我们没有理由认为在高考、研究生等应试中落选的就不是人才。我们学院彻底改变人才观念，将应试教育中落选的学生组织起来进行资本教育培训，通过培训使一部分有志于进行学术研究的学生成为大师；一部分有志于进入全球资本市场竞争的学生成为资本运作的人才、成为资本的主人。引导已经大学、研究生毕业的或已下岗的现在劳动力市场寻找工作岗位的这部分人员，彻底改变靠打工为生的经济增长方式，将其转变为做资本的主人的经济增长方式。

8. 复转军人再显身手。我们注意到每年都有一批庞大的复转军人，这些人员因为祖国的需要坚守在祖国的边疆上履行保家卫国的神圣使命从而失去了上大学获得知识、认识资本市场的机会，一旦进入非军队生活对他们有一个选择，是打工还是做资本的主人，我们将给他们提供走向资本市场的平台和空间。让他们参与资本教育，提高参与国际资本市场竞争的能力。

9. 教育模式走向世界。由于资本市场的复杂性要求我们的学院教学模式必须改变传统的填鸭式教育，引进西方讨论式、启发式、引导式、试验式、案例式、社会体验式的教育模式，就是要让学生在这种模式教育下培养其狼性。

10. 彻底解决两张皮问题。我们注意到国家要求教育必须实行"产学研"的结合，但实际上所有的大学"产学研"都是分离的，我们要突破二张皮三张皮的现象，通过资本教育实现大学企业化、企业大学化，我们的学院从成立那天开始它就是资本运营公司，而学生就是公司的股东也是公司的员工又是资本市场的创业者，优秀的学生在培训期间就有可能成为大小公司的老板，一般的学生至少在毕业后很短的时间内就成为大小公司的老板，成为资本的主人。

11. 教育方式灵活多样。我们学院教育方式极其灵活，可以由编书的人来讲课也可以由著书的人来讲课，让有思想的大师介绍思想，也可由教授代为传播大师的思想，一定要让学生跟大师的思想见面。

12. 灵活选择从教人员。我们对老师的选择方式：有思想的大师或权威教授我们可以发出邀请函实行无竞争上岗，这些老师将成为我们这个学院的终身教授；对于一般没有思想的教授包括硕士、博士、讲师等实行竞争式的聘用制，让他们在学院传播大师思想的同时形成自己的思想进而成为大师，转向资本市场为国家民族争光。学院学生和老师的界限是模糊的，有理论思想的学生就可成为导师，相反老师在教学期间不能形成自己的思想理论又不能更好地传播大师的思想，那么这部分老师按照学院的要求掏出一定的学费成为学生，通过学习的过程让他明白自己是谁，从而尽快成为大师为国家争光。

13. 与时俱进创新教育。计算机技术特别是互联网的发展宣告人类已经进入后工业时代即信息时代，正是信息时代的到来使资本全球流动成为可能。这一现实表明人在竞争中的作用和存在的价值已经变成对信息的处理和利用，而不再单纯以积累知识为主。学院将顺应时代的发展需要彻底改变传统高等教育以积累知识为主的观念，培养学生的怀疑、批判和创新能力，为国家社会企业培养适应资本市场和新的经济增长方式的概念人才。

（原载《东方文化》总第 81 期，2007 年第 1 期）

红与白的故事

《红与黑》这部西方的世界文学名著，我想许多人都读过或听说过。今天，我这里想讲给大家听的则是发生在我们身边的一则"红与白"的故事。

"红"指的就是我们中国的文学名著《红楼梦》，"白"指的则是我们东方文化馆的馆员中国文联家属大院的一名退休医务工作者——丰鸿慈。《红楼梦》与穿白大褂的医务者有什么瓜葛呢？我们要讲的就是这位名不见经传的、普普通通的老百姓，一生风里来雨里去，在医疗战线上服务的，她怎样从白衣战士步入文坛，成为一名大家敬重的女作家、女红学家的。

丰鸿慈，1936年生于湖南湘西一个青山绿水的乡村，书香门第，家中藏书颇丰。她从小就能在书海里游弋，吴承恩的《西游记》，巴金的《家》《春》《秋》，鲁迅的《呐喊》，就是十一二岁时在老家的书房里读的，养成一个小书癖。

书房里有一个书柜，父亲不让儿辈们看，贴上家训封条："违者为不肖子孙。"少女天真无邪，带着敬畏迷惑的心情，不敢碰一下，但她从柜门外看到里面有一部叫《红楼梦》的书。

小学毕业了，到了城里的姨父母家过暑假，这儿比较开明，姨父母并不干涉她看书，她也无拘无束，第一次读到了《红楼梦》，顿时被书中的情节、人物命运吸引住了，一回回往下看，废寝忘食，欲罢不能，成了一个《红楼梦》的爱好者，这给她从小播下了爱好文学的种子。

丰鸿慈的少年时代是在国家多事之秋，兵荒马乱，动荡不安的岁月中度过的。初中毕业后，她考入武汉一所护士学校，没有想到这天造地设的安排，竟决定她一生穿白大褂的命运，毕业后，分配到首都一所医院工作。

到北京工作如鱼得水，眼界大开，记得第一次领到工资 30 元后，到书店买的第一部书就是念念不忘、梦寐以求的《红楼梦》，以及苏联小说《钢铁是怎样炼成的》。医务工作，白班夜班虽然辛苦，但终于可以业余时读自己心爱的《红楼梦》和各种小说了。

其间，读过俞平伯的《红楼梦研究》，还有周汝昌的《红楼梦新证》，以及李希凡、蓝翎的《红楼梦》批评文章，也零星读了些《脂砚斋红楼梦》。又陆续广泛涉猎一些中外名著，如"三国"、"水浒"、"西厢记"之类古典名著；以及托尔斯泰、巴尔扎克、雨果、司汤达、莎士比亚、伏尼契、罗曼·罗兰的著作，无疑这时对她的文学修养的积累是大有裨益的。

到了"文革"期间，她因爱读书遭到单位的批判，说她中了封资修的毒很深。在那种情况下，她恐怕红卫兵抄家，而将几本小说如《牛虻》《静静的顿河》《复活》《唐诗宋词集》忍痛付之一炬，只有 部《红楼梦》，她几乎是拼着获罪的危险而藏留了下来。

既无书可读，她生活下去的支柱除了养育两个孩子，就是穿行在病人床边了，因自己内心的痛苦，而更生发了同情被疾病折磨的病人，她常把自己的迷惑和伤痛与病人的病痛等同。在工作中，她深深体验到以诚以善待人的回报，病人不管你看过什么封资修的书，也喜欢她不合时宜的"温良恭俭让"的服务。此时，她对人生的苦难和悲悯心情油然而生，这铸造了她平民心态，同情弱势群体，助人为乐，不爱张扬，淡泊名利，默默奉献。

退休后，在我们这个大院，她仍穿着白大褂，常为近邻做些病痛方面的疗伤、咨询、解困；在"红学"热的今天，人们热衷于读她的"红楼"书稿，并与她谈论"红学"。人们见到的是一个给人带来快乐的丰鸿慈。

人生的阅历，生活的积累，文学的基因积淀，丰鸿慈于 20 世纪 80 年代后期，开始尝试向报刊投稿，曾在《北京日报》《人民日报》文艺版发表过短篇小说和散文。稍后又在《十月》《北国风》《绿叶》等刊物上发表过中、短篇小说，报告文学、散文，报告文学《远行曲》曾获北京市作家协会、三百六十行报告文学一等奖。

她退休后，后劲更足，又上一个台阶，开始创作长篇小说《故园旧梦》，2001 年由中国文联出版公司出版后，在广大群众中不胫而走，社会反映不错。小说情节生动，显示了女性作者的视角细腻的特点，和白衣战士天使般的性情。

2003 年，丰鸿慈成为东方文化馆的馆员，她热情地为《东方文化》撰稿，以"红楼探幽"为专栏，一口气写了好几篇文章，得到读者的好评与鼓励。她给列出了几十个题目，真是说不完的曹雪芹，谈不够的《红楼梦》，在读者及朋友们的鼓励下，她决定将"红楼探幽"成书出版。

丰鸿慈的"红楼探幽"的亮点有三：

一、巾帼不让须眉 历来红学家几乎成了男子的天下，妇女顶起半边天，在红学研究上也应有女中豪杰的一席之地。曹雪芹借贾宝玉之口说："女儿是水做骨肉，男人是泥做的骨肉"，女人的视角，女人的心态，女人的性情，自有女性的超然之处，是男性代替不了的。

丰鸿慈在《红楼梦》研究上，自学成才，她并不抹煞和否认红学界关于版本差别的争论；红学发展史上有"新""旧"红学之分，有索引派、考证派，有"小人物"与"大人物"之斗；前赴后继，难分难解。丰鸿慈打破一切框框，不落前人窠臼，并能假《红楼梦》之个案，切中今日某些时弊，她的平台大有用武之地。

二、白衣天使的善良秉性，富于科学的辩证精神 丰鸿慈几十年的医务工作，结合她的文学修养，便于观察人生百态，万事万物擅长用"放大镜"、"显微镜"和"望远镜"，《红楼探幽》中，先从扑朔迷离的太虚幻境捕捉到曹雪芹的创作原意，并不拘泥于新、旧红学家的理论，按照事物发展的规律，以她平实而流畅的笔触，来解读《红楼梦》及其中人物的来龙去脉，以她的平常心探寻"红楼"之幽，她投入红学的是别具一格的平民意识，平常心态，令人佩服。

三、读破万卷书，下笔如有神 丰鸿慈从小养成的读书癖，任尔东南西北风，咬定青山不放松，终生不渝，矢志不移。你说她中了封资修的毒也罢，你叫嚣读书无用也好，她坚信知识就是力量，读书的习惯从未间断。从三年困难时期，丈夫下放支边，一走二十年。她留北京工作，含辛茹苦，一个人抚养两个不到三岁的孩子，生活的艰辛不言而喻，但她仍挤出时间阅读书报。

《红楼探幽》的三个亮点汇成一个焦距，就是三个字："精"、"气"、"神"。一部《红楼梦》最有魅力的地方，是它的精、气、神。一本《红楼探幽》最可喜的地方，也是它的精、气、神。请读者慢慢嚼，你会越品越有味的。

《红楼探幽》是丰鸿慈在中国社会大学深造的成绩单，一纸没有文凭的文凭。她的人生阅历，生活积累和丰富多彩的文化积淀，是她从白衣战士走向文坛、红坛的天梯。丰鸿慈从博览群书到酷爱《红楼梦》，从《故园旧梦》再到《红楼探幽》，一步一个脚印。在未来的征程中，她这位"快乐天使"，还会做很多梦，我衷心地祝愿她心想事成，梦想成真。

感谢中国文联出版社慧眼识才，在"红楼"热，推选"红楼梦中人"的热潮中，推出《红楼探幽》，这是普及"红楼"宣传"红楼"的一件功德无量的大好事。中国有一句俗语："外行看热闹，内行看门道。"我希望中国的老百姓既看热闹，也看门道，也希望我们的红学家们听听下层老百姓的言论。如果这本小书在外行、内行，专家、百姓中都起到一点作用，那就谢天谢地了！

（原载《东方文化》总第 83 期，2007 年第 3 期）

情真意切　共鸣通灵

——东西方艺术家协会主席娄德平诗选《冰与火的对话》读后

在一次国际剪纸艺术展演研讨会上，我有幸结识了东西方艺术家协会主席娄德平先生，我们相互交换了名片，好呵！多少个头衔——国际诗书画协会理事、中国诗酒文化协会副会长、中国国际教育家协会名誉会长等。后来我成了他北京住处的座上客。2010年3月11日，他亲手捧给我和北京大学段宝林教授东西方艺术家协会 EAST-WEST ASSOCIATION OF ARTISTS 顾问聘书，并赠我由贺敬之题签的娄德平著《冰与火的对话》，原来我们都是贺敬之麾下文艺战士，可能他已从侧面知道我曾在《诗刊》《民间文学》工作过的底细，请我提提意见，作为愚见（1929年6月29日生），长他几岁，先睹为快，圈圈点点全书画了不少收获记号。

娄德平20世纪70年代开始发表诗作，散见《诗刊》《人民日报》《名人传记》《侨报》（美国）、《大中华》（香港）等报刊。

娄德平20世纪90年代起，致力于中国艺术的国际交流推广，1997年，在美国纽约创办东西方艺术家协会，十几年来，在美国、法国、澳大利亚、日本、阿根廷、韩国、越南等国家组织举办了"东西方艺术家作品展"、"世界华人艺术家书画精品大展"、"国际剪纸艺术节"、"21世纪汉城·中国书画艺术展"等70余次国际交流展览活动，主编出版《当代华人书画名家名作大典》《21世纪汉城·中国书画艺术展作品集》《国际剪纸艺术展作品选》等十余部书画集。

娄德平是一部大书，有说不完的故事，学不完的品德。

在世界地球村不知有多少文艺团体、艺术家协会，像娄德平创办的东西方艺术家协会不分国家、不分地区、不分肤色、不分政治观念、不分宗教信仰，打破任何樊篱，唯才识人；而且不收取会员的任何费用；全是倾己之囊，筑人之基，搭建的是一个东西方艺术家交流的平台，让艺术家去展示自己。艺术家功名成就之后，他就悄然隐退于幕后，全然不计个人名利得失，他的名言"我愿竭尽全力，充当一辈子的桥梁和使者"。

1996年秋天，娄德平来到纽约，同夫人和三个女儿生活在一起。当时早已成名的长女娄正纲几年前就在美国办过展览，当时有人请他在中国艺术中心当董事，就住在现代美术馆的隔壁，这使他更加充分地感受到了纽约真正的艺术氛围。纽约是个艺术之都，来自世界各地的成千上万的艺术家汇集在这里。但，娄德平渐渐发现，这里东方的作品非常少，特别是中国艺术家的作品更是少之又少。有一件事对娄德平的触动很大——一百岁的王季迁老先生讲，当年梁启超到美国，买下了一个画廊，作为从事革命活动的掩护，后来把画廊卖给了美国人，老先生还在报纸上看到著名书画家李叔同带着中国艺术家的作品到美国参加世界艺术作品展，一幅作品也没选上，对李的打击很大。此事给娄德平带来了新的冲击和思索，李叔同这样的大家在东西艺术交流中，尚且遭冷遇，可见西方对东方优秀艺术了解的广度和深度还有很大差距。"要把界分打破，让东西方不再有鸿沟，整体人类一定要有一个智慧的交流，而且要把这个交流普及化，铺设一条更加现代化的交流道路"。他觉得促进和加强东西方艺术的交流和互补是时代的迫切要求，作为一名艺术家，一名炎黄子孙，责无旁贷，组建协会的念头在他脑海里萌发了。

娄德平放弃了和家人共度的夏威夷浪漫之旅，开始奔波于海内外，探讨论证、筹措资金、申办手续、联系展地……

1996年年底的一天夜里，娄德平激动地拍案大叫——"东西方艺术家协会"几个字合起来竟然是极难碰到的八十一画（按古体字比划计算），这个数字九九归一，换普归元，万物回春，是谓开泰之数非常吉祥。

1997年1月17日，由中国、美国、日本等二十多个国家和地区艺术家组成的东西方艺术家协会在纽约曼哈顿中国艺术中心成立了。当天艺术中心一至四楼举办了九个展览，中国文联副主席吕厚民、沈鹏、李默然，著名画家杨仁恺、黄苗子等都成了该协会的成员，媒体报道世界瞩目。

如今东西方艺术家协会会员已发展到一万余人，分布43个国家地区，声誉远播。展览结束后把展品退还本人，此举在国内外任何协会都是绝无仅有的。

娄德平为协会操碎了心，还推出了许多原本默默无闻一举成名的艺术家，如南昌籍石刻艺术家胡一平，经娄筹划一举成名。代表作《为和平祝福》被时任联合国秘书长的安南先生收藏。石刻浮雕《苹果》被时任美国总统的克林顿收藏，名望愈来愈大。

娄德平不仅为艺术家们奔波，他亲手培养了一个艺术家。二女儿娄正嘉曾留学日本、美国，学习美术、服装设计和珠宝设计，由于她善于将珠宝款式与服装款式融为一体，曾在美国纽约多次展出，并获佳誉，她的诗作入选出版的当代诗选集。三女儿娄晨煜画家诗人，曾在著名书画家齐白石大弟子娄师白门下学艺。1955年以最高分考入纽约时代艺术学院油画系，24岁就在纽约举办了首次个人画展。

娄德平小儿子娄钟元五岁时写的"春满煤城"四个大字深受当代著名诗人臧克家喜爱，6岁时的书法作品便在全国书法大赛中获奖。

娄德平的爱人郭东坡学画画的故事更传为佳话。娄德平一家都是书画家，不想让爱人成为平庸之辈，画布的钉子硬是用手摁进去，手指浸血红肿，也坚持教学。47岁时开始学油画实属不易，现在成绩斐然，被人称为有梵·高的风格，其作品被百余次邀请入典入籍。有位作家喜欢她的画，竟用她的作品在其著作里作插图。

让娄德平倾注心血最多是他的大女儿娄正纲，从小正规训练最后成才，名扬天下。联合国将她捐赠的22幅作品印成明信片，在140个国家发行。作品《飞逝的花》被印制成"国际减灾十年"首日封……1993年在人民大会堂举行捐赠仪式，捐赠一千万元，设立正纲教育基金会。

娄德平曾跟自己心爱的女儿说："世界上最爱你的是你的爸爸不是别人，需要有人替你去死的时候，爸爸马上替你……"他花在女儿身上的心血和代价太大了，女儿对他的回报是他最大的欣慰。

娄德平多才多艺，他不仅是诗人，也是一位出色的书法家。

墨池瀚海深沉醉，舒张有致写人生。经过长期修炼与陶冶，娄德平在书法上拓展了与自然本体合一的开阔心胸，形成了笔力雄健挥洒自如而又端庄高古的艺术风格，遒劲凝重、气势磅礴，构筑畅达淋漓的意境，代表作当属气贯长虹的"龙"字。在长城举办申奥活动期间，娄德平十米多长的"龙"字，用的是中国书法最传统也是最见功夫的中锋行笔，重墨飞白，锋藏笔势，身随笔走，笔牵心动，腾挪辗转，起落捭阖，都是其性情、学养乃至精气神的统一体，每一笔每一点都超越了笔墨本身形质的局限，体现了中国书法最细微的生命颤动，体现了中国人壮怀激烈的精神，可谓脱古异今，独树一帜，被誉为"娄德平笔下的活龙"。模仿者众多，都难写下"龙"字的神韵。

我最爱娄德平的诗，最大的共鸣收获两个字"快活"。

常言：嬉笑怒骂皆成文章，可上九天揽月，敢下五洋捉鳖。好开心啊！

书名太抢眼了，"冰"与"火"多矛盾呀，对立的统一吗，还在一起对话哩。

真惬意。我爱娄德平的诗。

诗多离不开酒。李白斗酒诗百篇，诗仙离不开酒，娄德平和他的诗也离不开酒杯。书中谈酒论酒的不下数十篇，有白酒、红酒、中国酒、法国酒……

我爱娄德平的诗，诗里有梦，梦里有诗。诗仙、诗圣多爱做梦，娄德平也常做梦，外星人也来碰杯。手不离壶，神鹰腾空也睁着眼做美梦。娄德平爱海，狂呼"跳龙门啊，把海搂过来带回家做爱，海啊！海，咱生个孩子还叫海"。

我爱娄德平和娄德平诗选的诗。心有灵犀一点通，娄德平诗选的诗多是一些短的抒情诗，最长的一首就是写艾青的那首《大堰河——我的保姆》了，既叙事又抒情。这里我想起必须提到的一件往事。

1979年12月北京全国四次文代会后老诗人艾青送我人民出版社新出版的《艾青诗选》，我爱不释手。我认真拜读之后，感到艾青同志的自序写得太好了，"诗人必须说真话"，连那"我是地主的儿子""在我吃光了你大堰河的奶之后，我被生我的父母领回到自己的家里"。有的版本删

561

节了。只保留"艾青，你这个光明的使者，你这个苦难的诗神"两句。

娄德平颇有佛缘，我在他的住处，看他手捧舍利子喜不自胜的神态，讲起采访高僧大德探秘舍利子的故事来，滔滔不绝三天三夜也讲不完，最大的享受啊！

娄德平精力充沛，激情澎湃。即使是在半夜，他灵感和兴致来时也会披衣而起，率性泼墨，难得啊！

娄德平是一本大书，有说不完的故事，学不完的品德。

我爱娄德平的诗选，更爱娄德平本人。最值得我们学习的是娄德平始终不忘自己是矿工的儿子。诗篇中"矿工之页"不少。那"爱"，那"情"，是那么的"真"，那么的"浓"，是无法用语言和文字表达的。诗歌界爱提"灵感"二字，心有灵犀一点通。我俩是处处共鸣，心心相印，肝胆相照的。

·后记

科学视角 非常说名民间
文化既古老又年轻无极限
——《在民间文化摇篮中》的由来

本书原名《民心雕龙》，是借我国古代一部著名的文艺理论著作《文心雕龙》（刘勰著）反其意而扩充之，关注的是民间文化，母亲文化，反映的是民心、民意、血脉、命运。

感谢主办方山西省吕梁市、柳林县人民政府、柳林文化研究会在东西方艺术家协会（纽约）民俗艺术委员会、南京大学民俗教研基地的大力支持和参与下，组织的这次非同凡响的"中国传统年俗文化保护与发展专家论坛"，开得太好太成功了。天时：时间选得好，正是春节期间；地利：地点选得好，在黄河之滨，黄土高原腹部民俗文化浓厚的孟门千年古镇；人和：开会在老百姓中，专家与业余结合，专家学者与民间艺术家济济一堂，大家都先当学生，后当先生，先实地考察，后发言撰文，大会小会群情踊跃，畅所欲言。谁也绝不忘记哺育我们的母亲文化。母亲文化是文化根，民族魂，是基因。年节文化是民俗文化中最精彩、最集中的亮点，展现出的最有特色的东西。多面的、立体的、看得见、听得到、摸得着，闻到味，尝进口，越嚼越浓。大家都是雕"龙"手，都在为弘扬中华民族优秀传统文化（龙文化）贡献力量。

感谢主办方对我的盛情邀请，给我一个别开生面的"充电""补课"学习机会，听说有100多家媒体和同行参加和报道了这次活动。

这次活动，对我来讲只是交了一份田野作业的研究报告，没想到由于说出了大家的心里话，主办方事后居然将我的论文题扩充为全体与会专家的论文集。真是受宠若惊，既高兴为大家为事业的发展办了一件好事，又有点"失落"感，我的书名怎么办？这是我们中国歌谣集成在编审第一本中国歌谣集成湖北卷时，我们的歌谣大师中国歌谣学会的秘书长李继尧先生首先提出来的啊。正当我为本书书名发愁时，天赐良缘"掉下一个林妹妹"。我音乐界的同行好友，将我们终审《安徽省民间歌曲集成》的一张得意的照片、书赠给我。"不到长城非好汉"，我坐在前一辆缆车上，她坐在另一辆缆车上，对我抢了一个"镜头"，我仿佛坐在崇山峻岭的摇篮里，踏破铁鞋无觅处，得来全不费功夫。

顿然有悟，民间文化历史悠久，博大精深，对于我们来讲，既古老又是一门年轻的学科，好多未知数，无穷尽呀。

缆车摇来摇去，动一点就360度，过去议论的三维空间、四维空间、六维空间、多维空间早突破了。

好一个书名的由来，"在民间文化摇篮中"。

摄影者自认为是得意之作，同行们传着看，争着看，大家都很满意。一张玉照，瞧瞧，精气神完全透出来了！

附录 1：荣誉证书及聘书

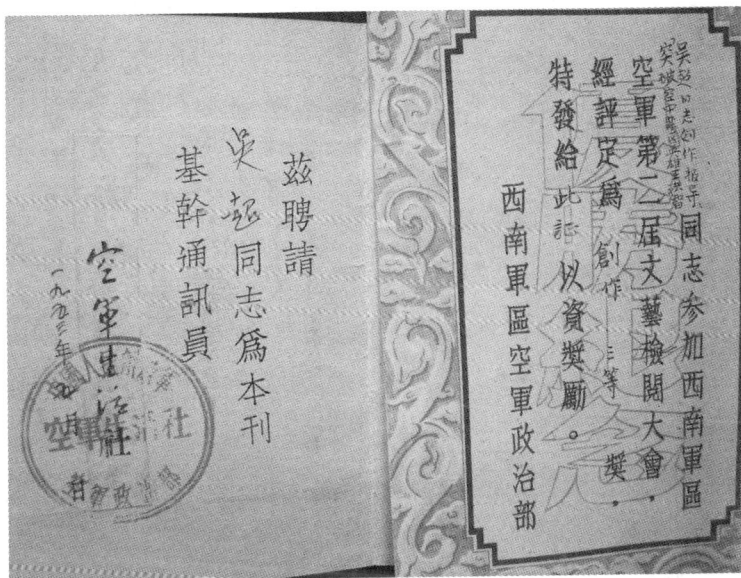

吴超同志创作……同志参加西南军区
突破蜀中……
空军第二届文艺检阅大会……
经评定为创作……等奖
特发给此证 以资奖励
西南军区空军政治部

兹聘请
吴超同志为本刊
基干通讯员
空军生活报社
一九五〇年

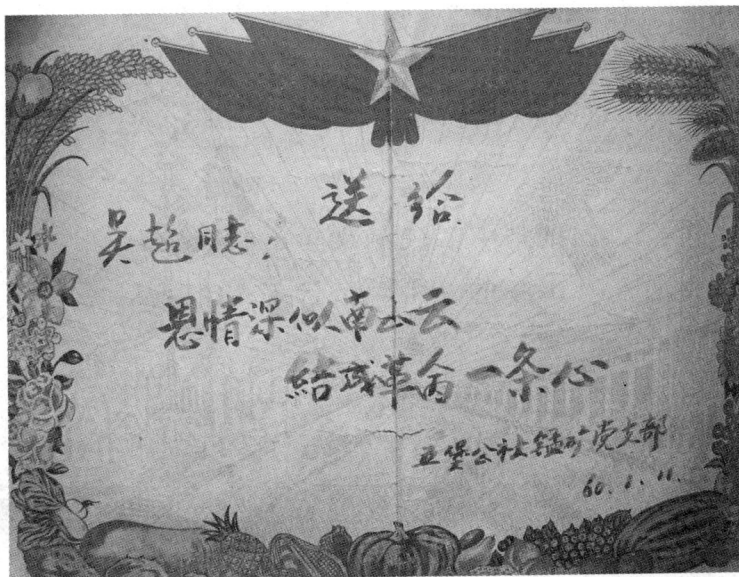

送给
吴超同志：
恩情深似南山云
结成革命一条心
亚贤公社大锰矿党支部
60.1.11

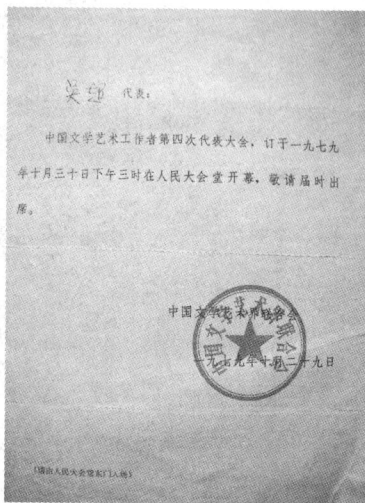

吴组 代表：

中国文学艺术工作者第四次代表大会，订于一九七
九年十月三十日下午三时在人民大会堂开幕，敬请届时出
席。

中国文学艺术界联合会

一九七九年十月二十九日

（请由人民大会堂东门入场）

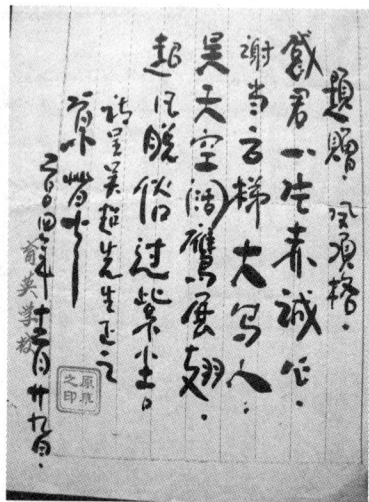

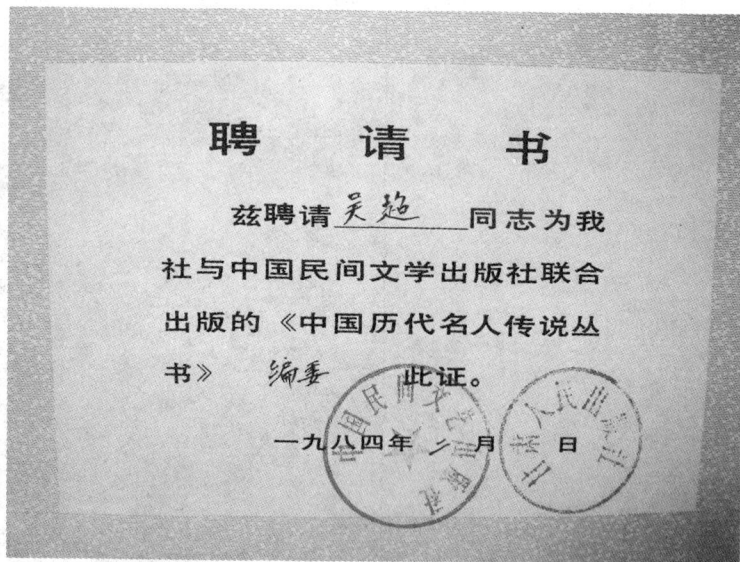

聘 请 书

兹聘请 吴超 同志为我
社与中国民间文学出版社联合
出版的《中国历代名人传说丛
书》 编委 此证。

一九八四年 二月 日

566

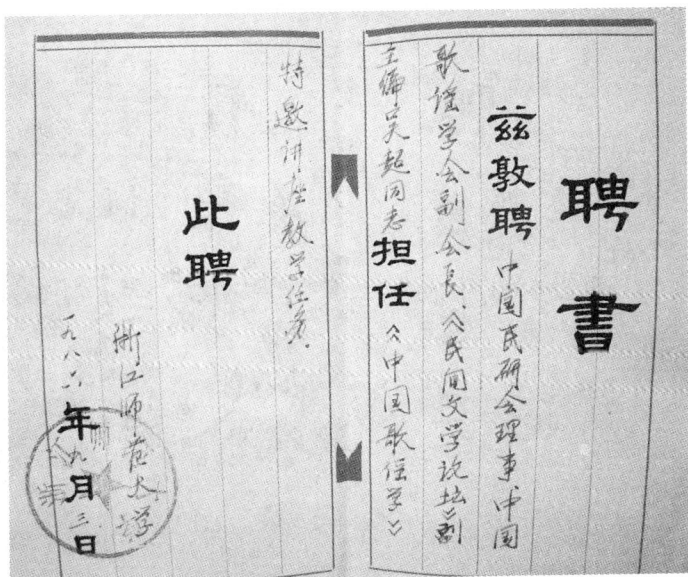

聘书

兹敦聘 中国民研会理事、中国歌谣学会副会长、《民间文学论坛》副主编吴超同志担任《中国歌谣学》主讲并在教学任务。

特邀讲在教学任务。

此聘

浙江师范大学

一九八二年九月三日

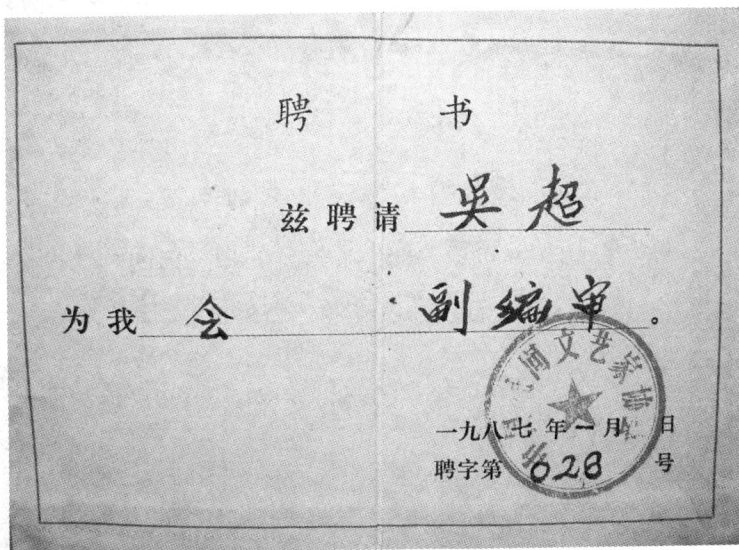

聘　　书

兹聘请　吴超

为我　会　　副编审。

一九八七年一月　日

聘字第　628　号

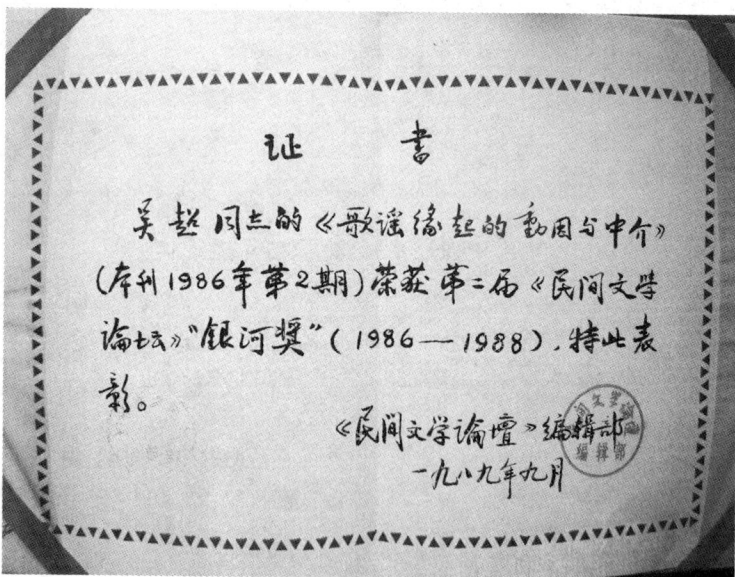

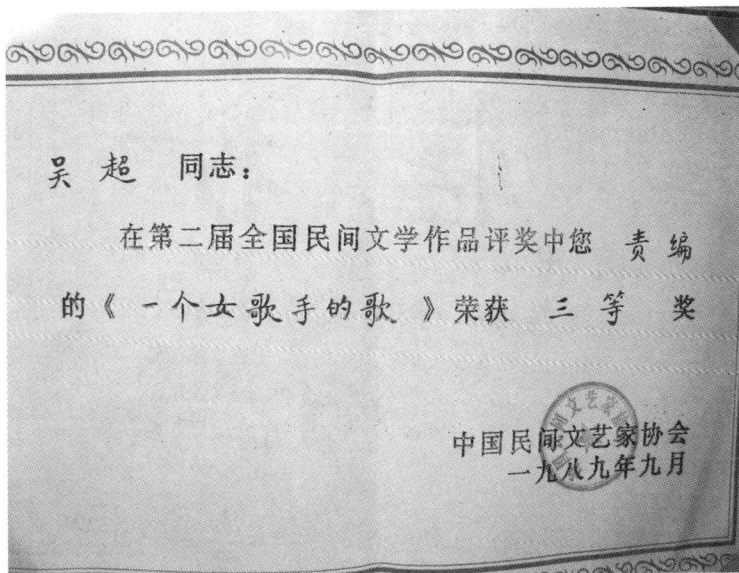

吴 超 同志：

在第二届全国民间文学作品评奖中您 责编

的《一个女歌手的歌》荣获 三等 奖

中国民间文艺家协会
一九八九年九月

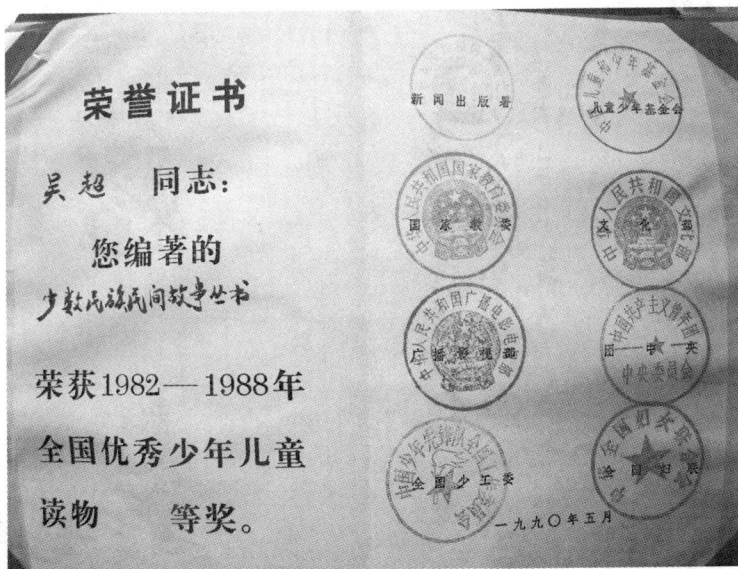

荣誉证书

吴 超 同志：

您编著的

少数民族民间故事丛书

荣获1982——1988年

全国优秀少年儿童

读物 等奖。

一九九〇年五月

聘 书

吴 超 先生：

特聘为海内外灯谜创作大赛总顾问

安阳市工人文化宫
全国灯谜通信社
一九九〇年十月

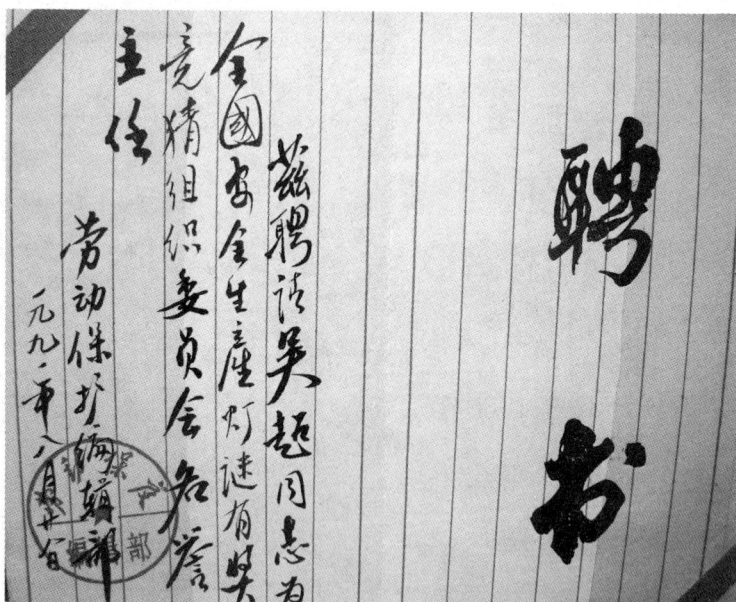

聘 书

兹聘请吴超同志为
全国安全生产灯谜有奖
竞猜组织委员会名誉
主任

劳动保护编辑部
一九九一年八月

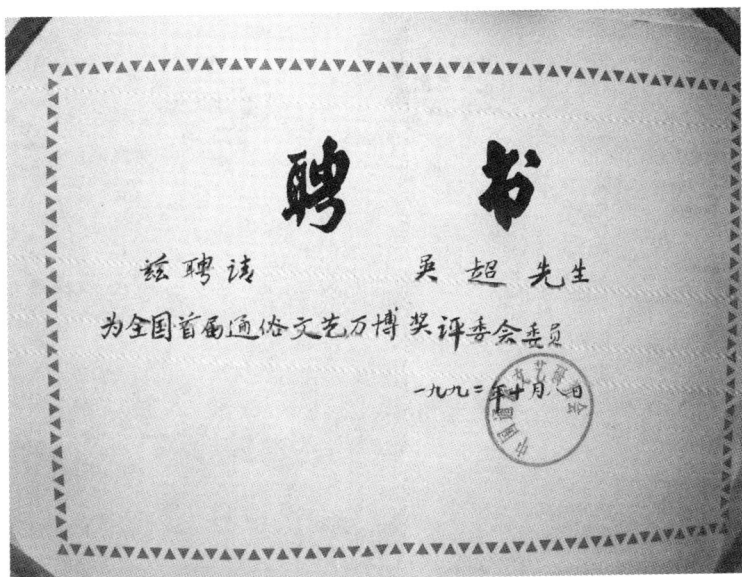

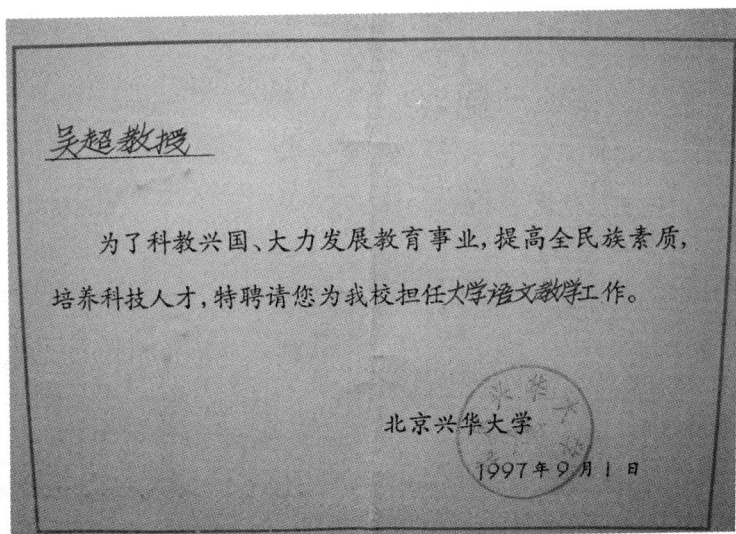

聘　书

吴　超　先生：

　　兹聘您为"华宝杯"宝鸡灯谜节
特邀顾问

荣誉证书

吴超　同志：

　　您的论文《　楚风新论三题　》入选
全国首届楚风学术研讨会。

　　特发此证。

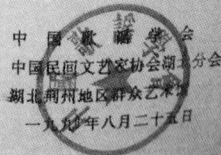

中国　　学会
中国民间文艺协会湖北分会
湖北荆州地区群众艺术馆
一九九〇年八月二十五日

572

聘　书

聘请 吴超 先生为北京太阳石文化

艺术中心顾问。

特发此证

北京太阳石文化艺术中心

1999 年 9 月 10 日

证　书

吴超 同志在完成国家社科基金重大项目"中国

民族民间文艺集成志书"编审工作中取得显著成绩,

特颁发文艺集成志书优秀编审工作奖。

全国艺术科学规划领导小组

二零零零年十二月

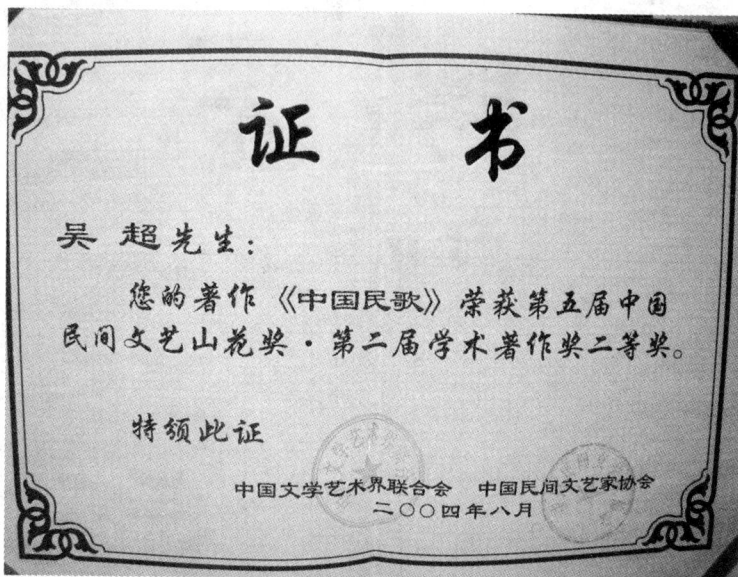

证　书

吴　超先生：

　　您的著作《中国民歌》荣获第五届中国民间文艺山花奖·第二届学术著作奖二等奖。

　　特颁此证

中国文学艺术界联合会　中国民间文艺家协会
二〇〇四年八月

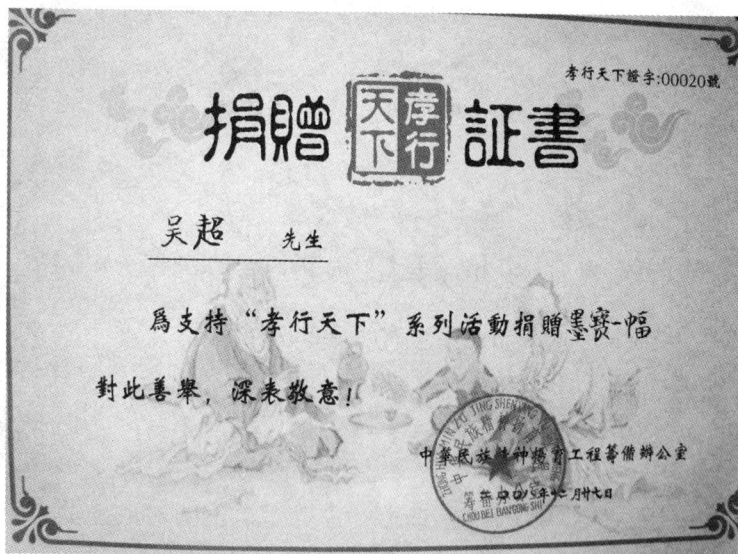

孝行天下签字:00020号

捐赠　孝行天下　证书

吴超　先生

　　爲支持"孝行天下"系列活動捐贈墨寶一幅

對此善舉，深表敬意！

中華民族精神培育工程籌備辦公室

574

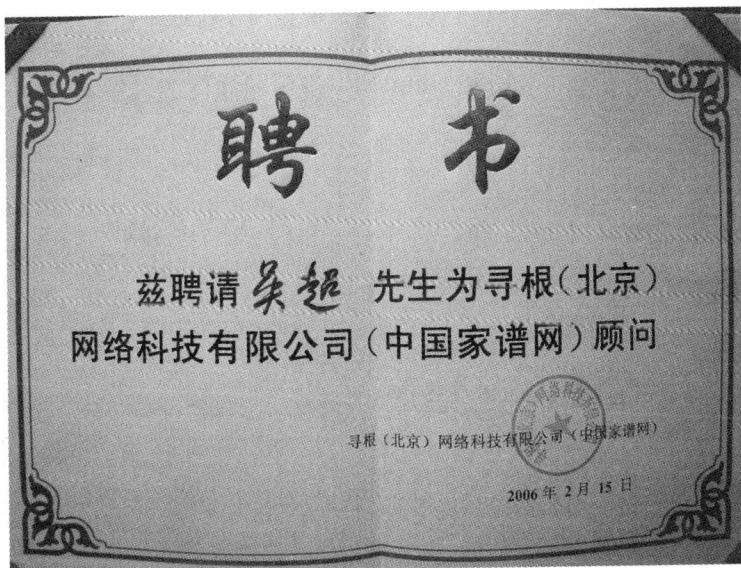

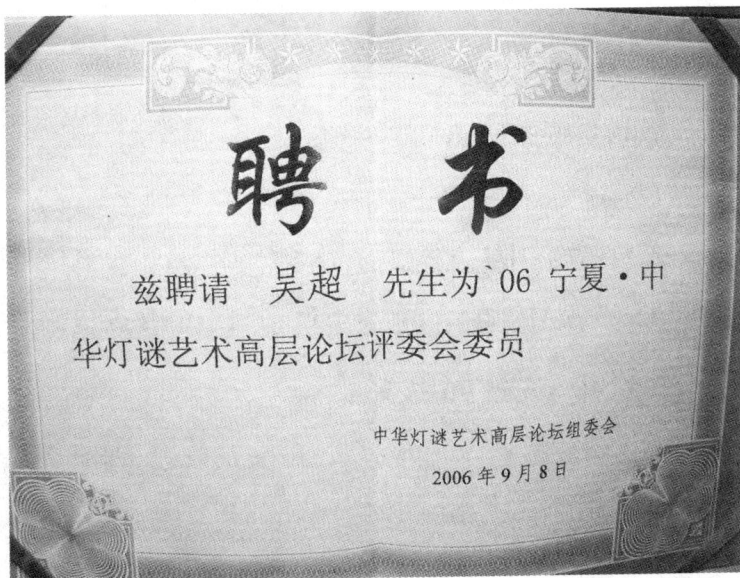

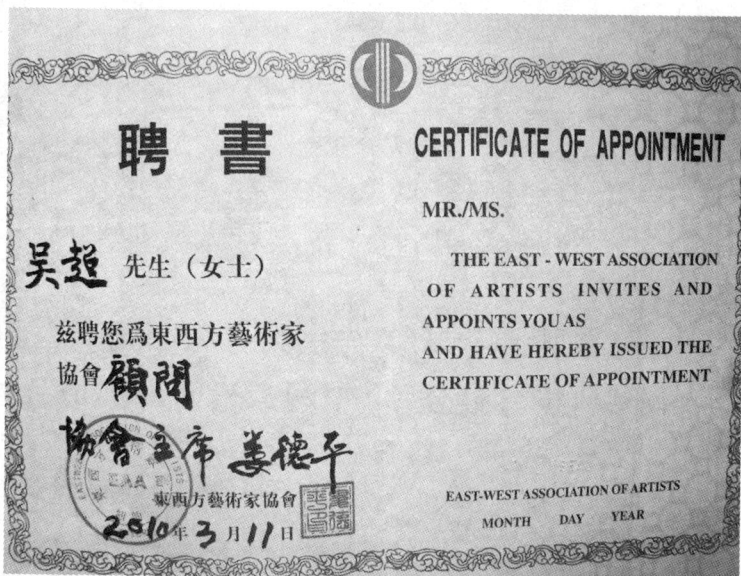

聘　書

CERTIFICATE OF APPOINTMENT

MR./MS.

吴超　先生（女士）

THE EAST - WEST ASSOCIATION
OF ARTISTS INVITES AND
APPOINTS YOU AS
AND HAVE HEREBY ISSUED THE
CERTIFICATE OF APPOINTMENT

兹聘您爲東西方藝術家

協會 顧問

協會主席 姜德平

東西方藝術家協會

2010年3月11日

EAST-WEST ASSOCIATION OF ARTISTS
MONTH　　DAY　　YEAR

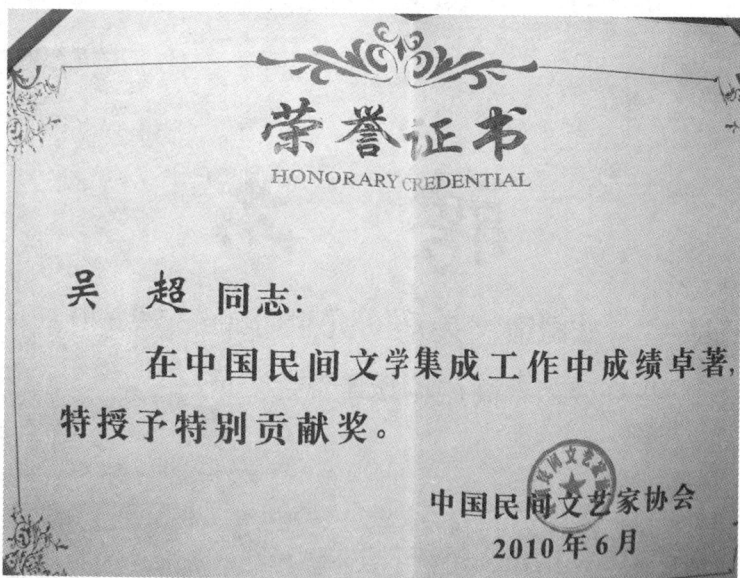

荣　誉　证　书
HONORARY CREDENTIAL

吴　超　同志：

在中国民间文学集成工作中成绩卓著，
特授予特别贡献奖。

中国民间文艺家协会
2010年6月

576

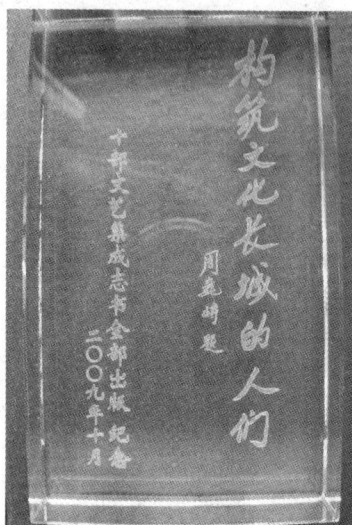

附录 2：刊授大学教材

序号	刊授科目	主讲人	主讲人单位或职任
1	民间文学原理		《民间文学论坛》编辑部汇编
2	故事学纲要	刘守华	华中师范学院中文系副教授
3	神话学	陶 阳	中国民间文艺研究会书记处书记
		谢选骏	中国神话学会
4	歌谣学概论	吴 超	中国歌谣学会副会长
5	传说学	张紫晨	北京师范大学中文系副教授
6	民族学基础知识	陶立璠	中央民族学院汉语系讲师
7	中国民间文学史略	屈育德	北京大学中文系讲师
8	中国俗文学概要	段宝林	北京大学中文系副教授
9	民俗学与民俗调查	乌丙安	辽宁大学中文系教授
10	西方民间文艺学史	刘魁立	中国社会科学院少数民族文学研究所所长、副研究员
11	美学概论	杨 辛 甘 霖	北京大学副教授
12	学一点文化人类学	蒋炳钊	厦门大学人类学研究所副所长
13	原始艺术论纲	刘锡诚	中国民间文艺研究会副主席、本校校长
备注	以上共十三门课，总字数约100万以上。		